Océans est le cinquième ro[...] [...]
Grasset Les Jours en coule[...] [...]
Express *et* L'Amour dans l'[...]
et interprète de chansons qu'il enregistre [...] [...]
public a récompensées par plusieurs disques d'or.

Océans est l'histoire d'une vie.
A Monterville, station thermale de l'est de la France, les océans
sont de lointains mirages... Pour Léo-Paul Kovski, petit-fils
d'émigrés polonais, tendre et fantasque enfant des années 60.
Pour son père, conducteur d'une locomotive volée, qu'il rêve de
faire un jour échapper à ses rails. Pour sa mère, infirmière, qui
ne voudrait pas de limites à son dévouement. Pour ceux de son
âge, ses amis, qui se cherchent et s'éveillent en même temps que
lui. Pour Marie, l'amour de jeunesse, si longtemps inaccessible.
Point de cyclones ni de déluge quand, après une longue fugue,
Léo-Paul rencontre pour la première fois *l'océan,* lieu poétique
et géographique de toutes les imaginations. Puis ce sera Paris, le
travail, les femmes, la violence, l'écriture, la réussite... Et aussi
l'étrange, la poésie, l'inquiétude, les voyages, la politique. Tout
ce qui aura fait le paysage intellectuel et sentimental d'un jeune
Français de notre époque : vingt ans de sa vie, admirablement
saisis, retrouvés, reconstruits, à la lumière du réel et de la
mémoire.
Jadis, on eût appelé ce beau livre ambitieux un roman d'apprentissage. Celui d'Yves Simon, dense, divers, foisonnant comme
les deux décennies qu'il traverse, pourrait être baptisé
aujourd'hui symphonie. La symphonie d'un monde en mouvement, perpétuel chaos charriant le désordre et la beauté.

Parus dans Le Livre de Poche :

TRANSIT-EXPRESS.
L'AMOUR DANS L'ÂME.

YVES SIMON

Océans

ROMAN

GRASSET

« Un être vivant ne peut alors se réduire à sa seule structure visible. Il représente une maille du réseau secret qui unit tous les objets du monde. »

FRANÇOIS JACOB,
La Logique du vivant.

C'était cela...

Un jeune garçon, les flocons de neige pendant des hivers sans fin, et le mystère autour de lui des nuits et des archanges qui rôdent aux volants de voitures, sur des routes qu'il n'a jamais vues. Lui, ce sont les bruits de sa ville qu'il connaît, le grésillement de chaque néon de magasin, les déclics des caisses enregistreuses... Une partie importante de sa vie est dans cette chambre, glacée à partir de novembre, isolée au bout d'un couloir, puisque c'est là, avant de s'endormir, qu'il traverse *le monde.* Pas uniquement la terre, mais aussi les fumées au-delà des nuages, les nuits sombres et les cadavres à enjamber qui remuent encore et font craquer leurs doigts, des courtilières zigzaguant entre les tiges d'herbe... Il enjambe parfois des voies ferrées sorties de leurs éclisses, pour grimper vers ces points de lumière qui scintillent, haut, très haut, s'attarde dans les nefs d'églises, s'agenouille, file vers les allées sombres des forêts de sapins et de bouleaux... Parfois, il arrive sur un haut plateau, une falaise peut-être, quelque chose qui s'appellerait alors *le bord du monde* et, seulement là, il s'arrête, retient sa respiration, pour ne plus parler ni bouger : écouter...

I

DES RÊVES PLUS GRANDS
QUE LE MONDE

Octobre 1961

Dans la nuit qui commençait de s'éclaircir, seul sous la voûte de l'immense hangar silencieux, André Kovski mit en marche le moteur diesel et eut l'impression que tout Monterville l'entendait, que chacun se dressait dans son lit en criant : « Réveillez-vous, réveillez-vous, il y a Kovski qui est en train de voler une locomotive ! »

Mais le premier moment d'affolement passé, il se mit à écouter le mouvement régulier du moteur et fut fier d'être là, conducteur d'un train qui allait sillonner les paysages, chargé des rêves de cheminots qu'il aimait et qui, comme lui, tenteraient d'incliner le courant monotone de leurs histoires.

La puissante locomotive bleue, zébrée d'un éclair en aluminium, glissa sur les rails, pareille à ces paquebots qui rejoignent pour la première fois la mer. L'éclairage d'une fin de nuit et les découpes bleutées des arbres donnaient à l'ouvrier Kovski le sentiment de faire son entrée sur la scène gigantesque d'un opéra dont il serait le héros et l'instigateur. Juste avant le premier aiguillage, il freina la machine et attendit Bertin, chargé de transmettre aux gares et aux barrières la nouvelle, un train clandestin se mettait en route pour la gloire !

Les yeux rivés sur les signaux lumineux, l'ouvrier

Kovski sortit de sa veste en tweed une cigarette brune d'un paquet déjà froissé, mais, trop énervé pour l'allumer aussitôt, il mâchouilla le tabac qui se mélangea au papier... Ecœuré, il cracha le tout par la fenêtre, sur le ballast. Il eut une pensée pour son père Stanislas venu de Pologne au début du siècle parce que la France était le pays de la déclaration des droits de l'homme. Pourtant, jamais il n'avait entendu un Français dire sans hésiter, le fameux premier article que lui, fils d'émigré, savait par cœur : « *Les hommes naissent et demeurent libres et égaux en droits. Les distinctions sociales ne peuvent être fondées que sur l'utilité commune. 26 août 1789.* »

Il l'avait tellement entendu cet article, répété avec l'accent de Cracovie et le mot *libre* prononcé comme un déferlement qu'il ne pouvait s'empêcher de le dire, lui aussi, avec des « r » roulant sous la langue et dans la gorge.

Vert ! Le signal venait de changer de couleur. Le cheminot fit monter le régime du diesel et quand Bertin, essoufflé, l'eut rejoint en criant qu'ils pouvaient y aller, les deux hommes s'étaient regardés, comme pour une ultime hésitation et le convoi fantôme avait démarré. Kovski et Bertin se mirent alors à sourire et, assis sur les strapontins, face aux grandes baies vitrées de l'avant, ils regardèrent défiler les traverses et les rails, pris dans le pinceau des phares de la machine. Monterville était restée endormie et à part quelques lumières tremblantes venant de la cité H.L.M., seule l'usine de mise en bouteilles affichait, avec ses néons et ses guérites de gardiens, une réelle activité. Au premier passage à niveau, le convoi ralentit et s'arrêta. Le couple de gardes-barrière monta dans un des wagons après un signe aux conducteurs, puis le train redémarra.

La locomotive diesel avec trois wagons derrière elle fila dans la plaine vosgienne, solitaire, au milieu des forêts et des villages aux maisons de toits rouges, alignées le long des rues principales. Un début de soleil protégé par un brouillard invisible diffusait un rai de lumière blanche, presque sinistre. Plutôt que de s'arrêter aux emplacements habituels, à quai, face aux horloges des gares, le convoi s'arrêta près des postes d'aiguillage, ou vers les anciens débits d'eau d'où pendaient encore les trompes de toile salie qui alimentaient les antiques locomotives à vapeur.

Les hommes qui attendaient sur le ballast par petits groupes de quatre ou cinq montèrent dans les wagons, acclamés par ceux qui étaient déjà installés à l'intérieur. Ils portaient des combinaisons bleues de travail, des casquettes à visière ornées d'étoiles, à l'épaule, des musettes en cuir noir.

André Kovski descendit de la motrice pour les rejoindre. Une quarantaine d'années et un nez écrasé comme celui d'un boxeur. Sur sa casquette, deux étoiles d'argent et un foulard autour du cou, noué; il ressemblait à un figurant de western. La grève nationale des cheminots avait été décidée, aujourd'hui, il n'y aurait ni trains-marchandises ni autorails et les locomotives devraient rester dans les dépôts. André Kovski, cantonnier, poseur de rails et serreur d'éclisses à la société des chemins de fer n'avait pas de voiture, seulement une bicyclette avec un porte-bagages à l'avant. Pourtant, aujourd'hui midi, devant la préfecture d'Epinal, il avait absolument voulu assister au grand meeting, écouter les orateurs, entendre les mots qui allaient faire vibrer, reconnaître des visages, crier avec les autres des phrases qui seraient sûrement entendues dans les bureaux de la direction à Paris. Il avait donc réquisitionné la locomotive et ses trois wagons, parce qu'il serait plus joyeux, plus confortable et plus chaleureux aussi, d'effectuer le trajet ensemble, et se faire une idée, avant, de ce que signifie justement *être ensemble*.

Après une dizaine d'arrêts, ils furent une centaine, cent cinquante peut-être dans ce train clandestin imaginé par Kovski. Son visage couperosé par les intempéries et les fatigues se transfigurait. Il n'essaya pas de masquer le léger sourire qui se dessinait sur sa bouche, tant il sentait cette force immense en train de naître où chacun, par sa présence, signifiait aux autres que tout devenait possible. Il grimpa sur un siège en moleskine, lança quelques mots, scanda une phrase aussitôt reprise, poings levés. Il fit rire, ou parfois, déclencha des applaudissements. Doucement, le jour s'était levé et avait éclairé d'une lumière plus cruelle tous ces visages rieurs, habituellement préoccupés, à cette heure de la matinée, par une nouvelle journée de travail.

A *L'Internationale* succédèrent des refrains nettement plus régionalistes comme « *Ils n'auront pas l'Alsace et la Lorraine* » ou sentimentalo-anarchistes, « *Elle est à toi, cette chanson, toi l'Auvergnat...* ». André Kovski chantait mal, mais parlait avec le cœur des choses qu'il connaissait bien : les accidents du travail, le vieillissement prématuré, sa vie à lui, homme de quarante ans, avec les retours, le soir, dans un minuscule appartement et l'envie de dormir, pas faire l'amour, mais dormir, ne pas parler, non plus, avec Léo-Paul, son fils de neuf ans qui rentrait de l'école, les aventures de Buffalo Bill et de Jack London plein la tête. Il savait communiquer son enthousiasme et transmettre son amertume :

« ... Mes amis, nous vivons humiliés chaque jour. Dans nos vies, dans celles de nos femmes, de nos enfants, parce que nous ne savons travailler qu'avec nos mains, qu'avec nos muscles, nous n'avons que le temps, chaque nuit, de nous reposer pour que la machine soit prête à fonctionner le lendemain matin, à l'heure exacte. Ce que nous voulons, ce n'est pas vivre comme des nababs ou des pachas, c'est seulement vivre avec de la dignité et de la décence. Voilà pourquoi nous crions et pourquoi nous réclamons, ce n'est rien de plus, mais ce n'est pas moins. Nous voulons être considérés d'égal à égal, nos mains ne sont pas moins importantes que les têtes qui les commandent et si...

– Hé ! Kovski, c'est des sous qu'on veut ! lança un ouvrier.

– Oui, des sous et un peu plus d'humanité ! » coupa avec force Kovski.

Les applaudissements jaillirent du wagon tout entier.

Il s'apprêtait à descendre du siège sur lequel il était monté, quand les roues d'acier de la locomotive se mirent à crisser contre les rails... Tchiiiii... Le sifflement suraigu fit mal aux oreilles et les visages perdirent leurs sourires. Au loin, un feu rouge, le convoi devait stopper. Derrière le signal, plus loin encore, une masse sombre d'uniformes, de casques, de silhouettes, une centaine de policiers et de gendarmes attendaient, des chiens aussi. André Kovski déclara, avant de descendre sur les voies : « Je vais demander que l'on nous laisse passer.

– Et si on fuyait à travers les champs ! proposa l'un d'eux.

– Sûrement pas, dit Kovski, je ne pense pas que la photo serait jolie, demain dans les journaux !

– Et si on leur cassait la gueule ! » suggéra quelqu'un d'autre.

Kovski sembla réfléchir quelques secondes puis déclara :

« Je propose que tout le monde reste là pendant que je négocie notre passage. »

Les regards approuvèrent. André Kovski ouvrit la portière, descendit les deux marchepieds de bois puis ses grosses chaussures de cuir s'enfoncèrent dans les silex du ballast. Des pierres se mirent à rouler. Il n'y avait pas de vent, et ce brusque silence, venant après tant de paroles et de fraternité bruyante, ressemblait à ces moments suspendus où les yeux des adultes surveillent le rire, les larmes ou

15

l'émotion d'un enfant qui découvre son premier cadeau.

Le premier voleur de locomotive de l'histoire des chemins de fer retourna la tête pour voir leurs regards à eux, ceux de tout à l'heure, ceux dont maintenant il se séparait pour montrer à l'autre monde le visage de l'insoumission.

La biche brame au clair de lune
Et pleure à se fendre les yeux.
Son petit faon délicieux
A disparu dans la nuit brune...

Léo-Paul Kovski répéta pour la vingt-cinquième fois ce début de récitation qu'il devait savoir par cœur pour le lendemain. Une blouse noire, un éléphant brodé en rouge sur la poitrine, il marchait à cloche-pied sur le bord du trottoir, son cartable accroché dans le dos. C'était le meilleur moment de la journée, l'étude venait de se terminer et il rentrait chez lui.

Il accrocha son anorak en suédine au portemanteau, puis se prépara une tasse d'Ovomaltine. Sa mère n'arriverait qu'à huit heures de l'hôpital, son père n'allait pas tarder. Quand il eut trempé ses tartines de beurre/gelée de coing, il avala sans respirer le contenu du bol tout entier puis le lava d'un coup d'eau dans l'évier. Il sortit seulement sa boîte de Meccano n° 5 du placard et la locomotive qu'il essayait de construire depuis une semaine. Sans frère et sans sœur, il savait être seul, s'amuser avec les jeux qu'il possédait et inventer ceux qui n'existaient pas.

Parfois, il peignait, avec de la gouache, les décors de ses hivers, des sapins couverts de neige, et aimait raconter son premier cadeau de Noël : une ardoise posée sur une paire de bottes en caoutchouc. Pour ressembler aux familles de ses amis d'école plus riches, il projetait la construction, pour une fête des mères, d'une vraie voiture automobile. Comme le mystère du moteur ne pouvait se résoudre, selon lui, qu'avec l'aide d'une intervention divine, et puisqu'il n'excluait pas le miracle, il descendait chaque soir vérifier s'il s'était produit pendant son absence... Pour cela, il priait à tout moment, en marchant dans la rue, ou à genoux dans la cave, devant un amoncellement de boulons, tôles et diverses récupérations qu'il avait entassés, il espérait bien, à force de ferveur, être exaucé.

« ... Mon Dieu, comment faire pour que ce soit un vrai moteur, avec de l'explosion, de la fumée et du bruit, que la voiture avance comme une vraie, sortie d'usine, là où il y a des ouvriers et des machines... Si seulement je pouvais avoir la surprise en rentrant de l'école, voir à la place du petit tas de ferraille que je vous ai préparé, un vrai moteur avec ailettes et carburateur... C'est vrai, je crois de toutes mes forces à ce miracle parce que vous le savez bien, vous, que je prie le soir, mais aussi dans la journée, à l'école quand je suis dans la cour à marcher tout seul pendant que les autres jouent à la guerre des Sudistes... J'aimerais tellement qu'elle soit prête pour la fête des mères de l'année prochaine... Avec mon père, on poserait un grand drap de lit tout autour de la voiture terminée et hop, moi au dernier moment qui soulève, et les yeux de Claire qui brillent de plus en plus... Des larmes sur ses joues... J'aime tellement quand ma mère pleure, je la sens si près, et alors je peux la consoler... Comment faire pour que je me sente aussi plus près de vous, plus près du ciel et que je me mette à voler parmi les anges... L'instituteur a dit que j'étais un diable, mais je sais qu'il plaisante ou bien, il cherche à m'impressionner... Alors que j'aimerais seulement être un saint, savoir me taire et jeûner des semaines et des semaines jusqu'à un Vendredi saint et marcher sur les silex des chemins, pieds nus, sous la neige, ne plus penser au cou de Marie Koringer que j'ai embrassé au Nouvel An sous prétexte de premier janvier, ne plus toucher les draps de ma grand-mère Tatiana parce qu'ils sont doux avec un peu de peluche, comme le cou de Marie Koringer, avec aussi la même odeur à cause des roses et des violettes que ma grand-mère glisse entre les plis... S'il pouvait ne jamais y avoir de déluge pour effacer tout ça... »

Il avait à serrer encore quelques boulons de jeu de Meccano, quand le bruit d'un klaxon répété se fit entendre. Plusieurs portes claquèrent dans la rue, il se précipita à la fenêtre. Il vit son père descendre d'une camionnette dont le gyrophare bleu tournait encore, encadré de gendarmes, menottes aux poignets. Quand André Kovski leva la tête vers son appartement, il aperçut les visages des voisins qui le regardaient mais ne vit pas celui de Léo-Paul, son fils, qui s'était retiré à temps pour pleurer et aller se cacher.

Dans les journaux du lendemain, *L'Est républicain* et *La Liberté de l'Est*, des photos furent publiées. L'une d'elles montrait André Kovski marchant vers les forces de l'ordre, une autre le montrait en portrait serré, style photo d'identité judiciaire, une expression d'étonnement sur le visage. Mais rien sur les moments d'avant ou d'après, c'est-à-dire sur la joie du convoi, la force qui y régnait, puis le retour vers une femme et vers un enfant. André Kovski dit quelques jours plus tard à Léo-Paul que c'était exactement cela qui avait manqué :

« L'histoire vraie des gens est toujours avant et après ce que l'on voit d'eux, et c'est là qu'il faut chercher pour trouver les sentiments, avec des vrais bonheurs et des vrais malheurs ! »

Claire Kovski continua son travail d'aide-soignante à l'hôpital municipal de Monterville, puisque c'était là qu'ils habitaient. Pendant les quelques mois où son mari n'eut pas de travail, elle fit des ménages, le soir, en sortant du service de chirurgie, chez deux hôteliers de la ville puis chez un marchand de chaussures. Elle n'eut aucun commentaire sur l'épopée de son mari tant elle l'avait soutenu, avant et après, quand il fut licencié et que le syndicat le lâcha, considérant qu'il avait agi d'une manière individualiste et irresponsable.

Alors Kovski déchira sur la table de la cuisine sa carte du syndicat restée dans la veste en tweed du fameux jour et dit à Claire, qui était en train de se sécher les cheveux au-dessus de la cuisinière : « Il n'y a rien à attendre de ces gens-là... Ils ne mélangent jamais leurs rêves et leur vie, la seule différence avec les gens d'en face, c'est le fric, mais les têtes sont faites pareil ! »

Après plusieurs mois de tergiversations, André Kovski fut engagé à l'usine de mise en bouteilles d'eau minérale de Monterville, à l'essai et avec la promesse qu'il ne se distinguerait en aucune manière. Il eut alors à examiner les bouteilles qui passaient devant ses yeux, les défauts du verre, le remplissage, et devint, suivant la dénomination maison, mireur de première catégorie. Il avait de bons yeux et de la patience, mais s'accommodait mal à cet emploi sédentaire qui le privait des espaces et de ces deux lignes parallèles et magiques qui lui avaient longtemps fait imaginer un point du monde, terriblement lointain où elles devaient forcément se rencontrer. Souvent, il avait posé sa tête et collé son oreille à la jointure de deux rails, juste au-dessus de l'éclisse, et il s'était forcé à croire que c'était la mer qu'il entendait.

« ... CONSTRUIRE une arche plutôt qu'une voiture, tout en haut de la colline du cimetière, avec des tas de compartiments pour chaque famille d'animaux... Faire une liste complète pour ne pas se trouver à court au dernier moment, inutile de prévoir pour les baleines, les phoques, les cachalots, tout ce monde-là doit continuer tranquillement à sillonner les vagues... Etablir également des listes pour les oiseaux qui ne peuvent quand même pas voler quarante jours et quarante nuits sans s'accrocher aux branches, ou alors faire des mâts très hauts avec des petites barres tous les vingt centimètres sur lesquelles ils se poseraient... Attention aux aigles, aux faucons, aux milans, aux vautours qui doivent se régaler à foncer sur les mésanges et les rouges-gorges, quoique, ici, il n'y ait que des buses et des éperviers... Faire peut-être alors la liste des indésirables, inutile de recommencer le monde avec les vipères, les rats, les iguanes, les chauves-souris, les mygales, les piranhas... Mon Dieu, laissez-moi faire une chambre pour Claire et André mes deux parents chéris et une autre pour ma grand-mère Tatiana, parce que l'argent manque si souvent ici, qu'ils méritent bien un long voyage de villégiature sur les océans... »

La sonnerie retentissait déjà quand Léo-Paul arriva devant les barrières qui se fermèrent aussitôt. Pataugeant dans une flaque de neige fondue, il regarda l'autorail passer. Visages à l'intérieur, où allaient-ils, Mirecourt, Nancy, Paris peut-être ? Toutes ces villes semblaient si lointaines, inconnues, fourmillantes de dangers et de mille curiosités. Quand donc prendrait-il cet autorail et demanderait-il au contrôleur : « A quelle heure arrive-t-on à Paris, s'il vous plaît ? », sûr de lui en apparence et le cœur coincé à l'intérieur. « Vingt-quatre fois grands comme la nationale qui traverse Monterville », avait dit M. Christmann, l'instituteur, en parlant des Champs-Elysées. Vingt-quatre fois !

L'autorail rouge et blanc s'éloigna et Léo-Paul eut le sentiment d'avoir été oublié, que le monde bougeait, tournait sans lui, qu'il se passait des millions de choses qu'il ne saurait jamais. Mais où donc cela s'inscrivait-il, y avait-il un grand cahier où des moines tapaient à la machine jour et nuit pour ne rien laisser échapper des événements ? Impossible que tous les sentiments, les souffrances des morts et des blessés de la route restent emmaillotés tout près des bouches, près des têtes, de là où sortent les cris. Un jour, lui serait-il possible de lire quelque part, ou de voir au cinéma, les histoires ou les gueules de Thomas et Ragain, les éboueurs de Monterville, Castan, le marchand de bonbons au miel, Simon Loste, le muet, Jean-Pierre Vignal, serveur d'essence à la station Total, Emereaux, l'appariteur, Guillaumain, le curé aristocrate, Marie Koringer, la fille de Koringer, le directeur du casino, les frères Dupré, camionneurs, pompiers et arrières dans l'équipe de football, Pierrette Monnet, donneuse d'eau l'été à la source et dentellière l'hiver ? Tous ces visages avec leur façon de marcher, de parler, et de dire ou ne pas dire « Bonjour, comment ça va ? » se perdaient-ils chaque jour dans l'oubli ?

Comment était-il possible que toutes ces voix et ces gestes disparaissent ? Léo-Paul fut triste de ne rien savoir de tout cela et crut alors à un énorme gâchis. « Mon Dieu, peut-être est-ce vous qui vous souvenez de nous tous dans votre mémoire puisque vous savez, entendez et devinez chaque chose, peut-être est-ce vous qui préparez ce grand livre où on saurait la véritable histoire de tous les gens, même de mon grand-père Stanislas perdu en concentration, si loin de tous, de mon père, de ma mère et de ses marteaux de cordonnerie, tout seul près des barbelés avec son costume rayé et ses yeux remplis de souvenirs tendres. Avec votre grand livre, si vous le publiez un jour, j'apprendrai peut-être à quoi pense Marie Koringer quand je la croise dans la rue et que je la regarde intensément avec plein d'amour et de gentillesse. Moi, des fois, je crois qu'elle me méprise en pensant " Racaille de Polonais ", parce qu'elle sait sûrement aussi qu'il n'y a pas de voiture chez nous, pas de télévision et je voudrais tellement lui faire savoir qu'on a acheté au début de l'hiver une cuisinière Scholtès à feu continu avec quatre trous à gaz... »

Les barrières relevées, la sonnerie s'arrêta et Léo-Paul traversa les voies. Son pot d'aluminium à la main, il revenait de l'unique ferme de Monterville chercher le lait du soir et du lendemain matin. La nuit était presque là et il entendit un bruit d'ailes d'oiseau dans une haie séparant le parc thermal et le chemin de fer.

Il se sentait tellement différent des autres. Non parce qu'on lui avait dit un jour, près du préau de l'école, « Kovski/Polski » et qu'il avait ri aux éclats en croyant seulement à un jeu avec le son des mots, ni parce que les grands étaient venus vers lui en reniflant comme des gorets, le nez au-dessus de ses cheveux en disant : « Moi, je trouve qu'ils sentent bizarrement les juifs de cette année ! » Lui qui n'était même pas circoncis, qui se servait de la kippa de son grand-père comme abat-jour et qui ne savait que dire « *oy veh !* » en yiddish, parce que sa grand-mère répétait souvent ce mot-là pour parler du malheur ! Prévenu depuis longtemps, on lui avait bien expliqué qu'il ne fallait pas chercher tout autour de lui, qu'il ne regarde pas devant, qu'il ne se retourne pas inutilement : s'il entendait le mot *juif* effleurer ses oreilles, ça ne pouvait être que pour lui... « Parce que les gens qui le prononcent ont le nez, disait André Kovski, pour n'être pas loin de la vérité, mais là, ils se trompent ! Parce que si tu es presque juif, tu n'es pas juif, Léo-Paul... A cause de ta mère catholique depuis des générations, à cause de ta communion solennelle que tu feras comme les autres... Et si un jour, par malheur, les Allemands revenaient, il faudrait bien leur expliquer – parce que les écoles de Gestapo n'apprennent pas bien ces choses-là – que les mères catholiques ne peuvent pas transmettre la juiverie, même mariées à des juifs, et que, bien évidemment, tu dois être exempté de déportation ! »

Il se sentait différent parce qu'il savait que les autres ne parlaient pas au ciel, aux étoiles, au vent et aux écorces comme lui, qu'ils ne voyaient que ce qu'ils voyaient et n'entendaient que ce qu'ils entendaient. Alors qu'au-delà des maisons, des cimes des arbres et derrière les montagnes, des réseaux incroyables de fils souterrains, aériens, se cachaient, reliant les oiseaux aux trains, et son amour pour sa mère aux regards des chiens. Il savait tout cela. Et quand le magicien Rokamer était venu le jour de la distribution des prix, ils avaient tous bavé devant ses trucs et auraient donné la fortune de leurs parents pour en apprendre quelques-uns, et se contenter de cela. La différence, c'est que lui croyait aux miracles, à ce qui émerge de l'invisible, pour venir se mélanger avec le quotidien : lui, il voulait pouvoir, d'un chapeau vraiment vide, sortir une colombe inventée par lui seul, qui s'envolerait aussitôt pour tracer dans le ciel des signes avec ses ailes.

Par dérision, il octroya au magicien prétentieux deux lettres supplémentaires, et l'appela Roka-merde !

« Papa conduisait une locomotive à vapeur énorme. On était là, près de lui, et toi, tu versais sans arrêt des seaux de charbon dans le foyer de la machine. Chaque fois que tu retournais le seau vers les flammes, des voix hurlaient venues de partout comme du fond de la terre. C'était le soir et de gros nuages faisaient depuis le ciel des ombres rouge et jaune sur les prairies. La locomotive roulait très vite, suivie par un wagon éclairé où il n'y avait pas de voyageurs. Parfois, au loin, j'apercevais des cathédrales d'où s'envolaient des groupes d'oiseaux noirs. A un moment, nous avons quitté la terre, comme si on décollait et la locomotive a continué à rouler à toute vitesse en faisant beaucoup de bruit et de fumée. Tout en bas, les vagues de l'océan se brisaient sur les rochers en faisant d'immenses gerbes de mousse. Puis, nous sommes descendus très vite et le train s'est enfoncé dans l'eau de la mer. Moi, je me suis retrouvé dans le wagon de derrière, tout seul, les sièges étaient recouverts de velours rouge et je me chauffais les mains près d'un poêle en émail. Il y avait de l'eau de l'autre côté des vitres et les poissons énormes me regardaient. Je t'appelais mais tu n'entendais plus et je sentais que le train continuait de rouler et de s'enfoncer. J'entendais le bruit des roues sur les rails et, de temps en temps, le hurlement terrible du sifflet à vapeur m'effrayait. D'un seul coup, des lions, des tigres sont entrés dans le wagon, puis des chevaux, puis de grands oiseaux avec de longues pattes comme les flamants. J'essayais de me cacher sous les banquettes mais je me suis vite aperçu qu'ils ne me voulaient aucun mal, tant ils semblaient effrayés. Alors, il y eut un bruit énorme, comme une explosion, et des masses d'eau s'engouffrèrent par les vitres qui venaient de se briser. A la surface de l'eau, il y eut toutes sortes de fleurs, beaucoup de roses, des pivoines et des dahlias, des roses surtout, et les chevaux qui hennissaient d'une manière effrayante. A un moment donné, les fleurs n'étaient plus les fleurs, mais une énorme flaque rouge qui flottait à la surface de l'océan et j'ai senti que l'eau entrait dans ma bouche, dans mes oreilles et les lions hurlaient plus fort que les autres animaux, alors tout a basculé, j'ai crié pour me réveiller et casser le rêve, quelqu'un m'a pris dans ses bras, c'était toi, et on s'est mis à flotter tous les deux, j'étais étonné de respirer aussi facilement sous l'eau, au milieu des animaux et tu murmurais à mon oreille : « Ne crains rien, c'est l'océan « qui saigne, c'est l'océan qui saigne ! » Alors, j'ai encore crié et je me suis réveillé, voilà. »

Claire berça quelques instants son fils, puis elle alla lui préparer un grand bol de lait chaud dans lequel elle fit couler une cuiller de miel. Mais il ne voulut pas se rendormir seul et retourner dans son rêve, alors elle souleva les couvertures et s'allongea contre lui dans son lit, et quand il fut enfoui dans ses bras, elle murmura : « Dors petit homme, dors ! » Quand la lumière fut éteinte, Léo-Paul qui désirait plus encore se sentir protégé du froid, des rêves et de tous les océans, se glissa lentement sous l'ample chemise de nuit blanche de sa mère, contre sa peau, et certain que plus rien désormais ne pourrait lui arriver, s'endormit doucement, profitant de la douceur et du parfum de ce corps dont il ne connaissait plus que le visage et les mains.

UNE nuit d'hiver, Kovski emmena son fils sur le porte-bagages avant de son vélo, emmitouflé dans un grand sac. Ils filèrent vers le dépôt, juste à côté de l'ancien distributeur d'eau des locomotives à vapeur. Quand ils eurent dépassé la gare, Kovski, tout en roulant, se pencha vers la roue arrière, débrancha la dynamo de sa bicyclette, et avec les seules lueurs qui tombaient du ciel ils roulèrent un kilomètre encore pour arriver près du stock de charbon. Kovski, qui connaissait bien l'endroit, retira quelques planches et sauta en haut du tas. Léo-Paul avait déroulé le sac qui lui tenait chaud, et en écarta l'ouverture pour que son père balance les pelletées de boulets. Quand il fut rempli, Kovski posa à nouveau Léo-Paul sur le porte-bagages, le sac entre ses cuisses, glissa la petite pelle sous sa canadienne, et ils rentrèrent à l'appartement.

Pour les habitants de Monterville, les Kovski étaient les descendants de Polonais émigrés et quelques-uns se souvenaient encore bien de Stanislas Kovski avec son accent impossible et son échoppe de cordonnier.

« On s'est arrêtés en France parce que l'océan nous empêchait d'aller plus loin », disait-il, en tapant sur une semelle de caoutchouc pour l'amollir aux endroits où il allait la clouer.

Léo-Paul ne l'avait jamais vu puisqu'il était mort en déportation, et ne connaissait de lui qu'un portrait bistre collé dans un album de photographies. André Kovski racontait que son père avait été dresseur d'ours et de loups dans un cirque des environs de Cracovie, et qu'il avait décidé de quitter la Pologne à la suite de l'incendie qui avait fait périr tous ses animaux. Sur le chemin de Varsovie, il avait réussi à acheter un âne qu'il avait badigeonné de larges bandes de peinture noire et blanche pour le faire ressembler à un zèbre et le montrer sur sa route et dans les villages pour quelques pièces et un peu de nourriture. Dans une boutique de Varsovie, il revendit un collier d'ambre qu'il avait gardé de sa mère et put acheter un appareil photographique à plaques. Il s'installa près de la place des Trois-Eglises, non loin de la Vistule et vendit des portraits-souvenirs à ceux qui voulaient se montrer à la postérité en compagnie d'un zèbre. Les enfants surtout.

Quand il monta pour l'été 1915 à Sopot sur les bords de la Baltique avec son faux zèbre et son appareil, il fit peindre par un artisan, sur une toile à matelas retournée, un décor de jungle africaine qui servit désormais de toile de fond, ce qui fut du meilleur effet auprès du public. C'est un après-midi de cet été-là qu'il rencontra Tatiana, sa future femme, qui livrait des glaces pour un marchand saisonnier aux baigneurs de la plage. Avec leurs économies réunies, ils achetèrent deux billets sur un bateau danois et s'embarquèrent pour Copenhague quelques jours avant que les Allemands occupent leur pays. L'âne mourut peu après leur mariage. Tatiana dut travailler comme femme de chambre à l'hôtel Européen et son mari, comme serveur au restaurant de l'hôtel. Là, ils apprirent le français qui était alors la langue internationale et décidèrent qu'aussitôt la guerre terminée, c'est en France qu'ils iraient continuer leur vie. Stanislas Kovski lut, dans le texte, *Les Misérables,* apprit la *Déclaration des droits de l'homme et du citoyen* et Tatiana, qui adorait la poésie, se mit à réciter par cœur des centaines de vers de Victor Hugo, qu'elle plaçait au-dessus des poètes polonais, allemands ou russes qu'elle connaissait, à égalité avec Anton Tchekhov.

Dans le train qui les emmena à travers la Hollande et la Belgique, serrés l'un contre l'autre, ils firent pleurer d'émotion le wagon de voyageurs qui les écoutait psalmodier, avec leur accent, ces vers en français que tous ignoraient :

La nuit tombait, les eaux se changeaient en miroirs,
Les collines fuyaient en escarpements noirs,
Au fond, dans l'ombre, un feu s'allumait dans un
                                                    [bouge,
Au couchant s'allongeait un grand nuage rouge
Comme si le soleil était mort en laissant
Sur l'horizon sinistre une mare de sang.

A la fin de la Première Guerre mondiale, Monterville-les-Bains fut une station thermale réputée. Les princes de Russie y étaient venus avant la Révolution soigner leurs reins, y étaient retournés ensuite s'y réfugier. A chaque été, les hôtels retrouvaient leurs décors luxueux et la bourgeoisie de la capitale et celle de la région se rencontraient pour les championnats annuels de tir au pigeon. Les immenses hôtels de deux cents chambres, aux couloirs interminables, à l'argenterie ciselée, aux tapisseries d'Aubusson, recrutaient dans les écoles hôtelières d'Alsace et par petites annonces dans les quotidiens nationaux. C'est à cause de l'une d'elles que Stanislas et Tatiana débarquèrent dans cette station thermale des Vosges au printemps 1920 avec pour tout bagage une malle d'osier où miaulait un chat gris prénommé Winceslas, une valise brune en carton bouilli et tous les poèmes de Victor Hugo en édition bon marché.

A l'hôtel Cosmos où on les avait engagés, ils habitèrent deux chambres communicantes, sous les combles, d'où ils pouvaient voir toute la campagne environnante. Des prairies, des forêts, un lac et un ciel souvent bas, encombré de nuages et de rayures violettes annonceuses d'orages ou d'averses. Ils crurent rester une saison, mais quand Tatiana dit à Stanislas vers le début septembre qu'elle était enceinte, ils cherchèrent un logement parce qu'ils se plaisaient dans cette ville construite comme un décor, et où ils allaient enfin pouvoir se reposer et promener dans ces rues, vides des rêves de leurs hôtes de passage, leur propre passé : les rues de Varsovie et les visages polonais qu'ils avaient quittés et qu'ils ne pourraient oublier.

« Nous l'appellerons Andrzej, dit Stanislas.

— Non, André, c'est encore plus beau », dit Tatiana.

« Depuis sa chambre, est-ce que maman voyait ton sémaphore ? demanda Léo-Paul.

— Je te l'ai déjà dit, Léo-Paul, elle était obligée de monter dans un grenier à foin et de se pencher au travers d'un œil-de-bœuf.

— Et si un train arrivait au moment où tu avais envie de lui envoyer un message d'amour ? questionna Léo-Paul qui connaissait presque toutes les réponses mais qui aurait bien voulu quand même apprendre des détails qu'il ignorait encore.

— Je faisais d'abord le signal pour le train, et seulement quand il était passé, je pouvais envoyer les signes pour ta mère.

— Tu disais que tu voulais l'embrasser ?

— Oui, que je voulais la voir le soir même à un endroit précis.

— T'étais cochon des fois ?

— Non. On avait seulement convenu de quelques

mots, seulement quelques conventions, dit le père avec un sourire parce qu'il savait bien que Léo-Paul voulait en savoir plus.

— Tu pensais déjà à moi quand tu l'embrassais sur la bouche ?

— Non, on ne pensait pas à toi, Léo-Paul, puisque tu n'existais pas encore !

— Moi, je pense bien à ma vie plus tard, et plus tard, ça n'existe pas encore ! »

Leur conversation changea de ton. André Kovski voulait que son fils n'ait pas la même vie que lui. Mais c'est quand même à la Société nationale des chemins de fer français qu'il rêvait de le voir entrer :

« Plus tard, moi je sais que tu ne seras jamais ouvrier, Léo-Paul, tu seras ingénieur à la Compagnie (c'est comme cela qu'il appelait la Société des chemins de fer), tu auras une casquette avec des étoiles d'or, quatre au moins, et tu feras des tournées d'inspection sur les chantiers et dans les gares. Et quand on saura que tu arrives, on dira : « Attention, « voilà l'ingénieur Kovski, il est sympa mais réglo, « si quelque chose cloche, il le voit tout de suite. » Et on te fera des sourires, et on te saluera en mettant deux doigts près de la visière de la casquette. Ils te regarderont et toi tu les verras, le cou en sueur, le maillot de corps trempé, un mouchoir sur le front, et toi, ils t'envieront. Ils penseront que tu viens des bureaux, là où il fait frais en été et doux l'hiver, que tu rentres le soir dans une vraie maison, un pavillon avec des parterres de fleurs et un garage pour deux voitures. Ils imagineront le visage de ta femme comme sorti d'un magazine, permanente dans les cheveux, talons et tailleur, sourire poli, sachant servir les doses exactes du whisky et de la vodka, sachant parler même quand la télévision est allumée et croisant les jambes sur un canapé juste ce qu'il faut pour que ce soit beau et qu'on imagine. Ils diront : « Son père, il était ouvrier, comme nous, il « s'en est drôlement bien tiré le jeune gars, vingt-

31

« cinq ans et tous ses diplômes, il doit émarger à
« cinq cent mille, sans compter les voyages en pre-
« mière classe et les réceptions à Paris, à la
« direction ! »

En fait, Claire et André Kovski s'étaient rencontrés en 1942 dans la région d'Epinal : à cause de la
chasse aux juifs, il s'appelait Laval, André Laval, et
il venait d'entrer comme sémaphoriste à la S.N.C.F.
Elle était, à quinze ans, l'aînée de trois enfants d'une
famille de cultivateurs. Parce qu'elle avait quitté
l'école communale à treize ans pour s'occuper de la
maison, des quelques animaux de la ferme et de ses
frères, Claire n'avait eu le temps que de retenir deux
noms pour la faire rêver et l'aider à s'imaginer, pour
elle, une vie exceptionnelle : un de ces personnages
sorti de l'imagination de Stendhal avait pour nom
Clélia, l'autre personne, bien réelle, qui avait obtenu
deux prix Nobel, un de physique et un de chimie,
était Marie Curie. De ces deux repères, la jeune fille
se bâtissait un futur où l'amour-passion pouvait
faire bon ménage avec un destin au service de l'humanité. Quand de jeunes soldats allemands lui
apprirent que bleu se disait *blau* et amour, *Liebe*,
elle s'imagina un temps traductrice fatale, sillonnant
le monde de palace en palace, bas et coutures noires,
changeant à elle seule et avec un de ses regards le
cheminement de la guerre. Mais quand les jeunes
soldats voulurent lui apprendre qu'embrasser se
disait *küssen*, la bouche, *der Mund* et dormir avec
vous, *schlafen mit Sie*, elle rentra chez elle en courant préparer le repas du soir.
Claire, dont le nom de famille était alors Belmain,
se réfugia ce soir-là, une fois de plus, dans son
grand cahier cartonné où elle écrivait l'autre partie
de sa vie, celle qu'elle ne vivait pas et qu'elle cachait
derrière des apparences de tranquillité. Elle inscrivait au crayon de papier parfois un seul mot, parfois

un dessin, parfois le récit des événements tels qu'elle aurait voulu les vivre. Elle l'avait intitulé *Journal des guerres.* Dans sa chambre située à l'autre bout de la ferme, près des écuries et du grenier à foin, elle restait des nuits à contempler les étoiles et les mouvements de la lune, à écouter les bruits du vent, à lire des livres que le curé lui prêtait ou qu'elle empruntait à l'épicier ambulant, qui avait de la sympathie pour elle. Surtout, elle regardait bouger les branches de l'énorme noyer qui se dressait dans la cour et ne pouvait se lasser d'être attentive aux rafales du vent qui lui faisait dessiner d'étranges caractères dans le ciel. Mais elle écrivait :

> Aujourd'hui, c'est encore la guerre, demain y aura-t-il une autre vie ? Des jeunes Allemands ont voulu me toucher, caresser ma peau et connaître la forme de mes seins, je sentais leur souffle près de moi, mais j'ai su résister à la folie dans laquelle ils voulaient m'entraîner. J'attends l'homme d'ailleurs, celui qui m'emportera loin des machines de guerre, loin de l'air que je respire, loin du monde. Je veux apprendre à parler, à écrire, je veux savoir les noms des étoiles et les lui murmurer quand nous volerons au travers des airs sur ce cheval qui lui appartiendra. J'attends cette passion qui torture, qui emporte loin du mal et du bien, loin de tout ce qui se voit et s'entend, loin de moi.

Parce qu'on disait de lui qu'il avait provoqué plusieurs déraillements de convois allemands, qu'il arrivait justement d'ailleurs, André Kovski-Laval, s'il n'était pas tout à fait Fabrice del Dongo avec son regard clair et ses cheveux blonds, fut en quelques secondes le héros qu'attendait la jeune fille. D'abord, parce qu'il l'avait regardée et cela comptait, puis il avait dit presque tout de suite : « Il n'y a que les histoires d'amour qui peuvent empêcher qu'un jour il y ait d'autres guerres. » Elle avait fermé les yeux pour mieux ressentir l'immense vague qui déferlait à travers tout son corps pendant qu'elle ne pouvait se retenir de penser : « Nous arrêterons la guerre ensemble. »

La force de sa conviction et les lenteurs de l'histoire mêlées mirent encore plusieurs années à leur donner raison, pourtant ce soir-là, elle écrivit sur son cahier, en date du 29 août 1942 :

> Un homme des chemins de fer est arrivé au village, il a vingt-deux ans et je sais que je ne le quitterai pas. Nous nous sommes à peine parlé, mais j'ai senti comme un énorme manteau de métal qui m'enveloppait de partout et dans lequel j'ai eu envie de m'engloutir. Je ne voyais plus, je n'entendais plus, tout semblait venir à moi à travers lui, en passant par lui et je savais que tout mon corps s'enlisait dans un marécage inconnu. Ce soir, je regarde mon cher noyer devant ma fenêtre et ses branches sont calmes comme s'il savait qu'une guerre va se finir. Les étoiles sont brillantes dans la nuit et je pense à tous les hommes qui en ce moment sautent des avions à la rencontre d'un pays qu'ils ne connaissent pas et j'ai l'impression de leur ressembler, je descends, je descends vers une terre inconnue où des forêts et des lacs m'attendent avec des feux qui couvent sous les maisons et qui vont s'embraser aussitôt que je toucherai terre.

André Kovski-Laval dessina sur une feuille de papier cinq signes de sémaphore que Claire recopia sur son cahier et qui signifiaient rien que pour eux deux : Je pense à vous / J'ai envie de voir votre visage / Je voudrais entendre votre voix / Je vais rêver de vous cette nuit / Un jour nous partirons.

Le premier soir où du haut du grenier à foin elle put apercevoir les bras du sémaphore décrire pour elle dans le ciel ses premiers mots d'amour, elle voulut s'envoler elle aussi et dessiner à son tour avec son corps, ses bras et ses jambes de longues phrases au-dessus des maisons pour dire à l'homme qu'elle avait rencontré toute la violence qu'elle portait en elle et qu'elle n'osait pas encore découvrir. Ils communiquèrent quelques jours avec ces quelques phrases, puis André Kovski-Laval en inventa d'autres, enfin Claire en réclama de nouvelles. Puis une nuit, dans le grenier à foin, ils se dirent tout ce que les sémaphores du monde ne pouvaient transmettre, un langage de sensations et de caresses dont chacun inventait le code, n'importe où sur la terre entre les chars d'assaut et les bombes qui explosaient.

C'est d'abord d'un œil neutre que le père Belmain vit arriver cet étranger à allure gauche. Mais dans cette maison où l'électricité n'avait pas encore été installée, l'inconnu fut vite le bienvenu puisqu'il apportait, en guise de cadeau de première visite, un bidon de pétrole.

« Je l'ai pris à la compagnie, dit Kovski-Laval, je pourrai en apporter de temps en temps. Mon vrai nom est Kovski ! ajouta-t-il aussitôt.

— Kovski, c'est juif ? demanda Belmain.

— De Pologne, oui, mais je n'ai pas de religion. Je n'ai jamais vu un rabbin de ma vie, dit Kovski.

— Moi j'en ai trop vu des curés, c'est pour ça que je peux plus les voir. »

Comme il avait cru être drôle, Belmain eut un rire de gorge, puis il proposa un verre de mirabelle.

Le lendemain, Kovski arriva avec une bouteille de sirop pour la toux des enfants et une boîte de café qu'il avait réussi à échanger contre un flacon de pétrole à la pension qui le logeait. C'est la mère Belmain qui cette fois fut aimable avec lui, elle, catholique fervente et pratiquante qui ne comprenait pas comment il pouvait exister d'autres religions que la sienne. Elle demanda :

« Monsieur Kovski, est-ce que vous avez un rasoir ?

— Oui, madame Belmain, il est dans ma chambre à la pension.

— Le perruquier a été arrêté, est-ce que vous pouvez venir raser mon mari dimanche ?

— Bien sûr, mais je peux venir demain, si vous voulez...

— Non, non, dimanche, c'est parfait. Mon mari n'a jamais voulu, ni su se raser, alors c'est le dimanche quand je suis à la messe avec les enfants qu'il va chez le perruquier. D'ailleurs, il n'y a pas de rasoir à la maison. »

Le lendemain, les Allemands trouvèrent des armes dans trois maisons du village. Ils obligèrent les propriétaires à venir les casser eux-mêmes sur la place, près de la fontaine publique. L'un d'eux se mit à pleurer.

André Kovski fut accepté par les Belmain un samedi soir quand, la famille, les parents et Claire, allèrent, accompagnés du prétendant, au café Losseroy où, une fois par mois, il y avait cinéma. Le projectionniste arrivé en retard d'Epinal invoqua un convoi de blindés sur la route, puis empoigna sa manivelle, et, une fois lancées, les images annoncèrent sur l'écran *Prison sans barreaux*. Claire pleura et prit sous son manteau la main de Kovski. Ce soir-là, elle écrivit : « Plus tard, je serai médecin ou avocat et je parcourrai avec lui le monde pour sauver ceux qui souffrent. » En sortant, on présenta, sous son nom d'emprunt, André Kovski aux villageois présents.

L'hiver passa en rendez-vous secrets, billets, lettres. Ils firent l'amour souvent dans le sémaphore, quand les trains chargés de blindés passaient à quelques mètres d'eux. Au printemps, il promit à Claire, qu'à la fin de la guerre, elle aurait une bicyclette.

Quand ils eurent décidé d'une date de mariage, André Kovski fit un voyage éclair pour Monterville prévenir Stanislas et Tatiana, ses parents, de l'événement. Deux semaines plus tard, il revint à nouveau, accompagné cette fois de sa fiancée. Sur le quai de la gare de Monterville, il n'y avait que sa mère pour les attendre. Au lieu d'un sourire pour les accueillir et des bras tendus pour les serrer, André retrouva presque une vieille femme en pleurs qui se jeta dans ses bras :

« Maman, c'est Claire...

— Mes enfants, ils ont emmené votre père...

— Les Allemands ? »

Elle fit signe que oui. André Kovski regarda Claire, la prit également dans ses bras, puis pendant que le train s'en allait, ils restèrent là, quelques instants, indifférents aux regards. Puis Claire se redressa et sut que, désormais, elle s'appelait Kovski, Claire Kovski et qu'elle était prête à affronter le monde avec ce nom-là. Mais ni elle ni les autres ne savaient encore qu'ils ne reverraient plus jamais Stanislas, l'émigré qui avait quitté la Pologne juste après l'incendie d'un cirque, et juste avant que d'autres Allemands, déjà, envahissent son pays. Aujourd'hui, il y retournait presque trente ans plus tard, dans un wagon à bestiaux, le corps vieilli, avec l'image d'un fils de vingt ans pour illuminer sa nuit.

Dans un camion bâché, accroupis derrière des betteraves et des sacs de pommes de terre, Claire, André Kovski et sa mère partirent se cacher dans la ferme des Belmain et y restèrent jusqu'à la fin de la guerre.

« ... C'ÉTAIT si beau mon Dieu cette procession avec les pétales de fleurs, les reposoirs et toutes ces fumées dorées qui s'élevaient vers vous. Il y avait tant de ferveur diffuse à travers tous les gens, que j'avais l'impression qu'un d'entre nous allait être choisi, suivre une petite fumée vers le ciel, et monter comme la Vierge retrouver Jésus. Ce Christ, à qui il manque une jambe à l'entrée de l'église, me fait une peine immense. Je sais bien que ce ne sont pas les Romains qui l'ont fait, mais j'ai demandé au curé quand il comptait la réparer, et il m'a assuré qu'il allait organiser une quête spéciale pour la jambe du Christ. En attendant, chaque fois que je le vois, votre fils bien-aimé, je me fais un mauvais sang, inutile, je sais, mais je ne dois pas être le seul. Les femmes le regardent avec tellement de tendresse aussi, que je sens bien que, si elles ne pleurent pas, c'est uniquement pour garder la face... Et je me dis qu'il a déjà eu le fiel, la couronne d'épines et la crucifixion, cette unique jambe pour un Christ magnifique, transparent, raconteur de voyances, qui avait parcouru l'Orient, c'est encore une peine inutile, alors que bien sûr, il ne court pas après ça pour agrandir sa renommée... Les pétales de roses, de dahlias, de pivoines, qui volaient par gerbes tout autour des enfants de chœur, semblaient des prières sorties du cœur des gens pour être montrées en plein jour, en volant vers le ciel. C'était bon de savoir que nous étions tous avec votre pensée dans nos têtes, j'aurais voulu que rien ne s'arrête jamais, tellement je sentais dans ma poitrine une chaleur monter et me rendre content, entouré de ce monde fervent en train de chanter vos cantiques pleins de mystère et de mots latins. Et ces couleurs ! Le rouge des fleurs, le bleu du ciel, les parures des gens, tous habillés de propre et de beau ! Mon Dieu, il faut quand même vous le dire, je vous parle sans arrêt, mais je n'arrive pas à avoir la foi. Je vous comprends et vous sens partout dans mes rêves, mes pensées, les cailloux, le vent, dans l'encrier de l'école, et je sens bien quand je trempe ma plume et laisse aller ma main ensuite, que c'est vous qui me dictez les mots... Mais la foi, qu'est-ce que c'est ? Est-ce que c'est avoir la foi que de vous sentir partout et de penser qu'il y a des fils sacrés réunissant toutes les choses que je vois... ? »

Le déluge ne peut venir que de la Manche ou de l'Atlantique, pensa Léo-Paul, peut-être du mont Saint-Michel, le livre de géographie de l'école disait qu'à cet endroit, l'amplitude des marées était la plus forte : seize mètres au moment des équinoxes !

L'instituteur lui procura le bulletin des marées destiné aux marins et aux gens de la mer, qu'il lisait attentivement, comparant chacune d'entre elles. Un soir, il rapporta, dans un sac en papier, une chambre à air en caoutchouc noir qu'il gonfla dans sa chambre avec une pompe à vélo. Puis, comme si elle était une poupée de satin gagnée à un tir forain, il la posa sur son édredon. Quand, le soir, Claire Kovski entra dans la chambre, elle dit étonnée :

« Mais, où est-ce que tu as pris ça ?

— C'est une chambre à air de tracteur, et je ne l'ai pas prise, c'est Martini le garagiste qui me l'a donnée.

— Qu'est-ce que tu vas en faire ? demanda Claire.

– Rien, c'est seulement en cas... (il n'osa pas prononcer le mot déluge)... en cas d'inondations.

– Mais, on habite au troisième étage, Léo-Paul ! Il n'y aura jamais assez d'eau pour monter jusqu'ici. »

Chaque nuit, à l'heure où il aurait dû dormir, il posait la chambre à air verticale au milieu de sa chambre, se glissait au milieu, à plat ventre et s'exerçait aux mouvements de la brasse comme les décrivait une planche du dictionnaire. « Un, deux, trois, quatre, disait-il tout bas, un, deux, trois, quatre. » Il projeta qu'au printemps, il irait tout seul à la nuit tombante au lac des Evêques vérifier l'efficacité de son entraînement.

Claire, excédée, dit qu'elle ne voulait plus voir cette monstruosité au milieu de la chambre. Alors, il dut dégonfler la chambre à air de moitié et la glisser sous son lit. Cette nuit-là, il s'endormit, la main posée sur cette peau de caoutchouc.

Un soir, l'énorme radio posée sur le buffet de la cuisine annonça que les accords d'Evian venaient d'être signés. Léo-Paul crut à un nouvel arrangement sur les eaux minérales et ne sut pas tout de suite que la guerre d'Algérie, pour laquelle il avait si souvent prié, était terminée.

C'est quand il allait chercher les paquets de gauloises bleues de son père, au bureau de tabac, qu'il achetait pour vingt centimes des petites enveloppes fermées contenant les images des animaux du monde entier. Au moment de prendre chaque paquet, il hésitait, en prenait un, puis le reposait de peur d'avoir déjà la série dans sa collection. Minutieusement, il collait ensuite les images sur un album où chaque animal avait son emplacement, son lieu d'origine étant indiqué en italiques.

Le garde forestier Lorrain qui le regardait acheter la collection d'animaux du monde lui confia que les gens les plus intelligents de la planète, les présidents, les rois, les médecins et les généraux avaient tous lu le dictionnaire et le connaissaient par cœur. Lui-même le lisait chaque soir en rentrant, et en était déjà à la lettre K... Seulement, à la lettre K, pensa Léo-Paul qui, en plus, trouvait qu'il sentait le vin !

Le garde forestier enchaîna... « *Kronprinz*, nom masculin, de l'allemand *Krone*, couronne et *Prinz*, prince; titre donné naguère au prince héritier en Allemagne... *Kroumir*, nom masculin, sorte de pantoufle en peau portée dans les sabots... »

« Tu vois, ça fait de l'effet et c'est simple : tu lis, tu fermes les yeux, tu répètes dans ta tête et vérification jusqu'à ce qu'il n'y ait plus d'hésitation. »

Bien que le garde lui eût toujours semblé hâbleur et imbécile, le soir même, assis à la table de cuisine, le globe blanc électrique au-dessus de sa tête, Léo-Paul entreprit de lire son dictionnaire (*Le Nouveau Petit Larousse illustré*, 16e édition). Son père était déjà au lit et Claire faisait une nuit de garde à l'hôpital. Léo-Paul profita de cette soirée d'enfant seul, mais ne sut par où commencer tant cette montagne de mots lui semblait impossible à retenir. Quand même, les deux mots cités par Lorrain l'avaient impressionné : *Kronprinz* et *Kroumir* !

Il feuilleta d'abord la partie histoire, pour commencer en douceur et se détendre avec les cartes de l'Asie, de l'Amérique, de l'Océanie, et surtout avec les planches Beaux-Arts qu'il affectionnait particulièrement, parce qu'y étaient reproduites les seules femmes nues qu'il eût l'occasion de regarder sans être inquiété. La *Vénus* de Botticelli ne l'intéressa guère, debout sur son grand coquillage, elle dissimulait de ses mains et de ses cheveux des seins qu'il ne pouvait qu'imaginer. Léo-Paul passa très vite pour aller vers l'*Esther* de Chassériau, nue elle aussi, mais les bras levés, cheveux noués en arrière, celle-là laissait voir une jolie poitrine ronde. Il traîna un peu devant cette beauté nonchalante, retardant le moment d'aller vers ses préférées, qu'il gardait pour la fin : *La Liberté guidant le peuple* de Delacroix et surtout *Les Seins aux fleurs rouges* de Gauguin.

Quel beau titre, pensa-t-il, cheveux noirs, lisses, grandes bouches, les deux filles du tableau semblaient douces et dociles avec leurs deux petits globes et leurs pointes dressées au milieu !

Pour ne pas se heurter tout de suite à la lettre A, qui comportait bien trop de mots, il feuilleta très vite les W, X, Y et Z. Savoir tous les mots Z du monde ne serait déjà pas si mal !, se dit Léo-Paul. Mais que tout était difficile malgré les seules cinq pages de Z, malgré le vrai plaisir à prononcer Zapatéade, Zeppelin, Zibeline, Zinzinuler, Zygomatique. Difficulté de se souvenir des ordres, comme l'avait préconisé Lorrain... Zabre, Zagaie, Zagal, Zakouski, Zamier, et les définitions ensuite.

« Je ferais bien une partie de zanzibar ce soir ! » déclara-t-il à tout bout de champ pendant plusieurs semaines.

Sans compter les dérivés : « Tu ne ferais pas une partie de zanzibar ?

– Maintenant ?

– Non, ce soir ! »

Ou bien encore : « Mais où sont passés les dés pour le zanzibar ?

– Mais c'est quoi ce zanzibar dont tu nous rebats les oreilles matin et soir ? demanda Claire excédée.

– *Zanzibar :* nom masculin, jeu de hasard qui se joue dans les débits de boisson au moyen de deux ou trois dés et d'un cornet », sortit d'une seule traite Léo-Paul qui, devant l'étonnement de sa mère, pensa l'avoir sidérée par son intelligence. Quel fils j'ai là ! devait-elle penser. Elle dit :

« Qui donc t'apprend des mots aussi ridicules et que personne n'utilise jamais ? »

Bien que la première démonstration de son nouveau savoir n'ait pas été une réussite, il continua néanmoins d'ingurgiter les lettres W, X, Y qui, à elles seules, ne faisaient que quatre pages. Il prit plaisir à remplacer « Tente » par « Wigwam » et « Chicorée » par « Witloof »... « Un paquet de

witloof Leroux, s'il vous plaît... » Il préféra
« Yogourt » à « Yaourt » qui lui sembla commun et
apprit aussi que s'il entendait « Youpin » prononcé
à côté de lui, il ne devait pas chercher à qui cela
s'adressait, etc.

Découragé devant tant de mots, devant un monde
aussi diversifié, compliqué et doutant de ne jamais
devenir l'homme intelligent qu'il rêvait d'être, il
repartait parfois vagabonder vers les pages Beaux-
Arts et, avec la loupe empruntée à l'école, regardait
jusqu'à ce que les yeux lui piquent, les seins agrandis des filles aux fleurs rouges. Gauguin devint alors
son peintre préféré...

Claire attrapa une vilaine grippe et, pendant
quatre jours, dut rester au lit. Léo-Paul, ravi d'être
garde-malade, fut tout le jeudi près d'elle, à errer
dans leurs trois pièces. Il aurait voulu qu'un médicament ou qu'une infusion à prendre toutes les demi-
heures lui soient nécessaires pour revenir sans cesse
demander si elle avait besoin de quelque chose. Il
éloigna le réveil posé sur le faux marbre de la table
de nuit, pour que le tic-tac ne l'agace pas et, sans
qu'elle le sache, s'agenouilla à plusieurs reprises
pour prier. Les yeux fixés sur le raphia du quart
Perrier qui lui servait de lampe de chevet, Léo-Paul
donna à Dieu et uniquement ce jour-là le visage de
Pasteur, celui du livre d'histoire, barbu, une éprou-
vette à la main.

Elle réclama de l'aspirine. Un verre d'eau posé sur
une soucoupe, il apporta deux cachets. Près d'elle,
au moment de les jeter dans l'eau, un des deux com-
primés tomba à terre sur la descente de lit. En se
baissant pour le ramasser, son regard fut attiré par
une compresse imbibée de sang, posée là, comme
cachée, sous le lit. Il imagina aussitôt que sa mère ne

lui avait pas dit la vérité, et que ce qu'il croyait être une grippe était en réalité une blessure qui saignait et qu'elle avait voulu lui cacher. Sans un mot, il ramassa le cachet et courut en chercher un autre à la cuisine. La compresse de sang se transforma dans sa pensée en une grosse limace écrasée... Sa mère blessée !...

Il pensa habile, en revenant près d'elle, de lui demander si elle ne s'était pas fait mal au pied, si elle n'avait pas marché sur un clou par exemple...

« Qu'est-ce que tu me racontes, Léo-Paul ? »

Il dut parler de la compresse sous le lit. Claire comprit aussitôt le quiproquo et dut expliquer à Léo-Paul qui n'en revenait pas, qu'elle saignait tous les mois entre ses jambes, et que c'était normal !

« Toutes les femmes ou seulement toi ?

— Toutes... »

Elle ne s'était pas levée de la journée et regretta que son fils ait fait connaissance de cette manière avec une partie secrète du monde des femmes. Pour ne pas en rêver la nuit, il essaya toute la soirée de penser au seul visage de sa mère comme s'il se détachait du reste du corps, pour n'être que les joues qu'il aimait embrasser et la bouche qui lui donnait des baisers.

ÇA puait horriblement et des rats détalèrent à son arrivée. Au milieu des fleurs pourries et des cuisinières cassées de la décharge municipale, il cherchait de vieilles bouteilles de limonade. Fermoir en fer, petite rondelle de caoutchouc pour l'étanchéité, elles étaient idéales pour résister à l'eau. Marin envoyant des messages à une fiancée imaginaire, il avait entrepris de faire un résumé de la ville qu'il habitait.

Si demain, tout est emporté, il faudra que l'on sache comment était cet endroit où je vivais, les rues, les hôtels, les commerces, les parterres de fleurs, les oiseaux, les noms des habitants avec ce qu'ils rêvaient la nuit, et aussi le jour, ce qui leur faisait peur. Que l'on connaisse de moi, si je ne pouvais plus parler ou respirer convenablement, toutes mes merdouillettes, mes zigrofules et mes ratabouilles !

Il découvrit un lot de masques à gaz de la guerre et en sortit un de son étui métallique. Une fois déplié, il le porta à son visage pour vérifier si ça filtrait aussi les odeurs... ouitch... ça puait toujours autant ! Il replia le masque et le glissa dans sa musette en bandoulière, à côté d'une dizaine de bouteilles de limonade.

Avant d'arriver chez lui, il croisa Antoinette Arnoux qui ne le laissait pas indifférent. Il parla quelques instants avec elle sur le trottoir. Son frère venait d'avoir son permis de conduire et elle cherchait un cadeau à acheter.

« Achète-lui un porte-cartes !

– Il en a déjà un... Je pensais à des disques, il adore les Rolling Stones... ou alors un beau porte-clefs !

– Un disque, c'est mieux ! »

Il eut envie de lui donner un baiser parce que sa peau semblait très douce, mais il n'osa pas. Il dit :

« Qu'est-ce que tu écrirais à quelqu'un que tu aimes beaucoup si tu devais partir tout de suite ?

– J'écrirais que je dois partir tout de suite ! »

Cette logique désarma Léo-Paul. En entrant dans sa chambre, il avait gardé un peu de ce désir d'embrasser Antoinette Arnoux dans un coin de sa tête. Il écrivit :

Aux inconnus rescapés des eaux de l'océan et des fonds de la mer !

Je m'appelle Léo-Paul Kovski, je suis né le 12 mai 1952 à l'hôpital de Monterville (France). Mon père s'appelle André et ma mère Claire, je les aime tous les deux, bien qu'ayant une petite préférence pour ma mère que je trouve très belle. Je n'ai pas de frère ni de sœur et c'est bien quand même. A l'école, j'ai quelques copains et mon préféré est Daniel Larminaux. Ses grands-parents sont très riches, ils ont un hôtel d'au moins quatre-vingts chambres avec salles de bain et, chez lui, il y a un train électrique, la panoplie du petit chimiste et des voitures miniatures qui ressemblent exactement aux vraies. Son père a une Porsche grise et, l'hiver, quand l'hôtel est fermé, il fait des rallyes. Moi, j'aimerais bien, plus tard, être champion automobile avec un casque blanc à damiers sur la tête comme Jean Behra. Il y a plein de gens, ici à Monterville, à qui je dis bonjour avec plaisir en prononçant bien toutes leurs syllabes et leur nom en entier. D'autres à qui je dis seulement « ssieur ou m'dame ». J'aimerais beaucoup que mes parents soient riches comme le père Larminaux, bien que sa femme soit partie à cause du divorce. Ça m'humilie tellement de dire à la patronne du Supégé : « Vous marquerez ! » Je le dis le plus doucement possible pour que ceux qui font la queue derrière n'entendent pas, mais je sais qu'ils murmurent dans mon dos avec un sourire : « Les Kovski achètent à crédit. » J'aime bien l'été parce qu'il y a plein de curistes qui viennent de Paris, de Marseille, d'Alsace et même de Hollande, et dans le parc, à côté du casino, des musiciens jouent de la musique classique sur un petit kiosque en plein vent. J'aime l'hiver aussi parce qu'on est plus seul avec la neige et même si on ne dit rien, on pense à des choses importantes. Les autres garçons de l'école ont peur des loups, de la nuit, des sorcières, des romanichels, des Allemands et des chats sauvages. Moi, c'est de *l'océan* dont j'ai peur. Je sais qu'il est à plus de cinq cents kilomètres d'ici, mais c'est au déluge que je pense, comme dans le début de la Bible, avec la colère de Dieu, Noé, les animaux et les arcs-en-ciel. Mon grand-père Stanislas et ma grand-mère Tatiana sont venus de Pologne il y a très longtemps, et mon grand-père a toujours dit que la France était un ramassis de voyous, de dresseurs d'ours, de montreurs de faux zèbres comme lui, et qui s'étaient arrêtés là, à cause de *l'océan.* Moi, j'aime beaucoup la France parce que si je compare tous les drapeaux du monde entier, c'est le français avec le bleu, le blanc et le rouge qui est le plus réussi. Et quand la fanfare de Monterville joue *La Marseillaise*, je ne peux pas m'empêcher d'avoir des larmes plein les yeux à cause des émotions patriotiques.

C'est la fin de ma lettre, je vais encore répéter mon nom au cas où il y aurait des infiltrations dans la bouteille, et que l'eau de l'océan tache quelques mots : je m'appelle Léo-Paul Kovski, j'habite Monterville (est de la France), j'aime bien marcher sur la terre en écoutant mes pieds et en regardant le ciel, je n'arrache jamais les ailes des hannetons et je voudrais qu'on ne m'oublie pas.

Il relut, hésita sur quelques fautes d'orthographe, inscrivit deux signatures au bas de la page, une lisible, l'autre illisible puisqu'il n'en avait pas encore une de définitive. Après avoir roulé la feuille de papier, qu'il entoura d'un petit fil de laine bleu, il glissa le tout à l'intérieur d'une bouteille de limonade. Il fut alors rassuré, et pensa qu'il pouvait attendre, d'une manière déjà plus sereine, l'arrivée du deuxième déluge de l'histoire du monde.

« Il vous a embrassée ? » chuchota l'abbé Guillaumain, en se rapprochant de la séparation de bois croisé.

Claire Kovski voulut répondre, puisque c'était une évidence, « oui, bien sûr », mais elle ne put que préciser ce qui était l'exacte vérité :

« C'est moi qui l'ai embrassé, mon père...

– Et vous avez... continué ? »

Claire mordait ses lèvres, ses genoux lui faisaient mal, elle eut envie de se sauver.

« Non, non et non : seulement embrassé... Mais j'ai pensé à cet homme-là tellement de nuits. »

Le père Guillaumain avait l'art de pousser ses confessions comme un interrogatoire de police.

« Donc, à côté de votre mari, vous aviez en tête un autre homme ?

– Oui, un autre homme, enfin, un visage d'homme.

– Et aujourd'hui ?

– J'y pense parfois. »

Elle avait voulu dire exactement : de moins en moins souvent.

Après que le père Guillaumain lui eut donné l'absolution, Claire s'écarta du confessionnal et regarda autour d'elle. Les visages qui attendaient semblaient recueillis et n'avoir rien entendu. Elle ne sut pas pourquoi elle continuait ce rituel de la confession. Habitude, peur, elle n'en savait rien. Ça aurait dû soulager son esprit, et là, elle se sentait plus mal à l'aise encore. Avoir parlé avec ce curé de ses regards à elle, de ses désirs à elle, de ses insomnies ! Des ces fragilités que l'on doit taire, parce que les mots n'expriment pas exactement les nuances. *Désir* était un mot qu'elle aimait parce qu'il signifiait à lui seul toutes les forces qui poussent quelqu'un vers autre chose, un autre être, une autre vie, ou vers soi-même. Désir d'être belle, aimée, regardée, désir de chaleur, d'enlacement, de paroles, de voyage, désir de vivre, d'exister autrement, mieux, sans tricherie. Elle se sentait tellement désireuse !

Elle se retrouva dehors sans avoir été se recueillir ni réciter de pénitence. Elle décida alors qu'elle n'entrerait plus jamais dans une église avec un sentiment de culpabilité, et qu'elle ferait désormais son affaire de ses désirs avec certaines de leurs contradictions.

Pendant plusieurs mois, Léo-Paul remplit de messages les bouteilles de limonade :

Il y a parfois ici jusqu'à vingt-cinq centimètres de neige l'hiver et le thermomètre minima/maxima de l'école a indiqué en février dernier -28°. Des gens de la ville d'à côté ont dit qu'ils avaient vu un loup à la lisière de la forêt, mais ne l'ont pas attrapé. En revanche, on a exposé pendant deux jours à la mairie, un chat sauvage abattu tout près d'ici. Il était très beau, avec du jaune et des zébrures marron et gris et une queue très longue... Voici les oiseaux que je connais parce que je les vois souvent : la mésange, le moineau, le rouge-gorge, l'hirondelle, le pinson, la pie, la caille, le merle, la perdrix et le corbeau. Bien que je le confonde avec la corneille, c'est le corbeau mon oiseau préféré parce qu'il est le plus mystérieux de tous. Un jour, au bord du lac des Evêques, j'ai vu des poules d'eau avec du rouge autour de leur bec et des petites plumes blanches sur le côté, elles faisaient kitik, kitik, ik... Le temps passe si lentement ! Depuis que j'ai écrit le premier message, il y a eu un hiver, un printemps et un été, j'ai été reçu premier du canton à l'examen d'entrée en sixième et je suis maintenant au lycée avec plein de visages nouveaux. J'ai passé une partie du mois de juillet en vacances chez ma grand-mère Tatiana, et elle m'a parlé, avec son accent, de la Pologne en 1915, quand elle était jeune fille et qu'elle ne connaissait pas encore mon grand-père. J'aime tellement entendre sa voix qui raconte...

« Ma mère était de Lodz et mon père de Craco-vie, comme ton grand-père Stanislas. Elle préparait des petits plats viennois, le *schnitzel* que tu connais, et des desserts dont je raffolais avec des marrons et de la crème et des pelures d'oranges, je t'en ferai un demain !

« Tout en haut de la cheminée de notre maison, des cigognes avaient fait leur nid et revenaient à chaque saison, et moi, j'inventais toujours des his-toires d'animaux, avec des cerfs, des ours et des loups-garous pour apeurer mes petites cousines. A la maison, il y avait deux chevaux, un pour travailler la terre, un autre, plus fin, pour tirer une espèce de petite charrette à deux roues avec laquelle nous allions en ville faire des achats, à la synagogue ou chez le médecin. Quand je dis travailler la terre, mes parents ne possédaient qu'un arpent grand comme l'esplanade de Monterville et c'est un oncle céliba-taire, qui habitait chez nous, qui s'occupait des cul-tures. Mon père, herboriste, m'avait donné le goût de lire. Lui-même écrivait et continuait de le faire. A Varsovie, il s'était lié d'amitié avec Sienkiewicz, l'auteur de *Potop* qui signifie *Déluge*, mais aussi de *Quo vadis?* qui est plus connu. Il avait beaucoup fréquenté les milieux littéraires de Cracovie quand il était étudiant, et gardait de cette période un goût pour le papier, l'encre et les mots. Il écrivait tard dans la nuit et parfois, il me réveillait pour me lire ce qu'il venait d'inventer. Mon poète préféré, à l'époque, était russe, Anton Tchekhov, souviens-toi de ce nom, c'est un des plus grands parce qu'il sait parler de la vie des gens, avec les illusions, le temps qui passe, et la mort qui se mélange à la vie de tous les jours. A la fin d'une de ses pièces de théâtre, une

50

jeune fille qui s'appelle Irina dit à ses deux sœurs :
« ... Un temps viendra où l'on comprendra tout cela,
« pourquoi ces souffrances, il n'y aura plus de mys-
« tère; mais en attendant, il faut vivre... Il faut tra-
« vailler, travailler... Demain, je partirai enseigner à
« l'école, je donnerai ma vie à ceux qui en ont
« peut-être besoin... » C'est beau, n'est-ce pas ?
Quand j'ai vu cette pièce la première fois, j'ai pleuré
et c'est exactement cela que j'ai voulu faire, travailler, être gaie, rendre la vie du monde plus belle,
toute seule, dans mon coin, en pensant que l'avenir
serait radieux, parce que la guerre, c'est tout le
monde ensemble qui a le mal de la nuit, alors que
vous, ceux de ton âge, vous n'aurez envie que de la
lumière et de l'espace, vous serez fous d'imagination ! Regarde aujourd'hui, partout autour de nous,
on a reconstruit de beaux logements avec des salles
de bain, le chauffage central... et toutes ces voitures ! Le téléphone que tout le monde pourra avoir
chez soi, même nous, parce que ce ne sera pas cher,
et la télévision pour connaître les visages de ceux
qui vivent ailleurs et autrement. La nuit, j'écoute sur
la radio et des gens parlent à d'autres de leurs pei-
nes, et d'en parler on sent que ça les soulage, qu'ils
repartent un peu plus forts au matin... Mon petit
enfant, ton monde sera le plus beau de tous, parce
que les gens auront de la culture et qu'ils ne seront
pas repliés sur eux-mêmes, je sens bien la générosité
qui revient, l'enthousiasme pour que des millions de
gens ne soient plus opprimés, pour qu'il n'y ait plus
de camps de concentration. Je n'irai jamais en Allemagne parce que je ne peux pas y aller, mais toi,
vas-y, connais-les, parle avec eux, apprends leur langue, ceux de ton âge te ressemblent là-bas, apprends
leurs poètes, leurs villes, leurs fleuves et leur musique, c'est ça l'avenir, une Europe où on se sent bien,
chez soi, avec des idées à revendre... Tu sais, c'est un
vieux pays l'Europe, avec de l'histoire et des civilisations complexes qui ont inventé le monde d'aujour-

d'hui. Moi, j'ai soixante-quatre ans, j'ai vu deux guerres et je vais mourir bientôt. Je ne verrai pas tout ça, un monde qui parle de tout et rien, mais qui parle, qui rit et danse. Imagine, Léo-Paul, un poète qui saurait inventer les mots et qui saurait danser ! »

A ceux du lycée qu'il connaissait, comme aux autres, Léo-Paul demanda d'écrire un mot, une phrase, une lettre, s'ils en avaient envie. Il ne parla pas de déluge.

« Si une soucoupe volante venait vous chercher, qu'est-ce que vous auriez envie d'écrire ? leur demanda-t-il.

— A quelqu'un qu'on connaît ?

— Si tu veux, mais pourquoi pas à un inconnu pour qu'il sache exactement à quoi tu pensais avant ton départ ! A moins que tu veuilles aussi lui confier un secret...

— On peut écrire sur ce qu'on rêve d'être plus tard ?

— Tout, dit Léo-Paul.

— Moi, je voudrais coucher avec la fille Mangenot ! dit Montini.

— Pourquoi ? » dit le petit Derrieux qui souvent ne comprenait pas grand-chose.

Alors, des mots arrivèrent, des billets ou des lettres très longues. On remettait le matin dans la cour ce qu'on avait écrit la veille ou la nuit, en secret, avant de dormir. Léo-Paul, le soir même, les glissait dans une bouteille en collant dessus le nom de l'auteur et la date.

Il y eut comme ça, dans la chambre de Léo-Paul, puis dans la cave des Kovski, toute une partie de l'histoire des garçons et des filles de Monterville. Ils avaient onze, treize ans et ne savaient pas encore s'ils allaient devenir aventuriers, charcutiers, professeurs ou clochards, mais ils écrivirent, sur des feuilles de cahiers de textes ou de brouillon, des messages d'urgence ou de dernière minute.

> A Nina, la fille que j'ai embrassée dans la chenille, le lundi de la fête de Monterville. Si un jour, elle trouve cette lettre, je veux qu'elle sache que c'est à elle que j'ai pensé en quittant la terre et que j'ai emporté avec moi la jonquille qu'elle avait dans ses cheveux.

Léo-Paul enroula soigneusement chaque message, comme il l'avait fait pour ses lettres à lui, et noua autour des bouts de laine ou de ficelle.

> Je ne penserai jamais à mon père, ni à ma mère, parce qu'ils m'ont trimbalé entre eux deux comme un colis postal, sans jamais me dire s'ils m'avaient aimé plus qu'eux-mêmes. Alors, je penserai à ma petite chatte Monette qui s'est fait écraser l'année dernière, je penserai à des chansons de la radio, et je chanterai pour moi, dans ma tête : *Tombe la neige, tu ne viendras pas ce soir, tombe la neige, tout est gris de désespoir...* Signé : Lionel Dupin.

> Je penserai aussi à moi quand j'aurai vingt ans et que je reviendrai de la planète Mars, avec un uniforme d'officier, comme les cosmonautes russes avec des médailles et des étoiles plein les yeux... Jean-Claude Roche.

De tous ces messages qui racontaient des secrets ou des banalités comme celui de Jacques Robichon adressé au président du Texas parce qu'il avait toujours rêvé d'être cow-boy, un vrai, avec un colt 45 au côté, un mustang et un lasso et qu'il souhaitait être naturalisé en prenant le nom de Buck John, Léo-Paul garda deux lettres. Une qu'il lut et relut, une autre qu'il retourna, regarda en transparence grâce à une ampoule électrique parce qu'elle était cachetée à la cire et qu'il essayait d'en deviner les mots cachés. C'est Simon Loste qui la lui avait remise dans la rue, sans dire un mot puisqu'il était muet. Muet de stupeur, un jour d'enfance, pour avoir fait connaissance avec la mort à un âge où l'on n'imagine pas qu'elle existe. Une mort venue lui arracher les deux personnes les plus tendres, les plus aimantes et les plus belles qu'il ait jamais connues : Simon, à huit ans, avait vu l'éclair de la bombe au loin, entendu l'explosion, et il avait eu beau courir, s'essouffler, arriver avant que tout recommence, il avait été bien trop tard de toute façon. Les visages qu'il avait toujours connus penchés près de ses joues s'étaient soudain ridés comme des peaux de lait et déformés comme dans des cauchemars. Simon voulut crier au monde la fin de son enfance, mais sa voix resta enfermée sous sa peau et lui seul s'entendit déchirer avec sa gorge le silence des fumées qui s'élevaient. C'était donc aussi cela la guerre, et pas seulement les chars plus grands que les jouets, ou ces uniformes inconnus qui l'avaient pourtant porté à bout de bras, avec des sourires et des mots étrangers dans la bouche.

Aujourd'hui, pour tout le monde ici, Simon était le muet qui s'occupait des pelouses, des parterres et des bordures de fleurs de la ville, celui qui dessine les rangées de roses, les losanges de pensées, et les carrés de mauves, celui qui invente les allées menant des sources à la chapelle ou au golf miniature. On ne lui disait que quelques mots dans la rue, pour qu'il n'ait à répondre que par des gestes simples. Léo-Paul l'évitait parce que cette difficulté d'échange le mettait mal à l'aise, et c'est Simon qui lui avait tendu, à la sortie du cinéma, cette lettre scellée en faisant des signes qui signifiaient : « Ne pas ouvrir maintenant, un jour peut-être, quand moi, je te le dirai ! » Léo-Paul, après avoir longuement hésité, retourné la lettre, la glissa finalement dans une bouteille qu'il ferma hermétiquement et plaça au milieu de toutes les autres.

L'autre lettre, qu'il garda sur lui plusieurs semaines avant de se résoudre à l'enfermer, avait été écrite par Cécile Dodin, treize ans et demi et qui était déjà en quatrième.

Ma vie n'a rien de passionnant. Je regarde les gens autour de moi et j'ai l'impression qu'il leur arrive des tas de choses. Moi, je me regarde et je me dis : Voilà, j'ai treize ans et quelque, je mesure un mètre cinquante-six et je suis un petit caillou sur la terre, un point, un confetti, une virgule sur une page. Je suis une apparence de rien, on ne me remarque pas dans la rue, on ne dit pas « quelle jolie fille », on ne dit pas non plus que je suis laide. C'est comme si j'étais neutre, ni noire, ni blanche, une couleur intermédiaire. Comme l'automne ou le printemps qui ne sont pas de vraies saisons, seulement bonnes à être des traits d'union entre l'hiver et l'été. Je suis sans doute une automne.

J'aime bien ma peau parce qu'elle est très blanche, et mes hanches ne sont pas dessinées. J'ai deux framboises accrochées à ma poitrine et on les remarque moins que mes côtes quand je me déshabille. Mais je ne me préoccupe pas beaucoup de ce corps qui va prendre une autre tournure avec des courbes à attraper, et du sang qui va couler. J'aurais plutôt envie que ça n'arrive jamais, parce que je sais qu'à cause de tout cela les regards des garçons vont changer, et je n'aime pas ces regards-là. Ni peur, ni envie, parce que c'est autre chose que je trouve important, tout ce que les yeux ne voient pas, tout ce que les mains ne touchent pas. Je voudrais être une personne sans contours, qui ne soit ni une femme, ni une petite fille, une autre chose à laquelle je n'ai pas encore trouvé de nom. Il ne faut pas croire que mon corps me fait honte. Je suis très à l'aise quand je me déshabille aux visites médicales ou sur la plage du lac des Evêques. Peut-être parce que je ne sens pas encore suffisamment leurs regards. Mais, au contraire des autres filles, je n'ai pas d'impatience à ce sujet parce que je sais qu'elles se trompent dans cet espoir. Un jour, j'ai pensé que même les pierres mouraient à cause des regards. Les cathédrales sont mortes depuis longtemps à cause des milliards de regards qui leur ont volé, à chaque fois, une infime partie de pierre, et encore plus aujourd'hui avec les appareils photos et les caméras. Les femmes aussi meurent d'être trop regardées, et je ne veux pas que des yeux me volent ma peau. C'est pour cela que je ne veux pas donner d'importance à tout ce qui est mon apparence, pour ne pas avoir à faire semblant de vivre, alors que ce serait la mort qui aurait commencé à se glisser doucement dans mon adolescence.

Cécile avait adressé sa lettre à un marin imaginaire, n'importe quel marin, pourvu qu'il vienne des mers et des océans du nord et qu'il soit habillé de blanc.

PARALLÈLEMENT, Léo-Paul continua à répertorier tout ce qui existait, acheta de grand cahiers, des fiches et se mit à classer, noter, cataloguer, faire des colonnes, souligner, encadrer, grouper tout ce qui formait un couple. Il chercha les noms des femelles et fit des listes... cheval/jument, cochon/truie, sanglier/laie, jars/oie, coq/poule, âne/ânesse, cerf/biche. Dans un autre cahier, il colla les couples célèbres du cinéma, de la politique, de la royauté : page de gauche, l'homme et à droite la compagne ou l'épouse, en dessous les enfants. Il découpait ces photos dans les magazines, arrachait les pages quand il allait soit chez le dentiste, soit chez le médecin. Quand le shah de Perse épousa Farah Diba, il colla également une photo couleur du mariage. A la mort de Kennedy, il dessina une croix sous le portrait et encadra de noir les deux enfants orphelins. Yvonne de Gaulle était là, en face de son mari, comme Elisabeth II et le duc d'Edimbourg ou Simone de Beauvoir et Jean-Paul Sartre. Il pleura à la mort de Marilyn Monroe et colla deux violettes séchées sous sa photographie. Il commença même une lettre à Arthur Miller pour lui dire toute la peine qu'il éprouvait lui aussi, mais sans adresse exacte, il imagina bien que la lettre n'arriverait jamais.

Il décida pourtant à l'occasion de Noël d'écrire au président de la République. Dans une enveloppe où il avait simplement écrit : « Général de Gaulle, Elysée, Paris », il glissa cette lettre :

Monterville-les-Bains, le 20 décembre 1963.

Cher Général,

Cette année, j'ai eu onze ans et je n'ai rien demandé pour Noël à mes parents, parce que c'est de vous que je veux obtenir une faveur. Quand je vois toutes les violences, toutes les guerres, celle d'Algérie qui vient de se terminer, celle du Viêt-nam qui continue, je suis certain que le Dieu des catholiques ne restera pas indifférent. Déjà, je vois des signes de son irritation : Monsieur H., le président de l'O.N.U. que j'aimais beaucoup, est mort, le président Kennedy également, et même Jean XXIII n'y a pas échappé. J'ai peur que ça aille un jour jusqu'à un deuxième déluge et j'aimerais que la France soit le pays qui ait prévu de sauver le monde vivant. Pouvez-vous donc prévoir, à proximité du zoo de Vincennes, un énorme avion à réaction, stationné en permanence, pouvant emporter un exemplaire de chaque race d'animaux ? Le gardien et la gardienne du zoo représenteraient la race humaine et s'occuperaient de la nourriture et des soins pendant le voyage. Une piste d'atterrissage pourrait également être aménagée vers la mer de Glace, à proximité du mont Blanc qui, entre parenthèses, ne fait que trois cent soixante mètres de moins que le mont Ararat où Noé avait échoué avec son arche, ce qui fait que toute cette affaire resterait entièrement française.

Bon, je vous quitte parce que je ne vois plus rien à dire. Je vous souhaite, ainsi qu'à Madame de Gaulle un joyeux Noël et une Bonne Année 1964.

Léo-Paul Kovski.

Léo-Paul n'avait pas d'oncle du côté de son père, et son grand-père n'avait qu'une sœur restée en Pologne. Il sut très tôt qu'il était et resterait fils unique, qu'il serait le dernier Kovski de cette lignée de voyageurs venus d'Orient et il fut effrayé à la pensée qu'une catastrophe pouvait arrêter un jour l'histoire de ce nom, de cette famille arrivée jusqu'à aujourd'hui après avoir défié les épidémies, les guerres et les siècles. Léo-Paul sut déjà qu'il ne serait pas ingénieur, ni champion automobile mais qu'il tenterait de tracer, avec tous les éléments qu'il trouverait, les signes des histoires vécues, des histoires à vivre et des histoires rêvées. Celles qu'il allait rencontrer ne lui appartenant pas, celles aussi qu'il allait imaginer à défaut de les vivre, pour qu'un jour on puisse savoir qu'il existait et que cela se passait vers la fin du XXe siècle.

Au mois de janvier, une lettre intrigua tous les employés de la poste de Monterville qui se la repassèrent les uns après les autres pour essayer de percer son secret : elle était adressée à Léo-Paul Kovski, et, sur le coin gauche de l'enveloppe, imprimé en lettres à relief : PRÉSIDENCE DE LA RÉPUBLIQUE. Bien avant que Léo-Paul sût qu'une telle lettre l'attendait, toute la ville parlait du Général qui avait envoyé un courrier au jeune Kovski. Quand il rentra de l'école à midi, Léo-Paul trouva sur la table de la cuisine, à côté du couvert que sa mère lui avait préparé avant de partir pour l'hôpital, la fameuse lettre venant de Paris. Avant de la décacheter, Léo-Paul la regarda, la soupesa, la caressa même et essaya d'imaginer de quel décor elle pouvait provenir et quelles mains l'avaient touchée. Il ferma les yeux, il la respira une dernière fois avant de l'ouvrir. Il sortit une feuille dactylographiée, pliée en quatre et qu'il mit bien à plat sur la table avant de lire :

> Cher jeune Léo-Paul,
> Je vous remercie pour votre lettre, dont j'ai pris bonne note, et tiens à vous assurer que tout ce qui est en mon pouvoir sera fait pour mener au mieux, dans la réalité, votre suggestion. Merci également pour vos vœux. Je vous prie d'accepter les miens, non seulement pour l'année en cours, mais pour qu'un avenir radieux et à votre mesure vous attende, à condition que vous fassiez tout, je dis bien *tout* pour y accéder.
> Le Président de la République.

Sous cette dernière ligne aux lettres imprimées, il y avait manuscrite et à l'encre la signature prestigieuse : *Charles de Gaulle.*

Léo-Paul relut plusieurs fois la lettre, à haute voix pour que les murs l'entendent, pour que sa chambre, la cuisine, le réchaud à gaz, tout le décor qui vivait avec lui chaque jour entende bien ce qu'un président de la République lui avait écrit, à lui, Léo-Paul Kovski, fils d'un cheminot-mireur de bouteilles et d'une aide-soignante-femme de ménage. Il eut envie de pleurer quand il prononça en déliant bien les mots : Cher / jeune / Léo-Paul / Charles / de Gaulle. Il ne mangea pas et rangea son couvert. Avant de repartir en classe, il replia le courrier extraordinaire et glissa l'enveloppe sous son maillot de corps, contre sa peau.

Quand il se retrouva dans la rue, qu'il entendit le crissement de la neige sous ses pieds, il porta la main vers son cœur, vers la lettre et se demanda s'il avait neigé aussi à Paris.

Un vent glacial s'engouffra dans les rues, sous les galeries en mosaïque bleue, près des sources et Monterville ressembla à une ville morte. A cause aussi des longues façades blanches des hôtels aux volets clos, un touriste égaré aurait pu penser qu'il s'agissait là du décor abandonné d'un film. Silence et neige comme si tous les rêves attendaient le printemps pour apparaître à nouveau au grand jour, la vie se chuchotait, réfugiée au fond des maisons. Les seuls grands rassemblements étaient ceux qui conduisaient à la messe du dimanche à dix heures, suivis des traditionnelles processions au café-brasserie des Voyageurs (le plus proche de l'église) puis chez le pâtissier pour le pavé au kirsch ou l'ambassadeur aux amandes. L'après-midi, André Kovski jouait aux cartes dans un bistrot un peu moins huppé que les Voyageurs et qui s'appelait le café du

Pavillon (du nom d'une des sources) et rentrait parfois un peu éméché, tard dans la soirée; Claire Kovski passait quelques heures chez la femme du coiffeur pour hommes, Jonquard, et Léo-Paul, descendait en luge les petites collines qui s'élevaient autour de la ville. Puis la semaine reprenait, avec les horaires de chacun, les problèmes d'argent pour certains, une trop grande maison à chauffer pour d'autres. La petite caste des hôteliers ne se mélangeait pas, ils déambulaient dans la rue ou dans de puissantes voitures et on remarquait leurs nouveautés vestimentaires, leur bonne mine, on commentait leur politesse en exagérant le sourire de certains, à moins que ce ne fussent leurs sourires qui étaient trop onctueux. Pour eux, l'hiver passait toujours trop vite, que ce soit en vacances, en divers voyages ou en travaux, ces six mois de l'année où ils n'étaient plus patrons leur appartenaient. Avec les mots ronflants des modes diverses, ils se construisaient un univers de superflus et les objets repérés qu'ils achetaient dans les magasins leur donnaient l'illusion de n'être plus tout à fait vulgaires, tant ces apparences-là les protégeaient des précipices au-dessus desquels leurs vies évoluaient. Ils savaient qu'ils pouvaient faire croire à leur bonheur et la plupart s'en contentaient. Quelques-uns d'entre eux invitèrent Léo-Paul à des goûters pour qu'il exhibe la fameuse lettre présidentielle. Ce furent ses premières rencontres avec le luxe, ou ce qui lui ressemblait, avec le cristal, des dorures et les conversations où se placent les noms des villes où on n'est pas allé, et les prénoms des personnalités que l'on n'a pas rencontrées. Les femmes l'embrassaient et il aima sentir leurs parfums près de lui, il aima la fourrure de leurs cols et leurs cheveux bouclés. Il apprit à reconnaître le thé de Chine du thé indien et c'est chez les Koringer, le directeur du casino et père de Marie Koringer, qu'il vit pour la première fois une projection privée d'un film 16 millimètres en technicolor.

« MADAME KOVSKI, remontez mes oreillers s'il vous plaît, j'ai terriblement mal à mon dos !

– Vous n'êtes pas raisonnable, je vous ai dit hier de ne pas vous mettre assis avant une semaine.

– Si je reste allongé, j'ai l'impression que je suis déjà mort... »

Claire Kovski remonta un oreiller, tira le drap du dessus et borda le lit sur un seul côté. Elle retira la demi-douzaine de roses, changea l'eau du vase et remit en ordre le bouquet. Tout s'était passé très vite. Avant de ressortir de la chambre, elle demanda s'il ne fallait pas fermer la fenêtre et ajouta : « Dans une semaine, monsieur Girod, vous pourrez jouer aux échecs, c'est promis ! », puis elle tira la porte doucement et dans le couloir, regarda si de nouvelles lampes d'appel s'étaient manifestées.

A l'office, elle fit bouillir un peu d'eau dans une casserole, puis se versa dans une tasse une cuiller de Nescafé. Assise sur un tabouret, elle alluma une cigarette.

Une infirmière entra quelques instants plus tard, un plat-bassin à la main, elle le vida dans un évier et demanda à Claire de lui préparer un café à elle aussi.

« On devient fou, ici. Michel t'a demandée, il voudrait que tu lui fasses encore un palfium, dit l'infirmière.

– Mais, il a eu sa piqûre ce matin ! dit Claire.

– Je sais, mais il est complètement drogué maintenant. Plus on augmente les doses, plus il en veut. »

Pendant que Claire sortait à nouveau une tasse et versait la poudre de café, l'infirmière continua :

« C'est incroyable ! Ce jeune type ne sera jamais comptabilisé dans les victimes de l'Algérie, et pourtant, c'est à cause de cette guerre qu'il est encore là. »

Comme s'il s'agissait d'une parenthèse pendant laquelle l'hôpital et les malades étaient relégués provisoirement en dehors du temps, elles burent leur café à petites doses, appréciant le calme et tentant par là de prolonger cet instant privilégié. Puis la conversation reprit là où elle était restée, Claire, évoquant Michel, dit à sa collègue :

« Il doit y en avoir des centaines, peut-être des milliers à avoir chopé une saloperie dans l'estomac ou dans le pancréas, comme lui, et qui vont traîner ça toute leur vie.

– Ou crever avant.

– Oui, t'as raison, avec morphine matin, midi et soir ! »

L'infirmière rinça les deux tasses et Claire partit vers la chambre du malade qu'elles appelaient Michel.

Il lisait un polar allongé sur ses couvertures. Vingt-cinq ans environ, blond à la nordique, il tourna son regard vers Claire et dit sans douceur :

« Tu m'apportes ma dose ?

– Tu l'as eue ce matin et tu l'auras ce soir, à huit heures...

– C'est tout de suite que je la veux. Si tu étais dans mes tripes, tu hurlerais nuit et jour. J'en peux plus de cet hôpital, de cette ville paumée. »

Il lâcha le roman qui tomba par terre. Claire lui prit la main. Pas de fleurs dans la chambre, un flacon à perfusions accroché au-dessus du lit, quelques romans policiers, un paquet de gitanes entamé.

C'était le décor de Michel Clause depuis deux ans, appelé en Algérie à vingt ans, trente-six mois de service, des cauchemars plein la tête et un virus dans le pancréas décelé, juste après sa libération, à son retour dans sa famille à Villacoublay. Il était à Monterville, par hasard, et un peu pour la qualité du service gastro-entérologique de l'hôpital. Il se calma.

« Heureusement qu'il y a des femmes comme toi, dans ces mouroirs !

— Tu as reçu une lettre ce matin ? dit Claire, en désignant l'enveloppe décachetée.

— Oui, de ma sœur, elle attend des jumeaux !

— C'est formidable, non ? J'ai fait une fausse couche de jumeaux avant Léo-Paul, j'ai pleuré, tu n'peux pas savoir !

— Ils arrivent et moi je pars...

— Arrête de dire toujours les mêmes bêtises », dit Claire en relâchant sa main.

Avant qu'elle sorte, il tenta encore une fois : « Fais-moi une piqûre, s'il te plaît ! » Elle s'en alla.

Dans la salle de soins, elle prit une seringue stérile sous cellophane puis, sans s'aider d'une scie, cassa d'un coup sec le capuchon d'une ampoule de verre et glissa l'aiguille dans l'orifice. Elle aspira le liquide transparent puis repoussa le piston après avoir jeté l'ampoule vide. Un peu de liquide gicla et son amie entra. Elle demanda :

« Qu'est-ce que tu fabriques ?

— Une piqûre d'eau sucrée pour Michel, ça le calmera.

— Rien que le geste, ça lui fera illusion une heure ! dit l'infirmière, c'est curieux quand même tout ce simulacre dans les rapports entre les gens !

— Dans le métier qu'on fait, c'est vital ! » dit Claire, sûre d'elle-même.

Puis elle se dirigea vers la chambre du malade après avoir recouvert l'aiguille d'un coton d'éther.

Quand elle rentra chez elle ce soir-là, elle se sentit lasse de toutes les plaintes qu'elle avait reçues dans sa journée, de tous ces regards appelant un mot, un geste. Elle pensa alors qu'elle était une éponge qui arrivait chaque matin à l'hôpital, chargée de vitalité, de compassion pour des gens qu'elle n'aurait jamais rencontrés autrement et qui allaient absorber toute cette substance inestimable pour s'aider à vivre ou à mourir un peu plus tendrement, et rester presque humains.

Quelques mois plus tard, les doses de palfium puis de morphine avaient augmenté. Sa douleur était de plus en plus inacceptable, et Michel, dans les moments d'accalmie qu'il pouvait trouver grâce aux analgésiques, somnolait, étendu sur son lit, les yeux ouverts, tournés vers le plafond. Parfois, il les fermait et se mettait à parler en longues séquences, comme si tout à l'heure, il allait être trop tard pour exprimer ces mots-là. Avec la peur aussi qu'ils se perdent sans avoir pu être prononcés, il fallait faire resurgir de l'oubli ces lambeaux de cauchemars pour qu'ils ne pourrissent pas au fond de sa mémoire. Assise au bord du lit, Claire écoutait :

« C'était à Aïn Taya, près d'Alger, j'étais le deuxième classe Michel Clause, petit con trouillard qui venait de prendre pour la première fois de sa vie le bateau et qui chiait dans son froc quand un dentiste lui piquait les dents. Toujours connu Villacoublay, la banlieue et Paris, et là, brusquement, le soleil, une sensation de chaud et de sécheresse, et cette odeur ! Cette odeur ! La première nuit, les anciens ont accroché à cinq Arabes des lampes électriques derrière la tête avec du sparadrap, ils leur ont attaché les mains dans le dos et on est partis en camion dans la cambrousse. Puis on s'est arrêtés et un caporal a dit : « On va jouer aux vers luisants. » Ils ont alors fait tomber les cinq types du camion et leur ont hurlé de courir dans la nuit, qu'ils avaient dix secondes pour sauver leur peau. Alors les types ont couru comme des rats, les lampes électriques derrière leurs têtes, dans tous les sens, en dessinant des trajectoires ridicules. C'est là que le caporal nous a fait prendre nos fusils et nous a ordonné de tirer. Alors, comme dans les rêves absurdes, on s'est sentis sans volonté, la nuit aussi ajoutait de l'impunité et de l'irréalité. Comme les autres, j'ai mis en joue vers les feux follets et j'ai tiré, et j'ai encore tiré, quelqu'un a crié comme aux fêtes foraines : « Une « belle Andalouse en satin avec des yeux noirs pour « celui qui nous dégomme les cinq vers luisants, « dépêchez-vous les nouveaux ! » Puis les lumières sont tombées, une puis deux, et c'était vraiment devenu un jeu, avec l'envie de gagner. Quand le dernier type s'est affalé à terre, les anciens ont manifesté : « Hip hip hip hourra ! » Les phares du camion se sont rallumés et il a fallu aller récupérer les lampes électriques sur les corps pleins de sang. »

Michel se tut quelques secondes puis reprit :

« Plus tard, il y eut les interrogatoires. Les fellagha arrivaient avec des sacs sur la tête. Des types cognaient pour qu'ils parlent, et, moi, j'enregistrais sur un magnétophone ce qu'ils racontaient, puis d'autres arrivaient et s'ils se contredisaient, les militaires cognaient, les Arabes hurlaient et moi j'entendais tout cela dans mes écouteurs, et plus ils criaient plus les autres cognaient... Je ne devrais pas te raconter tout ça, Claire, j'ai peur, quand je serai mort, que tu penses quel fumier j'étais !

— D'abord tu ne vas pas mourir, et quand tu quitteras l'hôpital je ne penserai rien de toi, je penserai à toi, c'est tout !

— Si ! Sans que tu fasses attention, quand il y aura de la violence à la radio, tu verras mon visage dans ta tête et tu me verras moi en train de dégommer ces mecs que je ne connaissais pas... Mais, je m'en fous, je veux que tu racontes à ton fils que c'est possible tout ça, que ça a existé, tu me crois, n'est-ce pas ? Mais il n'y a que des mots dans ce que je te dis et tu n'entends pas les cris, tu ne sens pas l'odeur du sang mêlé à la sueur, et la chaleur au-dessus de tout ça... On ne peut pas raconter *l'horreur*. Même avec des images de cinéma parce qu'on ne la voit que de l'extérieur, et on ne sait rien de toute cette bouillie verte qui rentre par les pieds, par les cheveux, par le cul, par tous les pores de la peau. Plus rien n'est imaginable en dehors d'elle, elle accapare toutes les vitalités comme une anesthésie et pourtant on respire, on parle, on agit, on ouvre la bouche, on regarde et on sait qu'on n'est pas là, que ce n'est pas nous, et on sait aussi avec la même force qu'on est bien là, exactement là. »

Claire ne dit rien quand Michel cessa de parler. Elle continua de lui tenir la main et de passer de temps en temps un coin de serviette sur son front. Il s'était endormi et elle écoutait sa respiration. Elle n'imaginait rien d'autre que ce corps allongé près d'elle, dans une chambre d'hôpital, et qui s'était assoupi. C'est seulement quelques jours plus tard qu'il ne la reconnut plus, puis au début du mois de juin qu'il mourut. Il avait vingt-quatre ans.

André Kovski se retourna brusquement et Claire s'éveilla.

« Il fait chaud, tu n'trouves pas ? Je suis toute moite... »

Ils regardèrent tous les deux vers les persiennes, elle derrière lui, les draps et les couvertures à moitié repoussés. Elle posa la main sur l'épaule de son mari et dit :

« Des fois, j'ai l'impression que le lit est un radeau en pleine mer avec nous deux au milieu, comme des rescapés... »

Kovski voulut ajouter quelque chose, dire que lui n'imaginait pas cela, et qu'à l'instant même, il pensait plutôt à sa gorge qui le chatouillait comme une angine dont il n'arriverait pas à se débarrasser.

« Rendors-toi, t'as dû rêver », dit-il, en tirant légèrement vers lui le dessus du drap.

Mais Claire n'avait pas rêvé, elle était même tout à fait éveillée, et elle se vit avec Kovski dans ce lit de chêne ciré avec cette armoire à glace aux fleurs sculptées, les deux tables de nuit assorties, et elle pensa que cela ressemblait à leur histoire : une chambre à coucher achetée à crédit et qui devait durer toute la vie. Comment serait-il possible que tout cela se brise, qu'il n'y ait plus cette ligne droite cavalant vers la mort, sa mort à elle, celle de son mari, comment empêcher cette longue monotonie ?

Le maillot de corps bleu de Kovski sentait la sueur, lui aussi ne dormait plus. Des voitures passaient de temps en temps en bas, sur la nationale, et lui faisaient penser à des petits carnassiers sillonnant les sentiers des forêts en quête de nourriture. Il les imaginait ces visages, yeux grands ouverts essayant de deviner la nuit, des souvenirs de caresses sur leur corps, transportant des mensonges et des silences... Merde, cette gorge qui n'arrêtait pas de le chatouiller, sans cesse envie de tousser ou de racler pour avaler... Demain, il allait retrouver la chaîne de bouteilles d'eau minérale, jets de lumière, loupes, regarder les fêlures du verre, et ses yeux qui lui feraient mal comme hier, comme la semaine dernière ou l'année passée, comme si tout cela était la copie de la veille à recopier le lendemain. Il revit les vieilles décalcomanies dont raffolait Léo-Paul petit, et lui, allongé sur le sol, plat, écrasé, des milliers de souliers qui lui marchaient dessus, sur sa vie, des pas d'hommes, de femmes et d'enfants qui jouaient et personne pour le remarquer sous la poussière et la boue dégoulinante.

Et Léo-Paul qui lui parlait de moins en moins, qui

faisait l'important et le fier avec les fils d'hôteliers, qui avait empilé des centaines de messages dans ses bouteilles de limonade, mais ne lui avait rien demandé à *lui*, à son père, comme s'il était incapable d'écrire, et il lui aurait dit qu'ils étaient une famille, qu'il fallait rester soudés les uns aux aures, ne pas trahir, rester ensemble pour lutter contre les agressions du monde : « Tout seul, on n'est rien, rien du tout, Léo-Paul ! »

En septembre, Léo-Paul entra en cinquième et se retrouva avec une partie des vingt-neuf élèves qui avaient fait la sixième avec lui : Colette Gotrel, Jacqueline Laplace, Frédéric Maleau, Jean-Paul Romain, etc., mais aussi avec ceux qui redoublaient leur cinquième et même, comme Eric Pech, qui la triplaient, ce qui était rare. Pech devait cette quasi-faveur à l'amitié de son père, restaurateur, avec le directeur du lycée que les grandes classes surnommaient « Le Sauvage ». Dès le début de l'année scolaire, Eric Pech s'était réservé une table pour lui tout seul, sur le côté de la classe, à l'opposé des rangées de filles. Ses mains étaient crevassées au niveau des jointures et ses dents, déjà noircies par le tabac qu'il fumait depuis deux ans, n'allaient pas tarder à se déchausser. A quinze ans, il n'avait qu'une ambition : attendre dix-huit ans pour rouler dans l'Austin Healey que lui avait promise son père, puis ensuite, tenir la Lorraine, le restaurant familial : l'avenir serait donc simple et sans surprise.

C'est Pech qui apporta au lycée la mode des castagnettes. Des morceaux de bois qu'il faisait sécher pendant de longues semaines dans un four, qu'il découpait ensuite à des dimensions extrêmement précises. Au début, il essaya de les vendre, mais doucement ses secrets de fabrication furent découverts, et chacun posséda sa paire de castagnettes. Après quelques semaines d'activités intenses en concours de durée, de sonorité, les petits morceaux de bois furent oubliés au fond des cartables et des placards.

S'il n'y avait eu que cette mode des castagnettes, l'élève Pech aurait peu marqué ses condisciples, et pourtant des dizaines d'années plus tard la plupart d'entre eux l'associent encore à leur première vraie rencontre avec la sexualité. Assis dans son coin de classe, Eric Pech entendait pour la troisième année les mêmes professeurs faire exactement les mêmes cours, ce qui lui permettait quelques moments de distraction. Pendant le cours de géographie où il était à la fois question des grands lacs canadiens, de Maria Chapdelaine et des bûcherons émigrés du monde entier, la vieille Wurlitzer, myope, ne quittait pas des yeux son livre et ses fiches. Elle donnait des intonations, posait des questions auxquelles elle répondait elle-même. Il aurait pu s'agir d'une bande magnétique enregistrée, le degré de participation de la classe aurait été le même. Eric Pech, lui, ne perdait pas de temps. Dès le début du cours, il posait son porte-documents contre ses hanches, de manière à légèrement se cacher des élèves et, tranquillement, se masturbait. Au début, Léo-Paul et les autres ne s'étaient pas vraiment aperçus du manège. Ils avaient, bien sûr, vu Pech s'agiter un peu sur son siège, ils avaient aperçu son bras gigoter, mais jamais ils n'auraient pu songer à ce qui était en train de se produire. D'abord parce qu'aucun garçon de la classe ne s'était encore vraiment masturbé et même si cela avait été le cas, jamais ils n'auraient pu imaginer que l'un d'entre eux le ferait en plein cours de géographie. Tout aurait pu s'arrêter là, bien sûr, mais ç'aurait été compter sans l'imagination de Pech. Comme, à cause du manque de maturité et d'information, l'effet recueilli auprès de ses jeunes camarades était bien en deçà de ce qu'il avait escompté, il décida d'exhiber le résultat de ses manipulations et un jour, toujours pendant le cours de géographie, il fit passer un buvard-réclame pour la chicorée Leroux, sur lequel s'étalait un liquide blanchâtre et épais.

« C'est ça de la « jute » ? chuchota Romain.

– Le vrai nom, c'est sperme, dit Léo-Paul.

– Ça s'écrit comment ?

– S,p,e,r,m,e, comme ça se prononce, répondit Léo-Paul en regardant attentivement le buvard posé sur la table entre les deux cahiers de géographie.

– Je préférais « jute », dit Romain, en avançant l'index vers le liquide.

– C'est chaud ?

– Non, c'est un peu gluant. »

Romain passa derrière lui le buvard à Cros et à Jeandelle qui le réclamaient. Puis l'objet circula de table en table, pour arriver enfin jusqu'à Henriot qui, lui, voulut le passer à une table de filles. Celles-ci se doutant qu'il ne s'agissait pas tout à fait d'un buvard normal, vu les sourires qu'affichaient Henriot et son voisin, refusèrent de le prendre. La vieille Wurlitzer ne voyait pas très bien, mais en revanche, elle avait une excellente oreille et, habituée que ses yeux la trahissent, elle se rendait avec une rapidité redoutable aux endroits d'où lui parvenaient les chahuts, ce qu'elle fit.

« Henriot, bien entendu ça ne vous intéresse pas le Canada !

– Si, si mademoiselle, j'aimerais même y aller un jour... »

Puis s'adressant aux filles :

« Il est à vous, mademoiselle Weber, ce buvard ?

– Non, c'est lui qui veut absolument me le donner, mademoiselle.

– Qu'est-ce qu'il a de particulier ce buvard pour que vous vouliez en faire cadeau à Mlle Weber ?

– Rien », dit Henriot embarrassé.

Des sourires se dessinaient sur les visages des autres garçons et Henriot tenta de ranger, comme si de rien n'était, le fameux buvard dans un de ses cahiers. Mais la vieille Wurlitzer, qui avait connu des générations d'Henriot toutes catégories, voulut savoir :

« Donnez-moi ce buvard Henriot, s'il vous plaît ! »

Le garçon tendit ce qui lui était demandé.

« Mais vous avez craché dedans, dit la vieille Wurlitzer, dégoûtée. Vous n'avez pas de mouchoir ?

– Non, mademoiselle, je l'ai oublié ce matin, dit Henriot en se levant.

– C'est écœurant ! Et c'est ça que vous vouliez « offrir » à Mlle Weber ? Henriot, vous me copierez deux cent cinquante fois : « Je ne cracherai plus « dans un buvard pendant le cours de géographie, « et je n'insisterai pas pour importuner Mlle Weber, « ma voisine, avec mes saletés. » Deux cent cinquante fois pour demain, sans faute et sans carbone, s'il vous plaît ! »

Au moment de rendre le buvard, elle sembla quand même intriguée par la consistance inquiétante de ce qui devait être un crachat.

« Pliez-moi ce buvard en quatre et allez le montrer à l'infirmier. Vous toussez beaucoup en ce moment ?

– Oui, mademoiselle, surtout la nuit !

– Allez, filez à l'infirmerie ! »

Léo-Paul qui n'avait jamais entrevu de finalité au fait de parfois caresser son sexe la nuit avant de s'endormir, ou quand il lisait, sinon ces petits frémissements qui ne pouvaient avoir d'autre qualificatif qu'« agréables », fut très surpris quand ce même soir, dans sa chambre, protégé de son édredon vert, il prolongea ce qui avait toujours été de simples effleurements et sentit tout son corps entraîné vers un monde inconnu, dont on ne lui avait jamais parlé. Comme une descente, comme un envol, il ne savait plus, il s'était vu happé vers des couleurs, vers un brouillard, il y eut cette accélération qu'il n'avait pu retenir, rapide, folle, et cette chaleur montée pareille à un bain brûlant qui caressait toute la peau. Il n'avait su que faire de ce liquide chaud sorti de son corps, resté collé à ses mains. Douze ans et demi, se dit-il, pour enfin faire connaissance avec cette bombe cachée, enfouie tout au fond de ma vie ! Il aura fallu attendre tout ce temps pour entrevoir cette contrée mille fois plus étrange et fantastique que toutes les jungles que je parcourais quand je jouais à l'explorateur ou à Tarzan et que je côtoyais les lions, les girafes, les panthères noires et les singes hurleurs. Pourquoi Dieu, toi à qui j'ai si souvent parlé la nuit, justement en glissant machinalement ma main entre mes cuisses, pourquoi tu ne m'as pas dit : « Mais continue, Léo-Paul, voilà c'est comme ça, accélère le mouvement et ne t'arrête pas en route, vas-y, serre ta main un peu plus et tu vas découvrir New York, le Danube et le Soleil, ce sera sucré comme du sirop d'orgeat et des milliards de fois plus éblouissant qu'un ciel d'été sans nuage. » J'aurais préféré que ce soit toi qui guides mes mains plutôt que ce minable de Pech qui en plus est con et vulgaire et qui a les dents sales. Bien sûr, parfois, je t'ai boudé, mais toi qui es amour, tu n'aurais pas dû laisser au hasard et à cet imbécile de Pech le soin de m'indiquer cette merveille. D'ailleurs « jouir » n'est pas un mot à la hauteur, moi j'appellerais ça bain de sirop, fourmilière dans le cerveau, jungle pour mourir et ressusciter. Ou alors carrément inventer des verbes comme orbisoler, expatouir, supertantouer ou encore celui-ci qui me plaît le plus : mérigoradoumir. Que de temps perdu pour connaître ce trésor de sensation à portée de la main, alors que je savais tout d'Alexandre le Grand, des Spartiates et des guerres puniques, que j'apprenais par cœur la reproduction des fougères ou des lombrics hermaphrodites et que je pouvais réciter *La Mort du loup* et *Oceano nox*. Pourtant, tout était là entre mes cuisses, dans mes mains, dans ma tête, tout ça appartenait en vrai à ma personne, depuis long-temps.

Léo-Paul tira à l'intérieur du lit un coin de l'édre-don vert et essuya ses mains et son sexe. Tellement il était énervé, il eut envie d'appeler sa mère, mais finalement, il décida de rester seul dans son lit pour essayer encore, avec des mots qu'il prononça tout bas, de se souvenir exactement de ce qui venait de se passer.

C'est seulement avant de s'endormir qu'une pen-sée vint assombrir la douce sérénité dans laquelle il se trouvait : la masturbation était bien classée sur le tableau A des péchés mortels, catégorie : « Mon père, je m'accuse d'avoir fait de mauvaises actions... »

– Seul ou avec d'autres ?

– Seul, mon père...

– Péché exécrable, repens-toi, petit bout d'âme perdue, repens-toi, contritionne, expie, cargaison de Notre Père qui êtes aux cieux pour obtenir le pardon divin et ne pas sur-le-champ griller dans les flammes de l'enfeeerrr... »

Léo-Paul soupira : ce serait avec Dieu seul qu'il réglerait cette affaire spirituelle et cosmique ! Les intermédiaires n'avaient pas leur place quand il s'agissait de beauté divine, d'illumination divine et de perception divine. C'est quelques semaines plus tard qu'il connut une gêne, puis de la honte parce qu'il voyait le visage de Marie Koringer descendre vers lui, tout près et il ne comprenait pas pourquoi elle le regardait si fixement, sans détourner les yeux.

Léo-Paul allait avoir treize ans quand sa mère
acheta leur premier réfrigérateur, un 180 litres Ben-
dix avec casier pour les œufs, bac à fruits et compart-
timent pour fabriquer des cubes de glace. Il eut des
larmes aux yeux, tellement tout ce qui le rapprochait
du luxe ordinaire avait son importance. Pour que ce
soit une vraie surprise, Claire avait bien gardé le
secret, et Léo-Paul sentit bien que leur monde évo-
luait, qu'il ne restait encore que quelques barrières
avant la télévision, une voiture peut-être...

André Kovski croyait au progrès, et quand au
café du Pavillon, un immense poste-télé déversa ses
images entre les bouteilles de pastis retournées et
une publicité de cognac, il ne pensa pas, comme les
autres, que c'était beau, il murmura pour lui :
« C'est bien ! C'est bien ! » A cause de l'impossibilité d'acheter un téléviseur, même du plus petit
modèle, André Kovski avait prétexté l'attente d'une
deuxième chaîne. Aujourd'hui qu'elle venait d'arriver, il trouva dans la couleur une nouvelle excuse :
« Avec la télé couleur, ce sera tout le XXᵉ siècle qu'on
pourra toucher depuis son fauteuil ! »

Dans l'ancien hôtel transformé en logements, au
10 de la rue Princesse-Vladimir, troisième étage, la
vie des Kovski se passait à l'intérieur de trois pièces
qui ne formaient pas un véritable appartement, puisque deux seulement communiquaient. On devait tra-

verser un couloir extérieur pour se rendre dans la chambre de Léo-Paul ou aux toilettes, partagées par des voisins de palier, la famille d'un démarcheur d'assurances. Dans chacune des trois pièces, un lavabo, mais pas de baignoire. Jusqu'à dix ans, il fit sa toilette dans une lessiveuse que Claire remplissait d'eau chaude avec bouilloire et bassine. Les soirs d'hiver, Léo-Paul allait de la cuisine à sa chambre enveloppé d'un grand pardessus en chevron qui avait appartenu à son grand-père, et dont une manche avait été mangée par les rats. Il se retrouvait dans cette chambre où le givre recouvrait les vitres de la fenêtre, les pieds collés à une brique brûlante recouverte de chiffons, les couvertures et l'édredon au ras du cou. Il lisait ses premiers livres de poche, *Moïra* de Julien Green, *Premier Amour* de Tourgueniev et *L'Etranger*. Mais il restait fidèle à Jack London, son premier agent de voyages, qui l'avait emporté des nuits et des nuits dans les forêts et les déserts glacés de l'Alaska. Quand ses doigts étaient trop gelés, il éteignait et s'endormait.

Claire Kovski entra dans un mouvement féminin d'action catholique, et occupa certaines de ses soirées ou de ses jours de congés à organiser, avec d'autres femmes, des repas pour les vieux à Monterville, à distribuer des colis de Noël pour les plus défavorisés. Elle avait gardé de sa courte adolescence quelques-uns de ses grandioses désirs de sauveuse d'humanité, et à défaut d'être Marie Curie, elle était chaque jour l'écouteuse attentive à qui les malades parlaient et se confiaient, sachant qu'ils seraient entendus et respectés. De cela, elle n'éprouva que rarement du regret, et quand ce fut le cas, elle mit sur le compte de la guerre, de parents sans rêves et de la vie en général ce rétrécissement singulier d'une destinée qu'elle aurait souhaitée plus exemplaire.

C'est au Rex que les samedis soir ou les dimanches après-midi Léo-Paul découvrait le cinéma.

Après avoir eu une grande passion pour la série des Tarzan avec Johnny Weissmuller d'abord, Lex Barker ensuite, ses goûts l'avaient porté vers les westerns et les films de guerre américains avec les grandes batailles de l'U.S. Air Force contre les Japonais au-dessus du Pacifique. Aujourd'hui, il aurait voulu voir les films dont on parlait, mais comme la plupart étaient interdits aux moins de dix-huit ans, il se contenta d'entendre la bande sonore de *La Dolce Vita,* assis sur les marches en béton de l'escalier qui menait à la cabine de projection.

Léo-Paul sentait bien que ces quelques années-là resteraient en creux dans ses souvenirs. Une seule échéance à l'horizon allait symboliser son entrée dans le monde, sa communion solennelle, où l'on allait le voir apparaître en aube blanche, vedette d'un jour d'un grand spectacle religieux. Il attendait avec impatience ces trois jours de retraite prévus à la colline de Sion, à cinquante kilomètres, dans le cloître collé à la basilique. Au retour, le dimanche, il y aurait cette cérémonie grandiose où comme dans un sacre impérial, toute l'assemblée le regarderait s'asseoir, se lever, aller à la Sainte Table, revenir tête baissée, mains jointes, la tête remplie de pensées exquises et divines.

Certains dimanches, il regardait par sa fenêtre les garçons et les filles de seize ou dix-sept ans qui se promenaient, main dans la main, et il comptait les années qui lui manquaient pour pouvoir en faire autant. Triste d'être cloué là, dans sa chambre, non parce que ses parents l'y avaient obligé, mais parce qu'il n'éprouvait pas le besoin de se montrer dehors, marchant seul, ses secrets et ses désirs grandioses enfouis sous sa veste et sous sa peau d'adolescent. Alors, il se sentait découragé. Si petit au milieu du monde, si petit au milieu de la France, si petit à Monterville, si petit avec ce nom de pauvre, que les infinis possibles qu'il avait cru entrevoir devant lui, et où sa vie n'aurait qu'à puiser, devenaient une infinie impossibilité à faire entendre sa voix, à montrer son existence, à planter une bannière sur le mont Kovski pour crier, hurler qu'il était là, tout en haut de son système à lui, et qu'il fallait compter avec. Mourir alors, disparaître, ne rien dire, quelques larmes derrière soi, puis le néant. Aller à la rencontre de Dieu par le chemin le plus long, le plus détourné, le plus difficile, celui de l'enfer. Plusieurs soirs, dans sa chambre du bout du couloir, il pleura. Il avait beau chuchoter au Dieu tout-puissant et infiniment doux son incertitude, il se rendait compte que plus les questions devenaient pressantes, plus les réponses se faisaient attendre... Je ne sais pas de quoi j'ai envie plus tard, je veux tellement de choses, savoir, voyager, regarder, inventer, que j'ai peur de ne rien attraper et d'être comme les hirondelles qui volent de tous côtés, comme si elles n'avaient jamais un endroit où se sentir bien !

Mais comme les vagues qui montent et descendent à la fois, certains lendemains effaçaient les cauchemars de la veille, et il s'imaginait alors une vie sans déluge, avec fastes et projecteurs, une vie où il pouvait glisser des fragments de toutes celles qu'il admirait. Il se voyait revenir à Monterville après avoir marché dans les rues de toutes les villes du monde, avoir traversé les océans, les déserts et gagné toutes les batailles. Entouré de photographes, avec fanfare à sa descente du train, des haut-parleurs annonçaient aux radios et à la population : « C'est Léo-Paul Kovski qui nous revient, détournez-vous, recueillez-vous, c'est lui qui a gagné trois tours de France, qui a écrit ces poèmes que le président de l'O.N.U. a lus devant les représentants de tous les pays du globe qui se sont mis aussitôt à crier, debout sur leurs bancs, et à applaudir, terriblement émus, c'est encore lui, le cinquième Beatles, anonyme, incognito, qui tire les ficelles dans l'ombre et compose les chansons qui révolutionnent la planète, c'est lui Kovski, notre Léo-Paul, qui soigne les lépreux à l'hôpital de Lambaréné et consacre sa vie à tous les déshérités, nécessiteux et délaissés de la planète, c'est encore lui qui a tué cinquante loups en une seule nuit, perdu dans les rudes glaces du wild pour sauver La Fille des Neiges, lui, toujours lui perdu avec son avion dans le désert et qu'un petit garçon interrogeait en disant : dis monsieur, dessine-moi un mouton ! »

La lettre du général de Gaulle était depuis deux ans maintenant dans un cadre sous verre, accrochée au mur de sa chambre. Il l'avait souvent regardée et se demandait pourquoi un objet aussi banal qu'une lettre pouvait dégager autant de magie. Il se demanda à qui, profondément, il avait encore envie d'écrire. A Dieu, évidemment mais il communiquait bien avec lui sans le truchement de l'écriture. A Lyndon B. Johnson, le président des Etats-Unis qui n'avait pas grand intérêt sinon ce B mystérieux entre son prénom et son nom. Il y avait bien cet écrivain beau et blond qui avait eu un prix littéraire l'année passée et à qui il avait préparé une lettre pour le questionner au sujet du déluge, lui qu'il avait vu photographié au bord de la mer dans un magazine. Dans le cahier de textes de l'année précédente, il retrouva assez vite le brouillon :

Cher Monsieur Le Clézio,
Je vous admire pour avoir écrit tant de pages et avoir presque décroché le Prix Goncourt. Nous n'avons qu'une dizaine d'années de différence et comme je sais que vous avez lu la Bible, croyez-vous qu'un deuxième déluge aussi important que le premier puisse venir ravager la France, notre pays à tous deux, à cause des voyous, des émigrés et de la racaille d'Europe centrale qui s'y sont installés et vivent ici comme si de rien n'était ? Je vous signale, pour être tout à fait franc, que mon grand-père a quitté la Pologne en 1920, et bien qu'entretenant de constants rapports discrets avec le Dieu catholique, je ne me sens pas à l'abri

d'une colère divine. Pour vous prouver ma bonne volonté, j'envisage l'an prochain de faire ma communion solennelle. Je vous fais parvenir par cette lettre mon admiration en espérant me mettre moi-même un jour à un long roman que j'intitulerai *Le Déluge*.

P.S. Ecrivez-vous au stylo-plume ou à la machine à écrire ?

Après relecture, Léo-Paul ne jugea plus opportun d'envoyer la lettre, mais il ne jeta pas son brouillon qui fut glissé à nouveau dans le cahier de textes.

C'est dans un vieil autobus Citroën que la douzaine de garçons de Monterville fit le voyage pour la Colline inspirée. Un aumônier qu'ils ne connaissaient pas leur chanta, en s'accompagnant à la guitare, des paroles où l'on pouvait entendre eucharistie, amour et charité, sur des musiques de chansons connues. Le compagnon de voyage de Léo-Paul, lui, commentait sans cesse, et à haute voix, les erreurs harmoniques du jeune abbé et lançait : « La mineur ! » ou bien « Majeur, majeur, le sol ! » Ce voisin bruyant et musicien, Frédéric Maleau, fils du secrétaire de mairie de Monterville, allait devenir au cours de cette parenthèse mystico-estivale à la colline de Sion, l'ami fou, tendre et vulnérable, qui au cours des années parlerait ou se tairait avec la même nudité. Bien qu'étant tous deux dans la même classe et pour des raisons obscures, Léo-Paul l'avait toujours ignoré. Frédéric saisit cette occasion pour épater son étrange voisin. Ceinture verte de judo, il jouait aussi du piano, et Chopin et Schubert et Gershwin comme personne à Monterville et dans les environs. Il connaissait par cœur la discographie d'Elvis Presley, les 45 tours, les 25 centimètres, les compilations. « *It's now or never,* 1960 ! *Love me tender,* 56 ! *Jailhouse rock,* 58 ! » Il parla des Jordanaires, le groupe vocal qui accompagnait son idole, de Memphis, là où vivait le chanteur, de Nashville où s'enregistraient les disques.

Au monastère entouré d'un vaste jardin planté d'arbres odorants et de buissons de fleurs, ils se choisirent deux chambres mitoyennes. A la nuit tombante, après le repas servi dans un réfectoire où ils rencontrèrent des dizaines d'autres jeunes de la région, ils allèrent tous en promenade, entourés d'une kyrielle de prêtres, vers une sorte de carrière à ciel ouvert où l'on pouvait ramasser de mystérieuses pierres en forme d'étoiles. Ils en glissèrent plusieurs dans des boîtes d'allumettes, minuscules témoins de ce qui apparaissait à certains comme un phénomène hors du commun, magique ou miraculeux à d'autres, suivant le degré d'esprit critique de chacun. Au retour, sous la couleur bleu outremer de la nuit, éclairée par la face entière de la lune, Léo-Paul se confia en parlant de l'océan Atlantique, de la Pologne et de ces trois jours de recueillement pendant lesquels ils allaient se sentir si proches de Dieu. Frédéric parla de la musique, de Paris où il rêvait d'aller et de l'Allemagne où il allait parfois. Léo-Paul parla aussi des voyages qu'il souhaitait faire, de rues et d'espaces à découvrir et de ce monde gigantesque qui était à eux puisqu'ils l'imaginaient.

Cette nuit-là, seul dans sa chambre-cellule, il regarda longuement par sa fenêtre les découpes sombres de la basilique en granit et le clocher. Dans cette auréole de piété qui l'enveloppait, il se sentit heureux. Jamais il n'avait éprouvé une telle force apaisante traverser son corps et sa vie, et il lui sembla pour la première fois dépasser sa propre histoire et le contour de ses préoccupations pour se sentir à la fois spectateur du monde et partie intégrante des objets et des êtres qui le composaient. Solitaire dans ce silence et à travers le minuscule fragment de ciel étoilé que lui offrait sa fenêtre, il remercia Dieu d'exister, d'être vivant et que son prénom soit Léo-Paul. « En deux mots et avec un trait d'union », précisa-t-il tout haut, comme si une présence invisible devinait ses pensées.

Le lendemain, tout gonflé encore de l'énergie de la veille, il se leva tôt. Après une toilette rapide à l'eau glacée, il s'en alla vers le jardin désert du cloître. En passant devant la porte de Frédéric, il eut envie de frôler le bois puis, après une courte hésitation, comme s'il s'était agi d'un jeu plutôt que d'un réel désir de voir son ami l'accompagner, il accéléra le pas. Matin de mai avec ciel d'un bleu parfait, des tulipes jaunes et rouges attiraient le regard. Léo-Paul regarda ce fragment de paysage et, comme s'il n'en avait jamais vu auparavant, sembla découvrir les cailloux, les feuilles des arbres, les écorces et la terre. Les oiseaux chantaient, et même le banc de pierre sur lequel il allait s'asseoir lui sembla si nouveau qu'il le caressa plusieurs fois d'une main attentive. Le vent lui apporta une irrésistible envie de courir en tous sens, de battre des mains, de faire les signes de l'envol et de sourire à des animaux imaginaires. Il sentit de la puissance monter de son corps à la rencontre d'une autre puissance qu'il continuait d'appeler Dieu, mais qu'il aurait pu nommer tout aussi bien Azur ou Lisière des Arbres. Une image arriva, Noël, premier cadeau et les regards de Claire et André, ses parents qui lui avaient préparé ce présent pharaonique et dérisoire : *une ardoise posée sur une paire de bottes en caoutchouc.* Aujourd'hui, à cet instant, il pouvait tout aussi bien sanctifier un scarabée courant entre les herbes que la basilique entière, tout pouvait se disproportionner parce que, dans ce jardin austère, il se sentait géant et invincible. Comme s'il venait d'entrouvrir un œilleton magique et secret lui permettant de regarder chaque visage, chaque ornière de chemin, chaque cathédrale, il murmura, les yeux grands ouverts tournés vers le ciel : « Je sais tout *voir* ! Je sais tout *voir* ! » Il n'eut envie d'appeler personne, tant sa bonne humeur le remplissait et lui suffisait. Sur le cahier qu'il avait pris tout à l'heure en quittant sa chambre, il écrivit : « *La vie et rien d'autre, avec un soleil et la nuit* », et il relut ces mots sortis de son corps qui n'étaient, pour la première fois, destinés à personne, sinon à des nuages obéissants pour qu'ils les inscrivent dans le ciel tout à fait bleu, immédiatement, parce que, à l'évidence, ils faisaient partie du monde au même titre que les montagnes, les ruisseaux et la rosée. « Mon Dieu, murmura-t-il, mon Dieu, j'ai *vu* le monde comme vous devez le voir, dans l'ensemble et le détail, j'ai senti que toutes ces couvertures de brume autour de moi s'étaient déroulées. Ma peau et mes yeux ont regardé ce point de l'espace d'où je sentais la chaleur et le froid, la beauté électrique des forêts. Dans cette nudité d'un premier jour, j'ai vu le silence et je m'y suis senti bien. J'ai vu des éclairs et des pluies glisser entre le ciel et la terre et j'ai su que j'étais heureux... »

Une cloche retentit, toute proche, et ce fut comme le signal du début de la journée. Quelques instants encore, Léo-Paul resta accroché aux mots qu'il venait d'inscrire et qui s'éloignaient de lui très vite, comme un bonheur, comme une jouissance qu'on ne peut plus décrire une fois l'instant passé, mais dont on recherche la faille où il faudra se glisser pour retrouver à nouveau son pouvoir. Léo-Paul quitta le banc de pierre. Plus loin le réfectoire s'emplissait du bruit des tables, des cuillers et des bols, et il fut triste que le goût du café au lait vînt le distraire et refermer ainsi la paupière par laquelle il venait de *voir le monde*.

Pendant toute cette journée où les chants et l'encens vinrent ajouter de la ferveur aux prières et au recueillement, Frédéric Maleau resta non loin de son nouvel ami et chacun observait l'autre d'un œil amusé comme s'ils retardaient l'instant d'échanger l'essentiel, tout en s'offrant quelques paroles de circonstance :

Léo-Paul : – Moi, je dis « Notre Père qui êtes odieux »...

Frédéric : – Moi, je verrais bien de la musique rock

sur tous les cantiques, ça bougerait un peu. Ça n't'ennuie pas toi, de susurrer : « Je m'avancerai jusqu'à l'autel de Dieu, la joie de ma jeuneeesse... »

L'abbé qu'ils avaient rencontré dans le car avait une trentaine d'années, et il leur arriva de le sentir proche d'eux. Malgré les accords approximatifs qu'il plaquait en s'accompagnant à la guitare, Frédéric et lui parlèrent musique et chansons et le jeune garçon essaya de le convaincre d'acheter une guitare électrique. Léo-Paul garda le silence sur son aventure du matin, il attendait d'en savoir plus lui-même pour en parler sans que cela ressemblât à une anecdote ou à une péripétie. Il ne voulait pas se trouver tout de suite confronté, lui qui déjà aimait peu les discours, à la difficulté de transmettre, même à une personne bienveillante et attentive, une expérience personnelle et admit qu'avant d'en confier la moindre bribe à quelqu'un, à Frédéric par exemple, il allait repartir de cette phrase inscrite le matin dans son cahier, entrer à nouveau dans les mots pour retrouver ce sentiment qu'il considérait déjà comme lointain : avoir vu le monde en une fraction de seconde, et s'y être aperçu, errant et heureux.

C'est seulement le lendemain soir, quand il se retrouva à la tombée de la nuit dans sa chambre-cellule, blanche de chaux, encombrée uniquement d'un lavabo, d'un lit, d'une table et d'une chaise paillée qu'il murmura pour lui seul et dans le silence de l'endroit la phrase écrite la veille : *La vie et rien d'autre, avec un soleil et la nuit.* Comme si elle était devenue une formule magique, il la répétait doucement, s'attendant à ce que glisse ce panneau opaque qui l'empêchait de voir à nouveau les forêts, les yeux, les enfants qui courent, et d'avoir le sentiment évident et immédiat que tout devenait possible. Mais plus il prononçait les mots, plus ils s'éloignaient de lui, vides de sens, vides de sensations, vides de sentiments. Il se crut dans un labyrinthe dont il n'arrivait plus à retrouver l'entrée, par où, au moins une fois, il était passé. Il eut alors envie de pleurer, doucement, pour lui tout seul. Puis décida de retourner sur le banc de pierre, pieds nus, comme il était, en pyjama.

Il marcha doucement sur le gravier du jardin. La nuit était venue avec des étoiles et une lune, du vent et des odeurs d'herbe remontant de la terre. La terre, pensa Léo-Paul, quelle bonne idée que ce soit le même mot pour la planète tout entière, et pour la partie d'elle, infiniment petite, qui peut tenir entre les doigts.

Arrivé près du banc qui se détachait dans la nuit, blanc et nu, comme sous le faisceau d'un projecteur, Léo-Paul posa les pieds sur la pierre lisse et encore chaude du soleil de la journée et, debout, les yeux plus près du ciel, se mit à chercher la fêlure par où glisser son regard. Mais où se cachait donc tout ce grouillement d'hommes, de rêves, de paquebots qu'il avait *vus* glisser entre les brumes des vallées, entre les mers et les rues de villes qu'il ne connaissait pas ! Il était sûr de cela, il avait *vu* les vestiges de cités enfouies et les bouches grandes ouvertes d'Indiens à plumes d'aigle. Il avait *vu* ses grands-parents quitter la Pologne avec un faux zèbre et l'émotion cachée dans leurs regards, *vu* aussi les chars de la guerre entrer dans une ville en ruine et des vieillards courir se cacher derrière un camion, *vu* ses parents faire l'amour sans penser à lui, *vu* la terreur, la passion, l'angoisse et les joueurs de quilles se transformer en éléphants... Pourtant rien n'y faisait, il était là, debout, au milieu de la nuit, au sommet d'une colline, à cinquante kilomètres de sa maison, et il se sentit ridicule avec ce pyjama trop court en train de questionner le vent ou le ciel, il ne savait plus, lui peut-être. Il descendit de son podium, avec cette fois le sentiment, dans tout son corps, d'être vaincu. Machinalement, il se retrouva les genoux à terre, coudes appuyés sur le banc et joignit les mains. Il releva la tête et murmura doucement en regardant vers le sommet des arbres : « Pourquoi je ne trouve pas, pourquoi je ne vois pas, pourquoi je ne sens pas ? » Il se redressa et, comme s'il venait d'avoir une intuition, tourna la tête vers l'ombre de la basilique : « Est-ce que c'est toi qui m'empêches de revoir ce que j'ai découvert, ce monde dans lequel j'ai pu marcher et voler, que j'ai pu toucher, embrasser, est-ce une chasse gardée, ton territoire à toi, est-ce que ces œilletons secrets ne s'entrouvrent que selon ton bon plaisir ? Alors merci, milliards de fois merci pour l'unique fois, la première, mais moi je sais qu'il y en aura d'autres, que même sans toi je parviendrai à *revoir* ces tempêtes de neige, ces chevaux fourbus et ces arbres noirs et rouges. Est-ce que tu crois que je vais passer ma vie à uniquement essayer de me souvenir de cet instant, à essayer de retrouver chaque visage, chaque rue, avec ma mémoire ou mon imagination ? Tu te trompes, je vais chercher tous les jours, inlassablement comment *revoir* le monde et je m'y glisserai pour le compléter. Parce que si c'est vraiment toi qui l'as inventé, je te signale qu'il en manque des choses ! Là aussi, je suis déçu. Je croyais que tout était fini, briqué, nickel, qu'il n'y avait qu'à se glisser dedans et vivre tranquillement des années et des siècles heureux comme dans une bande dessinée. Je te signale, entre autres, qu'il y a bien des noms pour chaque jour de la semaine, mais qu'il n'y en a qu'un seul pour *la nuit*. *La nuit* pour chaque nuit, quelle honte ! Alors que Lunnuit, Marnuit, Mercrenuit, ou Nuimanche, ce n'était pas très difficile à trouver... Et je ne parle pas de cette cohorte de prêtres qui rabâchent depuis deux mille ans les mêmes mots usés comme des vieux soixante-dix-huit tours. Décidément, il en reste des choses à inventer ! »

Sur ces paroles et comme il commençait à avoir sérieusement froid et mal aux genoux, Léo-Paul se redressa d'un coup puis, raide et décidé, fila vers sa chambre sans se retourner.

« SATAN est parmi nous ! Satan est parmi nous ! »

Les cris aigus glissèrent le long des voûtes de pierre du cloître et de l'arcade de promenade, réveillant les adolescents et les abbés encore endormis. Dernier jour de la retraite à Sion, les valises et les sacs étaient prêts depuis la veille. Le jeune prêtre qui courait ainsi dans le matin ne savait qui prévenir et alertait tout le monde. Il était rouge de colère, de honte et peut-être du péché d'avoir vu, écrit en noir sur les murs de la basilique : MERDE A DIEU. Il disparut au détour d'un couloir et quand les premières portes s'ouvrirent, laissant apparaître des têtes endormies, cheveux en broussaille, Léo-Paul réveillé était encore dans son lit, yeux ouverts avec un petit sourire dépassant à peine la pliure du drap de dessus. « Satan ! N'exagérons rien ! », dit-il tout bas en se levant avec un minimum d'empressement.

La veille, quand tout le monde avait été couché, Frédéric et lui s'étaient retrouvés aux portes de leurs chambres pour aller ensemble vers le petit bâtiment où étaient entreposés les outils de jardinage des habituels résidents du cloître. Ils y avaient trouvé un seau de goudron repéré dans l'après-midi même par Léo-Paul et, avec une fine branche de cyprès, avaient inscrit leur message à l'au-delà sur les pierres de granit : « D minuscule à *dieu*, avait dit impérativement Léo-Paul, pas la peine de le décorer avec des enluminures ! *d* minuscule comme *demain* ou *dommage.* »

Après avoir écrit une bonne dizaine de graffitis, ils rentrèrent très vite dans leurs chambres. Ils n'étaient ni fiers ni honteux, surtout Léo-Paul qui ne voyait là que justice en réparation à sa colère. Plutôt que de s'endormir tout de suite, dans la chambre de Frédéric, ils parlèrent de la foi qu'ils n'avaient pas et furent surpris de pouvoir se l'avouer. Ils parlèrent aussi du lycée, de ce salaud de Pech, des filles, de leurs corps et de celui de Christiane, la sœur de Frédéric : « Elle a des seins qui sont à peu près gros comme mes poings » (il ferma les mains pour montrer à Léo-Paul). Il essaya de décrire l'odeur de sa peau, comment il avait vu ses hanches se dessiner l'an dernier, la gifle que sa mère lui avait donnée quand elle avait eu ses premières règles : « Il paraît que ça leur porte bonheur !

— Ça fait surtout circuler le sang ! dit Léo-Paul.

— Une nuit qu'elle dormait, j'ai réussi à toucher le haut de ses cuisses, vers l'intérieur, c'est extrêmement doux, tu sais !

— Doux comme quoi... ?

— Je ne sais pas, hésita Frédéric, peut-être doux comme un brugnon quand il ne sort pas du Frigidaire. »

Ils parlèrent alors de l'avenir qu'ils imaginèrent beau et radieux.

« Moi, j'aimerais être pape, président de la République ou alors empereur de Chine, dit calmement Léo-Paul.

— Et moi, dit Frédéric, star de la musique, premier rock-and-roller français digne de Presley !

— Quoique, premier homme sur la lune, ce n'est pas mal non plus !

— Quand je pense que ma mère me dit sans arrêt : « Frédéric, je veux que tu sois cadre ! Tu entends ? » Cadre, c'est le nouveau mot qu'elle a toujours à la bouche ! »

Il y eut un silence que Frédéric employa pour sourire avant de dire à son ami :

« Avec le nom que tu as, tu ne seras jamais pape. Il vaut mieux que tu oublies tout de suite et te concentrer sur président de la République ou empereur de Chine... Quoique Mao Tsé-toung semble bien en place.

– Il mourra un jour ! dit Léo-Paul. Pape, ce serait pour faire plaisir à ma mère et emmerder mon père. Elle était folle de Jean XXIII parce qu'il faisait péquenot rassurant. Tu imagines le jour où la fumée blanche s'élèverait au-dessus de Saint-Pierre de Rome et qu'on annoncerait : « Léo-Paul Kovski est élu pape ! »

– Tu prendrais quel nom ? »

Léo-Paul réfléchit, puis :

« Un nom jamais employé pour être le premier : Léo-Paul, Léo-Paul Ier, ça sonne non ?

– Ça sonne roi des Belges. Et puis, il vaut mieux prendre un nom d'apôtre. Prends Judas, ça fera scandale, et là au moins, tu seras et le premier et le dernier ! »

Il y eut encore un silence, puis Léo-Paul annonça à son ami :

« En fait, mon avenir, je m'en fous, c'est tout de suite que j'ai envie de découvrir des secrets, savoir tout, inventer... »

Frédéric alluma la bougie de secours posée sur la table de nuit et éteignit l'ampoule pâlotte qui pendait au plafond sans abat-jour. Dans cette nouvelle pénombre, où tout d'abord ils ne voyaient que leurs yeux, il enchaîna :

« Mais on ne peut rien découvrir, on ne voyage pas, on n'a pas d'argent, on n'a même jamais couché avec une fille... » Puis rompant le chuchotement : « On est comme des cons dans des maisons où tout est ordonné, les entrées, les sorties...

– Justement, dit Léo-Paul, tout ça ce sont les apparences et puis comme on a le droit de ne rien

faire, il nous reste à inventer les rêves les plus fara-
mineux et y croire... Ta sœur, je ne la connaissais
qu'habillée, mais maintenant, à cause des quelques
mots que tu m'as dits d'elle, je vais pouvoir imaginer
sa poitrine, sa tête quand elle dort, la peau de ses
cuisses comme des brugnons sans Frigidaire...

— Mais l'intérieur de son sexe, tu peux l'imaginer ?

— Je ne peux pas imaginer comme il est réellement puisque je n'ai jamais touché l'intérieur d'une
fille, mais je peux m'en faire une idée ou même
plusieurs, et pour l'instant, ça me suffit !

— Peut-être que tu seras déçu la première fois...

— Peut-être au contraire, je dirai : « C'est un mil-
« liard de fois plus beau que ce que j'avais
« inventé ! »

Ils parlèrent encore longtemps, tard dans la nuit.
Profitèrent des silences, sans gêne, comme si leurs
seules présences étaient aussi des paroles. La flamme
de la bougie serpentait en tous sens, doucement, et
au milieu de ce calme retenu, ils sentirent que leurs
connivences iraient en grandissant, forts déjà de leur
premier secret : ils avaient ensemble insulté le dieu
unique des catholiques, celui qui était censé avoir
créé ce monde où tout allait par deux, l'homme et la
femme, le bien et le mal, l'instant et l'éternité, le
corps et l'âme.

Quand, le lendemain matin, l'abbé eut crié son
désarroi dans les couloirs du cloître, Léo-Paul et
Frédéric se retrouvèrent devant les portes de leurs
chambres. Frédéric proposa qu'ils aillent immédiatement ensemble chez le *chef* (il ne connaissait pas
son nom hiérarchique) pour se dénoncer, et que
cette affaire reste entre eux et lui. Léo-Paul demanda
d'y aller seul, non pour écarter son ami, mais parce
qu'il avait seul la motivation et l'argumentation
pour expliquer, si on lui en laissait le temps, leur
geste. Frédéric accepta, et c'est après avoir serré fort

les mains réunies de Léo-Paul, qu'il le regarda s'éloigner.

Le chanoine Matthieu, homme austère au regard protégé par de fines lunettes rondes, était assis derrière un bureau entouré d'une bibliothèque en bois rouge, remplie de livres reliés. Il avait dit « entrez ! » d'une voix douce qui contrastait avec son physique. Léo-Paul le regarda, c'était la première fois qu'il voyait un prêtre habillé en clergyman, costume gris anthracite, col celluloïd, petite croix d'argent sur le revers. L'adolescent dit presque aussitôt :

« C'est moi !

— Recule de deux mètres et mets-toi à genoux ! » dit le prêtre.

Quand il parlait, sa pomme d'Adam remontait et descendait. Léo-Paul s'agenouilla.

« Ton nom !

— Léo-Paul Kovski ! Léo et Paul avec un trait d'union.

— Le blasphème est un péché mortel...

— Alors je vais mourir ! dit Léo-Paul comme s'il parlait d'une fatalité à laquelle il ne croyait pas.

— Tu vas te confesser, faire acte de contrition et implorer le pardon de Dieu !

— Mais je ne veux pas qu'il me pardonne ! cria Léo-Paul. Je veux seulement qu'il me laisse *voir* le monde ! Est-ce que vous pouvez comprendre cela ?

— Voir le monde, répéta le prêtre, comment ça *voir* le monde ?

— Voir, sentir, être tout près des battements de cœur, près de la vie, sentir les gens et les choses, deviner, comprendre, savoir ce qui se trame quand il n'y a que du silence...

— Mais quoi voir et quoi comprendre ? » insista la voix douce du chanoine.

Léo-Paul laissa filer un silence, puis comme s'il avait hésité, il proposa :

« Donnez-moi du temps, il faut que je raconte une histoire ! »

Le chanoine fit un geste de la main signifiant « Vas-y ! » Léo-Paul changea de genou d'appui et commença :

« L'autre matin, tout était paisible et il n'y avait pas de bruit dans les jardins, le jour se levait à peine et je sentais des bouffées monter en moi qui me donnaient plein de bonheur. J'étais immobile, je sentais dieu très proche, puis d'un seul coup, j'ai senti que tout était possible, que je pouvais être roi du monde et des routes, que j'aimais passionnément chaque être ayant des yeux, une bouche, un corps et qui marchait sur la terre, que j'étais lui ou près de lui, que je connaissais ses pensées, ses misères et ses plus beaux rêves. J'ai *vu* en même temps des recoins de maisons où n'arrivait aucune lumière, avec des planchers grinçants et des lits à barreaux où dormaient des généraux déshabillés. C'était comme si, du jardin, un volet s'était poussé, que mes bras et mes jambes s'étaient déployés, et que de ce repaire, je pouvais m'infiltrer dans les vies, les arbres et les fleurs.

— Alors pourquoi avoir maculé les murs de ces mots sordides ? demanda le chanoine qui avait tiré une chaise pour s'asseoir près de Léo-Paul.

— Parce que la nuit suivante, je suis ressorti dans le jardin et je n'ai plus rien *vu*, rien senti. C'était redevenu comme avant avec seulement du froid tout autour de moi, alors que le ciel était étoilé et qu'il faisait si doux ! J'étais encore comme enfermé dans un manteau d'hiver avec seulement des petites pensées qui n'arrivaient pas à aller plus loin que mon corps. Je sentais mes mains, mes cheveux, mais je n'arrivais plus à ouvrir le rideau du monde pour m'y promener tranquillement...

— Mais pourquoi tu n'es pas venu me parler à moi de tout cela ? dit le chanoine.

— Parce que vous êtes prêtre et que vous êtes loin des gens ! répondit violemment Léo-Paul.

— Ce n'est pas vrai, nous parlons sans cesse avec

les hommes, nous écoutons leurs confessions, nous connaissons leurs secrets...

– Vous croyez ça ? dit Léo-Paul qui sentait monter en lui à la fois de la pitié et en même temps l'envie de provoquer ce prêtre et de lui faire mal, parce qu'il venait de découvrir pourquoi ils n'arrivaient décidément pas à se comprendre. Vous croyez être les intermédiaires entre dieu et nous, mais vous n'êtes que des récitants, comme nos professeurs de français quand ils essaient d'expliquer pendant des heures un poème de Gérard de Nerval... « *Je suis le ténébreux, le veuf, l'inconsolé... Ma seule étoile est morte et mon luth constellé porte le soleil noir de la Mélancolie...* » Et ils cherchent, nous font chercher pourquoi *soleil*, pourquoi *noir,* et *veuf* de qui, *inconsolé* de quoi, et plus on parle, moins on devine, tout se rétrécit et ce ne sont plus que des mots imprimés, tout petits, sur un livre triste. Parce que pour parler de cette magie-là, il faut être magicien, et pour parler à dieu, il faut être innocent. »

Dans ce grand bureau élégant, l'adolescent à genoux et l'homme en gris à ses côtés ressemblaient à deux statues oubliées, muettes, rigides, et qui pouvaient rester là le reste des temps et des temps sans se rapprocher. L'homme se leva, fit quelques pas vers la fenêtre aux carreaux légèrement colorés. Le visage tourné vers l'extérieur, il dit :

« J'aimerais t'embrasser et te choyer, Léo-Paul Kovski, mais je ne le peux pas, j'aimerais te dire que tu as raison et croire que tu as tort, mais je ne le peux pas, je voudrais regarder ton front et tes yeux pour te dire qu'un jour tu rencontreras à nouveau Dieu ou un des siens et tu te mettras à pleurer ! »

Il avait prononcé lentement les dernières phrases, en détachant bien ses mots, un silence à la fin avant d'ajouter :

« Tu peux te relever et t'en aller ! »

Léo-Paul regarda le prêtre qui s'était retourné, et comme il n'y avait plus rien à ajouter, il se releva et marcha à reculons vers la porte. De cette ombre se découpant devant la fenêtre, il sentit de la tristesse arriver jusqu'à lui et, quand sa main agrippa la poignée de la serrure, il la tourna aussitôt pour s'élancer vers le couloir. Quand il entendit la porte claquer, le soleil effleurait déjà ses cheveux, et il vit fugitivement passer dans sa tête l'image du chanoine brûlé de partout, de grosses cloques blanches sur le visage.

Les volets des hôtels s'étaient à nouveau écartés, et les curistes tendaient leurs verres aux donneuses d'eau de la source.

« Mais comment on peut ne plus aimer quelqu'un qu'on a aimé ?

– Parce que la vie, c'est toujours du mouvement, les gens se transforment, ne sont plus les mêmes... Alors les désirs aussi changent, répondit Claire Kovski.

– Moi, je suis sûr que je t'aimerai toujours, que j'aimerai Frédéric...

– Ton père, je l'ai aimé en étant certaine que ma vie serait sa vie et que le fait de s'aimer nous faisait devenir une seule et unique personne, cent fois plus belle, plus forte, plus invincible... »

Claire, depuis la mort de Michel Clause, avait tenté de monter à Monterville une section anti-guerre, rassemblement contre toutes les guerres présentes et à venir :

« Ça n'a servi à rien, parce qu'il n'y aura plus jamais de guerre, maman. L'autre, c'était vraiment la dernière, j'en suis sûr ! »

Léo-Paul accompagna quand même Claire une nuit pour peindre sur les murs du casino PAIX AU VIET-NAM. Il profita de la coïncidence pour lui raconter le « Merde à dieu » de la colline de Sion :

« Pourquoi à Dieu, s'étonna Claire, et pourquoi pas à de Gaulle, à Khrouchtchev ou à Johnson ?

— Parce que lui le sait quand je lui écris *merde* sur un mur même en tout petit, alors que Johnson et les autres n'en savent rien et s'en foutent !

— Mais Dieu aussi s'en fout, Léo-Paul ! »

Avant qu'il entre au Supégé comme livreur pour l'été, Léo-Paul profita de la semaine de battement qui lui restait pour marcher dans les rues et les allées du parc de Monterville avec la seule femme disponible qu'il connaisse, sa mère. Elle allait avoir trente-sept ans en octobre. Près du kiosque à musique, à côté des touristes assis dans de grands fauteuils en rotin, ils écoutèrent les trois musiciens venus de Paris pour la saison et qui jouaient Debussy avec, en toile de fond, le PAIX AU VIET-NAM qu'ils avaient écrit sur le mur du casino. La mère et le fils se regardèrent et ils eurent un sourire.

« Il faut en profiter aujourd'hui, demain ce sera effacé ! »

Devant les courts de tennis au sol de sable brique où les gens en tenues blanches impeccables se renvoyaient des balles, ils croisèrent les filles du dentiste qui, raquette à la main, ressemblaient à deux autruches qui auraient trouvé un éventail.

« Et Marie Koringer, tu la vois, tu lui parles ?

— Je l'aperçois et je la regarde mais je ne lui parle jamais. Je lui embrasse juste le cou à chaque Nouvel An, à cause du 1er janvier, le reste de l'année, je ne fais que la regarder... je voudrais inventer des mots que personne n'emploie pour ne les dire qu'à elle.

— Mais tu seras bien obligé de dire « je, tu, je t'aime » ou bien « j'ai envie de t'embrasser » !

— Peut-être, mais je suis sûr qu'il est possible d'inventer, avant d'avoir des conversations, des mots ou des signes tout neufs... Quand papa te signalait avec le sémaphore qu'il voulait te voir, ce n'étaient pas des mots ordinaires...

– Mais tous les amoureux du monde ont inventé des signes à eux, bien sûr, Léo-Paul, des conventions qu'eux seuls comprenaient pour échapper à la curiosité des autres ou seulement pour se signifier entre eux davantage de secrets...

– Mais je veux encore trouver autre chose, rien que pour elle, qui soit plus qu'une caresse ou qu'un baiser à distance, quelque chose qui entre dans sa peau et qui lui apporte tous mes rêves et tous mes cauchemars à la fois ! »

André Kovski travaillait ce soir-là. Claire, en chemise de nuit, se mit à chercher dans l'armoire de leur chambre son journal, qu'elle n'avait pas ouvert depuis des années. Sous des photographies aux bords dentelés, elle retrouva clos de ses deux élastiques le *Journal des guerres,* comme elle l'avait pompeusement appelé. Les pages étaient un peu plus grises que le souvenir qu'elle en avait, et son écriture d'aujourd'hui n'était plus la même, moins appliquée, rapide, plus directe. La dernière page écrite était datée du 10 juin 1955. Elle eut l'impression de fracturer un morceau de sa vie qu'elle croyait emmuré loin derrière des siècles d'oubli. Dans cette chambre à coucher aux meubles de chêne ciré où elle vivait depuis son arrivée à Monterville avec Kovski, elle avait connu des itinéraires allant de la passion à la mélancolie, et de l'anxiété à la résignation. Certaines pages du *Journal des guerres* lui semblèrent empoisonnées parce qu'elles contenaient des rêves et des visages qui ne ressemblaient pas à ceux d'André son mari. Ils avaient frôlé sa vie en secret, mais frôlé seulement, et ses yeux à elle étaient restés ouverts la nuit, imaginant une autre chambre, un autre lit, un autre corps sur lequel tendre la main.

Entre la première et la dernière page, elle n'osa pas feuilleter, tant elle eut peur d'y relire de la naïveté ou de la grandiloquence. Pourtant, le cahier à la main, elle fut certaine que toute une partie de sa vie était là, toute cette partie d'elle ombrée de silences, d'élans retenus et de désirs contrariés. Les guerres de la vie, pensa-t-elle, guerres pour être une personne vivante, une femme, guerre d'amour avec des gestes, des silences et son lent éloignement de Kovski.

Elle lut, pour elle-même, ses lèvres remuant à peine :

> J'aurais voulu te dire ce soir combien je t'aimais depuis que cet enfant nous est arrivé, parce qu'il est fait de toi, et de moi et qu'il sera mieux que nous réunis et qu'il ne connaîtra jamais une armée d'occupation. Il est fait de toi et de moi, mais il est nouveau. De nous, il n'a que la peau et le sang, mais tout ce qu'il va être, devenir, aimer, souffrir, sera son invention à lui, unique parmi les autres, différent. Nous lui donnerons l'instruction pour qu'il sache être bien dans le monde et être autre chose qu'un fétu de paille dans l'océan, qu'il soit un beau vaisseau laqué sachant trouver le vent, les courants, et adapter son avancée en fonction des orages, des vents contraires et du manque de vent. Un beau voilier, le *Léo-Paul* qui découvrira des rivages où personne n'est jamais parvenu, où lui, conquérant, saura avoir toute l'humilité et tout l'orgueil des pauvres pour être empereur sans qu'aucun pape n'ait à le couronner.

> 20 octobre 1952.

Dans la glace de l'armoire, Claire se regarda, scruta son visage et son corps qui transparaissait sous la chemise. Treize ans déjà, pensa-t-elle, comme tout change, comme tout va vite, et le temps passera encore et un jour, on ne prononcera plus mon nom, on oubliera Claire Kovski... Il y aura Léo-Paul et les autres, tous les autres, peut-être qu'ils sauront, eux, *pourquoi* il y eut ces pleurs et *pourquoi* ces fous rires, et peut-être ne diront-ils plus jamais le mot : *pourquoi*...

Claire fit le geste de se lever, de s'habiller, un projet de départ dans tout le corps : partir sans rien, partir, effacer l'histoire d'avant, anéantir les voies de garage, les bifurcations et redessiner une vie sur un terrain blanc, vierge d'erreurs. Puis il y eut le visage de Léo-Paul qui se superposa à ces images de train et de bord de mer, et son corps retomba sur le lit, vaincu encore une fois. Par la fenêtre ouverte, venus de la nuit, des rires d'hommes et de femmes montèrent jusqu'à elle. La lumière éteinte, elle se retourna puis resta sur le dos, ses mains alors glissèrent doucement sur sa peau, puis elle se tourna à nouveau. Sans savoir combien d'heures s'étaient écoulées, un rai de lumière venant de la cuisine, puis un bruit de porte de réfrigérateur s'ouvrant et se refermant, lui annoncèrent le retour d'André Kovski. Les yeux tournés vers la fenêtre, elle l'entendit entrer dans leur chambre. Ses vêtements de travail tombés par terre, elle le sentit se glisser près d'elle, à quelques années-lumière de là où elle se trouvait véritablement.

FRÉDÉRIC se rendit dans de la famille installée à Hambourg, Marie Koringer vers la Méditerranée, et Léo-Paul passa son été au Supégé comme livreur de vin, laveur de moules à fromage blanc et trieur de cartes postales. Il s'octroya une autre occupation plus distrayante : *caresseur de brugnons.* Quand, le premier matin, il sortit les cageots du frigo, dès huit heures, il prit bien garde de ne pas toucher les fruits tant ils étaient glacés. Il attendit que l'effet réfrigérateur se soit dissipé pour, vers dix heures, avancer ses doigts, secrètement frôler leur peau tendre et penser alors à l'intérieur des cuisses de Christiane Maleau.

« Touche pas les brugnons, Léo-Paul, c'est pas hygiénique, et si t'as envie d'en manger, tu sais que t'as le droit ! »

Bien sûr, il avait le droit. Mais le plaisir justement était, avant de partir en livraison avec son vélomoteur, de passer près des cageots de fruits, avancer l'index et sans avoir l'air intéressé, appuyer légèrement sur la peau brillante et douce du brugnon, avancer une dernière fois et s'en aller dans les rues de la ville avec cette sensation-là dans la tête, le cliquetis des bouteilles de vin dans ses oreilles.

Un matin, juste après avoir effleuré son brugnon-fantasme, il buta sur Christiane Maleau qui passait devant le Supégé, et comme il venait d'avoir certaines privautés avec elle, il eut le réflexe de tourner la tête de l'autre côté pour qu'elle ne le voie pas rougir. Il fut aussitôt en colère contre lui et la regarda s'éloigner. Comme elle n'avait pas fait attention une seule seconde à lui, il voulut crier : « Je connais bien vos cuisses, vous savez, surtout le haut, l'intérieur où c'est si doux ! » Mais bien sûr, il ne dit rien et monta sur son vélomoteur en se demandant comment était réellement l'intérieur des cuisses de Christiane Maleau.

Il reçut une carte postale de Frédéric, Hambourg, le port. Il s'était attendu à voir de grands cargos aux noms étrangers, mais c'est une fille décolletée et alanguie au bord de l'eau que Frédéric avait choisie et qui interpellait au loin des marins habillés de blanc. Une semaine plus tard, une lettre suivit :

J'espère que tu as mis la fille de la carte postale sous ton oreiller, mais rassure-toi, je n'en ai pas rencontré beaucoup comme elle. J'ai été étonné que la douane soit si protégée, j'avais cru qu'à cause du marché commun, on circulait facilement avec les objets que l'on avait envie d'avoir avec soi. Ici, les magnéto-phones portatifs sont moins chers qu'en France, mais je n'ai pas emporté assez d'argent. J'aurais dû dire au douanier qu'il serait bientôt au chômage parce que je sais qu'un jour, on ira de Monterville à Hambourg avec une grande autoroute, et on dira en passant, ça, c'était l'ancienne frontière entre l'Allemagne et la France, aujourd'hui, c'est l'Europe et on y est bien. Mais je rêve, et tant pis si ça ne se passe pas comme ça. Mon oncle m'a emmené un soir au Star Club, la boîte où ont démarré les Beatles il y a cinq, six ans. C'est un peu minable, pas très grand, et les gens boivent beaucoup de bière en écoutant de la musique. J'ai pu parler avec une fille qui s'appelle Erika, moitié en français, moitié en allemand, tu imagines ce que ça pouvait donner ! Mais j'ai quand même fait pas mal de progrès, je lis le journal et je regarde la télévision, j'ai même réussi à traduire un poème d'Hölderlin. J'ai fait le tour du port en bateau et j'ai attrapé froid. J'espère que tout va bien pour toi, ton ami.

Frédéric.

La roue où étaient accrochés tous les disques de l'appareil s'arrêta de tourner, il y eut un déclic, un bras posa le 45 tours sur le plateau, et pour la vingtième fois de l'après-midi, Jacques Brel chanta : « *Ne me quitte pas, il faut oublier, tout peut s'oublier...* » Léo-Paul laissa monter l'émotion jusqu'à ses yeux, regardant à l'intérieur de sa tête le visage de Marie Koringer. Il aimait jouer aux frissons, se sentir vibrer de tout le corps et se savoir unique à travers ces petits lambeaux de malheur. Il était six heures, dehors, il pleuvait à verse. A l'intérieur de cette sorte de hall de gare situé près du terrain de courses de chevaux, les balles de ping-pong résonnaient, se mélangeaient aux chansons du juke-box et Léo-Paul regardait, appuyé contre l'appareil, des garçons et des filles aux cheveux mouillés, serviettes-éponges sur l'épaule, qui marchaient les uns à côté des autres en faisant semblant d'être indifférents. Ils allaient de la piscine aux tables de ping-pong, des tables de ping-pong à la piscine, esquissaient des pas de danse, se repeignaient et donnaient de petites tapes sur les bras des filles. Ils tournaient en rond dans ce grand édifice ouvert uniquement pendant la saison thermale, appelé « Palmarium », où se côtoyaient jeunes de la région et enfants des curistes en vacances. A cause de la pluie qui n'avait pas cessé, ils avaient délaissé le grand bassin olympique pour la piscine couverte, plus petite. Tous, sauf Léo-Paul. Jamais, il n'avait pu apprendre à nager dans sa chambre avec sa bouée et les schémas du dictionnaire. Aujourd'hui, il aurait eu honte de l'avouer et s'en tirait, jouant les désintéressés, appuyé comme il l'était au juke-box.

« Hé ! Kovski, tu viens plonger !

– Non, non, j'écoute la musique », répondit-il d'un air important.

La veille, il avait écrit deux lettres à Marie Koringer qu'il avait glissées dans des bouteilles de Coca-Cola et descendues à la cave. Pour lui dire qu'il l'aimait, qu'il l'attendait, qu'il l'imaginait dans ses rêves avec des cheveux aussi longs que ceux de Françoise Hardy, qu'il la voyait lui sourire en levant le bras pour le poser sur son épaule, remonter le long de son cou et s'arrêter sur sa joue...

Dans les toilettes du Palmarium, carrelées blanc, il sortit un paquet de gauloises, en extirpa une cigarette qu'il plaça aussitôt dans sa bouche. Il fit couler l'eau du lavabo et releva la tête pour se regarder dans la glace. Dans un film, un acteur américain avait glissé la cigarette exactement au coin droit de la bouche. Il avait trouvé cette façon tellement élégante et voyou à la fois qu'il s'était dit, voilà, c'est comme cela qu'il faut que je fume, cigarette au coin des lèvres et regard au loin... Mais il lui sembla que sa bouche se déformait comme s'il avait eu du coton dans la joue. Bien moins réussi que dans le film ! pensa-t-il. Il essaya l'autre coin mais le résultat ne fut guère mieux, alors il se coiffa légèrement sur le côté, comme l'acteur en question et se regarda de trois quarts. Mais un garçon entra. Léo-Paul, surpris, lâcha la cigarette dans le lavabo et fit semblant de se laver les mains. Emprunté, gauche, mal à l'aise, maugréa-t-il dans son coin, de toute façon, la fumée le faisait tousser et plus encore quand il essayait de la faire ressortir par le nez. Le garçon sortit des toilettes, Léo-Paul s'essuya les mains et le suivit. C'est là qu'il rencontra Cédile Dodin dont il savait encore par cœur cette étrange lettre qu'elle lui avait offerte et qui attendait calmement, dans une bouteille de limonade, un déluge ou un marin nordique habillé de blanc.

« Bonjour, l'Océan !

– Bonjour, Cécile qui n'aime pas les yeux des garçons ! »

Elle rit et Léo-Paul se réjouit aussitôt de ce rire, tant il était beau et entier. Puis le visage de la jeune fille reprit aussitôt de la gravité, comme fixé ailleurs par une idée importante. Ils marchèrent vers le juke-box qui trônait avec ses néons multicolores clignotant au milieu de la grande salle. Cette fois, une musique rythmée était programmée; ils avançaient lentement :

« J'ai su que tu avais eu ton B.E.P.C. et j'ai été content pour toi. Tu vas rester au lycée ? demanda Léo-Paul.

– Mes parents voudraient bien, mais moi, je voudrais tellement voyager, découvrir tout ce qu'il y a autour d'ici. J'ai quinze ans, mais ils me regardent comme si j'en avais encore cinq... Ils ne voient rien, ne savent rien, ils vivent comme dans une grotte.

– Moi aussi, je voyagerai...

– J'irai partout, en Suède, au Danemark, mais surtout au Canada, dans tous ces pays où il y a de la neige, du froid et des forêts de bouleaux, traînées blanches dans des paysages sans souvenir, où tout est possible. Ici, autour de moi, c'est vieux, j'ai tellement l'impression d'avoir mille ans, pas belle, fatiguée, et mes parents qui parlent comme au Moyen Age... Mais vive la Renaissance, la vie, la lumière, la beauté ! Ils calculent sans arrêt, font des provisions de sucre, d'huile, de chicorée, de cacao, comme si c'était tout à l'heure la guerre. On dirait des épiciers, ils calculent même leurs mots, même leur amour ! »

Elle entraîna Léo-Paul vers la sortie, vers le parc, vers la pluie :

« Habitue-toi à l'eau, Léo-Paul, écoute comme c'est beau la pluie, c'est plein de phrases gentilles... Je suis sûre que le premier mot entendu sur terre était un clapotis, la première rencontre du vent et de l'océan, ça a dû faire un « pluik », ou peut-être « fuiak », et aussi « okk, nylli, sin skidli ». Des sons comme ça, en tout cas, qui ressemblaient à une vieille langue oubliée. Tu te rends compte, les premiers mots sur la terre, c'étaient des petites langues d'eau arrachées de la mer et qui retombaient... Et ce sont ces sonorités-là que les premiers hommes ont imitées », conclut-elle, péremptoire.

La pluie. Il l'entendait tomber dans les flaques, dans les feuilles des arbres, dans les gouttières, le long des galeries thermales où tous les curistes s'étaient réfugiés, leur verre à la main. Ville d'eau, ville de pluie, ville de rêves, ville grise et bleutée, aux couleurs des ciels et des sapins. Puis Léo-Paul et Cécile s'éloignèrent, les cheveux dégoulinant sur leurs figures, laissant là tous ces figurants qu'ils venaient de frôler. Ils se prirent la main, comme à la recherche d'une chaleur. Par instants, la pluie cessait et un nuage bleu outremer dégageait un rayonnement de soleil. Alors, toutes les ressources colorées des arbres, des pelouses prenaient des teintes contrastées comme si leurs reliefs et leurs découpes se cernaient de noir. Ils passèrent devant les écuries où des chevaux, dont les têtes dépassaient des portes de bois, regardaient la vie du dehors en mastiquant des poignées de foin.

Pluie et main de Cécile, Léo-Paul ne parlait pas. Il y avait tellement de confusion tout à coup, Marie Koringer traversa si vite ses pensées, cette eau qui coulait sur son visage et collait ses vêtements à sa peau, ces arbres, ce pays qui le voyait grandir et tenir pour la première fois une main de fille, sans volonté de sa part puisque c'est elle qui avait fait le premier geste. De l'autre côté du grand golf, ils arrivèrent près du lac des Evêques, au centre des forêts, désert. Deux pédalos se balançaient près d'un embarcadère en bois. Cécile fit courir Léo-Paul jusqu'au bord, puis ordonna :

« Viens dans l'eau avec moi, je vais t'apprendre à nager ! »

Il allait dire qu'il savait, que ce n'était pas la peine...

« Il faut que tu apprennes à te glisser dans l'eau, que tu te sentes bien dedans. Et puis, avec la pluie, elle est presque chaude. »

Lentement, à l'endroit où la terre descendait vers les vagues grises du lac, d'une pente légère comme une invitation, Cécile tout habillée entra la première, se retournant pour que Léo-Paul ait envie de la suivre. Cette fois, ils se regardèrent vraiment, et quand ils eurent de l'eau à mi-cuisses, elle tendit ses bras, puis les arrondit en arc de cercle pour qu'il se pose sur eux, entre eux, à l'horizontale. Maillot et jean trempés, il s'allongea entre les bras de Cécile.

« Il faut que tu sentes le poids de l'eau, que tu sentes que ton corps peut flotter », dit-elle.

Mais il se raidit et tenta de se redresser brusquement.

« Non, aie confiance, Léo-Paul, c'est comme cela que tout se fait, crois les mots que je te dis, ton corps résiste mais il faut que ta tête me croie moi, et pas lui. »

Il reprit sa position et fit alors les gestes qu'il avait appris pendant tant de soirées dans sa chambre, un, deux, trois, quatre... Tout en le soutenant, Cécile marcha à côté de lui, relâchant quelque peu son étreinte, et pendant quelques brasses, il fut presque seul. Il sut qu'il était en train de vaincre quelque chose de sourd et d'embrumé, mélange d'une peur sans visage et d'un souvenir à oublier. C'était cela l'étape principale : avoir confiance et croire ce que signifient les mots, seulement ensuite faire intervenir les gestes appris. Il continua doucement son apprentissage, dans ces eaux troubles du lac, cloquées de grosses gouttes. Quand il sentit que l'eau pouvait porter son corps, il fut si heureux que d'un basculement de hanches, il se remit debout pour embrasser Cécile. C'est elle qui ajusta leurs deux bouches et lui fit connaître en même temps son premier baiser. Bouche et pluie, douceur de ce corps contre le sien, l'eau qui collait à son T-shirt dessinait bien les hanches, puis les seins de Cécile. Il les regarda, mais n'osa pas faire le geste d'aller vers eux. Il pressa alors la jeune fille contre lui et ferma les yeux pour que tout son corps remplace ses mains et enferme l'empreinte de ce cadeau inattendu. Il eut chaud, il eut froid, et ne sut plus rien du monde en dehors de cette forme entre ses bras, plus grande que lui, et qui ouvrait la bouche sans avoir rien à dire, seulement accepter son souffle à lui où se mêlait un nouveau désir.

« La France, c'est chochotte et compagnie, disait Kovski. Ici, on a toujours l'impression de vexer quelqu'un quand on dit qu'on s'appelle Kovski et qu'on est Français...

– De Picardie », ajoutait une voix pour faire rire les autres.

Pendant l'enfance de Léo-Paul, il lui avait raconté toutes sortes d'histoires vraies ou imaginaires, pour l'épater et qu'il grandisse avec l'image d'un héros près de lui. Il y avait eu la centaine de grenouilles dont il avait coupé la tête avec une hache et qui avaient coassé toute une nuit, à réveiller les gens de Monterville... La fois où les Allemands l'avaient attaché toute une nuit à un wagon-citerne qu'ils avaient promis de faire exploser s'il ne disait pas à qui il faisait des signaux avec son sémaphore, à des heures où ne passait aucun train. Il y avait eu aussi les petits chevaux arabes qu'il avait montés sans selle dans des champs, près des lignes de chemin de fer, et qui lui avaient cassé, dans une chute, trois vertèbres cervicales... Et le fameux voyage à Paris où il avait vu le sourire de la Joconde, et bu un verre avec Marcel Cerdan. Marcel Cerdan qui lui avait mis le nez dans l'état où il était aujourd'hui, c'est-à-dire cassé, parce qu'ils s'étaient disputés à propos de Zatek, le boxeur polonais dont Cerdan avait dit qu'il ne valait pas un clou. Kovski l'avait défendu en assurant qu'il ne ferait qu'un round et qu'une bouchée du champion français. Pourtant Kovski se moquait bien de la Pologne, mais peut-être avait-il inventé tout cela et que son nez s'était cassé en glissant du marchepied d'un wagon, à la gare de l'Est. De toute façon, Léo-Paul ne se souvenait jamais si Cerdan avait été ingénieur à la S.N.C.F. ou acteur de cinéma...

« Boxeur, Léo-Paul, il était boxeur, et moi ton père, je l'ai connu avant qu'il ne se tue en avion au-dessus de l'Atlantique ! »

C'est vrai qu'André Kovski s'était toujours senti très peu Polonais, et comme la France lui avait semblé être un pays sans folie, vivant au jour le jour, enfermé dans quelques anciennes prétentions, il ne s'était guère senti Français non plus. Détaché de tout nationalisme, il n'était solidaire que des gens qui, comme lui, vivaient à côté de la vie, machinerie invisible d'un théâtre dont il ne savait rien, pièce sans début ni fin et où le temps n'existait plus.

C'est par une lettre recommandée à en-tête de la Société des Eaux minérales de Monterville qu'il apprit le trajet que venait d'effectuer un doigt poussant un pion appelé Kovski, pour l'amener à la case *Délégué à l'entretien des machines.* Ses nouvelles fonctions le firent se promener dans toute l'usine, des remplisseuses aux laveuses en passant par les étiqueteuses. Aux abords des wagons-marchandises où les caisses de bouteilles glissaient sur des tapis roulants, il lui arriva de rêver devant les affichettes collées sur les portes coulissantes... Marseille, Brest, Chambéry... Toutes ces mains inconnues qui allaient poser ces bouteilles encore toutes proches, sur des nappes brodées ou des tables en formica. Toute cette vie à l'extérieur qui lui avait toujours échappé, et lui échapperait encore, ces villes et paysages qu'il ne connaîtrait pas ! Pourquoi était-ce comme cela et pas autrement ? Qu'avait-il manqué à sa vie, à ses mains, à son corps pour que ce nom qu'il portait ne soit pas plus admiré ou seulement respecté ? Pourquoi ses désirs s'étaient-ils toujours trouvés décalés ? A vingt ans, il avait trouvé la guerre en face de lui, aujourd'hui, à presque quarante-cinq, il rencontrait sa fatigue et son découragement. Mais que restait-il de ses rêves d'alors ? Même en revoyant sa silhouette d'adolescent, il n'arrivait pas à concevoir que ce fût la même personne aujourd'hui et il y a vingt-cinq ans. Pire qu'un changement ou une évolution, c'était un véritable *enlèvement.* D'où venait que certains adolescents disparaissaient et étaient remplacés par d'autres personnes quand leurs corps vieillissaient ? Et où donc allaient se cacher leurs premiers rêves !

Quelle dérision, pensa-t-il, être venu de Pologne pour en arriver là : délégué à l'entretien des machines ! Parce qu'il avait cru que les histoires des hommes comme lui se ressemblaient toutes, il n'avait jamais jugé nécessaire de se préoccuper de son avenir. Il était une statistique, et se savait faire partie des autres. Comme on dit les « pommes d'un pommier » ou les « tués du week-end », il était une ombre qui passe, un point qui respire, mange, dort et va mourir.

Heureusement, il avait remis dans les bras du monde et du hasard, un fils, ce Léo-Paul dont il avait cru un jour tout savoir et se rendait compte aujourd'hui qu'il ne savait rien. Bien sûr, il avait vu ses muscles s'affermir, sa taille s'allonger et les cheveux blonds de sa naissance se mettre à foncer, il savait qu'il était premier en physique, en chimie et en français et qu'il aurait un jour son bac. Même s'il se souvenait bien des douceurs, des caresses et des rires du petit garçon, il ne restait pourtant aujourd'hui qu'un long vide fait de silence, de regards évités et de visages aux expressions retenues. André Kovski avait vu son fils s'échapper de ses mots à lui et de ses histoires, pour entrer dans un monde qu'il ne connaissait pas. Il eut le sentiment qu'il y avait plus que de l'indifférence, une hostilité grandissante mêlée à de la honte.

« Léo-Paul, si tu as honte de moi, il faut le dire, il ne faut pas avoir peur de dire ces choses-là... »

Et Léo-Paul avait répondu :

« Je n'ai pas honte, j'aurais simplement voulu que tu ne nous obliges pas, ma mère et moi, à vivre au ras de ta vie, comme si à chaque instant, on se trouvait en pénitence. J'ai toujours eu envie, au confessionnal, de dire... « Mon père, je m'accuse « d'être pauvre et de le rester ! »

André Kovski n'avait rien répondu. Léo-Paul n'avait rien ajouté, même juste après, quand il aurait voulu dire : « Ce n'est pas vrai, je ne pense pas ce que je viens de dire, c'était seulement pour te faire du mal et que tu saches combien je n'accepte pas notre vie. » Léo-Paul était sorti dans la rue pour rejoindre Frédéric au café Le Celtic. Son père était resté, les coudes posés sur la toile cirée sans savoir s'il en parlerait tout à l'heure à Claire quand elle rentrerait. Il toussa parce que quelque chose sembla le gêner dans la gorge. Il alla cracher dans le lavabo et, penché au-dessus de l'eau qui coulait du robinet, il continua de tousser en essayant d'extirper du derrière de sa gorge ou de sa langue, l'infime miette logée là, et qui lui soulevait tout le corps, comme un mot enfoui qui exprimerait son découragement.

... L'EAU vient de passer sous la porte et, d'un seul coup, trempe le tapis. Assis sur son lit, il regarde effrayé, muet, incapable de parler. Il cherche aussitôt un point de repère, au pied de l'armoire, une tache grasse à cinq centimètres environ au-dessus du plancher, combien de temps faudra-t-il pour la rejoindre, deux trois minutes peut-être, la trotteuse du réveil tourne plus lentement que d'habitude, avec en plus, la présence de ce danger qui risque de tout envahir. La tache de l'armoire est vite rejointe, il n'a pas eu le temps de calculer la durée de tout cela. Eau sale avec brindilles, fibrilles de coton, paquets de cheveux, elle monte, monte doucement. Comment faudra-t-il respirer tout à l'heure, faut-il prier tout de suite, implorer, demander ? Non, ce dieu n'existe pas, il n'y a rien, rien que l'eau, la peur et l'océan, pas de dieu, le hasard, à moins que ce ne soit qu'un jeu, jeu des gens qui souffrent, qui rient, qui perdent, qui gagnent, les faibles, les forts, un dieu joueur qui invente des jeux de piste : le premier arrivé gagne une place au paradis pour la moitié de l'éternité. Pieds dans l'eau, il se redresse, un remous se forme entre la table et le divan-lit, la biche-baromètre tombe à l'instant, les livres de poche alignés sur le cosy-corner vont y passer, la photo en premier communiant, les cartes postales aussi. L'eau est à mi-mollets, le froid monte avec elle, inexorablement, pas de cris, seule l'angoisse de ne plus respirer... Les péchés du monde sont-ils si énormes, et à quoi sert le pape s'il ne peut même pas empêcher tout ça ? Sûrement le style pas exigeant avec son bel habit blanc et sa main en l'air à faire des signes de croix, ou à dire : « Mon Dieu, ce déluge n'est pas très populaire, pourriez-vous, s'il vous plaît, le reporter à plus tard ? » C'est un pape à poigne qu'il faudrait, tapant sur la sainte table, sachant manier le chantage; plus une seule prière, plus une seule messe, ni cierges, ni fumées, ni cantiques, ni denier du culte... Et l'eau qui monte, merde, au ras du cou maintenant, il faut à présent grimper sur le cosy, gagner du temps, cesser de parler à ce dieu sourdingue et plutôt se mettre en cheville avec la marine, être admis dans un sous-marin et se mettre à jouer de l'orgue à longueur de nuits et de silences, sûr de soi. Dieu, pourquoi ce nom ? Il faudrait lui trouver un surnom, dieu-framboise, dieu-manivelle, dieu-assiette. Ou pas de nom, lui qui est censé être tout ! Vent, rien, ciel, éternité, lumière, tout, courant, flot, lueur, charbon, chien, asparagus, matin... Pourquoi continuer à parler avec autre chose que soi ou, à la rigueur, parler avec tout ce qui est proche, comme cette eau maintenant et la traiter de tous les noms d'ordures, de fouillis, de merde, ou encore, inventer les envers ? C'est quoi l'envers d'un homme, l'envers d'un platane ? Est-ce que l'envers de l'océan est le désert, ou plutôt un monde de vide, blanc, vierge où tout reste à inventer, *naéco, naéco*, l'envers de l'océan, partir de rien, de la mort en allant vers la vie, et pas le contraire... Partir de rien et inventer l'envers de l'océan : *naéco... naéco...*

A la Toussaint, il plut à torrents.
De la fenêtre de sa chambre, Léo-Paul regardait

ces masses d'eau qui claquaient sur les trottoirs, emportant avec elles des paquets de feuilles pourries dans les caniveaux. Deux jours entiers, il ne sortit pas. Le troisième, il se décida. Ayant chaussé des bottes, enfilé un grand imperméable et emprunté le parapluie de Claire, il grimpa vers le cimetière, accroché tout en haut d'une colline, dominant la ville. Toutes les tombes étaient fleuries, chrysanthèmes, fleurs artificielles, chacun était passé le matin même. Debout sur un caveau de marbre noir il se demanda, en voyant ces rigoles déferlantes, combien de temps il faudrait d'une telle pluie pour engloutir les appartements, les maisons, et tout recouvrir, de cette eau boueuse qui descendait les collines. Une dernière fois de sa vie adolescente, il s'adressa à Dieu, le visage tourné vers le ciel, recevant plein de gifles d'eau sur le visage :

« Tu avais promis dans la Bible qu'il n'y aurait plus jamais de déluge sur la terre, et moi, pourtant, j'ai peur, peur, que depuis le temps, tu n'aies oublié. Tant de choses t'ont échappé depuis la création du monde, que je suis sur mes gardes. Je te demande de faire cesser immédiatement cette pluie et qu'apparaisse l'arc-en-ciel que tu as désigné toi-même comme le signe visible entre toi et les hommes ! »

D'un geste, il essuya l'eau qui ruisselait sur son visage, inutilement, puisque le vent, en une seconde, lui renvoya des milliers de gouttelettes. Il releva la tête vers le ciel, et lança une deuxième adjuration, la dernière :

« Je te demande, une fois encore de faire immédiatement cesser cette pluie ridicule, et de planter aussitôt l'arc-en-ciel, un pied vers les tennis du parc, par exemple, l'autre au lac des Evêques. Je t'y attendrai ! »

Cela dit, Léo-Paul descendit du tombeau sur lequel il était juché, et tenta de s'essuyer une nouvelle fois le visage de son revers de manche trempé. Il dégringola le cimetière, contournant l'église, et courut vers le parc thermal. La pluie n'augmentait pas, mais ne cessait pas non plus. Par endroits, la terre, ne pouvant absorber une telle quantité d'eau, laissait de longues flaques s'étendre en forme de petits lacs qu'il fallait enjamber. Il jeta un coup d'œil vers la rivière qui longeait les serres de fleurs, elle était à vingt centimètres de la cote d'alerte et charriait des branches et des bouteilles. Il aperçut une paire de plaquettes de cuir noires, qui ressemblaient aux œillères que portent les bœufs ou les chevaux. Arrivé près des grillages d'un des courts de tennis, il compta jusqu'à 20, lentement, tout en regardant vers le ciel. Il poursuivit jusqu'à 50 et à 100 s'arrêta.

« Merde, tu n'entends rien, tu n'écoutes rien, plus jamais, plus jamais je ne m'adresserai à toi. Nous deux, c'est fini ! Et je marcherai sans toi, avec seulement tous les gens de la terre qui cherchent les pieds des arcs-en-ciel et qui ne les trouvent pas ! »

Il contourna les deux courts de tennis, regarda encore une fois en l'air. La pluie tombait toujours, et pas une seule trace d'indigo, de rouge ou de bleu pour venir prouver l'existence de ce dieu sourd et hautain. Il savait désormais qu'il serait seul, le jour, la nuit et dans les rêves, qu'il ne s'agirait plus d'imaginer un écouteur attentif, anonyme à qui les angoisses les plus terribles pouvaient être envoyées. Il n'eut pas envie d'insulte, ni de révolte, ce fut plutôt un grand soulagement qu'il ressentit, où se mêlaient l'angoisse et l'appréhension de vivre sans interlocuteur. Il y aurait Frédéric, certainement pour une grande partie des échanges, mais où inscrire l'essentiel de la folie et de la cruauté ? Où et à qui confier les morceaux d'âme noire dont il se savait pétri aussi bien que de naïveté ?

Il referma le parapluie tant, de toute façon, il se sentait trempé. A présent la pluie tombait directement sur son crâne, et il sentait le choc que chaque goutte faisait sur ses cheveux. Comment avait-il pu, pendant tant d'années, parler dans le vide, à rien, aux murs, à l'air de sa chambre, et il n'y avait même pas eu de mémoire pour préserver tout cela, une mémoire invisible, magnétophone miniature qui garderait les secrets des enfants et des adolescents. Puisque ce répertoire des instants avait fait défaut, Léo-Paul n'allait pas avoir d'autre ressource que d'utiliser sa mémoire pour remplacer dieu, sa mémoire à lui pour que les années Kovski ne soient pas des années mortes, inutiles, oubliées. Se souvenir, pensa-t-il, non pas des événements, mais de ce qu'il y a avant et après, comme le lui avait dit son père un jour, de ce qui rayonne entre les gens, inscrire tous ces morceaux d'air inspiré et expiré, témoins des secrets et des silences.

« (Il faillit dire « mon dieu »)... Toute cette eau qui tombe, encore et encore ! »

Eau évaporée des océans, retombant sur les animaux et les champs, et les toits et les routes. Cette eau du ciel et des grottes souterraines, n'était-ce pas elle la transporteuse des rêves, qui allait au secret des silex et des roches pour ensuite connaître les fonds marins, les nageoires des baleines, et repartir vers le soleil, nuages et coques d'avions ? Elle seule savait tout du ciel et de la terre, liaison fraternelle du solide et du gazeux, elle voyageait en tous lieux, chargée des pleurs des visages des vivants, et des cadavres des morts. Mais cette eau diluvienne d'aujourd'hui, malade et guerrière, qui menaçait de tout engloutir, pour que l'oubli se fasse et que le monde reparte comme un paysage vide, vierge des traces de pas, des mots et des soupirs, il fallait tout tenter, pour la combattre.

En arrivant chez Frédéric, Léo-Paul ruisselant et trempé ne voulut pas entrer, et insista pour parler sur le palier.

« Je voudrais que tu me rendes un service. Un important service ! »

Devant la mine grave de son ami, Frédéric voulut montrer qu'à priori, il était d'accord, mais le pressa de s'expliquer.

« Voilà, je voudrais... (Léo-Paul hésita une seconde.) Je voudrais que tu me donnes la clef qui ouvre l'endroit où se trouve le déclenchement des sirènes !

– Mais pourquoi les sirènes, dit Frédéric, il y a le feu quelque part ?

– Non, c'est l'eau qui m'inquiète... Je veux vérifier ce que font les pompiers en cas d'inondations.

– Mais, c'est impossible, mon père saura immédiatement que c'est moi !

– Alors, tu ne veux pas m'aider ? dit Léo-Paul.

– Mais le déluge n'est pas pour aujourd'hui, c'est de la pluie. De la pluie, tu comprends ?

– Je veux absolument savoir si les pompiers se déplacent aussi vite pour les inondations que pour les incendies. Voilà, c'est tout simple, non ?

– Mais si quelqu'un te surprend, les flics vont être au courant, et demain, ils seront chez toi, dit Frédéric en tirant la porte, pour que personne n'entende de l'intérieur.

– Ils ne sauront pas que c'est moi. Mais si ça continue comme ça, on est bons pour faire du bateau demain matin...

– Moi, ça me plairait assez de faire de la barque dans la cour du bahut, et d'aller ramer sous les fenêtres du Sauvage...

– Moi, je n'ai pas envie qu'il y ait de l'eau dans les rues d'une ville où j'aime marcher. Alors, tu me donnes cette clef ?

« – Ecoute, Léo-Paul, je ne vais pas te donner la clef...

– Alors, salut ! »

Déjà, Léo-Paul marchait dans le couloir, vers l'escalier. Son ami le rattrapa.

« Je vais t'indiquer l'endroit où ça se trouve. Il n'y a pas de clef, la manette à abaisser est juste protégée par une boîte de verre que l'on peut briser en cas d'urgence.

– C'est une urgence ! » s'écria Léo-Paul.

Quand il eut fini d'expliquer, Frédéric rentra aussitôt chez lui.

Dans les couloirs vides, entre les bureaux de la mairie et les salles de classe des cours primaires, Léo-Paul fut impressionné par le bruit de ses pas, et les traces humides qu'il laissait derrière lui. Il décida de se déchausser. Ses chaussures à la main, il arriva devant le petit boîtier situé à hauteur d'homme. Il vit au travers de la vitre la manette qu'il allait falloir abaisser puis relever. Il sortit son mouchoir et enveloppa son poing. Avant de briser le verre, il arrêta de respirer, écouta attentivement si personne ne venait, puis sans plus réfléchir, frappa un coup net. La vitre se brisa en morceaux coupants qui tombèrent sur le plancher. Effrayé par le bruit, il s'accroupit comme un mendiant, dos au mur, dans son imperméable déformé par la pluie et enfonça la tête dans les épaules. Comme rien ne se déclarait, il se releva doucement, et s'élevant sur la pointe des pieds, abaissa une première fois la manette. Aussitôt, le bruit effrayant de la sirène, qui envoie cette musique d'angoisse au-dessus des toits, au travers des mots et des conversations s'éleva comme un envol de mort. Il ne fut pas effrayé comme lorsque la vitre s'était brisée, tellement il imagina les quelques milliers d'habitants de Monterville qui, à la seconde, et à cause du simple et petit geste qu'il venait de faire, se posaient tous en même temps la question : « Qu'est-ce qui vient d'arriver ? »

Léo-Paul releva la manette quelques secondes, le temps que le cri de la sirène décroisse, puis l'abaissa à nouveau. Il ne bougea pas, gardant la main sur le court manchon de bois, attendit que la note la plus aiguë fût atteinte, puis inversa la manœuvre. Cette fois, il sentit battre son cœur sous son manteau, et la sueur de son front et de ses tempes se mélangea aux filets d'eau qui tombaient de ses cheveux. Les dialogues s'étaient interrompus dans les maisons qui sentaient encore les fleurs de Toussaint, ces odeurs d'obscure mélancolie... Un bruit au bout du couloir... Il abaissa rapidement la manette, et la sirène reprit son envolée vers le sommet des stridences. Négligeant toute prudence pour sa fuite. il rechaussa ses souliers trempés, sans les lacer, puis releva une dernière fois ce petit levier qui provoquait tant de peur. Un bruit de pas semblait venir vers lui, mais non, c'était sûrement son cœur, ou sa respiration. Pendant que la sirène terminait vers le grave son dernier chant, Léo-Paul se demanda combien de fois elle avait retenti... Un bruit à nouveau. Cette fois, il n'hésita pas, sans précipitation pourtant, il reprit l'itinéraire d'arrivée en sens inverse, s'éloignant en même temps du bruit qu'il crut entendre à nouveau. Plutôt que de courir vers la sortie, il eut la bonne idée de prendre l'escalier qui remontait vers les bureaux de la mairie, et vers l'appartement des Maleau.

Il entra chez son ami qui, à haute voix, feignit la surprise : « Maman, c'est Léo-Paul ! » Mme Maleau, forte poitrine et tailleur de laine, arriva excitée... « Et mon mari qui n'est pas là avec cet incendie... ! » Frédéric aperçut le visage déçu de Léo-Paul qui disait : « Comment un incendie... ? Mais ce sont les inondations, madame Maleau, le déluge, les eaux qui montent... » La femme n'écouta même pas et s'installa près du téléphone, certaine que son mari allait appeler. Léo-Paul, consterné, suivit Frédéric qui l'entraînait dans sa chambre. Il s'écroula sur le lit.

« T'es con ou quoi, dit Frédéric, trois fois, c'est un incendie...

– J'ai pris peur au dernier moment à cause d'un bruit... Et puis, j'ai totalement oublié de compter.

– C'est incroyable ! Il risque de se faire choper pour ce truc insensé, et il oublie de compter... »

Léo-Paul semblait tellement peiné que Frédéric, sans ajouter de mot, s'approcha pour lui déboutonner son manteau et le lui retirer, comme on le ferait à un malade. Au moment d'aller l'accrocher, il regarda par la fenêtre qui donnait sur la place de l'hôtel de ville. Il eut un sourire et tout en continuant de regarder au-dehors, à travers le ruissellement de pluie sur les carreaux, il dit : « Tiens, voilà les hommes-grenouilles qui arrivent ! »

Sur la place, la voiture des pompiers sortait de son garage. Des hommes aux casques brillants et aux vestes de cuir noir arrivaient en courant sous la pluie battante. En attendant de connaître le lieu où il devait se rendre, le chauffeur du camion rouge et or actionna son klaxon hargneux. On entendit à côté Mme Maleau s'écrier pour elle ou pour le téléphone : « Mais comment un incendie a-t-il pu prendre avec un tel torrent d'eau ? »

SES ailes vibrèrent contre la vitre, Léo-Paul la traqua dans les recoins d'un des carreaux, pour l'écraser du bout du doigt contre le mastic. Jour d'automne aux couleurs lentes. Il passa ses mains sous l'eau du robinet, puis recommença plusieurs autres fois le jeu de la traque aux mouches. Leur bruit d'ailes stupide l'énervait... Dehors, des silhouettes marchaient sur les trottoirs, emmitouflées dans des manteaux aux cols relevés. Un jeudi.

Le goût de la bouche de Cécile Dodin lui était encore très présent. Comment était celle de Marie Koringer ? Quelle difficulté à imaginer qu'il glisserait un jour sa main entre ses cuisses à elle, qu'il frôlerait ses seins et les prendrait dans ses mains comme il avait eu envie de le faire avec ceux de Cécile ! Pour l'instant, c'était uniquement le visage de Marie qui l'entraînait dans des rêveries suaves et délicieuses, lui qu'il croisait dans ses divagations, pas son corps. Il prononça tout bas, en détachant bien chaque bout de phrase, devant la vitre qui s'embua : « Les cuisses de Marie... Les fesses de Marie... Les seins de Marie... » Puis il hésita... « le sexe de Marie ». Il recommença plusieurs fois en essayant de plus en plus d'être précis dans les images qu'il façonnait à l'arrivée de chaque mot.

Alors qu'il croyait les avoir toutes tuées, une mouche vola encore, face à la lumière du jour, le long des vitres. Il avança le doigt et la manqua au moment ultime. Exaspéré, il plaqua sa main, étalée, et il sentit bien qu'il y avait été un peu fort. Si avec la seule force du doigt, il était aisé de contrôler sa pression, et de n'écraser que le thorax, cette fois l'abdomen avait éclaté et sur la vitre et la paume de sa main une éclaboussure gluante mélangée à un peu de sang s'étalait. Écœuré, il se précipita vers le robinet du lavabo.

« Marie Koringer », chuchota-t-il plusieurs fois. Un visage, l'expression d'un regard étrange, triste ou mutin, elle était un rêve, il le savait. Quelqu'un avec qui il imaginait vivre une vie, tout en pensant que c'était une absurdité d'imaginer quelqu'un avec qui vivre un futur, alors qu'on ne pouvait s'imaginer soi-même une seule seconde dans l'avenir...

Jeudi morne, avec à la clef, une corvée, la pire qu'il connaisse : se faire couper les cheveux ! Frédéric avait décidé d'aller le même jour que lui affronter l'épreuve.

Les fins ciseaux de Nogent cliquetaient autour de ses oreilles. Léo-Paul jeta un coup d'œil dans la grande glace en face de lui puis se vit tellement ridicule avec cette cape bleu ciel en nylon, qu'il préféra refermer les yeux. « Pas trop court, s'il vous plaît, la dernière fois, j'ai mis quinze jours à m'en remettre ! » Chaque fois, la même litanie à Jonquard le coiffeur qui n'écoutait rien, et gardait ses derniers plaisirs de raseur de crâne, avec tondeuse pour la nuque, ciseaux pour les mèches et rasoir pour les pattes. L'épi qu'il avait sur le côté avait longtemps obligé Léo-Paul à faire sa raie sur le côté gauche, alors que la grande majorité des hommes la faisaient à droite. « Tu as les cheveux de ta mère, disait Jonquard, trop fins ! » Pour remédier au problème de la raie à droite qui l'avait complexé un bon moment, il laissait aller ses cheveux, depuis un an, vers l'avant, comme partis du sommet de la tête.

Frédéric, qui venait de subir sa part de supplice, attendait sur le côté, assis dans un confortable fauteuil de cuir, et lisait un magazine :

« Vous allez bientôt faire faillite, dit-il à l'adresse

du coiffeur, si tout le monde se coiffe comme eux !

– Qui, eux ? » demanda Jonquard, inquiet.

Frédéric lui montra une photo de chanteurs avec leurs longues tignasses, débarquant à l'aéroport de Londres et acclamés par des milliers de fans.

« J'aurai toujours les mômes comme vous, parce que les parents les obligeront à venir me voir. Les cheveux, vous comprenez, c'est un symbole. Regardez, à l'armée, dans les prisons, la première chose qu'on fait pour bien montrer qui est le maître : boule à zéro ! Si les parents abdiquent là-dessus, le monde va finir en eau de boudin !

– Evidemment, on pourrait aussi couper les oreilles ou les mains, dit Frédéric, un peu agressif, mais dommage, ça laisse des traces !

– Sérieusement, ça ressemble à quoi ces jeunes Anglais avec leurs têtes de filles ?

– Ça ressemble à des jeunes Anglais qui prennent le pouvoir ! » dit Léo-Paul.

C'était vraiment un jeudi écœurant.

« Regarde de quoi on a l'air, dit Léo-Paul quand ils se retrouvèrent dans la rue, on dirait les enfants de Jean Valjean ! »

Au café Le Celtic, pour se réconforter, ils glissèrent deux pièces de vingt centimes dans le juke-box et écoutèrent *Don't be cruel* par le King Presley, maître de Frédéric.

Toute seule à une table, sirotant une menthe à l'eau, Cécile pleurait. Léo-Paul n'osa pas aller lui demander pourquoi, ni venir l'embrasser comme il en avait envie. Il la regarda seulement de loin, en s'interrogeant sur ses larmes.

Le soir, Claire prépara de la Maïzéna et des pommes de terre à l'eau, broyées dans du lait. Ils mangèrent tous les trois, sans prononcer beaucoup de mots. A huit heures et demie, Kovski éteignit la radio. Pour Léo-Paul, l'heure de la dernière épreuve de la journée venait d'arriver : le lendemain matin, à la première heure, il devait remettre deux pages de rédaction : « L'hiver approche, des amis de vos parents sont venus dîner. Racontez, en étant le plus vivant possible, cette soirée. »

« Comment être vivant sur un sujet aussi mort ! » dit Léo-Paul.

Quand il alla se coucher, Kovski trouva que la coupe de cheveux de son fils était propre et de bon genre. Il en fit la remarque.

« C'est la dernière fois que je vais chez ce salaud de Jonquard ! dit Léo-Paul.

— C'est à voir, dit Kovski en sortant de la cuisine.

— On verra ! » dit Léo-Paul.

Décidément, ce jeudi n'en finissait pas d'être désespérant.

Les gendarmes rôdèrent quelques jours à la sortie du lycée pour savoir qui avait bien pu déclencher les sirènes le jour des morts. Ils interrogèrent quelques élèves des grandes classes, puis Maleau, le secrétaire de mairie, Frédéric, sa mère présente également ce jour-là, ainsi que les quelques locataires résidents à l'hôtel de ville. Mais tout resta dans le flou, et pas une seconde les soupçons ne se portèrent sur Léo-Paul. On pensa à Simon Loste, le muet, jardinier des parterres et serres de Monterville, parce qu'on l'avait aperçu dans les parages au moment des trois coups de sirène. Léo-Paul songeait déjà à aller se dénoncer, quand Simon fut tout à fait innocenté. La glace de protection du déclenchement des sirènes fut remplacée par un petit coffre en bois muni d'un cadenas. « La prochaine fois qu'il y aura un incendit, dit Kovski, les pompiers hésiteront à se déplacer. Faut être irresponsable pour s'amuser avec des trucs comme ça ! »

Frédéric vint régulièrement chez les Kovski, en revanche Léo-Paul rendit moins souvent les visites chez les parents de son ami, le père Maleau n'aimant pas trop cette fréquentation de son fils :

« Léo-Paul a une allure qui pourrait cacher les pires choses ! » disait-il avec un air entendu. Et encore, il ne savait rien du coup des sirènes... Cheveux ras à la militaire, admirateur de Bach et Wagner, le père de Frédéric Maleau, s'il aimait l'ordre et la discipline, était capable d'indulgence lorsqu'il s'agissait de musique. Il avait accepté la guitare électrique, quatre micros, vibrato à main, l'année dernière, et fut d'accord pour le saxophone que réclamait son fils cette année : « A une seule condition, toujours la même, que tu continues ton piano régulièrement. » Frédéric accepta sans difficulté. Même, il préparait pour la fête de Noël du lycée une valse de Chopin et un extrait d'*Un Américain à Paris* de George Gershwin. Il insista pour que Léo-Paul apprenne un instrument, la guitare, ce qu'il fit, mais avec si peu de rigueur et de suivi qu'il eut à subir sans cesse les reproches de son ami.

« Pourquoi tu veux absolument être chanteur, Frédéric ? Tu pourrais être concertiste... compositeur...

– Parce que je crois que c'est important de mélanger les mots et la musique, répondit-il. La musique, ça nous touche sans que l'on sache pourquoi, et les mots, tout le monde les utilise, ça fait partie du quoditien. »

Léo-Paul et Frédéric qui marchaient dans les rues de cette ville où les eaux coulaient à volonté, où chacun pouvait venir avec un récipient le remplir aux sources, se demandaient parfois par quel miracle le litre d'eau minérale de Monterville se vendait dans les magasins plus cher qu'un litre d'essence. Il n'y a pas de forage à faire, ni de raffinage, ni de transport au bout du monde sur des cargos... « Elle coule, on la met en bouteille et on la vend, disait Léo-Paul, c'est simple ! » Ils n'en revenaient pas et butaient sur ce mystère économique sans parvenir à le résoudre...

LA bombe qui avait tué la voix de Simon Loste pendant la guerre et en même temps tué ses parents n'était plus qu'un bruit de cauchemar qui le réveillait encore la nuit, dans ce qu'il croyait être des rêves. Dans les serres de Monterville, c'est lui qui préparait et dessinait à longueur d'hiver les plants de fleurs et d'arbustes qui allaient ornementer, à partir du printemps, les rues et les allées du parc de la ville. Il choisissait les couleurs, chaque forme géométrique, les dégradés, les contrastes de chaque parterre, et personne, ni le secrétaire de mairie, ni Luthérin, le maire, n'avait eu un reproche professionnel à lui faire. Simon Loste donnait ses listes d'achats de plantes et fleurs, et elles revenaient chaque fois signées, sans la moindre annotation. A cause de son mutisme, et parce qu'il ne prononçait jamais, et pour cause, les mots simples des gens, moi, je, ici, maintenant... on l'avait surnommé Nulle-Part. Chacun le connaissait, mais personne ne savait rien de lui, sinon cet accident de la guerre quand il avait huit ans. Aujourd'hui, il en avait presque trente et vivait seul dans la maison laissée vide par ses parents, près du terrain multisports. On ne voyait d'elle que la vigne vierge, qui l'étouffait à moitié, les fenêtres colorées par des taches de fleurs variant avec les semaines et les saisons, et trois genévriers intercalés avec des saules semblaient en défendre l'accès. Personne n'avait envie d'entrer, de savoir, et Simon n'invitait, ni en paroles bien sûr, ni en gestes non plus, à venir le voir. Il était dans le décor et l'ordre des choses de Monterville, le muet, celui qui sourit et s'occupe des couleurs de la ville, Nulle-Part !

Léo-Paul croisa Simon avant la fin novembre, devant l'hôtel de ville, sur l'esplanade en béton, l'endroit que tout le monde traversait au moins deux fois par jour, pour se rendre chez le boucher, le médecin, les coopérateurs ou aller à l'église. Simon Loste avança le bras et montra ostensiblement les cinq doigts de sa main à Léo-Paul. Comme celui-ci ne comprenait pas, le muet montra de son autre main les cornets de la sirène, sur le toit de la mairie, et recommença le signe cinq en dressant cette fois, au-dessus de sa tête, un parapluie imaginaire. Léo-Paul comprit et sourit : « Cinq coups de sirène pour les inondations ! » dit-il. Simon hocha la tête en signe d'affirmation. « Tu m'as vu, alors ? » Et Simon fit signe que oui, puis mit un doigt sur sa bouche pour signifier qu'il gardait le secret.

On vit alors souvent dans les rues de Monterville, Léo-Paul et Simon. Ils marchaient. Léo-Paul parlait, et Simon l'emmenait devant des façades de maisons où ils s'arrêtaient quelques instants. Simon faisait des signes, puis ils repartaient dans le parc, regardaient les arbres, s'approchaient des écorces, et continuaient. On aurait dit un jeu de piste, car leurs regards étaient souvent tournés vers le sol, à l'affût de détails, de traces. Frédéric souffrit de cette nouvelle rencontre qui le tenait à l'écart, mais fut vite rassuré par Léo-Paul qui promit de faire, un peu plus tard, des sorties à trois. Léo-Paul aimait garder pour lui, dans un premier temps, le bonheur d'une rencontre nouvelle, pouvant lui dévoiler, comme il le pressentait au moment présent, des pans entiers de réalité, recouverts encore par trop d'ombres et par trop de mystères.

Si, à cause du déluge tant redouté, il avait répertorié le plus grand nombre possible d'animaux, il ne s'était jamais donné la peine d'attribuer un nom aux arbres, et l'épaisseur du monde végétal était restée, jusqu'à ce jour, un mur opaque sans aucun repère. Bien qu'il connût par cœur la reproduction des fougères, des mousses et des lichens, puisque c'était le programme de l'an dernier en sciences naturelles, à propos des arbres il y avait pour Léo-Paul : les sapins et le reste. En lui écrivant sur un carnet les noms d'arbres qu'il croyait connaître, Simon lui apprit que les sapins s'appelaient plus précisément : pin sylvestre, sapin blanc, épicéa à écorce rouge, pin douglas (importé d'Amérique) et if, vénéneux des pieds à la tête.

« C'est pour ça qu'il est dans les cimetières ? » demanda Léo-Paul.

Puis il apprit encore que l'arbre préféré de Simon était *le bouleau* : parce qu'il est blanc, d'un beau blanc, qu'on pouvait écrire sur son écorce fine comme du papier, et que les taches noires du tronc étaient, selon lui, des traces de griffes d'animaux disparus. Avant d'aller ensemble à l'endroit où les eaux de Monterville prenaient leur source, Simon fit comprendre à Léo-Paul qu'il devait prendre la lettre qu'il lui avait remise deux ans auparavant, que le moment était venu de la sortir de sa bouteille, pour en connaître le contenu. Léo-Paul la retrouva très vite grâce aux étiquettes qu'il avait collées sur les quelque cent vingt goulots : un prénom, un nom, une date et l'âge de l'auteur. Il cassa à petits coups de marteau la cire rouge et sortit enfin cette lettre tant de fois retournée entre ses doigts.

On était début décembre, et une très légère couche de neige recouvrait les champs et les sentiers. Aussitôt arrivés à l'endroit des sources, Simon fit signe à Léo-Paul de rester là où il se trouvait, pendant que lui continuait vers le bouquet d'arbres noirs et blancs qui se détachait parfaitement sur un ciel sans nuages. Léo-Paul le vit partir de front vers la forêt, tourner vers la droite et disparaître. Quand il réapparut, de l'autre côté, il tenait quelque chose dans la main. Léo-Paul reconnut une petite plume d'oiseau. Les silences de Simon ne gênaient plus Léo-Paul, et il ne les ressentait plus comme des manques, tant les gestes, les attitudes et les mimiques de son nouvel ami étaient variés et, le plus souvent, inattendus. De sa poche, il sortit encore deux morceaux d'écorce blanche qu'il venait probablement d'arracher à un des arbres. Il enfonça alors la plume dans la pointe de son petit doigt et, avec la goutte de sang qui perla aussitôt, inscrivit sur la feuille de bouleau : *L'âme blanche de l'hiver s'envole*, puis tendit la plume à Léo-Paul, et lui fit signe d'inscrire quelque chose sur l'autre feuille d'écorce. Surpris, il hésita, puis inscrivit un seul mot : *Savoir*.

Alors, ils échangèrent les mots qu'ils venaient d'écrire et les glissèrent dans les poches de leurs manteaux. Et comme s'il ne s'était rien passé, Simon jeta la petite plume d'oiseau, et ils s'éloignèrent à travers champs, dos tournés au bois de bouleaux. Sur le carnet où il avait déjà commencé d'inscrire pour Léo-Paul les noms de sapins, Simon, au fur et à mesure qu'ils les rencontraient, inscrivit, en les désignant chaque fois : chêne, sorbier des oiseleurs, cormier, hêtre, chêne vert, gravelin. Puis en revenant vers Monterville, il continua d'écrire : aubépine, noisetier, houx, puis fusain, et fit le geste de gribouiller pour montrer que c'était avec la couleur rouge de ce bois que l'on pouvait dessiner.

Les arbres dénudés étaient de grandes mains maigres agrippées au ciel. Léo-Paul et Simon, eux, ressemblaient à deux vagabonds moyenâgeux cherchant des glands et des racines pour échapper au froid. Quand un corbeau s'envolait, Simon ne manquait pas de le signaler à son ami, et l'empêchait de détourner la tête juste après, pour qu'il continue de regarder les arcs et courbes que dessinait l'oiseau dans le ciel. Simon notait aussi cela sur des morceaux de papier : les circonvolutions inventées par certains oiseaux, qui traçaient de si beaux signes au-dessus de leurs têtes.

Ils étaient arrivés sur la colline qui dominait le grand golf, calme et blanc de neige, juste à côté de l'hôtel Ermitage. Simon tendit la main vers Léo-Paul, réclamant sa lettre. Quand elle fut extirpée de la poche intérieure, Simon la regarda, comme s'il vérifiait bien qu'elle n'avait jamais été ouverte. Il la décacheta, en sortit une feuille pliée qu'il tendit à Léo-Paul et alluma une cigarette. Ils s'arrêtèrent à cet endroit d'où ils pouvaient voir les premières maisons de Monterville, avec les fumées qui s'élevaient. Léo-Paul déplia la feuille et se mit à lire à haute voix :

Toi, tu veux connaître le monde, avec ses villes, ses mers et ses océans. Moi, le monde, c'est ici, avec les sentiers, les arbres, les couleurs des écorces, les traces d'oiseaux sur la neige ou dans le ciel, leurs chants, leurs plumes et les pétales des fleurs. Le monde, ce sont les pierres des maisons de Monterville et les visages des habitants à qui j'envoie chaque jour des messages que personne ne voit, et donc, ne comprend. Je t'apprendrai à les reconnaître, ils sont partout dans la ville et autour d'elle, tous destinés à des personnes très précises. Il y en a eu pour toi, Léo-Paul, plusieurs fois, mais tu ne les as pas vus, parce que tu es distrait ou plutôt, tu veux aller trop vite. Tu veux grandir, être plus vieux, vivre ailleurs. Tu ne sais pas ce que c'est d'être bien là où tu es. Tu crois apprendre le monde avec son organisation, mais dis-toi bien qu'il n'y a pas un monde, mais des mondes, avec autant d'organisations !
Rassure-toi, je ne cherche nullement à t'instruire de quoi que ce soit, je voudrais seulement t'indiquer qu'à force de croire que ta vie

est ailleurs, tu risques de ne rien voir de ta vie d'ici, de tous les jours, et qu'il faut pourtant partir de là pour savoir reconnaître le monde ensuite, plus tard, quand tu t'en iras d'ici. Car je sais bien que tu partiras, la force qui t'attire loin d'ici est puissante, et il faut que tu la suives pour connaître la richesse, l'action et la désillusion. Mais jusqu'à ce que tu t'en ailles, le centre de l'univers est ici, à Monterville, juste au-dessus du 48e parallèle (savais-tu cela ?) avec ce soleil toujours voilé, ces neiges de l'hiver, les visages des filles de ton âge, leurs joues rougies par le froid, et ces sources d'eau, ce lac qui t'attire et te fait peur... Ici, si tu sais décortiquer toutes les apparences, il y a plus de folie et de violence qu'auprès des volcans, et alors, avant de cavaler sur les chemins du monde, tu sauras que là où tu étais, tu as pu extirper, aux apparences, la beauté crue de ton âme.

Simon Loste.

Après avoir quitté Simon, Léo-Paul tout excité passa à la papeterie et fouina, à la recherche d'un cahier qui serait beau, d'une jolie couleur, épais et qu'il prendrait plaisir à ouvrir. Il se détermina pour un *Héraclès* à lignes simples, de cent cinquante pages et à la couverture mauve. En arrivant dans sa chambre, il alluma son nouveau chauffage à gaz, et à la première page du cahier, avec son stylo-plume de communion, il inscrivit :

    La Vie au-dessus du 48e parallèle.

Tout bouillonnait dans sa tête. Il aurait voulu retrouver l'instant où, sur la colline de Sion, il avait vu le monde, senti le centre des choses. Comment cela était-il arrivé ? Etait-ce à cause des élans de ferveur exagérée, qu'il avait été amené à ouvrir en grand son âme au dieu avec qui il parlait à cette époque-là ? A cette époque-là ! Comme si c'était il y a deux ou trois ans, remarqua-t-il, c'était en mai dernier et on était à peine en décembre ! Ce jour-là, il avait écrit : *La vie et rien d'autre, avec un soleil et la nuit.* Depuis, il n'avait rien inscrit d'autre sur une feuille quelconque. Peut-être fallait-il commencer le cahier par cette phrase, puisqu'il était cet être-là, venu d'un pays froid et blanc, avec ses goûts pour l'exhibition et le secret, cherchant à coups de plongées et d'envols les mots pour découvrir l'envers des choses. « Naéco, prononça-t-il plusieurs fois sans l'écrire. Naéco, l'envers de l'océan. »

« ...*un soleil et la nuit !* » C'était cela qu'il fallait raconter : aller rechercher dans la nuit tous les cauchemars oubliés, plonger dans ces océans de peur qui avaient accompagné ses jours et ses nuits, et l'engluaient toujours de leurs eaux vert et noir, où les algues éraflaient la bouche et les aisselles, plonger dans cette obscurité avec les lumières arrachées au soleil et regarder les gribouilles et figures-monstres inventées, les traquer pour les exhiber sur la place publique. Descendre et remonter, aller et venir, mouvements incessants entre les mondes de lumière et d'obscurité. Ne pas se contenter de ce qui existait, il fallait du mouvement, rendre plus laid ou plus beau, dilapider ou embellir, les deux peut-être. Ne jamais laisser en l'état, oui, c'était cela, ne pas se contenter de l'état des choses, détruire et construire, cultiver sa haine pour le monde laissé en héritage, et s'acharner à y introduire toute la noirceur et toute la clarté dont il était capable !

Il eut soudain une envie boulimique de tout écrire, tout raconter : les bobards, les mensonges mélangés aux dialogues entendus dans la cour du lycée, sur les trottoirs, dans la queue du Supégé, devant la caisse enregistreuse. Partir très précisément de ce qu'il connaissait. Il pouvait décrire les visages, parler des lettres enroulées dans les bouteilles de la cave, remplies des revanches secrètes des enfants de

Monterville. Parler des marches des gens, leur allure, les mots que répétaient sans arrêt certains, manies, sourires, fausses dents, raconter Frédéric, Simon Loste, Marie Koringer, Cécile Dodin, écrire leurs vrais noms, sans truquer et dire précisément qu'ils habitaient bien Monterville (Vosges), et pas une ville imaginaire. Parler du Sauvage, professeur et directeur du lycée, et de sa manie de lire Molière ou Corneille en mettant le ton, comme s'il jouait à la Comédie-Française. Parler du vrai, de l'authentique, de ce qu'il voyait chaque jour, ses parents, sa mère qui voulait sauver l'humanité et son père volant un jour une locomotive, un jour de 1960 ou 1961, il ne savait plus.

Il tournait sans arrêt son stylo entre ses doigts. Il avait tellement eu l'habitude des rédactions à exécuter avec sujet, verbe, complément, qu'il s'embarrassa de formes... « Je venais à peine de finir de mettre le couvert que les amis de mes parents arrivèrent. Mme Delseau, puisque c'était son nom, avait une gabardine grise et un foulard noué sur la tête. M. Delseau, son mari, portait un loden bleu marine et une casquette qu'il ôta, aussitôt arrivé. Maman leur dit de s'asseoir et mon père alla chercher l'apéritif et les verres... » Non, décidément, ce n'était pas cela qu'il raconterait, et surtout pas de cette manière. Ecrire comment ? Jeter des phrases solitaires, à toute vitesse, comme un journal, morceaux de romans, débuts de récits ou de poèmes comme Baudelaire ou Rimbaud parlant de mort, de vie et d'amour. Mais que savait-il de tout cela ? Après une seconde d'hésitation, il se répondit à lui-même, et se demanda ce qu'ils savaient de plus, eux. Après tout, il existait depuis quatorze ans, et ce n'était pas rien ! Quatorze années d'une vie au-dessus du 48e parallèle, il sentit que c'était plus qu'un récit rendant compte d'événements qu'il fallait donner, il faudrait ajouter et mélanger ce qu'il avait vu, entendu, senti aux instants semblables à ceux de la colline de Sion. Il faudrait absolument les retrouver, les multiplier ces instants où il avait été possible de *voir*. Voir la vie de tous les jours, et *voir* les autres morceaux de monde, qui se cachaient et qu'il fallait traquer dans le secret, la mémoire et l'inavouable des gens. Peut-être faudrait-il employer un autre mot pour ce *voir*-là. Dans *savoir*, il y a *voir*, et cela lui sembla assez juste. *Savoir*, le mot qu'il avait inscrit sur l'écorce de bouleau. *Voir* et *savoir*, c'était cela, apprendre à *voir*, apprendre à *savoir*, et se débrouiller ensuite avec les mots.

Impossible d'écrire un roman, pensa-t-il soudain. *La Vie au-dessus du 48ᵉ parallèle* ne peut pas être un vrai roman, puisque je ne sais que des bribes, des fragments d'histoire, qui ne peuvent faire un roman, avec un début, des rebondissements et une fin. Il ne connaissait la fin d'aucune histoire...

Il referma le cahier et eut envie de parler de tout cela à quelqu'un... Frédéric sûrement. Parler de cette excitation, dire comme il se sentait proche de quelque chose qu'il ne connaissait pas et n'avait jamais vu auparavant. Dans la rue, il gelait. Au visage de Marie Koringer qui lui traversa la tête, comme tant de fois, il dit tout bas : « Je t'aime », et aussitôt une buée se forma devant sa bouche, puis disparut. Il recommença sous un lampadaire pour mieux voir le « je t'aime » devenir brouillard.

Pour vérifier s'il y avait une différence visible, il dit : « Je t'emmerde » et imagina cette fois la tête du Sauvage, avec sa mâchoire inférieure en avant qui repoussait son dentier. Il n'y avait pas de différence, constata-t-il avec amertume. « J'ai été idiot tout à l'heure, il fallait se lancer, tête baissée, ne pas gamberger comme je l'ai fait. Il fallait écrire tout de suite, sans raison, avec la force venue de mes veines jusqu'au bout de mes doigts. Ecrire comme au bord d'une falaise, en imaginant que quelqu'un va s'approcher par-derrière pour me pousser dans le vide, et tout en ayant peur de cela, ne pas me jeter dans le précipice avant que la personne arrive. Ecrire entre le vide et la peur ! »

Il retrouva Cécile et Frédéric en conversation agitée au café Le Celtic. Ils parlaient des élections présidentielles qui allaient avoir lieu et d'un éventuel départ de Cécile. Ils n'étaient d'accord sur rien.

« C'est une fugue, dit Frédéric, et même s'ils sont débiles avec toi, tu ne peux pas partir sans leur donner de nouvelles !

– Mais si je leur dis où je vais, ils viendront me chercher... »

Evidemment, c'était sans solution. Léo-Paul qui n'avait pas assisté au début de la conversation s'en mêla doucement :

« Ce que tu es conformiste, Frédéric ! Une fugue, c'est une fugue, sinon ça s'appelle partir en vacances, avec parents sur le quai de la gare et mouchoirs !

– Tu peux parler de conformisme, répondit Frédéric, je suis sûr que si tu avais l'âge, tu voterais pour de Gaulle... »

Léo-Paul fut surpris parce qu'il ne s'était pas réellement posé la question : à cause de la lettre qu'il avait reçue, il se sentait lié, affectivement, au Général. Mais de là à voter sans condition pour lui, il y avait matière à réfléchir...

« Si je votais, je voterais et pour de Gaulle et pour Mitterrand, pour qu'ils fassent à tour de rôle une année de présidence. Mais je crois que le plus important pour nous, c'est d'inventer notre vie à vivre, ici, sans attendre que les choses essentielles viennent d'ailleurs. Mon père va aller voter, je ne sais même pas pour qui, il dit qu'ils sont tous les mêmes, « le beau Mitterrand », il dit toujours, ou bien « le beau de Gaulle », mais c'est sûr qu'il va aller voter parce que ça l'arrange d'avoir quelqu'un à accuser quand ça n'ira pas. Lui, il veut rester dans le gris, la couleur de tout le monde. De temps en temps, il fait des remous, comme quand il a volé une locomotive, mais ce qui l'arrange, j'en suis sûr, c'est de ne pas avoir d'identité.

– Vous dites des conneries tous les deux, s'écria Cécile. Tout le monde cherche une identité, lui (désignant Frédéric) en jouant tous ses instruments, toi en cherchant des mots pour écrire, moi en voulant fuir de chez moi, pour vivre comme je l'entends. Ton père, Léo-Paul, il a volé la locomotive, ça n'a peut-être servi à rien, mais c'est dans la mémoire de tout le monde, et on en parle encore souvent à Monterville...

– Nous, oui, on cherche des identités parce qu'on sait que tout est possible, et l'impossible est exactement ce que l'on veut ! Mais les gens comme nos parents, tous les parents, se sont butés à tellement d'obstacles qu'ils ne cherchent qu'une chose : éviter le suivant.

– Mais, ça existe des adultes fous, qui rêvent, qui cherchent, qui inventent, dit Frédéric.

– Oui, ça existe... »

Léo-Paul s'adressa à Cécile :

« Ici, à Monterville, à part Simon Loste, je ne connais que des gens qui ont l'air d'avoir débarqué sur terre le jour de leur majorité. Sans souvenir de leurs rêves d'enfant.

– Si tu avais raison, dit Cécile, alors vaudrait mieux se suicider le jour de ses vingt ans, pour n'avoir aucune chance de leur ressembler... »

Le soir, dans sa chambre, Léo-Paul ouvrit le cahier mauve, passa la première page, où l'après-midi, il avait inscrit : *La Vie au-dessus du 48ᵉ parallèle.* Et aussitôt, commença, à vive allure :

Loin des mosquées et des lianes de la jungle, j'ai vécu sans rancune aucune contre mon père et ma mère, qui m'avaient offert le monde à ma naissance, moi qui n'en demandais pas tant. C'est dans un paysage vert et gris que j'ai grandi, avec le son d'un clocher frappant les heures et les demies, le bruit d'avions à réaction d'une base militaire un peu lointaine, et le cliquetis incessant des camions remplis de bouteilles d'eau minérale. Parfois, j'ai voulu vivre dans un trou, et ne sortir la tête que de temps en temps, à la lune et à la nuit. D'autres fois, j'ai voulu apparaître au grand jour à midi, vêtu d'une cape impériale brodée d'or et de lamé, une tiare d'un mètre, parée de diamants sur la tête et traverser la ville en équilibre sur un filin d'acier. Tout en bas, des danses multicolores et des fanfares aux cuivres rutilants auraient salué ma longue méditation.

Chaque jour, j'attends tout. Un crime ou un baptême, une arrivée de brigands violant les femmes et les filles, ou une prière si belle et grandiose adressée à l'univers que même des larmes se mettraient à couler sur les joues d'un dictateur. Ma vie est faite de mille vies s'enchevêtrant, discontinues, parfois minables, mais avec des ports de tête princiers et des exigences à faire déplier une cathédrale pierre par pierre. Justement, je rêve à l'intérieur de moi, et manifeste encore peu mes excès. Quoique je me sois offert de moucher dieu, le jour où il m'empêcha de revoir la vérité nue du monde entr'aperçue la veille : vérité blanche où se bousculaient des rues inconnues et mes souvenirs mal fagotés d'enfant des chemins de fer, je l'avais lorgnée de tout mon corps, sentie, avalée, et elle m'avait vaincu en emportant le pouvoir que j'avais cru m'inventer.

Léo-Paul referma le cahier, sans relire, et le serra contre lui, allongé sur son lit. Ce sera mon trésor ! pensa-t-il. Puis, fatigué, il somnola et se vit entre le soleil et la réalité, penché au bastingage d'un rafiot, regardant au loin les lumières scintillantes de villes côtières. Il voulait descendre, toucher les murs des maisons et sentir les odeurs du port inconnu, mais le bateau poursuivait sa course. Des nattes de jeunes filles et des guirlandes de pétales frôlèrent alors son visage, et il sentit sous ses pieds et dans tout son corps le sourd roulement de l'océan.

Au café du Pavillon, Kovski, en combinaison bleue de travail, un béret posé sur la tête, était assis à une table. Deux ballons de rouge entre lui et Picaud, un chauffeur de l'usine, ils parlaient. Ou plutôt, échangeaient des monologues, comme si des rivières remontaient le long de leurs gorges, pour déverser la boue des hivers et des années.

« On a été voter comme des cons. On est des cons, tu l'sais, ça, toi, Kovski, parce qu'on n'a jamais su c'qu'on voulait. Péter plus haut ou plus bas que notre cul, c'est tout c'qu'on a su faire, mais péter en place, là exactement où ça chie tous les jours, on n'a jamais su. Et tu sais pourquoi, Polak, parce qu'on n'a jamais su se tenir droit, les pieds bien posés par terre. On s'est toujours mis sur la pointe pour voir ce qui se passait, tellement il y avait de monde autour de nous pour mater, et on n'a rien vu. Et quand il s'est passé réellement quelque chose, on s'est vite accroupis pour que ça passe au-dessus de nos têtes. On n'a jamais été debout, les pieds posés sur la terre... »

Kovski but une gorgée et leva l'autre main. « Oui, oui, j'te suis », c'était ça que ça voulait dire. Lui, il pensait à Léo-Paul, son fils qui ne le regardait plus.

« Eux, ils s'en sortiront, parce que la vie aujourd'hui, c'est comme ça, ça va tout droit, avec de l'électricité partout, des bagnoles et la télévision...

140

Nous, à leur âge, toute la planète puait la guerre comme si c'était entré sous les peaux, ça puait l'Hitler et le Staline jusque dans le café au lait. Ça puait les bombes même avant qu'elles éclatent. Tu te souviens de ça, c'était toute notre jeunesse qui puait. Même les filles qui sentaient pas bon, elles avaient aussi, partout sous leurs bras et entre leurs cuisses, des odeurs de cimetière... »

Puis ils restèrent silencieux quelques instants, au milieu des joueurs de cartes, qui lançaient avec force les atouts et les as sur le tapis. C'est Picaud qui prit l'initiative de recommander deux ballons de vin.

Deux événements marquèrent la vie du lycée : la vieille Wurlitzer, professeur d'histoire-géo, se tua dans un accident de voiture, avec son antique quatre-chevaux, au lieu-dit « Les trois pécheurs », intersection dangereuse avec deux stops, en haut d'un petit col par où passait la ligne de partage des eaux : eaux vers la mer du Nord et l'Atlantique, et eaux vers le bassin méditerranéen. Définitivement, elle laissa là sa vie, sans plus jamais avoir à hésiter entre le nord et le sud. La seule et unique chose que retint d'elle Léo-Paul fut son enthousiasme à déclarer hors cours, comme une confidence, que le pays au monde où elle désirait le plus aller était le Japon. Quelques élèves avaient alors regardé une photographie du Fuji-Yama, et avaient rêvé devant cette montagne parfaite, au cône impeccable recouvert de neige. La légende indiquait qu'au premier plan, on apercevait des cerisiers en fleur. *De profundis*, Wurlitzer !

L'autre événement eut, lui, des conséquences plus remarquables. M. Savèche, le directeur du lycée, que des générations d'élèves continuaient à surnommer le Sauvage, exerçait un talent contesté de professeur de français dans les classes de 4e, 3e, 2e et 1re. Aux premiers jours de gel, il glissa sur une plaque de verglas, malencontreusement placée entre son domicile et la cour du lycée, et se brisa, à ce qu'il s'était dit, au moins un fémur. Si la vieille Wurlitzer ne fut remplacée que de manière épisodique par Mme Rétien, la prof de sciences naturelles, le Sauvage le fut à temps complet, et pendant plusieurs mois, par une jeune femme venue de Nancy, Françoise Hausène, *Mademoiselle* Hausène pour les élèves, qui sortit du même coup les cours de français de la torpeur dans laquelle ils s'enlisaient jusque-là. Les sujets de rédaction changèrent, elle ajouta au programme des auteurs non prévus, contemporains ou pas, on fit alors mieux connaissance avec Malraux, Céline, et aussi Proust et Apollinaire. Françoise Hausène arriva à transmettre à la plupart de ses nouveaux élèves une idée qui lui tenait au cœur : que les mots imprimés sur leurs livres de cours avaient été écrits un jour, par des hommes et des femmes qui avaient réellement existé, ou bien vivant à l'instant même, qu'ils avaient été écrits sur des chiffons, de jolies feuilles ou des carnets, avec des sentiments, de l'intelligence et de la violence. Que ça avait été sans cesse une lutte de la vie contre la mort du monde. Que la beauté et la laideur n'étaient pas forcément antagonistes, mais cohabitaient pour vaincre l'ennui. « Je ne vous ferai pas apprendre par cœur tel ou tel texte, je voudrais que vous en reteniez seulement, chaque fois, une idée, ou un morceau d'idée qui vous serve à mieux comprendre la vie que vous êtes en train de vivre. »

Voilà comment se termina le cours de français de ce jour-là, dans la classe de quatrième. A la sortie, certains se demandèrent si Françoise Hausène avait un fiancé permanent, d'autres eurent envie d'aller acheter le *Voyage au bout de la nuit* en espérant qu'il existe en livre de poche, quelques autres voulurent parler encore avec elle, prolonger ce qui s'était dit. Un seul osa le faire, Léo-Paul, qui lui demanda s'il était possible de la rencontrer à un autre endroit, qu'il avait quelque chose à lui présenter. Elle regarda en souriant ces yeux clairs qui auraient pu paraître effrontés, tant ils semblaient déterminés. « A cinq heures, cet après-midi au café de la Gare, c'est là que j'habite provisoirement ! »

Quand il le vit sortir de la classe, Frédéric qui attendait dans le couloir, demanda : « Alors ?

– J'étais mort de peur... Elle veut bien que je la rencontre à cinq heures...

– Aujourd'hui ?

– Ben oui ! »

Il y eut une sonnerie, et la classe partit en rangs vers la salle de travaux pratiques, assister au cours de chimie. Là, les élèves apprirent que le chlore ajouté au sodium donnait, après réaction, du sel de cuisine. Etonnements.

Eau glacée, eau chaude. Eau glacée, eau chaude. Léo-Paul trempa à nouveau le gant de toilette dans la casserole d'eau bouillante, le passa lentement, longuement en petites tapes sur ses joues. Puis, penché au-dessus du lavabo, il aspergea cette fois son visage d'eau froide, fit cet exercice alterné pendant cinq minutes, jusqu'à ce que l'eau de la casserole se soit refroidie. Regard dans la glace. Rougirait-il tout à l'heure ? Il avait lu cette méthode dans une rubrique de magazine, « Vaincre la timidité ! ». Bien qu'il ne fût pas exactement craintif, il avait parfois une fâcheuse tendance à devenir écarlate au moment où il s'y attendait le moins. Un mot, un regard surpris, il sentait alors une chaleur incontrôlable monter tout en haut des oreilles, jusqu'à la racine de ses cheveux.

Au travers de la vitre embuée du café de la Gare, il la regarda s'asseoir. Il entra. Elle était habillée comme le matin, pour son premier cours, un foulard en plus, noué largement au-dessus de son chemisier blanc. Lui avait enfilé un pull-over noir à col roulé, qu'il avait imaginé plus mystérieux qu'une chemise.

Il enleva son trois quarts et, avant de dire une première phrase, pensa à respirer largement. Il y eut un moment de gêne avant que le serveur arrive prendre la commande. Léo-Paul demanda un café, et pensa aussitôt qu'il ne dormirait pas ce soir, elle, du thé.

« Alors, vous voulez me parler ?

– J'ai à vous montrer quelque chose qui m'est le plus secret. »

Léo-Paul respira à nouveau profondément, puis, quand il fut certain qu'il n'allait pas rougir, il posa le cahier à couverture mauve sur la table.

« Ça s'appelle : *La Vie au-dessus du 48ᵉ parallèle* !

– Ce sont des poèmes ?

– Non, pas exactement.

– C'est un curieux titre !

– C'est l'exacte latitude nord de Monterville. »

Elle alluma une cigarette et, au milieu des conversations et des bruits de vapeur, Françoise Hausène se mit à lire la dizaine de pages que Léo-Paul avait écrites depuis le premier jour. Parfois, elle levait la tête, tirait un bouffée de fumée, le regardait et continuait sa lecture.

Léo-Paul écoutait pendant ce temps les mots que laissaient échapper les consommateurs, froid, dix de der, grève, jeune, hiver... Il pensait en même temps aux mots silencieux qui allaient des pages qu'il avait écrites au cerveau de son nouveau prof de français. Elle était la première personne qui lisait ces mots-là, peut-être parce qu'elle venait d'ailleurs, à la fois étrangère et prête justement à accepter quelque chose d'étranger à son regard habituel. Il regardait ses cheveux courts, la raie sur le côté, les séparant, et cette ligne de peau blanche aux racines. Rien n'était possible entre eux deux, pourtant, il aurait voulu se blottir à l'intérieur d'elle, enveloppé de ses bras, de sa peau et de son souffle. Quand il la vit aborder la dernière page, il reconnut à l'envers les mots écrits hier soir, dans sa chambre, à la lueur du chauffage à

gaz, et les prononça silencieusement dans sa tête...
Enfance à mourir de honte. Je détestais ce monde puisque
je ne pouvais pas le changer. Je cherchais partout de la
beauté à agripper tout en haut des lunes et des trains-marchandises, mais je ne retins entre mes doigts qu'effroi et
flasques sentiments, cauchemars souterrains mêlés au
seul plaisir de destruction. Et si le monde s'appelait
« horreur », et que je n'en aie jamais rien su ! Pourtant,
ces désirs d'amour... Resteraient-ils embusqués sous les
bouches et les ongles, sous son visage à elle, entrevu,
jamais approché, murmurant dans la nuit que les ordres
de Dieu n'avaient pas existé et que nous voguions, lames
froides, au milieu d'étoiles en train de s'éteindre ?

Elle resta un moment les yeux tournés vers la dernière feuille du cahier qu'elle venait de lire, comme
si elle ne voulait pas rompre le courant installé.
Peut-être qu'elle déteste et qu'elle n'ose pas en parler, pensa Léo-Paul, que cette idée n'avait pas
effleuré un seul instant auparavant. Il attendit quelques secondes qui parurent outrageusement longues.
    « C'est si... inattendu... étrange...
    — Etrange ?
    — Je veux dire... Je croyais lire des poèmes, ou des
phrases attendrissantes sur votre vie racontée, ici, à
Monterville... C'est autre chose, que j'ai du mal à
définir...
    — Mais vous aimez ? » demanda-t-il impatient.
Elle regarda ces yeux qui l'observaient et attendaient des mots, une attitude. Ces yeux, clous brillants plantés dans ce visage de communiant,
qu'avaient-ils vu en secret pour savoir décrypter tant
de messages, tant de signes fermés et invisibles ?
Elle, qui avait cru arriver dans un bled de campagne, perdu. « Une ville d'eau, avaient dit ses amis de
Nancy, tu vas soigner ton foie, tes reins, on t'envie,
tu sais... ! » Un coin paumé d'hiver, où les têtes des
gens se renfrognent, enfouies dans des cocons d'habitudes. Et puis, cette drôle de comète, mouton noir
qui l'accoste à la sortie du premier cours, comme un

mec de première ou de terminale, pour lui proposer un rendez-vous, qu'elle accepte. Dix pages lues dans un café, et cette réponse qu'il attend : dire que oui elle aime, même plus que cela, qu'il y a des critiques à faire aussi, de l'emphase parfois, mais elle n'avait pas encore eu un seul élève, dans sa courte carrière, capable de juxtaposer de telles images du mal et de la beauté du monde, avec cette intuition du dessous des apparences. Ce qui la frappait peut-être le plus, était cet énorme contraste : lui, si juvénile, la peau pâle, et là, cette ville morne, hibernante, avec ses noms de rues désuets : des duchesses, des princes, et même un shah de Perse, et ce cahier rayonnant de secrets au milieu de la banalité ambiante. Car enfin, Monterville, c'était bien cette sinistre bourgade avec une caste riche, les hôteliers et les médecins, la masse des ouvriers de l'usine d'embouteillage, de la Société des Eaux, des chemins de fer et de la voirie. Enfin les intermédiaires, commerçants, magasins de souvenirs de saison, et c'était tout. Ville moyenne française, traversée par une route nationale, deux stations-service, une à chaque extrémité, avec en plus tout ce décorum thermal, bâtiments de bains-douches, un parc en plein centre de la ville, un grand golf de dix-huit trous, de la pluie toute l'année, que remplaçaient, en hiver, la neige et le froid. Quel hasard avait bien pu faire naître, ici à l'est, en plein continent, ce rêveur d'océans et de tempêtes, comme s'il était né sur un paquebot en plein Atlantique ?... Dans le tumulte des vagues, j'ai imaginé toutes les mémoires des hommes rassemblées, criant sous le vent leurs mots enfermés et les douleurs cachées...

Il fallait répondre à ce regard.

« J'aime ce que vous avez écrit, Léo-Paul... J'ai tellement cherché à décrire moi aussi ce que je ressentais ou pressentais, que je suis un peu troublée que vous parveniez à transposer si facilement...

146

– Mais non, cela n'a pas été facile, mademoiselle Hausène. Si le soir, j'écris très vite, sans réfléchir, c'est qu'à tout moment je cherche à voir les gestes invisibles de gens que je ne connais pas, et les mots qu'ils ne prononcent qu'à moitié. C'est cela que je veux inventer. »

Et il pensa à l'image d'un monde qui viendrait de s'effacer, et où il y aurait seulement à marcher, regarder le soleil, écouter la mer pour savoir ce qui s'était passé dans une journée. Comment trouver au-delà des souvenirs, les images des mondes anciens, celles des premiers paysages ? Comment retrouver les premières traces et sensations de la vie du fond des océans ?

Elle parla de livres, de films qu'il devrait lire ou voir. Il raconta comment il avait volé quelques « poches » au tourniquet du libraire, et comment il avait replacé, au risque de se faire prendre, ceux qui ne l'avaient pas intéressé. Quant au cinéma, il avoua sa presque totale ignorance, tant les films projetés ici ne ressemblaient pas à ce qu'il attendait. La petite prof proposa de l'emmener avec sa voiture aux ciné-clubs d'Epinal ou même jusqu'à Nancy, voir des films nouveaux. Ils se quittèrent vers sept heures et demie.

A la lueur de l'amiante incandescent de son chauffage à gaz, il écrivit chaque soir dans sa chambre, quand les devoirs du lycée étaient terminés. Il ouvrait le cahier mauve avec autant de frénésie que d'appréhension et quand de rares fois il lui arriva de ne rien avoir à écrire, que rien ne sortait de ce grand réservoir à mots dans lequel il avait le sentiment de pouvoir puiser à jamais, il se vit aussitôt manant, mains tremblantes, visage émacié et barbu, vagabondant sur des pavés miséreux, aux abords des villes, couchant le soir près d'un canal où les gens des péniches lui apporteraient un bol de soupe et une cigarette. Quand il n'écrivait pas, il se sentait misérable, perdu sur un océan de chaos dont il ne savait plus rien. Alors, Marie Koringer le regardait de loin, si loin, du haut d'un gratte-ciel qu'il cherchait à atteindre, pour lui demander de l'aide et des forces. En pensant à ce regard, beau et tremblant, il écrivit sur une page de son cahier de textes :

> Et je ne sais rien d'elle,
> Un visage, moins que ça
> Une silhouette frêle
> Qui s'éloigne de moi.

Il sentait toute la violence qu'il y avait à vouloir s'approcher d'une image venue d'un souvenir qu'il ne retrouvait pas. Justement, comme venue d'au-delà de sa mémoire, elle faisait partie de ces premiers gestes à retrouver, des premiers signes collés à des paysages sans passé. Il avait beau rechercher dans les visages des femmes qui l'avaient approché, Marie ne lui en rappelait aucune. Même celles, presque oubliées, qui avaient ri, un soir d'hiver, entre deux correspondances d'autorails, dans la salle d'attente de la petite gare d'Hymont, quand il s'était mis à chanter et à danser autour du poêle peint en argent, les cors chauffés au rouge. Il les voyait, là, maintenant, certaines avec des sourires aux incisives couronnées d'or, nez rougis de froid, d'autres avec des duvets au-dessus des lèvres, elles avaient collé leurs bouches sur ses joues et avaient pressé contre leurs manteaux, sous la pâle lueur de l'ampoule du plafond, cet enfant qui dansait son bonheur des trains et de l'hiver.

Comment expliquer ce désir ? Pourquoi Marie Koringer et pas Cécile Dodin qu'il avait déjà serrée dans ses bras, et dont il aimerait tellement caresser les seins et embrasser la bouche à nouveau ? Mais elle n'était qu'un désir, lié à des instants, alors que Marie avait de la durée avec elle. Image obsédante, il croyait la connaître depuis toujours. Tout s'articulait ou s'harmonisait autour d'elle, ou de l'idée qu'il s'en faisait, comme une perfection. Et si les mots qu'il écrivait chaque soir, qu'il tentait d'arracher aux mystères de l'univers, étaient la façon, la seule, de s'adresser à une beauté parfaite, l'unique manière d'être regardé un seul instant par l'éternité ?

QUAND elle lut dans *Femmes d'aujourd'hui* que l'espérance de vie des femmes était de soixante-quatorze ans, Claire Kovski pensa qu'elle venait de parcourir la moitié du trajet... Une mi-vie ! pensa-t-elle. Et elle en fut brusquement bouleversée. Elle essaya de retenir le tremblement qui traversait tout son corps, puis releva une mèche de ses cheveux décolorés. Appuyée à la faïence blanche de l'évier, elle regarda l'office où elle se trouvait : pistolets d'urine, seringues usagées, cotons débordant d'un sac en plastique, elle était au centre de la misère, là où se finissent les vies, le long des carrelages aseptisés de l'hôpital. Une vie au milieu des ombres, des faux sourires, paravents misérables de corps en train de se décomposer. Déjà se laissait percevoir, dans certaines chambres, cette odeur reconnaissable d'un point de non-retour. Ni nouveau médicament, ni rien d'extérieur ou d'artificiel, mais le corps attrapait un jour une odeur plus terreuse, plus fadasse; une odeur de marais. Paradoxalement, Claire trouvait l'odeur de la mort plus poivrée et en rien comparable à cette fadeur amère d'une vie entre-deux. A cause de ce repère, elle devinait quand un malade, malgré les apparences, passait un cap d'où il ne reviendrait pas.

Fatiguée de tout cela ! De ces espoirs qu'elle décelait sur les visages, même après des diagnostics désespérants. Fatiguée de ce monde porté à bout de bras chaque jour où, parfois, tout pouvait s'arrêter pour un sourire en moins. Comme les artistes de music-hall, pensa-t-elle, pas le droit à la moindre défaillance, pas le droit de laisser transparaître une souffrance. Être gaie, gentille, aimable, attentive...

Maria, la fille qui était de jour aujourd'hui, entra dans l'office, un grand sourire sur le visage qui s'estompa en apercevant Claire :

« T'en fais une tête !

– Non, non, ça va passer. Mais toi, qu'est-ce qui t'arrive ?

– Tu sais ce que vient de me demander le vieux Perrault ? dit Maria excitée et heureuse de pouvoir raconter une histoire.

– Une amabilité...

– Non, ma main ! »

Elles éclatèrent de rire, pendant que Maria, aussitôt, mimait Perrault, avalant dix fois sa salive entre chaque phrase, puis agrippant son bras. Elle arriva presque à imiter cet ancien directeur d'une usine de lutherie, qui lui disait, sûr de lui, même à cette occasion qui aurait pu être embarrassante... « – Made-« moiselle Maria, je vous regarde... Je vous vois « depuis deux semaines... Vous êtes jolie, travail-« leuse... J'ai de l'argent, des propriétés (raclement « de gorge)... A qui dois-je me présenter pour « demander votre main ? »

Elles rirent de plus belle.

« – Ma main ? je lui dis en me retenant. Vous plaisantez ? « – J'ai l'air de plaisanter » il me dit en essayant de se redresser de son lit pour paraître plus officiel. « Mais, monsieur Perrault, on ne fait plus « comme ça... On apprend à se connaître, on se « parle, on échange des tas de choses... (Il avale « trois fois sa salive.) – Mais mais, j'ai appris à vous « connaître, en vous regardant vous occuper de « moi... – Ecoutez, je lui dis sans sourire : vous avez « soixante ans, moi trente, c'est un handicap, vous « ne trouvez pas ? Pas insurmontable, j'en conviens. « Mais en ce moment, vous êtes malade, alors

« attendons ! Réfléchissez, et quand vous serez
« guéri, on reparle de tout ça ! – Mais pensez à la
« propriété, Maria, à la maison... A trente ans, une
« maison, un parc, une forêt ! je vous emmènerai au
« Martinez de Cannes, le directeur est mon ami... Et
« Venise, vous connaissez, le plus beau palace du
« monde est là-bas, le Danieli, rouge foncé, face au
« port où se balancent les gondoles ? Vous êtes allée
« à Venise déjà ? – Non, je lui dis... – Alors, réflé-
« chissez, Maria... » Tu te rends compte, il ne manque pas d'air. Je suis certaine qu'aussitôt arrivée
dans la propriété, ce serait : « Maria, mes bottes !
« Maria, au lit ! Maria, mes gouttes ! »

– En somme la même chose qu'ici, sauf les vacances à Venise... New York peut-être ! dit Claire.

– Oui, mais quand je sors d'ici, je fais ce que j'ai
envie... Enfin presque ! »

Maria rit encore un peu de sa propre histoire, puis
se souvint qu'elle avait trouvé Claire soucieuse et
triste.

« Tu as des ennuis ?

– Non, rien de précis... C'est en général... »

Elle sortit deux tasses d'une armoire, dans lesquelles elle jeta une cuillerée de Nescafé. Pendant que
l'eau bouillait, elle s'assit sur un tabouret métallique,
et continua la phrase commencée.

« C'est impressionnant, toutes ces vies gâchées...
Tu rêvais d'être infirmière, toi ?

– Oui et non, plutôt non d'ailleurs. Mais j'aime
bien être là.

– Moi aussi, s'empressa d'enchaîner Claire. Le
problème n'est pas là, moi aussi j'aime ce travail,
même s'il est déprimant, fatigant. On a au moins le
sentiment de n'être pas tout à fait inutile. Mais je
pense à ce que j'aurais pu faire s'il n'y avait pas eu
la guerre, si je ne m'étais pas mariée si jeune, si mes
parents avaient été médecins ou diplomates plutôt
que péquenots !

– Si... Si... On en est tous là à s'imaginer être

152

mieux ailleurs. Je suis sûre qu'il n'y a personne de vraiment heureux, là où il est. »

C'est Maria qui servit l'eau chaude dans les tasses.

Le soir, aussitôt arrivée chez elle, Claire se roula des bigoudis dans les cheveux, de manière à pouvoir les garder au moins quatre heures et les retirer juste avant d'aller se coucher. Elle fit réchauffer une pleine cocotte-minute de pot-au-feu et laissa les deux os à moelle à son mari et à son fils. Kovski manqua s'étrangler plusieurs fois en avalant le potage gras et brûlant. Léo-Paul montra sans discrétion son agacement, et soupira. Pendant que son père toussait dans un grand mouchoir à carreaux blancs et mauves, le regard de Claire et le sien se croisèrent. Elle fit signe qu'il était inutile d'en rajouter. Il trouvait, lui, insupportables ces égosillements perpétuels, comme si les habitants de Monterville étaient là autour de la table, qui les regardaient dîner tous les trois, témoins chuchoteurs de réflexions et pouffant jusqu'à ce que leurs murmures deviennent un bruit d'essaim. Kovski, calmé, prit son assiette de soupe, se leva tranquillement et alla la vider dans le lavabo. Avant de se mettre à nouveau à table, il alluma la radio.

« Personne ne parle ici », dit-il, comme s'il y avait quelque chose à expliquer.

Ce soir-là, il ne mangea pas, et on entendit les bruits des cuillers de Léo-Paul et de sa mère avec, en fond sonore, l'annonce que deux écrivains soviétiques, Daniel et Siniavski, venaient d'être condamnés.

Début décembre, la municipalité fit installer par les employés de la commune tout un système d'éclairage autour du lac des Evêques, des ampoules électriques jaunes et bistre qui couraient entre les poteaux en bois, fichés dans la terre. Quand, deux mois plus tard, le lac fut gelé, qu'il prit une belle couleur bleu acier et devint lisse et brillant, l'immense guirlande s'éclaira au milieu de l'après-midi, comme pour une ultime répétition. Avec son mégaphone, l'appariteur parcourut alors toute la ville pour apprendre aux patineurs qu'ils allaient pouvoir se rendre au lac à partir de ce soir 28 janvier. Il annonça, par la même occasion, le concert offert par le maire, et que donnerait, au bord du lac, la fanfare de Monterville, samedi prochain à la tombée de la nuit.

Les vrais amateurs arrivèrent aussitôt, en tout cas, le soir même pour vérifier si la glace était bonne. Mais la plupart des habitants attendirent le samedi après-midi, pour être en famille et profiter du concert. Les Maleau, père et mère, vinrent avec Frédéric et sa sœur. Les Kovski travaillaient tous les deux, et de toute façon, lui n'aimait guère ce genre de réunions qu'il qualifiait de rendez-vous des merdeux et des merdeuses de la ville. Claire n'avait pas exclu de rejoindre Léo-Paul, qui avait emprunté une paire de patins à Frédéric. Françoise Hausène ne savait pas patiner et trouva en la personne de Simon Loste un professeur attentif et perfectionniste. Simon était, de loin, le meilleur patineur de la ville. Comme s'il avait passé son enfance dans un village norvégien, il avait l'aisance et la grâce des finalistes que l'on voyait à la télévision. Il portait un bonnet en toile kaki, fourré de loup à l'intérieur, un pull-over arc-en-ciel, qui le faisait repérer immédiatement, quel que soit le nombre des patineurs évoluant autour de lui.

Chaque année, le premier samedi au lac gelé était un événement. Engoncé au milieu des forêts, le lac prenait en hiver sa vraie beauté. Les tourbillons de poussière de neige qui glissaient sur lui faisaient planer un brouillard qui ajoutait du secret à ce silence gelé. En bordure, un chalet en bois : cabaret-dancing en été, buvette familiale l'hiver. Sur le lac, Simon tenait la main de Françoise, et quand ils croisaient Léo-Paul et Frédéric, ils exagéraient des mimiques de peur, de surprise ou de décontraction. Léo-Paul, peu expert, filait lentement, raide, parlant beaucoup avec son ami pour se donner une contenance. Frédéric n'avait pas ces problèmes, mais était aujourd'hui d'humeur maussade. Léo-Paul ne le remarqua pas tout d'abord, puis le questionna plusieurs fois. Frédéric répondit enfin :

« Tu ne me parles plus. Plus comme avant, en tout cas. Depuis que Françoise est arrivée, depuis Simon... Qu'est-ce que j'ai fait ?

– Rien. Rien. Il n'y a aucune raison de rouspéter...

– Je ne rouspète pas, je suis déçu !

– Tu ne devrais pas. »

Et ils continuèrent de glisser en faisant de grandes boucles, prenant le plus large anneau possible. Seul le crissement des arêtes des patins sur la glace produisait un chuintement régulier. Les voix passaient au-dessus, presque irréelles.

« Tu ne m'as même pas fait lire une ligne de ce que tu es en train d'écrire...

– Parce que je veux te le montrer terminé... Et puis, on y parle de toi. »

Frédéric ne releva pas, son attention venait d'être accaparée par un groupe de personnes en train de lacer leurs chaussures. Il *la* remarqua aussitôt. Il aurait voulu retenir la nouvelle encore quelques secondes, mais il était trop surpris, et surtout avait hâte de voir la tête de Léo-Paul.

« Regarde qui vient d'arriver ! »

Léo-Paul détourna son regard, *l*'aperçut, et fut tout déconcentré. Un mauvais réflexe et, déséquilibré, il se retrouva à glisser coudes et genoux sur le lac. Marie Koringer était là avec ses parents... Sûrement impossible de l'approcher, pensa-t-il aussitôt, pendant qu'il se relevait.

« C'est renversant, ton histoire », dit Frédéric en l'aidant.

Puis ils se dirigèrent vers une barre d'appui. Quand Simon et Françoise s'arrêtèrent à leur hauteur pour souffler, elle se proposa aussitôt comme messagère, invoquant que la présence d'une fille serait moins remarquée qu'un Léo-Paul maladroit, qui emploierait mille ruses pour s'approcher. Elle voulait voir ce visage, parler à cette fille, dont elle s'était fait, à travers les fantasmes de Léo-Paul, une image idéale.

« Laissez-moi tranquille, c'est mon histoire à moi ! » dit Léo-Paul presque en colère.

Simon fit signe qu'il fallait que Léo-Paul commence par patiner nonchalamment sur le lac en dessinant des mots d'amour. Il écrivit dans l'air avec son doigt : « Marie Koringer, je t'aime, Léo-Paul. »

« Patinant comme tu patines, l'apostrophe du « je t'aime » ne va pas être très très facile ! » souleva Frédéric.

Simon sourit et fit à nouveau un signe dans l'air : « Léo-Paul aime Marie », ce qui était déjà plus simple. Il faudrait alors tourner autour de l'être aimé avec des mots de tendresse comme les abeilles ou les oiseaux. Important, insista-t-il, en levant le pouce plusieurs fois.

Comment lui dire quelques mots, lui effleurer la main ?... Léo-Paul fila vers le centre du lac et, pour faire plaisir à Simon, tenta de dessiner un 1 puis un e sans accent, suivi d'un o. Il arriva parfaitement à réaliser ce premier groupe de lettres. Simon et Françoise, restés appuyés sur une des balustrades en bois bordant le lac, suivirent ses évolutions. Marie Koringer s'élança à son tour, suivie par ses parents.

« Ils ne vont pas la surveiller toute la soirée quand même ! dit Françoise.

— C'est le directeur du casino, catho tendance chemin de croix », dit Frédéric avec un sourire.

Léo-Paul avait bien pensé faire le trait d'union auquel il tenait tant, mais enchaîna sur le p, auquel il lia dans la foulée un a, un u et un l : *leopaul*. Il regarda où se trouvait la personne à qui il destinait ce message, et la vit tourner, quitter ses gardes du corps et glisser en douceur vers lui. Encouragé, il fit d'une seule traite le deuxième mot de la phrase : *aime*. Quand il fut au m de Marie, elle passa près de lui, le regarda et ils se sourirent. Mais il dut redescendre finir la première jambe de la lettre, et quitta Marie quelques secondes, avant de remonter précipitamment. Elle s'était éloignée, tout en se retournant pour regarder Léo-Paul Kovski et sa drôle de façon de patiner. Un bonnet de jacquard bleu et blanc enfermait ses cheveux, et il se demandait si elle ne les avait pas coupés. Il n'imagina pas dans l'instant qu'elle ait pu commettre quelque chose d'aussi grave sans lui avoir demandé son avis. Avant qu'il finît les dernières lettres de Marie, Frédéric l'avait rejoint pour lui dire que, décidément, Marie était très belle et qu'il avait raison d'en être amoureux. Sans savoir si ce qu'il venait d'inscrire dans la glace allait être utile, Léo-Paul s'amusa à écrire d'autres mots, *amour fou, passion, marie, éternité.* Plusieurs fois ils se frôlèrent et, un instant, il imagina qu'elle avait découvert ce qu'il était en train de faire et qu'elle allait, elle aussi, inscrire à son tour des messages que lui seul pourrait déchiffrer. Il la suivit, mais Marie n'inscrivait rien de lisible, sinon son plaisir d'être là.

D'être si proche d'elle, si près d'un de ses plus anciens rêves, lui donna envie de parler, que des noms sortent de sa gorge pour matérialiser encore plus cette image fantôme qu'il avait contemplée tant de fois dans son imagination. C'était bien elle, cette personne qui avait pour nom Marie Koringer et à qui il venait d'écrire qu'il l'aimait, sur la glace du lac des Evêques. Il eut la sensation que la joie qu'il éprouvait à l'instant était de même nature que celle qui le traversait quand, dans le grand cahier mauve, il parvenait à écrire *exactement* les visions que réussissait à agripper son esprit. Comme si, après l'avoir cherchée des heures et des années, l'image d'une plénitude enfuie très profondément surgissait de la nuit, pour exhiber sa force et sa beauté.

Ils se frôlaient, mais Léo-Paul n'osait que par courts moments glisser à côté d'elle, pendant qu'il apercevait au loin ses amis lui faire des signes ou des sourires. Les parents Koringer regardaient parfois vers leur fille, mais prenaient un plaisir évident à patiner. C'est seulement quand le jour déclina que les musiciens de l'harmonie municipale commencèrent de s'installer; Léo-Paul en profita pour rester le temps de longues courbes à côté de Marie. Silencieux, il l'observait du coin des yeux, parfois se tournait carrément pour lui sourire. Il dit :

« Tu as vu *West Side Story* ? »

Il se demanda, aussitôt le titre énoncé, pourquoi il avait choisi ce film. Elle répondit qu'elle ne l'avait pas vu, puis s'éloigna et Léo-Paul n'eut pas à ajouter qu'il ne l'avait pas vu non plus. « Zéro pour moi, se dit-il, j'aurais pu lui demander si elle avait lu Albertine Sarrazin, ou si elle aimait *Yesterday*. Je suis sûr en plus qu'elle doit pleurer en écoutant *Yesterday* ! »

Puis l'instant magique arriva. A cinq heures et demie, le bleu du ciel devenu outremer, le millier d'ampoules aux pâles couleurs orangées s'alluma d'un seul coup tout autour du lac. Les patineurs glissèrent vers les abords pour s'appuyer sur les rambardes de bois, et profiter de l'instant. Le chef de l'harmonie fit alors quelques signes et une valse viennoise commença. Les graves des basses à vent se perdaient un peu dans l'espace ouvert, mais les sautes du vent léger qui soufflait ce jour-là apportaient avec précision les mélodies jouées par les clarinettes et le cor anglais. Chacun revint alors sur le lac comme s'il s'agissait d'une piste de danse. La valse de Strauss, alourdie par les cuivres, convenait parfaitement aux évolutions glissées et malhabiles de la plupart des patineurs. Léo-Paul, à contre-courant, se dirigea, lui, vers le chalet. Après avoir rapidement délacé ses chaussures, il jeta un coup d'œil en arrière pour vérifier si Marie le suivait à distance et si ses parents étaient bien sous le charme de l'harmonie. Il commanda un Cacolac chaud et, au moment où un deuxième morceau, enchaîné au premier, commençait, Marie entra à son tour dans le chalet embué. A part le serveur, et la fille à la caisse, tout le monde était dehors à écouter la musique. Marie retira son bonnet, et ses cheveux mi-longs et clairs retombèrent sur ses épaules. Elle eut un sourire signifiant : « Tu vois, je suis venue... » Elle dit :

« Voilà !

– Voilà », répondit Léo-Paul embarrassé, parce qu'il devait parler, prononcer des mots tout haut.

Elle l'avait sûrement trouvé ridicule et il s'entendit encore dire « voilà ». Trop faux, trop aigu, pensa-t-il, alors qu'il aurait suffi de rechercher dans des sonorités graves une manière plus sensuelle de dire « voilà ». Sourire aussi, avoir plus d'humour. Pourtant, il fallait continuer de parler, ne pas laisser le silence s'installer, envoyer des mots vers les oreilles de Marie pour que tout son corps et tout son esprit comprennent bien à quel point il pensait à elle, rêvait d'elle, l'attendait. Que c'était son visage qu'il voyait près de lui quand le soir il écrivait dans sa chambre et qu'il cherchait à inventer son histoire à lui au-dessus du 48e parallèle. Mais dans son histoire à lui, il y avait son histoire à elle, toutes les rues dans lesquelles elle marchait, les poignées de portes qu'elle avait effleurées, les plates-formes d'autorail qu'elle empruntait le dimanche soir pour retourner dans sa pension. Léo-Paul s'approcha de Marie, pensant prendre sa main ou caresser la suédine bleue de son anorak. Mais à cause de tant d'années silencieuses et de regards lointains, il arrêta son geste. Il se sentit perclus d'ignorance et d'imbécillité, au pied de ce rêve démesuré avec lequel il avait vagabondé à l'aveuglette depuis tant de jours et tant de nuits.

« Marie, prononça-t-il d'une voix presque grave, Marie, j'ai seulement envie de dire ton nom, devant toi. Marie », dit-il encore plusieurs fois, presque en murmurant.

Elle retira lentement ses gants de tricot.

« On a peu de temps, Léo-Paul... Je voudrais tant que tu ne sois pas déçu...

– Déçu ? »

Il sentit bien que son cœur battait, mais n'osa pas mettre sa main à sa poitrine pour vérifier.

« Je ne sais pas comment dire... Je crois que... tu... je ne pense pas à toi comme toi tu penses à moi... C'est-à-dire que j'ai très envie de te connaître, de parler (aïe le cœur... il n'entendait plus) avec toi, que l'on soit complices (plus rien à dire, et cette musique imbécile). J'aimerais que l'on soit amis en somme ! (amis en somme !).

– Mais alors, tu ne m'attends pas... »

Marie triturait ses gants, et ne trouva rien d'autre qu'à les enfiler à nouveau. Il eut envie de la laisser là, toute seule, sortir, retrouver les gens, les rires et les paroles. Vite aller voir Frédéric, Simon et Françoise, se perdre dans leur tendresse et leur compréhension. Aller leur avouer qu'il était amoureux d'un fantôme possédant un visage adorable. Il regarda Marie, ses yeux, ses cheveux, tout ce dessin de vie qui s'appelait Marie et qu'il avait tant envie de caresser, de frôler. Il sentit des larmes, de la peur arriver, l'angoisse aussi que le monde entier soit comme cet instant, un mirage qui se rebelle et qu'on ne saisit jamais. Pourtant, il fallait aller jusqu'au bout de ce qu'il avait à dire, que tout soit transparent de son côté. Et il n'envisagea pas une seconde qu'il pourrait y avoir de l'humiliation à continuer de parler. Alors il dit :

« Marie, il faut que tu saches que je pense à toi depuis que j'ai huit ans. C'était toi à qui je parlais la nuit, toi qui me faisais pleurer ou me donnais envie de vivre toute une vraie vie à être exigeant des choses et des gens. Je t'attendais pour aller ma première fois toucher l'océan, l'écouter et deviner toutes les mémoires cachées derrière le bruit de ses vagues. Avec toi, Marie, je nous suis imaginés devant les orages, sous les neiges et les pluies, nous protégeant des médisances et des regards étrangers, unis devant les horreurs et les cruautés, à en devenir invincibles. »

Il crut qu'il n'y avait plus rien à ajouter. Il se leva, puis ressentit pour la première fois de sa vie une immense fatigue, un de ces engourdissements qui rétrécissent l'espérance. Il dit encore :

« Je me sens chiffonné comme un journal de la veille. »

Marie ouvrait grand ses yeux étranges pour regarder ce garçon qui parlait et avait inventé pour elle une histoire qu'elle n'avait pas pensé imaginer. Elle ne sut pas s'il fallait faire un pas en avant ou s'enfuir. La réalité s'en chargea pour elle, quand elle vit au travers de la fenêtre son père en train de délacer ses patins à glace, tout en la cherchant du regard. Elle dit :

« Léo-Paul, je dois m'en aller très vite... »

Avant de refermer la porte, Marie se retourna vers lui, puis :

« Je voudrais... »

Mais comme si elle venait de casser son idée, elle claqua la porte et s'en fut dans le froid. Dehors, la magie des couleurs de tout à l'heure était restée intacte. Sur l'estrade, les musiciens soufflaient dans leurs instruments un nouveau morceau, *La Traviata*, Marie rejoignait son père et les patineurs avaient ralenti leur allure pour mieux coller avec le rythme lent de la musique de Verdi.

« Je me souviendrai de tout, dit Léo-Paul rageusement, de chaque couleur, de cette musique, de ses mots à elle, de chacune de ses expressions. » Il ferma les yeux, sans savoir que la caissière était en train de le regarder et, la tête baissée, fit un bond dans l'avenir. « Cinq ans, dix ans, je me souviendrai de tout », murmura-t-il tout bas, comme pour mieux se convaincre, en essayant de revoir en détail chaque instant de ce qu'il venait de vivre. Mais il s'aperçut alors que sa mémoire ne conserverait pas une véritable histoire, seulement les trames invisibles de cette journée, tout l'indicible. Tout ce qui allait être cette furieuse douleur qui roulait déjà dans son estomac, frappant, rageant, bulle tourmentée de tempête qui cognait là, juste sous ses côtes comme un rat prisonnier. Il pensa que ce serait ainsi, puisque cela était déjà, quelques secondes après l'avoir vécu. Tout tournerait en somme autour de : hiver/bleu outremer/orangé/je ne t'aime pas comme toi tu m'aimes/rencontre avec le malheur/musique viennoise/envie de mourir/. Ce serait cela *se souvenir de tout.*

Pour se protéger d'elle, ou pour garder un peu de sa présence en restant là où elle lui avait parlé, il n'avait pas osé bouger. Derrière la buée des vitres, il regarda toute la mise en scène qui avait servi de décor à sa première désillusion. Il pensa que l'harmonie municipale allait bientôt terminer le concert et que chacun entrerait dans le chalet, se bousculerait et commanderait à haute voix des chocolats chauds, des express et des grogs brûlants au rhum. Sortir alors.

Dehors, le froid le rassura. Il releva son col, comme il l'avait vu faire dans des films quand la situation est désespérée. Il enfonça une main dans sa poche et retint contre lui la paire de patins qui pendait au bout de ses lacets noués autour de ses épaules. Rien à dire, ne voir personne, ne pas avoir à parler, il fallait immédiatement quitter ce rêve dans lequel il était entré. Comme un voleur découvert, il s'enfuit en courant.

Alors, il eut peur. Peur du silence, peur du rien. Peur que tous ses gestes ne se referment pour rentrer à l'intérieur de son corps, sans rien dire, ni bonjour ni amour, seulement des bras en mal d'épaules et de cous à effleurer, en mal de hanches pour dessiner un rêve rencontré. Peur que le monde ne se referme comme une grande gueule de crocodile, d'un coup sec sur les mains, les visages et les seins des femmes, et qu'il n'y ait plus que des morceaux d'hommes exsangues, privés de gestes et d'appels à faire aux autres hommes. Peur des bouches aux lèvres blanches qui remueraient sans prononcer de mots, aux dents noircies de frayeur et du goudron des tabacs. Il se mit à regarder sans cesse son visage, dans les miroirs, dans les vitrines des magasins, pour observer la moindre lézarde, la plus petite fêlure, tant il était persuadé que ce qu'il ressentait à l'intérieur de son corps, cette cassure allait forcément se voir sur sa peau, juste en-dessous des yeux. Il y eut plusieurs nuits où il voulut détruire, déchirer ou brûler le grand cahier mauve. Parce qu'il n'aimait plus ce qu'il y avait écrit ou parce que les nouveaux mots qu'il cherchait n'arrivaient pas à se glisser dans son stylo, au bout de ses doigts.

Une nuit, alors qu'il ne parvenait pas à s'endormir, trop envahi encore par le visage de Marie, il sortit de sa chambre et se retrouva dans la rue.

Bruits inhabituels, rien ne ressemblait au bruissement coutumier de la journée. Ses bottes martelèrent en douceur la neige serrée des trottoirs et le léger écho le long des parois lisses des bâtiments lui apprit qu'il était seul dans cette ville dont il croyait tout savoir. Seul à marcher à cette heure tardive, seul avec son désir de ne rien oublier, il regardait ces ombres, ces lueurs, et s'aperçut que rien ne ressemblait aux formes de la journée. Mais peut-être était-ce sa mémoire qui lui jouait des tours et qu'il avait déjà du mal à se souvenir des pierres, des fenêtres. Et Simon, qui lui avait tant répété – en plaçant ses mains de chaque côté de son visage, comme si elles envoyaient des faisceaux chercheurs en tous sens – de se servir de ses yeux. Il s'était trompé avec Marie, peut-être parce qu'il avait trop vite voulu lui inventer un mystère qui n'était pas le sien. Et s'il avait fait de même avec les choses, avec tous les gens et qu'au lieu de regarder d'abord, s'approcher, apprendre à interpréter, connaître enfin, il avait été trop vite à lui, plutôt que d'aller à eux ?

Pendant qu'il marchait, il leva les yeux et vit le ciel, les étoiles, cette couleur sombre de la nuit qui lui donna des frissons. Puis il se sentit sortir du labyrinthe dans lequel il s'était enfermé depuis une dizaine de jours quand Marie et lui s'étaient parlé. Une seule vie à vivre, pensa-t-il, avec ce ciel au-dessus et personne pour indiquer les erreurs à ne pas faire ou les chemins à prendre. Arrivé près des pompes à essence de la station Total, le veilleur de nuit lui fit signe et fut étonné de le voir à cette heure marcher dans la ville.

« Je ne pouvais pas dormir, j'ai composition de maths demain matin ! » improvisa-t-il.

Le pompiste fit signe qu'il comprenait et que c'était une raison. Léo-Paul s'approcha tout près de l'homme et lui dit qu'il savait bien son nom de famille, mais pas son prénom.

« Jean-Pierre.

– Jean-Pierre Vignal, c'est ça, n'est-ce-pas ?, enchaîna-t-il aussitôt.

– C'est ça. »

Il regarda Léo-Paul.

« Vous savez combien il fait ? »

Léo-Paul fit signe que non.

« Moins dix ! C'est pas rien... Vous voulez du thermos ?

– Café ?

– Oui, pas fort mais très chaud. Moi j'suis pas comme tout le monde, le café fort, ça m'endort... »

Ils entrèrent dans la petite cabine allumée, sous l'auvent de béton.

« Vous, vous êtes le fils Kovski, j'me trompe ?

– Non, non, c'est juste... Il est pas fort le café, vous êtes sûr ?

– J'vous dis que j'dormirais s'il était fort ! »

Ils burent chacun leur tour des gorgées brûlantes dans le gobelet en plastique. « Il faudrait que tu effaces toute cette histoire et la reprendre à zéro, avait dit Françoise. Si tu as envie un tant soit peu qu'elle ne se termine pas, bien sûr ! Il faut que tu saches dès maintenant que les personnes ne sont pas comme les mots que tu écris, elles ont leurs vies propres, et ne se plient pas facilement aux significations extravagantes que tu voudrais leur attribuer ! »

Un gros camion semi-remorque entra doucement sur la piste.

« Buvez tranquillement en m'attendant », dit le pompiste à Léo-Paul, puis il se dirigea vers la cabine du chauffeur en relevant son col de canadienne. Il y eut un bruit d'air comprimé.

Le type de relation qu'entretenait Léo-Paul avec Françoise Hausène était exceptionnel. Exceptionnel au sens où, entre professeurs et élèves, la cassure au lycée était gigantesque. Langages différents, relations d'autorité, indifférence surtout : on assistait à des cours pour passer des examens et fuir au plus vite et sa jeunesse et cet endroit où rien ne pouvait arriver. De l'autre bord, on enseignait parce que le hasard avait choisi l'enseignement. Bien sûr, rien ne pouvait sortir de bon de ces rencontres. Françoise avait étendu le réseau invisible de ses affinités électives aux amis de Léo-Paul : Frédéric, Simon et Cécile. Simon avait été le plus rebelle, le plus lent à conquérir. Un soir pourtant, il fit la surprise à Françoise, qui venait déjà pour la troisième ou quatrième fois chez lui, accompagnée de Léo-Paul, de lui donner son *équivalence*. Dans le système de Simon, chaque personne digne d'un intérêt quelconque à Monterville avait son *équivalence* en fleur ou en plante. Les filles étaient la majorité, ce qui lui permettait, à leur insu, de *parler*, avec elles, à travers quantités de parterres, pelouses, massifs et plates-bandes dont il avait la responsabilité. Choix des couleurs, des formes, alignement, mélange des fleurs, tout était prétexte à signes pour lui qui souhaitait évidemment que quelqu'un vienne un jour le voir en disant : « Je suis tellement ému(e) de ce que vous me dites dans le parterre ovale entre les deux chapelles... » Léo-Paul savait depuis peu de temps qu'il était Iris, plus exactement *Iris germanique « Rheintraube »*, mélange de pétales violet clair et foncé. Frédéric, lui, était un Zinnia, qu'on aurait pu confondre avec un dahlia. Ce soir-là, Simon vint vers Françoise avec un pot de terre où était planté un petit tuteur en bois avec une étiquette collée. Françoise lut son nom d'abord, puis juste au-dessous : *Marguerite blanche*. Puis, il lui montra tous les pots alignés dans une sorte de serre-buanderie, portant tous une étiquette et des noms. Après l'incident du lac gelé, Simon suggéra de changer l'équivalence de Marie Koringer, qui était pour lui une Pensée à grandes fleurs, mais Léo-Paul s'y opposa. Simon leur avait appris ce soir-là qu'il était, suivant les années, tour à tour, Tulipe blanche ou Tulipe noire. Cette année, il n'avait pas encore choisi.

Le chauffeur de camion, un type au visage couperosé et portant un blouson de cuir large, marqué de petites éraflures, genre griffes de chat, entra dans la cabine en soufflant dans ses mains.

« C'est incroyable, ils n'ont jamais de Juicy Fruit !

— C'est quoi du... ? lui demanda Léo-Paul.

— Du chewing-gum... Ils n'ont qu'de la chlorophylle, et moi la chlorophylle ça m'donne mal au cœur quand j'conduis. Le Juicy Fruit, c'est les Iles, la Floride. La chlorophylle, on en a rien à foutre, y en a partout ici. Partout, des champs, des forêts : tout est vert ! »

Il s'était assis sur un tabouret, pendant que, dehors, Vignal le pompiste remplissait son réservoir d'essence.

« Le chewing-gum, ça m'empêche de fumer...

— Vous allez vers où ?

— Allemagne, Autriche. A Vienne. »

Léo-Paul tendit un gobelet de café que le chauffeur accepta sans dire un mot.

« Vous voyagez tout le temps ?

— J'adore ça. Au volant de mon gros cul, je pense à tout, aux femmes, aux villes que je vais rencontrer, au soleil, à la neige. Dans la nuit, quand t'as dix tonnes derrière, et seulement deux iodes devant, ta cervelle, elle se barre ailleurs, parce que tout ça, c'est irréel. T'as les yeux ouverts en grand pour regarder cinquante mètres de goudron paumés dans la nuit, et le monde entier est là, devant toi, rien d'autre, cinquante mètres de route allumée, alors la tête se barre. La nuit où les Gemini américains se sont rencontrés au-dessus de l'océan, moi je pensais à eux, aux satellites, au silence qu'il doit y avoir là-haut, avec les couleurs de la terre, et tout qui devient si petit : les camions, les autoroutes, les emmerdes, tu crois pas ? Remarque, si j'étais passé devant les baraques des astronautes, j'aurais été dire un p'tit bonjour à leurs femmes, j'étais sûr au moins que les jules n'arriveraient pas pour le p'tit déjeuner ! »

Vignal rentra et fonça vers la bouteille thermos.

« C'est ton fils, le nouveau ? demanda le chauffeur.

– Non, mon fiancé », répondit sans rire le pompiste.

Puis, après un silence qui parut trop long à Léo-Paul, il éclata d'un rire bruyant qui dégénéra en toux sèche.

« Faut pas plaisanter avec l'amour, dit le camionneur. Moi, en Indochine, j'ai... Et pis non, tu dois être trop con ! » dit-il à l'adresse de Vignal.

Il paya puis, quand il fut près de sortir, Léo-Paul lui demanda s'il pouvait le ramener chez lui, au centre de la ville.

« Sûr, monte ! »

Au fond de la cabine, plusieurs gravures dépliées avec des filles nues. Quand il eut fait démarrer le camion, le conducteur vit le regard du garçon :

« Elles sont jolies, mes cousines... Y a qu'dans *Play-Boy* qu'elles ont pas de soutien-gorge. Regarde celle de gauche, juste derrière toi... Tu vois c'qu'y a au balcon ? »

Léo-Paul qui ne voyait que ça fit signe que oui.

« A Strasbourg, je sors avec une qui a les mêmes. Exactement les mêmes. »

Le camion démarra lentement, puis roula sur la nationale. Lumières rouges, voyants verts, le tableau de bord ressemblait à un intérieur d'avion.

« Je la retrouve ce soir... C'est pour ça que j'roule toute la nuit ! »

Avant d'arriver chez lui, Léo-Paul fit signe de

ralentir. Il serra la main du routier, jeta un dernier coup d'œil vers les filles, et avant qu'il eût refermé la portière, il entendit :

« Quand je repasserai devant chez toi, dans la journée, je klaxonnerai, O.K. ?

– O.K. !

– J'm'appelle Roger, tu t'souviendras ? On ira à Strasbourg, à la Petite France, c'est là qu'elle habite... ma cousine.

– Moi, c'est Léo-Paul, avec un trait d'union ! »

La porte claquée, le semi-remorque démarra. Léo-Paul le regarda s'éloigner. Sur le côté, en lettres noires penchées : *TransEurop*.

Le lendemain, la composition de mathématiques n'eut évidemment pas lieu, et deux jours plus tard les vacances de Mardi gras commencèrent. Françoise disparut pendant les quatre jours, et Léo-Paul, Frédéric et Simon s'en trouvèrent désemparés. Ils marchèrent dans les rues, entrèrent au Celtic pour se réchauffer, puis firent de grands tours dans le parc enneigé. Des pies et des corbeaux volaient bas, cherchant, sous la couche glacée, les écorces et aux pieds des arbustes de quoi manger. Devant le Palmarium fermé, ils croisèrent deux enfants dont les visages étaient recouverts par des masques de carnaval. Arrivés devant la chapelle russe, d'une poche de son trench-coat kaki, Simon sortit un porte-cartes en plastique. Françoise était sur la première photo, devant un chalet de montagne, clignant des yeux. Frédéric et Léo-Paul se regardèrent, mais Simon les entraîna vers les serres situées entre le parc et le terrain de jeux des enfants. Il retira le journal glissé sous son pull-over, et qui le protégeait du froid. Ils firent plusieurs fois le tour des plants de marguerites blanches qui semblèrent aux deux amis plus nombreux que tous les autres plants réunis.

C'était un jour gris, sans lumière, et le titre du journal que Simon avait posé sur un établi annonçait que Brigitte Bardot était arrivée en Rolls à Méribel. Frédéric fit remarquer que c'étaient des turboréacteurs Rolls-Royce qui équipaient les Caravelle.

« Ah !, fit Léo-Paul étonné, je croyais que tu ne t'y connaissais qu'en musique !

– Je suis étonné que tu sois étonné, répondit sèchement Frédéric.

– ... J'étais pourtant certain que la Caravelle était un avion cent pour cent français... »

De la buée s'était collée aux vitres de la verrière, et Léo-Paul dessina *1966* avec son index.

Monde rouge, en cendres posées sur le bord d'un de mes rêves, je regardais le bateau à roue descendre le delta du fleuve, apporter à l'océan la désillusion.

Pendant que s'entremêlaient les choses, les gens, et que s'apaisait la douleur d'un amour suicidé, s'inscrivaient à nouveau les mots de *La Vie au-dessus du 48e parallèle.* Cette écriture se faisait à sa vitesse, lentement. Les brouillards, les lunes opaques, les ornières gelées recouvertes de fines plaques de givre transparent, tout pouvait trouver place dans ces descriptions de choses regardées, ou réinventées. Monde mouvant, celui que Léo-Paul Kovski, maintenant élève de quatrième au lycée de Monterville, s'inventait au jour le jour, remis en question par une contrariété, une découverte ou un oiseau trouvé mort près des sources. Mots à inventer, mots de la mémoire, le désir d'attirer à lui tout ce qui pouvait faire basculer le regard banal des choses était immense.

Françoise Hausène était descendue téléphoner dans la cabine du sous-sol. Léo-Paul voulut profiter de cette absence pour régler les consommations, style élégance discrète... Il fouilla à tout hasard dans ses poches. Quand elle fut de nouveau assise devant lui, elle sortit une boîte de cigarillos et, après en avoir allumé un, hésita, rejeta un gros nuage de fumée, puis demanda :

« C'est curieux que tu ne te sentes pas plus juif... Ton grand-père est tout de même mort à Auschwitz !

– C'est curieux que tu me demandes ça, reprit-il sur le même ton...

– ...

– J'ai l'impression que ça fait partie de ma vie, et qu'en même temps, c'est totalement en dehors, dit Léo-Paul. Peut-être à cause de la monstruosité de tout ça !... Mais aussi peut-être parce que je ne sais pas ce que c'est qu'une famille juive. Tant que ma grand-mère a habité pas loin d'ici, on fêtait Yom Kippour à la maison avec elle, pour lui faire plaisir. Maintenant qu'elle est à l'hôpital pour soigner son cœur, on fait le voyage ce jour-là pour être près d'elle, avec des gâteaux. Mais mon père a toujours détesté qu'on se particularise, il disait qu'on avait déjà assez de marques comme ça sur nos figures... Toutefois, je peux te dire que mon grand-père Stanislas a quitté Monterville exactement le 27 juillet 1942 dans l'après-midi. Qu'il a rejoint un train parti le matin même de la gare du Bourget, à côté de Paris, avec des milliers de juifs dans les wagons-marchandises, que le nom de celui qui dirigeait cette expédition était le Feldwebel Rössler et que le numéro du convoi était 901/6 et aussi que tout le monde avait l'avant-bras tatoué. Voilà, je sais tout ça par cœur, et pourtant, quand je regarde les rares photos de ce grand-père que je n'ai jamais connu, j'ai du mal à croire que c'est à lui que tout ce que je viens de te raconter est arrivé !

– Mais si, tu peux ! Tu sais bien que tu peux l'imaginer !

– Peut-être, mais entre tout ça : grand-père/juif/Auschwitz, il y a une cassure qui m'empêche de tout relier. »

Il aurait voulu, à l'instant, lui montrer la photographie du zèbre avec, en arrière-plan, la jungle tro-

172

picale (*rue de Varsovie, 1915*), ou encore celle où ils avaient demandé qu'on les prenne tous les deux sur le pont du bateau entre Gdynia et Copenhague (*Tatiana et Stanislas, mer Baltique, 1915*), tellement fiers et heureux de poser ensemble pour la première fois. Il aurait voulu les lui montrer, pour qu'elle connaisse un peu de son histoire sans qu'il ait à prononcer de mots. Mais comment relier tout ça, ces photographies de jeune homme, ces photographies de juifs dans les wagons, serrés comme des volailles, et celles de cadavres décharnés, pêle-mêle, entassés dans des fosses communes. Il avait pourtant tellement pensé à un homme, qui aurait eu cette physionomie-là, un matricule tatoué dans la peau, hébété, maigre, les yeux agrandis, et qui portait le même nom que lui.

Le soir, il écrivit :

Un jour la terreur réapparaîtra. Je la sens cachée derrière les sourires et les espoirs d'aujourd'hui. La terreur au visage émacié, portant une casquette noire à signes d'argent.

Pendant toute la deuxième moitié de l'hiver, la petite prof de lettres embarqua dans sa Dauphine beige et marron, Léo-Paul, Frédéric, Simon et parfois Cécile, direction : les cinémas permanents de Nancy.

Une vraie ville avec néons, bruits, klaxons, personnes anonymes circulant sur les trottoirs, frôlant, bousculant, regardant un point situé loin derrière les pensées, regards perdus derrière la vie, en train de ruminer des idées qui ressemblaient à des issues de secours. Rue Saint-Jean, la rue principale, les vitrines clignotaient et les néons des affiches annonçaient les films nouveaux, *Répulsion, Viva Maria, Opération Tonnerre*. Au Rialto, un petit cinéma de la rue Saint-Dizier, perpendiculaire à la rue principale, on projetait *Huit et demi*. « De Frédéric Fellini », comme l'appela Léo-Paul. « Ça veut dire quoi *Huit et demi*, une pointure américaine ? » demanda Cécile. « En tout cas, il n'est pas près d'arriver jusqu'à votre bled », dit Françoise, ironique. Simon fit signe que jamais ce film n'irait à Monterville. Ou alors dans huit siècles et demi, conclut Frédéric. Le film durait plus de deux heures et, à cause des séances décalées, ils entrèrent au plein milieu de la projection.

Léo-Paul et Frédéric restèrent à la séance suivante. Leurs têtes encore remplies des images et de la musique du film, ils eurent envie d'en parler et d'en reparler en allant rejoindre les autres qui les attendaient dans un snack près de la gare. Frédéric regretta qu'il n'y ait pas à Monterville de fille comme la Saraghina, peu farouche, avec une poitrine et des fesses faramineuses.

« Vulgaire quand même, dit Léo-Paul.

— C'est encore plus excitant, non ? Avec tout ce qui débordait de sa robe, ça me donnait envie de me vautrer dedans...

— Tu paierais ?

— J'aimerais mieux qu'elle soit gentille sans ça... »

Ils mangèrent sur le pouce un hot dog et des gaufres, mais Simon désigna un coin du ciel par la porte vitrée et fit le geste de rouler une boule dans ses mains, puis de la lancer. « Si en plus il neige, dit Françoise, on ne va pas être arrivés avant onze heures, minuit ! » Ils coururent vers la Dauphine garée près des Magasins Réunis, et s'y engouffrèrent.

C'est un peu avant Mirecourt que les premiers flocons se mirent à tomber, à la sortie d'un village appelé Saint-Firmin et que la nationale traversait en ligne droite.

« Il *les* garde jalousement dans sa cave comme un trésor de guerre... chuchota Frédéric en se penchant de derrière vers l'épaule de Françoise.

– Le journal intime de toute une ville enfermée dans des bouteilles, ça n'est pas rien...

– Des jeunes de la ville, rectifia Léo-Paul, exception faite pour M. Simon Loste, ici présent, dit Nulle-Part, âgé déjà de presque trente ans, fleuriste et dessinateur de rêves à Monterville.

– C'est ridicule de les garder dans une cave, dit Cécile, s'il y a des inondations, c'est le premier lieu sous les eaux...

– Les bouteilles, c'est justement pour cette raison... Tu te souviens, Cécile, que tu adressais ta lettre à un marin des mers et des océans du Nord, à condition qu'il soit habillé de blanc ?

– Mais je croyais que tu ne les avais pas lues ! s'étonna Françoise.

– J'ai lu celles qui n'étaient pas cachetées comme pour Cécile et quelques autres. Et seulement, très récemment, celle de Simon... Mais je jure que je n'ai pas lu celles qui voulaient rester secrètes – comme la lettre de Frédéric... »

La neige en tourbillons dans les phares semblait se précipiter vers le pare-brise et Françoise croyait qu'en se penchant en avant, elle arriverait à mieux discerner les contours de la route.

« Tu nous avais demandé qu'on écrive cette dernière lettre, comme si on devait s'embarquer dans une fusée de Martiens, dit Frédéric. Et moi j'ai écrit un secret comme si je partais en étant sûr de ne jamais revenir à Monterville. »

Tout le monde se regarda. Ainsi Frédéric avait un secret que personne, pas même Léo-Paul, ne connaissait.

« T'as violé, t'as tué, tu as vu des choses interdites ?...

– Ne cherchez pas, ça ne peut pas vous intéresser. C'est important seulement pour moi ! »

On se tut.

Coincée à l'arrière, entre Frédéric et Léo-Paul, Cécile remua sur la banquette, puis glissa dans l'obscurité sa main dans la main de Léo-Paul. Il entendit qu'elle avalait sa salive, puis elle serra très fort ses doigts entre les siens.

« Moi, il y a quelque chose que je garde depuis quelque temps, dans ma tête et que j'ai envie de vous dire à vous, parce que c'est un secret qui pourrit tout doucement dans ma peau et je ne veux pas qu'il s'enfonce dans mes poumons comme une éponge. Voilà ! (elle respira) C'était quelques jours avant que mon grand-père ne meure, au début de l'automne dernier. Il y avait du vent dehors et je ne dormais pas. Je remuais dans mon lit, je me retournais et j'étais de plus en plus énervée, alors j'ai rallumé la lampe de chevet et je me suis mise à lire. Le vent était incroyable, et parfois je m'arrêtais de lire pour mieux l'écouter. J'en parle, parce que c'est à cause de lui que je me suis levée. Ma fenêtre avait dû être mal fermée, au moment d'une rafale plus intense, elle fut grande ouverte et les rideaux se mirent à voler. C'est là que je me suis levée. Dehors, l'arbre devant notre maison semblait vouloir entrer dans ma chambre tant les branches avançaient pour agripper un bout de tulle ou une manche de ma chemise de nuit. Au moment où je refermais les deux battants, quelque chose m'a frappée en pleine figure. J'ai cru qu'il s'agissait d'une chauve-souris qui voulait s'empêtrer dans mes cheveux et je crois me souvenir qu'un petit cri d'effroi est sorti de ma gorge, comme dans un rêve lorsqu'on ne peut plus bouger. Puis je me suis aperçue que ce n'était qu'une feuille, une feuille d'automne que le vent avait fait voler jusque-là pour me la lancer dans les yeux. C'était presque drôle et j'ai eu envie de rire de cette peur idiote. J'ai refermé la fenêtre et je me suis rendu compte que mon cœur battait à toute vitesse et que ma gorge s'était complètement desséchée. J'ai alors pensé qu'un grand verre d'eau allait me faire du bien et qu'une promenade jusqu'à la cuisine me décontracterait. Je suis descendue pieds nus en écoutant au passage si je n'avais pas réveillé toute la famille. Tout était calme. C'est en arrivant en bas, à l'entrée du couloir, que j'ai vu un rai de lumière passer sous la porte fermée de la cuisine. J'ai pensé que quelqu'un l'avait oubliée en montant se coucher, et juste au moment où j'allais prendre la clenche pour ouvrir, j'ai entendu des voix. C'étaient celles de mes parents, mais j'étais tellement surprise de les entendre là que je me suis figée. Comme il y avait un semblant de dispute, je me suis mise à écouter. Mon père disait à peu près : tu sais, dans l'état où il est, il ne s'apercevra de rien, et puis, il ne bouffe plus, et s'il les met encore, c'est juste par habitude. Ma mère répondit qu'ils auraient pu attendre un peu, que de toute façon, c'était une question de jours. Attendre, attendre, lui dit mon père, s'il se met à mourir pendant la journée, quand on n'est pas là, le soir, sa mâchoire s'ra raide comme un passe-lacet, et alors bernique ! Puis ils se turent, il y eut un peu de silence et des petits bruits métalliques. Quelque chose tomba alors sur le formica de la table. Je ne savais pas quoi faire, rester là ou entrer. J'entendis ma mère dire : ça ne doit pas être facile à revendre, ce genre de chose. Mon père, énervé, la coupa en disant qu'en ville, il y avait des spécialistes et que s'ils revendaient les six, ils pourraient, en se démerdant bien, en tirer au moins mille nouveaux francs. Et ma mère, qui confond toujours, demanda si ça faisait cent mille anciens francs ou un million. Moi, j'étais là, le cœur battant d'angoisse à cause de la chauve-souris de tout à l'heure, et le froid du carrelage qui me montait le long des jambes. Surtout, il y avait la honte et la colère de découvrir quelque chose d'horrible. Alors, j'ai ouvert la porte, d'un seul coup. Ils n'ont même pas eu la réaction de cacher ce qu'ils tenaient dans leurs mains, tant ils étaient surpris de me voir là, moi qui les regardais, complètement ahurie : je venais de comprendre... Ils étaient en train d'enlever les dents en or des appareils dentaires du grand-père. Mon père, comme pour s'excuser : on les a pris dans le gobelet sur sa table de nuit, et ma mère d'ajouter : on ne peut quand même pas laisser ça s'oublier sous terre... Mais il dort, il n'est pas encore mort, je leur dis. Il est vivant, il nous parle, il nous embrasse, il nous regarde, sa peau est chaude et ses mains prennent nos mains. Alors j'ai vraiment eu envie de les tuer tous les deux, tellement ils me dégoûtaient, tellement j'avais honte de porter le même nom qu'eux, de vivre dans la même maison qu'eux. J'aurais voulu qu'on me donne tout de suite plein de cachets pour dormir toute ma vie et ne plus avoir à me réveiller avec ce souvenir dans ma tête. Je suis sortie et j'ai été embrasser mon grand-père qui dormait paisiblement dans sa chambre. C'était ça, l'éponge noire qui pourrissait dans mon corps depuis l'automne. »

Puis Cécile se mit à pleurer dans les bras de Léo-Paul, sans hoqueter, comme un abcès de chagrin qui se viderait doucement.

Où se perdaient donc les paroles qui ne se disaient pas ? Restaient-elles en petites couches de sédimentation tout autour de la gorge, pour devenir un ciment dur, béton, crasse des ans, inattaquables ? Simon tentait avec sa langue, son souffle et l'air sorti de ses poumons qui traversait son larynx, de provoquer le tremblement des osselets miniatures qui se mettraient à vibrer et enverraient au monde des signes de détresse ou de bienvenue. Parfois, en désespoir, il bougeait les bras en tous sens, fendait l'air avec une branche, courait dans les champs, tout en haut de Monterville, vers les forêts, en essayant de faire vibrer dans l'air des ressemblances de mots. Quel mot prononcerait-il le jour où il retrouverait dans sa gorge de quoi émettre un son ?

Quand, aux vacances de Pâques, Françoise Hausène eut terminé son remplacement et dut repartir habiter Nancy, Léo-Paul et Frédéric étaient présents autour de la Dauphine beige. Ils avaient assisté discrètement à la relation tendre et secrète de leur ami Simon avec la petite prof, et avaient laissé les choses se faire, et aujourd'hui, se défaire. Françoise insista pour qu'ils viennent la voir, donna son adresse et un numéro de téléphone, mais tous savaient que s'ils se retrouvaient là-bas, hors du contexte Monterville/hiver, et de toutes les ramifications souterraines qui les avaient réunis, il y aurait comme un goût de fête forcée. Seule Cécile qui venait d'aider Françoise à faire ses valises, savait qu'elle irait peut-être là-bas le jour où elle déciderait de quitter ses « mochetés » de parents.

Pour Léo-Paul, c'était la première séparation de sa vie : quelqu'un avec qui on a ri, à qui on s'est confié, et qui s'éloigne. Il lui avait offert de lire les premières pages de ces mots qu'il avait écrits tous les soirs dans sa chambre, en écoutant les camions passer sur la nationale, ses yeux fixés sur l'amiante rougi de son chauffage à gaz. Elle allait s'éloigner avec un peu de cette histoire dans sa mémoire.

Pour Simon, le départ de Françoise serait un silence de plus. Ils n'avaient fait l'amour que quelquefois, mais quand elle avait été dans ses bras, sous son souffle et ses caresses, il avait su qu'il n'était plus Nulle-Part, comme les gens l'appelaient toujours ici. Il était là, complètement là, et chacun de ses doigts, ses bras, sa bouche, ses jambes, son sexe, prononçaient l'exact langage d'un amour en train de se vivre. Souffles, halètements, sa gorge connaissait aussi ce langage rudimentaire, et personne n'aurait pu dire à ce moment-là qu'il ne savait pas prononcer la plus minuscule des syllabes.

« On s'écrira, n'est-ce pas ? » dit Françoise qui venait de poser sa veste en daim sur le siège passager.

Ses patins à glace ficelés à l'extérieur de sa valise ressemblaient à un blason extravagant, fleurs de cuir et d'acier. Elle embrassa une fois encore Simon répétant que c'était lui qui lui avait appris à patiner. « Mon Simon », chuchota-t-elle par-dessus la vitre baissée. Mais elle parlait patinage et ne pensait à rien d'autre qu'à ces émotions qui s'étaient entre-croisées entre eux tous, et elle ne put s'empêcher de se demander pour la première fois ce qu'ils allaient devenir. Puis, elle se laissa envahir par sa propre histoire, par les visages qui l'attendaient et qu'elle allait retrouver, enclencha la première vitesse de sa voiture, et pendant qu'à la terrasse du café de la Gare une jeune fille installait des parasols, la voiture s'éloigna.

C'est sur les pelouses et les massifs du parc thermal que les souvenirs érotiques de Simon s'exprimèrent avec lyrisme et liberté, tout en gardant l'espace d'hermétisme nécessaire entre lui et les gens. Seuls trois initiés sauraient deviner cette année ce que signifiaient les parterres de Monterville. Sur la grande pelouse centrale, entre les galeries thermales, la Grande Source et le restaurant du Grand Hôtel, il commença de dessiner son rêve du moment. Avec les fleurs correspondantes de la petite prof de lettres, les marguerites blanches, il dessina le sexe de Françoise, un grand losange blanc, qu'il transperça en son milieu d'un cercle à la couleur de la correspondance qu'il s'était choisie cette année : la tulipe noire. Toute la ville fut, dans le plus grand des secrets, envahie, dans le moindre massif jusqu'aux descentes devant le monument aux morts, en plein centre, face à l'église, des souvenirs et fantasmes du jardinier Simon Loste, amoureux des fleurs et du sexe de Françoise Hausène.

Près du terrain multisports où se trouvait sa maison, il entendit les voix d'enfants qui s'affrontaient en rangs serrés. « Au monôme, comme les étudiants de Paris », crièrent-ils à un vieux couple assis sur un banc, qui les observait et venait de leur demander à quoi ils pouvaient bien jouer pour que ce soit si violent. Simon les regarda, puis fit le tour de la piste de quatre cents mètres, en marchant normalement. Il alluma une cigarette et resta assis quelques instants sur un rebord en béton de la tribune. « Le muflier, pensa-t-il, c'est ce nom-là qu'il faut ajouter à la liste des *fleurs qui ont de jolies couleurs mais portent un nom vulgaire.* » Retenir le plus de mots possible, puisqu'il ne pouvait en prononcer un seul, c'était sa manière ou son jeu d'exercer un pouvoir sur les choses, à défaut des discours qui séduisent les personnes. Puis il se leva précipitamment et prit la direction de sa maison. Ce serait sa première lettre à Françoise Hausène, peut-être l'unique : sa classification tout à fait personnelle et incomplète des fleurs du monde !

A sa table, alors que les cris des enfants avaient repris en intensité, il écrivit :

De Simon à Françoise, cette folie désordonnée d'un ordre qui m'appartient. Douze raisons pour croire que le jour où je devrai rencontrer la mort, les noms de toutes les fleurs du monde se seront glissés dans ces douze déraisons, et qu'il ne me restera qu'à ajouter le nom de l'*Immortelle*, unique et dernier joker, pour que me soit offerte l'éternité.

1. *Fleurs qui sentent bon, mais qui peuvent laisser un mauvais souvenir* : aneth, anis, fenouil, basilic, sarriette, serpolet, carvi, coriandre, raifort...

2 *Fleurs qui font un joli bouquet en étant seulement trois* : dahlia, reine-des-prés, genêt, baguenaudier, lupin d'Ecosse, coronille, pivoine...

3. *Fleurs qui commencent par a et finissent par e* : andromède, airelle, anémone, ancolie, ansérine, arabette, armoise, aboracille, alphène, andopèle, amarante, azalée, archanphèle, astragale, armoracie, aspérule, astie, ariance, abriane, antilupe...

4. *Fleurs qui ont de jolies couleurs, mais portent un nom vulgaire* : sainfoin, luzerne, herbe à robert, buglosse, bourrache, marjolaine, bégonia, muflier...

5. *Fleurs de cataplasmes et qui laissent des traces de grenouilles sur la peau* : sabots de Vénus, colchique, giroflée, balsamine de l'Himalaya, gueule-de-loup, petit cocriste, nénuphar...

6. *Fleurs mangeant l'âme des morts* : bruyère, aconit-tue-loup, clématite, digitale, orchidée, iris de Sibérie, glaïeul, petite ciguë...

7. *Fleurs des ténèbres* : millepertuis, adonis de printemps, onagre, aster, cinéraire, pied-d'alouette, centaurée, géranium...

8. *Fleurs faisant rêver à des licornes* : safran, hélianthème, belladone, coquelicot, nivéole, primevère, centaurée du solstice, ortie blanche, pavot, cardamine...

9. *Fleurs dont se souviennent les enfants* : coucou, bouton d'or, pâquerette, capucine, boule-de-neige, jacinthe, hortensia...

10. *Fleurs qui font battre le cœur* : myosotis, pervenche, violette, fleur de cerisier, lilas, marguerite...

11. *Fleurs pour ne plus être seul* : muguet, pétale de rose, pensée sauvage, perce-neige, jonquille, cattleya...

12. *Fleurs d'un amour qui va se terminer* : petite mauve, camélia, bougainvillée, mouron des oiseaux, mimosa...

> A vous, Simon.

Quand il jeta la lettre dans la boîte de la poste, Simon imagina les cheveux courts et la raie sur le côté de Françoise, et ses doigts à lui qui s'enfonçaient dedans, comme s'ils plongeaient dans une mer inconnue et que des algues l'enlacent pour l'entraîner vers des lieux sans lumière.

« COMMENT on révolutionne le monde, Frédéric, avec des mots, des rêves, des actions ? » Comment garder confiance quand tant d'incertitudes rôdent à l'avant, quand rien n'est certain et que les rêves d'éternité d'aujourd'hui risquent de servir à des souvenirs pour demain ? Dans quatre années, on allait changer de décennie, il aurait l'âge de voir tous les films interdits, puis de s'engouffrer sur la planète comme si, d'un seul coup, un filin se tendait entre deux rives éloignées, et qu'il faille y aller, avancer, en n'ayant jamais appris à marcher sur un fil au-dessus des précipices.

Tous les visages, avec lesquels il avait ri en se sentant fort d'exister, s'éloignaient. Frédéric, lui, passa tout l'automne et l'hiver à répéter avec un groupe, sur des amplis de fortune, les chansons qu'il avait écrites. Des chasseurs tuèrent un chat sauvage qui fut exhibé un samedi et un dimanche sur la place de la mairie, la tête en bas, ficelé à deux pieux en X. Léo-Paul fit quelques sorties avec Simon, vers les arbres, vers les murs des maisons, à la recherche d'autres chats sauvages ou de bouleaux griffés. Mais le cœur n'y était plus et les balades s'espacèrent. C'était comme si chacun reprenait doucement ses habits, et s'installait dans son compartiment, pour une destination inconnue. Le jour des Rois, les Kovski invitèrent Simon. Quand Léo-Paul, parti au-devant de lui, le retrouva sur les escaliers du lavoir, derrière la poste, ils s'étreignirent pour la première fois, et c'était comme s'ils se disaient adieu.

Quelques jours après, André Kovski demanda à Simon de venir l'attendre à la sortie de l'usine. Ils allèrent boire du vin chaud au Café du Pavillon. Kovski avait des difficultés à entamer le sujet qui lui tenait au cœur, pourtant, le vin aidant et un goût de cannelle dans la bouche, il commença : « C'est un drôle de mal qui entre dans ma gorge, Simon ! Je m'égosille à tout bout de champ, je tousse pour un oui ou pour un non et parfois je suis obligé de me lever pour aller recracher ce que j'essaie d'avaler. Ma femme s'énerve, Léo-Paul se moque. Depuis longtemps, je sais qu'il a honte de moi, parce que je suis ouvrier et qu'il aurait voulu que je sois un hôtelier, ou un ingénieur. Dans la rue, il fait semblant de ne pas me voir quand il est avec Frédéric, toi ou des filles, et moi, je n'essaie même pas de lui faire signe pour ne pas le déranger. Entre et lui et moi, il n'y a plus que *le silence*. Pas le silence de la nuit quand tout est calme, le silence en négatif, fait de tous les mots qu'on ne prononce plus. Lui, il écrit tout le temps sur un cahier et voudrait raconter toutes les histoires de la vie, mais il ne m'écoute même pas, moi qui suis tout à côté. Il ne veut pas entendre les mots simples que je voudrais lui dire tout bas, en chuchotant, comme quand je lui racontais, le soir, ce que j'avais vu de la guerre, le bruit des chars et des avions, et tout le fracas. Il ne remarque pas ma voix qui s'enroue, ni les rides qui se creusent sur mon visage. Je te parle de lui parce que tu es son ami et qu'il est mon fils unique, et que je n'ai jamais voulu qu'il vive comme moi, tout en bas des regards, comme si ça allait de soi qu'on naisse ouvrier. Lui, je sais bien qu'il ne vivra pas ça... Je voudrais que tu lui fasses comprendre, toi, Simon, qu'avant qu'il s'en aille, sa vie est avec les gens qui l'aiment, qui ont le même sang que lui, avec les mêmes froidures et les mêmes brumes du matin. Il ne faut pas qu'il nous rejette, parce qu'il transportera toujours du malheur avec lui s'il ne sait pas emporter l'amour d'ici. »

Kovski commanda encore deux vins chauds et attendit que les verres soient posés sur la table pour continuer. Il but une gorgée de vin. « Tu crois que ça peut exister, Simon, une maladie qui se fourre dans la gorge pour arrêter les paroles, à cause de la personne qu'on aime le plus au monde, et qui ne vous parle plus ? Toi, tu sais tout ça, c'est pour cette raison que je voulais que tu m'écoutes. »

Simon Loste posa seulement sa main sur l'avant-bras de Kovski.

Un soir, il ne rentra pas.

Léo-Paul, dans sa chambre, avait terminé ses devoirs et se penchait déjà sur son cahier, cherchant les mots de la journée : il avait à parler d'un regard échangé avec une fille de seconde, du verglas des trottoirs, de ce corbeau blessé, trouvé sur le chemin du lycée, de la lune cachée derrière le brouillard, des camions de la nationale qui passaient au ralenti. Claire vint le trouver dans sa chambre :

« Il n'est pas rentré... »

Dix heures. Cela ne ressemblait pas à ses habitudes, même si, ces derniers temps, il avait eu tendance à faire des crochets vers le café où s'éternisaient des parties de cartes et des tournées de vin. Léo-Paul accompagna sa mère jusqu'à la cuisine. Depuis qu'elle répétait une pièce de Dickens, avec la nouvelle troupe amateur de la ville, elle avait retrouvé entrain et gaieté, et croyait à cette chance nouvelle qu'elle avait crue perdue à jamais : paraître sous des projecteurs et faire battre des cœurs !

Léo-Paul s'était presque montré désagréable tout à l'heure quand elle l'avait dérangé.

« Il n'y a pas que toi qui écris, Léo-Paul ! Moi aussi, j'ai tenu un journal...

– ... ?

– Oui, moi. Je t'étonne ? J'avais le même âge que toi, et j'allais rencontrer ton père.

– Mais tu écrivais quoi ?

– C'était un journal... Mes plus belles pensées, mes rêves de plus tard, l'amour... Puis après...

– Après ?

– Après, des choses moins jolies, mais qui parlaient de la vie de tous les jours... Et puis tu es arrivé et je me suis occupée de toi. »

Appartement silencieux. Un réveil posé sur le buffet, près du poste de radio, glissait dans la cuisine son cliquetis rassurant. Ils guettaient les bruits du palier.

Claire ouvrit encore une fois la fenêtre et se pencha.

Léo-Paul suggéra de sortir.

« Pour aller où ?

– Je n'sais pas, dans la rue. Il est peut-être malade quelque part, et il n'y a personne pour le voir. »

Dehors, il voulut en savoir plus.

« Je l'avais appelé *Journal des guerres*...

– Pourquoi « je l'avais appelé » ?... Tu ne l'as plus ?

– Si, il est quelque part au fond de l'armoire, dans ma chambre... Parfois, je l'ouvre... Je lis une phrase, et il y a du cafard qui arrive et je le referme. »

Léo-Paul eut envie de prendre la main de sa mère, se retint un instant, puis se décida.

« ... *Des guerres*, parce qu'il y avait celle que je vivais à quinze ans, puis les guerres de la vie, de tous les jours pour pouvoir être gaie, jolie, et donner de l'espérance à ceux qui en ont besoin. »

Froid sec, vif, mais qui ne pénétrait pas la peau.

Leurs ombres bleues les suivaient, et Léo-Paul regarda la lune en face, au-dessus d'eux, qui dessinait dans le ciel un dernier quartier. Ils marchèrent machinalement vers l'usine d'embouteillage, et en passant devant le café du Pavillon, Claire aperçut Kovski. Il était allongé sur deux tables qu'on avait rapprochées, des ouvriers penchés autour de lui, comme une équipe de chirurgiens. Léo-Paul retira sa main de celle de sa mère et s'écrasa le nez contre les vitres embuées.

« Il est malade », dit-elle.

Ils entrèrent.

En reconnaissant la femme et le fils de Kovski, certains ouvriers mirent le doigt à leur casquette pour faire une sorte de salut « 'ame ovski ». Puis ils s'écartèrent.

« Qu'est-ce qu'il a ? Qu'est-ce qu'il a ? » demanda Claire en se penchant vers son mari.

Les ouvriers ne répondirent pas. Allongé sur les tables, Kovski semblait sans vie. Claire prit ses mains, elles étaient tièdes. Elle se tourna vers le type derrière le comptoir, qui alla baisser le son de la télévision. Il la regarda et lui fit comprendre, en mettant son pouce devant sa bouche, que Kovski avait bu.

« Mais il est ivre mort, cria-t-elle, et vous laissez faire ça, espèces d'abrutis ! »

Elle fit signe à Léo-Paul de l'aider et, après avoir tourné Kovski sur le côté, ils prirent chacun une épaule en glissant leur tête sous l'aisselle. Léo-Paul pleurait de rage, de détresse, de honte, d'envie d'hurler merde à toutes ces faces rougies, imbéciles, qui le regardaient sans faire un geste.

Dehors, l'étrange cortège avança à petits pas. Kovski laissait traîner ses pieds, et à cause du verglas, ils firent un détour par les galeries thermales qui, couvertes, étaient restées sèches. Mais le vent s'engouffrait à grand vacarme entre les colonnes, et de grandes claques glacées frappèrent leurs visages. Kovski se mit à gémir.

Devant une des sources qui, malgré le froid, coulait à grand bruit, ils songèrent un moment lui glisser la tête sous le jet glacé. Mais Claire eut peur d'une congestion, avec ce froid et tant d'alcool dans l'estomac et le sang.

« Un coma éthylique, ça s'appelle... »

On aurait dit, dans la nuit, des gens de cirque se promenant avec un ours, pataud et gauche. Leurs deux silhouettes fragiles se balançaient de chaque côté, comme des dresseurs, incertains des réactions de l'animal. Mais ils ne rencontrèrent personne, seulement quelques silhouettes au loin qui ne les virent pas, et qui se pressaient de rentrer chez elles.

Après plusieurs haltes où ils se reposèrent en laissant Kovski, assis à même le sol, ils arrivèrent dans le hall de l'immeuble et, là, le plus difficile restait à faire : trois étages d'escalier avec un poids mort à hisser. Ils étaient épuisés.

« On va le tirer avec une corde, suggéra Léo-Paul, qui se souvenait en avoir vu une dans la cave, assez grosse pour ne pas scier les épaules de son père. »

Quand Kovski fut sanglé comme dans une armature de parachute, ils l'allongèrent sur le dos, et, après avoir monté quelques marches, se mirent à tirer. Le corps s'éleva doucement, cahotant à chaque marche, tête en arrière.

« Attention au bruit ! En douceur pour ne pas réveiller tout ça ! » dit Léo-Paul en désignant les portes closes du rez-de-chaussée.

Premier étage, puis la moitié du deuxième. En plein milieu de l'escalier, la minuterie s'éteignit. Noir complet. Ils entendirent leurs deux souffles.

« Tu le tiens ? » chuchota-t-il...

Puis il lâcha la corde et à tâtons, continua de monter l'escalier jusqu'au palier du deuxième. Avant qu'il presse le bouton, sa mère murmura :

« Léo-Paul, je lâche, je lâche ! »

Quand la lumière fut revenue, ils virent, et surtout entendirent Kovski redescendre avec fracas la moitié de l'étage. Apercevant la mine ahurie de sa mère, Léo-Paul eut envie de rire. Elle le sentit, et devant cette situation grotesque, tellement en dehors de leurs habitudes, un rire profond la surprit elle aussi. Se voir dans cet escalier qu'elle empruntait chaque jour, une corde de pendu entre les mains, son mari en bas, avachi, et la tête ahurie de Léo-Paul qui la regardait ! Elle s'agenouilla et empoigna la rampe, essayant de retenir ce rire fou et violent qui la secouait toute. C'est Léo-Paul qui éclata le premier, ne pouvant plus garder tant de nervosité accumulée en lui depuis une heure, et sans que ni l'un ni l'autre ait pu songer à vérifier si Kovski s'était fait mal, leur rire se déchaîna, et s'amplifia dans toute la cage d'escalier.

Les Ragain, que la chute de Kovski avait réveillés, sortirent tout d'abord et, dans un même angle de vision, surprirent leur voisin devant leur porte, relié par une corde à sa femme riant comme une folle à mi-étage. Ils les crurent ivres tous les deux, et furent aussi surpris que choqués. « Y'a pas idée de se mettre dans des états pareils ! »

Claire ne s'arrêtait plus. Les Gauthier sortirent à leur tour, emmitouflés dans leurs robes de chambre, pieds nus dans des charentaises effilochées, puis les Persault et l'agent d'assurances, leur voisin du troisième, tous curieux de ce qui arrivait.

Quand Claire se fut calmée et que Léo-Paul l'eut aidée à se relever, l'agent d'assurances, un grand type, prit Kovski sur ses épaules, tel un sac de charbon, et le monta jusqu'au troisième. Alors seulement quand la porte des Kovski fut refermée, chacun rentra, après avoir chuchoté l'histoire qu'ils allaient raconter le lendemain.

Kovski étendu sur le lit, Claire le déshabilla et posa tout autour des serviettes-éponges. Comme il revenait à lui, elle le souleva pour lui faire boire un bol de lait chaud avec du miel. Il murmura quelques mots qui semblèrent des excuses, mais peut-être étaient-ce des injures... Kovski était en travers du lit, bras en croix, posé comme un vieil avion en réparation, Claire partit rejoindre Léo-Paul dans sa chambre. Elle se glissa près de lui – il avait déjà éteint – dans l'obscurité, et aperçut alors ses yeux ouverts. Ils restèrent silencieux. Il se pressa contre elle, contre sa chaleur, et se souvint que la dernière fois qu'ils avaient dormi ensemble, il s'était glissé sous sa large chemise de nuit blanche, contre sa peau, parce qu'il avait peur de l'océan qui engloutissait tout ce qu'il aimait.

Cécile passa le doigt sur le dessus de sa paupière et, avec un peu du noir de son fard à yeux, frotta la page qu'elle était en train de lire pour souligner un passage des *Choses* de Georges Pérec. Elle ne maquillait ses yeux que pour faire ressortir encore plus la blancheur de sa peau et les expressions inquiètes de son regard. Elle tourna machinalement la cuiller dans sa tasse à café. C'est au cours de l'hiver qu'elle avait commencé ce roman, *une histoire des années 60*, comme il était écrit en italiques sur la couverture, mais elle l'avait délaissé presque aussitôt. Quelques mois plus tard elle s'y était remise, et cette fois, l'avait complètement aimé au point de regarder sans cesse la dernière page pour calculer le plaisir qu'il lui restait. Elle essaya de trouver une vitesse de lecture idéale pour satisfaire deux désirs antagonistes : que le roman ne se termine jamais, et pourtant, avancer sans cesse sa lecture pour en absorber la totalité.

Pendant que Léo-Paul s'apprêtait à passer son B.E.P.C., elle terminait sa première et la gravité exagérée de son comportement la rendait plus attirante encore. Attitudes faussement détachées, ces indifférences à tout prix donnaient plus de valeur aux instants de grande vulnérabilité où elle avouait aimer le monde entier.

À cause de sa rencontre une nuit de trop grand

vent avec le dégoût, son regard posé sur les adultes, vus à travers ses parents, ne lui laissait pas entrevoir pour l'instant la moindre tendresse. Même sa relation avec Françoise Hausène n'avait pu lui faire oublier le désespoir de cette nuit-là. Cécile ne confiait pas ses états d'âme à des feuilles de papier, et se sentait sans attache, capable de tout quitter pour un dégoût de plus. Alors, elle restait des heures dans les cafés, là où elle entendait la musique, les billes d'acier des flippers cogner les étoiles électriques. Enveloppée dans tout ce bruit de vie factice, elle arrivait à oublier ce sentiment qu'elle avait de vieillir plus vite que les autres. « Je serai une comédienne de la nuit et tu m'admireras, Léo-Paul Kovski ! »

Elle le sentait s'éloigner et pourtant souhaitait de plus en plus qu'il garde une complicité privilégiée avec elle, qu'il lui lise les mots qu'il écrivait et qu'ils parlent ensemble de ce qu'ils deviendraient. Elle avait essayé de briser les filaments qui la reliaient aux années de son enfance et, l'été dernier, avait fait l'amour pour la première fois. Cela s'était passé dans une chambre de l'hôtel Cosmos, le type était plus vieux qu'elle, et ce qu'elle avait imaginé pendant tant de nuits et appréhendé en même temps était enfin arrivé : savoir ce qu'est un sexe d'homme qui entre dans son corps, et connaître le désir entre ses cuisses. Mais au lieu que cette brève histoire lui serve à affirmer son indépendance, elle eut très vite envie de dire : « Viens, Léo-Paul, maintenant je sais quelque chose de nouveau et j'aimerais te le faire connaître. Comme pour ton premier baiser au milieu du lac des Evêques, viens entre mes jambes connaître de nouveaux mots, les inventer, là où mes caresses sont encore plus douces que ma langue dans ta bouche. » Mais elle s'était tue, et lui avait seulement parlé de cette image fantôme d'une comédienne habillée de noir, adulée de tous et qui aurait son visage à elle. Léo-Paul avait souri, et comme s'il avait eu peur ou fait semblant de ne rien comprendre, il lui avait répondu : « Moi je serai tout habillé de blanc, comme un pape, et je te bénirai ! »

Lorsque, à huit heures précises, Léo-Paul fut installé dans la salle d'examens du lycée d'Epinal, tout en vitres, dominant une partie de la ville, un rayon de soleil frappa sa copie et il fut heureux de ce signe du ciel, auquel il n'avait rien demandé. Ce matin, français, épreuve redoutable, il détestait les sujets imposés. Il prit tout le temps imparti et, à midi moins cinq, remit ses feuillets. A midi cinq, il courait le long des quais de la Moselle.

Petite, habillée de sombre, sa grand-mère Tatiana l'attendait à l'entrée du parc de l'hôpital. Il ne l'avait pas vue depuis quatre mois, et elle lui sembla encore plus repliée que la dernière fois, comme si elle devait prendre, chaque jour, un peu moins de place. Le matin même, elle avait appris dès son réveil qu'Israël venait d'entrer en guerre, et toute son histoire, une fois de plus, avait défilé dans sa tête. Elle s'était mise à pleurer en revoyant l'image, toujours la même, du beau Stanislas lui proposant de la photographier gratuitement, alors qu'elle avait tant de glaces à livrer sur la plage. Tout cela devenait chaque fois un peu plus lointain et elle n'arriva pas à retrouver cette fois-ci la couleur exacte de la Baltique... Puis, comme tous les trois jours, on était venu la chercher pour l'électrocardiogramme.

« Mon petit, dit-elle, quand Léo-Paul s'approcha pour l'embrasser, les juifs d'Israël font la guerre depuis ce matin ! Mais j'ai aussi pensé à toi, à ton B.E.P.C. et je sais bien que tu vas l'avoir... »

Enfin, elle demanda si tout allait bien « là-bas ».

« Tout va presque bien. Et toi, est-ce que tu guéris ?

— Jamais plus !... Il y a un âge où plus rien ne guérit, ni les souvenirs, ni la mélancolie... C'est comme si Dieu prenait son temps avec nous. Il nous laisse dire au revoir aux choses du monde. Un jour, je dis adieu aux fleurs, un autre aux oiseaux, puis aux pierres, aux klaxons, au vent, aux rues de Cracovie. Tous les jours, j'ai un adieu à faire ! Tu vois, je suis très occupée... »

D'entendre cet accent d'Europe centrale, roulant, ayant emporté avec lui tout un bout d'histoire qu'il n'arriverait jamais à connaître, troublait Léo-Paul.

« Invente tout ce que tu ne sais pas, dit-elle comme si elle devinait. L'important, c'est de vivre avec une histoire sur laquelle on puisse s'agenouiller ou se mettre debout pour vivre. »

Ils marchèrent doucement tout autour du parc, parlèrent et se turent de longs moments. Quand il vit au loin une infirmière s'approcher, Léo-Paul prit sa grand-mère dans ses bras et l'embrassa. Il glissa dans sa main une feuille pliée, écrite la veille pour elle. Il y avait inscrit des mots de la Pologne et de l'Amérique que certains voyageurs avaient atteinte grelottant de froid, tout au fond des bateaux.

« Pense à Israël... Et à la *Déclaration des droits de l'homme* aussi, c'est pour ça que ton grand-père a voulu venir ici... « Les hommes naissent... »

– Oui, grand-mère, je sais ! »

Elle lui fit signe du menton qu'il devait continuer.

« ... « et demeurent libres et égaux en droits. Les distinctions sociales ne peuvent être fondées que sur l'utilité commune... ».

– 26 août 89 ! » dit-elle en prenant le bras de l'infirmière.

Il les regarda s'éloigner, et resta un moment immobile, prêt à répondre à un signe, mais pour Tatiana la rencontre était terminée, et elle ne se retourna plus. Alors, il se vit marcher accroché à l'épaule de quelqu'un, un jour, dans longtemps, plus tard, plein de réalité dans le corps; c'est-à-dire : sans avenir à imaginer, sans océans à craindre, seulement réduit à ses seules dimensions mesurables, poids, hauteur, largeur. Un corps. Alors qu'à l'instant même il marchait dans le temps d'aujourd'hui, son apparence visible remplie d'écrits et d'imaginations tournées vers l'avant. Il ne disait jamais ni le mot futur, ni le mot avenir, vivait balancé dans ce mouvement de la lutte des temps, entre instant et infini, et c'était cela sa volonté, son désir et sa force : une vie en perpétuel déséquilibre avec le temps.

A une terrasse de café où il but un express et ingurgita un jambon/beurre, il écrivit quelques mots au dos d'un journal, à côté de la photo d'un général israélien qui faisait part au monde entier de son visage, barré d'un bandeau noir.

En longeant à nouveau la Moselle pour rejoindre la salle des examens, il regarda l'eau transparente et claire qui reflétait quelques nuages du ciel. Un chat roux et maigre allongé dans un bac à fleurs suspendu au bord du fleuve s'étira de tout son long et se rendormit. C'était une fin d'année scolaire, avec un été presque là, et des jours qui allaient diminuer jusqu'à l'hiver, sans que personne y prenne garde.

Moi, perdu sur la terre, je crois à la beauté et à la transparence. Malgré la nuit et ses tentures dressées tout autour des yeux, j'avance en croyant aux soleils d'Egypte et j'imagine des cuisses de femmes, où se pendent les oiseaux migrateurs.

Aujourd'hui, il a fait une douceur de printemps dans ma tête, et je sais que je vis parce que je touche de mes doigts les languettes qui entrouvrent les sourires des petites filles. Hier je pleurais à cause d'une tempête où je n'étais qu'un traîneau égaré sous la neige, perdu à des millions d'années-lumière de mon premier rêve. A l'océan qui m'entoure et où j'irai un jour chercher et trouver l'histoire de ma vie oubliée, je dédie mon premier naufrage (merdouilles, catacombes et bottes allemandes, je croque un chou-fleur, et des tanks sous mon crâne obligent mes cheveux à pousser). J'oubliais : si vous me rencontrez un jour, ne dites jamais que j'ai ma jeunesse pour moi, car je sais qu'elle est à vous, qui la gaufrez de vos perversions et tentez de la rayer de toutes les géographies. Moi, l'amère mélancolie, je la connais et je voyage avec chaque nuit, entre les traînées de sang de la lune et les fumées des camions qui montent jusqu'à elle. Je connais la route des délices où mes doigts rêvent aux femmes que je rencontrerai, et si je ne suis rien, je suis déjà tout, puisque le ciel est immense, et que chaque mot que j'écris est aussi grand que lui !

Soirs d'été. Léo-Paul, engagé comme *cadet* depuis le début de la saison au grand golf, portait chaque jour, dans un grand sac en toile, les clubs en bois et en fer des joueurs. Le soir du 14 juillet, après le feu d'artifice, il y eut une grande fête au casino, dont les fontaines autour étaient, pour l'occasion, toutes illuminées. A l'entrée du night-club, il dut nouer autour du col de sa chemisette une cravate que le portier lui prêta, moyennant une caution de cinq francs. Il détestait les cravates... Mais ce soir, « Les Titans », le groupe de Frédéric, se produisait pour la première fois en public, et pour rien au monde, il ne pouvait manquer ça.

Noir dans la salle. Attente. On vit les boutons rouges des amplificateurs s'allumer sur scène... Une ombre passa très vite sur le devant pour donner un petit coup sur le micro et vérifier s'il marchait. Alors, un bruit incroyable déferla dans la salle, et les guitares électriques vernies rouge et noir, renvoyèrent vers les spectateurs les lumières tournantes des projecteurs qui venaient de s'allumer... Visages braqués vers la scène... Léo-Paul regarda cette foule rivée sur Frédéric, grandi, à l'aise et qui chantait avec une voix rocailleuse qu'on ne lui avait pas remarquée auparavant. Vers la fin, il chanta seul à la guitare acoustique une chanson qui parlait de la vie d'ici, loin des villes, les gens enfermés dans des petites boîtes d'habitudes...

Un jour le ciel te quittera
et tu seras perdu...

Après le concert, Frédéric fut très entouré. Même Pech était là, disparu depuis la cinquième, qui leur annonça qu'il venait de recevoir une moto italienne, et que son père lui avait promis pour ses dix-huit ans, à la fin de l'année prochaine, une Austin Spitefire. « Je ferai une grande fête, vous viendrez ? »

Le père Koringer vint faire sa visite de politesse, félicitations aux parents, votre fils a été remarquable... Il repartit vers la salle de jeux. Une petite serveuse du Grand Hôtel s'approcha de la table où les Maleau débouchaient le champagne en l'honneur de Frédéric. Léo-Paul entendit le père confier au buraliste qu'il laissait Frédéric jouer de la guitare électrique, à condition de ne pas négliger son piano, ni les études...

« Vaut mieux tenir que courir ! » dit le buraliste.

Frédéric signa encore des autographes à deux jumelles nattées, qui rejoignirent leurs parents en traversant la piste de danse. Il regarda alors vers Léo-Paul, ils échangèrent un sourire, et pour ne pas avoir à exhiber leur émotion complice, appliquèrent chacun leurs mains aux deux mains de l'autre, doigts écartés, pendant que Léo-Paul lui disait tout bas : « C'était bien, vraiment bien ! »

Le trio sur l'estrade avait repris sa musique jazzy, pendant que les serveurs apportaient des seaux à glace d'où dépassaient des bouchons recouverts d'étain doré. Quelques couples dansèrent, vacanciers, touristes, des robes longues se mélangeaient aux jeans, et à la fin du morceau qui devait être la millionième version de *Caravan*, un des musiciens s'approcha du micro et annonça que le spectacle de ballet commençait dans cinq minutes à la grande salle du casino.

Une partie des spectateurs se leva, restèrent les

plus jeunes, ceux qui voulaient danser ou écouter le trio, qui, tous les trois titres, s'interrompait pour laisser tourner les disques du moment. Quand ses parents furent partis, Frédéric présenta Claudine, la petite serveuse du Grand Hôtel, à Léo-Paul. Elle avait des yeux transparents, très clairs, qui lui donnaient un regard absent, mais le reste de son visage, extrêmement mobile et souriant, rétablissait l'équilibre. Cinq minutes plus tard, Cécile fit son entrée, accompagnée d'un garçon aux cheveux noirs frisés, méditerranéen.

« Bravo ! lui envoya Frédéric, tu arrives pile à l'heure...

– Excuse-moi, j'ai cru que c'était à onze heures... Je vous présente Gérard... Excuse-moi encore... Je n' sais plus qui m'a dit onze heures... »

Elle semblait perdue.

Leurs parents partis, les deux jumelles tiraient de leurs pailles de longues aspirations de soda. Elles regardaient sans aucune discrétion vers les tables réunies, où se trouvaient Frédéric, ses amis et Léo-Paul qui leur adressait de temps en temps un sourire en se demandant bien ce qu'il allait leur dire quand il irait vers elles. Laquelle choisir, elles avaient toutes les deux des frimousses sans conséquence : c'est-à-dire plutôt jolies, mais sans histoire à suivre.

Cécile était étrange ce soir. Son regard ne se fixait nulle part, sauf sur Léo-Paul qu'elle regardait à son insu, avec une sorte d'énervement. Comment lui dire que c'était sa bouche à lui, ourlée comme sur les bandes dessinées, qu'elle voyait, dans ses rêves, lui parler...

Léo-Paul, ravi du beau sourire de Frédéric, et de ce galon qu'on lui aurait épinglé sur les épaules « bon pour le succès », le regardait sans arrêt. Il avait envie de lui dire le bonheur qu'il éprouvait de le connaître, de savoir qu'il vivait à côté de lui, dans cette ville paumée, et que même s'ils avaient des périodes de silence, ces silences-là laissaient quand même passer d'innombrables faisceaux de compréhension et d'affection. Il imagina Frédéric sur une grande scène de music-hall, avec des fans déchaînés lui arrachant ses chaussettes et ses chemises, et il eut un sourire en s'entendant dire autour de lui : « Je l'ai bien connu Frédéric Maleau, il touchait les cuisses de sa sœur pendant qu'elle dormait ! »

Les musiciens jouèrent *Night and Day*, musique douce pour que les corps se rapprochent. Claudine, la petite serveuse, s'accrocha à Frédéric et le tira vers la piste, Cécile regarda Léo-Paul, puis Gérard à côté d'elle se leva, et elle suivit. Léo-Paul se retourna vers les jumelles qui le regardaient du même regard, et il se décida. Quatre mètres à faire... Contourner deux tables... Je n'arrive pas à me décider, vous vous ressemblez tellement... Encore deux mètres... Je propose qu'on tire au sort. Il fut devant elles, mais n'eut pas le temps de parler, une des deux annonça :

« Ne t'inquiète pas, on a l'habitude ! Nous, on s'est décidées. C'est Daphné qui commence (elle désigna sa sœur), puis ce sera moi ensuite. Je m'appelle Chloïs. »

Daphné était déjà près de lui. Il mit une main sur son épaule et l'entraîna vers la piste déjà bien occupée. Elle sentait bon.

« Gardénia... Mystérieux non ? » murmura-t-elle à son oreille.

Ils frôlèrent Cécile et son chevalier servant. De loin, Frédéric lança un clin d'œil. Daphné se serra contre Léo-Paul, juste ce qu'il fallait pour qu'il sente le départ de ses cuisses. Il le sentait. Mais il s'y était à peine habitué qu'au milieu du slow, elle l'entraîna vers la table où attendait sa sœur, et l'échange eut lieu. Il n'eut pas beaucoup le sentiment d'avoir quelqu'un d'autre dans ses bras, elles portaient aussi le même parfum.

« Gardénia ? dit-il. J'adore le parfum au gardénia. »

Chloïs se serra un peu moins que Daphné, en tout

cas pour ce qui concernait la moitié basse de son corps, car Léo-Paul sentit sa poitrine le frôler, pour légèrement s'écraser contre lui. Il fut tout émoustillé par ces deux corps complémentaires qui jouaient avec lui, et il sentit son sexe durcir d'un seul coup. Pourvu que rien ne se voie ! pensa-t-il en s'écartant légèrement.

« J'ai envie de t'embrasser, Chloïs, dit-il pour dire quelque chose sans trop s'écarter du sujet.

– Moi aussi, j'ai envie, mais j'aimerais qu'on attende Daphné, ce sera plus étrange tous les trois, tu ne crois pas ? »

Cette phrase déclencha en lui une vision si troublante, que dans son pantalon son sexe grossit encore. Le slow allait prendre fin, et jamais il ne pourrait retourner à sa place, debout normalement, avec ce triangle devant lui... A la fin de la danse, il fut ravi de devoir passer de côté, entre les tables en exagérant même sa démarche de crabe, pour ne pas avoir à marcher de face. Il arriva à la table où attendait Daphné, Chloïs collée à lui, comme un paravent.

Dans les toilettes du casino, il s'enferma un instant. Il attendit, les yeux tournés vers le conduit écaillé de la chasse d'eau, que son sexe redevienne complètement mou, pour le positionner vers le haut, à l'intérieur de son slip, de façon que, si tout recommençait comme tout à l'heure, cette marge de mouvement plus restreinte l'empêchât d'exhiber son émotion. En sortant du secteur HOMMES, dans le couloir, il entendit que l'on pleurait chez les FEMMES. Il s'approcha l'oreille tendue, mais, gêné à l'idée que quelqu'un le surprenne et puisse croire qu'il était en train d'épier, après une hésitation, il entra. Cécile devant le lavabo, face à la glace, pleurait. C'est son reflet qu'il vit en premier, et sa silhouette de dos ensuite, secouée par les sanglots. Il la prit par les épaules comme il l'avait fait tant de fois depuis qu'ils se connaissaient. Elle eut un geste pour le repousser, puis se retournant brusquement, appuyée au lavabo, elle ferma les yeux et tendit la bouche...

« Embrasse-moi, Léo-Paul, embrasse-moi !

– Qu'est-ce qu'il y a ? Qu'est-ce qu'il se passe ? »

Un nuage d'alcool rôdait autour d'elle, mais il fut attendri par ce manque d'orgueil. Tendue vers lui, elle semblait tout offrir, sa bouche, ses épaules, son corps. Léo-Paul paniqua.

« ... Mais on est amis, Cécile, depuis longtemps... »

Elle ouvrit les yeux.

« Non, pas amis. Moi je t'aime, j'en suis sûre maintenant, je pense à toi, je te regarde depuis si longtemps. Ne crois pas que notre premier baiser au milieu du lac des Evêques était un hasard, je l'avais rêvé bien avant, attendu depuis longtemps. Mais toi tu ne pensais qu'à Marie Koringer... Marie Koringer partout, Marie Koringer tout le temps, et ce soir je te vois minauder avec ces deux connes ! Touche-moi, Léo-Paul, caresse-moi... »

Elle en était désespérante. Léo-Paul regarda du côté de la porte. Cécile commençait de retirer son chemisier de son jean et envoya son soutien-gorge par-dessus les cabines fermées. Il tenta de l'empêcher de continuer.

« Mais regarde ! Regarde-moi, c'est pour toi, Léo-Paul, je t'aime. C'est beau l'amour avec des mains, une bouche, des caresses et plein de chaleur... »

Il voulut l'attirer dehors, sortir d'ici, du casino, aller vers l'obscurité du parc pour qu'elle prenne le temps de se calmer, et qu'ils essaient de s'expliquer. Elle se tut. Il y eut un silence pendant lequel il avança la main et toucha la pointe d'un sein de Cécile. Une pointe seulement...

Une femme entra dans les toilettes et, surprise d'y voir un garçon, eut un geste de recul, puis, fonça tête baissée vers une cabine. Elle s'enferma. Cécile chuchota.

« Touche-moi ou je me mets à hurler ! Caresse-moi, il faut que tu saches ce que c'est que la douceur de mes seins, pour que tu écrives des mots avec des odeurs de peau... Il faut que tu saches tout cela, la pointe qui durcit, les petits grains orange tout autour qui grossissent comme quand il fait froid... »

Il ne trouva rien d'autre à dire que « rhabille-toi ! ». Alors elle se mit à hurler, un seul cri, aigu. On entendit aussitôt le bruit d'une chasse d'eau et la femme sortir précipitamment. Elle s'adressa à Cécile :

« Mademoiselle, je peux...

– Il ne veut pas me prendre dans ses bras, ce salaud ! Il ne veut pas me prendre... »

La femme regarda les quinze ans de Léo-Paul et les dix-sept ans de Cécile, haussa les épaules...

« Je ne comprends rien à toutes vos saloperies », fit-elle sur un ton dégoûté et sortit.

Cécile, calmée, reboutonna son corsage, se retourna vers la glace et regardant Léo-Paul :

« Si tu savais comme tu devrais m'aimer... C'est rare, tu verras. C'est rare les gens qui vous aiment.

– Mais, si moi je ne t'aime pas... de la même façon...

– Tu ne devrais pas y penser à cet instant, parce que moi je te dis que je t'aime et c'est ça qui est important. »

Elle remaquilla ses yeux.

Eu matei deus à porta da minha casa, quando o peguei tentando de roubar a minha consciencia... Et c'était signé : *Rui !*

L'écrivain Charles D. Langhome avait parlé d'une voix douce et, d'apparence, avec un accent parfait. Il ajouta aussitôt pour Léo-Paul qui l'écoutait : « C'est du portugais ! » et traduisit : « J'ai tué Dieu à la porte de ma maison quand je l'ai surpris essayant de voler ma conscience. » Langhome continua de raconter... « C'était un graffiti marqué à la peinture rouge sur le carrelage d'un passage souterrain, rua de Consolacao à São Paulo, juste en face du cinéma Belas Artes. Je l'ai d'abord noté sur un carnet que je transporte toujours sur moi, puis je l'ai appris par cœur. Il a alors fait partie des paysages que j'ai vus, des personnages que j'ai rencontrés. Ce sont toutes ces petites choses-là qui font que l'on se transforme à chaque seconde, parce que la vie, c'est ce mouvement qui ne s'arrête jamais. Ce jour-là, à São Paulo, un certain Rui anonyme avait écrit sur un mur pouilleux une phrase qui me faisait écrire un roman. »

Langhome était arrivé par le train des eaux, Paris-Monterville *via* Chaumont. Ecrivain depuis sa communion solennelle, coliques néphrétiques depuis un peu moins d'un an, il avait raconté plus de mille fois sa première rencontre avec Malraux en 1927, à la première du *Napoléon* d'Abel Gance, à l'Opéra de Paris. Ils avaient été photographiés ensemble, jeunes gens ardents, envahis de mots : l'un, une mèche devant le regard, l'autre, le front dégagé, cheveux lisses en arrière à la Lorca. Langhome, fils d'un pasteur protestant irlandais et d'une Française bretonne et voyageuse, était né sur le bateau *Saint-Patrick* quelque part entre Cork et Dieppe, au large des côtes anglaises. A cause de cela, son père avait voulu l'appeler « Dylan » qui signifie en celte : Océan. Mais c'est sa mère, plus autoritaire que belle qui l'emporta, et Langhome junior débarqua dans le port de Dieppe avec « Charles » épinglé à sa vie; prénom qui avait le mérite d'avoir la même orthographe en français et en anglais. Le pasteur irlandais l'appellerait : Tchar's et sa mère, Charles, à la française évidemment. Sur la couverture de son premier roman paru en 1926, et en souvenir de l'océan, il fit imprimer entre son prénom et son nom le D de Dylan : Charles D. Langhome.

Un taxi conduisit l'écrivain à l'hôtel Ermitage, un des plus beaux de Monterville, situé à l'extérieur, en lisière de forêt, un grand golf de dix-huit trous autour de lui. C'est Léo-Paul qui accueillit l'écrivain à l'office des inscriptions, et l'accompagna pour son premier parcours.

Quitte à en changer souvent, parce qu'ils cassaient facilement, Langhome n'aimait frapper ses balles que posées sur un *tee* en bois. A la fin de ce premier contact avec un terrain qu'il ne connaissait pas, l'écrivain fit quatre-vingt-huit points et Léo-Paul le classa parmi les joueurs de qualité qui pouvaient mieux faire. Le score de référence du golf de la station étant de soixane-douze, Langhome assura Léo-Paul qu'il descendrait à soixante-dix-huit avant son départ, dans trois semaines.

Chaque matin à neuf heures, au petit salon de l'hôtel Ermitage, Léo-Paul retrouvait Charles D. Langhome et prenait une partie de petit déjeuner avec lui. L'écrivain écouta le garçon raconter son enfance dans cette ville d'eau, l'océan, son amour pour Marie Koringer et le gris du ciel qu'il était certain de ne jamais retrouver nulle part ailleurs. Puis Langhome parla de lui, de ses itinéraires sur presque tous les continents, de l'écriture, des mots, des gens qu'il avait rencontrés, aimés, détestés, de l'amour si rare, de cette femme morte depuis quelques années, et avec qui il était apparu aux yeux du monde, en toutes occasions, parce que c'était avec elle qu'il dormait la nuit, et que c'était elle qui le réveillait quand il avait des cauchemars. Chaque matin, avant de prendre le chemin du grand parcours de golf qu'ils effectuaient ensemble, Langhome aima tout de suite ces tête-à-tête informels où un jeune garçon le tirait quelque cinquante ans en arrière, quand il était encore persuadé de pouvoir changer le monde avec des mots.

L'écrivain leva le club en bois pour faire son premier lancer de la matinée. Le gros sac de toile pesant à son épaule, Léo-Paul le regardait, fasciné chaque fois par cette expédition érotico-champêtre. Langhome répéta plusieurs fois son geste, hésita, mima un vrai lancer, puis brusquement se décida. Un coup sec, violent, et la balle partit au loin... Silhouettes silencieuses, ils marchèrent vers elle sans un mot. Après quelques frottements d'un nouveau club sur le gazon mouillé, Langhome effectua son deuxième lancer. La balle passa au-dessus d'un trou de sable et atterrit cette fois sur le *green*. Gazon taillé, damé, encerclant le trou où se nichait le rêve des golfeurs, le green, auréole ultime, était le lieu où se concluait l'aventure. Langhome, concentré à nouveau, émit une sorte de soupir et exécuta son dernier geste pour envoyer la balle au plus près de son aimant. A l'instant où elle disparut pour se lover dans l'incision de terre, le corps du joueur se redressa brusquement, le visage illuminé et, cessant de parler par onomatopées, il se laissa aller au rire et à la joie.

« Trois coups ! » félicita Léo-Paul.

Et comme si la conversation commencée tout à l'heure pouvait reprendre là où elle avait été laissée, Langhome dit au garçon :

« Freud avait un patient qu'il avait appelé « l'homme aux loups ». Moi, j'ai envie de t'appeler : *l'homme aux océans* ! »

Léo-Paul reprit le club en fer qui venait d'être utilisé et tendit un autre club, en bois cette fois, à Langhome qui ajouta :

« *L'homme aux océans* atteint du syndrome de Noé ! »

Léo-Paul ne montra pas tout de suite à l'écrivain *La Vie au-dessus du 48ᵉ parallèle*, et imagina qu'il avait du temps devant lui. Il préféra poser des questions, écouter, questionner, encore, puisqu'il s'agissait du premier écrivain qu'il rencontrait.

« Sur mon passeport, j'ai écrit : auteur, c'est plus vague. Je n'ai pas honte de ce mot « écrivain », mais j'avais juste peur que collé à côté de profession on imagine quelqu'un se levant tous les jours à heure fixe, s'asseyant devant un bureau, un stylo à la main et qui se dirait : « Je vais écrire puisque je suis « écrivain ! » Alors mieux vaut brouiller les pistes... J'écris parfois une phrase en haut d'une page, puis je la relis, me lève, vais acheter des journaux, je reviens et la vois toujours là et j'en suis désolé. Alors, j'en écris une autre, imaginant que cette fois celle-ci va me conduire au bout de tous les mondes. C'est comme si magiquement je me retrouvais au milieu d'une montagne à me dire que tant qu'à être à la moitié, mieux vaut escalader plutôt que de redescendre... J'ai peu de manies, mais quand j'habitais un studio à Paris, il y a une quarantaine d'années, je faisais mon lit aussitôt levé. Il n'y a rien de mieux pour me filer le cafard que d'essayer d'écrire à côté d'un lit défait : on se retourne et on ne croit plus à rien. Mais j'ai écrit partout, aussi bien dans des chambres de palaces que dans des hôtels sans étoile, les pales d'un ventilateur au-dessus de la tête, dans des avions, dans des trains, sur mes genoux, dans un lit, une femme endormie à côté de moi... Partout, il n'y a pas eu d'endroit privilégié, même si aujourd'hui j'aime retrouver ma maison de la pointe Saint-Mathieu... Le Loc Mathieu du Bout du Monde, comme l'appellent les Bretons ! Un jour, tu y viendras, parce que c'est exactement de cet endroit qu'il faut que tu fasses connaissance avec *l'Océan.* Ce n'est rien de ce que tu imagines, c'est plus terrible et plus grandiose que le plus fou des orages que tu as pu voir ici, avec le ciel comme l'autre soir, violet et noir, les éclatements du tonnerre qui faisaient trembler les vitres. C'est plus impressionnant, parce qu'il y a la réelle sensation d'avoir le monde dans son dos, et devant soi, toutes les mers, comme un début de galaxie qui irait se perdre loin dans l'univers.

« J'ai vécu là-bas mes plus grandes inquiétudes, car malgré l'énorme énergie de l'eau et du vent qui semble donner sa pesanteur au paysage, tout indique le provisoire. Chaque génération de marins a appelé cet endroit la fin de quelque chose, des continents, du monde, de l'Europe, alors qu'au contraire, c'est le lieu des débuts. Moi, je l'appelle *la frontière.* Une frontière de rien, *la frontière* ! Parce que si les fins et la mort ont des traces exactes, dans l'espace et dans le temps, chaque début est mystérieux, incertain et secret, et c'est l'ensemble de ces repères invisibles, mais qui pourtant existent, que j'appelle *la frontière.* Il faut que tu ailles la découvrir, elle n'est ni un fil transparent, ni une falaise, ni l'endroit où s'écrasent les vagues sur les rochers, ni la limite du ciel. C'est quelque chose entre toi et chacun de ces endroits, et que tu es seul à pouvoir trouver. Parfois, tu croiras l'avoir repérée, mais tu te seras trompé, et il faudra encore chercher, avec plus que tes yeux, plus que ton intuition et plus que tes sentiments, il y faudra ton désir ardent de connaître les débuts de chaque mot et de chaque histoire et tu t'apercevras alors qu'ils sont pléthore. Parce que tout, à chaque instant, va ou est en train de se faire... Et tu les verras partir en tous sens, s'écarter comme des gerbes de feu d'artifice dans le ciel, puis s'éteindre et disparaître. »

Langhome s'arrêta un instant, comme s'il recherchait l'image la plus juste à évoquer...

« Regarde toute la machinerie d'aujourd'hui, les sentiments s'appauvrissent et les exaltations ressemblent de plus en plus à de banals vœux de Nouvel An. C'est un semblant de vie que tu constates en regardant autour de toi, parce que chacun croupit dans son compartiment. Rien ne se relie, ni les pensées ni les actions, c'est de la vie à la chaîne, fragmentée, avec un univers attaché à chacun cerné par les autres, une figure d'ennemi devant chaque entrée. Ton travail est de tenter de réunir tout cela, et c'est immense. Il te faudra, comme les chasseurs d'images, rester des heures et des années à surveiller toutes ces parties de mondes inconnues que tu portes en toi et que porte chacun autour de toi. Ce n'est pas un travail de héros, et tu recevras peu d'honneurs. On t'appellera plutôt salaud, égoïste ou rêveur parce qu'on ne pourra pas imaginer que tu es un rassembleur d'étreintes, de rêves et de pensées et que, malgré toutes les apparences, tu es là exactement avec tous, en train de nouer des réseaux incroyablement ténus entre les contraires et à chercher les liens sacrés qui relient chaque histoire... En d'autres circonstances, tu seras baptisé asocial ou ordure solitaire, et on voudra t'entraîner à utiliser tes mots pour apaiser les foules ou leur inventer un trajet. Mais si tu n'as pas agi ou parlé avant, alors il faudra te taire, absolument te taire à ce moment précis, parce que les mots que tu inventeras à cette occasion-là ne partiront pas de l'intérieur de toi, avec la vitesse que tu leur auras donnée, ils seront aspirés de l'extérieur, à l'appel de milliers de bouches, et ils te trahiront... Et toi qui auras passé ton temps à relier des mondes séparés, tu t'apercevras que les mots divisent et peuvent exploser comme des bombes... Parce que ce temps où l'on adjure les alchimistes de parler, ce temps-là a un nom et s'appelle la guerre ! »

Langhome s'arrêta soudain. Il venait d'apercevoir la tête de Léo-Paul, et il y avait un tel sérieux dans ce visage, une telle gravité, que le vieil homme se mit à rire en lui demandant de le pardonner d'avoir parlé avec autant de solennité.

« J'ai l'air de tout savoir, de tout vouloir t'apprendre... Alors que j'aurais dû uniquement te demander de venir là-bas, à la pointe Saint-Mathieu, parce que cela me ferait très plaisir de t'y voir. Un point c'est tout ! J'ai voulu parler, mettre en forme quelques idées confuses pour me rassurer ou te mettre en garde, alors qu'en réalité, quand je regarde ma vie, je n'y trouve rien de ce que je t'ai dit, il n'y a pas cette cohérence des discours qui s'écrivent ou se disent en public. Je n'y vois que des accidents, des hasards, quelques éclairs, mais pas l'ombre d'un projet imaginé un jour d'alolescence et qui aurait servi de fil d'Ariane pour toute une vie. Tout fut improvisé, et je ne voudrais pas à l'instant faire une confession où sembleraient jaillir des récriminations, mais je regarde, et ce que je vois, c'est un cahotement qu'un instinct pousse à faire avancer, que viennent rejoindre des livres, des films, tout ce qu'on appelle culture, plus quelques visages et quelques actions. Je retrouve chaque fois les mêmes points de repères à partir desquels un virage s'est amorcé, et ce que j'ai pris un moment pour de l'intuition aurait dû s'appeler de la chance, ou ce que j'ai cru être une profonde conviction n'était qu'une allégeance à la mode. J'ai parfois dit « désespoir » pour parler aux autres d'un de mes chagrins.

« A l'instant, je peux me souvenir que j'étais un être vivant, c'est-à-dire une somme de projets contradictoires qui imagine sans cesse être unique. Si le fait d'avoir été écrivain ne m'apparaît pas aujourd'hui primordial, il contribue néanmoins à l'idée que j'ai, d'avoir été un bout d'humanité sans cesse relié à l'ensemble et à chacun. Ce n'est pas plus que cela, mais ce n'est pas moins.

– Amen ! » dit Léo-Paul qui ne le pensait pas vraiment.

Ils étaient arrivés à l'entrée des galeries thermales, là où toutes sortes de gens, verre à la main, se promènent, discutent, boivent une gorgée d'eau, s'arrêtent un instant, puis repartent, avec pour unique but, d'aller à l'autre extrémité de la galerie, et revenir ensuite sur leurs pas. Langhome, ses cheveux plaqués en arrière comme lorsqu'il était jeune homme – plus clairsemés, il est vrai – son costume clair, sa cravate en soie et son léger déhanchement, avait plutôt belle allure. D'autant qu'il se tenait droit, ses deux yeux sombres, mobiles, à l'affût sans cesse de visages ou d'objets à observer.

« Tu me regardes, et tu crois que je débloque ! C'est le privilège des vieux que de paraître inoffensifs. Moi aussi, j'ai longtemps cru que plein de sagesse allait m'envahir à chaque dizaine d'âge que je franchissais. Mais pas du tout ! Je suis plein de haine et plein d'amour à crever, rempli de jalousie et d'orgueil... Et si tu pouvais vraiment imaginer cela, tu courrais chercher un fusil, pour tuer tous les vieux que tu rencontrerais ! »

Dans la Grande Source, leurs pas résonnèrent sous l'immense dôme de carrelage et de verre. Langhome tendit son verre gradué à la donneuse d'eau. La jeune fille se pencha vers le jet de la source et rendit le verre avec la quantité demandée. Elle reconnut Léo-Paul et lui sourit avant de prendre un autre verre qu'un curiste lui tendait.

« Toute cette flotte pour polir de jolis petits cristaux logés dans mes reins, alors que je n'aime que le Meursault ! »

La donneuse d'eau les regarda s'éloigner, et vit Léo-Paul mettre en joue l'homme au costume prince-de-galles, avec une arme imaginaire, puis lui dire des mots qu'elle n'entendit pas.

De tous les écrivains dont Langhome lui avait parlé pendant ces semaines, Léo-Paul s'attacha à deux d'entre eux : l'un buvait de la bière et vivait avec sa vieille maman dans une maison du Massachusetts et s'appelait Kerouac. L'autre aimait les garçons, la drogue et se trouvait quelque part vers Tanger, son nom, Burroughs. Il composa en leur honneur et pour fêter sa rencontre avec eux, un long poème intitulé *Hymne au sexe-cigare et au bison voyageur.* Poème à toutes les vies qu'il était possible de vivre, à toutes les amours banales, incestueuses, folles, démodées, aux prières, et insultes à envoyer, les yeux et les bras grands ouverts en courant entre nuit et soleil tout autour de la terre, à la recherche de tout, de rien et de l'essentiel. Comme s'il avait entrouvert un rideau de théâtre derrière lequel se seraient jouées toutes les scènes de la vie, aux combinaisons infinies, il mélangeait l'infâme et le sacré, les petites bestioles et les grands dinosaures, et exultait du bonheur de croire à tous les possibles. « Peut-être que je serai à moi tout seul alcoolique, drogué, me tapant toute la journée des garçons et des filles dans une grande maison avec ma vieille Claire de mère près de moi ! » Mais il ne sut pas décider sur-le-champ s'il vivrait à Tanger ou dans le Massachusetts.

Langhome, tout en parlant avec Léo-Paul de l'écriture, de sa vie de consul à São Paulo, de la guerre d'Espagne, de l'escadrille de la R.A.F. qu'il avait rejointe pendant la guerre, observait ce jeune homme qui racontait le monde comme s'il s'agissait d'une orange qu'il aurait serrée de temps en temps dans sa poche.

Claire Kovski, un jour, vint à la sortie du golf annoncer à Léo-Paul qu'ils avaient une ligne de téléphone depuis midi. L'écrivain aima regarder ce visage marqué par seulement quelques lignes d'expression, cheveux décolorés, et cette façon brutale, presque naïve, de parler de tout ce qu'elle envisageait de faire. Léo-Paul fut surpris de la voir si vindicative, ardente, déterminée à vaincre les inerties, elle qui parfois portait un tel visage de mélancolie. Claire et Langhome se retrouvèrent plusieurs autres fois en l'absence de Léo-Paul, et elle fut heureuse de ces rencontres avec un homme que les journaux et les livres flattaient et qui s'adressait à elle sans s'apercevoir, en apparence, du décalage auquel elle, elle ne cessait de penser.

La veille de son départ, Langhome accepta le cocktail organisé en son honneur par la municipalité et la Société des Eaux, dans le salon des Ambassadeurs, au casino. Le directeur salua Léo-Paul avec une chaleur qui lui sembla exagérée. Il faut dire que l'adolescent se trouvait constamment aux côtés de l'écrivain qui, sans cesse, se penchait vers lui en souriant comme si des confidences s'échangeaient. Léo-Paul faillit demander des nouvelles de Marie, mais sans qu'il se donne cette peine, ce père austère, décidément affable aujourd'hui, lui annonça : « Léo-Paul, vous allez retrouver Marie en septembre... Je la fais entrer au lycée ! » Abasourdi, l'adolescent ne répondit rien et se contenta de sourire aux notabilités de la ville qui s'étaient déplacées. Elles circulaient tout autour, des verres de champagne à la main, dans l'espoir d'obtenir un regard, un sourire peut-être de l'écrivain.

Le lendemain, le train des eaux entra en gare, et Langhome grimpa dans le wagon où il avait une place réservée. Par la fenêtre baissée, et parce qu'ils savaient qu'ils se reverraient...

« Au bord de l'océan, Léo-Paul !

– Au bord de l'océan ! »

Dans une maison bretonne, une machine à écrire attendait Charles D. Langhome. Maison face au large, à l'ouest encore de Brest, posée à la pointe Saint-Mathieu, elle était, quant à la latitude, exactement au-dessus du 48e parallèle. C'est de là, de ces fenêtres tournées vers l'ouest du monde qu'il allait à nouveau perdre ses regards dans la vision, à chaque seconde renouvelée, d'un mouvement de vague, d'un reflet ou d'une crête d'écume. Puis des images, des odeurs, des glissements de robes surgiraient, mélangés à des courses folles, des flaques d'essence et la fureur d'une horde de rats. Toute cette effervescence allait sourdre d'une mémoire dont il n'avait jamais pu dire si elle se situait devant ses yeux ou derrière eux.

Léo-Paul avait quitté la gare avant que le train n'ait démarré.

IL imagina un appartement blanc, tout en haut d'un immeuble où Marie et lui regarderaient sans se lasser une ville, Paris, avec les phares des voitures dans les rues, les ampoules électriques des cuisines qui se mettraient à briller, tout un grouillement de vie sur lequel ils auraient un regard tranquille, certains d'être forts pour ne pas se laisser envahir par le bruit et le désordre. A l'intérieur de ces murs blancs, il arrêtait le temps, et se voyait des heures, des jours peut-être, allongé sur un divan confortable, la tête de Marie sur son ventre, pendant qu'ils parleraient à voix basse de leurs deux vies mélangées. Un téléphone posé par terre sur une moquette beige les préviendrait du changement des saisons sous les tropiques, et un ami américain les appellerait régulièrement pour leur donner des nouvelles des derniers Indiens.

Souvent, il se reprochait de ne pas assez écrire, de ne pas être suffisamment comptable des millions de secondes qu'il vivait et ne retrouverait jamais. D'autres fois, c'était le contraire, il se reprochait d'écrire trop et que ce temps entre parenthèses ne soit pas un temps pour le soleil, les caresses des filles et le bruit des pas sur les trottoirs. Et même si, quand il se retrouvait en face de son grand cahier mauve, il avait le sentiment de vivre une vie différente, toute proche du silence et de l'atome, au centre des passions, il savait que l'autre vie existait et c'est à elle qu'il pensait. Et il imagina qu'à la fois vivre et assister à sa vie pouvait procurer un vrai sentiment de bonheur.

Dehors, un coup de klaxon retentit, suivi de deux coups plus rapides. Monterville, ville de repos et de silence... Inhabituel ! pensa-t-il. Par la fenêtre, il reconnut *TransEurop* écrit en lettres penchées sur le côté du camion, et se souvint de la nuit d'hiver où il avait été raccompagné chez lui. Il fit signe au chauffeur penché à sa portière et lui cria un rendez-vous au café Le Celtic.

Il dévala les trois étages et arriva le premier à la terrasse du café. Il eut le temps de rechercher le nom du routier... Roger ? Il n'en était pas certain... Si pourtant, il avait bien dit en le quittant la première fois : « Je m'appelle Roger et je t'emmènerai à Strasbourg, à la Petite France... » Oui, c'était Roger, il en était sûr maintenant. Le routier arriva : accent parisien, trapu, une paire de moustaches avait poussé depuis leur première rencontre.

« Salut, Léo-Paul avec un trait d'union !

– Tu t'souviens...

– Tu vois, et même que t'as changé. Tu faisais plutôt p'tit môme, la dernière fois... »

Ils burent des panachés. Roger parla des femmes, puisque c'était un de ses sujets favoris, et prit une mine consternée pour avouer qu'une de celles qu'il avait le plus aimées, celle de Strasbourg, s'était finalement mariée à un Allemand... de vingt-cinq ans !

C'est au moment où ils allaient se séparer, et se promettre de se revoir un jour, que le routier annonça à Léo-Paul sa destination : Bordeaux, avec crochet à Rennes, pour prendre un chargement de peaux tannées.

« Rennes en Bretagne ?

– J'en connais pas d'autre... »

Le garçon imagina aussitôt Langhome, sa maison (qu'il visualisa, il ne sut pas pourquoi, en chalet suisse) et l'océan. Il demanda s'il pouvait partir dans le camion... – Maintenant ? – Oui, maintenant, je ne te demande qu'une petite demi-heure, dit Léo-Paul. – C'est pas une fugue au moins ?

Roger, entraîné par la détermination du garçon et ravi d'avoir un compagnon de route, accepta. Il paya les consommations.

Excitation, trois étages, clef de la cave, cave. Il fallait faire vite. Avec un marteau, Léo-Paul cassa à toute allure les quelque cent cinquante bouteilles de limonade et de Coca où étaient enfermées depuis plusieurs années les lettres que lui avaient offertes tous les jeunes de Monterville : enveloppes enroulées, ficelées, billets collés, petits carreaux, feuilles de classeurs... Il les récupéra avec des précautions infinies, une à une, comme s'il s'agissait d'un trésor sorti d'amphores oubliées. Tous ces auteurs de messages avaient aujourd'hui quatre ans de plus, et la plupart avaient certainement oublié cet élan d'un jour où ils avaient puisé à l'intérieur d'eux un désir, le plus fou, ou un atroce silence jamais prononcé.

Dans sa chambre, il prépara quelques affaires de nécessité, son grand cahier mauve, et comme la famille voyageait peu il n'osa pas prendre l'unique valise grand format qu'ils possédaient. C'est dans le fond de l'armoire de ses parents qu'il dénicha la vieille musette de cheminot de son père. Cuir noir, une large courroie pour porter à l'épaule, Léo-Paul l'extirpa des objets avec lesquels elle était entassée. Par mégarde, il tira une grande enveloppe de papier kraft de laquelle un cahier glissa. Sur l'étiquette rectangulaire, scolaire, écrit à l'encre violette avec pleins et déliés : *Journal des guerres*. Comme s'il découvrait un objet chargé d'interdit, il le tint du bout des doigts, puis le reglissa aussitôt dans son enveloppe. Mais ne pouvant dominer sa curiosité, il se ravisa, l'entrouvrit. A la première page, la première phrase : *1er janvier 1940. La guerre finit l'année et la commence aussi. L'eau de la fontaine est gelée, et j'ai dû faire fondre un bloc de glace dans une bassine pour me laver. Henry qui vient d'avoir dix-huit ans a été aussitôt mobilisé loin de nous, dans la région de Pau...* Emu et embarrassé par l'écriture adolescente de sa mère, il semblait découvrir qu'un jour elle avait eu le même âge que lui. Il joignit le *Journal des guerres* à la centaine de lettres qu'il emportait, et vérifia qu'il n'avait rien oublié, carte d'identité, le reste de ses pourboires du golf. Sur la table de la cuisine, bien en évidence au dos d'une enveloppe, il écrivit : « Pas d'inquiétude, je suis absent une semaine. Je vous embrasse, L.-P. »

Il ferma la porte, glissa la clef sous le paillasson comme chaque fois, mais là, à l'exaltation d'aller rencontrer l'océan, vint s'ajouter un pincement de petite peur. Un départ.

Roger finissait un sandwich quand Léo-Paul le retrouva au Relais des Camionneurs.

« Où t'as déniché ça ? demanda-t-il en désignant la musette en gros cuir.

— A mon père, il était cheminot...

— T'as raison Trait-d'union... Tu ressembles à un colporteur ! »

Léo-Paul n'avait jamais eu de surnom, il fut surpris; mais il aimait bien Roger et lui sourit. Trait-d'union !

Quand, de la cabine du semi-remorque où il tenait serrée la musette sur ses genoux, il vit le dernier panneau Monterville barré de rouge, Léo-Paul ferma les yeux, et à cette barrière invisible qu'il franchissait clandestinement, il imagina tout au bout de la route un océan apaisé et apaisant qui n'attendait que lui depuis des siècles. Il était six heures.

A Troyes, la pluie se mit à tomber. Ils s'arrêtèrent pour dîner et c'est encore Roger qui invita. Léo-Paul ne quittait pas sa musette, et le routier le lui fit remarquer. Juke-box, percolateurs, visages fatigués, la serveuse était presque laide et n'avait rien arrangé en s'affublant d'une mini-jupe qui laissait voir ses cuisses marbrées.

« Le bonheur, il est juste là, tout en haut, dit Roger rêveur en regardant la serveuse s'éloigner. Tu connais ça, Trait-d'union ? »

Léo-Paul aurait aimé dire « bien sûr ! » Mais il se tut. Roger lui assura qu'on ne pouvait rien imaginer de plus doux : « Parce qu'en plus, c'est mouillé comme une pastèque trempée dans de l'huile d'olive ! » Décidément, ça compliquait tout, pensa Léo-Paul qui n'avait jamais mangé de pastèque... En plus, l'huile d'olive lui donnait mal au cœur ! Roger s'aperçut de son désarroi, et se mit à rire. Il crut bon de rectifier :

« En fait, ça ressemble à rien que tu connaisses... C'est chaque fois comme quelque chose qu'on aurait oublié et qui revient en plein dans la tête, avec un soleil tout blanc qui serait juste à côté de la nuit. »

Ils fumèrent des cigarillos, Roger commanda un calva et ils coururent sous la pluie jusqu'au camion. Sur le bord de la nationale, les phares des voitures traçaient des scintillements rouges et jaunes dans le ciel. A cause de la bruine, les lumières éclaboussaient, et des odeurs d'essence remontaient du sol en laissant des traînées violettes dans les flaques d'eau. Dans la cabine du camion, Roger tourna la clef de contact et les essuie-glaces balayèrent le pare-brise panoramique. Pluie sur la tôle.

« Tu as vu ça ? dit Roger en désignant son crâne. Je préfère t'en parler tout de suite avant que tu poses des questions... J'ai une moumoutte... Oui, des faux cheveux... Une perruque quoi ! Je préfère ça à la boule de billard, parce que dessous, y' a plus rien. A trente-cinq ans, t'imagines ! Ça m'a pris à dix-sept ans, après la guerre. Ma mère tenait un magasin de confection à Asnières, et moi, j'étais un peu voyou...

Petits casses, colliers de perles, sacs à main... Des bricoles tu vois. Un jour avec deux potes, on s'est fait la caisse d'une crémière à huit heures du soir. Bonsoir madame, la caisse s'il vous plaît... On avait chacun un revolver pas chargé. La crémière a donné le fric aussitôt, ils étaient pas habitués en ce temps-là et on s'est trissés. Quand la police est arrivée, elle a dit : « C'était trois jeunes et y en avait un de « chauve ! » J'ai pris un an, un an à Muret, à côté de Toulouse. En sortant, j'ai acheté ma première « prothèse capillaire » comme disait le marchand. Et là, j'suis parti en Indochine... »

Ils quittèrent le parking du restaurant, et le gros camion de la compagnie *TransEurop* devint une grosse masse sombre balisée de points lumineux, qui avançait dans le soir.

Lorsque, un peu après Sens, Roger arrêta son camion pour la nuit, son compagnon de route dormait déjà à moitié. Roger lui posa une couverture écossaise sur le corps, et lui chuchota de s'allonger sur toute l'étendue de la banquette. Quand il eut sauté du camion, il se dirigea vers un bâtiment minable où un néon bleu avec deux lettres cassées annonçait, sans ironie : Hôtel des Voy..eurs. Si Léo-Paul avait observé, il aurait pu voir l'ombre de son ami étreindre une femme qui l'attendait dans la dernière chambre éclairée du motel.

Ce n'est pas le jour qui réveilla Léo-Paul, mais des coqs qui se mirent à chanter vers cinq heures, le soleil à peine visible. Dans son sommeil, il crut tout d'abord à une ferme des environs, mais plus les coqs chantaient et le réveillaient, plus à l'évidence ils étaient près de lui, dans le camion même. Il fit quelques pas sur le goudron du parking et de les entendre si près chanter à intervalles qui semblaient réguliers, de l'autre côté de la paroi, confirma bien ce qui venait de l'étonner : il y avait des coqs dans le camion ! Il revint à la cabine et un frisson de froid le traversa quand il fut sur la moleskine. Mal dormi, petit matin, il croisa la couverture sur ses épaules. Le jour qui se levait doucement lui révéla non loin un grand centre commercial où un va-et-vient des camionnettes se faisait de plus en plus intense. A côté du motel en béton brut, sans peinture comme s'il n'avait pas été terminé, des réveils se mirent à sonner, et il entendit le bruit lointain d'une radio. L'arrière de la cabine était couvert de badges, de porte-clefs, photos doubles de filles, fanions, cartes postales... Il songea à sa chambre vide, ses draps tirés, le couvre-lit impeccable et regretta à l'instant de n'avoir pas une photo de Marie Koringer à regarder. Il remarqua seulement que les coqs s'étaient tus quand Roger lui fit signe d'ouvrir la porte, deux gobelets de café dans les mains et des tranches de cake enveloppées.

« C'est eux qui t'ont réveillé, dit-il à Léo-Paul en désignant l'arrière du camion, moi aussi. Des vraies horloges, même enfermés ! »

Il annonça à Léo-Paul le combat de ce soir à Rennes, combat de coqs comme dans le Nord, interdit, mais dont la police se moquait...

« Tu verras, ils sont d'une méchanceté redoutable tous les deux !

— Ils mangent quand ? demanda Léo-Paul soudain agressif de n'avoir pas vu Roger s'occuper d'eux de toute la journée d'hier.

— Après, pour qu'ils soient moins lourds et qu'ils aient envie de bouffer leur adversaire. »

Léo-Paul se tut, décidé à ne pas parler de la journée au routier. Quand les lumières du Supermarché s'éteignirent, le camion démarra. Le jour était levé. A Montargis, motus ! Roger l'informa tout de même qu'il y avait presque autant de ponts qu'à Venise. A Châteaudun, motus. Ils s'arrêtèrent près d'une station-service pour manger à toute vitesse une omelette forestière avec du fromage et une salade. C'est

Léo-Paul qui paya. Paysages mouvants, les forêts ne ressemblaient plus à celles de Monterville, et les panneaux de signalisation lui semblèrent plus bleus. Motus et contrariété.

« C'est à cause des coqs que tu fais la gueule, Trait-d'union ? »

Léo-Paul, le nez plongé dans la carte routière posée sur sa musette, fit un hmmm, à peine audible à cause du bruit du camion. « C'est la vie tout ça... Le jeu, la violence... Je vais t'étonner, Trait-d'union, mais ma plus chouette histoire d'amour, c'était avec un mec... »

Roger regarda la route, droit devant, comme si sur elle, il allait trouver les mots à dire pour raconter ce qu'il venait d'annoncer. Pour faire un geste, il posa la main sur le pommeau du levier de vitesses, et continua...

« Imagine la chaleur, l'humidité, c'est l'Indo-chine, et tout autour, partout une forêt d'équateur verte, comme dans les films... Et c'est au milieu de tout ça qu'une histoire pas prévue a commencé, parce que les saloperies, comme les cadeaux, ça arrive sans prévenir ! Des bombes, y en avait tous les jours, elles faisaient des trous dans la terre ou bien enflammaient les arbres, mais c'était toujours le bruit le plus terrible, il rentrait dans la tête et l'esto-mac en même temps, et j'avais chaque fois l'impres-sion que mon corps se fissurait. Un jour, près d'un village de deux, trois maisons, il y a eu un bombar-dement éclair, un fracas d'une seconde, puis plus rien : le vent et le crépitement des flammes. Avec mon copain, on se regarde... Parce que, à côté, ils sont tous morts, plus un mot, nous on se prend les mains pour être bien certains d'êtres vivants, on s'embrasse et on s'embrasse encore, en riant, tu comprends, on s'embrasse comme des fous... Et c'était bon les baisers et la peau de quelqu'un à toucher... Quelqu'un, une personne, parce qu'il n'y avait plus de barrière tout d'un coup, on avait l'impression de naître d'un monde détruit, tout neuf, sans merdouille dans la tête. A côté de nous, plein de corps carbonisés ou déchiquetés, des enfants aussi avec toutes sortes d'objets de cuisine éparpillés. Et puis, le silence de la forêt, comme un paradis... Et c'était vraiment un paradis calfeutré à côté d'un enfer, avec nous deux au milieu pour apprendre des gestes simples... »

Il y eut un long moment où le camion continua de rouler sans que Roger poursuivît; puis il eut envie de terminer ce qu'il avait commencé :

« Mais c'est les filles que j'aime... Je voulais seulement t'expliquer qu'il n'y a que les cons qui croient aux choses définitives... Et pour les coqs, c'est pareil ! Toi tu penses : « Roger, c'est un salaud « parce qu'il transporte des coqs qui vont s'entre-« tuer ce soir. » Eh bien non, je ne suis pas un salaud, et je n' ferais pas de mal à une mouche, mais la mort, la violence, tout ça, ça fait partie de nous... Moi, j'adore les combats de coqs, et j'ai pas envie d'expliquer pourquoi. C'est comme ça ! »

Ils arrivèrent à Rennes à la tombée de la nuit.

C'est dans une sorte de hangar en tôle ondulée, à la périphérie de la ville qu'eurent lieu les combats. Chaque animal était choyé comme un boxeur par son manager. Fumées, cris, paris, une assistance d'hommes criait, suspendue à chaque bond, à chaque parade des animaux et la rage des coqs ne cessa de surprendre Léo-Paul. Un ergot d'argent renforçait chaque coup de patte, et du sang giclait de dessous les plumes de couleur quand l'un des deux, arc-bouté, enfonçait la pointe aiguë dans le corps de son adversaire. Mario, le premier coq appartenant à Roger, fut vainqueur, et souleva l'enthousiasme. C'est son autre animal, Patrice, qui apporta la consternation. Il fut tout de suite blessé à l'aile et s'en trouva déséquilibré. Il continua le combat en titubant, et son adversaire se jeta sur lui, les deux ergots en avant pour les lui planter dans le cou, là où les plumes ont des reflets dorés. Patrice resta couché sur le côté et, quand Roger le souleva, il eut encore plein de soubresauts. Léo-Paul courut rejoindre son ami dans la coulisse, derrière une toile kaki de l'armée. Juste au moment où il entra, le coq Patrice était déjà entre les mains d'un grand type portant un tablier de toile blanche, maculé de sang séché qui, en un tour de main, lui brisa le cou sous les yeux de Léo-Paul. Il fut jeté aussitôt avec les autres, les perdants, qui gisaient à même le sol, en tas, à côté d'une vieille moto. Léo-Paul ne put se retenir et sans pouvoir atteindre une des sorties, vomit sur la terre battue, le dos secoué de hoquets.

Roger l'aperçut, mais s'occupa de retirer les ergots d'argent des pattes de son animal. Consciencieusement, il les lava, les graissa, puis les rangea à l'intérieur d'une boîte qui ressemblait à un écrin. Il compta les billets de dix francs qu'il avait gagnés avec les paris, fit plusieurs petites liasses qu'il glissa dans des poches différentes de son blouson. Dans un sac réclame de magasin, Roger emporta le corps de Patrice, prit par les ailes Mario, vainqueur repu qui finissait de manger et il sortit de la baraque en tôle. Léo-Paul derrière lui demanda aussitôt d'être conduit à la gare pour attraper le premier train pour Brest.

« Le premier n'est pas avant six ou sept heures...
– Je coucherai à la salle d'attente ! »

Roger n'insista pas. Le trajet en camion se fit sans un mot. Ils se séparèrent devant la gare près des taxis. Une musique sud-américaine sortait d'une des voitures, langoureuse et triste : « Une musique de mort », pensa Léo-Paul.

« Tu m'en veux, n'est-ce pas ? dit le camionneur.
– Tu aimes ça, mais moi, j'ai le droit de détester. »

Ils se séparèrent.

Tout au long de la courte nuit qu'il eut à passer dans la salle d'attente de la gare de Rennes, un sale sommeil l'emporta par intermittence et, une fois assoupi, le bruit des ergots d'argent qui frappait le plancher revenait comme une rythmique d'obsession. Se superposaient des images de guerriers habillés d'armures qui sortaient du fond de la mer, des faucons impassibles posés sur leurs gants de cuir.

Une fois encore, il fut réveillé, mais cette fois, une main posée sur son épaule le secouait.

« Tu as crié, Trait-d'union ! »

Roger était là, près de lui, assis sur la banquette, et Léo-Paul sourit à ce visage connu à qui il allait pouvoir parler de son cauchemar...

« Je savais que tu allais penser à tout ça, alors je suis r'venu. »

Un train de marchandises manœuvra sur les quais, et on entendit au loin des grésillements de haut-parleurs. Des affiches de voyage conseillaient de visiter la Dordogne, accrochées tout en haut des murs, et des bonnets de marin au-dessous dissimulaient de jeunes visages endormis.

Ils sortirent de la gare, et avancèrent tout droit dans la ville. Après avoir traversé la Vilaine, ils tournèrent sur leur gauche, une place de mairie, rues étroites, vieilles maisons aux pans de bois, une cathédrale. Une ville ancienne se trouvait nichée au cœur d'une ville neuve. L'ombre des balcons, portée par la lueur des étoiles, s'étalait sur de vieilles pierres effritées. Ville de nuit, inconnue, leurs deux silhouettes glissaient dans les ruelles, en silence, afin de laisser se dissiper le malentendu de la veille.

Au buffet de la gare, petit matin, les marins petit-déjeunaient au muscadet ! L'un d'eux, déjà éméché, grimpa sur une chaise et, les bras en V, hurla « Vive le Québec libre ! » Applaudissements. « Vive la quille ! » Applaudissements. Un autre cria de la salle « Vive la Bretagne libre ! » Applaudissements.

« Quand on est plus de deux on devient cons », commenta Roger.

Sur le quai, il offrit une tablette de chocolat à

225

Léo-Paul. Musette à l'épaule, celui-ci se pencha à la fenêtre et quand le train démarra, regarda Roger s'éloigner, qui lui faisait signe. Ils avaient peu de chances de se revoir et se dirent secrètement adieu. Bravo Mario, De profundis Patrice, ô coqs valeureux ! Adieu, adieu Roger ! Et Léo-Paul eut la vision d'un énorme coup de vent emportant la perruque du routier. Quelle histoire ! pensa-t-il, en remontant la vitre.

ET alors, que va-t-il arriver maintenant ? se dit Léo-Paul en regardant défiler devant ses yeux un paysage vert, immobile, planté de lourdes maisons aux pierres grises, entourées de haies sombres d'où s'enfuyaient des oiseaux. Il tenait sur ses genoux le *Journal des guerres*, mais n'avait pas osé encore en commencer la lecture, un doigt seulement glissé entre la couverture et la première page... Que faisait-il là, dans ce train entre Rennes et Brest, à plus de cinq cents kilomètres de chez lui ? Il n'était plus certain d'être réellement là, assis sur une banquette dans le sens de la marche, une femme en face de lui, une cage en osier posée à côté d'elle d'où un chat poussait de petites lamentations régulières, comme réglées sur une respiration... Il lui sembla tout à coup se regarder courant vers un rêve qu'il s'était obligé de rencontrer, mais auquel il ne croyait plus. « Tu as changé, Léo-Paul ! » avait dit Cécile. Et elle était restée dans le vague quand il lui avait demandé à propos de quoi. Elle avait alors fait celle qui aurait découvert un secret et n'en dirait pas plus... Et s'il était ce truqueur qui s'illusionne d'être encore craintif et passionné d'océan pour continuer à conserver sa folie d'enfance, en gardant sur lui cette fleur desséchée comme un vieil amoureux trimbalant ses photographies jaunies...

La femme profita d'un de ses regards vers elle

pour vérifier s'il aimait les animaux et lui sourire. Mais pour éviter ce regard, il ouvrit le cahier de Claire et s'apprêta à une lecture. Et si l'océan n'était plus qu'un mot, pensa-t-il, auquel il s'accrochait pour ne pas se retrouver seul sans ses frayeurs passées... Il lut :

3 mai 1944. Je suis vierge du monde. Je ne connais de lui que ce morceau de terre quitté une seule fois pour aller à Monterville, à cinquante kilomètres, accompagner mon fiancé. Pourtant, je sais que je ne sais presque rien des quelque cent cinquante habitants qui m'entourent au village, je connais l'odeur de certains, je sais quelques-uns de leurs tics, leurs expressions familières... Je connais pratiquement l'intérieur des cinquante maisons, avec, pour certaines, le brillant des cuivres de la pompe à eau, la couleur des papiers peints... Mais je sais que je ne sais presque rien d'eux !

21 août 1948. Aujourd'hui j'ai été me baigner dans le lac avec mes deux amies L... et M... On a parlé de leurs maris, du mien, et, à mi-mots, du plaisir qu'on avait de « coucher » avec eux... Moi, je ne leur ai pas dit, mais c'est toute seule que j'arrive à avoir le plus de plaisir, et c'est cela qui m'effraie. Je voudrais tellement que l'amour soit cette chose unique et belle qui, à elle seule, ouvre toutes les facultés... Le bonheur, le plaisir, l'apaisement, la confiance... Alors je me demande si j'aime vraiment Kovski comme il faudrait que je l'aime pour que tout devienne accessible.

2 février 1949 ...11 h du soir. Manque d'argent, manque d'élan, manque d'amour. Ma vie est comme un chuchotement que personne n'entendrait. Je me retrouve devant ce journal comme devant ma glace, en train de me regarder et de me demander si c'est bien comme ça que les autres me voient, ces yeux, ce nez, ce profil. Parfois je n'ai pas l'impression que c'est la même personne qui écrit ces lignes un soir et les relit le lendemain, tant chaque journée est un gouffre où je laisse toute mon énergie...

21 juin 1951. Aujourd'hui, premier jour de l'été. Un client de l'hôtel du Parc m'a abordée alors que j'achetais des fruits... Il a dit : « Je vous regarde depuis une semaine et je trouve que vous ressemblez à Danielle Darrieux, on vous l'a déjà dit ? » Oui, on me l'a souvent dit, mais je ne lui ai pas répondu. Il m'a raconté qu'il habitait Marseille et dirigeait une entreprise de convois maritimes. Il m'a invitée aussi à monter dans sa voiture, une Vedette gris perle qui fonce à 120. Mais d'autres femmes étaient là tout autour qui faisaient semblant de ne rien écouter et qui n'en perdaient pas une... Alors, j'ai refusé... Peut-être que je le reverrai, il s'appelle François Lopez, et ses mains sont parfumées.

Des petits camions à trois roues circulent dans la ville, transportant les caisses de bouteilles d'eau. Une grande usine d'embouteillage est en construction à la sortie de la ville, ils disent qu'il sortira un million de bouteilles par jour. Cet après-midi, au croisement devant chez nous, une remorque s'est détachée et des centaines de bouteilles se sont cassées sur la chaussée.

Après l'hôpital, je suis rentrée par le parc, parce que ça sentait bon partout, les fleurs, les arbres, l'herbe des pelouses et j'étais heureuse que ce soit le premier jour de l'été. Eclairés par des projecteurs, des hommes et des filles jouaient au tennis et je les ai regardés... J'aurais aussi voulu savoir tenir une raquette et être à l'aise dans une petite jupe blanche plissée, montrer mes jambes et mes cuisses et courir sur le sable rouge sans me soucier des regards. Ou peut-être en y pensant, justement !

Je me suis inscrite pour septembre au cours d'aide-soignante et si j'ai le courage, je continuerai pour réussir à être infirmière diplômée. Pour l'instant, à l'hôpital, je ne fais que les ménages, les lits et je parle avec les malades qui semblent tous plus perdus les uns que les autres. J'ai encore cru être enceinte ce mois-ci, mais mes règles sont tellement capricieuses que je ne me soucie guère de leur retard... Je veux un enfant, c'est tout et on ne fait jamais attention Kovski et moi quand... Pourtant j'avais un moment commencé la méthode des températures pour pouvoir être enceinte au mois d'août et avoir un enfant en mai pour faire plaisir à ma belle-mère Tatiana, qui veut que son petit-fils ou sa petite-fille soit un Taureau, comme Stanislas... Mais moi, tout cela m'est bien égal, je ne demande qu'une chose : ne plus faire de fausse couche comme l'année dernière avec les jumeaux... J'ai été si malheureuse !

11 mai 1953. J'écris de moins en moins depuis que Léo-Paul est né... Peut-être parce qu'il y a de moins en moins à dire sur ma vie et que c'est la sienne qui est importante et qu'il va falloir le soutenir, pour qu'il arrive, lui, à trouver les mots un jour pour parler de tout cela... Les embarras et les silences, tout ce que je n'arrive pas à exprimer, même ici...

Je voudrais pouvoir tout dire de cette vie qui passe et que je sens parfois tellement m'échapper sans que je puisse crier... Mais le temps manque, les mots surtout. Pourtant, je suis étonnée de vivre, d'avoir réussi à faire un enfant... Et je pense à toutes ces femmes et à tous ces hommes, à tous ceux qui m'ont devancée, en survivant au froid et aux maladies, pour arriver jusqu'à aujourd'hui pour que moi je sois née... Et tout ce hasard qu'il a fallu ensuite pour que Kovski vienne en pleine guerre au sémaphore, me rencontre, que mon visage lui plaise et que Léo-Paul mon amour prenne corps...

Il faudrait pourtant oser... Oser parler de tout, de ces gestes sous les draps, des pensées cachées derrière les bienséances quand les corps sont nus, les silences à vif et que la nuit permet tout... Fenêtres éclairées cachant les conversations... murs épais des maisons... habits... tout s'arrange pour que la peau ne se voie pas, pour que les mots ne se disent pas.

Même si je suis de plus en plus certaine que l'amour n'est qu'une idée inventée, une sublime idée, je souhaite de tout mon cœur que mon fils le rencontre là où il vivra, et que cette rencontre multiplie ses forces pour l'aider à exister mieux que moi j'aurais existé, infirme d'une histoire grandiose dont j'avais si fort rêvé, que lorsqu'un inconnu se présenta, je réussis à lui faire entrer mon rêve dans la peau et à me donner ensuite l'illusion que c'était lui qui l'avait créé... Je m'appelle Claire Kovski, et je voudrais être une femme qui parle, qui sait utiliser les mots et le vocabulaire pour que l'on m'écoute et que l'on m'entende. Je veux que l'on sache que ce n'est ni l'argent qui me manque, ni l'imagination, mais seulement *la parole*... Pour séduire, pour convaincre, intéresser, contredire, exposer... Etre un repère de là où je me trouve, à chaque instant. J'ai beaucoup de difficultés à écrire ce que je voudrais pouvoir dire avec des mots sonores, qui arriveraient directement aux oreilles, comme des murmures, des caresses ou des rafales... Ma main essaie de prendre la place de ma bouche parce que les mains sont silencieuses et se servent de la nuit et du secret pour faire leur travail de l'instant... J'aurais voulu être une femme qui sache crier... Et mes doigts n'écrivent que mes dérives, moi qui voudrais être un continent... Mais sur le...

C'est tout empli des mots de sa mère, et de son visage d'aujourd'hui qu'il arriva en gare de Brest. Bouleversé, ému, il était encore plein des phrases d'inquiétude, de désillusion, de colère qu'il venait de lire...

... Il la vit, en essayant avec le souvenir de photographies de retrouver son visage grave de toute jeune femme, seule le soir assise à la table de la cuisine, cherchant et peinant devant son cahier ouvert, du café chaud à côté d'elle. Il eut envie à l'instant d'être près d'elle, lui dire des mots d'amour comme s'il s'agissait de Marie Koringer, lui dire qu'il était fier de vivre auprès d'elle...

A la gare routière, on lui indiqua l'autobus qui allait au Conquet, en passant par la pointe Saint-Mathieu. Après avoir acheté le ticket, il demanda s'il y avait un endroit pour envoyer un télégramme... Il avait oublié qu'ils avaient le téléphone. Mais la poste était loin, et le moteur tournait déjà de tous ses cylindres.

L'autobus traversa un bras de mer, ou un fleuve, Léo-Paul ne sut pas trop. Il aperçut, sur sa gauche, l'arsenal de la ville, ses bâtiments de guerre alignés dans le lointain et eut le désir fugitif d'un monde qui exploserait, pour pouvoir aussitôt après le recommencer à quelques-uns... Recommencer la longue histoire des gestes et des désirs, en traquant chaque silence, chaque mot resté à l'état de songe, de peur d'être lancé aux oreilles ou à la figure des autres.

C'est une haute tour en ciment blanc, peinte en rouge à son sommet, qu'il vit en premier... Le phare de la pointe... Le chauffeur lui fit signe de se préparer. Il referma le *Journal des guerres*, qu'il avait gardé à la main, le glissa dans son sac de cheminot et tira les deux boucles en laiton qui servaient à le fermer. L'autocar s'arrêta. Son sac à l'épaule, Léo-Paul fut seul à descendre. Il attendit que le bruit du moteur se fût perdu, mélangé un instant avec la rumeur de l'océan, pour avancer. Il avait reçu le vent en plein visage dès sa descente du bus, et là, il ne chercha pas à savoir où se trouvait la maison de Langhome, il avança droit devant lui, vers l'endroit d'où venait la rumeur, vers l'océan qu'il ne voyait pas encore. Il avança vers le phare, dépassa une sorte de chapelle antique en ruine, au-delà de la falaise, il l'aperçut d'un seul coup, immense, plus grand que ce qu'il avait jamais pu imaginer, et d'une couleur qu'il n'avait pas prévue : il était blanc, brillant comme une lame. Le soleil, tout en haut du ciel se reflétait à chaque mouvement de l'eau, et c'était un scintillement mouvant et infini de la lumière, l'écume de chaque crête de vague aspergeant ce miroir à facettes de milliers de grappes pâles qui semblaient rebondir comme la neige sur le lac des Evêques quand il était gelé. Il n'eut pas le temps d'en voir plus qu'un bruit fantastique mêlé au vent lui arriva tout à coup, émergeant du silence et il crut alors qu'il venait de rencontrer un volcan par où s'échapperaient les fracas du centre de la terre. C'était donc tout cela l'océan, une machine blanche qui ne cesse d'envoyer des sons... Des rochers sombres étaient en bas comme dans tous ses rêves, et se laissaient fouetter par l'écume pour aussitôt s'en trouver déshabillés et imposer à nouveau leurs aspérités brunes... L'écume à nouveau...

La falaise était à pic et c'est plus loin, laissant derrière lui le phare et l'abbaye, qu'il trouva le chemin qui conduisait à la lisière des langues d'écume... Y aller tout de suite... S'approcher, voir, écouter... Descendre près de l'océan, tout près, le cul sur les rochers, écouter la rumeur de l'angoisse, plaie de la terre ouverte, sang marron des falaises glissant contre le ciel... Plus il s'approchait de ce point de jonction fluide entre son passé de continental et cet instant qu'il ne retrouverait plus jamais, plus son cœur cognait et une sourde étreinte oppressait sa poitrine... C'est moi, pensa-t-il, c'est moi !... Il se reconnaissait à nouveau et retrouvait l'authenticité de l'attirance qui l'avait poussé jusqu'ici. Désir intact et peur mêlés, inspirés par Stanislas le cordonnier pour cet océan stoppeur de voyageurs venus de l'Est, châtieur divin pour cette engeance de bandits installés dans le dernier pays, Léo-Paul sut qu'il était arrivé aux confins de ses divagations, là où avait affleuré son imagination et où avaient pleuré ses ancêtres, de la rage et du désespoir de ne pouvoir aller plus loin.

« Océans du monde, prononça-t-il, quand ses pieds touchèrent les rochers et que les couleurs vertes et sombres reprirent leur pouvoir sur les reflets du soleil, je vous ai apporté mes histoires venues de l'intérieur des terres, là où je vis... Entendez les mots recueillis, venus de tous les lieux, puisque chaque lieu est un mystère où s'agite le mouvement des pneus des voitures, des semelles de chaussures, des ains qui posent et qui agrippent, des sentiments de rébellion, de nostalgie ou de révolution... A chaque instant naît un désir, et ceux que j'ai découverts, que j'ai vécus, inventés sont là pour moi (il désigna sa sacoche en cuir)... Je suis du ciel et de la terre avec mes vêtements posés sur mon corps rempli déjà de mes attirances pour d'autres corps, à la recherche de pouvoirs indéfinis... Retrouver alors la neige des premiers jours où chaque désir s'est accroché à un cristal tombé des cieux, éclatant et unique, pour se fondre à la lumière, traverser la terre et parcourir les chemins qui conduisent ici, au bas de cette falaise, où chaque bruit se retrouve et s'ajoute au va-et-vient, pour se cogner aux vents et aux rochers...

« ... Je suis venu ici sans rien d'autre que mes visions de femmes et de cargos mélangées, somptueuses et en instance, toujours prêtes à franchir la rambarde qui sépare le vu et le supposé, ce que je sais et ce que je voudrais tenir pour vrai, parce que cela ne peut être autrement dans mon harmonie... Quais, rails de chemins de fer, cheveux de Marie Koringer, tout se tisse derrière mes rétines, et c'est sur ces points aveugles que j'ai emmagasiné toutes sortes d'incendies... Plaintes et complaintes, je ne suis pas musicien, mais je connais toutes les chansons, celles qui dérident ou font pleurer parce qu'elles atteignent l'endroit de la peau où naissent les frissons... Dans un lac gris et sans vagues, j'ai appris un jour d'été le goût d'une autre bouche, vénéneux, doux, mortel, cruel... Son souvenir est resté dans chacun de mes gestes pour me donner la vitesse d'une balle s'enfuyant d'un revolver... Poussé par mes histoires d'avant, parties d'un cirque de Cracovie, ou d'un pays plus lointain, territoire d'azur et d'eau salée, me voici... Sans geste, immobile, ma morale restée sur la falaise, je viens chercher mes autres vies, celles antérieures et futures, celles dont j'ai besoin pour que l'apparence de celle-ci se laisse ronger par le dérisoire... Je viens m'approprier les masques des anges et des démons et circuler sur chaque territoire engoncé de ces sortilèges où je pourrai rire comme un porc et pleurer comme un bâtard des rues... Où naissent et meurent les arcs-en-ciel ? Où se liquéfient les mensonges et les promesses de beauté ? Je ne viens chercher qu'un trésor de dédoublement : être vivant à côté du monde et en lui, pouvoir, à chaque instant d'ennui et de torture, inventer un enfer plus doux, un paradis plus terrible où grelotter à mon aise, entouré des remords qui ne m'assailliront pas et de luxueux vaisseaux d'où s'envoleront des chevelures filasse et parfumées...

« Mon enfance s'arrête à cet instant... Plus jamais je ne me retournerai pour retrouver une de ses traces de grâce et de perversité. D'elle je m'évade. De cette prison de caresses tendres, je ne garderai qu'un souvenir vague de marchand qui a vu passer dans sa réserve nombre de grands crus qu'il n'aura pas consommés... Je fuis, voleur, hors du convenable et des rapports policés, n'emportant que l'essentiel : l'état de permanente obscénité sur lequel chaque enfance s'est assise, à l'insu du monde qui l'observait perclus de gestes inutiles, ayant tout oublié de cette vulnérabilité-là.

« Océans ! Océans ! J'écouterai inlassablement chaque foisonnement incompréhensible, chaque surabondance sonore, je serai un écouteur de première, tentant de surprendre à travers cette cacophonie tous les signes de pureté et de noirceur, là où se remplacent les éclairs et les poisons, là où tombent les églises pour que naisse la brume... Je serai un faiseur de brouillard et d'incertitude pour que la vérité qui n'existe pas ne soit pas la propriété usurpée des dictateurs qui auront fait croire qu'ils l'ont rencontrée... Je me battrai contre la mort du monde qui recommence à chaque seconde avec le premier prêtre venu annonçant ses certitudes... »

Les rafales de vent se succédèrent et Léo-Paul, qui n'avait qu'un blouson sur un T-shirt, eut froid de partout. Les yeux envahis d'eau et de couleurs, il se retourna et gravit en sens inverse le chemin qu'il avait emprunté quelques instants plus tôt.

Dans le seul restaurant du lieu, où quelques tables vides n'attendaient visiblement aucun client, on lui indiqua où se trouvait la maison de Langhome. Isolée entre la route qui remonte au Conquet et l'océan, elle semblait la dernière du lieu-dit. Par la fenêtre, Léo-Paul le vit lire une lettre qu'il venait certainement de recevoir, puisqu'il en tenait encore l'enveloppe décachetée dans la main. Il le laissa terminer avant de cogner au carreau. L'écrivain fut aussitôt dehors et le prit dans ses bras...

« Ça alors... Ça alors ! »

Il n'en croyait pas ses yeux. Puis, concret :

« Tu arrives juste pour déjeuner. »

Ils passèrent des jours en balade à pied tout autour de la pointe, allant voir les plages de sable de Plougonvelin, revenant par Kérinou et les menhirs plantés au bord de la petite départementale. Une nuit claire ils virent les phares et les balises tournant et clignotant dans la mer d'Iroise et le chenal du Four pour guider les bateaux. Repères de la nuit, phare de la Grande Vinotière, des Trois Pierres, phare de la Jument et des Vieux Moines, on aurait cru des étoiles plantées dans l'eau de l'océan... Un matin, ils partirent à pied pour Le Conquet, firent un écart avant d'arriver, par la pointe des Renards, regarder la houle déchiqueter les rochers... Grandes gerbes blanches de poussière d'océan retombant en milliers de minuscules pluies, bruits d'orages et ruissellements... Léo-Paul avait emporté sa musette noire de voyageur et y avait glissé cette fois un jéroboam trouvé chez Langhome, dans lequel il avait glissé toutes les lettres apportées de Monterville. Scellée à la cire à cacheter, selon un rite retrouvé, la bouteille affronterait le temps et le hasard, les tempêtes et les coques de navires. Après avoir mangé à quai, ils embarquèrent sur un casseyeur bleu et blanc conduit par Mahé, un pêcheur ami de Langhome. Ils allèrent

jusqu'à Ouessant et firent le tour de l'île, bien au large de cette forêt marine de pierres noires émergeant comme des pins déformés par le vent. En passant près de la pointe de Créac'h qui amorçait déjà leur retour, des cormorans huppés et des pétrels vinrent tournoyer au-dessus du bateau et le suivirent pendant un mile environ pour repartir vers la baie de Lampaul, virant d'un seul coup comme s'ils répondaient à un signal secret ou à un appel apporté par le vent. Comme s'il avait hésité au tout dernier moment, c'est seulement en arrivant en vue de l'île de Molène que Léo-Paul sortit la bouteille de sa musette... Il regarda au travers de la paroi les billets pliés, enveloppes cachetées. Frédéric, Simon, Cécile et tous les autres, entremêlés, côte à côte, ils étaient là... « Mes petits trésors inutiles », pensa-t-il, puis de l'arrière du bateau, du geste le plus violent qu'il puisse faire, le visage froid, presque marqué de colère, il lança au loin les histoires des enfants de Monterville. Et il les vit flotter entre les creux des vagues, ballottés, monter puis redescendre, le bateau s'éloigna et la bouteille se perdit. Il la vit une dernière fois au sommet d'une vague, puis elle se confondit avec les autres reflets. Et c'était comme s'il avait regardé jaunir en temps raccourci une photographie parlant d'un temps avec lequel il ne voulait plus avoir affaire. D'un regard dépourvu en apparence d'émotion, il se retourna vers Langhome :
« C'est fini... »

Chaque soir, ils regardèrent ensemble les images de la télévision. Le matin, circulant dans la grande maison, Léo-Paul entendait la machine à écrire de l'écrivain frapper doucement, s'arrêter, puis reprendre. Charles D. Langhome écrivait un nouveau roman et, s'il semblait toujours aussi disponible que lorsqu'il jouait tous les matins au golf dix-huit trous de Monterville, il y avait plus de préoccupation dans ses attitudes... Une sorte de cynisme se mêlait au plaisir évident d'écrire quelque chose de nouveau. Léo-Paul l'interrogea sur son travail, et avec quelques réticences, Langhome accepta de parler... « Tout est encore incertain, et, si je connais à peu près le scénario, je bute sur mille difficultés d'ordre bien différent. Le style... la forme... Comment vais-je pouvoir glisser à travers une histoire tout ce que je hais en ce moment, ou la façon dont j'aimerais voir le monde évoluer. La distance que je vais mettre entre les gens qui parleront et ce que je dirais, moi, dans la même situation... C'est ce qui fait la différence entre un roman et une histoire à raconter à la fin d'un repas de noces, dans laquelle il n'y a qu'une suite de faits et d'événements à enchaîner pour obtenir un effet. Dans le roman, il y a bien sûr aussi une intrigue, une dramaturgie si tu veux, mais il y a aussi à côté, tout un écheveau de couleurs et de matière qui font qu'il deviendra un morceau de la vie du monde... Ne crois pas que je me défile en te disant cela... Voilà ! C'est l'histoire d'un affabulateur qui raconte sans cesse autour de lui qu'il est en train d'écrire... un roman justement ! Un jour, il annonce qu'il en est à la page 126, puis un peu plus tard à la page 248, puis 552, puis 1234. Chaque fois le chiffre est très précis, ce qui tend à accréditer le fait qu'il écrit bien ce roman. Mais dans la petite ville où il habite, si chacun le questionne sans cesse au sujet de son roman, personne ne lui demande en revanche d'en préciser le contenu... Par convenance, amitié, gentillesse peu importe, il y a autour de lui un consensus pour ne pas le mettre dans l'embarras. Parce que tout le monde le connaît et l'aime bien, et comme justement on le connaît bien, chacun sait pertinemment qu'il ment, qu'il n'écrit rien et passe son temps à courir les filles, à boire au café, à rôder la nuit aux abords des forêts et sous le tunnel d'une ligne de chemin de fer désaffectée qui traverse une colline que les constructeurs n'ont pas pu faire sauter. Un jour, arrive dans cette petite ville un homme, je l'appelle Le Visiteur – et ce sera probablement le titre du roman – que personne n'a jamais vu encore et qui rencontre un soir dans un café notre affabulateur. Le nouveau venu, innocent, demande à son nouveau compagnon de rencontre ce que peut bien contenir ce gros roman dont il entend parler depuis qu'il est arrivé. L'autre, au pied du mur – puisque bien sûr, il n'a pas écrit une ligne – se lance alors, pour ne pas perdre la face, dans la plus extravagante et terrible histoire que l'on ait jamais entendue. Toute la nuit, il parle, raconte, invente, donne des détails, décrit des décors, improvise des dialogues (de mémoire, ajoute-t-il) devant son interlocuteur fasciné. Le lendemain matin, ils se séparent, Le Visiteur quitte alors la ville en répandant dans le monde entier la nouvelle : il vient de lire le plus grand roman de tous les temps ! Voilà.

Chaque nuit, Léo-Paul se rendit tout en bas de la falaise, tout entier disponible aux sonorités, cris et chuintements qui arrivaient vers lui comme des ouragans. Là, il enregistra toutes sortes de langues jamais entendues, mots épars estropiés, rugosités, visions de marins en perdition, des sexes de femmes imaginés collés à leurs dernières obsessions, ultimes réalités d'où s'enfuyaient leurs vies... Halètements, chuchotements, crissements, appels, lamentations, rires, hoquets, supplications, effleurements, hurlements, exhortations, ordures, psalmodies, déclarations, hystéries, récriminations, bruissements, écoulements, détonations, injonctions, chants, fureurs, piaillements, criaillements, mélodies, toutes ces catégories sonores l'enveloppaient et le harcelaient à chacune de ses descentes vers le bord des écumes. Langhome le laissa seul, prétextant sa peur et les rochers glissants...

Des heures, habillé d'un ciré noir trop grand, une

couverture jetée sur ses épaules, il resta assis sur les talons, se relevant, marchant dans la nuit, essayant de capter tout ce qui parvenait à ses oreilles, se faufilait entre ses cheveux, ses narines, glissait sur la peau de son visage, le long de son cou... Traqueur de sons, il décrypta les mots oubliés, perdus, triturés par les dents déchaussées et le temps... Il s'attendit à être interpellé, invitation à descendre plonger son corps au beau milieu de cette fureur. Et les roches dures des falaises qui renvoyaient instantanément chaque son, chaque syllabe mouillée, chchchwwikk... chchchwwikk... Temples engloutis aux petits rois ardents jouant de l'orgue assis sur des coussins, anguilles faufilées, baleines traquées et leurs cris d'enfants à qui l'on coupe trop court les ongles... Infatigables roulements des rouets, machineries de paquebots, rafiots de pêcheurs, musées d'animaux vivants présentant la terreur d'un monde qui se serait fait sans eux, shillings dégringolant d'une table irlandaise...

La pluie d'un seul coup tomba, et le bruit ne fut pas augmenté d'un crachotement de plus. Léo-Paul remonta la couverture au-dessus de sa tête et, sans bouger, rechercha dans les quelques reflets de la lune ainsi voilée, les traces d'un navire fantôme... Le phare de la Pointe, invisible de là où il se trouvait, accrocha de sa lumière tournante les gouttes de la pluie, et Léo-Paul s'imagina danseur argentin d'un bal aux abords de l'enfer, cerné de tous ces éclats lumineux qui tourbillonnaient dans un ciel éteint... Distrait par cette pluie, il attendit qu'elle finisse pour écouter à nouveau... Ecouter ce martèlement sourd des menhirs et des femmes du Niger orpailler dans les calebasses l'eau des fleuves pour en récupérer les paillettes dorées... Le bout du monde !

Syllabes dégoisées, dégobillées, crachées, éructées, reniflées, pleurées... Jésalusss... Wotemma... Râââ... Une bouche lançait des appels au secours / - - - - / - - / - - - - / - - - - - / - - - / - - - - - / - - - - / - - - - - - /

– – / – – – / – – / sémasonores, morsures avides...
seinn fion, seinn fion's araun, absolument fortis-
simo, crescendo jusqu'à l'oubli et tout recommence
comme après, à la clef dièses, bémols, bécarres, toutes sortes d'altérations dérapant entre les quarts de
tons, huitièmes, voix de cantatrices glissant au travers des chromatiques, scies musicales chancelantes,
chiantes, pleureuses, ondées, grisements progressifs,
enfants hurleurs de minuit, cauchemars barboteuses,
aïe, aïe, wouhh, pfiaff, pfiaff, aaran, aaran, synnge,
synnge, doerehmoose genuare, haerva, haervaaaa,
inishmore, inishmaan, inisheer, guinessssisigood, eiz
dez araog, eiz dez gounde, tourmant sant Vaze, eo
koulskoude, stiffff, chuuuuaaaaassssssss, fll, tha foru
menn milli theira melholm skotakunungs ok gredu
their sett milli sin skyldi magnus konungreignask
eyjar allar their er liggja fyrir vestan skotland, angé-
lus, cloches clochards, le bris, kernoa, muses, cornes
de brume, vapeurs, matine, pincements de cordes
clavecinées, éclatées au ras des crêtes, coqs, dau-
phins, iiiyu, Achabit drolatique, steamers barbotant,
coorkk... il faudrait... heil... je t'aimais, je t'aim, tu ne
m'écoutes pl... je t'aime et tes oreilles de choux,
pavillon d'or, je t'aime à la lisière des nuits maléfik,
amour de garnison fraîchement décoré... sur Le
Caire loin des pyramides, marteaux piqueurs, au
moment du 6 août 45... musique des R, rythmée,
répétitive, religieuse, rituelle, ce jour-là le bruit des
chars couvrait les appels au calme, j'accuse, caruso,
haute-contre et pour, gonades out, du fond du palais
des eunuques allèrent chercher la favorite qui vint
s'agenouiller devant le sultan face à terre la musique
des violons entama le chant de la soumission et de
l'amour puis un sabre siffla dans l'air et la tête de la
jeune fille roula sur les carreaux de mosaïque bleu et
blanc... M'mon père je m'acc... jje m'acc... je m'ac
d'avoi, avoir envié l'la ffeemmmee, femm, de m...
aux armes citoyens... sang impur et sillons... le vent
se faufile devant les persiennes... je voudrais telle-

ment vous aimer puisque vous êtes belle de partout, mais que cela reste entre nous je ne sais pas aimer, je ne sais pas me glisser vers une autre moi, pardon n'est-il pas... Marianne au bord de l'éternité retrouvée... quoi... Marianne au bord... chchchchcchchcuuuuuiiééé... algonkinn... vagues, pétroliers, torrey, you you you, écoulements, écoulés, gouttes, pluie, orage, torrents, typhons, raz, ouragan, tempête, marée, attirance, reflux, détestance, flux va-et-vient, tchic tchic, guerres vagues, bleu blanc rouge et or, depuis le temps, débuts recommencés, premières phrases, eaux tristes, en Alsace aux environs de 1850 un instituteur... pétarade vélomoteur, casques tombés, les chenillettes du char crapoutchent la terre, barrage, où que tu sois creuse profond, en bas est la source, la source qui creuse, ravine, fuit, transgresse, cavale vers le point o avec ses cadavres de chevaux, muselières nouées...

« Je voudrais vous parler loin, hurla-t-il dans la nuit, longtemps, avec des mots qui ne seraient pas seulement des mots, mais qui conduiraient jusqu'à la mer, au-delà du ciel, des estuaires et des limites de la terre, je voudrais vous dire que je suis là où je suis, avec seulement ma tête et des nuages à l'intérieur, un serpent enroulé qui sommeille et les sept montagnes de Rome veillant tout autour, c'est de la vie qu'il s'agit, la mort est une autre histoire dont on ne connaît pas la fin, la vie, elle, n'a pas de début, elle est de la lumière de la chaleur et de l'eau et elle n'a jamais commencé, elle était déjà dans le vide, dans les étoiles, dans l'espace à tout moment et en tout lieu, c'est elle qui a permis que l'on raconte son histoire en se trompant chaque fois, elle ressemble aussi bien à un briquet posé sur la table, qu'aux traces d'un skieur qui glisse le long d'une montagne, elle descend les torrents et va dans les canalisations souterraines des villes, emporter les cheveux tombés dans les siphons phons phons des lavabos et les cotons rougis, engorgés du sang des femmes... Elle est la fumée des havanes à trois sous, le cri, et exactement aussi ce camp de réfugiés d'où filtrent les regards et les odeurs de pumas blessés. Parce qu'elle n'est pas forcément belle et jolie, elle est aussi injures et jalousies et peut tenter le suicide, le crime et l'oubli pour ne pas se perdre totalement. Elle fleurit les cimetières, les autels, les églises et parfois se trouve accrochée sur les vestons d'hommes aux cheveux ras, elle invective, assassine, soudoie, pervertit, embaume, elle ordonne, obéit, transgresse et fait le geste de briser les os de ceux qui la persécutent. C'est d'elle que je veux parler, parce que ma tête est remplie de nuages, un serpent y est enroulé, gardé par sept collines où fleurissent des gentianes, du basilic et une pensée sauvage... »

Brusquement, Léo-Paul se mit à trembler, ce n'était ni le froid, ni le vent... Un cliquetis arrivait de la mer, déjà entendu au cinéma, un roulement de chenillettes sur le goudron défoncé des routes de la guerre... Pans de murs qui s'écroulent, canons, crépitements des flammes des maisons en feu... Une poutre maîtresse se brise avec le déchirement des siècles de sécheresse et de rigidité... Claquements des bottes, armements métalliques des pistolets, des voix humaines hurlaient au-dessus de tout cela des ordres incompréhensibles qui résonnaient dans les rues désertées... La chasse au résistant commençait, à la sortie des caves, escaliers, puits, maisons isolées, presbytères... L'océan apporta tout cela avec des chants d'église où des villageois enfermés attendaient... Chants de ferveur s'arrêtant d'un seul coup à la première explosion, dans le fatras des plaques de plâtre et dans l'effondrement des statues, crépitant sur les bancs de bois, vitraux déchiquetés, morceaux de couleurs tombés sur les dalles humides où sont enterrés d'anciens princes de la ville... La guerre... La guerre avec ses milliards de petits cris

restés collés contre les pierres d'étouffement...
Simon, tes mots! Il y eut alors cette voix tremblo-
tante, une voix vieille qui l'interpellait, quelques
phrases prononcées dans un habit rayé, un numéro
bleu tatoué au poignet... « Mon grand-père Stanislas, murmura Léo-Paul, mon grand-père aimé, mort
de nazisme dans un village polonais... » Là où il
avait peut-être exhibé son faux zèbre quelque trente
ans plus tôt, quand il remontait de Cracovie vers
Varsovie... Peut-être s'était-il arrêté dans un char-
mant hôtel fleuri, devenu entre-temps l'hôtel du
Camp, où s'installaient les dignitaires et peigne-culs
nazis qui voulaient contempler ce qu'était devenu le
peuple juif, un peuple à rayures, têtes baissées, qui
avançait en trébuchant dans la boue et la neige,
plein de bestioles dans les cheveux et qui ne sait plus
que répéter Oy Vey, Oy Vey!

C'est la veille du départ de Léo-Paul qu'Ann Kramer, la nouvelle traductrice de Langhome, arriva de
New York. Le vieux David Hill étant mort l'hiver
dernier dans son chalet du Vermont, Simon & Shus-
ter, les éditeurs américains de Langhome, l'avaient
choisie; elle avait moins de trente ans. Elle apporta
des parfums indiens et des livres de poésie édités par
City Lights, un éditeur de San Francisco... Pound,
Corso et Whitman. Sur l'un des livres, une dédicace
imprimée, *for Carl Salomon*, en page de garde et à
la suite sur la même page, manuscrit cette fois... *A
Charles D. Langhome, ce voyage aux enfers... Allen
Ginsberg.*

« Cadeau! dit Ann.
– C'est gentil à vous... Je ne sais quoi vous
dire... »

Langhome était troublé et agité comme un adolescent surpris... Deux ans auparavant, il avait passé
une soirée dans l'appartement de Stuyvesant Avenue
où Ginsberg, de retour d'une tournée dans les uni-

versités américaines, avait fait scandale en proposant aux jeunes gens qui ne voulaient pas partir au Viêt-nam de déclarer aux autorités militaires qu'ils avaient dormi avec lui !

« Ce soir-là justement, raconta Langhome, Carl Salomon était arrivé avec une harpe dans les bras en hurlant « Mon Dieu, offrez-moi une Mercedes-Benz ! Mon Dieu, offrez-moi une Mercedes-Benz ! »

Ann Kramer voulut tout de suite se rassurer et demanda à l'écrivain :

« J'ai traduit votre titre : *Décomposition d'un amour* par *Decay of a love*, est-ce que cela vous plaît ?

– Il me semble, oui, répondit Langhome.

– J'ai beaucoup hésité, dit-elle, parce que *Decay* en anglais, comme en français d'ailleurs, joue sur deux significations : il y a le sens de désorganisation, mais aussi celui de pourrissement. Et c'est ce dernier *pourrissement* qui l'emporte dans *Decay of a love*, plus qu'en français où l'ambiguïté sur les deux sens reste plus équilibrée...

– Gardez votre titre, Ann, parce qu'il s'est bel et bien agi de pourriture à la fin de cette histoire-là... »

Une onde imperceptible de tristesse ou de lassitude traversa le regard de Langhome et toute l'allure de son corps. Puis il proposa aussitôt d'aller manger du homard à Lochrist, pour fêter l'arrivée de la jeune Américaine. Ils y allèrent à pied, en passant par le chemin bordé d'ajoncs, où les roches d'un gris rose argenté affleuraient la terre. Au retour, l'écrivain les fit passer par le Gibet des Moines où se dressaient deux stèles surmontées de croix, face à la mer d'Iroise. Ils firent des photos, se repassant l'appareil plusieurs fois.

Avant de monter dans l'autocar, le lendemain matin, Léo-Paul embrassa longuement Ann Kramer, aspirant le parfum qu'elle portait et qui émanait de ses épaules, de tout son corps. Il n'osa pas lui en demander le nom ni la marque. Langhome le tint serré contre lui à son tour et promit d'envoyer les photos qu'ils avaient prises ensemble. S'il ne lui avait rien demandé au sujet de ses promenades nocturnes au bord de l'océan, il lui chuchota cependant :

« Ne crois jamais que tu es arrivé quelque part, il y a toujours un départ, à côté, ou un peu plus loin... Si tu ne le trouves pas, cherche-le encore, et va-t'en de là où tu t'étais cru arrivé... »

Léo-Paul les vit rester sur le bord de la petite route, le phare de la pointe Saint-Mathieu derrière eux. Ils lui firent des signes, Langhome en agitant tout le bras, Ann Kramer la main seulement, puis se retournèrent et partirent l'un contre l'autre, comme un couple qui aurait à débattre d'une paternité, ou de la meilleure manière d'élever un enfant qu'ils viendraient d'adopter.

A mon retour, je ne revis pas Simon. Comme s'il avait profité de mon absence, il s'était enfui vers Nancy pour y habiter. Depuis, j'ai appris qu'il travaille à la Pépinière et qu'il loge dans un minuscule studio d'une maison du vieux quartier, près de la place de la Carrière. Retrouver Françoise Hausène ? S'isoler ? Personne ne sut me le dire. Lui qui m'avait toujours fait comprendre qu'il voulait tout savoir de cet endroit où nous vivions, il était le premier à le quitter. Il n'y avait ni lettre, ni signe, ni message. J'ai eu beau faire le tour de ses dernières pelouses, de ses derniers parterres de fleurs, je n'ai rien trouvé de significatif, sinon que la fleur équivalente de Marie (la pensée) se retrouvait partout, à chaque instant...

Quand le jour de la rentrée, j'ai aperçu Marie dans la cour du lycée, je ne me suis pas approché d'elle. Elle avait coupé ses cheveux et portait un foulard rouge noué autour du cou. J'ai pensé alors qu'il fallait laisser le temps nous rapprocher... Quand elle vient dans mes rêves, elle est une vraie femme (je veux dire adulte) et elle parle doucement d'une voix que j'entends à peine... Chaque fois que je vais pour l'embrasser, ou poser ma main sur ses hanches ou ses épaules, un empêchement surgit... son père... un accident de train ou de voiture... Parfois aussi un grand jet de lumière aveuglante qui fait que nous nous retrouvons avec une foule de gens autour qui nous regardent et parlent entre eux en mettant leurs mains devant leur bouche.

Je l'observe parfois pendant les cours de français (qui sont les seuls cours avec l'éducation physique que les modernes et les classiques aient ensemble)... Je la vois attentive à ce qui se dit dans la classe et pourtant, je suis certain qu'elle est absente... Mais quel est son ailleurs ? Je ne sais déjà rien de là où elle se trouve quand je la regarde... Pourtant, je voudrais la toucher, caresser sa peau, la déshabiller encore et encore jusqu'à ce que nos histoires s'échappent, qu'elle sache de moi les bruits de l'océan, avec toute cette cargaison de murmures qui se sont logés dans mes nerfs, que j'apprenne d'elle l'histoire de sa première frayeur et comment elle a cru marcher un jour de l'autre côté de son corps, juste pour vivre en arrière et redevenir cet embryon où tout était possible... Elle me regarde de temps en temps, sourit légèrement comme s'il y avait tant à dire, ou désolée qu'il y ait si peu... Comment savoir... J'attends ! Je ne peux qu'attendre... Attendre qu'elle décide, elle, qu'elle tende ses bras, sa bouche, un peu de sa vie vers ici, là où je vis... Vie réelle, amour réel, c'est quand je pense à elle que je sais que je vis, que je suis bien là, comme un coureur qui va partir, appuyé sur ses starting-blocks, détaler vers le monde et toucher les objets, inventer et prendre les sentiments, ne pas me contenter d'utiliser des répertoires de noms, mais savoir et connaître les intérieurs, savoir de quoi est faite chaque déclaration, chaque évocation... Je la veux vivante près de moi, pas pour la tuer ni me gorger de ses divagations, mais pour que nos vivants se mêlent, sans s'ajouter, se mélangent subtilement, cristallisent, précipitent pour inventer un échantillon d'homme/femme autonome et qui n'a rien à voir avec ce qui les a composés, devenir un HF ou FH, nouveau corps chimique indissociable...

Nous avons commencé à parler pendant le cours d'éducation physique... Je suis resté à courir près d'elle pendant un quinze cents mètres tout autour du golf, et comme il y avait le prétexte de la course et le souffle qui entrecoupait chaque phrase, il y eut un moment entre volonté et hasard qui permit que l'on parvienne pour la première fois à reparler sans le fantôme gênant d'un désir (le mien) non dit, mais présent, et sa neutralité supposée (non dite elle non plus)... Avant d'arriver face à l'hôtel Ermitage, la ligne d'arrivée de la course, elle m'a dit : « J'ai une façon de penser à toi, Léo-Paul Kovski, plus simple que tu ne l'imagines, et qui t'étonnerait si tu l'apprenais. »

Claire avait décidé d'apprendre l'anglais. Elle choisit une méthode avec des disques à acheter tous les quinze jours, et essaya sans cesse d'introduire dans la conversation courante les mots nouveaux qu'elle venait de rencontrer. André Kovski ne disait rien... Comme s'il vivait ailleurs, il regardait sa femme s'enthousiasmer, absent, à l'extérieur de ces endroits où se disaient les mots et s'élaboraient les conversations.

Un nouvel élève fit son entrée en seconde, Alain Lesueur. Au début de l'année scolaire, il fut remarqué par une provocation nonchalante qui consistait chaque fois à en faire trop ou pas assez, et ce, d'une manière imprévisible. Il pouvait être intarissable sur la littérature allemande, russe, sur la stratégie napoléonienne à Austerlitz ou sur les couches géologiques des roches sédimentaires de la région, puis rester muet le lendemain sur un sujet de chimie ou d'actualité, invoquant son urgence personnelle et que par conséquent le sujet n'était pas encore à *son* ordre du jour. Ses lunettes rondes lui donnaient une allure austère démentie par ses provocations toujours accompagnées de sourires qui irritaient au plus haut point les professeurs qu'il narguait. Comme il n'habitait pas Monterville et arrivait chaque matin par l'autorail, Frédéric et Léo-Paul le virent peu en dehors des cours, et leurs rapports eurent, dans un premier temps, une complicité restreinte. Cette restriction prit fin juste à la fin du premier trimestre, car sans s'être consultés, ils furent les héros du dernier cours de français de l'année.

21 décembre 1967 : le Sauvage rend les copies de la dissertation remises par les élèves huit jours auparavant. *Sujet : Avez-vous une ambition ? Si oui, laquelle ?*

Eugène Savèche : professeur de français, directeur du lycée de Monterville, assis derrière le bureau surélevé de la classe. Lunettes d'écaille à double foyer, qui font d'incessants va-et-vient entre les extrémités de ses doigts et le sommet de son nez. Cheveux gris, raie au milieu, imposée par deux longues mèches rebelles tombant à tout instant de chaque côté des yeux, d'où le geste fréquent de rejeter la tête en arrière pour tenter que toute cette esthétique précaire rentre dans l'ordre. Petit point rouge d'une Légion d'honneur sur le revers des costumes sombres... Blouse : néant, surnom définitif : le Sauvage.

Dans la salle de classe de seconde (A et C), trente-cinq élèves, filles et garçons. Silence. Il est huit heures trente et une, les lampadaires sont allumés et, dehors, la neige tombe depuis la veille. Tout au fond, un tableau noir sur lequel on distingue encore les traces de l'éponge qui a servi à l'effacer. Sur les murs, de grandes reproductions de tableaux aujourd'hui classiques : *Le Joueur de fifre* de Manet, *Le Radeau de la Méduse* de Géricault et enfin, à côté d'une mappemonde, *La Liberté guidant le peuple* de Delacroix.

Théâtralité : un professeur acquis à toutes les mises en scène scolaires et sachant utiliser le silence. Le sien et celui de la classe par conséquent. Raclement de gorge, suspense, paquet de copies posé au milieu du bureau nu de tout autre accessoire. A la main, trois d'entre elles. Regards circulaires, appuyés sur chaque visage qu'il tente de rendre propriétaire d'une des copies... La trotteuse d'une horloge ronde, murale, accentue chaque seconde d'un silence pesant. Il est exactement huit heures trente-trois minutes quand le spectacle commence devant une assistance préparée au pire.

« Trois personnages se sont distingués en cette fin d'année, et je vais les inviter à se lever, pour que vous puissiez les admirer ! Chacun leur tour, ils vont lire leur chef-d'œuvre à haute et intelligible voix. »

Le vieux professeur brandit trois copies, et comme s'il avait oublié les noms inscrits en haut à gauche, il réajuste ses lunettes, puis détache...

« Frédéric Maleau... Levez-vous ! Alain Lesueur (il fit un geste sans regarder l'intéressé, signifiant qu'il fallait aussi se lever). J'ai gardé pour la fin, le comble de la prétention et de l'irréalité la plus totale... Kovski, c'est de vous qu'il s'agit bien sûr ! »

Eux seuls, les interpellés, avec le Sauvage, savaient pourquoi ils étaient debout. Les autres élèves, à moitié rassurés, ne bronchaient pas tant ils craignaient des conséquences douloureuses, au moindre sourire ou chuchotement, pouvant rejaillir sur les vacances de Noël qui débutaient le soir même.

« Frédéric Maleau, on va commencer par vous. Venez chercher votre œuvre s'il vous plaît... Retirez les mains de vos poches monsieur le « quidam ». (S'adressant à la classe :) Certains d'entre vous ont sans doute applaudi cet été au casino monsieur Maleau et ses... « Titans » et, depuis, il ne pense plus qu'en chanson. Il se trouve dans l'incapacité d'écrire normalement avec des sujets, des verbes, des compléments... et sans répétitions ! »

Frédéric, sa copie à la main, était revenu à sa place, alors que le Sauvage prenait une craie, prêt à inscrire quelque chose au tableau.

« Je vous attends, monsieur Maleau, lisez votre œuvre, et quand je dis " votre "... »

Frédéric commença : « Ecoutez l'histoire à coup sûr obscure d'un pauvre quidam et de ses tourments... Il était simple quidam, son père était quidam, son frère était quidam, et lui était quidam, aussi... » (Suivaient quatre couplets, et autant de refrains.)

Chaque fois que Frédéric avait prononcé le mot « quidam », le professeur avait inscrit une croix au tableau. Il y eut quatre rangées de dix, et quand la lecture fut terminée, le Sauvage annonça aussitôt :

« Quarante-sept fois le mot « quidam » en une page de dissertation ! Alors que j'ai dit... J'ai répété... J'ai rabâché depuis le début de l'année qu'il ne devait pas y avoir de répétitions... Et en plus, si mes renseignements sont exacts, il s'agit d'une chanson de Georges Béart que vous venez de nous interpréter là...

– Guy Béart, monsieur, Guy !

– Taisez-vous, Maleau... Une chansonnette qui a abreuvé les radios en guise de dissertation ! Dans quel monde vivons-nous !... Alors évidemment triple zéro : un pour le hors sujet, un pour le plagiat, et un autre pour l'insolence ! Asseyez-vous ! »

Il prit la deuxième copie, et invita Alain Lesueur à venir la chercher. Il attendit que l'élève fût retourné à sa place, debout près de sa table pour demander :

« Monsieur Lesueur, voulez-vous lire *in extenso* votre réponse à la question : « Avez-vous une ambi-« tion ? Si oui, laquelle ?

– Non.

– (S'adressant à la classe). Voilà M. Alain Lesueur a écrit la copie la plus courte que j'aie eu à lire de toute ma carrière. Un mot, trois lettres N,O,N : NON. Pouvez-vous nous donner quelques explications, Lesueur ?

– Le sujet de la dissertation était mal posé. Il ne proposait un développement que dans un seul cas de figure, c'est-à-dire une réponse affirmative à la question posée. Comme ma réponse était négative, je n'ai pas cru bon de poursuivre une explication qui n'était pas explicitement demandée.

– Monsieur Alain Lesueur, boursier de l'Etat, à la charge de sa mère, « n'a pas cru bon »... Moi, j'ai cru bon de vous mettre un triple zéro pour votre insolence incommensurable, Lesueur. Asseyez-vous et ne vous avisez pas de sourire ! En prime, vous avez un blâme, et il vous suffira d'un seul autre en cours d'année pour être exclu de cet établissement. »

Le professeur de français tendit d'une manière ostentatoire la troisième copie et appela Léo-Paul Kovski, ajoutant aussitôt que cette fois on allait passer du mot unique de M. Lesueur, à l'épanchement, au verbiage et à la mégalomanie de M. Kovski qui s'était répandu, lui, sur dix-huit pages de délire, avec un poème en prime !

L'atmosphère de la salle hésitait entre le rire gêné et la frénésie libératrice. Léo-Paul prit sa copie, et après un regard furtif vers ses deux complices, puis vers Marie, rejoignit sa place en s'apprêtant à commencer sa lecture.

« N'infligez pas à toute la classe l'intégralité de vos délires... J'ai coché à l'encre rouge, page 15, le morceau de bravoure final ! »

Mi-flatté, mi-blessé, Léo-Paul s'exécuta :

« ... Je n'aime, du passé, que ses traces, lui-même n'ayant que valeur de référence. A l'heure où il sera possible, dans un seul regard, d'appréhender Dieu, le monde et le système solaire, je ne me retournerai pas et fixerai mon regard vers la lumière, vers la beauté et vers le silence. Ma seule ambition sera d'être transparent et de me laisser pénétrer par toutes les forces parvenant des êtres et des choses, et je serai chat, jonquille ou le dernier pape français. Je serai n'importe qui, mais je serai celui-là, l'être unique, irremplaçable, qui accomplit un destin chaque jour transformable. Je ne serai ni envieux ni cupide, mais j'essaierai par tous les moyens de faire entrer le monde dans mon corps, tout en étant persuadé de l'impossibilité de la chose. Je serai donc irréaliste et comptable des oiseaux, des fleuves, des rues des villes, des détroits, des docks. Je recenserai les mammifères, les visages d'hommes et les derniers moulins à vent. Je prendrai différents aspects extérieurs pour me faufiler dans la tourmente et l'orage, et peut-être me rencontrerez-vous quand vous croirez parler à un géomètre, à un vagabond ou à un président de société multinationale.

« Quand un joueur de saxophone commencera un chorus ou qu'un guitariste touchera de son médiator une des six cordes de sa guitare électrique, fermez les yeux et écoutez les sons de sa musique, eux seuls entreront dans vos corps et vos cerveaux sans ajouter de signification, et vous pourrez imaginer que je chevauche, blanc et transparent, tel l'ange exterminateur, les amplitudes de l'onde sonore.

« Je veux assister au temps où les mots auront perdu toute signification pour que seules les onomatopées, la musique et les plaintes du vent soient elles-mêmes *le langage*, nouveaux idéogrammes sonores, sans construction, sans code, avec seulement le désir, la révolution et le plaisir.

« Je n'ambitionne pas d'être le premier ou le dernier homme, mais celui qui apprend et celui qui sait, celui qui est toujours entre un départ et une arrivée, itinérant, errant : *un passant.* Celui qui embrasse avec le souffle et qui sait prier sans forcément croire à une divinité. A l'heure où les prêtres et les politiciens s'arrogeront le monopole de la parole, je serai le traître et le salaud, celui qui traduit, qui décode, celui qui détourne le sens de leurs mots. Quand ils diront démocratie ou extrême-onction, je dirai solitude et je dirai éternité. Et quand ils diront avenir, je dirai demain et quand ils diront contexte actuel, je dirai aujourd'hui.

« Demain, le mot *aujourd'hui* sera le plus beau mot que j'aurai à prononcer. Il voudra dire ma vie, la vie qui naît et qui meurt, le bruit des incertitudes, et l'ampleur des différences. Je prononcerai *aujourd'hui* en me levant, en me couchant, quand je me raserai devant ma glace, quand je ferai l'amour avec une femme que j'aime et à qui je dirai « *aujourd'hui* je t'aime », en marchant, en courant, en respirant. Je dirai *au/jour/d'hui*, et je serai heureux, rien que de prononcer ces trois syllabes. Je dirai, « *aujourd'hui*, j'ai mal au côté gauche » et je saurai que je suis en vie et remarquerai alors le bleu du ciel et les visages derrière les fenêtres. Quand je dirai avec ma bouche le mot *aujourd'hui*, il n'y aura ni passé ni avenir, ce sera seulement *aujourd'hui* avec le poids de la terre, des étoiles et des rêves non réalisés. Un jour, il y aura un homme qui marchera sur la Lune et il dira en mon nom : « *Aujourd'hui*, je suis le premier homme à marcher sur la Lune, et je suis à la fois chinois, américain, français et vénézuélien. Je suis aussi Descartes, Einstein, le prince Igor et Léo-Paul Kovski, en leur nom à tous, *aujourd'hui* je marche sur la Lune. »

« Mon ambition est démesurée. Je ne souhaite pas *tout* pour avoir *un peu*, je souhaite *tout* pour avoir *tout*. Je serai écrivain, cinéaste, compositeur, parce que c'est la seule manière de posséder l'univers sans avoir à commettre d'acte impérialiste. L'ambition politique est une ambition réductrice parce que son domaine est l'action, l'idéologie et parfois la doctrine. L'ambition poétique est la plus extravagante des ambitions – et c'est la mienne – parce qu'au-delà du politique, son action est à la fois individuelle et universelle, sa résonance est à la fois affective, intellectuelle, magique, spirituelle et intemporelle. Mon ambition est sans limites, parce que la démesure est à l'image de l'homme : ce n'est que son langage qui le contingente. Chaque invention poétique enrichit l'humanité tout entière, chaque invention politique n'enrichit que la communauté. Je serai donc médiateur entre ce coin-ci de la planète et l'absolu, chemin impraticable embûché de secrets, de redondances et de désillusions, mais voie royale où tout ce qui ressemble à la nuit dévoile ses beautés nues. »

Sans en attendre l'ordre, Léo-Paul posa ses feuillets sur la table et s'assit. La salle de classe resta un instant silencieuse, troublée par ces mots, par cette mise à nu, lue à voix haute. Mais le Sauvage, lui, ne changea pas le ton adopté depuis le début du cours.

« ... ″ Dévoile ses beautés nues !... ″ Mais vous êtes fou et prétentieux, Kovski ! Et ces mots, ce langage !... Soyez simple de temps en temps, et réaliste aussi. Qu'espérez-vous ? Changer le monde avec vos états d'âme...

– Non, je ne veux pas changer le monde, mais je ne veux pas être changé par lui !

– L'histoire vous brisera, Kovski, comme les autres, qu'ils soient anonymes ou puissants, l'histoire brise les hommes et les met en fiches, écrêtés de leurs singularités...

– Je ne prétends pas échapper à la mort lente, mais aujourd'hui, j'ai seize ans et je veux croire à l'impossible ! »

Au moment où Léo-Paul prononçait cette dernière phrase, le professeur surprit un sourire d'Alain adressé à Frédéric.

« Et ça vous fait rire, Lesueur ! Je ne le supporte plus ce sourire, je ne vous supporte plus... Sortez de cette classe... Prenez vos affaires et sortez immédiatement que je ne vous voie plus pour cette fin d'année... Et puis vous aussi, Maleau, et vous aussi, Kovski... Hors de ma vue, allez où vous voulez, mais ne contaminez pas ceux qui veulent étudier et travailler ! »

Les trois garçons se levèrent ensemble, prirent leurs sacs et quittèrent la classe. Aux portemanteaux, ils décrochèrent leurs vêtements d'hiver et amorcèrent le long couloir qui conduisait vers la cour. Dehors, il continuait de neiger, et ils ne se dirent rien, retenant les mots à ajouter quand ils seraient dans la rue.

Elle hésita un court instant, elle était pâle, et sans en demander l'autorisation, Marie se leva de son siège, repoussa sa table et, un peu après que la porte se fut refermée sur la sortie des garçons, elle tenait déjà la clenche dans une de ses mains.

« Où allez-vous, mademoiselle Koringer ?

– ... Je ne me sens pas très bien ! »

Elle franchit la porte à son tour, enfila son manteau et courut dans le couloir, accrochant au passage les capuchons d'anoraks pendus aux crochets. Les trois garçons étaient déjà arrivés à l'autre bout, prêts à tourner vers la sortie. Entendant des pas résonner derrière eux, ils se retournèrent ensemble, et Léo-Paul la vit... C'était elle... Elle qui courait et venait vers eux, vers lui. Il ne sut rien faire d'autre que d'écarter ses bras et Marie n'eut pas d'hésitation... C'était bien là qu'elle voulait terminer sa course. La tête tournée de côté, appuyée sur le bord du col du parka de Léo-Paul, elle murmura : « Tu vois Léo-Paul Kovski, cette fois c'est moi... »

Léo-Paul posa sa main derrière la tête de Marie. Il ne dit rien, de peur d'être trahi une fois encore par ses mots... Dehors, Alain et Frédéric sautillaient sur place pendant que des flocons de neige s'accrochaient à leurs cheveux. Pour mettre fin à trop d'attente, et annoncer l'arrivée inopportune d'un surveillant, Frédéric siffla les premières notes de la Cinquième symphonie de Beethoven, et ils traversèrent alors à toute vitesse la cour du lycée pour se retrouver dans la rue.

Au moment de franchir la porte du Celtic, Léo-Paul retint Marie par la main pour qu'elle n'entre pas tout de suite. Il voulut profiter des bruits feutrés de la rue, amortis par le froid et la neige, à l'abri des regards et commentaires, la serrer contre lui, et pour la première vraie fois, au milieu de cette ville, sentir tout le corps de Marie appuyé contre le sien. Il voulut prolonger cet instant où il venait de la voir courir vers lui et rattraper ainsi le rêve qu'il avait élaboré depuis si longtemps, pour y faire coïncider le sien, ses divagations à elle dont il ne savait rien, mais dont il tenait à l'instant le morceau d'humanité qui les avait imaginées.

CADEAU de Noël inattendu, Marie fut là chaque jour, de près ou de loin, chaque nuit de l'année qui commençait. Rencontres d'hiver furtives, dans les cafés embués, ils traversaient les rues éclaboussées de neige fondante. Léo-Paul eut l'impression de découvrir un morceau immaculé de planète sur lequel il allait être possible d'inscrire toutes sortes de projets de vie...

Avec Alain et Frédéric, il y eut des soirées passées à se fabriquer d'autres avenirs antagonistes : solitaires ou communautaires, ascétiques ou amoureux, à mourir d'impatience pour déjà se retrouver sur ces chemins du monde, là où ils pourraient marcher et confronter les théories de leurs brouillons aux aspérités, bien réelles cette fois, des déroulements de leurs vies. Ils s'informèrent, écoutèrent, et chacun fut professeur des deux autres... *La Traviata* s'écouta indifféremment après un rock anglais, ou avant que Léo-Paul lise à haute voix un long passage de *Howl*, poème noir des villes et de l'Amérique qu'avait apporté Ann Kramer. Juste le temps de rechercher la page exacte où Nietzsche disait : « Vivre ?... c'est rejeter constamment loin de soi ce qui veut mourir. Vivre ?... c'est être cruel, c'est être impitoyable pour tout ce qui vieillit en nous, et même ailleurs... »

Frédéric enregistrait sur des cassettes les sons de la radio, les bruits du café et ses propres chansons. Léo-Paul qui avait abandonné *La Vie au-dessus du 48ᵉ parallèle* écrivait à toute allure, sur des carnets, des morceaux d'aventures auxquels il ne donnait pas de titre, mais où se télescopaient toutes sortes d'éclairs, de bruits retenus de l'océan, des projets de lettres à Marie, ou à une autre fille mythifiée et qui s'appelait encore Marie... Alain sortit des malles de livres de son père des auteurs russes ou allemands qui avaient pour noms Lénine, Freud, des auteurs américains qui eux s'appelaient Steinbeck et Dos Passos... Sans faire l'inventaire de leurs forces, ils restaient certaines nuits de fin de semaine, yeux ouverts, à chercher ce qui pouvait encore se cacher dans les obscurités, quand rien ne bouge, et que tout est à prendre. « On ne peut pas croire des choses impossibles, dit Alice... Je suppose que tu manques d'entraînement, dit la Reine... Il m'est arrivé quelquefois de croire jusqu'à six choses impossibles avant le petit déjeuner... » C'était Léo-Paul qui le plus souvent déclamait à haute voix des morceaux de ses lectures, au milieu des bruits du juke-box et des sifflements de la machine à faire les expressos du Celtic. Avec des pointes Bic, ils écrivaient sur des cartons de bière des bouts de misère et de bonheur...

Mondes de musiques, de mots et de fumées de cigarettes, les bouches des filles s'entrouvraient pour quelques mots tendres, le temps d'étreindre une promesse, puis se refermaient et connaissaient un autre souffle, une autre bouche... Chacun s'essayait aux caresses, à la jalousie... à l'espoir retrouvé. Elles s'appelaient Danièle, Christine, mais surtout, elles avaient des visages et sous leurs habits, des corps désirés... Ils découvraient leurs cargaisons d'armes, celles avec lesquelles il allait être possible de séduire ou de blesser... Ils avaient parfois le sentiment d'étouffer dans des vêtements restés trop étroits, comme si on ne voulait pas encore accepter leurs nouvelles silhouettes et leur droit de parler d'eux à la première personne du pluriel. Ils disaient « nous » naturellement, comme si chaque fois qu'ils prenaient la parole, ils avaient à raconter une jungle connue d'eux seuls à des colons éberlués de n'être plus en terrain conquis.

« Léo-Paul Kovski, Alain Lesueur et Frédéric

Maleau se sont rencontrés quand ils avaient seize ans, ils étaient fous de musique, de poésie, de voyages, et les filles les tourmentaient sans cesse. » C'est cette manchette de journal qu'ils imaginaient pouvoir lire un jour en achetant *France-Soir* dans le kiosque d'une grande ville.

Ils crurent à la force de leur avenir, et que chacun d'eux, à sa mesure, allait influencer l'histoire et la vie des deux autres. Le père de Frédéric, qui se targuait de comprendre tout ce qui se tramait dans les cœurs de cette génération, offrit à son fils pour son anniversaire ce qu'il crut être un manuel de bienséance : *Traité de savoir-vivre à l'usage des jeunes générations...* « A force de morceler les vexations, lut Frédéric en marchant de long en large entre ses deux amis, et de les multiplier, c'est à l'atome de réalité que l'on va s'en prendre tôt ou tard, libérant soudain une énergie nucléaire que l'on ne soupçonnait plus sous tant de passivité et de morne résignation. »

« Nous, notre force, dit Léo-Paul, c'est de nous être rencontrés, mais regardez tout autour, cette moisissure, et ces zombies qui avancent, la frousse au ventre de se tromper...

— Mettons en application les frontons des mairies, proposa Alain : Liberté, Egalité, Fraternité !

— Pour moi, lut Léo-Paul, « je ne reconnais d'autre égalité que celle que ma volonté de vivre selon mes désirs reconnaît dans la volonté de vivre des autres... L'égalité ne pourra être indissolublement qu'individuelle et collective »...

Il commença une nouvelle, un roman, il ne savait pas encore, qui débutait ainsi :

Des fois, c'était l'envie d'être riche, d'avoir des costumes en flanelle vert bouteille, des cravates en soie avec la pochette assortie, des gants de peau claire avec des trous sur le dessus, une serviette de cuir noir, rectangulaire comme une petite valise, des chaussures marquées Bally

sur la semelle et des chaussettes en nylon transparent...
D'autres fois, c'était l'envie de n'être rien, courir les villes,
les rues du monde, dire des grossièretés aux personnes qui
ont étriqué vos rêves, partir avec un sac kaki acheté dans
un surplus et puis rien... Partir, voilà tout !

A ces moments d'euphorie, succédèrent des périodes dépressives, comme s'ils réalisaient à travers un
fait mineur que ce vers quoi ils fuyaient si vite
n'était encore que des mots beaux et magiques, mais
des mots seulement, remplis de rien... Tout est possible, et rien n'est possible, dit Alain, on ressemble à
des prisonniers à qui on projetterait tous les jours
des films sur les îles du Pacifique ou un bordel de
Bangkok... Mais quand on ouvre les yeux à nouveau, tout est gris, immobile et indifférent... On vit entouré de gens qui croient encore que la guerre qu'ils
ont vécue n'est pas terminée ou va revenir, et continuent à rationner leurs rêves... Quand ils viennent
d'en avoir un, ils attendent le ticket du mois prochain
pour se permettre d'en rêver un à nouveau...
C'est au cours d'une de ces périodes où ils eurent
l'impression d'être coincés dans des étaux incroyablement étroits et inébranlables que Frédéric proposa les pots de peinture dont il disposait à la mairie
pour peindre sur la ville leur désarroi. Une nuit, ils
badigeonnèrent les murs de la mairie, de l'église, les
ponts de chemin de fer, la gare et tous les parapets
de pierre des chemins de promenade, la devanture du
Supégé de phrases qu'ils improvisèrent... ON S'ENNUIE
ET VOUS... L'ENNUI C'EST LA NUIT, L'AMOUR C'EST LE JOUR...
DE LA VIE POUR DE VRAI... C'ÉTAIT QUAND TON DERNIER
RÊVE... Comme cette nuit les avait beaucoup amusés,
et qu'ils prirent du plaisir à constater ce que leurs mots
avaient provoqué, ils envisagèrent d'autres expédi-
tions qui correspondraient à plus d'espoir, pour
inscrire cette fois : TOUT AU BOUT DE LA NUIT, LE SOLEIL.

Léo-Paul retrouva Marie près de la chapelle russe. Sur son écharpe rouge, deux fois nouée autour de son cou, elle avait brodé ses initiales à lui : L.-P.K. Elle l'attendait, les mains enfoncées dans les poches de son manteau. Ils s'embrassèrent sans pouvoir s'arrêter... A peine décidaient-ils de séparer leurs bouches, qu'ils se sentaient déjà orphelins et recommençaient. Puis Marie insista, elle avait quelque chose d'important à dire...

« Au mois de mai, mes parents vont à une communion solennelle dans les Ardennes... Dans la famille. Ils vont partir trois jours et j'ai proposé de ne pas y aller pour rester auprès de ma grand-mère qui peut de moins en moins se déplacer sans aide. Mon père a accepté... Ils iront avec ma sœur, et mon frère les rejoindra là-bas depuis Metz... Formidable, non ? »

Léo-Paul sourit, ne comprenant pas tout de suite ce qu'il y avait de formidable...

« Mais pendant ce week-end-là, tu vas venir dormir avec moi, à la maison, dans ma chambre. C'est suffisamment grand pour que ma grand-mère ne s'aperçoive de rien. D'ailleurs, tu ne te cacheras pas... Tu viendras, naturellement, regarder un film à la télévision, et à dix heures... Au revoir, madame, bonsoir Marie, tu claqueras très fort la porte d'entrée, et tu m'attendras dans ma chambre... »

Marie laissa un silence, puis continua :

« J'ai tellement envie qu'on fasse l'amour ensemble, Léo-Paul, j'en rêve, j'y pense sans cesse... Regarde comme il fait doux ce soir, il y a plein d'étoiles et c'est bientôt le printemps. Un jour, nous regarderons encore un ciel comme celui-ci et on se dira : « Tu te souviens, on a décidé de faire l'amour « pour la première fois sous un ciel semblable, plein « d'infini au-dessus de nos têtes. »

Au loin, la rumeur de Monterville, étouffée par les arbres, les haies du parc, les isolait encore plus et ils se sentirent égarés et heureux de se perdre loin des rues, des maisons et du bruit des voitures, comme si cet endroit, avec ses chapelles, ses marronniers vides, ses pelouses à la terre retournée était devenu un territoire d'Amazonie, sauvage, où il n'y aurait que leurs seules présences pour oser vivre encore et se sentir faire partie du monde. Des cris secrets venus de derrière les racines des arbres, des étouffements échappés des serres toutes proches, ils se crurent maudits et divinisés, survivants aux haines et aux cupidités, rescapés d'un déluge purificateur. *Marie :* – Mon père a toujours voulu que notre famille se place au-dessus des autres... Les autres, ce sont les ouvriers, les commerçants, les fonctionnaires. Je crois savoir – mais chez nous, on ne *sait* jamais rien, on devine ou on suppose – que mes grands-parents, les parents de mon père étaient d'une vieille famille bourgeoise désunie... Mon grand-père partait avec les bonnes et j'ai « appris » aussi qu'il avait même eu une aventure avec un officier allemand pendant la Première Guerre. C'est peut-être pour cela que mon père a tenu à préserver notre « bonne entente » à tout prix. Je dis cela pour tenter de lui trouver une raison de l'excuser, et peut-être de l'aimer, de m'attendrir même. Mais tu ne peux imaginer à quel point je le hais. Tu ne sais pas ce que cela signifie haïr quelqu'un, parce que c'est un sentiment rare, et dont on emploie peu le mot tant il ressemble à hyène. Parce que, derrière lui, se cache de la honte avec un mécanisme de fatalité auquel on a l'impression de ne pouvoir échapper. Pour en revenir à la « bonne entente », il faut que tu saches que nous avons vécu selon sa vision à lui de la « bonne entente ». Ma mère a accepté dès le début ces règles de jeu qui lui étaient imposées, et c'est sa complicité silencieuse qui a facilité tout un édifice de mots creux, de moralité qui n'avaient rien à voir avec la réalité de tous les jours.

« J'ai vécu, et je vis encore dans une moindre mesure depuis cette année puisque je vais au lycée, dans un monde fascinant... Tu penses que c'est exagéré, mais écoute un peu. Depuis mon enfance, mon père a régi chacune de mes activités, mes lectures, mes sorties, mes études, mes goûts, mes aspirations... Il n'y a eu que la nuit où j'ai pu être préservée et enfin entrer dans mes solitudes et mes rêveries. Quand je dis fascisme, je ne pense pas à des uniformes, à de la cruauté ou à des ordres hurlés... Il s'agit d'un fascisme tranquille, au contraire, de bon ton, calme qui, vu de l'extérieur, pourrait passer parfois pour de la bonhomie. Mais tout est en trompe l'œil, je vis dans un univers privé de tous les courants qui font que les garçons et les filles sont réellement vivants alors que moi, je me suis toujours sentie sous verre, comme victime d'une expérience, attendant qu'un jour quelqu'un vienne ôter les agrafes du cadre... Loin des mots ordinaires, des jours ordinaires, des sentiments ordinaires, j'ai l'impression que ce qui me manque le plus aujourd'hui, c'est *un passé*. Rien de ce que je te raconte ne m'appartient, c'est quelqu'un d'autre qui l'a vécu, ou fait semblant de le vivre pour ne pas être exclu et mourir. J'ai vécu en trompe l'âme, Léo-Paul, et quand tu es venu la première fois me parler sur le lac gelé, je ne pouvais pas te répondre que je t'aimais aussi, que je pensais à toi tous les jours et toutes les nuits, que j'imaginais tes sourires, je ne pouvais pas te parler parce qu'une force terrifiante m'empêchait de m'exprimer en mon nom, de dire mon amour, ma tendresse, d'être maîtresse de mes mots...

A cet endroit de son récit, Marie redressa son visage, et on put voir l'arcade de ses yeux s'éclaircir, ses narines se dilater comme si elle se trouvait prise dans une tourmente et qu'il fallût affronter cette calamité réelle, pour ne pas laisser le froid se rendre maître de la situation. Marie affrontait pour la première fois des images restées floues, présentes à tout moment, mais dont on ne parlait pas puisqu'elles faisaient partie d'un certain ordre des choses. Un essaim de moineaux traversa le ciel, juste au-dessus d'eux, et ce fut comme un nuage sombre du mal qui filait vers ailleurs. Marie serra la main de Léo-Paul, et avant d'en finir avec tout ce qui montait à ses lèvres, ils marchèrent encore un bon moment vers les tennis, le long de la voie de chemin de fer. Le printemps était à peine là, tant les retournements du temps laissaient souvent apparaître de nouvelles giboulées, ou des chutes de neige éphémères, discréditant chaque prévision de la météo... Mais la journée qui prenait fin aujourd'hui avait été réellement une sortie du printemps, avec Pâques déjà derrière lui, et quelques mois encore pour que les jours arrivent à leur apogée. Marie continua :

« Si tu n'avais pas eu à lire tout haut ta dissertation sur l'ambition, je n'aurais peut-être jamais franchi ce cap, incroyable pour moi, de sortir d'une classe sans autorisation... Est-ce que tu te rends compte que ce fut là ma première désobéissance sociale ? Je t'ai suivi parce que pendant tout le temps de ta lecture, j'ai eu l'impression que c'était exactement tout le passé dont j'étais à la recherche que tu dévoilais doucement. C'était un monde enfoui loin en moi que tu décrivais en parlant de tes exigences et de tes rêves les plus désordonnés. Et tout remonta en moi, au fur et à mesure que tu parlais, en bouffées, en vagues de fond venues d'immensément loin et se débattit pour sortir d'un brouillard et devenir réel... Tu parlais, tu parlais et toute mon enfance se dépliait, toute mon adolescence se mettait à crier... Tout ce temps, je n'ai jamais osé dire moi je pense que... moi je voudrais... moi un jour... moi je suis... J'ai eu la vision, à un moment, d'un sous-marin que l'on tirait du fond de l'oubli, j'émergeais de moi secrètement comme si je sortais ma tête pour la première fois au monde et au tumulte, me débarrassant en même temps de toutes les matrices qui m'auraient façonnée à leurs directives et à leurs interdictions. Chaque mot que tu as prononcé ce jour-là a eu une résonance précise avec des coins de ma peau et de mes émotions... Tu prononçais le mot *aujourd'hui* et je pensais *aujourd'hui*, qu'est-ce que je suis moi, *aujourd'hui*, je suis assise dans une salle de lycée et je suis en train d'entrer difficilement dans ma peau, dans ce visage qu'aperçoivent les autres, je suis en train d'écouter celui auquel je pense depuis des années et qui ne le sait pas parce que je n'ai pas eu la possibilité de le lui dire, et c'est cela qu'il va falloir faire *aujourd'hui*, lui dire coûte que coûte que je suis là, avec mon souffle, mes espérances, mes inquiétudes, ma force, lui dire à tout prix, *aujourd'hui*, que je suis une femme avec des pensées, avec un corps désirant, avec des mots à exprimer pour imaginer des solutions à ce qui semble le dernier remblai avant les précipices... Léo-Paul, c'est cela qu'il faut que je te dise maintenant, c'est en écoutant le son de ta voix, avec les mots qu'elle disait que j'ai réussi à ne pas m'oublier et à me réinventer pour toi, pour moi... »

« Monsieur Kovski, ouvrez grande votre bouche maintenant... Ne respirez plus pendant quelques secondes ! »

Après avoir regardé avec un appareil chromé, muni d'une puissante lumière, la gorge d'André Kovski, le docteur Brod, sorte de grand Falstaff chauve, se tut. Il réclama encore quelques AAAHH, EEEHH qu'exécuta Kovski, qui portait pour l'occasion son costume croisé et une cravate. Le généraliste s'assit à son bureau et on entendit le crissement du stylo à plume. Le docteur Brod relut attentivement la lettre qu'il venait de rédiger, la plia et la glissa dans une enveloppe qu'il cacheta avec soin. « Je vous envoie à un collègue spécialiste de Nancy... Il va vous récupérer tout ça et dans trois mois vous reviendrez me voir pour me dire que tout va bien ! » Il rédigea une ordonnance et l'arrêt de travail.

Le soir même, Claire décacheta à la vapeur l'enveloppe mystérieuse et lut, seule dans la cuisine, son contenu. Le docteur Brod parlait d'un cancer avancé du larynx, et le collègue en question était le chef du centre de radiothérapie. Elle resta silencieuse, sa main repassant sans cesse sur l'enveloppe posée sur la table comme si elle dessinait des signes magiques d'apaisement. Des larmes montèrent jusqu'à ses yeux, mais non, il ne fallait pas qu'elle pleure... Elle regarda sa vie de couple avec cet homme hâbleur et tendre, et sut qu'elle allait bientôt prendre fin, qu'elle allait être seule, d'une indépendance déjà acquise, mais seulement esquissée. Tous ces jours et toutes ces années à chercher des appuis, pour montrer aux autres ses parcelles de culture et de beauté... Cette liste fastidieuse de gestes et de regards, de pas en avant, en arrière, aveugles et sans repère pour en arriver à ces mots de mort écrits à l'encre bleue, par une main habituée aux grands et petits malheurs des autres.

Il était tard, et elle pensa attendre Léo-Paul qui n'était pas rentré, pour le lui dire aussitôt. Elle marcha dans cette cuisine/salon/salle à manger. Elle sortit une bouteille de lait du réfrigérateur, s'en versa un verre, puis ferma le bouton du feu continu de la cuisinière. Dehors, il faisait déjà doux, elle tira le rideau de la fenêtre entrouverte et aperçut le couple de pharmaciens qui rentrait à grandes enjambées sportives de leur promenade rituelle et nocturne. Elle aspira une bouffée de sa cigarette et chercha à griffonner sur une couverture de magazine la position du sémaphore inventée par Kovski et qui lui disait à distance : « Je pense à toi. »

Elle parlerait demain matin à Léo-Paul.

Quand, une semaine plus tard, Kovski monta dans l'autorail pour le centre de radiothérapie de Nancy, sur le quai, Claire souriait, sans rien montrer de son inquiétude. Léo-Paul se taisait, cherchant quelques mots simples, ceux de l'émotion retenue. Mais il trouva impossible en si peu de temps d'exprimer ses sentiments à son père avec qui il avait tellement pris le pli de ne rien dire. Quand l'autorail rouge et crème démarra, il dit seulement : « Je vais penser à toi... » Par la fenêtre ouverte, l'écharpe de Kovski fit encore quelques vagues puis, au premier virage, tout disparut...

« Voilà. Je t'ai dit cette courte phrase pour ta longue maladie, et je n'ai pas trouvé quoi te dire ou te murmurer pour te donner plus de réconfort, tant j'ai l'impression que les mots que je prononcerais se transformeraient en diable ou en sorcière et s'accrocheraient aux poignées de l'autorail ou se poseraient sur les sièges en plastique pour se balancer et nous narguer de ne pas nous comprendre... Est-ce la maladie de ceux que l'on n'écoute plus qui s'est lovée en toi pour te donner raison de ne plus parler ?... Etoile noire plantée comme un dahlia entre le souffle et la langue, là où nos mémoires inventent le bruit du monde porteur de messages d'hommes à d'autres hommes. ″ Mon père ″, ces mots que je prononce rarement ou très vite parce qu'ils sont toi, ouvrier silencieux au regard fixé sur ces millions de bouteilles qui ont défilé devant tes yeux, ouvrier des cafés, de la belote et du casse-croûte, de la pointeuse et du repos hebdomadaire. Ouvrier au rêve brisé, enfermé, décoloré, plein de gêne et de respect pour les riches, pour ceux qui *parlent* et savent *parler,* laissant derrière eux des parfums d'eau de toilette, des gestes larges pour occuper plus d'espace. Je te ressemble, et pourtant, je ne vivrai pas comme toi, je le sais. Je te ressemble avec mes cheveux raides et filasse, mon regard transparent, et ma bouche comme la tienne, avec cette envie rouge de saisir... Mais ton esprit s'est voûté bien avant ton corps, même si parfois tu as tendu les bras en avant, poings serrés pour lutter contre les fatalités. Un jour, ton unique rêve s'est érodé, celui qui consistait à croire que ta vie se fraierait un chemin entre les autres vies sans être écorchée, abîmée, seulement en se glissant sans bruit pour ne pas retenir l'attention. Tout sembla intact, longtemps sans éraflures ni griffures, puis une nuit, tu appris que la mort n'était pas à la fin seulement de ton grand raid silencieux, à la fin de ton parcours, tu la portais en toi déjà, enveloppée comme une enfant assassine de bandelettes rougies, et tu lui donnais tes secondes, et tes heures, tes muscles en action en échange de quelques billets de banque qui t'emmenaient jusqu'à la nuit, dormir, puis recommencer... Mon père, malade du silence, de mon silence, il est trop tard pour m'apprendre ton langage, parce que si, aujourd'hui, tu me quittes provisoirement, c'est moi bientôt qui te quitterai pour aller à la rencontre de villes et de mirages, et il y aura plein d'une amertume étrange à ne pas avoir dans mes souvenirs le son de ta voix me disant que le monde est un fantôme rempli d'ours et de loups s'arrachant des morceaux de solitude... Le son de ta voix à emporter avec moi... »

André Kovski ne saurait jamais les mots que venait de murmurer pour lui Léo-Paul. Il allait continuer à marcher dans les couloirs de plus en plus opaques du centre de radiothérapie, où une bombe au cobalt lui enverrait chaque jour des rayons invisibles et redoutables, incapables de jamais distinguer les cellules saines des cellules assassines.

C'est alors que des noms rarement entendus dans cette ville arrivèrent par la radio, filant comme des météores dans les provinces. Nanterre, rue Gay-Lussac, boulevard Saint-Michel, Denfert-Rochereau... Dans un premier temps, ils semblèrent à Léo-Paul aussi lointains que Valparaiso ou Sunset Boulevard, et le firent rêver avec autant d'imprécision. Comme les films programmés avec décalage dans les trois salles de Monterville, le début du Mai des étudiants parisiens arriva avec des violences et des passions amorties par la distance, mais aussi par le faible diamètre des haut-parleurs des transistors. Dans la cuisine des Kovski, les premières bombes lacrymogènes firent un petit bruit mat...

Si Léo-Paul écouta chaque soir les bulletins d'information, son esprit resta néanmoins fixé sur le deuxième week-end de mai, à ne craindre qu'une seule chose : que le mouvement s'accélère à un point tel que même les communions solennelles des Ardennes puissent être reportées, et que la famille Koringer ne préférât rester à Monterville, barricadée dans sa villa pour s'opposer à un éventuel assaut ouvrier ! Les choses prirent de l'ampleur justement le samedi de leur départ, et ils étaient déjà arrivés à Rethel quand, rue Gay-Lussac, juste au-dessus de la place Edmond-Rostand, un jeune homme monté sur un toit de zinc faillit basculer dans le vide en lançant une bouteille d'essence sur une formation en tortue de policiers. Léo-Paul, lui, faisait son entrée par les grilles en fer forgé de la propriété Koringer. Petit parc sur le côté, rivière en contrebas avec retenue d'eau, perron avec quatre colonnes doriques en ciment, une sonnette. Marie vint ouvrir. Elle portait une robe claire avec des filets rouge et vert. Ses cheveux étaient maintenant mi-longs et bouclaient légèrement à la base du cou. Ils s'embrassèrent.

Dans le salon, la grand-mère dans un fauteuil rembourré de gros oreillers fut aimable et proposa aussitôt du café et de la liqueur. Face à elle, l'énorme poste de télévision hurlait presque.

« Si vous étiez à Paris, je suis certaine qu'à cette heure-ci vous seriez dans la rue, n'est-ce pas, Léo-Paul ?

– Je ne sais pas... Peut-être que oui... A moins que certaines circonstances m'éloignent pour me faire vivre uniquement mon histoire personnelle, et ma rencontre avec un rêve aussi, mais qui n'appartiendrait qu'à moi seul... »

Imperméable à cette réponse à double sens, la vieille dame en repéra pourtant le mot rêve.

« Mais eux aussi, c'est un rêve qu'ils vivent...

Comme s'ils voulaient en parlant sans arrêt faire exploser des siècles de frustration... Celle de ma génération, celle de ma fille, de la mère de Marie, de la vôtre, Léo-Paul... »

Rassuré par le ton, il se lança dans quelques confidences familiales :

« Ma mère m'a raconté qu'elle était tellement ignorante quand elle s'est mariée, que le lendemain de sa première nuit, elle se touchait le ventre sans cesse pour vérifier si déjà elle n'était pas enceinte...

– Moi, dit la vieille, j'étais amoureuse de Nijinski, et je disais à mon père qu'un jour je serais danseuse et que je m'envolerais ! Et il avait répondu : « Ça ne « te sera pas difficile, de toute façon, tu n'as jamais « eu les pieds sur terre ! »

Ils rirent tous les trois, et la vieille femme en rajouta en montrant, pendant qu'elle riait, ses jambes devenues inertes. Marie dut sortir une bouteille de chartreuse verte. Léo-Paul n'aima pas ce mélange amer et sucré, et but à petites gorgées polies. Pour laisser entendre à mots couverts qu'elle détestait son gendre, la vieille femme ajouta qu'elle se sentait proche de Marie, parce qu'elles avaient la même âme toutes les deux... « passionnée et secrète ».

Dans un élan qu'il réprima aussitôt, Léo-Paul eut alors envie de jouer franc jeu et de dire... Vous savez je suis venu ce soir non pas pour regarder la télévision, mais pour dormir dans la chambre de Marie... C'est la première fois, j'ai peur, je suis rempli d'anxiété, dites-moi ce que je vais trouver entre ces plis de femme où je vais me perdre ? Pastèque et huile d'olive, avait dit Roger, mais il effaça très vite cette image qu'il trouva vulgaire et décalée par rapport à la tendresse qu'il prêtait à ses moindres gestes futurs. Surtout, je veux que vous sachiez que je l'aime, que c'est plein de bonheur en ce moment dans ma tête et que je peux me mettre à pleurer si j'imagine la perdre dans une foule remplie de visages étrangers...

Il n'avoua rien.

Ils regardèrent ensemble les images de Paris, où des visages protégés par des mouchoirs couraient dans des rues qui se dépavaient, pendant qu'il imaginait les derniers paravents de Marie à enlever pour rejoindre l'océan, descendre, descendre là où il croirait retrouver des souvenirs enfouis, mais où ce serait déjà le film d'une vie à venir qu'il allait rencontrer.

Les émissions s'arrêtèrent. Leur aventure commençait. Léo-Paul se leva, salua et remercia. Quand il eut claqué fortement la lourde porte de l'entrée, il se glissa dans la chambre de Marie.

Ils se déshabillèrent lentement, chacun libérant la nudité de l'autre, et il n'eut pas honte de ce sexe pointé entre elle et lui, parce qu'il y avait là toute sa violence et toute son imagination prêtes à capter la violence et l'imagination de Marie. Il entra alors dans ce territoire mouillé, vagues de leurs corps, souffle de leurs souffles, et ils firent connaissance en même temps du plus étroit des mondes où s'étaient accumulées leurs grandes interrogations. Et pendant que des jeunes gens de leur âge couraient dans certaines villes de la planète, inventaient des mots et des slogans pour tenter de trouver des formes à leurs désirs, Léo-Paul et Marie inventaient, eux aussi, des gestes et des murmures, et leur désir avait pris la réalité d'un des quatre milliards de corps du monde, et ils furent certains à ce moment-là que l'utopie existait puisqu'ils la touchaient et qu'elle avait un prénom.

L'OREILLE collée à son transistor, Alain Lesueur tirait de longues bouffées d'une cigarette brune, assis seul à une table écartée du Celtic. Le comité d'action lycéen qu'il avait tenté d'organiser n'avait pas tenu le langage espéré, ni trouvé les formes d'action adéquates, et s'était dissous presque aussitôt. Toutefois, la délégation de lycéens qu'il conduisait demanda à être reçue par le directeur qui refusa catégoriquement, trouvant ce prétexte « on ne discute pas avec les loups en train de hurler!... ». C'est avant qu'il fallait discuter, maugréa Alain en sortant du bureau directorial. Il ne put toutefois s'empêcher d'inscrire au feutre rouge sur le bois de la porte : LE SAUVAGE S'ENRAGE. Le lendemain, le lycée fermait, et le 15 mai au matin l'usine de mise en bouteilles était en grève. Il y eut beaucoup d'affolement, de précipitation, de discours, et au milieu de ce déferlement de mots, Lesueur fut invité à prendre la parole au nom des lycéens. Il déclara aussitôt que le lycée n'était pas en grève, mais fermé par décision unilatérale du directeur. C'est sur l'estrade faite de palettes en bois ordinaire utilisées au transport des caisses de bouteilles à l'intérieur de l'usine qu'il grimpa. Devant lui, des casquettes, des bleus de travail, des visages qu'il connaissait pour leur avoir dit parfois bonjour dans l'autorail du matin... C'était la première fois qu'il se trouvait dans cette situation : un auditoire devant lui, et l'angoisse au ventre de trouver dans sa tête les mots justes... Il saisit le mégaphone, avala une dernière fois sa salive, et se lança : « Je ne peux exprimer ici que mon soutien personnel, le comité d'action lycéen n'a eu qu'une réalité de deux jours... Mais je peux vous dire que chaque jour nous subissons les humeurs et les manies de profs caractériels qui arbitrairement massacrent notre lyrisme et notre désir d'une vie plus humanisée... Une école nouvelle devrait être un lieu où l'on apprend à vivre ensemble, à inventer ensemble et non pas à rester chacun dans des coquilles, en faisant gaffe à chaque instant que le voisin ne la brise pas... Je veux vous dire aussi que je suis à la fois honteux et fier de cette occasion de parler ici, honteux que cela ne se soit pas produit plus tôt et qu'il ait fallu toutes ces circonstances pour que quelques mots s'échangent... Fier et heureux qu'à cet instant vous m'écoutiez. Voilà ce que je voulais dire. » Alain sourit pendant que le groupe d'ouvriers applaudissait mollement. Le délégué syndical qui lui avait demandé d'intervenir lui chuchota, quand il fut redescendu de l'estrade, qu'il avait été un peu abstrait, mais qu'il était sûr que la fin les avait touchés. « Je crois ! » ajouta-t-il. Alain ne répondit rien et pensa tout à coup à son père qui aurait été fier de le voir là, lui qui lui avait dit, avant de mourir, de ne jamais se taire s'il était convaincu que ce qu'il avait à dire était la vérité...

Un homme d'une cinquantaine d'années, portant béret, prit place sur le podium improvisé. Le mégaphone eut quelques crachotements, puis cessa de fonctionner. Alors le vieux regarda l'assistance, leva le bras vers le ciel, ferma le poing et commença de chanter *L'Internationale*. Quelques ouvriers parmi les plus âgés reprirent aussitôt les paroles de la chanson, puis vinrent les plus jeunes qui n'en connaissaient que les refrains... *L'internationa-a-a-le sera le genre humain*... C'était la première fois qu'Alain entendait ce chant monter de Monterville, entonné par tous ces gens qu'il connaissait. Il se sentit heureux d'être là, parmi eux, une émotion traversa son corps en secousses, comme une jouissance, et il se mit à chanter à son tour, en cherchant les paroles sur les autres bouches.

Mai passa. De retour des Ardennes, les Koringer reprirent leur haute autorité sur les faits et agissements de Marie, et puisque le lycée était toujours fermé, Léo-Paul eut peu d'occasions de la revoir. Ils réussirent pourtant à se rejoindre au Celtic et Marie, d'une voix calme, parla de sa peur d'être enceinte... Tout cela s'est passé si follement, avec tant d'irréalité autour !

« Je ne connais personne qui puisse te donner des pilules, dit Léo-Paul, et le docteur Brod est tellement con... C'est si compliqué !

— Pilule trop tard ! dit en riant Marie.

— Mais pour l'instant tu as seulement des craintes, rien ne dit que tu l'es...

— C'est vrai, on saura tout ça dans une semaine. »

Un ouvrier de l'usine passa coller une affiche dans le bistrot puis fila vers le comptoir demander un demi pression.

Il faisait un temps magnifique, et toute la ville semblait somnoler, de temps en temps pourtant les employés de l'usine d'embouteillage défilaient, banderoles rouges déroulées, et rappelaient, figurants de l'Histoire, que le monde tentait de faire peau neuve en abandonnant ici et là quelques habits.

Frédéric prépara ses concerts de l'été, et répéta, acharné, avec un nouveau groupe, une musique plus sophistiquée. Il avait décidé d'inclure un saxophone dont il jouerait lui-même, alternant avec le piano électrique. Alain travailla avec la C.F.D.T. à la création d'affiches en sérigraphie dans le foyer des jeunes où il n'avait jamais mis les pieds auparavant. Il circula un moment sur un vélomoteur prêté, des tracts dans une sacoche qu'il portait comme un facteur. Quand l'essence fut rare, on le vit pédaler sur un randonneur, deux sacoches sur le côté. Léo-Paul lui apporta un long texte intitulé : « Je rêve donc je suis » qu'ils imprimèrent sur l'envers de rouleaux de tapisserie offerts par Mignard, le marchand de couleurs. Le texte s'étendait sur quatre lais qui furent collés verticalement sur les briques rouges de l'édifice des bains, sur les colonnes en mosaïque des galeries thermales, sur le mur d'enceinte de l'usine et, enfin, par terre sur l'esplanade, au centre de la ville.

Quelques jours plus tard, un mot dans la boîte aux lettres : « Je devrais avoir mes règles depuis deux jours... et rien. Je t'aime. Pense à moi comme je pense à toi. Marie. »

Ce n'était pas possible que les choses se passent comme ça ! Un enfant, Léo-Paul ne pouvait y croire, tant la chose ne l'avait jamais effleuré parce qu'elle lui semblait étrangère, en dehors de ses pensées... Il décida néanmoins de ne pas se fier à la seule force magique de son refus d'admettre une telle éventualité et en parla à Claire. Bien sûr, il fallut en dire plus, expliquer, et Léo-Paul qui avait cru obtenir une réponse technique et pratique fut obligé d'effleurer les circonstances dans lesquelles sa seule et unique nuit avec Marie s'était déroulée. Claire se moquait du détail, mais elle fut stupéfaite, heureuse, attendrie, contrariée... Toute une foule de sentiments contradictoires défilèrent rapidement. Mon fils, seize ans, ce rêveur de Léo-Paul. Elle eut envie d'écrire un mot à Kovski, au centre de radiothérapie, et lui dire... Puis elle s'inquiéta de savoir comment cela s'était passé pour Marie... Avait-elle crié, beaucoup saigné ?... Ils avaient bien eu raison d'attendre de pouvoir rester toute une nuit ensemble, rester avec leurs chuchotements, leurs caresses, ne pas avoir à déguerpir et laisser là une moiteur de première nuit... Elle suggéra, pour en revenir au problème le plus immédiat, de faire des piqûres d'œstrogènes qu'elle pourrait facilement se procurer à l'hôpital, mais il faudrait que la petite puisse venir le plus tôt possible. Au moins trois jours de suite. Dans deux jours, le lycée rouvrait ses portes... Attendre... Tout irait !

Ce soir-là, réouverture du casino, inauguration. La soirée à thème – *romantique* – de la nouvelle saison fut, coïncidence, le prolongement de l'après-midi *pragmatique* de la capitale, après que des centaines de milliers de Parisiens eurent investi les Champs-Elysées, soulagés que le monde soit resté à peu près le même qu'un mois auparavant. Apparences sauves, le rêve était retourné à l'intérieur de chaque tête, et il allait suffire de ne plus le voir pour qu'il n'existe plus. Alain, Frédéric et Léo-Paul se retrouvèrent au bar du casino parce que les illuminations les y avaient invités et que le nouveau barman n'était autre qu'un colleur d'affiches assidu, devenu l'ami d'Alain. Position stratégique, assis sur leurs hauts tabourets, ils virent arriver les hôteliers et les commerçants endimanchés, smokings et lavallières, leurs épouses cernées de dentelles blanches et de broderies. On se saluait, sourires, on se regardait, sous les fastes défraîchis du vieux casino.

« Ils arrivent directement de l'Arc de Triomphe », dit Alain.

Le directeur, le père de Marie, costume sombre et nœud papillon s'agitait, accueillait, serrait des mains comme un député en campagne. Puis Marie arriva avec sa mère et sa jeune sœur. Vêtue d'une robe noire arachnéenne, une fleur rouge dans les cheveux, Léo-Paul l'aima très fort, imaginant qu'elle avait dû lutter pour ne pas venir à cette soirée guindée. Elle fit un petit sourire dans sa direction, puis le père quitta un couple avec lequel il échangeait des civilités pour venir rejoindre sa famille et la conduire à une table réservée, devant l'orchestre. En pénétrant dans la salle de danse, Marie s'arrangea pour passer la dernière, et se retourner vers Léo-Paul. Il demanda au barman :

« Tu as des nœuds papillons ou des cravates à nous prêter ?

– Ça ne va pas, dit Alain, on ne va pas aller se trémousser avec tous ces connards !

– Je ne vais pas aller me trémousser, je vais aller tenir la fille dont je suis amoureux dans mes bras !

– Excellente idée, dit Frédéric en levant le doigt.

– Bon d'accord », pirouetta Alain en déclarant aussitôt au barman qu'ils n'allaient pas abandonner un camarade...

Dans les toilettes blanches et brillantes du casino, ils nouèrent leurs cravates. Frédéric refit le nœud de Léo-Paul, insistant sur le fait qu'il devait être impeccable pour se présenter à sa « belle-famille »...

« Collaboration de classe, souligna Alain. Le berger tente de s'introduire au château ! »

Ils furent installés dans un coin, là où on ne pouvait pas voir l'orchestre. « Hélas ! on l'entend ! » critiqua Frédéric. Ils commandèrent ce qu'il y avait de moins cher : bières françaises et Perrier citron... Série de tangos, casatchoks, rocks lourdingues. Quand il reconnut les premières notes de *Love me tender,* Léo-Paul se leva, les lumières se tamisèrent, et il fila droit vers la table des Koringer. Ils étaient tous là...

Il eut un regard d'ensemble, et très classe, s'adressa au père pour lui demander la permission de faire danser sa fille.

« Non ! dit Koringer en parlant doucement et le regardant dans les yeux.

– Pardon ? fit Léo-Paul avec un sourire gêné, s'efforçant de croire encore à un malentendu.

– Non, je ne vous donne pas la permission de danser avec ma fille...

– Vous plaisantez...

– Certainement pas !

– Alors...

– Alors, vous retournez à votre place ! »

Une seconde, Léo-Paul pensa repartir en tirant

derrière lui la nappe de la table pour que tous les verres et la bouteille de champagne se fracassent sur le plancher. Il regarda Marie qui ne broncha pas, puis les tables voisines et, la honte dans tout le corps, alla rejoindre ses amis. Qu'il crève, qu'il meure, qu'il explose ce salaud ! Ce fumier !, ruminait-il lorsqu'un cri retentit. Violent, aigu, déchiré... L'orchestre s'arrêta et les danseurs restèrent figés dans leur dernier mouvement. Marie criait, hurlait de toutes ses forces, de toute sa haine pendant que déjà son père la prenait par les épaules pour l'emmener. Elle se débattit, et continua ses cris d'effroi où des tremblements se mêlaient, qui résonnaient au milieu du silence et des regards étonnés. Tout en haut de la salle, la boule aux cent facettes n'avait pas cessé de tourner... C'est quand la bouche de Marie fut murée que l'orchestre reprit sa musique.

Toute la nuit, il marcha seul dans les rues de la ville, les cris de Marie dans ses oreilles comme un flot de sang qui ne pourrait s'arrêter. Il passa devant sa maison, eut envie d'y entrer, de la prendre dans ses bras, la soulever, et partir ailleurs, loin, où plus jamais il n'y aurait d'autorité capable de dicter une seule loi. « Marie, partir sur une banquise, vers les océans du nord, et attendre que le froid nous emporte... »

Le lundi matin, Léo-Paul l'attendit devant la porte du lycée. Comme si rien ne s'était produit deux jours plus tôt, elle arriva souriante, et aussitôt près de lui, elle dit :

« Elles sont arrivées hier après-midi. C'était drôle d'être joyeuse et de ne pouvoir en parler à personne.

J'aurais voulu que tu saches en même temps que moi !... »

Il l'embrassa, la prit par les épaules, et ils entrèrent l'un contre l'autre dans la cour du lycée. « J'ai pensé à toi toute la nuit », dit Léo-Paul. Ils ne parlèrent pas de cette soirée. Il songea aux vacances qui approchaient et qui allaient, à nouveau, les séparer. Elles furent pour la première fois un désert sans fin, un temps de mort où la vie se déplacerait pour rien.

Comme chaque lundi, l'emploi du temps n'avait pas changé, la semaine démarrait avec le Sauvage. Habituelle mise en scène du silence, le professeur se leva, prit un morceau de craie et inscrivit au tableau : « LE SAUVAGE S'ENRAGE. » Il se retourna et dit : « Voilà, c'est de la nouvelle poésie ! J'aimerais que l'auteur se lève pour les félicitations d'usage. »

Alain Lesueur n'attendit pas une seconde. Regardant le professeur droit dans les yeux, il se leva de sa chaise et, debout, croisa les bras. Il y eut un flottement. Le vieux professeur ne s'attendait pas à une attitude aussi déterminée. Pour dissimuler son malaise, il attaqua aussitôt.

« Monsieur Lesueur, je vous ai accepté dans cet établissement par égard pour votre mère, je vous ai toléré, supporté pendant une année et vous avez gaspillé l'argent que l'Etat vous avait confié en vous nommant boursier. Qu'avez-vous à répondre, Lesueur ?

— Que vous gâchez la confiance que des gens mettent en vous pour ouvrir l'esprit des élèves qui vous sont confiés. Le rôle d'un enseignant est de rendre visible la beauté, d'ouvrir les regards et les esprits des élèves pour qu'ils comprennent ce qui les entoure et soient mieux aptes à vivre leur vie... Au lieu de cela, vous vous conduisez comme un adjudant, vous nous...

— Taisez-vous ! Je ne veux plus entendre un mot. Prenez vos affaires et sortez de cet établissement ! L'année scolaire se termine dans deux semaines mais je ne peux supporter une seconde de plus votre visage de petit merdeux devant moi. Disparaissez ! »

Alain Lesueur prit le livre et le classeur posés sur la table, et se dirigea vers la porte. Avant de la franchir, il se retourna à nouveau vers le professeur, vers la classe.

« Vous n'avez pas le droit de me punir parce que j'exprime une opinion. Je suis certain de dire à haute voix ce que chacun pense dans cette classe. Si elle ne s'exprime que par ma bouche, c'est parce que vous avez imposé à chacun de ne pas exister, et donc de se taire. »

Puis théâtralement, il sortit sans un regard.

A peine la porte fermée, Léo-Paul, puis Frédéric, lentement et avec détermination, retournèrent leurs chaises et s'assirent, le regard tourné vers le fond de la classe, le dos tourné vers leur professeur. L'Huillier, le premier de la classe, hésita et en fit autant. Puis Durupt et Henry, Dassonville ensuite. Toute la classe enfin, en silence, avec le seul bruit des chaises, se retourna. Ce fut la seule action commune contestant l'ordre imposé, le premier mouvement de solidarité, où chacun exprima visiblement de quel côté il se situait.

Le Sauvage fit exclure du lycée l'élève Lesueur, ce qui entraîna automatiquement la suppression de sa bourse d'études. Mme Lesueur demanda alors à son fils de chercher un travail. Sans en parler à ses deux amis, il partit en juillet pour Nantes, où il avait trouvé une place dans une maison qui installait des circuits de téléphone pour les hôpitaux et les grandes entreprises. C'est de là-bas qu'il envoya, à Frédéric et à Léo-Paul, cette lettre :

> J'ai voulu faire vite pour pouvoir vous quitter sans émotion et sans l'envie de tout casser. Ma mère m'a accompagné au train, et je suis

passé par Paris. Le métro sent le café à certains endroits. J'ai pu monter dans une rame à pneus, directement jusqu'à la gare Montparnasse qui est en démolition. Je n'ai pas eu le temps de descendre au Quartier latin voir les endroits, j'y ai seulement songé en passant aux stations Saint-Michel, Odéon et Saint-Germain-des-Prés. Nantes est très belle, avec de l'élégance et des rues où il fait bon marcher. On se sent comme dans un décor de cinéma, d'ailleurs, Jacques Demy y a tourné *Lola* et j'ai retrouvé le passage couvert avec des escaliers en bois et une verrière qu'Anouk Aimée descendait avec un marin à son bras. Les marins sont partout ici, dans les cafés, les bars, les cinémas. J'en ai rencontré un qui s'appelle Lucien et qui sait envoyer une cigarette en l'air en frappant d'un coup sec son paquet, pour la récupérer directement dans la bouche. Ça fait un effet terrible auprès des filles, parce que prétexte à conversations. Je me suis entraîné dans ma chambre toute une soirée, mais je n'y suis pas arrivé et j'ai abandonné. Donnez-moi de vos nouvelles, de Marie aussi. Est-ce que Frédéric sort toujours avec la serveuse du Grand Hôtel (j'ai oublié son nom, excuses...). Ici, ils disent souvent « épatant », à propos de n'importe quoi. Les films, les disques, ou seulement comme manière de répondre à quelqu'un qui viendrait de dire : « Comment trouvez-vous ce café ? » Je vous recommande ce mot, il est « épatant » à prononcer. Si l'un de vous veut ma collection de *Science et Vie,* il peut aller la chercher chez ma mère, qui la lui donnera, ainsi que des *Cinémonde.* Je ne vous parle pas du métier que je fais, parce qu'il n'y a rien à en dire, mais je travaille avec un type sympa (j'allais dire, épatant) qui est de Marseille et qui ne parle que de motos. J'ai emporté mon tourne-disque et, hier soir, j'ai écouté *Petite Fleur* et j'ai pleuré. Parce que je pensais à vous, à cette année qui ne reviendra pas, à tout ce qui est déjà derrière nous et qui n'existe plus que dans nos souvenirs, avec les images des sourires et des expressions de visages comme points de repère. Je sais que tous ces instants où on a vécu à rire, à parler, à faire des projets, ressemblent à des bulles de savon qui vont crever doucement dans nos têtes, avec plein de couleurs où se refléteront le ciel et le vol des oiseaux. Je pense à vous souvent. Dites-moi la même chose, s'il vous plaît !

Alain.

Ils n'eurent pas envie de rire, mais pour ne pas avoir à s'émouvoir davantage, ils se regardèrent :

« Il est vraiment épatant ! dit Frédéric.

– Epatant vraiment », dit Léo-Paul.

Le cachet de la poste, tous les jours, indiquait Juan-les-Pins. Léo-Paul se leva à huit heures chaque matin du mois de juillet pour le plus tôt possible lire les mots de Marie, respirer, sentir les enveloppes, suivre chaque détour de l'encre, essayer de découvrir en plus un secret échappé. Pour la deuxième année, il travailla au grand golf, et reçut des cartes postales de New York où Langhome passait l'été dans un appartement donnant sur Central Park. « Chaque matin, écrivait-il, je regarde le début du monde se lever derrière les gratte-ciel de tout l'East Side. C'est violet et rouge et chaque building ressemble à un ordinateur géant qui connaîtrait chaque secret des habitants de cette ville folle à lier. Je suis en train de terminer *Le Visiteur* dont je t'avais parlé et Ann (qui t'embrasse) en commence déjà la traduction. Au fait, son parfum s'appelle " Jungle Gardenia " et j'en ai acheté plusieurs flacons dans une droguerie. Il faut que tu viennes un jour ici, faire connaissance avec l'énergie d'une ville, tirée de l'océan et où tout est possible. Je pense à toi, à Marie aussi. *Charles D.* »

« Léo-Paul ?

– Oui... C'est toi Marie !...

– Je t'appelle des Ardennes... Je suis arrivée ce matin. »

La voix de Marie au téléphone... Sa voix ! Il fit signe à Claire de s'éloigner. Tout imaginer avec cette petite voix électrique collée à l'oreille. Elle, tout entière dans ces vibrations, un corps, des yeux et les lèvres qui remuent et envoient des caresses... Amour... Réinventer les sourires... Peur de certains mots... Tes cuisses... Ton sexe... Faire l'amour... Bientôt... Encore... Tes cuisses s'écartent... Comme l'autre nuit...

A Prague, des chars russes arrivèrent dans la nuit. Phares, cartes routières, plans de la ville. L'Est, le Nord, l'Ouest, le Sud. Ville inconnue qui ne ressemblait en rien aux photos des entraînements. Des Tchèques au premier matin arrachent les plaques des rues, retournent les numéros des maisons pour perdre l'occupant.

Frédéric et Léo-Paul partirent en auto-stop jusqu'à Bruxelles. Marie, enfuie des Ardennes, les rejoignit sur le quai de la gare du Midi. Les plaques Paris-Amsterdam étaient collées à l'express, c'est là qu'ils montèrent dans un wagon de seconde classe. Baisers, sourires, étreintes... Se revoir, parler enfin et toucher la peau de l'autre, imaginée la nuit, le jour avec des parfums inventés... Tu me manquais... Je t'ai manqué ? J'ai pensé à toi si souvent... Je pensais à toi à chaque instant... Je t'aime... Je t'aime... Banalités des retrouvailles, l'important étant ce corps tout entier rayonnant des beautés rêvées, ce corps irisé des lassitudes et des attentes, mots collés à chaque pore de la peau, perles invisibles de sueurs émues... Le corps élu et son milliard de voyelles à crier, et glisser au-dessus du chant des roues d'acier annihilant les kilomètres. Marie et Léo-Paul retrouvés !...

L'information de la planète se faufilait partout, et Marie sortit le papier qu'elle avait griffonné, rempli de visages et d'une détresse inconnus. Elle lut dans le wagon qui se déplaçait dans ce coin d'Europe brisé de frontières...

Prague anonyme,
Plus de noms aux rues, plus de numéros
Peinture blanche aux angles et des ombres aux murs
Plaques arrachées
Ville anonyme et les yeux des habitants
Qui savent où habitent les amis, et les amis des amis.
Des étrangers casqués uniformés tournent en rond
Dans la ville sans direction
Mouches bleues derrière les vitres au soleil
Ils tournent cognent leurs têtes
Aux regards muets des visages tristes
De ceux qui savent qu'ils sont chez eux...

Ils habitèrent au Kaboul Hôtel, près de la gare, face aux premiers canaux, et marchèrent joyeux dans la Leidse Straat, des tramways derrière eux. Ils aspirèrent leurs premières bouffées d'herbe colombienne sur la place de Dam, sous les fenêtres festonnées du grand hôtel Krasnapolski. Ils se sentirent puissants et fragiles, et parlèrent de Siddharta qui avait connu la pauvreté, puis la richesse et était revenu sur le radeau du passeur écouter les bruits du fleuve... Au Paradiso, l'endroit le plus fou qu'ils aient jamais vu, une fresque fut peinte sur une toile tendue tout autour des dix mille personnes qui écoutaient le concert des Doors... Ils pensèrent que c'était exactement tout cela le bonheur, un moment où les questions contiennent les réponses et où la Terre tourne à la même vitesse que le vol des cerfs-volants... Ils se le disaient, se l'écrivaient, se le chuchotaient... Les seins de Marie accaparaient les mains de Léo-Paul, son sexe s'ouvrait à son désir... Ils formèrent une nuit ce cercle parfait où Léo-Paul connut les autres lèvres amères de Marie, et Marie ce goût sur d'un liquide brûlant projeté dans sa gorge comme une lave animale, sortie du cœur de celui qu'elle immolait... Forteresses volantes, planant au-dessus de toutes les jungles, ils firent la connaissance des morsures, et prirent possession de leurs guerres secrètes, noires, enfouies pour les faire jaillir aux confins de leurs peaux, dans le monde du blanc et de la lumière.

Frédéric, près d'eux, les aimait.

A Zandvoort, ils se baignèrent dans les longues vagues froides de la mer du Nord, des étrangers autour d'eux et des fumées d'huiles surchauffées sortant des cafés alignés sur une plage dont ils ne virent pas la fin. C'est à la frontière du retour qu'un monde qu'ils avaient cru oublier les attendait. Au vu de sa carte d'identité, le policier français demanda à Marie de le suivre. Frédéric et Léo-Paul descendirent avec elle sur le quai de la gare, mais on les invita immédiatement à remonter. Marie demanda ce qu'elle avait fait. Le policier répondit : « Rien encore, mais votre père a fait lancer un avis de recherche vous concernant et vous devez me suivre. » De leur compartiment, les deux garçons la virent s'éloigner avec le policier... Et quand le train démarra, ils se firent de grands signes... Des signes...

Marie arriva à Monterville le lendemain avec son père venu la chercher en voiture, et ce fut la fin des vacances.

MARIE KORINGER ne vit plus, du moins dans cette fin
d'adolescence, Léo-Paul Kovski, son amour. Elle fut
envoyée dès la rentrée à l'institution catholique
qu'elle avait quittée un an auparavant, croyant ne
jamais y retourner. Chaque semaine son père ne lui
donnait même pas la chance de revenir seule avec
l'autobus ou le train, il allait la chercher en voiture,
dans la 504 gris métallisé qu'il venait d'acheter.
Leurs retours s'effectuaient sans un mot. Une fois à
la maison, elle s'enfermait dans sa chambre, prenait
ses repas dans la salle à manger, avec les autres mem-
bres de la famille, puis repartait dans sa chambre,
malgré les questions, les injonctions... Là, elle
ouvrait les yeux, vers la lumière de sa fenêtre donnant sur un parc, puis vers les objets qu'elle aimait
et qui peuplaient son univers. Ce fut une guerre
lente et cruelle. Devant son père, sa mère, sa jeune
sœur et sa grand-mère, Marie ne prononça plus de
mots. Ceux qu'elle gardait encore pour les religieu-
ses de l'institution se firent de plus en plus rares
pour un jour disparaître tout à fait, sans que personne l'eût spécialement remarqué. Disparaître...
Elle coupa et rasa ses cheveux un dimanche après-
midi, devant le miroir de sa chambre. Elle retira les
courtes mèches du lavabo, les embrassa, puis les
enferma dans une grande enveloppe qu'elle cacheta.
Elle serra l'enveloppe contre elle, puis écrivit d'une

écriture minuscule tout autour : « Mes petits rêves immenses, je vous ai coupés de ma vie, et vous jette en prison. » Marie regarda son nouveau visage, les quelques franges qui se hérissaient à certains endroits de son crâne. Tout était calme autour d'elle et, de loin, elle entendit le son du poste de télévision. Elle regarda son lit, l'oreiller où la tête de Léo-Paul s'était posée, là où il était resté toute une nuit, près d'elle, sur elle, en elle, à mélanger des souffles et des gestes... Son regard fila sur ces petits personnages en bois doré, posés sur une étagère à côté de livres... Une lampe en porcelaine et une photo de Charlie Chaplin accrochée...

Sur un cahier relié de cuir rouge et noir, sur lequel elle ne savait pas encore qu'elle composerait un jour, d'une écriture fine et sans ratures, l'histoire d'un silence, elle inscrivit :

> Bien sûr, je pourrais m'enfuir, franchir la frontière et être recueillie par une vieille Allemande qui ne connaîtrait que trois mots de français et me préparerait le matin un plateau avec du café, un pot de crème et des gâteaux secs. Nous ne prononcerions que les mots essentiels, et nous nous contenterions de deviner. Avec le temps, je lui raconterais pourquoi je m'enfuyais le jour où elle m'a rencontrée... Mais aujourd'hui, je suis seule, je pleure et je me tais...
>
> Tout, autour de moi, se refroidit pour ressembler à de l'électricité qui court à l'intérieur des fils de cuivre, qui court pour traverser les ampoules et les tubes de néon, qui cavale avec ses éclairs et ses folles décharges dans les langues des enfants... Les meubles de ma chambre sont des bouts de bois à assembler parfaitement, je ne vois plus les traces de mes doigts, mes poussières, mes haleines collées, mes bouts de peau oubliés, il n'y a plus que

du bois verni, net, impeccable, sans souvenir, seulement des meubles achetés et posés là... Parfois, j'ai peur que tout ce froid envahisse le monde, qu'il n'y ait plus que du gel et des glaces pour recouvrir les bouches et les yeux. Regards translucides, blocs de givre collés devant les dents, sous le nez, pour ne plus rien avouer... Même toi, Léo-Paul, je vois ta peau devenir blanche et brillante avec des paysages qui se reflètent sur tes joues comme un tableau verni à la vitrine d'un marchand... Et si personne ne s'apercevait encore de rien, que je sois seule à sentir cette mer de glace dégouliner lentement du ciel, envahir les corps et les gestes, pour que le monde s'arrête d'aimer et de dire les mots qui réchauffent...

Marie s'apprêta à sortir de sa chambre pour exhiber son nouveau visage et affronter le bruit des réprimandes avec la seule arme de son mutisme. Dans le salon, la famille regardait à la télévision une chanteuse qui portait autour des yeux des paillettes collées à même la peau, et l'arrivée de Marie fut marquée par les quatre visages de la grand-mère, de la mère, du père et de la jeune sœur qui prirent à la même seconde la même attitude d'étonnement. Comme réglée par un maître de cérémonie absent, la mise en scène des visages fut tout à fait réussie. Le père Koringer se leva ensuite et, en deux enjambées, fut près de Marie qu'il gifla violemment, plusieurs fois en criant : « Qu'elle retourne d'où elle vient, je ne veux plus de cette fille ! Je ne veux plus d'elle ! » Marie vit les dents de son père blanchir et briller comme une faux qui voulait sa mort.

La semaine suivante, à l'institution, elle brisa les mains d'une vierge peinte et passa ses récréations à rester tournée vers un mur d'enceinte recouvert de lierre. Les sœurs venues lui parler n'obtinrent aucun mot, mais un regard vague tourné vers elles et qui ne posait plus de questions ni ne donnait de réponses. Dans la semaine qui suivit, Marie ne fut plus interrogée. Puis, elle fut emmenée en ambulance à l'hôpital psychiatrique. Aussitôt seule dans sa nouvelle chambre, elle vérifia si on lui avait bien laissé le petit carnet rouge et noir qu'elle avait glissé dans une poche de sa trousse de toilette. Le premier soir, elle écrivit :

> Novembre 1968, je suis arrivée de l'autre côté du monde, celui des silences, et c'est à toi que je pense, qui vas t'éloigner de moi chaque jour vers ta vie, vers le soleil des saisons, alors que je ne verrai que les ombres des corps qui s'agiteront tout autour. Déjà, je ne distingue plus ton visage, mais je porte en moi la trace de ton corps dans le mien, Léo-Paul, mon unique amour.

Il neigeait fort et un grand sapin illuminé avait été dressé sur la place de l'Hôtel-de-Ville, sous les fenêtres des Maleau, Noël. Alain arriva de Nantes, une valise à la main, un bonnet de ski sur le crâne, et Frédéric ne le reconnut pas quand il sonna chez lui. Léo-Paul vint vite les rejoindre, mais ils mirent une journée au moins avant de retrouver leur langage complice. Il fallut raconter : Alain, le monde des chantiers et les sorties le samedi soir dans les boîtes de Nantes, Frédéric et Léo-Paul, l'épopée hollandaise, Marie, l'hôpital psychiatrique... Des détails, des précisions, ils voulaient à la fin de cette semaine se donner le sentiment de ne s'être jamais quittés, chacun renseigné parfaitement sur les changements survenus à la vie des deux autres.

« Deux fois avec Frédéric, on a essayé de la voir, ne serait-ce qu'un instant, mais on ne nous a pas laissés entrer...

— Mais c'est de la séquestration arbitraire ! dit Alain révolté.

— Elle est mineure, et ses parents ont tous les droits...

— Y compris celui de la rendre folle ? »

Ils allèrent ensemble au cinéma, et passèrent le réveillon chez Pech qui avait organisé une soirée gigantesque pour fêter la nouvelle année, son permis de conduire et l'Austin Healey décapotable que son père venait de lui offrir. Cécile, à la faculté de lettres de Nancy depuis la rentrée, donna des nouvelles de Françoise Hausène et de Simon qu'elle rencontrait souvent ensemble au Jean Lamour, un café de la place Stanislas. Elle demanda à son tour des nouvelles de Marie. Ils dansèrent peu, émus et gênés de se retrouver tous, parlèrent beaucoup, et Cécile ne put s'empêcher de pleurer quand, à minuit, ils s'embrassèrent et qu'elle sentit Léo-Paul dans ses bras.

« On se souhaite de ne jamais s'oublier n'est-ce pas ? dit Cécile à l'adresse des trois garçons. N'est-ce pas qu'on ne s'oubliera jamais ?... »

Puis des explosions retentirent à l'extérieur, et tout le monde se précipita vers les fenêtres pour contempler, éberlués, le feu d'artifice que leur offraient les parents de Pech. Léo-Paul n'avait que l'image de Marie dans sa tête, ce visage qu'il ne rencontrait plus et qui, dans une chambre aux murs blancs, gardait peut-être à cet instant les yeux ouverts, comme lui, à scruter le ciel, plein de mélancolie.

Puis ils errèrent tous les quatre, se tenant par le bras, dans les rues de Monterville. Ils n'osaient pas se quitter, et devant la vitrine éclairée du boulanger, où s'alignait une armée de saint Nicolas en pain d'épice, Cécile regarda les trois garçons et demanda qu'ils dorment tous ensemble... une nuit... cette nuit-là ! Elle y avait pensé en quittant la maison des Pech mais, par peur de leur réaction, n'en parla qu'à cet instant, gardant pour elle son angoisse de commencer seule ce premier jour de l'année. Tous donnèrent leur accord sans hésiter. Se posait la question du lieu... Cécile fouilla dans son sac, et en sortit, ravie, un objet qu'elle exhiba devant eux, un sourire découvrant toutes ses dents : « Simon m'a donné la clef de sa maison ! »

En arrivant au terrain multisports, ils prirent la

piste en rond du quatre cents mètres et coururent sans exagération... Ils s'arrêtèrent à la moitié, essoufflés... « On n'a plus quinze ans ! » dit Alain, et ils riaient en ouvrant la porte de la maison de Simon. Dans la serre, ils trouvèrent du bois empilé à côté de toutes les fleurs et les plantes rabougries où ils avaient eu un jour leurs noms inscrits... Léo-Paul expliqua à Alain les équivalences de Simon. Il lui dit qu'il aurait pu, avec un peu de chance, être une gentiane ou une campanule... Ils firent un grand feu dans l'immense cheminée de pierre, et par terre des coussins, des couvertures et leurs manteaux au-dessus d'eux, parlèrent une bonne partie de la nuit avant de s'endormir, recroquevillés les uns mêlés aux autres, dernier puzzle qui allait bientôt se briser.

Les mois passèrent.

Frédéric échoua au bac et décida alors ses parents de l'envoyer, dès cette année, à Paris préparer l'entrée à l'école de photographie de la rue de Vaugirard. Il habiterait dans un premier temps chez son oncle, puis se chercherait une chambre...

En fait, il désirait être à Paris non pour apprendre la photo, mais pour auditionner dans les maisons de disques, chanter dans des cabarets, et rôder dans les milieux de la musique qui le fascinaient.

Léo-Paul réussit son examen et sut alors qu'il allait passer seul cette dernière année de terminale.

Quand les ouvriers de l'usine d'embouteillage apprirent qu'André Kovski ne reviendrait plus travailler, ils décidèrent une quête auprès de tous les services de l'entreprise, et lui offrirent un poste de télévision. Une délégation vint lui apporter l'appareil le jour du départ des premiers cosmonautes pour la lune. Autour du récepteur qu'ils installèrent aussitôt pour vérifier si tout allait bien, ils burent du champagne avec des biscuits à la cuiller. André Kovski ne sut trop quoi dire, tant ce geste l'avait surpris. De sa voix faible et voilée, il prononça quelques mots de remerciements. Il aurait bien voulu parler de ce jour magnifique où des Américains allaient marcher sur la lune, dire que lui, il attendait depuis longtemps cet événement parce qu'il avait toujours eu confiance dans la technique et dans l'invention des hommes. Mais il n'ajouta rien, répéta plusieurs fois merci en regardant leurs visages, puis il prit la main de sa femme.

« Kovski, dit un ouvrier, on a voulu te dire avec ce poste qu'on pensait à toi, et que tu étais parmi nous, même si tu ne viens plus nous voir. On voulait que tu saches aussi que personne n'a oublié le jour où tu as volé la locomotive, et qu'on a toujours été fiers d'être ton ami... Ce cadeau, c'est pour cela et pour te souhaiter de revenir très vite... »

Ils levèrent leurs verres pour trinquer encore une fois, Kovski, ému, essuya très vite un coin de ses yeux et but avec eux. Sur l'écran, de Cap Kennedy, le compte à rebours avait commencé...

LÉO-PAUL écrivit :

Il n'y a pas de jour où je ne pense à toi. Je t'imagine petite et perdue au milieu de ces hommes en blouses blanches – est-ce qu'ils te tutoient comme les policiers dans les films ? Je voudrais sans cesse te parler, te sentir avec moi projetée dans le monde, sur les routes ou dans les rues de Paris et de toutes les autres villes. Bientôt, je vais quitter cette maison où j'ai vécu mon enfance, ces trottoirs qui ont connu tes pas mêlés aux miens, cette ville imbécile aux visages camouflés derrière des volets refermés mais dont les yeux nous ont regardés au moins une fois pour imprimer leurs mémoires de nos deux visages mélancoliques.

Je ne sais encore rien de ce qui m'attend de l'autre côté de ce départ prochain. J'irai rejoindre Frédéric à Paris, j'irai à la Sorbonne et je préparerai une école de cinéma. Ou alors je voyagerai partout, je me ferai engager sur des bateaux et je débarquerai un jour à Aden ou à Hong Kong avec tes yeux dans ma tête et je marcherai dans ces rues inconnues, avec ce morceau de monde enfermé à jamais dans mes pensées.

Plusieurs fois en passant devant un calvaire sur le bord d'un chemin, j'ai prié pour toi, avec des mots que j'inventais, je me suis arrêté et j'ai regardé les pierres, les arbres, j'ai écouté le bruit des forêts et celui du vent sifflant dans les champs, et partout je t'ai reconnue, je savais que tu étais dans toutes ces musiques, dans ces couleurs, dans ces minéraux. Ton visage, ton âme voguaient dans l'air et, une nuit, je me suis allongé sur l'herbe et j'ai regardé les étoiles. Tu étais là et je nous sentais complètement faire partie de cet univers. J'aimais ce sentiment d'être infiniment petit et géant à la fois, géant d'une compassion pour tout ce qui est vivant, savoir qu'un regard étranger d'un pays perdu, derrière une Amazonie d'arbres ou de béton, faisait partie de ma vie autant que les gens dont je connaissais le son de la voix. A travers toi, j'ai aimé tous ces visages anonymes à la une des journaux, visages en pleurs ou déchiquetés, sourires et malheurs mêlés, ils faisaient partie de moi et je sais que je faisais partie d'eux. Quand un jour je prendrai un avion, une voiture ou un bateau, je sais que je n'irai pas à la recherche de paysages, de déserts ou d'océans, j'irai à la recherche des nez, des yeux, des joues, des bouches, des démarches, des mains, des iris, de tout ce qui ressemble aux hommes et aux femmes et nous ressemble parce qu'ils ont tous à faire quelque chose avec leurs corps plantés sur ce décor de monde et où il faut bien interpréter un rôle, quel qu'il soit, pour que la représentation ne se termine pas trop vite.

Quand je pense à toi, mon corps prononce Marie sans que ma bouche ait à sortir un son ou à articuler des syllabes, mon corps dit ton nom comme s'il vibrait sourdement. Parfois je marche dans la rue et parce que je pense à toi dans des cafés ou le long des maisons, je sais que c'est ton nom que je dessine dans la nuit.

Marie, je vais t'emporter dans tous les dédales de ma vie à venir, même lorsque j'aimerai d'autres visages, tu feras partie de mon histoire et chaque fois que je dirai un mot ou écrirai sur un carnet quelques phrases, je saurai qu'ils auraient été différents si je n'avais pas fait ta connaissance. Quand nos deux corps se sont rencontrés lors de nos fiançailles secrètes, j'ai su que je retrouvais l'autre partie de mes rêves, celle qui est peuplée de serpents, d'ours, de neiges avec d'immenses chevaux noirs au poil luisant de sueur et que je rencontrais aussi la voix en bois de Pinocchio et celle de Jonas du fond de sa baleine, les chars d'assaut de la guerre et les cartes postales des lacs italiens. Il y avait tout cela dans mes mains qui cherchaient les plis de ton corps, les caresses sur ces courbes inconnues, ces lignes que j'effleurais, ému par tant d'étrangeté.

Aujourd'hui, tu es sur une drôle de planète inconnue, nos histoires vont s'éloigner l'une de l'autre comme des aventuriers en quête de deux continents opposés. Tu as choisi l'hémisphère du secret et du silence, je m'apprête à partir pour le bruit et la lumière, pour des pays foisonnants de routes et de viaducs.

Je ne sais rien des contrées que je vais découvrir, je sais

seulement que je ne vais pas t'y rencontrer, mais que tu seras sur mes épaules et sous ma peau comme un paquetage douloureux ou une écharde qui ne fait plus vraiment souffrir mais qui fait encore mal en se réveillant la nuit. Je vais traverser des fleuves et franchir des pays d'incertitudes, il me faudra lutter, inventer et convaincre pour exister, il faudra absolument que je ne vieillisse qu'en apparence pour que tu puisses instantanément me reconnaître quand, un jour, nous nous retrouverons. Il faudra absolument encore que ce que tu as connu de moi reste intact même s'il est enfoui sous des enveloppes qui s'appellent la mode, le mûrissement, la part des choses. Il faudra que nous puissions retrouver l'essentiel de cette folie qui nous faisait croire que nous étions invincibles. Je me montrerai tel que je suis et tel que j'ai été avec – étalé devant nos pieds – ce rêve plus grand que le monde, plus parfait et plus insensé à la fois. Ce rêve, nous l'habiterons à deux et nous partirons ensemble à la rencontre de notre éternité.

Voilà, Marie, ce que je veux te dire, te décrire, te murmurer, c'est cette fin d'une histoire d'aujourd'hui pour une histoire de plus tard parce que c'est le mouvement d'une vie qui nous attend, avec des hargnes, des luxes et des inquiétudes. Je m'attends à une grande partie de montagnes russes où des visages d'angoisse se serreront les uns contre les autres pour trouver un point d'ancrage et crieront qu'il vaut mieux être ensemble quand la planète se rapproche si vite. Marie muette, Marie silence, je ferai l'effort de décrypter tout le non-dit des êtres, des événements, j'essaierai de savoir ou d'inventer ce qu'il y a avant et après ce que l'on voit, savoir si une île est une île ou un reste de continent ou encore un volcan, savoir si derrière chaque mot entendu se cache un autre mot ou encore une douleur. Je sais que parfois je me contenterai de l'apparence pour ne pas avoir à formuler de questions et ne pas avoir à entendre les réponses. Marie, cinq lettres minuscules d'alphabet pour un être tout entier qui pleure, qui a des cauchemars la nuit et qui tremble quand il fait froid, cinq lettres latines pour un visage, des caresses et un silence.

Chaque mois, je t'écrirai ce que j'ai vu, entendu et senti pour que tu saches bien, le jour où nous nous retrouverons l'histoire vraie et l'histoire apparente de ma vie sans toi, avec toi pourtant enfermée dans mes secrets.

Du jambon était en train de frire sur la cuisinière à gaz. Claire Kovski cassa deux œufs et brisa le blanc avec une cuiller en bois. Assis dans un fauteuil de moleskine, une couverture écossaise sur les genoux, Kovski respirait par à-coups et il était visible que sa difficulté à avaler avait augmenté. C'était une journée d'octobre ensoleillée. Dans sa chambre, Léo-Paul laissa quelques instants sa valise ouverte sur le lit pour regarder par la fenêtre les forains qui remballaient dans de grands camions bâchés les manèges qui avaient tourné la veille jusque tard dans la nuit. Hier dimanche, il avait joué à la loterie et avait donné le bras à son père pour qu'il puisse traverser toute l'esplanade au milieu des ampoules et des néons sans trop se fatiguer. Ils avaient gagné une bouteille de gewurztztraminer et un kilo de sucre. Ce n'était rien, mais ils avaient été contents.

Aujourd'hui, les forains partaient vers une autre ville où des enfants les attendaient pour les aider à s'installer. Léo-Paul, lui, s'en allait pour Paris, où personne ne l'attendait.

Première étape d'une course qu'il allait entreprendre avec sa vie. En casant quelques derniers livres entre un jean et des serviettes-éponges, il se revit en train d'aider au montage des manèges d'autos tamponneuses, déchargeant les cales en bois et les panneaux multicolores avec les gens du voyage.

Des années déjà à se souvenir... Années d'attente aussi à ne rien entrevoir du futur, de ce qu'il allait advenir de ces études et de ces rencontres... Il savait maintenant qu'il était titulaire d'un baccalauréat, qu'il avait connu une histoire d'amour, qu'il allait quitter ses parents et se mettre en route vers un monde difficile et bruyant où il aurait besoin d'énergie, de courage et d'imagination. Il avait peur, mais il croyait à sa force et aux beautés qu'il allait dénicher, et que sa vraie richesse était en lui... Tout ne pouvait partir que de là.

« Léo-Paul, viens manger, c'est prêt ! »

Il referma machinalement le couvercle de la valise et passa à la cuisine.

« A la gare de l'Est, j'achèterai une carte postale et je vous l'enverrai tout de suite. Sous enveloppe, pour qu'elle aille plus vite », dit Léo-Paul.

Son père fit signe de la tête. Claire, le dos tourné, penchée sur le réchaud, secoua du sel et du poivre au-dessus de la poêle. Léo-Paul se mit à table devant l'unique couvert. En apportant les œufs-jambon, sa mère dit : « J'ai mis des timbres dans ton porte-cartes. » Léo-Paul ingurgita son déjeuner sans parler. Il sauça son assiette, mangea un yaourt et repartit dans sa chambre. Il n'avait pas eu faim tant il imaginait dans quelques heures son arrivée à Paris, cette ville inconnue dans laquelle il allait bientôt marcher et se perdre.

Il boucla définitivement sa valise avec un gros tendeur de bicyclette, posa un 45 tours sur l'électrophone, puis regarda sa chambre. Il se mit à siffler en même temps que la chanson, assis sur le bord de son lit. Puis il accrocha son mini-cassette en bandoulière et empoigna sa valise. Debout, devant la porte de sa chambre, il attendit que le disque s'arrête. Avant d'entrer dans la cuisine, Léo-Paul enclencha la touche d'enregistrement du magnétophone portatif.

D'abord, il embrassa sa mère qui lui dit, en désignant son père : « Tu comprendras que je ne t'accompagne pas... Sois prudent là-bas ! » Elle était émue et fit un effort pour ne rien montrer. Près d'André Kovski, Léo-Paul mit un genou à terre pour être à hauteur du fauteuil. « Au revoir », dit-il en l'embrassant. Le père toussa pour dégager sa voix et prononcer tout doucement, presque en chuchotant :

« Au revoir Ti'. Reste pas trop longtemps sans revenir me voir, je pourrais m'en aller et tu oublierais mon visage.

— Je reviendrai vite, mais je ne t'oublierai pas.

— Si. Les visages, ça s'oublie, je sais ça, les visages

ça s'oublie. Tâche de devenir quelqu'un de mieux que tout ça ! (Il désigna l'appartement.) Et puis je sais que tu as toujours eu trop de fierté pour me le dire, mais j'ai toujours su que tu m'aimais bien, beaucoup peut-être, mais je n'ai rien dit non plus parce qu'on a des têtes de mule tous les deux. Mais aujourd'hui, je veux que tu le saches et que ce soit avec cette idée-là que tu partes dans ta tête, pas autre chose. »

Léo-Paul resta la tête posée sur l'épaule de son père. Il eut peur de ne plus le revoir et de ne pas lui dire maintenant les mots qu'il attendait. Ils étaient là pourtant, tout près de sa gorge, prêts à vibrer doucement et apporter de la douceur et de l'apaisement. Il fit un effort, puis il chuchota, comme s'il voulait que sa mère n'entende pas :

« On s'est manqués, mais je t'aimais, c'est vrai, crois-le, je t'aimais. »

Et comme s'il en avait trop dit, ou l'avait mal dit, il se releva. André Kovski relâcha doucement la main qu'il avait serrée et qui lui échappait.

Evitant chacun des regards, Léo-Paul reprit sa valise puis s'en alla. Le claquement de la porte le surprit, comme s'il n'avait jamais remarqué qu'elle faisait ce bruit-là. Il stationna quelques secondes sur le palier, réalisant seulement que c'était la première fois qu'il partait vraiment, et que le sens de son histoire allait vers l'éloignement toujours plus grand de cet endroit. Il retira la touche enclenchée du magnétophone puis descendit l'escalier, emportant sur quelques centimètres de bande magnétique ces presque mots qu'il réécouterait, cette voix de son père qui allait se taire et qu'il ne pourrait plus oublier.

En traversant la rue, il releva la tête vers les fenêtres. Ils étaient là tous les deux, droits comme les premiers communiants des photographies, images immobiles.

II

LES CHEMINS DU MONDE

Les noms des personnes, son nom, furent oubliés. Marie perdit également une partie de ceux qui désignaient des objets. Cependant certains d'entre eux, sans que l'on puisse savoir quel hasard de sélection en avait décidé, restaient présents... Ceux des végétaux, des minéraux par exemple ou certains, hors du langage courant et qui se faufilaient parfois derrière ses dents comme des sucreries. Elle répétait toute seule, une centaine de fois par jour, le mot élu, feldspath, micaschiste, quartz... Mais ils ne parvenaient jamais de l'autre côté, au-delà de sa bouche, pour atteindre les autres. Comme si elle avait voulu qu'ils demeurent emprisonnés et ne puissent s'échapper avant d'avoir retrouvé leur sens. Parfois un arbre était un arbre, d'autres fois les lettres se disloquaient et restaient suspendues dans l'air, a, r, b, r, e, et ne signifiaient plus rien. Alors Marie allait près d'un hêtre de l'allée, l'enlaçait et prononçait à l'intérieur d'elle, hêtre, hêtre, hêtre, hêtre comme si elle utilisait une formule magique pour recoller ensemble deux fonctions qui n'auraient jamais dû être séparées... Elle entrait à l'intérieur des objets, glissait de toutes ses forces pour être dans la table, dans le poste de télévision, le banc, l'herbe... Il fallait graver les mots de l'intérieur, pour qu'ils n'arrivent pas tels des ouragans, prononcés par les bouches de l'extérieur.

Elle circulait hébétée au milieu des autres malades, dans les allées, marchant en tous sens, avec un mot ou un objet dans lequel elle tentait de pénétrer au prix d'efforts que personne ne pouvait supposer. Le gravier fut son premier plaisir. Elle aima entendre son crissement et fit des allées et venues répétées de la grille de l'hôpital aux premières marches du perron. Gravier, gravier, répétait-elle en écoutant le son des petites pierres se heurter, comme si elles faisaient elles aussi des efforts pour être entendues.

Ses premiers moments de détente se passèrent auprès d'une petite pièce d'eau où stagnaient des nénuphars blancs piqués de roseaux qu'entouraient des arbres. Elle se frottait à leur écorces, comme si par ce geste elle voulait leur arracher de l'existence et s'approprier une force dont elle se serait sentie démunie. Les éraflures produisaient des sons qu'elle aimait et qui la calmaient, rassurée qu'elle était par ces bruits de la nature qu'elle pouvait elle-même provoquer, sans qu'une personne en décide à sa place. Elle pensa souvent à la mer, où elle aurait bien aimé se plonger. Pour mêler son corps aux vagues qui savaient glisser sur le sable en murmurant des caresses qui ne s'arrêtaient jamais.

Parfois, elle voyait défiler tous les mots qu'elle avait un jour connus. Certains se coupaient, se fissuraient ou se retournaient et elle les superposait à des images de son livre d'histoire, photos d'exode où des milliers de gens s'enfuyaient, serrés les uns contre les autres, des valises pleines tiraillant leurs bras, et leurs yeux tournés vers une direction où ils imaginaient une vie à l'envers de celle qu'ils venaient de quitter. Quand, un jour, elle réussit à attraper un mot qu'elle venait de reconnaître et qu'elle eut l'intuition de pouvoir le remplir avec l'objet qu'il désignait, elle le vit se convulser devant elle, comme atteint de douleurs, et exploser en envoyant partout des taches rougies de chacune de ses lettres. A nouveau effrayée, Marie se mit à geindre comme lorsqu'elle essayait de sortir d'un cauchemar en se forçant au réveil, avec le son de sa voix.

Les conversations furent des sortes de froissements que ses oreilles lui transmettaient, mais qu'elle se trouva incapable de décoder, un brouillard sans forme qui tournoyait autour d'elle comme des pales d'hélicoptère dangereuses où, si elle n'y prenait pas garde, elle pouvait laisser sa vie. Marie se mit à fuir quand elle vit des bouches s'avancer vers elle en remuant pour tenter de l'empoisonner et lui envoyer leurs petits sacs de mort... Des mois entiers, elle resta enfouie sous ses couvertures à l'instant où l'on entrait dans sa chambre avec le plateau-repas. Enfouie, pour qu'aucun mot ne l'effleure ou ne vienne se loger dans sa poitrine, sa nuque ou son front... Alors, autour d'elle on se tut, et il fallut l'habituer à des rires, à des chuchotements ou des toussotements... Les premières paroles qu'elle ne rejeta pas et qu'elle n'eut pas à craindre furent celles des chansons. Elle garda sur sa table de nuit un cassettophone et toutes sortes de musiques furent ses nouvelles premières amies; celles qui envoyaient des sons sans conséquences mortelles et ne venaient ni pour la perdre, ni pour la sauver. Elles se propageaient autour d'elle simplement, dans cette chambre claire donnant sur une allée de graviers où entraient et sortaient les gens de l'hôpital.

SOLITUDE et odeurs du métro, les premières années de Léo-Paul Kovski à Paris furent imprécises. Il eut le sentiment d'être un vagabond circulant dans les dédales d'une ville hostile, à la merci de bousculades et de rencontres éphémères dont il était rarement l'instigateur.

Cette ville lui sembla d'abord peuplée de fantômes. Ceux-là mêmes qui avaient rôdé dans ses rues, quelques années auparavant, des pavés à la main, et lui avaient inventé, tel un tableau de Magritte, une plage avec des vagues, à l'emplacement de la fontaine Saint-Michel. Fantômes tirant leurs rêves d'aujourd'hui de continents lointains, d'Amérique du Sud ou d'Extrême-Orient, là où l'impérialisme avait un drapeau, et les peuples un visage. Grâce aux distances, les imaginations étaient intactes, et le Bien et le Mal portaient chacun un masque bien distinct, plus facile à conspuer ou à aimer.

Léo-Paul marcha sur les boulevards de cette cité nouvelle, traversa la Seine et se serra matin et soir dans les rames de métro. « Ils ne sont pas là, pensait-il en observant tous ces regards lointains que jamais il ne parvenait à accrocher. Ils ne sont pas là ! »

Certains voyageaient dans le temps, d'autres dans l'espace : pseudo-Rimbaud du XXe siècle, ils croyaient dur que la vraie vie était ailleurs et que c'était leurs seules apparences qui effectuaient les transits fastidieux, sur les trottoirs roulants de Châtelet et de la gare Montparnasse. Voyageurs, ils regardaient ailleurs, et Léo-Paul n'arrivait pas à déranger ces rêveries imperturbables, indifférentes à ce qui se passait exactement à cinquante centimètres de leurs visages.

Dès le premier coup de fil, donné depuis le Centre régional des œuvres universitaires à une propriétaire inquiète, tout avait mal commencé.

« Vous êtes noir ?

— Non...

— Célibataire ?

— Oui.

— Vos parents...

— Mon père est malade et....

— Le cancer ?

— Oui, c'est ça.

— Votre nom ?

— Kovski, madame... Léo-Paul Kovski.

— Kovski... C'est juif... »

Clic. Léo-Paul avait raccroché. Finalement, il atterrit dans le XVIe arrondissement, loin de Censier et de la Sorbonne, dans une chambre sans eau, sans chauffage, dont l'unique lucarne donnait sur les appartements chic de l'avenue Foch. Cette fois, il fit connaissance avec une logeuse dont le kilowattheure était la principale obsession.

« Vous vous rasez comment, jeune homme ?

— J'ai un Philipshave trois têtes...

— Il faudra changer ça, et vous raser avec des lames ! Vous l'avez remarqué, il n'y a pas une seule prise de courant dans cette chambre. Comme mon père et mon ex-mari, achetez-vous un blaireau en poil de sanglier, vous verrez, vous me remercierez. »

Femme sèche, qui portait le nom d'une marque de biscottes, la propriétaire mit sa pingrerie sur le compte d'anciennes locataires féminines avec leur manie de repasser et de se sécher les cheveux à tout moment. Léo-Paul pensa aussitôt à une douille volante, mais la supposée marchande de biscottes avait tout prévu, et fait installer un globe cadenassé, autour de l'unique ampoule électrique suspendue au plafond. O.K., O.K. se dit-il, encore un guet-apens, et je suis tombé dedans ! Mais il n'eut pas le courage de retraverser Paris, téléphoner à nouveau à d'autres adresses, se rendre sur d'autres lieux...

« Deux cent cinquante francs que vous me glisse- rez, chaque premier du mois, sous la porte de l'of- fice ! En espèces, évidemment ! »

Il avait accepté, et laissé pousser sa première barbe.

André Kovski mourut en mai 1971, six mois après l'installation de Léo-Paul dans le XVIe arrondisse- ment. Claire l'attendait sur le quai de la gare de Monterville, et ils pleurèrent quand ils s'aperçurent. Après l'enterrement, Léo-Paul proposa à sa mère de venir habiter Paris, ce qu'elle fit à la fin de l'année en occupant une chambre que mettait à sa disposi- tion la clinique de Neuilly où elle venait d'être enga- gée.

Frédéric vint de temps à autre rejoindre Léo-Paul au restaurant universitaire de la rue Mazet, tout près de l'Odéon.

Un après-midi, ils prirent, à la porte de la Cha- pelle, un autobus pour Villetaneuse, en banlieue nord, là où les disques Vogue avaient convoqué une trentaine de garçons et de filles... Salle d'attente, sourires pour se décontracter... La plupart s'étaient déjà rencontrés à d'autres auditions. Léo-Paul regarda à travers la vitre du studio son ami ajuster les micros à hauteur de bouche et de guitare, puis attendre le geste d'un directeur artistique et com- mencer... Un couplet, un refrain, un verdict : « Vous restez, monsieur... » A la fin de l'audition, trois gar- çons et une fille furent retenus. Là, Frédéric à nouveau rechanta sa chanson, en entier, pendant qu'un technicien ajoutait de l'écho sur sa voix, et qu'un magnétophone l'enregistrait.

Claire détesta Paris. Elle sortait peu, n'allait même pas au cinéma... Suite à une petite annonce, elle changea de clinique pour s'occuper d'enfants autistiques dans un lieu de plein air, à la périphérie de Meaux. Parce qu'elle avait longtemps pratiqué dans un hôpial, qu'elle était seule, et qu'elle était armée de volonté et de patience, elle fut retenue par le professeur Gettheim qui demandait l'entière disponibilité de ses collaborateurs. Claire vécut désormais dans une propriété entourée d'arbres et d'une petite mer de sable où les enfants pouvaient tomber, se battre et marcher seuls, des heures, avec rien d'autre qu'eux. Le premier dont Claire devint l'éducatrice s'appelait Marco. Quand il arriva à la Fondation, son corps était mou comme celui d'une poupée en chiffon et, fasciné par les bandes magnétiques, il les transformait en des sortes de cordes à nœuds qu'il surnommait *ses dictionnaires*.

CHAQUE jour, chaque nuit de ces premières années parisiennes, Léo-Paul écrivit sur un cachier puis sur plusieurs, des mots adressés à Marie. Détails insignifiants : sa barbe qui avait poussé rousse, contre toute attente, les graffitis du métro, la description d'un visage de vieillard rencontré dans la rue des Quatre-Vents, les odeurs des trottoirs, le givre sur son vasistas, son voisin de chambre, un dénommé Costas qui voulait devenir comédien, le camping-gaz pour chauffer le café du matin, les morceaux de sucre emportés du restau-U pour les petits déjeuners, la couleur de ses pull-overs...

... Je suis allé avec Frédéric à l'enterrement d'un gauchiste qui s'est fait tuer à la porte des usines Renault. C'est à côté du métro Barbès qu'on a rejoint le cortège, il faisait un petit temps froid et sec. Des drapeaux, des rouges et des noirs se balançaient au vent, au-dessus des cheveux... Tous ces visages – deux cent mille ont annoncé les journaux du lendemain – avançaient sans tristesse apparente, convaincus seulement d'être une parcelle de la peau de celui qu'ils accompagnaient... En arrivant au Père-Lachaise, j'ai pleuré, et des gens ont fait comme moi, en voyant passer le fourgon recouvert d'un drap rouge et d'œillets, la famille en noir tout autour. Alors j'ai pensé que ma première manifestation avait été un enterrement...

Léo-Paul n'envoyait rien de tout ce qu'il écrivait puisque les quelques lettres qu'il avait voulu faire parvenir à l'hôpital psychiatrique lui avaient été retournées en un seul paquet ficelé. *Repères pour Marie,* ce fut le titre qu'il choisit d'écrire sur la page de garde des deux premiers cahiers.

Il lui arriva certains jours de rester enfermé dans sa chambre, occupé seulement à regarder les voitures de l'avenue Foch passer à toute vitesse, ou à gratter avec un couteau la couche de brûlé restée collée à la casserole quand il ne l'avait pas lavée tous les jours. Corvée d'eau, broc, robinet au bout du couloir et des baquets en faïence, comme dans l'ancien temps... D'autres fois, il se sentait rempli d'énergie et décidait de lire, de marcher dans Paris, de noter les choses les plus banales comme les numéros d'autobus qu'il voyait passer de la terrasse d'un café, l'heure à laquelle ils s'arrêtaient à la station et si le chauffeur était un homme ou une femme. En une nuit, il lut *L'Ombre du Conquérant,* de Langhome, qu'il avait trouvé en Poche, et il venait de commencer *Belle du Seigneur,* d'Albert Cohen, qu'il avait dû voler tant le livre était cher...

Léo-Paul alla un soir dans un des derniers recoins des Halles où s'opéraient encore les déchargements de camions arrivés, la nuit, des régions de France. Au milieu des hommes qui attendaient l'embauche, il dut paraître chétif au contremaître qui désignait du doigt les élus, puisqu'il lui fut dit : « Toi, tu ramasseras les feuilles de salade tombées des cageots !... » On rit beaucoup tout autour, parce qu'il était important d'être dans les papiers du contremaî-tre-embaucheur. Cette nuit-là, le dernier métro avait déjà filé quand il descendit dans une station et il rôda dans le quartier avec des comédiens allemands qui venaient de jouer *Le Prince de Hombourg.*

Le monde allait vite, Léo-Paul s'encombrait de détails. Deux années passèrent à acheter des carnets de métro, à noter des numéros de téléphone à sept chiffres, à retenir les changements de ligne sans consulter le plan, à repérer les cinémas où il était facile d'entrer par la sortie de secours. Un été, Frédéric fut remplaçant projectionniste au studio Logos de la rue Champollion, et Léo-Paul en profita pour voir des films qui n'avaient jamais été projetés sur la planète Monterville : *Pierrot le fou,* et un film étrange de Paul Newman, *De l'influence des rayons gamma sur les marguerites.*

Il se retrouvait parfois dans sa chambre du bout du monde complètement démuni, se retournant sur sa vie passée, puisqu'il n'y avait rien à voir devant. Rêves où il voyait son père sortir d'un marécage aux fumées violacées et le regarder, avec un sourire tranquille, comme s'il se trouvait au bord d'une route, le visage tourné vers les camions de passage... Et lui, Léo-Paul, venait s'asseoir dans la boue, et commençait des monologues dont les mots se transformaient en cubes pour s'empiler autour d'eux, et doucement s'enliser dans les eaux du marais.

Il se sentait envahi par les bruits d'une ville sans tendresse, se distrayant certaines nuits à marcher du vasistas à la porte, quatre pas et demi aller, quatre pas et demi retour, pieds nus sur les tommettes repeintes, comme un prisonnier. Ils sont tous passés par là, se dit-il pour se rassurer, en s'arrêtant devant le miroir cassé, morceau de miroir, collé à même le mur. *Ils,* c'était Fitzgerald, London, tous ceux qui étaient arrivés un jour d'un coin perdu, avec plein de couleurs, de mots et d'images dans leurs têtes... Dans son réduit de l'avenue Bugeaud, avec vue sur les arbres de la porte Dauphine, dans ce quartier huppé de Paris aux alignements de pierre de taille et à deux stations de métro des Champs-Elysées, il se sentait misérable et étranger.

Il acheta aux puces de Saint-Ouen une machine à écrire portative, Brother Deluxe 1350 beige, avec un *automatic repeat spacer.* Comme s'il s'agissait d'un manuel de survie à apprendre le plus rapidement possible, il s'exerça seul à taper, sur des feuilles blanches 21 × 29 qu'il acheta par paquets de cinq cents. En trois mois, il parvint à mettre à peu près correctement au propre les deux cents pages de *La Vie au-dessus du 48ᵉ parallèle,* qu'il mit autant de temps à corriger.

Etre imprimé, publié, que l'on feuillette ses pages et que des hochements de tête signifient c'est bien, très intéressant... Il chercha un éditeur. Laffont, Grasset, Gallimard, Denoël, le Seuil, il ne savait pas à qui envoyer son manuscrit en premier, et pensa évidemment qu'il regretterait son choix en cas de refus. Finalement, il succomba à l'emprise de la N.R.F. et au charme discret de la jaquette aux lisérés noir et rouge, et passa en milieu de semaine rue Sébastien-Bottin chez l'éditeur de Sartre, Proust et Malraux.

C'est dans un salon cossu de l'hôtel Meurice qu'il raconta ses tergiversations à Langhome, de passage à Paris. « Moi j'aurais publié chez n'importe quel éditeur de polar ou de porno, pourvu qu'il ne soit ni antisémite, ni fasciste », s'esclaffa le vieil écrivain. Ce soir-là, ils dînèrent face à face et Léo-Paul utilisa pour la première fois des couverts à poissons. Ils allèrent en taxi dans le XVIᵉ arrondissement et l'écrivain monta avec peine les sept étages de l'escalier de service. En entrant dans la chambre, il fit hum, hum, et pensa : horrible !... « Je vais téléphoner à cette folle de Stein, dit-il, elle trouve toujours une chambre pour quelqu'un qui peut devenir célèbre un jour. »

La vie de Léo-Paul fut différente quand il quitta l'avenue Bugeaud pour la rue de l'Hirondelle. Une rue étroite, pas plus large qu'une voiture, et qui se terminait par des escaliers. On accédait alors à la place Saint-Michel par un passage qui sentait l'urine et où un graffiti rouge déclarait que LA MOITIÉ DES HOMMES EST UNE FEMME.

Gallimard renvoya le manuscrit accompagné d'une lettre de circonstance et, lorsque Léo-Paul fêta ses vingt ans autour d'un gâteau piqué de bougies, à Monthyon, tout près de Meaux, Claire parla de Marco, l'enfant dont elle s'occupait désormais et qui, la veille, avait léché, pour la première fois, du miel tombé sur la table, lui qui jusque-là avait une peur mortelle de tout ce qui se glissait dans sa bouche, que ce soient des mots ou des nourritures.

« Il est en pleine préhistoire, ajouta-t-elle, depuis un mois, il dessine des dinosaures qui pètent devant des microphones, et je l'entends rire, rire à chaque fois... Il y a un an, je ne connaissais même pas le son de sa voix ! »

« FITZGERALD titubait dans les rues de Californie et Malcolm Lowry voyait des araignées lui bouffer les yeux quand ils arrêtaient une seconde de picoler !... » Peut-être que je ne suis pas un écrivain, pensa Léo-Paul, muet à ce que venait de proclamer Mme Stein, la patronne du Delhy's Hôtel, rue de l'Hirondelle où il débarqua avec sa valise, ses sacs en plastique remplis de livres et de ravitaillement. *Eau chaude dans toutes les chambres* indiquait une plaque en marbre noir, plantée à l'entrée. Rien que pour cela, Léo-Paul fut ravi d'atterrir dans cette rue pourtant étriquée que le soleil effleurait à peine. C'est Langhome qui avait plaidé pour Léo-Paul et Stein s'était laissé convaincre : « Il s'est habitué au luxe maintenant, le vieux, il ne supporte plus que les draps de soie et les salles de bain grandes comme des quais de métros... Mais il est passé par ici, lui aussi... »

Léo-Paul se sentit, cette fois, réellement entré dans Paris. Le centre, V^e arrondissement, le quai des Grands-Augustins, les berges de la Seine et des dizaines de salles de cinéma autour, des cafés ouverts toute la nuit et les promeneurs du monde en transit devant la fontaine Saint-Michel, des sacs de toile sur le dos, des rêves d'Europe et d'Amérique plein la tête. « Elle te semblera parfois fofolle ou un peu vulgaire, avait prévenu Langhome, mais elle a lu les livres de tous les écrivains qui ont dormi au moins une nuit dans son hôtel, et elle n'a presque rien oublié... »

« Mon mari a eu la tête tranchée par une hélice de Messerschmitt, enchaîna-t-elle. C'est extraordinaire n'est-ce pas ?... D'autant que la guerre était terminée depuis trois ans et qu'il n'était jamais monté dans un avion de sa vie. (Elle rit comme si elle était en train de raconter le début d'un film où le rôle de son mari serait tenu par Buster Keaton... Elle reprit :) En Alsace où j'ai toute ma famille, un avion de guerre avait été abattu dans un champ, et tous les habitants s'étaient partagé les pièces détachées, en souvenir !... Les roues, la queue, le tableau de bord, une mitrailleuse. Mes parents, eux, avaient eu la bonne idée de garder l'hélice, qu'ils accrochèrent, après beaucoup d'acrobaties, à une énorme poutre entre la salle à manger et la cuisine... Tout en haut. C'est de là qu'elle s'est détachée à l'instant où Stein m'apportait des *wiener schnitzels* avec une bouteille de riesling. Un bruit et plus rien... Sa tête tranchée net et moi qui croyais à une farce !... Parce qu'on ne peut pas imaginer, quand des choses comme ça vous arrivent, que ça puisse être réel complètement. On se dit : ça cache quelque chose, ou bien, il va réapparaître derrière et demander si c'était drôle. J'étais prête à l'engueuler, puis j'ai posé ma main sur son visage, et c'est le sang tout chaud qui m'a ramenée à la réalité. Alors, j'ai dit : quel con ! et j'ai pleuré. »

Le soir de son arrivée, Léo-Paul se rasa la barbe et garda une trace blanche sur la peau que n'avait pas hâlée le soleil. Il rouvrit pour la première fois depuis le début de l'été un des cahiers où il écrivait les *Repères pour Marie* et, face à une table où enfin une lampe de bureau était posée, il se mit à écrire à toute vitesse, cerné par l'auréole de lumière sur son papier et le brouhaha des voitures qui descendaient le boulevard.

Des années sans te voir, à seulement imaginer une expression, un sourire, à écrire avec mes stylos des mots que tu ne liras pas. Mais on oublie tellement, on oublie tous les moments calmes, ceux où rien ne se passait vraiment. Dans Paris sans toi, j'écoute et je regarde. Cette ville, il faut la voir pour la première fois la nuit. Parce qu'elle brille de milliers de lumières tremblantes et fragiles, elle semble éphémère, construite en rêve avec les vibrations de chaleur qui montent des macadams vers le ciel. Elle ressemble à une onde lente comme celle qui anime les énormes cordes de contrebasses et dont on peut suivre la course en même temps que l'on entend la note grave frappant le ventre et pénétrant sous la peau.

Elle tremble, des nuages tout autour d'elle, des buées que traversent les rayons de la lune en leur donnant d'étranges lueurs blafardes.

Il faut d'abord la regarder, puis écouter la rumeur qui arrive jusque là où on se trouve. Il faut imaginer que cette voix douce est faite en réalité des milliers de respirations, de chuchotements, de pas qui claquent sur les trottoirs. Il faut imaginer la souffrance et le plaisir enfermés dans des chambres closes d'hôtels ou d'autres situées sous les toits près des pluies et des gels, avec des silences d'attente et de regards tournés vers les tapisseries défraîchies. Imaginer aussi les raclements de gorge, avec la salive qui s'avale et fait un petit claquement au niveau du larynx, la peur parfois à cause d'un frôlement derrière une porte, une clef dans une serrure et la respiration lourde de quelqu'un qui essaie de pénétrer dans un lieu qui ne lui appartient pas... C'est tout cela, le bruit de cette ville, avec aussi la voix des enfants qui ont un cauchemar et qui appellent une présence rassurante : alors une lumière s'allume et s'ajoute à tous les autres tremblements puis un robinet coule, et l'eau gicle sur l'émail blanc d'un lavabo jusqu'à ce qu'elle soit bien fraîche et là, une main tend un verre. Puis l'enfant rassuré hoquette encore un peu, ferme ses poings et, allongé sur le dos, regarde un dernier instant le seul visage qu'il connaisse. Bientôt, très vite, cet enfant qui s'appelle Abel connaîtra un deuxième visage, puis un autre et jamais plus il ne se souviendra qu'à un moment très court de sa vie, il n'a connu qu'un seul visage.

A cause du vent, la rumeur s'en va un instant, puis revient exactement à l'endroit où l'on se trouve, sur une colline où se dressent des immeubles blancs. Dans l'herbe, des gouttes de rosée grossissent à cause de la fraîcheur de la nuit, et la carapace dorée d'un scarabée frôle le cuir des semelles pour repartir à nouveau vers un autre sentier de terre.

Rien ne se distingue dans la rumeur, pas un chant d'oiseau, pas un klaxon, pas une sirène. C'est la rumeur de la nuit, douce et compacte, qui arrive comme un rayon lumineux, lisse et sans aspérité. Ce qu'il y a de bien avec elle, c'est qu'elle n'impose rien, elle surgit avec ses mystères, ses miaulements de chats, ses vapeurs d'expressos, et ses bruits de bobines qui tournent dans les cinémas et rien n'est souligné. Elle ressemble à un océan. Tout le monde sait les milliards de litres d'eau, les tonnes de sel, les algues, le sable, le plancton, et pourtant chacun dit : *l'océan.* Pour la ville, il y a aussi un mot unique et simple qui est la *rumeur.*

L'homme qui écoute toute une nuit le bruit des marées, du flux et du reflux peut devenir fou tant il entend les cris et les chuchotements des villes englouties et des bateaux perdus. La rumeur, elle, ne rend ni fou ni malheureux, elle dit : « Tout est en train de se faire, de se défaire. Des hommes attendent sur les bords des fleuves ou sur les quais des gares, des femmes arrivent avec de la buée dans leurs yeux et ils s'observent, tournent les uns autour des autres comme dans les danses d'insectes, le ton de leur voix n'est plus le même, puis leurs peaux se touchent et font le bruit infiniment tendre de deux rêves qui se rencontrent... »

A Paris, Léo-Paul se sentit libre de ses horaires. Les premiers mois cela avait été effrayant de responsabilité, tant il s'était senti accablé de devoirs envers lui, comme si en permanence il se regardait agir avec cette liberté nouvelle, se censurant sans cesse pour ne pas en abuser... Où ai-je pu lire, qui a pu m'enseigner qu'il ne fallait pas user de cette liberté jusqu'à la corde? pensa-t-il. J'aurais pu dormir le jour et ne me réveiller que la nuit, traîner dans les bars, jouer avec des machines, écrire sur des napperons l'angoisse de se sentir vivant et le bonheur de l'être vraiment, michetonner sur les trottoirs à la recherche de monnaie et de plaisirs inconnus, hurler sur les quais du métro à l'indifférence, au silence, aux non-regards, me branler sur les marches de l'Opéra un jour de première, quand les invités de *Wozzeck* arriveraient en smokings et étoles de fourrures, j'aurais pu me raser les cheveux ou les teindre en violet, porter un slip en imitation panthère et, un coutelas sur le côté, remonter les Champs-Elysées en rampant, un casque de la coloniale sur le crâne... J'aurais pu, et je ne l'ai pas fait parce que tout cela rend fou de différence...

Depuis qu'il vivait à Paris, en dehors de ces carnets, il écrivait peu. Quelques lettres à Alain Lesueur à Nantes et à sa mère... Pourtant il avait parfois l'impression que Paris était un grand trou noir pareil à ceux du ciel où disparaissaient les étoiles, réservoir de mots, de tensions dans lequel il allait pouvoir puiser des nuits d'écriture, comme à Monterville lorsqu'il savait se brancher sur les yeux du monde et partir dans n'importe quelle rue enneigée de la planète traversée par des chevaux brillants...

En écrivant ce soir-là, il retrouva l'abîme chaque fois entrevu et ce besoin qui pousse à se laisser tomber en lui, tout en prenant plaisir à résister à cette tentation et inventer les délices qu'on aurait rencontrées à l'instant de mourir. Envies d'être riche et nu, vaincu et conquérant, celui qui sait qu'au-delà des opacités il est des vies foisonnantes de crapauds, de trains de luxe et de palaces mirobolants où se cachent les voleurs de la ville... Dans ce Delhy's Hôtel où, paraît-il, Jack Kerouac s'était soûlé en compagnie d'une Arménienne qui voulait poser une bombe à l'ambassade de Turquie et qu'il était parvenu à dissuader, en écrivant à toute allure sur du papier crépon un poème qui lui donna des frissons, il se disait parfois : je suis en train de vivre la jeunesse de Léo-Paul Kovski, comme s'il était certain que ce nom deviendrait plus tard lumineux et célèbre. Mais le plus souvent, il avait le sentiment d'être entré dans un rôle, le sien, et de ne plus répéter la pièce dont la représentation incertaine aurait sans cesse été ajournée... Il prenait brutalement conscience que les événements banals, par exemple acheter un ticket de métro, payer un loyer, rester dans un café à n'attendre rien, lui seraient un jour décomptés – et même que ce décompte avait commencé. « Je deviens radin de mon temps, écrivit-il, parce que je sais que je suis au cœur de ma vie et que le monde n'est là que pour le briser. »

Lorsqu'il décida de porter son manuscrit de *La Vie au-dessus du 48ᵉ parallèle* aux éditions Grasset, la femme assise au bureau d'entrée de la rue des Saints-Pères lui demanda s'il venait pour *l'annonce.* Pensant que l'éditeur recrutait aussi des écrivains par l'intermédiaire des petites annonces des journaux, il répondit que oui. Il fut alors dirigé vers le magasin où un homme en blouse bleue lui demanda son âge et s'il savait conduire un vélomoteur. Cette fois encore il répondit, pourtant étonné par la dernière question. L'homme à la blouse lui dit alors qu'il commençait demain et Léo-Paul, qui serrait de plus en plus le manuscrit qu'il venait d'apporter sous son bras, comprit qu'il venait d'être engagé comme coursier. Comme il avait décidé de ne plus mettre les pieds à l'amphi Descartes de la Sorbonne ni dans les salles de travaux pratiques de Censier, et craignait que sa bourse ne soit supprimée, il accepta.

Avant que l'année se termine, il alla rôder souvent

vers les quais du Pont-Neuf et du pont Marie. Il eut au milieu de l'automne une vision esthétique si parfaitement romantique de sa mort pour l'année de ses vingt ans que l'idée de se suicider resta fixée jusqu'aux derniers jours de décembre. Bien que la noyade soit, avec un fleuve à proximité, la mort à portée de tous, il ne pouvait s'empêcher de voir son crâne éclater et éclabousser un mur de pierres blanches fraîchement ravalé. Il ne parla à personne de cette obsession macabre et, sur le vélomoteur que l'éditeur lui fournissait, il se glissait dans la circulation, des paquets de livres dans ses sacoches, vers des bureaux, des appartements où des visages connus regardaient à peine la tête anonyme de ce livreur d'univers.

Deux ampoules de la guirlande claquèrent en même temps. Huguette Stein, qui installait un sapin de Noël dans l'entrée de l'hôtel, jura en alsacien et réussit à les remplacer par deux bougies d'anniversaire qu'elle retrouva dans une boîte à chaussures. Elle les coinça avec du scotch et de la ficelle et trouva que finalement ce serait plus vivant comme ça, deux vraies flammes. Frédéric vint les rejoindre et apporta *Le Tour du monde en 80 jours* dans la collection Hetzel, volé chez un marchand de livres anciens. Léo-Paul lui offrit deux disques de Lennon et Manset. Ils dînèrent dans un restaurant tout proche de la rue Saint-André-des-Arts, chandeliers et givre sur les tables. En rentrant à l'hôtel, Huguette Stein déboucha du champagne, « du brut », précisa-t-elle à un nouveau locataire venu les rejoindre. Œil taciturne, il sembla à Léo-Paul plus âgé que lui, vingt-cinq, vingt-six ans... Il revenait d'un long voyage d'« aventurier » et portait, contre toutes les modes, un costume-cravate et les cheveux courts : David Schatzberg.

En passant devant la porte de sa chambre du deuxième étage, Léo-Paul entendit, la semaine suivante, une machine à écrire frapper méchamment du papier. Parfois, il n'entendait rien, mais savait que Schatzberg était là, allongé sur son lit, yeux ouverts à regarder la fumée d'une cigarette s'élever au-dessus de lui. Il se sentait attiré par le mystère Schatzberg, mais il avait constaté dès leur première rencontre que celui-ci aimait la provocation. Huguette Stein avait présenté Léo-Paul comme un écrivain en attente de publication et Schatzberg avait enchaîné, « il y a ceux qui attendent, et il y a ceux qui font. On n'attend pas d'être publié, on écrit, ou alors on achète une charrette à deux roues et on vend des oranges dans la rue ! »

La patronne du Delhy's Hôtel s'habillait de manière tapageuse. A quarante-cinq ans et quelque, elle aimait mélanger le strict et l'extravagant et n'hésitait pas à coller sur un tailleur sombre des plumes de paon croisées et à nouer un ruban de satin rouge dans ses cheveux. Cet hôtel était sa passion. L'alcool déliant les langues, elle aimait attirer dans les bars du quartier, les gens qui dormaient chez elle... Qu'ils parlent, qu'ils racontent et alimentent sa mémoire... Huguette Stein était une femme à souvenirs. Léo-Paul fit souvent le détour vers les bars de la rue de la Huchette pour la retrouver. Elle ne buvait que de la vodka ou des cocktails à base de vodka et Léo-Paul se mit à boire de la vodka et des cocktails à base de vodka.

« Ça avance les écritures ? » demanda Schatzberg qu'il croisa rue Gît-le-Cœur devant le cinéma du même nom. Ils se regardèrent et Léo-Paul, qui avait peu apprécié la pique du soir de Noël, lui demanda si le bruit qu'il entendait au travers de sa porte était celui d'une caisse enregistreuse. « Exact, je compte le soir ce que j'ai volé dans la journée ! » répondit Schatzberg en souriant et cela semblait vouloir dire : Tu peux y aller, aujourd'hui je n'ai pas envie de mordre !... Ils entrèrent dans un café. Schatzberg avait, cette fois, envie de parler.

« Depuis le putsch des généraux d'Alger, je ne pensais qu'à la guerre, je voulais manier les armes, me cacher, lutter. Il y a deux ans, j'étais à Anvers, et j'allais tous les jours sur le port au bureau norvégien, parce que c'était là qu'on engageait n'importe qui pour n'importe où, pourvu qu'il y ait une place à bord... Tes parents étaient Polonais ?

– Mes grands-parents, répondit Léo-Paul... De Cracovie !

– Tu es juif ? demanda Schatzberg, mais c'était presque une affirmation.

– Mes grands-parents et mon père... Pas ma mère.

– Mais toi, tu te sens juif ?

– ... Mon père a toujours évité que cette idée entre dans ma tête et j'ai grandi sans elle, avec seulement le sentiment d'être en France par hasard, parce qu'on ne pouvait aller plus loin à cause de l'océan... J'aurais pu aussi bien naître en Amérique...

– Mais comment on peut ne pas avoir de haine contre les fascistes de toutes sortes, prêts à mettre n'importe quelle minorité dans un camp pour l'exterminer ? », s'écria soudain Schatzberg.

Au moment où Léo-Paul allait répondre, une voiture de police passa à toute vitesse et sa sirène fit trembler toute la vitrine du café. Il continua :

« On peut agir sans haine... Ecrire, parler pour rapprocher plutôt que pour éloigner...

– « Plutôt que pour éloigner », reprit-il en imitant l'accent de Léo-Paul... Tu sors d'un couvent, Kovski ! Mais la haine, la mort, la violence, ça traîne partout, c'est dans l'air... »

Schatzberg regarda autour de lui, comme si des gens pouvaient le reconnaître ou le surveiller... Il demanda à Léo-Paul s'il voulait reprendre quelque chose et commanda deux bières bouteille.

« On est une génération paumée, reprit-il plus calme, exclue de l'Histoire parce que l'Histoire s'est passée avant nous, ou se passe aujourd'hui sans nous, ailleurs, loin... Malraux, tu as vu sa gueule ? Sa génération et lui ont traversé la révolution russe, deux guerres mondiales, la guerre d'Espagne, le surréalisme, les guerres d'Indochine et d'Algérie.

— Alors l'Histoire c'est les guerres, les morts, les coups de revolvers ?... Moi je trouve plus intéressant de vivre en direct l'arrivée de deux cosmonautes sur la Lune que de se faire chier dans une tranchée à Verdun... »

Léo-Paul ajouta doucement :

« On n'est pas une génération paumée, Schatzberg, on est une *génération éperdue,* éperdue de clarté, de beauté, de futur... »

Sous les lumières tamisées du café décoré en pub anglais, les deux garçons se regardèrent.

C'est seulement au cours de la semaine suivante que David Schatzberg raconta ses quelques mois de prison effectués aux Etats-Unis, après qu'on l'eut refoulé du Mexique, puis son voyage à Varsovie chez sa mère, sa désertion de l'armée française, sa première agression chez un Goulet-Turpin à l'heure de la fermeture pour donner deux billets de cinq cents francs à un ami qui voulait emmener sa petite amie au Grand Hôtel de Cabourg...

« J'étais devenu un gangster et je pleurais le soir même en pensant à ma mère si elle l'apprenait... »

Léo-Paul s'attendrit de cette confidence et raconta un peu de sa vie moins agitée avec, pourtant, Marie, l'océan et les autres.

La discussion de l'autre jour reprit, sans agressivité cette fois, et ils se trouvèrent une commune méfiance à l'égard des hommes politiques et de ce pouvoir, qu'ils arrachaient aux gens, de discourir en leur nom. « Alors, il faut que chaque individu reprenne la parole pour garder sa part de pouvoir ! proposa Léo-Paul. — Alors, il faut que chaque individu s'empare d'un revolver, et reprenne sa liberté en tuant tous les pouvoirs ! », dit Schatzberg. Et ils éclatèrent de rire en poussant la porte du Calypso, une boîte des Halles où un groupe antillais jouait des béguines. Ils burent du rhum tard dans la nuit, Schatzberg, puis Léo-Paul dansèrent et ils rentrèrent au Delhy's Hôtel, accompagnés de deux Guadeloupéennes.

DANS le parc de l'hôpital, Marie regarda les arbres et les fleurs, trempa le bout de son index en une flaque nichée dans un enfoncement du sol que le jet tournant avait rempli d'eau. Sa volonté de se taire était devenue son impuissance à parler. Plus aucun mot ne correspondait à ce qu'elle savait décrypter avec ses yeux. Elle ne retrouvait plus les muscles à enclencher pour dire bleu, mouillé, chaud, pleurer, souvenir... Elle se souvenait de tout son passé, des parfums, des couleurs, des plaisirs, de la première nuit chez elle avec Léo-Paul, mais se trouvait incapable de le raconter et de le traduire en paroles. Elle fut comme un nouveau-né de vingt ans à qui il fallait réapprendre, en désignant du doigt, maison... rose... escalier... livre... stylo. Sa voix murmurait dans un souffle mai..on, es..alier. Elle parvenait doucement à retrouver les voyelles, mais les consonnes, trop violentes, restaient enfouies. Chaque jour, de sa chambre, elle regardait l'allée du parc. Quand elle entendait des pas sur le gravier, elle souhaitait que ce fût le corps de Léo-Paul qui avançât vers elle en faisant crisser les petites pierres, et chaque fois qu'elle les entendait, elle fermait les yeux en l'imaginant, lui, arriver dans les habits où elle l'avait aperçu pour la dernière fois dans le train à la gare-frontière... Un jean, un T-shirt jaune marqué *Amsterdam* et ses cheveux fins qui volaient par la fenêtre du train...

Les Armées de la nuit. Jacques Brenner prit sur un des rayons de son bureau le livre de Norman Mailer et le tendit à Léo-Paul. Il fouilla encore dans un désordre de livres et dénicha *Siddhartha* d'Hermann Hesse que Grasset venait de ressortir avec une couverture bleue plastifiée. « Vous devriez lire tout ça », dit-il sans commentaire. Son cocker roux couché à côté de lui regarda Léo-Paul tendre le bras, comme s'il attendait le moment d'une faute, un geste trop brusque ou trop rapproché pour entrer en action. Le garçon saisit les deux romans et remercia. Sur le bureau, sur un dessus de cheminée, sur des étagères s'empilaient des manuscrits, couvertures bleues, rouges, vertes, serrées de pinces chromées sur le côté. « Vous lisez tout ? » demanda Léo-Paul. Le calme de cet homme l'intrigua. Une pipe à la bouche sans cesse rallumée, une blague à tabac posée à côté de lui, il devait lire les milliers de signes qui parvenaient à Grasset chaque jour de tous les recoins de la francophonie. Premier lecteur de l'éditeur, chaque roman arrivé par la poste transitait par ce bureau. « Il en arrive une vingtaine par semaine, et je les lis tous ! » C'était sans appel. Léo-Paul imagina lui envoyer anonymement son manuscrit, puis se décida d'en parler. Quand Brenner proposa de le lire, Léo-Paul se défila en prétextant des corrections et il parla des *Repères pour Marie,* ces mots qu'il écrivait depuis cinq ans à son premier amour, pour qu'ils puissent se reconnaître le jour où ils se retrouveraient. « Elle vous reconnaîtra peut-être, mais c'est vous qui vous trouverez devant une inconnue... », dit Brenner, qui insista pour lire, quand Léo-Paul en aurait terminé. Il promit, ils se quittèrent et le garçon se retrouva sur son vélomoteur, cette phrase du lecteur au milieu de la tête.

Schatzberg fut de plus en plus présent. Ils se virent presque tous les jours et retournèrent plusieurs fois dans la boîte antillaise des Halles. Une nuit où ils rentrèrent tard, Schatzberg entraîna Léo-Paul dans sa chambre. Mystérieux, aussitôt arrivé, il sortit d'une valise un pull-over enroulé et, le dépliant, exhiba à Léo-Paul un automatique. « Regarde ! », dit-il avec un sourire... *Llama Gabilondo y Cia. Vitoria (España) cal. 7.65,* lut Léo-Paul, gravé le long du canon de l'arme.

« Prends-le, touche-le, dis-moi ce que tu ressens », proposa Schatzberg.

Léo-Paul saisit le pistolet et le laissa dans le creux de sa main. Il le trouvait lourd, vu les dimensions, et sa main fléchit légèrement.

« C'est froid...

– Brûlant !... reprit Schatzberg en haussant les épaules. Tu n'as pas envie de voir ce qu'un geste minuscule peut provoquer de beauté foudroyante ?... »

Ce n'est pas l'objet en lui-même qui fascina Léo-Paul, mais le minuscule trou noir, lieu de passage d'où pouvait partir la mort. Schatzberg entama une bouteille de rhum blanc posée sur sa table de nuit et évoqua l'instant où un type à moustache noire lui avait fait cadeau de cette arme quelque part sur un pont de bois qui enjambait les vagues bruyantes d'un torrent. Il se mit alors à parler espagnol, et Léo-Paul crut à un manifeste...

« C'est un roman qu'il faut absolument que tu lises... *Años después, frente al pelotón de fusilamiento, lo peor que puedas pensar, lo más gordo, lo último, lo más grave. Si te pasa lo que ni siquiera se puede decir que sea, todavía a pesar de eso ¿ que pasa ? A pesar de eso, no pasaría nada. Nada. Nada...* Cent ans de solitude, on y parle de moi, de toi, du monde entier et pourtant, tout se passe dans un bled perdu que personne ne connaît. »

Bruits de la nuit. Un lavabo qui coule, un soupir, une planche, un chat qui marche dans la rue et frôle un vieux cornet. De sa chambre où il n'arrivait pas à dormir, Léo-Paul écoutait le grésillement du néon rouge de l'hôtel Delhy's en imaginant les minuscules étincelles que font toujours les faux contacts.

Qu'est-ce que je deviens ? se dit-il, ne parvenant pas à trouver le sommeil. Ecartelé par le quotidien et tous les aspirateurs de vie qui le déracinaient à chaque fois, il s'aperçut qu'il avançait par soubresauts incohérents, attiré par de petites mers sans importance, qui, toutes réunies, ne seraient pas parvenues à ressembler à un morceau d'océan. Il eut peur de rester enfermé dans un de ces goulets, alors qu'autour de lui, tout était immense.

Il se surprit un jour à regarder dans une rame de métro les vérins hydrauliques des commandes de portes, ils allaient et venaient, coulissaient, et ressortaient couverts d'une fine couche huileuse... Désir de mécanique, pensa-t-il. Mécanique du désir, rectifia-t-il, pendant que la femme assise en face de lui se demandait ce qui pouvait être drôle dans l'ouverture et la fermeture des portes d'une voiture de métro.

Léo-Paul avait laissé à l'année de ses vingt ans ses images de mort et rêva à de grands itinéraires plus longs que les boulevards de Pigalle et de Blanche, où il se sentirait plus étranger qu'ici, de longues pistes filant vers les frontières où des odeurs impalpables de vanilliers l'attendraient. Des cités à contempler du haut d'une bretelle d'échangeur en se demandant où dormir, où reposer toute cette accumulation de fatigues, ravi pourtant d'être loin d'un horaire ou d'une once d'habitude.

Il enclencha sur son magnétophone la voix enregistrée : « ... les visages ça s'oublie, je sais ça, les visages ça s'oublie. Tâche de devenir quelqu'un de mieux que tout ça... » André Kovski... mon père, murmura-t-il.

Devenir quelqu'un... Quelqu'un circulant sur cette planète, plein de courant électrique dans la tête et le corps, pour se laisser attirer par les autres courants, les fuir, les contourner... Courants pour commander des muscles aussi bien que des images arrivant de partout, visages, brûlures, rues imaginées jamais visitées... Que feraient ses mains devant des seins en peau de serpent ? Attirance... Répulsion. Court-circuit !

« Léo-Paul ! » cria Huguette Stein qui le rappelait dans la rue. Il venait de passer si vite devant le bureau qu'elle n'avait pas eu le temps de lui remettre une lettre qui portait l'écriture de Claire.

... Marco, qui veut désormais se faire appeler Sony, s'est sauvé la semaine dernière, il est parti dans la rue comme s'il avait voulu se jeter sous les voitures. Nous ne comprenions plus rien puisque ces derniers jours il arrivait à parler de lui (en s'appelant Sony). Il disait Claire et Sony s'aiment et ils iront dans les tours de Notre-Dame pour réveiller Paris. C'est ce qu'il disait... Et puis depuis le jour des voitures, il se tait à nouveau. Je ne lui montre pas mon désespoir et le professeur Gettheim dit que ce nouveau silence peut durer deux ou trois mois. Alors, patiemment, comme si de rien n'était, je lui fais prendre de longs bains qui durent chaque fois une heure, tant il adore frapper l'eau et faire ses besoins dedans, jusqu'à ce que l'eau soit uniformément brune... Il est ma passion, tu comprends, Léo-Paul, je voudrais tellement qu'il ne soit plus apeuré par ces sentiments que les gens ont pour lui. Il faut à nouveau qu'il ait confiance pour s'aventurer vers une tendresse en s'assurant qu'elle ne peut l'assassiner... Sa mère est venue le voir dimanche et il s'est caché derrière le poste de télévision d'où il n'a plus voulu bouger, même après son départ. Elle lui avait laissé plein de bandes magnétiques qu'il a jetées contre les ampoules électriques de la salle de TV...

Moi j'irais plutôt bien, s'il n'y avait pas cette inquiétude permanente. J'espère que ton travail de livraison n'est pas trop dangereux (je veux parler de la circulation dans Paris), mais tu sais que je préférerais que tu retournes à la Sorbonne finir ta licence, tu pourrais toujours être professeur. Je sais que je prêche dans le désert. Salue bien Huguette Stein de ma part et téléphone-moi plus souvent. Moi, chaque fois que je t'appelle, tu n'es pas là. Ci-joint des photos de ta mère et du petit Marco (Sony). Sur l'une d'elles, il y a le professeur Gettheim, et la fille que tu vois à côté de moi est Pauline, une des institutrices de la Fondation. Je t'embrasse, ta petite mère. Claire. P.S. : Le billet n'est pas pour le cinéma, mais pour que tu manges convenablement.

«Tu as besoin de quelque chose ?

– ...

– Des ennuis... »

Le type aux cheveux longs, frisés, un béret sur le côté, semblait désemparé. Assis sur les marches reliant la rue de l'Hirondelle à la place Saint-Michel, face à un kiosque à journaux, il avait la tête appuyée sur ses mains et fumait une cigarette roulée. Ses yeux étaient rouges et Léo-Paul ne chercha pas à savoir si c'était une drogue ou s'il avait pleuré. Le type hocha la tête et avec un accent espagnol, il fit comprendre qu'il voulait voir Schatzberg.

« Il est là, à l'hôtel », dit Léo-Paul.

Mais tout ça, l'homme le savait. Il attendait seulement d'entrer, c'était simple...

Ensemble, ils grimpèrent les escaliers du premier étage et frappèrent à sa porte. Costume impeccable, chemise claire et cravate, Schatzberg ressemblait plus à un cadre d'entreprise qu'à un nostalgique des guérillas...

Surpris par la présence de Léo-Paul, il lui demanda de le rejoindre chez lui, d'ici une demi-heure. Il salua son hôte en l'appelant José, puis il le prit dans ses bras.

En attendant, Léo-Paul écouta la radio dans sa chambre, allongé sur son lit. Quand il arriva, Schatzberg alla droit au but :

« C'est un ami vénézuélien qui a absolument besoin d'argent cette semaine...

– Combien ?

– Beaucoup. Six mois de loyer en retard et un avortement clandestin avec un fumier qui lui a pris mille cinq cents balles et maintenant la fille doit entrer à l'hôpital à cause de l'infection...

– Mais je n'ai...

– Tu peux m'aider sur un coup qu'on vient de m'indiquer ?

– Comment ça, t'aider ?

– M'aider à prendre le fric là où il se trouve pour le placer là où on en a besoin... simple transfert de fonds...

– Comme Robin des Bois !

– Pauvre con d'écrivain... Tu m'aides ou tu ne m'aides pas ?

– Dis toujours ! »

Alors Schatzberg raconta le payeur des allocations familiales du XVIIIe arrondissement, la sacoche à prendre pendant que lui tiendrait le type avec son flingue contre la tempe... Puis déguerpir à toute vitesse.

C'était simple et dangereux. Léo-Paul ne sut pourquoi, mais il accepta. Le lendemain, Schatzberg rôda vers la rue Marcadet et vers la petite impasse où le payeur devait s'arrêter. Il but des blancs-cassis au Chat gourmand, entra au 14, l'adresse choisie, et repéra la sortie qui donnait sur des garages. Chez un traiteur oriental, juste à côté, il acheta une bouteille de vodka parfumée, de la zubrowka et un bocal de roll-mops qu'il ingurgita dans la rue comme s'il s'agissait d'une crêpe. Il était calme et content de faire ce coup avec Léo-Paul, même s'il n'était pas certain de ses réflexes dans une affaire pareille. Et puis, ça lui fera de la matière vivante pour ses écritures, pensa Schatzberg. Il entra dans une librairie, acheta *Cent ans de solitude* de Marquez, et demanda un paquet cadeau. En début de soirée,

Léo-Paul le rejoignit à la salle d'armes de la rue Gît-le-Cœur, juste à côté de l'école César Franck d'où sortaient deux petites filles avec leurs étuis à violons. Schatzberg essaya les deux armes qui lui appartenaient, le Llama espagnol que Léo-Paul connaissait déjà, et un Walther P. 38 qu'il découvrait. Le coup était pour le lendemain sept heures, au début de la tournée du payeur des allocations.

Ils allèrent écouter de la musique dans le XIVe, près de la Cité universitaire. Dans la poche intérieure de sa veste, Schatzberg avait glissé le pistolet choisi, le Llama, avec un chargeur rempli.

« Il sera armé ton type ?

– Oui... Mais normalement, il tiendra plus à sa peau qu'à la petite galette qu'il trimbale... Ne t'inquiète pas, demi-juif, cet argent de l'Etat pompidolien va directement aller dans la poche du tiers monde qui le mérite bien. »

Ils burent peu. Schatz dansa et de grosses gouttes de sueur tombaient de son menton sur son costume gris. Il avait desserré sa cravate, et Léo-Paul regardait ce personnage étrange avec lequel il venait de pactiser, obnubilé comme lui par la violence des mots, parti après un vague début de licence de lettres vers les continents d'Amérique du Sud qui le fascinaient et où il avait cru dénicher l'Histoire en mouvement. Schatz le fou, Schatz l'intelligent, naviguant à vue entre Guevara, Bogart et le ghetto de Varsovie... Schatz le magnifique, qui coursait la mort pour un beau geste à offrir à un paumé dont il ne devait savoir que le prénom.

Au café Le Métro, à l'angle du boulevard Barbès et de la rue Marcadet, ils burent leur café à l'heure des premiers métros. 22 mai, indiquait un éphéméride placé derrière un perchoir où un perroquet entamait pour la dixième fois les premières notes de *La Marseillaise.* Comptoir des matins, rituel des tasses, de la machine à café et des pièces jaunes qui restaient sur le zinc.

« On se retrouve à La Boule d'or quoi qu'il arrive », dit Schatzberg.

Léo-Paul, qui n'était qu'auxiliaire, acquiesça.

Sept heures approchaient. Ils remontèrent la rue Marcadet et entrèrent par le garage dont un des couloirs menait directement à l'entrée de l'immeuble où le fonctionnaire de l'Etat français allait avoir une drôle de surprise.

Cette fois, Léo-Paul eut peur. Il sentit une douleur venir se loger sur le dessus de ses mains et la sueur dégouliner de ses aisselles, sous sa chemise. Ils étaient sur place et il allait falloir agir avec calme, précision et rapidité. Trop tard pour fuir cette fois, et il pensa à Claire, à Simon, les imagina là une seconde, en train de le regarder... Il resta dans l'ombre du garage. Schatzberg mit une paire de lunettes aux verres fumés, ressortit à la lumière pour contourner l'immeuble et franchir l'entrée principale. De là, il pouvait surveiller l'arrivée du payeur. Il le vit au bout de quelques minutes sortir d'une maison, sa sacoche en bandoulière, un carnet à la main. Schatzberg rentra alors par le 14 du passage, la véritable entrée de l'immeuble et, précédant l'homme, passa près de la porte de garage d'où allait surgir Léo-Paul. Il frappa deux coups pour annoncer son arrivée et monta les escaliers situés près de l'ascenseur. La minuterie était éteinte. Il grimpa dans l'obscurité jusqu'au premier, appela l'ascenseur, puis redescendit à mi-étage, de manière à surveiller l'entrée sans être vu. L'homme poussa la première porte vitrée de l'entrée qui claqua en se fermant et, au moment où il allait appeler l'ascenseur, Schatzberg fut sur lui, le pistolet braqué sur son visage.

« Tu ne bouges pas, tu ne cries pas ou je te tue ! »

Le type leva machinalement les mains en l'air, puis se mit à crier. Schatzberg lui refila un coup sec avec le canon de son arme en essayant d'atteindre la tempe. L'homme réagit en donnant des coups de pied à son agresseur, qui lui administra le coin de la crosse à hauteur de la pommette d'où le sang gicla. C'est à ce moment que Léo-Paul surgit des garages. L'homme, surpris par cette arrivée, n'eut pas le temps de retenir la sangle de sa sacoche, que Léo-Paul fit glisser aussitôt. Il disparut, laissant Schatzberg se démener.

A la station Marcadet-Poissonniers qu'il atteignit sans courir, il monta dans la rame à pneus, direction porte d'Orléans et resta coincé, debout sur la plate-forme, au milieu d'un groupe d'Africains en bleus de travail.

A La Boule d'or, Maurice le serveur, surpris de le voir si tôt, lui demanda quand il aperçut la sacoche s'il était entré contrôleur à la R.A.T.P. Il servit un petit crème et assura que les croissants étaient bien du jour. Au sous-sol, accroupi dans les toilettes, Léo-Paul compta la somme qu'il venait de transporter dans Paris pendant vingt minutes. Le calcul fut rapide... Huit mille francs et quelque en billets usagés. Il n'avait jamais tenu autant d'argent dans les mains et le glissa aussitôt dans sa poche de blouson. Il tira machinalement la chasse d'eau et songea à jeter la sacoche dans une poubelle en passant près des cuisines. Il se ravisa et pensa qu'il commettrait sans doute une imprudence. Il passa la main sur la bosse que faisaient les billets et remonta s'asseoir en terrasse, pour surveiller l'arrivée de son ami. A peine dix minutes plus tard, il le vit qui traversait hors des clous la place Saint-Michel. Il boitait légèrement. C'est quand il fut sur le trottoir qu'il aperçut du sang à l'endroit du genou. Aussitôt, son imagination lui fit voir une mort, un corps sans vie devant une porte d'ascenseur...

« Qu'est-ce qui est arrivé ? »

Schatzberg s'assit avant de parler.

« Cet imbécile a réussi à sortir son arme et un coup est parti... Je ne sais pas si c'est profond, je sens seulement une petite brûlure.

– Mais lui, tu lui as fait quoi ?

– Ne t'inquiète pas comme ça, demi-juif, il a quelques bosses et rien de plus...

– Toi, tu as tiré ?...

– J'ai failli. » Schatz se tut un moment. « Je n'arriverai jamais à me souvenir de ce qui s'est réellement passé... A un moment, je tenais le pistolet si près de lui, il était à terre et moi dessus. Il me regardait, malgré la pénombre, je voyais ses yeux et sentais son haleine dégoûtante... J'ai pensé que si, à ce moment-là, quelqu'un arrivait et que tout tourne mal, ce serait à cause de ce regard, et de cette haleine... Alors ça a été très vite, j'ai eu un dégoût ou de la haine, je ne sais pas, et j'ai appuyé sur la détente... Heureusement, la course de la gâchette est assez longue et j'ai pu tout arrêter à temps. Voilà. Je l'ai assommé proprement et je me suis enfui. »

Il commanda un rhum et un double express. A l'hôtel, il retira son pantalon et fut rassuré, son genou n'était qu'éraflé. Schatzberg ne recompta pas l'argent, sortit aussitôt cinq mille francs destinés à José, le Vénézuélien, mille cinq cents francs qu'il tendit à Léo-Paul, et garda le reste pour lui.

Dans sa chambre, Léo-Paul se rasa, puis fit couler le robinet d'eau froide pour que l'eau fût la plus froide possible. Il s'aspergea pendant cinq bonnes minutes le visage. Il n'irait pas chez Grasset aujourd'hui et téléphona d'une cabine. Il ne sut trop quoi faire, ayant à la fois envie de ressasser cet étrange épisode de sa vie, mais aussi de l'oublier. Non pas l'oublier avec du temps qui formerait un brouillard entre cet instant et lui, mais qu'une gomme l'effaçât d'une manière irréversible et d'un geste simple. L'anti-revolver n'était pas inventé, qui permettrait d'aller de la mort vers la vie, et il allait falloir continuer d'avancer, prisonnier de l'itinéraire du temps, un secret de plus dans le corps. Demain matin, dans une rubrique de faits divers, il apprendrait sans doute qu'un dénommé Mangein, Monnier peut-être, avait été lâchement agressé et sérieusement commotionné. Son médecin lui donnerait dix jours d'arrêt de travail et ses voisins diraient qu'ils le connaissent bien.

Devant le kiosque à journaux, une affichette annonçait la parution d'un nouveau journal, *Libération*, qui réclamait déjà à ses lecteurs vingt-trois millions (anciens) pour pouvoir continuer. Léo-Paul acheta le premier numéro qui déclarait « s'efforcer de capter l'énergie populaire génératrice de luttes, de conflits sociaux et d'idées ». Il approuva et, sans plus s'interroger sur sa motivation, glissa mille francs anonymes dans une enveloppe qu'il expédia au directeur, Jean-Paul Sartre, 27 rue de Lorraine 75019 Paris. Il fut fier d'écrire ce nom-là et oublia de coller un timbre.

MARIE ne se jetait plus sous son oreiller quand l'infirmière Dora arrivait avec un plateau, des fleurs, ou une nouvelle cassette de musique... Marie entrait dans les sons, et eux entraient en elle, et c'était un va-et-vient de sensualités... Une nuit, elle eut la réelle sensation qu'un grand orchestre symphonique jouait près d'elle, autour d'elle, l'enveloppait comme un manteau de neige qui s'insinuerait dans chaque pli de sa peau, chaque ride d'un sourire. Puis une forme de spirale s'était élevée vers le ciel aux couleurs d'arc-en-ciel et elle avait tendu la main pour attraper un morceau de la symphonie, et le manger...

Un après-midi où le ciel était tout à fait dégagé, elle se trouva assise sur un banc de pierre, près des cages des pigeons voyageurs. Elle les entendait se poursuivre, roucouler, leurs plumes se frotter aux perchoirs... Dora était près d'elle et lui réapprenait les noms des villes qu'elle désignait sur une petite mappemonde... Berlin... Rome... Moscou... Madrid... Tombouctou... Venise... Varsovie... Bruxelles... Amsterdam... Marie répétait chaque mot deux fois, doucement en essayant de reproduire les mêmes sonorités... « Amsterdam », dit-elle... Elle s'arrêta et vit le visage de Léo-Paul, celui de Frédéric, les limonaires qui stationnaient dans les petites rues longeant les canaux, elle entendit *Le Beau Danube bleu* et imagina la carte perforée qui se repliait sur le côté dans une boîte métallique.

Elle regarda Dora et prononça : Léo... Paul. Léo-Paul... Léo-Paul... ce fut le premier nom qu'elle retrouva seule... Dora la prit dans ses bras et lui demanda s'il avait été son petit ami... Marie répétait : Léo-Paul, Léo-Paul... Et Dora demanda encore : il t'embrassait, il t'aimait ?... Marie hocha la tête pour dire oui, puis elle dit *oui*. Elle se mit alors à pleurer et s'enfuit vers le parc, loin de Dora, loin des pigeons voyageurs. Elle courut et s'arrêta sur les marches du perron. Dora la prit par les épaules et elles rentrèrent.

« Contrairement à toi, dit Schatzberg, moi je suis allé en Pologne parce que ma mère, après le divorce, est repartie vivre à Varsovie en reprenant son nom de jeune fille, Wosniak. J'y suis allé la première fois à seize ans, par le train, vingt-cinq heures... J'avais l'impression de refaire les itinéraires de la guerre... c'est au cours de ce voyage que je me suis senti vraiment juif, pas Polonais parce que je les déteste, antisémites viscéraux, ils tombent dans tous les panneaux. Aujourd'hui, ils sont plus catholiques que les plus cathos espagnols... Non, j'étais juif et j'aimais la Pologne, le pays de mes ancêtres juifs... A l'école, je m'étais toujours efforcé de me sentir parfaitement français, mais j'avais sans cesse l'impression d'avoir été lâché au hasard sur terre, sans territoire, sans miroir où j'aurais pu me dire, c'est moi, je ressemble aux autres... Et c'est là, dans ce wagon de seconde classe que je me sentis pour la première fois appartenir à quelque chose qui dépassait ma simple famille, comme si je devenais mon père, rattrapant sa jeunesse et ses oppressions... Parce que le ghetto, c'était là-bas et c'était là-bas que lui et ma mère avaient été humiliés. Je suis allé au Mexique, au Guatemala, en Uruguay, et les gens que j'ai rencontrés parlaient plus de vexations et d'injustice que de marxisme ou de théories de l'Histoire et reprenaient tous à leur compte une phrase de Guevara : « On peut douter

« de tout, sauf de notre présence parmi les
« humiliés. » Moi, dans mon train en traversant
l'Allemagne, je voyais mon père dans le cimetière de
Varsovie où s'étaient tenus les derniers combats, ali-
gné avec les autres et se faire cracher à la figure par
les Allemands qui passaient devant eux. C'était cette
histoire-là mon histoire à moi, plutôt que les jardins
à la française du Luxembourg que je traversais chaque jour pour aller au lycée... Dans ce train j'allais à
la rencontre de l'Histoire et de mon histoire, et
c'était là-bas que la jonction se ferait... Je n'avais
jamais eu l'occasion de me battre pour défendre ma
vie ou mon honneur, car je détestais la violence. Là,
j'allais découvrir la haine des oppresseurs, la haine
des pouvoirs et je me suis mis à rêver d'une guerre
sacrée contre tous les fascismes du monde... J'ai souhaité le contact avec la mort pour redonner chaleur
à ma vie et irradier tous les liens me reliant aux
autres, pour me donner l'énergie de briser cette
incessante litanie de la lutte des Maîtres et... des
Autres. J'étais au lycée, premier de classe, et je sus
en regardant ces paysages de forêts qui défilaient,
que je ne me perdrais dans aucun pouvoir, et que
désormais, je faisais définitivement partie des
« Autres »...

David, enfoncé dans le fauteuil en velours râpé de
sa chambre, s'arrêta un instant, remplit leurs verres
de rhum, alluma un cigarillo. Léo-Paul voulut
ébranler la conviction de David en arguant que dans
chaque camp il y a des humiliés et des offensés et
que la violence ne peut se justifier par la justesse
d'une cause ou au prorata du malheur vécu. David
répondit, avec la même foi, que l'humiliation c'était
de la vie brisée, sans forcément une mort donnée et
que la seule réponse à cette mutilation ne pouvait
être que l'envie de tuer... « La mort d'un oppresseur
devient la vie d'un oppressé, dit-il. Un homme
meurt, un autre se met à vivre, c'est cela la dialectique combattante des armées de libération ! »

Il y eut un silence, puis Léo-Paul le regarda :

« Tu essaies de transposer aux autres ton goût du suicide... Et tu sais bien que cette « dialectique » n'a jamais de conclusion. C'est un mouvement sans fin et, quand les opprimés reprennent un pouvoir, ils se mettent à opprimer à leur tour pour garder ce nouveau pouvoir et exclure ceux qui s'y opposent...

– Kovski, toi tu écriras peut-être un roman somptueux qui entraînera des foules avec toi, vers toi, tu écriras sur du papier des mots que tu n'auras pas su balancer à la figure des gens et, le jour où tu crèveras, tu croiras que c'est le mot *mort* que tu auras avalé, alors que tu auras reçu une balle en plein dans le cœur... »

Léo-Paul et David discutèrent la nuit entière. Le jour se levait quand David se mit à parler d'Eva, sa jeune sœur. Après la fin de la guerre, Schatzberg père avait épousé une Allemande de Berlin. Elle avait quitté son pays, traumatisée et honteuse de marcher encore sur un sol qu'avaient foulé ces bottes de cuir, qui apportaient, devant chaque porche de maison, les signes du malheur... Ils eurent une fille en 1950 qu'il prénommèrent Eva, première femme avant l'apocalypse et qui devint la demi-sœur de David. Partagé entre attendrissement et appréhension pour cette cadette, il la surnomma : l'Allemande !

« Comme moi, elle a voyagé sns arrêt, mais pas dans les mêmes pays. A treize ans, elle est partie rejoindre un jeune Allemand parce qu'il s'appelait Friedrich, comme Hölderlin, pour qui elle a toujours eu une passion maladive... En plus, le fiancé habitait Tübingen, là où Hölderlin avait passé les trente dernières années de sa vie à se taire... Elle est brune comme une Méditerranéenne et évidemment, elle a toujours rêvé d'avoir des cheveux blonds, lisses et fins. Elle a tourné aussi dans des films... Il y a deux ou trois ans, un jeune réalisateur allemand, Fassbinder, l'a engagée pour *Le Soldat américain* où elle était une jolie salope. Puis elle est partie tourner en Italie, toujours avec Fassbinder, *Prenez garde à la sainte putain,* où elle se faisait tuer par un type qui ne supportait pas qu'elle se marre au moment où il lui annonçait que sa mère avait reçu la bénédiction du pape, à Saint-Pierre de Rome. Je la vois peu, l'Allemande, mais je sais qu'elle est belle, étrangement belle, et si un jour on s'était suffisamment perdus de vue pour oublier nos visages, je tomberais amoureux d'elle parce que, comme les filles de couleur que j'aime, elle sait vivre sa vie et sait aussi la danser... Tu comprends ça toi, demi-juif ? »

Il faisait complètement jour à présent. En remontant dans sa chambre, Léo-Paul s'aperçut qu'il devait se tenir cramponné à la rampe de l'escalier et son lit allait encore se mettre à tanguer lorsqu'il tenterait de fermer les yeux.

Etait-il possible d'écrire comme cela toute sa vie en espérant un retour, une rencontre, une lente étreinte ? Je m'efforce de décrire tout le bruit et les couleurs que je rencontre, ces personnages zombies qui m'effleurent ou avec qui je vis, cet hôtel où je dors enveloppé par tous les arrondissements de Paris... Parfois j'ai envie d'inventorier en style télégraphique tout ce qui fait ce décor provisoire, ces sons feutrés ou hurleurs qui me déchirent, les sirènes de malheur qui filent la nuit sur les quais... Sué cette nuit/réveil 3h12/vérification sur ma pendule lumineuse/bu de l'eau au robinet puis sommeil lourd avec rêve d'enfance/matin mis un jean délavé qui s'effiloche de plus en plus à l'entrejambe/boots aux pieds/chemise écossaise et blouson/lunettes de soleil à cause de la lumière d'été/vélomoteur rue des Saints-Pères, une dizaine de livraisons/à Europe 1, France-Culture, chez un critique de *L'Express,* à la librairie du Pont-Neuf/chez Aragon que je n'ai pas aperçu/en banlieue pour une fête/dans un Prisunic/bouffe rapide dans un Wimpy/retour à l'hôtel/douche sur le palier/dîner dans une crêperie avec Frédéric/Sugarland Express au cinéma/un lait-rhum glacé à la rhumerie, toujours avec Fred/cigarettes blondes/lumières de nuit/

regards de filles américaines/escalier de l'hôtel/chambre et cahier retrouvé pour écrire tout cela/. Mais je voudrais tellement qu'il n'y ait pas que moi derrière tous ces mots, que s'y glissent tous les bruissements des rêves rencontrés, perçus dans chaque personne frôlée sur un trottoir. Chuchotements volés derrière les portes de l'hôtel... Comment parvenir à ce compte rendu des mouvements esquissés, des gestes en train de se faire, d'une époque en train de se vivre... Parler des affiches de film, du fourmillement des escalators et des trottoirs roulants, des fumées interdites d'herbes colombiennes, des graffitis de pissotières, des clins d'yeux des petits tapineurs du drugstore Saint-Germain, leurs culs tortilleurs, des Halles en train de se creuser et le sifflement d'une rame de métro qui entre à la station Louvre, des reproductions antiques tout autour. Et cette terrifiante sensation de ne pas maîtriser ce qui arrive, ou plutôt, ce que je voudrais voir envahir ma vie... Je subis, j'obéis, je consens, je suis un ludion flottant au gré des marées et des vents, je suis Léo-Paul-rafiot, Léo-Paul-radeau, sans mât, sans voile, ballotté, bringuebalé, au gré des tensions, du temps et des événements. Accaparé par un amour lointain, j'ai l'impression de rester collé à Paris, alors que je rêve de cavaler, de courir et vagabonder sur des chemins que je ne connaîtrais pas.

Il envisagea pour l'été un premier voyage hors de France. Il eut envie d'Amérique puisque l'attrait était puissant d'aller là-bas, à la rencontre d'espaces limités par seulement deux océans, mais il se vit bien aussi en Europe et pensa qu'il était logique de commencer par là. Comme s'il déménageait une nouvelle fois, il dut ranger toutes ses affaires dans un container que lui fournit Huguette Stein et qui fut enfermé dans les sous-sols de l'hôtel. Léo-Paul dut annoncer son départ à son employeur et, au ton de la réponse, comprit qu'il n'était pas certain de retrouver son job de coursier au retour de septembre, d'autant que ses fréquentes absences avaient évidemment irrité. Brenner, le lecteur, lui offrit quelques romans et insista pour lire, dès la rentrée, ce qu'il écrivait. Léo-Paul promit d'emporter en voyage le cinquième cahier des *Repères pour Marie,* qu'il venait de commencer. Il gribouilla une carte à Claire, une autre à Langhome et téléphona à Frédéric qu'ils se reverraient en septembre. Il allait s'enfoncer vers l'Allemagne, puis vers l'Autriche et, sa boulimie du bord de route, pouce levé, le conduirait à Vienne, où il resterait une semaine à dormir chez une prostituée, rencontrée aux abords de l'Opéra. Puis il obliquerait vers le sud et arriverait un soir à minuit, à Zagreb, avec deux Anglais en Volkswagen pour coucher dans une maison non terminée dont la salle de bain, elle au complet, n'aurait pas encore été reliée au circuit d'eau courante.

Un douanier-coiffeur lui couperait les cheveux à la frontière bulgare et c'est en arrivant à Athènes, après avoir fait connaissance avec quelques chats pensionnaires du Parthénon qu'il prendrait un bateau pour une île minuscule, Hydra. Après la beauté allemande tournée vers l'intérieur des hivers, il ferait connaissance avec le bleu et la volupté d'être, entouré de parfums et de brumes tièdes, prêt à mélanger son corps à une terre, ou à une eau chargée de soleil.

Il garderait de ses rencontres des photographies de mots et se sentirait tout entier rempli d'Europe et de civilisations anciennes, fasciné par leurs grandeurs et leurs décadences. Ses poèmes parleraient de l'odeur des absinthes, des dieux et d'une mer cuirassée d'argent. Il apercevrait des ruines et penserait au Nouveau Monde.

...La mer enlève et rend la mémoire, l'amour
De ses yeux jamais las, fixe et contemple...

FRÉDÉRIC était à peine grand comme un point d'exclamation, sous le projeteur du Palais des Congrès, et une partie de l'assistance siffla dès son arrivée sur la scène. Il commença de chanter dans un brouhaha que Léo-Paul eut du mal à supporter, pour repartir, presque aussitôt, sous les huées. Palais des Congrès, Paris, 12 septembre 1973. Trois mille personnes étaient rassemblées pour protester contre le putsch d'un général chilien portant rayban, Salvador Allende venait de mourir, tué dans le palais de la Moneda, à Santiago. Un autre chanteur suivit, prononça quelques mots, la foule applaudit sans forcément comprendre, il parlait espagnol... Il chanta au milieu d'un grand recueillement. Léo-Paul se pencha vers son voisin qui semblait sud-américain et lui demanda de traduire quelques paroles de la chanson... Celui-ci fit une grimace qui semblait vouloir dire : si vous y tenez... Léo-Paul comprit qu'il s'agissait de l'histoire d'un amour contrarié et trouva cela d'une grande banalité. « Il est Chilien ? demanda-t-il encore. – Non, répondit le voisin, vous savez, je ne le connais pas. » Léo-Paul pensa que, ce soir, les mots et la musique importaient peu, le public n'attendait qu'un langage simplifié et tout ce qui, de près ou de loin, ressemblait à la langue espagnole était presque chilien et déjà héroïque.

Ils se retrouvèrent à la sortie des artistes et filèrent

manger dans une taverne alsacienne des Champs-Elysées. Après que l'un eut parlé de la Grèce, l'autre d'une tournée minable des plages avec podium et odeur de saucisses-frites, ils marchèrent un long moment sur la grande avenue et se séparèrent. A l'hôtel Delhy's, Léo-Paul retrouva sa chambre, qu'Huguette Stein avait louée à la nuit, pendant toute son absence.

« J'ai l'impression que David a eu des ennuis, lui confia-t-elle. La police est passée plusieurs fois pendant l'été et j'ai repéré des types en civil qui faisaient le guet à l'entrée de la rue... »

David Schatzberg avait disparu peu après le départ de Léo-Paul et n'avait pas reparu. Huguette Stein avait réuni ses affaires dans un grand sac : une machine à écrire, quelques costumes, des lettres, un pistolet automatique avec chargeurs et des photographies. Léo-Paul eut envie de pleurer, comme si on lui avait annoncé la disparition d'un ami. Il était pourtant certain que David n'était pas encore parti pour un pays d'Amérique du Sud, son projet guatémaltèque était encore trop vague et il voulait rester en France au moins six mois encore. Il y avait eu cette vague discussion au sujet d'Aragon à qui Schatzberg voulait donner une leçon de trouille en allant sonner chez lui, visage caché par un masque blanc, pour lui intimer l'ordre, pointé au bout du P.38, de donner illico son capital. Finalement, ce projet avait été abandonné, parce qu'ils avaient rencontré le vieux poète à la terrasse des Deux-Magots, en train de fumer un petit cigare en compagnie d'un écrivain bruyant, et ils l'avaient trouvé si fatigué que la performance en eût été dévaluée. Par bravoure et par jeu pur, Schatz avait toutefois été accrocher le masque blanc, lisse, à la porte de son appartement, après avoir inscrit à l'intérieur : « Portez ce masque, pour qu'on ne puisse savoir si c'est un stalinien qui se cache derrière, ou un poète. »

350

... Je croyais que rien ne s'oubliait mais, à présent, Alain m'écrit une lettre de temps en temps, moi, je fais de même. Quelques mots de Nantes, quelques mots de Paris. Il est absorbé par du travail, parle de cargos et de filles qui regardent partir les marins, je lui parle de la Seine et des bateaux-mouches qui passent le soir et illuminent les bâtiments... Banalités froides, je ne retrouve plus celui que j'étais, ma peau s'envole... Mais où sont leurs visages et le mien... Frédéric, Alain, Simon, on s'est aimés si fort qu'il faudrait pouvoir aimer le monde aussi fort aujourd'hui, puisque c'est avec lui que nous vivons, pleins de défiance et de peur, sans amours à partager, sans histoires à mélanger... Tout se sépare et s'éloigne et je me sens embarqué de force sur ce torrent de vie, sans mémoire ni dessein...

Il reçut une carte postale en couleurs qui montrait le phare de la pointe Saint-Mathieu, l'océan au loin. Derrière, quelques mots de vacances : L'eau est froide, nous t'embrassons. Claire/Charles.

Comme si un diaphragme d'appareil photo était en train de se refermer, Léo-Paul se sentit entrer dans une nuit douce, lente, que personne n'apercevait, tant ce crépuscule sournois n'en finissait pas. Une nuit cosmique, pensa-t-il, qui allait envelopper l'Europe et la Terre et étrangler, de ses doigts dissimulés, tous ces rêves nés après la fin d'un armistice. Résister à l'engourdissement, inventer d'autres rêves immunisés, et ne pas se laisser abattre par cette moiteur glauque, porteuse de monstres béats, capables, en se réveillant, de crimes et d'incendies. Fallait-il épouser ce monde quand il s'accaparait du mal ? Fallait-il se laisser noircir de ténèbres et ne plus voir que le blanc des regards, les casquettes moulant les crânes rasés et les mains qui avançaient, sans plus chercher à étreindre quelque chose ou quelqu'un, tendues seulement pour écarter de leurs visages les toiles d'araignée déroulées du ciel ?

Les cailloux de l'allée crissèrent une dernière fois sous ses pas. Quand elle les écouta, Marie n'eut presque pas de regret pour ces cinq années passées ici. Une presque vie, pensa-t-elle, comme s'il y avait eu un jour un malheur, un jugement, puis une expiation. Son frère était venu la chercher et c'est provisoirement chez lui qu'elle allait vivre, à Saint-Nicolas-de-Port, à une dizaine de kilomètres de Nancy. Elle s'engouffra dans la Volkswagen rouge, ses deux valises sur le siège arrière. Elle souriait. Elle avait changé, bien sûr, et un photographe, qui aurait tiré son portrait d'arrivée et son portrait de sortie, aurait remarqué que les cheveux avaient foncé, que son visage s'était éloigné de l'adolescence, tout en en renforçant la gravité d'alors. Son corps ne s'était pas plus dessiné, mais il avait atteint ses lignes finies et Marie, à vingt et un ans cette année, faisait pour la deuxième fois son entrée dans le monde. Son apparente bonne humeur semblait faire oublier qu'elle était orpheline de cinq années de jeunesse, où elle aurait dû circuler, apprendre, découvrir. Cependant, elle n'éprouvait pas de frustration, convaincue que là où elle avait été, elle avait aussi rencontré des frontières jamais envisagées. A l'âge où l'on manque de temps pour tout, elle avait, d'une plate-forme privilégiée, regardé les événements se dérouler loin d'elle, tout en sachant que, là où elle se trouvait, le temps passait aussi, à sa vitesse, c'est-à-dire sans la contrainte d'avancer en même temps que lui.

Pendant le trajet, elle observa les feuilles des arbres, rougies, jaunies, prêtes à tomber. La VW longea un canal qu'ils traversèrent à l'emplacement d'une écluse. Son frère parla peu, prévenu qu'il allait falloir avancer doucement sur ce terrain-là. Il préféra poser de temps en temps sa main sur la cuisse de sa sœur, et lui manifester de cette manière le plaisir qu'il avait de la revoir... Ils passèrent par Vaudémont et aperçurent, sur le côté, la colline de Sion. A Saint-Nicolas, la maison se trouvait à mi-colline, et on pouvait voir, en contrebas, le canal qui reliait la Marne au Rhin, plus loin, une ligne de chemin de fer. Marie pensa que c'était là qu'elle allait vivre, à regarder ces paysages, à renouer lentement avec les lumières clignotantes des péniches et les phares des trains de nuit. Elle se perdit, avant de s'endormir, dans les étoiles du ciel et imagina celles, déjà disparues, dont la lumière, après des années·de voyage, parvenait seulement jusqu'à ses yeux.

Il venait de recevoir une courte lettre de sa mère :

> Marco parle cette fois, il parle et il n'a plus
> besoin de ses bandes magnétiques... Il m'em-
> brasse et m'a baptisée Claire-Obscure à cause
> du souvenir qu'il a de mes bas noirs au début
> de notre rencontre... Charles Langhome veut
> venir habiter Paris quand il aura trouvé un
> appartement d'où il pourra voir toute la ville.
> Je pense que cela va pour toi, écris-moi plus
> souvent s'il te plaît, ou viens me voir (gare de
> l'Est-Meaux, trente-cinq minutes), je viendrai
> te chercher avec la Renault de la Fondation.
> Maman.

Il faisait froid et il s'était affublé de grandes
chaussettes de montagne dans lesquelles il avait
enfermé le bas de son jean. Le jardin du Luxembourg était désert, seul un gendarme emmitouflé
soufflait au travers de ses gants sur ses doigts, dans
une guérite flanquée devant une des entrées du
Sénat. Seul autour d'un des deux bassins du parc, il
vit un bateau d'enfant abandonné, surpris là par le
gel. Alors, surgirent des images du lac des Evêques
gelé et de Marie et lui qui patinaient. Il eut envie de
recommencer comme ce jour-là et enjamba le rebord

de pierre. Avec mille précautions, d'un pied, il vérifia la dureté de la glace et, rassuré, se lança.

Et il fut à Monterville, avec les lumières jaunes qui s'étaient allumées à la tombée de la nuit et l'orchestre qui avait joué Verdi... Il se souvenait de l'air, *La Traviata*... Oui, c'était cela... Puis la dérobade de Marie dont il n'avait su la raison que bien plus tard... Il écrivait à ce moment-là, il écrivait ! *La vie et rien d'autre, avec un soleil et la nuit.* Tout restait à faire, et il commençait à peine... Il en était là de ses glissades de fou quand, au beau milieu du bassin, la glace céda sous lui et, en un instant, il eut les pieds dans l'eau gelée. La glace continua de se briser quand il rejoignit le bord et il laissa derrière lui une sorte de tranchée. Il jeta un regard autour de lui, personne ne l'avait vu. Il courut alors, franchit les grilles du jardin et entra dans un des cafés à proximité. « Un thé très chaud s'il vous plaît... Au citron ! » Il était trempé jusqu'en haut des genoux et les mailles de ses chaussettes emprisonnaient de minuscules morceaux de givre. Une femme assez âgée, à une table voisine, lui demanda s'il avait froid... Il ne put dire non, et elle lui tendit des clefs... « Montez au troisième étage de cet immeuble, c'est chez moi (elle indiqua un bâtiment de pierre de taille de la place Edmond-Rostand, en face du café) et faites-vous couler un bain ! » Léo-Paul la regarda. Elle portait un manteau de belle fourrure, ses cheveux étaient teints, des bagues à ses doigts, elle mangeait un millefeuille avec un couteau et une fourchette. Du sucre blanc en poudre avait volé sur son col de manteau. « J'attends quelqu'un, dit-elle, montez, ne vous gênez pas, vous allez attraper une maladie... » Léo-Paul se leva, accepta les clefs, et elle fit signe qu'elle s'occupait du thé.

Des tableaux étaient accrochés dans l'entrée, des portraits de femmes. Dans la salle de bain en marbre et céramique pastel, d'épaisses serviettes-éponges étaient suspendues. Alors qu'il venait d'ouvrir en grand le robinet d'eau chaude, un chat birman, intrigué, se présenta. Les mains mouillées, Léo-Paul n'osa pas le caresser et l'appela avec de petits claquements de bouche. Il décida de l'appeler Ferdinand. Il enleva ses chaussures, ses chaussettes et son jean, mais ne se déshabilla pas entièrement. Après tout, il n'avait que les mollets et les pieds glacés... Il resta debout, en pull-over, dans la baignoire. Ferdinand se posa sur le lavabo et le regarda.

Enveloppé dans un peignoir bleu marine à liséré blanc, il posa son pantalon sur un des radiateurs et trouva un fauteuil où attendre, dans le salon. Un livre était posé sur un guéridon et, à sa moitié, un signet dépassait des pages. Il le prit, en lut le titre et l'auteur : *L'Archipel du Goulag,* Alexandre Soljenitsyne. Il feuilleta... Beaucoup de phrases soulignées au crayon, des commentaires dans la marge et, sur le signet en bristol blanc, quelques numéros de pages référencés ainsi que des réflexions personnelles... Par discrétion, il le reposa là où il l'avait pris, puis se leva pour aller regarder l'autre série de portraits accrochée derrière lui. A les regarder de près, ils avaient un point commun et représentaient tous la même jeune femme aux cheveux courts, blonds, dans des poses qu'il jugea magnifiques, ni trop alanguies, ni trop réservées. Il y eut un bruit et la porte s'ouvrit. « Vous aviez laissé la clef sur la serrure, vous n'êtes pas prudent ! » dit la femme en souriant. Pendant qu'elle posait son manteau, elle le vit planté devant un de ses tableaux...

« J'étais belle, n'est-ce pas ! danseuse étoile, j'ai voyagé dans le monde entier, et les peintres m'aimaient. On m'appelait la Criolini, Criolini, c'est mon nom... Bacon, Chapelain-Midy, Tamara de Lempicka, Labisse, même cette folle de Laurencin, Foujita aussi... Vous les connaissez ?

— Oui, quelques-uns, dit Léo-Paul, qui avait hésité.

— C'est comment, votre nom ? demanda-t-elle

pendant qu'elle retirait son manteau et le jetait sur un canapé de velours.

– Léo-Paul en deux noms, avec un trait d'union... Léo-Paul Kovski !

– Presque Maïakovski », ajouta-t-elle.

Elle raconta : un mari décédé, trois enfants, une fille aînée de trente-six ans, professeur de philosophie à Aix-en-Provence, et deux fils : l'un au cimetière du Montparnasse, mort dans un accident de moto, l'autre, le dernier, trente-quatre ans, à l'origine de Médecins sans frontières... « Je l'aime, celui-là, parce qu'il est vraiment un homme de cette fin de siècle... Ou plutôt du prochain et j'espère bien que le monde sera ainsi, que nous ne vivrons plus avec l'éternel clivage gauche/droite, alors qu'il y a tant de souffrances sur tous les bords et sur tous les fronts. A moins que cela ne se transforme en clivage nord/sud, puisqu'il faut toujours des contraires... »

Les photographies des trois enfants Criolini étaient sous verres, dans des cadres posés sur la cheminée, à des âges différents, sur une plage, à la sortie du lycée. Léo-Paul voulut savoir pourquoi elle lui avait permis d'utiliser sa salle de bain, sans le connaître.

« Mais la vie, c'est comme ça, il faut savoir faire confiance... A Paris et partout, chacun se méfie de tout le monde, comment voulez-vous que tout change ? Et si je me trompe un jour, ce sera tant pis pour moi... C'est le prix pour que toute cette vie d'apeurés se transforme un peu. Et puis, si vous rencontrez quelqu'un qui saigne sur un trottoir, vous ne lui demandez pas d'abord ses papiers d'identité... »

Ils burent à nouveau du thé, qu'elle prépara. Léo-Paul s'était rhabillé entièrement, ils échangèrent des numéros de téléphone et promirent de se revoir. Elle tint à lui offrir un recueil de poèmes de Maïakovski, toilé orange et imprimé par les Editeurs français réunis. Sur le pas de la porte, en désignant le livre, elle lui dit encore :

« Si un jour vous avez une fille, appelez-la Maïa, ce sera son premier cadeau ! »

De retour à l'hôtel, il se déshabilla, posa une serviette de toilette sur ses épaules et se glissa dans le lit. Il faisait encore jour, et il écrivit, sur le nouveau cahier qu'il avait acheté, le récit de sa journée. Il essaya de se souvenir de chaque mot prononcé, de chaque lieu visité, de chaque objet perçu... Puis il chercha les mots uniques, qui, à eux seuls, résumeraient cette journée et enclencheraient plus tard, un jour, sa mémoire sur d'autres détails. Il hésita, et nota enfin : « Une femme m'a ouvert sa maison pour que je me réchauffe, alors que je venais de tomber dans l'eau glacée d'un bassin, où j'avais pris un bateau d'enfant pour une forteresse de l'Antarctique. »

Il se trompait, il avait écrit trop tôt. On frappa à sa porte et le veilleur de nuit lui remit une lettre qu'il avait oublié de prendre dans son casier. Il reconnut l'écriture de sa grand-mère Tatiana et le cachet aux armes d'Epinal. Elle écrivait :

A l'instant où tu recevras cette lettre, ta grand-mère ne sera plus près de toi sur la terre. J'ai demandé expressément qu'elle ne te soit expédiée qu'après tout le tralala des formalités obligatoires pour ceux qui, comme moi, s'en vont de l'autre côté. Aujourd'hui, 1er janvier 1974, je suis bien vivante et je pense à toi, mon petit, à nous, à cette longue histoire de rêve qui nous a conduits, ton grand-père et moi, ici, dans cette France devenue notre Patrie... Je ne verrai pas la fin de cette année, et je pense à tous les rêves comme les nôtres, qui ont conduit des milliers de gens hors de leur pays, de leur terre, de là où ils auraient dû continuer de rêver et de vieillir, entourés de l'amour de voisins et de parents qui parlaient la même langue qu'eux. Il y a eu cette guerre du Kippour, à la fin de l'année dernière, et je voudrais que tu gardes toujours sur toi cette photo de moi que je te joins (je suis sur le bateau qui nous emmène au Danemark avec Stanislas). Le jour où un pays arabe, quel qu'il soit, fera la paix avec Israël, je voudrais que tu me regardes et que tu penses à moi, à nous... Que je dois vivante ou morte, nous y penserons ensemble. Je te l'ai déjà dit, il nous faut vivre avec une mémoire qui sait choisir et oublier les horreurs... Pas les êtres qui sont près de nous, avec qui on a respiré, joué et que l'on a aimés, parce qu'ils sont notre histoire à nous. Les peuples valent toujours mieux que les certitudes qui les entraînent, car elles sont des monstres que les gens laissent pousser à l'intérieur d'eux pour se sentir plus solides et moins solitaires. Pareilles à la maladie de la pierre, elles durcissent l'âme et le cœur et retirent à chacun l'élan naturel qui est de sentir par soi-même avec les limites de son intelligence, de sa sensibilité, de sa générosité, tous les malheurs et les bonheurs des gens qui vivent en même temps sur la planète. Ne parle pas de l'homme avec un grand H, va là où ton amour te pousse, vers ceux qui parlent de gens qui ont un nom, un visage qui est celui de la souffrance de tout de suite. Chaque prophète parle au nom d'un lendemain différent, mais le monde, il est aujourd'hui et, avant d'espérer être celui qui change tout, rêve d'être celui qui allège une seule souffrance, et multiplie ce rêve. Ne crois jamais aller du plus grand au plus petit, va au contraire de l'individu et de sa seule blessure, vers un autre individu et si tu t'arrêtes à dix, tant pis... Dix, c'est beaucoup, si chacun se souvient de toi et que tu te souviens d'eux. Pense aux visages, Léo-Paul, chaque individu, dans sa vie, ne peut se souvenir que d'un nombre limité d'entre eux, fais en sorte qu'il n'y ait personne qui te connaisse dont tu ne connaisses toi-même le visage. C'est cela, la vraie humanité.

Moi, je suis presque morte, parce qu'il y a une éternité que je n'ai pas serré dans mes bras le seul homme que j'aie aimé, parce qu'il y a des siècles que je n'ai pas pris un train pour me rendre dans une ville entendre la voix d'une amie... Mais je suis vivante, mon Léo, parce que ma mémoire est là et me relie à tous ceux que j'aime et que j'ai aimés... Parce que tu es le dernier à porter le nom de Kovski, je t'envoie ce message venu du début de ton histoire commencée en Pologne et qui s'achève pour moi dans cette ville des Vosges... Pour toi, tout commence et se poursuit avec tous les possibles imaginables et il n'y aura pas de fin à tout cela. Reçois de Tatiana Kovski, ta grand-mère, cette passion pour un individu à venir qui ne rêverait que d'être lui-même, relié à tous les savoirs et à tous les autres individus, sans jamais se sentir plus important que quiconque mais, comme chacun, directeur de sa vie.
Je t'embrasse de toute cette passion-là.

Tatiana Kovski.

Il n'y eut pas de larmes. Seulement une infinie tristesse à se sentir dans une chambre d'hôtel, si infirme, si seul et si désemparé. Il releva la serviette de bain qu'il portait sur les épaules, s'en couvrit la tête et, tout en regardant la tache rouge du néon sur le mur d'en face, chercha les mots à prononcer pour rompre un espace de rêveries et de souvenirs trop accablants... Il allait dire « Ma vie »... Sa langue mélangea les consonnes et ce fut... « Marie ».

Ce n'est que quelques jours plus tard, en février, que la presse du monde annonça l'exil d'Alexandre Soljenitsyne. Léo-Paul vola quelques livres dans une grande librairie du boulevard Saint-Michel et acheta, dans une autre, *La Maison de Matriona*. Il se demanda ce que pouvait bien signifier *Le Premier Cercle*.

De ces colorations de sentiments qui font le quotidien d'un jeune homme voguant au gré de sa génération à travers une époque, il avait retenu au jour le jour ses teintes à lui, ses failles à lui, un monde vu par Léo-Paul Kovski, limité à ses deux yeux, ses oreilles, ses doigts et à tous les éléments d'information recueillis dans la rue, les cinémas et les journaux. Il y avait là, dans ses cinq cahiers sous-titrés chacun de l'année en référence, la fin de sa vie à Monterville, puis Paris, ce monde entre chien et loup, où il lui avait fallu se débattre pour sortir du précédent qui rassurait, avant d'entrer dans celui, terrorisant, où il s'était retrouvé comme un Kovski immigré, en transit permanent d'une vie à réaliser avec des gestes et des actions... Ce monde qu'il avait cru maîtriser quand il s'en trouvait éloigné se dérobait maintenant qu'il y était entré... Il savait que chacune de ses respirations, chacun de ses gestes fabriquaient du futur, son futur à lui, unique, probable, et il ne tenait encore qu'à lui d'oser l'imaginer.

Sur la dernière page du cinquième et dernier cahier des *Repères pour Marie,* il écrivit :

...J'avais voulu au premier jour te décrire le vieillissement de mon visage pour que tu le reconnaisses à notre première rencontre... Je croyais qu'il y aurait de la Chine, de l'Orient, de l'Amérique à te décrire, toutes sortes de ponts traversés et de ravins dévalés, j'avais imaginé de t'emmener vers des sources de vérité, là où apparaissent, sans aucun effet d'ombre, le mal lumineux et la pureté... Une vie tournée vers le bruit et le mouvement, une accumulation de chocs, de traumatismes, entrecoupés de plages de beauté caressant les corps sur des rivages sans souffle... Et je n'ai parlé que de moi, englué dans une ville, circulant dans des chambres sans hauteur, vers les murs sombres de l'extérieur, j'ai parlé de petites éraflures, de tourments, de butoirs et de nuits sans fin à arpenter des rues aux épluchures de pomme de terre, indifférent même aux indifférences des garçons de café... Il n'y eut que moi, sans les grands décors du monde qui défileraient derrière, avec des bougainvillées, des petits arbustes verts de thé, des flamboyants, des ports et des bicyclettes noires aux guidons relevés qui donneraient à leurs usagers un port de tête élégant... Moi, Léo-Paul merdique, qui ne sais plus avancer sur les banquises où je n'étais jamais allé ou dans les rues enneigées d'Europe centrale, parce que aujourd'hui, je ne sais plus *voir,* je ne sais plus m'évader de mon corps et m'enfuir sur une route poussiéreuse, défoncée, pleine de scarabées morts, écrasés par les roues des camions et les pieds nus des enfants... Je ne sais plus *voir* les gibets noirs des collines ou pendouillent, le soir, des corps inanimés, pleins de traces de coups sur leur dos... Plus *voir,* une bagnole silencieuse arriver lentement, un brouillard de chaleur devant elle, une musique stéréo à l'intérieur et une femme à la jupe relevée se caressant avec le fond d'une bouteille d'extrait de noix de coco, femme à la peau blanche, transparente, pendant qu'un type, à côté d'elle, un chapeau texan sur la tête, se fait téter le sexe par un nain mexicain qu'il loue à la journée...

Marie, mon amour d'avant, ma passion, mon image de l'autre monde, comment dire autrement que l'histoire de ces cinq années raconte cette perte-là... Un adolescent qui s'égare dans les dédales de carrelage des échangeurs du métro. Il faudrait signaler aux autorités qu'il avait l'allure d'un garçon timide, à son arrivée, et, en même temps, l'air volontaire et décidé, avec ses cheveux clairs et longs tout autour de sa tête; certains le prenaient pour un étranger, avec ses costumes un peu larges et cette valise en carton dans laquelle il transportait des livres et du papier... Il s'est perdu et personne ne l'a revu, on pensait qu'il reviendrait, qu'il était seulement descendu plus longtemps que prévu à l'intérieur d'une station de métro, celle qui conduit vers un océan ou un désert, là où sont le silence et le bruit, sources de toutes les imaginations...

Marie, j'ai quitté ton silence pour une peau satinée vibrant sous une main hésitante, ridée de mélancolie, pour des pages tournées de dictionnaires périmés, pour un tout, pour un rien, pour la lune et quelques nuits complices, pour un lion échappé d'un cirque qui s'affale sur un bout de trottoir devant des gendarmes peureux, une seringue plantée dans son épaule, pour un écrivain emprisonné écrivant sur du papier hygiénique une vie-parenthèse, pour des gorges rieuses racontant, à qui voulait les entendre, des histoires obscènes, pour des plaisirs imaginés, pour des lèvres humectées, entrouvertes, où se glissaient des poings de granit, pour des yeux pâmés, fermés par une promesse du temps qui visait à remplacer l'éternité...

Je courais vers tout cela, Marie, vers ces flaques de pétrole étouffant les vagues de la mer et bâillonnant ma voix qui avait su, depuis toujours, clamer la précarité d'un amour comme le nôtre...

Ruiné, écrasé, c'est de la haine que je t'envoie, de la haine pour toi et pour moi, pour nous qui rêvions de traverser le monde sans blessure, arrogants d'une histoire à peine commencée et qui s'est laissé enfouir sous le poids des éloignements et des indifférences.

Le ventre nu appuyé sur le lavabo de sa chambre, Léo-Paul examina son visage dans la glace. Bien sûr que j'ai changé, se dit-il. Mais ce changement n'était pas seulement lié aux seuls plissements de son front ou à la bouche qui accentuait sa dissymétrie, tout était dans l'invisible lucidité qui l'avait amené à refermer les *Repères pour Marie* et à les laisser là, posés sur la toile cirée qui recouvrait l'étagère. Lucidité? Il fut étonné de regarder les quelque deux cents centimètres carrés de peau qui constituaient son visage et représentaient, pour tous les gens côtoyés, Léo-Paul Kovski, un provincial solitaire, peu argenté, et qui comprenait toujours en retard ce qui se passait autour de lui. Il constata que tous les repères d'âge qui l'avaient tant fasciné quand il était enfant – vingt ans, vingt et un ans – étaient déjà dépassés. « J'ai vingt et un ans et je ne suis pas heureux ! » Il s'aperçut alors du décalage entre ce qu'il venait d'écrire à l'instant sur du papier et ce qu'il ressentait juste après, à l'instant même. Mots irrémédiables, que Marie, sans doute, ne lirait jamais, pleins d'emphase aussi... Il aimait se sentir manipulé par eux, qui semblaient voler autour de lui et s'engouffraient au bout de son stylo, pour une improvisation échappée. « Je suis malade d'emphase », murmura-t-il près du miroir qui se couvrit de buée.

Il but au robinet et s'en alla rejoindre Huguette Stein au bar Le Bistrot, rue de la Huchette.

« Tiens, dit-elle, à propos de Schatz, sa sœur Eva est passée cet après-midi à l'hôtel... Jolie brune, habillée un peu népalais, mais on sent qu'elle s'en lassera vite... Chanel doit lui aller à merveille ! »

Elle fit tourner la vodka dans le verre givré qu'on venait de lui tendre et dit qu'Eva était venue vérifier si toutes les affaires de son frère étaient bien là... Elle ne savait pas où il était et semblait à moitié rassurée. Elle n'était restée que cinq minutes.

Léo-Paul ne dit rien. Il vit pendant quelques secondes le grand corps lourd de Schatzberg danser avec lui au milieu de la piste du Calypso, des filles antillaises autour d'eux. Il essaya d'imaginer le visage de cette sœur, l'Allemande, comme il l'appelait, et qui aimait Hölderlin...

« Tu rêves, l'écrivain ?

– Je ne suis pas écrivain, madame Stein, plutôt un... Il hésita...

– Ne dis pas madame Stein, Léo-Paul... Je sais, Huguette, ça fait assistante de dentiste, mais appelle-moi Stein tout court, pas madame...

– ... je suis un trafiquant d'univers.

– Trafiquant, répéta-t-elle en regardant autour

d'elle, ne parle pas si fort, c'est plein d'indics dans le coin ! »

Elle rit aussitôt et but dans la foulée une gorgée de zubrowka. Léo-Paul, agacé, puis ravi de ce rire, s'esclaffa à son tour et se moqua de lui pour la première fois... *Trafiquant d'univers,* il l'avait dit si sérieusement et sans broncher ! Stein en profita pour raconter comment elle avait toujours aimé et détesté les écrivains qu'elle avait connus.

« Ils se croient des porte-parole de mondes mystérieux rôdant autour de nous, qu'eux seuls seraient capables de déchiffrer. Mais moi aussi, je sens, je vois, j'ai peur... Tous les gens se regardent dans des miroirs, angoissés d'être eux-mêmes, enchaînés à leur vie pour faire face à tout. Les prolos, le soir, ce n'est pas seulement la fatigue des journées qui les exténue, ce sont plein de sentiments qui leur font entrevoir des instants de leur vie, désespérants... Et ils savent qu'ils ne revivront plus jamais ça... Plus jamais... Même si *ça* est un enfer, l'avenir ne sera plus que le souvenir de cet enfer... C'est cela que tous les gens ressentent... »

Elle termina son verre et en demanda deux autres. Léo-Paul s'empressa de terminer le sien.

« J'aime la vodka, dit-elle, c'est un alcool froid qui ôte la sentimentalité. Les autres alcools rendent con ou font pleurer. »

Ils rentrèrent à l'hôtel en se tenant par la taille. Leurs hanches étaient un point d'appui idéal et ils se séparèrent en s'embrassant bizarrement. Le lendemain, Léo-Paul entra dans une librairie et acheta une édition bilingue d'Hölderlin, *Gedichte.* Il lut pendant qu'il marchait sur le boulevard.

Sans doute, nous allons presque comme des orphelins,
tout va comme auparavant mais ce n'est plus la même tendresse.

Pourtant les jeunes gens qui ont gardé le souvenir de
leur enfance
ne se sentent pas étrangers non plus dans la maison.
Ils vivent d'une triple vie, comme aussi,
les fils aînés du ciel,
et ce n'est pas en vain
que la fidélité fut implantée dans nos âmes.

Il le relut plusieurs fois en français et en allemand
et l'apprit par cœur dans les deux langues.

« J'oublie rarement quelqu'un qui écrit et qui n'envoie pas de manuscrit. Je passe ma vie à lire des milliers de pages dont bien peu ont de l'intérêt et me rendent toujours étonné du culot qu'il a fallu pour les envoyer à un éditeur », dit Jacques Brenner, après que Léo-Paul l'eut fait entrer dans sa chambre. Il promenait son cocker, et passait par là. Léo-Paul, surpris, lui remit les cinq cahiers des *Repères pour Marie* et s'en voulut de cette lâcheté, dès que le lecteur fut parti avec ce morceau de sa vie sous le bras.

C'est autour des petites rues du quartier Saint-Denis qu'il chercha, dans les enfilades sombres des entrées d'hôtels, une fille qui aurait vingt-deux ans, cheveux mi-longs... Et puis non! Il se rendit compte, qu'en fait, c'était un regard qu'il cherchait, plus qu'un corps, un visage ou une silhouette qui ressemblerait à Marie... Un regard de Marie, tragique, où se mêlaient à la fois de la violence et de la mélancolie... Il n'avait jamais trop rôdé autour des prostituées et il remarqua qu'elles avaient presque toutes un regard transparent... Nuit douce de printemps, des hommes se tenaient par groupes à l'entrée des hôtels pour regarder ensemble ces corps exhibés qu'il était permis de choisir. Un car de police passa au ralenti, projetant des ombres bleues qui tournaient, sur les murs délabrés des maisons. Des néons vulgaires restaient allumés et de petites enseignes annonçaient derrière une plaque de verre, Hôtel de la Providence, Hôtel des Voyageurs, Crystal Hôtel, Hôtel Saint-Denis... Drôle de saint! pensa-t-il, synonyme dans cette capitale de corsages entrouverts, de rouges à lèvres débordants, de rimmels accentués... La rue Blondel, plus étroite, offrait, sur chacun de ses côtés, une densité de personnes plus intéressante à observer. Un chien égaré zonait lui aussi au milieu de la chaussée, tournait la tête vers ces lumières qui débordaient des bars et des cafés où des types discutaient autour de tables en formica de couleur, de longs verres posés devant eux.

Pas celle-là, se dit Léo-Paul quand il aperçut les yeux d'une fille très jeune, mais aussitôt après, le short barboteuse bleu ciel qu'elle portait... Pas un short! Elle le regarda, mais il détourna aussitôt son regard. « Elles sont habituées à ce qu'on les regarde, ces putes! dit un type mal rasé près de lui, regarde ces poses! » « Il y en a qui ne montent pas si t'es trop sale », dit un autre. Des Noirs, des paumés, des Arabes, des vieux, des épiciers, des jeunes, des presque vieux, il était minuit passé et ils étaient là, à arpenter ces pauvres rues, Léo-Paul parmi eux. Il n'arrivait pas à se décider... Oser demander combien? Un garçon et une fille qui semblaient avoir son âge, ou un peu plus jeunes, firent une entrée timide dans la rue. Ils regardaient, eux aussi, à droite, à gauche, comme s'ils cherchaient quelqu'un de précis. Arrivés à l'extrémité, vers le boulevard Sébastopol, ils revinrent sur leurs pas, Léo-Paul les observa. Ils discutaient rapidement chaque fois qu'ils semblaient avoir repéré une fille. Ils s'arrêtèrent, et la jeune fille habillée d'un jean court, d'un blouson et d'un ruban jaune dans les cheveux, fit un signe de la tête au garçon qui l'accompagnait et qui semblait vouloir s'enfuir. Elle se décida, elle, à aller parler avec une des prostituées stationnée sur le trottoir, légèrement en retrait des autres. Elles échangèrent quelques mots, la jeune fille se retourna vers le garçon resté au milieu de la rue, le désigna, et la putain acquiesça d'un signe de tête. Ensemble, elles appelèrent. « Philippe ! », crut entendre Léo-Paul. Le garçon rejoignit les deux femmes, il y eut des sortes de présentations, puis il suivit la fille à l'intérieur de l'hôtel. La jeune fille le regarda, leva sa main comme pour souhaiter bon voyage et elle resta plantée sur le trottoir quelques instants. Elle entra alors dans un café, en face, et s'assit au bar. On lui servit un café et un paquet de cigarettes sur une soucoupe. Léo-Paul voulut savoir... Il entra à son tour dans le bistrot et resta debout près d'elle. Après avoir commandé un décaféiné, il dit :

« C'était votre frère ?

— Non, un ami », répondit la jeune fille sans se retourner. Puis elle le regarda : « Vous avez vu ?

— Oui, j'étais intrigué...

— Je vous ai aperçu aussi... Qu'est-ce que vous faites là ? »

Ses cheveux étaient très frisés, longs.

« Je m'ennuyais... Et...

— Pascale... C'est ça que vous vouliez savoir ? Lui, c'est Philippe et c'est sa première fois. Alors j'ai voulu l'aider... (Léo-Paul la regarda rallumer la cigarette qui venait de s'éteindre.) Je croyais que c'était bien plus cher, continua-t-elle... Soixante francs ! Je voulais lui offrir un livre de la Pléiade pour ses vingt ans... Mais j'ai pensé que c'était plus urgent, ce cadeau-là. »

Elle désigna l'hôtel d'en face où venait de monter son ami.

« Moi, j'ai vingt-trois ans dans deux semaines, dit Léo-Paul en souriant.

— Mais vous n'êtes pas mon ami, et puis vous avez déjà fait l'amour, je l'sais...

– Comment, « vous l'savez » ?

– Les yeux des garçons ne sont pas les mêmes. Vous, vous me regardez en jaugeant si ce serait agréable de passer une nuit avec moi... Lui, il regardait les filles en se demandant si elles seraient douces et s'il n'aurait pas peur. »

Elle semblait avoir moins de vingt ans, et sa présence à presque une heure du matin dans ce genre d'endroit était inattendue...

« Je l'attends. J'ai demandé à la fille d'être gentille et de prendre du temps... Que ce soit à la fois un beau cadeau d'anniversaire et un bon souvenir... Et vous ?

– Je vous écoute ! »

Après qu'elle lui eut appris qu'elle fréquentait un cours d'art dramatique et était certaine de devenir une aussi grande star qu'Ingrid Bergman, une heure à peine plus tard, Philippe, qui ressemblait à un jeune séminariste, arriva accompagné de sa première amante. Elle dit s'appeler Maryse, et ils souriaient tous les deux comme à la sortie d'un film. Aussitôt, Philippe embrassa Pascale et lui murmura quelque chose à l'oreille.

« C'est à elle qu'il faut dire merci, dit-elle tout bas... C'est elle que tu n'oublieras pas... »

Discrètement, elle paya Maryse et insista pour offrir à boire. De l'extérieur du café, on aurait pu imaginer qu'ils se connaissaient tous les quatre depuis longtemps, et étaient en train d'envisager un voyage à la mer pour le dimanche suivant. Pascale et Philippe, sur le point de s'en aller, embrassèrent la prostituée. Il ne restait à Léo-Paul qu'à partir avec eux ou à oser demander à Maryse de monter avec elle dans une chambre en face. Comme si elle avait deviné, elle annonça qu'elle avait assez travaillé pour aujourd'hui et qu'elle voulait rester sur cette première. Pascale prit les devants et dit à Léo-Paul :

« Tu voulais une fille ce soir et la payer... Mais tu ne te décidais pas... C'est bien cela ?

– Presque...

– Donne-moi soixante francs ! Moi aussi, ce sera la première fois qu'on me paie... »

Ils quittèrent les deux autres et firent l'amour dans un hôtel proche. Ils n'eurent pas le temps de se dire s'ils se plaisaient et se laissèrent tous les deux emporter par le jeu du désir et celui de l'argent qu'elle avait imposé. Ils ne parlèrent pas. Pascale glissa, comme elle l'avait vu faire au cinéma, les billets dans son soutien-gorge, se rhabilla et s'enfuit, laissant là Léo-Paul, dans cette chambre où la robinetterie faisait un bruit d'enfer. Il ne savait même pas son nom de famille et elle n'avait pas laissé de numéro où la joindre. Il courut dans l'escalier, persuadé de la retrouver dans le café de tout à l'heure. Mais au bar, il y avait déjà d'autres visages perdus, et qui se regardaient dans les chromes de la machine à café.

CLAIRE tremblait. Elle venait d'arriver à l'hôtel Delhy's, ses valises avec elle, des sacs de partout. Léo-Paul ne l'avait pas vue depuis plus d'un an et la trouva fatiguée.

« Il s'est tué, Léo-Paul, sous une voiture... Il a couru devant moi, traversé la rue et s'est fait arracher tout le côté... C'était affreux... »

Léo-Paul ne comprenait pas.

« Marco, mon petit enfant... Je te l'avais écrit, il m'appelait Claire-Obscure, il parlait à nouveau, m'embrassait, souriait tout le temps... Tout semblait aller tellement bien... »

Elle se mit à pleurer. Léo-Paul la prit dans ses bras. Elle sanglota, se libéra, ne put s'arrêter, comme si elle avait attendu qu'il soit là, lui, Léo-Paul, son dernier homme pour se laisser aller et que parte tout le malheur de son corps. Elle ne put s'empêcher de pleurer fort, de geindre, de pleurer encore et laisser couler des larmes sur la chemise de Léo-Paul, de lui agripper le cou, lui prendre les mains, relever parfois la tête et exhiber sans pudeur sa bouche déformée, tordue, laide qui sanglotait, des traînées noires autour de ses yeux. Quand tous ses nerfs semblèrent s'être vidés, elle renifla encore quelques minutes et se calma. « Excuse-moi... » Elle regarda autour d'elle et dit : « Alors, c'est là que tu vis ! » Il regarda sa chambre comme s'il la découvrait lui aussi, et fut bien obligé de constater que ce n'était pas reluisant. Le papier à rayures tout défraîchi laissait des traces plus claires aux emplacements de cadres disparus. Sa mère était là, à ses côtés, près de qui il avait vécu dix-huit années de sa vie, elle, l'auteur d'un journal, la femme d'André Kovski, son père, il la regardait, la dévisageait, l'aimait. Il aurait voulu dire tout cela, qu'il s'était toujours senti près d'elle, avec elle... Qu'il ne la renierait jamais, ne lui retirerait jamais sa confiance.

Il l'emmena dîner dans une pizzeria et ils burent une bouteille entière de Broglio. Ce soir, elle dormirait près de lui, comme les nuits de cauchemar à Monterville. Pour la distraire, et avant de rentrer, il voulut l'emmener marcher sur les Champs-Elysées, qu'elle voie des lumières, des étrangers, de la vie déambuler à pas lents le long des magasins. Ils prirent le métro, changèrent à Châtelet et descendirent à Franklin D. Roosevelt.

« Un D supplémentaire comme le Dylan de Langhome... »

Il avait exprès remis l'écrivain sur le tapis.

« J'irai demain ou après-demain le rejoindre en Bretagne », dit-elle avec douceur.

Léo-Paul n'ajouta rien.

L'avenue était plus illuminée que d'habitude, comme éclairée pour une séquence de film. Ils aperçurent des chars d'assaut impressionnants avancer dans la nuit, au milieu de l'avenue et conclurent qu'il s'agissait des répétitions du 14 Juillet. Claire se cramponna à son fils. « C'était comme cela, la guerre. Ils avançaient dans les pénombres semblables à de gros monstres... Je me souviens parfaitement, c'étaient les mêmes petits cliquetis des chenillettes. »

Sur les trottoirs de l'avenue, des militaires parlaient dans des talkies-walkies : képis, calots et tenues de combat, il aurait pu s'agir d'un coup d'Etat... Claire était fatiguée, ils n'eurent pas le courage de repartir vers un autre quartier et s'assirent à une des terrasses. Un orage couvait; les promeneurs de la nuit, les touristes, portaient des chemisettes ou des T-shirts et on pouvait voir des auréoles de sueur sous leurs bras. Claire regardait ces figurants circuler sous les milliers de watts des projecteurs, et fut surprise qu'il y eût autant de touristes japonais. Comme on avait annoncé à la radio que le nouveau président de la République remonterait les Champs-Elysées à pied le jour de la fête nationale, ils tentèrent d'évaluer la distance exacte.

Bien que l'endroit ne s'y prêtât pas, et peut-être à cause de cela, de ce tourbillon qui s'agitait à cette heure du soir tout autour d'eux, Claire se rapprocha de Léo-Paul et lui chuchota qu'elle avait quelque choise d'important à lui confier.

« Moi aussi, répondit-il... Peut-être qu'il y a un rapport...

– Tais-toi, laisse-moi parler tout de suite, dit-elle d'une voix autoritaire qui ne lui ressemblait pas. Ce que tu as à me dire ne peut pas être aussi terrible, et si je laisse passer cet instant, je vais encore me taire comme une idiote... »

Elle tira de sa paille une gorgée de jus de fruits et commença :

« Voilà. Une dizaine de jours avant sa mort, ton père a été ramené du centre de radiothérapie et j'étais avec lui dans l'ambulance... Des tuyaux respiratoires dans le nez, perfusions au bras et le klaxon sans arrêt quand on traversait les villages, les agglomérations... C'était sinistre... Et lui qui avait du mal à respirer, à avaler sa salive... Je lui tenais la main et je le regardais... Je pensais à notre vie, à toi, à l'amour que j'avais eu pour lui, et comment cet amour s'était enfui, doucement, sans que je m'en rende compte... Tout allait si vite, et la voiture blanche qui fonçait entre l'hôpital et chez nous... Je pensais à ma rencontre avec lui et j'essayais de me rappeler ce qu'exactement j'avais espéré de ma vie à moi. Je ne te l'ai jamais dit, mais j'aurais voulu être une scientifique, quelqu'un qui cherche et qui trouve des remèdes pour soigner l'humanité... En même temps, je savais que c'était aussi une forme de célébrité que j'avais espérée, que l'on parle de moi, que l'on me reconnaisse dans la rue et qu'on vienne me remercier pour tout ce que j'étais... Aujourd'hui, tout cela me semble dérisoire, dit-elle avec un petit sourire, et pourtant, c'est à moi adolescente que je pensais dans cette ambulance qui nous emmenait lui et moi, et je constatais le fossé entre les deux personnes, celle que j'étais devenue et celle que j'avais imaginé être... Et ton père tout près, en train de mourir, qui serrait ma main, sans plus pouvoir parler... Parfois, il me regardait, ses lèvres remuaient et je reconnaissais quelques mots... Alors, plutôt que d'être compatissante, triste, attendrie, je me durcissais et je me disais qu'il n'avait jamais espéré, lui, rien d'autre que ce qu'il avait été, il s'était tout de suite accepté comme fétu de paille attendant d'être balayé... C'est cela le malheur des histoires d'amour et des mariages, des gens qui ne pensent pas *le temps* de la même façon et ne se sentent pas reliés aux autres de manière identique. Certains sont comme des esquifs qu'on aurait placés là par hasard, et leur vie consiste à ne pas tomber tout de suite au fond de l'eau, mais ils savent bien qu'ils sont condamnés... D'autres font tout pour relier la terre, le monde, pour s'enfuir de cet endroit où la vie les a placés, en suspens... Moi, j'aurais tant voulu voyager, parler en toutes sortes de langues à des gens différents de moi, apprendre, devenir meilleure... Et il était là, lui, le Kovski de Pologne, mon mari, celui à qui j'avais promis de vivre toute ma vie et je ne pensais plus qu'à une seule chose, qu'il meure vite et que je me dépêche de revenir en arrière pour retrouver tout ce qui s'était perdu en route avec lui...

« Un soir... (Claire hésita.) Un soir, reprit-elle, il respirait de manière espacée... Il semblait s'arrêter, puis respirait à nouveau par à-coups, cela durait, durait... Alors j'ai pris une serviette-éponge et je l'ai placée sur sa bouche pour en finir plus vite. C'était cela qu'il fallait que je te dise... Parce que j'ai vécu avec, toutes ces trois années... Sur le moment, j'ai été très calme et j'ai pensé aux formules de mariage... " pour le meilleur et pour le pire "... Et je me disais, voilà, le pire est arrivé... C'est moi qui ai fait mourir mon mari. »

Elle se tut. A côté d'eux, des consommateurs enfouis dans d'autres histoires, d'autres drames, d'autres voyages se faisaient servir des coupes de champagne, pendant que des chars de l'armée française répétaient tout autour le ballet qu'ils auraient à jouer devant les caméras de télévision.

Léo-Paul n'avait rien dit. Il ne fit pas le geste tendre que Claire sans doute attendait. Il n'arrivait plus à penser... Cette confession, ces lumières, ce décorum, tout lui sembla irréel et il se sentit figurant d'une parade absurde. Un bruit intense se fit entendre, et il sursauta. Trois avions de chasse passèrent au-dessus de leurs têtes, laissant derrière eux, dans le ciel, des traînées colorées de bleu, de blanc et de rouge. « C'est la patrouille de France, c'est la patrouille de France », dit plusieurs fois, d'une voix haute et fière, un homme assis à leur terrasse. Les têtes s'étaient levées. Léo-Paul se demanda encore si sa mère et lui répétaient eux aussi une pièce à venir ou si c'était le poids réel de leur histoire qui s'abattait sur eux. Puis les lumières s'éteignirent et pendant quelques secondes, personne ne vit plus rien dans cette brusque nuit.

Dans le métro, Claire et Léo-Paul voyagèrent l'un à côté de l'autre. Elle laissa aller sa tête vers son épaule, et il laissa faire. Que dire, pensa-t-il, pendant qu'il caressait les cheveux de sa mère qui pendaient sur sa chemise. Dans le lit, quand ils furent l'un contre l'autre, elle chuchota :

« J'ai tant pensé à tout cela, des heures, des jours

et des jours. Et quand j'ai fait la connaissance du petit Marco à la Fondation, j'ai su que j'étais capable, avec ma force et mon amour, de lui rendre la parole, de faire en sorte qu'il reprenne ce contact perdu avec le monde, qu'il redevienne un enfant comme les autres, qui sache accepter la tendresse que les gens voulaient lui donner... J'ai cru à cela et j'ai été plus qu'une éducatrice, je l'ai aimé comme un nouvel enfant, plus peut-être, puisqu'il y avait cet espace sombre de ma vie qu'il fallait rendre lumineux... Ce mal est resté enfoui dans chacun de mes rêves comme une pourriture... Marco en a peut-être eu assez de me voir redevenir gaie en même temps qu'il échangeait de plus en plus de vie avec les autres, peut-être a-t-il deviné un secret et n'a-t-il pas voulu jouer un rôle de compensation... Peut-être a-t-il douté de moi et cru que je l'aimais uniquement pour effacer un coin de ma mémoire ?... »

Les yeux ouverts, dans l'obscurité, Léo-Paul écoutait la voix de sa mère et dans sa demi-somnolence, il reconnut le tumulte entendu la dernière nuit passée devant l'océan, quand toutes les plaintes jaillissaient venues d'Irlande, d'Europe, avec ce crachotement sourd qui avançait et reculait, main sonore qui prenait, rejetait les souvenirs perdus. Sa mère parlait, parlait dans l'obscurité et faisait resurgir des épaves d'autres temps, tout engluées de moisissures et de rouille.

Claire passait par des phases de grande nervosité, accablée, torturée, puis elle parlait à nouveau de sa voix douce, celle qui lui allait le mieux et que Léo-Paul connaissait comme celle de sa mère.

« Est-ce que je t'ai déjà raconté qu'un jour, tu devais avoir un an et demi, deux ans, on était retournés dans mon village, avec ton père, chez les Losseroy qui avaient tenu le café-cinéma pendant la guerre. Il faisait beau et on était tous dans le jardin... Je me souviens à l'instant, on mangeait des griottes à l'alcool... Puis je me suis rendu compte que je ne t'entendais plus depuis quelques minutes. Je me suis levée comme une folle et au bout du jardin, j'ai vu tes petits chaussons bleus en tricot qui se balançaient au-dessus d'un tonneau de récupération d'eau de pluie. Tu avais basculé la tête la première et on n'avait rien entendu, ni les uns ni les autres. Il a fallu te faire vomir toute la vase que tu avais avalée, c'était dégoûtant, il y avait des insectes, des pétales de fleur en décomposition et j'avais peur... Tu étais déjà rouge, presque violet... Tu as suffoqué encore un moment et, doucement, ta respiration est redevenue normale. On est repartis soulagés, avec seulement le souvenir de la peur. Et puis, jour après jour, toi qui étais gai, qui parlais déjà bien, tu t'es mis à ne plus vouloir manger, ni sourire... Ta bouche restait fermée comme si tu avais peur et que tu te souviennes du tonneau de pluie... Tu as mis beaucoup de temps ensuite à parler à nouveau et moi qui avais été fière de ta précocité, je ne disais plus rien à ce sujet, tant j'avais peur de te voir devenir idiot. Quand tu es entré à l'école, l'institutrice est venue me voir et me dire qu'elle ne t'interrogerait plus pendant les cours puisque, obstinément, tu te taisais... Alors que tu avais les meilleures notes dans les devoirs écrits. Puis, tu t'es remis à jouer, à parler pendant les récréations, mais tu as continué à te taire longtemps, aussitôt que tu étais à la maison... Tu semblais ailleurs... Tu te souviens de tout cela ?

– Un peu je crois... Je parlais à Dieu aussi... Je sais que la première vraie fois où j'ai pris la parole en classe, c'était en seconde, quand le Sauvage a exigé que je lise ma dissertation sur l'ambition et qu'il voulait m'humilier. Mais pendant que je lisais, je me souviens que j'ai pris autant de plaisir à lire aux autres les mots que j'avais écrits, que d'entendre, dans le silence, ma voix pour la première fois oser prononcer des mots importants, les mots que je pensais, et cela, sans avoir à hésiter puisque je les lisais... Pourquoi tu ne m'as pas parlé de tout cela plus tôt ?

– J'ai longtemps craint que ta peur de parler ne s'aggrave, et puis, tu semblais bien t'en tirer puisque tu étais premier de toute façon... Un autre jour, tu es arrivé tout agité... de l'école... et ton tablier... déchiré... »

Epuisée par tant d'émotions répétées, Claire venait de s'endormir.

Léo-Paul garda les yeux ouverts. Cette femme dans son lit, où avaient transité quelques-unes de ses aventures amoureuses, et qui se serrait contre lui dans son sommeil, le gênait. Elle qui parlait si peu d'ordinaire, et qui en avait tant dit ce soir ! Il n'avait pas pu lui révéler qu'il avait lu son *Journal des guerres* dans le train, entre Rennes et Brest... C'était cela son secret, et il lui sembla bien mince à côté de celui qu'elle venait de lui confier. Un fait divers, pensa-t-il, les yeux tournés vers la pénombre... Une vie de lassitude, un peu de solitude, l'isolement d'un appartement... Il eût suffi que quelqu'un observe ce soir-là derrière un volet, et ce secret s'étalait dans la presse, un procureur se serait acharné... Le monde était rempli de ces glissements de réalité vers les interdits dont sont entourés les gestes... Il écouta la respiration de Claire, paisible, ce souffle à ses côtés... Sa mère. Il remarqua que c'était la première fois qu'il faisait attention à ce détail d'une personne qui passait une nuit à côté de lui. Ecouter ce bruit de vie inspirer et expirer, avec ce léger ondoiement du corps, comme bercé par une houle profonde. La première fois qu'il regardait une femme dormir et c'était elle. En se gardant de la réveiller, il se tourna lentement pour la regarder mieux, se pencher et l'embrasser. Doucement sur le front, les joues puis il effleura sa bouche. Claire remua... Il y avait eu ces fois où il était allé s'enfermer sous sa chemise de nuit, et avait dormi contre sa peau à elle, près de ses jambes... Sans le même désir qui l'avait poussé à connaître les mystères de filles rencontrées et vouloir entrer en elles, il continua de l'embrasser d'une avalanche de baisers d'amour, lents... Il tira doucement l'échancrure de la chemise qu'elle portait ce soir et embrassa le sein qui en était sorti. Il aspira le téton dans sa bouche et se mit à le sucer du bout des lèvres avec plein de douceur, mouillant de sa salive ce petit bout de langue sorti. Il fermait les yeux, il n'était plus là dans une chambre, loin, ce n'était plus elle, plus ici, autre chose qu'un souvenir réinventé, il se sentit chaud, rouvrit les yeux et regarda ce globe blanc où il puisait ce bonheur d'un instant... Il referma les yeux et continua d'aspirer ce monde pâle et à jouer avec... comme si tout s'arrêtait, comme si tout recommençait... C'est comme cela qu'il s'endormit, qu'il rêva et se réveilla.

Le lendemain, Claire et lui rencontrèrent la Criolini dans son appartement de la place Edmond-Rostand. Son fils Claude, le médecin, était absent. Rendez-vous fut pris en septembre entre Claire et lui puisqu'elle voulait partir, si cela était possible, dans n'importe quel coin du monde où des souffrances attendaient.

A la gare Montparnasse, Léo-Paul la vit agiter son bras par la fenêtre du train et l'imagina heureuse, remplie d'actions à venir, d'une vie qui allait peut-être commencer.

CET été-là, il aurait pu aller dans la maison de Langhome ou jusqu'au Portugal, célébrer la révolution des Œillets, ou encore aux Etats-Unis, avec un billet à tarif réduit de Nouvelles Frontières. Il fut studieux. Trop de livres, trop de films lui restaient inconnus, et il lut comme si un examen de rattrapage l'attendait en septembre. Des romans, des essais, des policiers, il eut l'impression d'engouffrer des mots, des personnages et toutes sortes de couleurs odorantes arrivant de frontières qu'il n'aurait pu inventer. De la science-fiction aussi, à laquelle venait se mêler le fantastique... *La Fin de l'éternité*, d'Isaac Asimov, resta plusieurs semaines près de son lit. Il sentait bien qu'il fallait se préparer à toutes sortes d'événements, ne pas laisser tous ses acquis se dégrader. Après tant de rues de Paris traversées cet hiver, tant de physionomies enregistrées, et tous ces recoins où se mêlaient l'Histoire et les histoires d'une ville en perpétuel changement, Léo-Paul se préparait...

Il écrivit toutes sortes de débuts, cherchant une manière d'aligner les mots, de raconter et de surprendre. Extirper de tout ce fourmillement de sensations et d'élans contrariés une histoire idéale, puisqu'elle serait agencée avec la vie vécue et son arbitrage à lui, maître de ce nouveau réel, agenceur de souffrances et de plaisirs.

Alain Lesueur déchira la lettre qu'il venait d'écrire à Léo-Paul. Il s'en alla regarder vers la fenêtre de sa chambre, revint vers la photographie de femme posée sans cadre, contre un vase de faïence, et la prit entre ses doigts. Il la porta près de lui, sembla examiner ce visage, ce sourire esquissé puis commença de le déchirer. Il s'arrêta à la base du cou, à l'endroit d'une petite croix d'argent et reposa le portrait. Il alluma une cigarette, se regarda dans le reflet de la vitre et passa la main dans ses cheveux... Quelques-uns se détachèrent et il les vit voleter dans la lumière. Il avait Léo-Paul en tête, Frédéric et cette unique année passée avec eux... Un visage de Simon imaginé, puisqu'il ne l'avait jamais rencontré, et que Léo-Paul avait souvent décrit avec ses cheveux mi-longs et ses gestes pour remplacer les mots. Un langage à trouver, pensa Alain, et moi qui ne trouve rien, qui deviens *muet* aussi de ne parler aux autres que pour l'accomplissement de gestes et de fonctions utiles à ma vie... Je prononce quelques mots d'amour, qui ne correspondent jamais à l'idée que je m'étais faite de ce qu'ils devraient évoquer au moment de les dire. Je parle uniquement pour que mon flux de vie continue d'avancer au milieu de tout cela, muet de banalité. Il prit une feuille de papier et commença une nouvelle lettre.

Jacques Brenner n'avait pas donné signe de vie depuis qu'il avait emporté les *Repères pour Marie*, mais Léo-Paul n'en fut pas surpris et d'ailleurs, il y pensait rarement. Un soir, il passa vers la République et en profita pour aller rue de Turenne, à l'hôtel meublé où Frédéric avait sa chambre. Personne. Il se contenta d'épingler un mot sur la porte où quelques punaises restaient plantées en permanence pour cela. C'est le lendemain qu'il reçut cette lettre inattendue.

Cher Léo, je pense à toi souvent. J'essaie d'imaginer que tu écris un long roman sur nous, sur Frédéric, Cécile, toi, moi, avec les rues de Monterville et ces interminables soirées où nous croyions dur comme fer à nos étoiles. Ecris-le, ce roman, force-toi à te souvenir, fais ce travail pour que tous ces rêves inscrits nulle part éclatent comme des soleils. Tout rétrécit, Léo, est-ce que tu sens cela aussi ? Je me demande souvent si c'est moi qui ne vois plus les choses de la même manière, ou si c'est tout ce qu'il y a autour de nous qui se transforme. J'ai tellement cru que tout irait de mieux en mieux, et qu'il suffisait de le vouloir pour que ça arrive... J'ai appris par Frédéric que tu n'allais plus à la Sorbonne. Fred, qui ne t'a pas beaucoup vu ces derniers temps, n'a pas pu t'annoncer lui-même l'enregistrement de son premier disque en septembre, voilà qui est fait. Et moi, je t'annonce que... Je vais me marier... Tu as bien lu... JE VAIS ME MARIER ! Il serait trop long de te raconter comment tout cela est arrivé, mais je te demande d'être mon témoin. Accepte, s'il te plaît. La cérémonie aura peut-être lieu à la fin de cette année, ou au début de l'autre. J'attends ta réponse, mais tu n'es pas obligé d'acheter un costume neuf... Elle s'appelle Anne. Nous te saluons tous les deux.

ALAIN.

« Tu l'as vue ? demanda Huguette Stein.

– Qui ?

– Sa sœur... Elle est arrivée hier soir. Je lui ai donné la chambre qui me restait, tout en haut sur ton palier. »

La nouvelle venait d'être imprimée dans tous les journaux : « David Schatzberg est inculpé pour l'assassinat du couple de crémiers de la rue Rochechouart. » Une liste d'agressions à main armée suivait. Curieusement, l'attaque du payeur des allocations n'y figurait pas. Huguette Stein, qui arrivait de deux semaines de vacances à Marrakech, fut persuadée, comme Léo-Paul, de l'innocence de leur ami. Bien sûr, ils savaient que David pouvait appuyer sur une détente, un homme devant lui, pour lui flanquer sa balle de violence dans la peau, il en avait assez parlé. Mais ils savaient aussi qu'il aimait jouer à se créer une stature de héros et, qu'en fait, les seuls assassinats qu'il rêvait de commettre étaient destinés à frapper l'opinion et devaient avoir valeur de symbole. Alors, pas des crémiers...

L'Allemande était donc là. Léo-Paul eut une hésitation... Aller la voir tout de suite ou attendre ? Il fut partagé entre le désir d'avoir des nouvelles récentes de David et une réticence à dialoguer avec elle, entendre le timbre de sa voix, connaître la forme de son visage, évaluer sa culture, imaginer les hommes déjà rencontrés... Léo-Paul aimait retenir les mystères jusqu'à leurs dernières limites, avant qu'ils ne se désagrègent à la lumière pour ainsi les perdre.

« Passe la voir, dit Stein, elle te connaît par Schatz qui lui a spécialement demandé de te parler... »

Stein était rouge, des lambeaux de sa peau pelée étaient restés vers la place Djema el-Fna...

« Allez, va vite voir la sœur du héros ! »

Devant la porte de la chambre d'Eva, il entendit une voix au téléphone. Il hésita à frapper et entendit une fin de conversation. « ... marre de toute votre juiverie... je suis en dehors de tout ça, tu le sais bien... Oui, je l'ai vu... hier... Il veut des livres et des cassettes... J'ai toute une liste... c'est ça... c'est ça... moi aussi... salut. » *Clic.*

Il frappa. Elle ne répondit pas mais vint ouvrir aussitôt.

« Eva, je suis Léo-Paul Kovski.

– Entre ! »

Des cheveux noirs, bouclés, comme l'avait décrite David, mais lointaine et d'une beauté qui devait savoir faire mal. Il eut envie de fuir, de dire qu'il était seulement passé la voir, mais qu'il avait une rencontre importante à faire tout de suite. Il se trouva ridicule, respira un bon coup et pénétra dans la chambre. Du désordre. Une valise sur la descente de lit, beaucoup de demi-cigarettes dans les cendriers, deux appareils photo sur une commode. La chambre donnait sur une cour et des journaux étaient restés ouverts sur le lit, une paire de ciseaux posée sur l'un d'eux.

Elle donna des nouvelles de son frère, les détails de son arrestation dans un café près de la Bastille, questionna Léo-Paul. Ils décidèrent d'aller dans une crêperie, puis virent un film italien. Elle semblait si déterminée, si sûre d'elle, que lui, avec ses hésitations, se sentit chétif et orphelin. Eva avait voyagé et, à vingt-quatre ans, connaissait des mondes que

Léo-Paul s'était contenté d'imaginer. Elle parla de villes, de déserts et il réussit à placer convenablement le poème entier d'Hölderlin qu'il avait appris par cœur. L'effet fut réussi et le visage d'Eva s'éclaira d'un beau sourire. Il sembla à Léo-Paul qu'elle le regardait pour la première vraie fois de la soirée, et le son de sa voix fut plus mélodieux, comme si elle prenait la peine d'ajouter quelques vagues de musique aux mots qu'elle avait à dire. C'est seulement là qu'il la trouva belle. Ils parlèrent une partie de la nuit de l'Allemagne qu'elle aimait.

« J'aime surtout Berlin, dit Eva, parce que c'est une ville cicatrice, située entre deux mondes qui ne parviendront jamais à s'épouser. Tout coexiste, la haine, la division, la folie, la bêtise, la nostalgie et c'est toute l'histoire de l'Occident, ses rêves, qui sont là-bas en décomposition... On dirait une immense décharge où s'entasseraient des uniformes, des discours, des idéologies et plein de rats autour qui s'épient. On s'y retrouve entre le ciel et la terre, remplis de honte, sans aucun artifice de secours, pour s'illusionner sur la grandeur de l'homme. Pourtant, il est là, à chaque détour de rue, pitoyable, plein de contradictions, d'idéologies, sans savoir vivre. C'est une ville intermédiaire, sans repères entre les apparences et le réel. Les éclats de maisons que l'on trouve sur les trottoirs proviennent à la fois de la guerre, la vraie, celle qui est datée, mais de l'autre aussi, sournoise et quotidienne, qui entretient sous les regards de militaires et de touristes la pourriture des pierres et des cœurs. C'est l'image du monde, celui dans lequel on vit, qui est là-bas, parce qu'il n'y a pas de maquillage, tu comprends ? Il y a la vie comme partout, des prolos, des riches, des freaks, des paumés, des artistes, des drogués, mais il n'y a de refuge pour personne... Elle devrait être la capitale du monde, parce que cette ville n'est pas seulement allemande, elle est nous, comme si elle surnageait au milieu d'un océan plein de ténèbres et de fureur et qu'elle soit l'image que les hommes ont sauvegardée d'eux – la plus fidèle. »

Elle s'arrêta, respira plusieurs fois, Léo-Paul regardait sa bouche quand elle dit :

« C'est le plus bel exemple d'un Est/Ouest sans issue, l'un sans rêve, l'autre sans vie... Va à Berlin, je t'y emmènerai si on se revoit, va à Berlin pour admirer cette ville sans illusions, sauvage, et tu sauras ce que c'est qu'être européen. »

Eva avait gardé plusieurs bagues à ses doigts et les tournait en parlant, tout en posant son regard face à son interlocuteur, mais aussi, au-delà, comme si celui-ci pouvait être transparent par intermittence. Léo-Paul écoutait cette voix inventer des images pour donner en partage un sentiment et pensa que c'était toujours ainsi, les débuts de fraternité. Ils étaient arrivés dans une boîte de Montparnasse, une brasserie plutôt, qu'animait un trio de jazz.

Eva était photographe : pour elle, pour son plaisir, et s'arrangeait pour vendre à des journaux ou des magazines ses rencontres de voyages.

« Pour l'instant, je suis libre, sans agence, et j'aime bien, à chacune de mes balades, m'obliger à faire ce travail, en plus... Essayer de regarder autrement pour fixer des instants. Je ne crois pas qu'on ramène d'un pays ou d'une ville des photos intéressantes si l'on ne comprend rien à ce qui s'y passe. J'ai photographié deux bombages écrits sur le Mur... Je te les montrerai... L'un dit : WEDER KAPITAL NOCH KOMMUNISMUS, et ça signifie, ni capital ni communisme. L'autre : CE MUR EST UNE ILLUSION ! C'est vrai que la vie là-bas est surréaliste, tout semble tellement incroyable et pourtant tellement réel, qu'on ne peut que s'amuser à nier les choses, tout en souffrant profondément qu'elles existent... On y vit, on y meurt, mais on n'y espère pas... »

Comme si elle venait d'avoir une intuition, elle enchaîna vivement :

« Tu as vu Nixon à la télévision, cet été, quand il

a avoué ses mensonges ? Le monde entier a encensé la démocratie américaine, alors que c'était justement *l'échec* de la démocratie qui s'affichait ce jour-là... On ne s'est pas rendu compte que, dans cet immense pays de plus de deux cents millions d'habitants, les Américains n'avaient rien trouvé de mieux à élire que ce voyou... Je te parle de Nixon parce que lui aussi fut, à sa manière, une façon de raconter Berlin : un mensonge qui s'étale à la face du monde sans que personne voie que c'est l'échec du monde entier... Tu me trouves pessimiste, non ? »

Léo-Paul ne répondit pas tout de suite. Il avait toujours aimé prendre son temps pour comprendre et il en était encore aux mots qui venaient d'être dits, à la voix qui les portait et à la personne qui les avait prononcés.

Il n'avait jamais tellement aimé le jazz et leurs présences dans cet endroit l'exaspéra. Il appela le serveur.

« Réaliste, répondit-il, seulement réaliste... »

Il ajouta que lui, c'était Paris qu'il aimait.

Il paya les consommations et ils se retrouvèrent sur le boulevard du Montparnasse. Ils passèrent devant l'église Saint-Sulpice, par la rue des Quatre-Vents, puis par la rue Danton. Sur le palier, devant la porte de Léo-Paul, ils se séparèrent. « A demain, dit-elle, vers midi si tu es là... » Plus loin, il l'entendit ouvrir et fermer sa porte. Ouf ! pensa-t-il. Il avait l'impression d'avoir subi un cours... Et ils n'avaient même pas parlé de Schatz ! Il eut envie d'aller frapper chez elle et demander où il se trouvait, comment lui écrire, de quoi il avait besoin, est-ce qu'il avait un bon avocat ? Berlin, Berlin, elle n'avait eu que ce mot à la bouche ! Il l'imagina, trois chambres plus loin, allongée sur son lit, en train de fumer une cigarette, ses cheveux noirs étalés sur l'oreiller... On frappa. C'était elle :

« J'ai oublié de te dire que David est à Fresnes, je t'indiquerai le matricule demain. Il demande des romans, j'en ai une liste incroyable et des journaux ou magazines de 1965 à aujourd'hui... A part dire qu'il a le moral, il te demande si tu écris toujours à cette fille fantôme ? »

Léo-Paul sourit.

« Quand tu es arrivée, j'étais en train de me dire, elle ne m'a même pas parlé de son frère... Pour les journaux, je vais me débrouiller, et pour la fille fantôme, si tu veux savoir, j'ai arrêté il y a peu de temps... C'est fini, maintenant.

– C'est pas moi qui voulais savoir, c'est lui... »

Ils s'amusèrent pour la première fois.

« Tu as un accent ?... lui demanda-t-il. C'est allemand ?

– Ce n'est rien, c'est ma façon de parler. Il faudra que je te montre toutes les photos que j'ai déjà faites... Des visages surtout, il faudra que j'en fasse de toi... Surtout si un jour tu deviens célèbre ! Mon frère m'a dit que tu ne parlais pas beaucoup, mais que tu étais un véritable buvard, tu écoutais, tu regardais, tu t'imbibais de tout ce qui était à ta portée... C'est pour ça que tu n'as pas parlé ce soir ?

– Je t'écoutais...

– Tu sembles tendu quand tu me parles... C'est une impression que j'ai ?

– Peut-être... »

Il ne dit rien de plus, embarrassé. Elle coupa court à cette gêne, s'approcha de lui... « Bonne nuit Kovski, je t'embrasse. » Il la regarda partir, elle était pieds nus.

Sur le nouveau cahier, dont les pages l'impressionnèrent comme à chaque fois, il écrivit en haut à gauche de la troisième, laissant les deux premières pour un titre à venir :

20 septembre. Tout crie et tout se tait et nous n'arrivons pas à ajuster nos consciences... C'est de la nuit qu'il faut parler, elle est là, sous ses masques de liberté, et grignote les âmes du dedans. Elle n'est pas l'envers du jour, elle est la nuit, le moment d'après. Elle est là, elle arrive et peut durer une nuit ou plusieurs dizaines d'années. Certains ont vécu leur vie pendant de longues périodes de soleil, d'autres pendant des hivers sans fin où la nuit ne parvenait pas à rencontrer un matin... Nous, nous connaîtrons exactement les deux et elles se mêleront à nos fatigues d'avoir trop longtemps imaginé. Tout va plus vite, et les périodes du monde, auparavant plus longues, épousent aujourd'hui les périodes des hommes, elles les croisent parfois, les rattrapent ou les précèdent. Certains croiront ne jamais vieillir et se pétrifieront à l'orée d'une aube attendue qui n'arrivera pas, d'autres, plus amoureux de la vie que d'eux-mêmes et de leurs souvenirs, entreront dans les grottes, bardés de lampes de poche et apprendront doucement à voir, avec leurs nouveaux yeux de chats...

Un pas dans l'escalier. Minuterie, frôlements, petits coups secs sur la porte, à l'autre bout du couloir, ouverture... Quelqu'un venait *la* voir dans la nuit. Léo-Paul resta son stylo en l'air, sans faire le moindre bruit, comme si c'était lui qui avait été surpris. Comment savoir si c'était le pas d'un homme ou celui d'une femme qu'il venait d'entendre ? Il se redressa, posa son stylo et marcha lentement dans la chambre. Il éteignit. Non, tout de même, il ne pouvait se mettre à la surveiller et elle était libre de recevoir qui elle voulait... Il ralluma et fut contrarié par sa réaction imbécile. Il se lava les mains avec le savon aux amandes douces qu'il avait acheté, s'essuya les mains et alluma une cigarette. Il relut ce qu'il venait d'écrire, mais ne parvint pas à aller jusqu'au bout, il était là-bas, dans l'autre chambre... Que faisaient-ils ? Paroles, gestes, silences... Un flic, peut-être qui essayait de la coincer, ou alors, le fils des crémiers de la rue Rochechouart qui venait la tuer pour venger ses parents. Mais avaient-ils un fils ? Non, à cette heure, ce ne pouvait être qu'une personne de sa connaissance et qui avait prévenu de son arrivée tardive. Ou peut-être l'avait-elle appelée, insisté pour qu'elle arrive vite. Il éteignit à nouveau et ne vit plus que le bout allumé de sa cigarette. D'ailleurs, il pouvait s'agir aussi d'une amie venue lui tenir compagnie... Tout à l'heure, si elle avait frappé à sa porte, c'est qu'elle avait peur d'être seule avec tout ce qui était en train de lui arriver. Son frère accusé de meurtre, les articles des journaux... « Eva Schatzberg, la sœur de l'accusé »... Il ralluma une seconde fois et commença de retirer son sweat-shirt. Il allait dormir et, demain, elle lui présenterait une jolie blonde dont il tomberait éperdument amoureux... Il délaça ses baskets et tira le drap de son lit. Il crut entendre une voix, un murmure peut-être... Il éteignit et colla son oreille à la porte. Rien ne bougeait dans le couloir. Il ouvrit doucement et sursauta quand le pêne sortit de la serrure et claqua. La porte entrouverte, il se faufila dans le couloir en chaussettes, avança lentement pour ne pas faire craquer les lattes du parquet. Il n'y avait pas de tapis au dernier étage... La minuterie était éteinte, et il se guidait avec les mains. Troisième porte. Il se retourna et vit le trait vertical de la lueur qui sortait de sa chambre. Il écouta... Bruits d'étoffes, ni chuchotements ni paroles... Il était certain maintenant, il venait d'entendre le lit remuer. Cette fois, il imagina... On la déshabillait, on la caressait, gestes lents qui descendaient doucement vers ses cuisses, yeux fermés, ils s'embrassaient sans décoller leurs bouches... Ils savaient, le processus était en marche, ils allaient oublier le temps. Cette fois, il fut certain, c'est un soupir qu'il venait d'entendre, un soupir d'Eva... Puis un autre... Un glissement de peau sur le drap, des pieds repoussaient les couvertures... Ils étaient à découvert, sans plus rien pour protéger leurs nudités... Eva faisait l'amour avec une personne inconnue, c'était cela... Il entendit sa respiration, puis le matelas métallique fit ses petits cliquetis, les mêmes que le sien... Alors, il se vit là, en train d'écouter à une porte un couple faire l'amour, et repartit vers sa chambre. Avant de refermer la porte, il perçut de petits cris, ne ralluma pas sa lampe et se coucha aussitôt dans la pénombre rouge. Il était triste et ne sut pourquoi.

CHAQUE soir, vers les huit heures et demie, Luis, le veilleur de nuit du Delhy's Hôtel, arrivait. Etudiant attardé, cheveux sur les épaules et une odeur autour de lui qu'il essayait de faire passer pour de l'eucalyptus, il parlait peu. Léo-Paul lui avait confié ses éternels problèmes d'argent, et Luis avait promis d'en parler avec un de ses amis, veilleur de nuit comme lui, à l'hôtel de l'Univers, rue Grégoire-de-Tours, où il y avait, paraît-il, un standard ultramoderne. Il s'agissait de faire deux ou trois remplacements par semaine. Léo-Paul accepta, il commençait lundi prochain.

Il n'avait pas rappelé la Criolini comme prévu, et le fit depuis sa chambre. Elle fut presque en colère de ce retard et annonça que son fils n'était plus là que huit jours. Léo-Paul prit rendez-vous avec lui pour la semaine suivante, il s'y rendrait seul, puisque Claire était restée en Bretagne. Il retrouva Eva tous les soirs. Cinéma, concerts, ils s'amusèrent, se parlèrent, racontèrent, elle parla moins de Berlin et aima un peu plus Paris. Il ne dit rien de la visite de l'autre soir, et c'est lui qui lui fit découvrir un restaurant indien de la rue Saint-Séverin où le menu était à quinze francs et le riz, préparé à la noix de coco.

Le lundi suivant, alors qu'il devait prendre sa première veille de nuit, il reçut un message de Brenner qui lui demandait de prendre contact avec lui aux éditions. Tiens, ils se réveillent, ricana Léo-Paul qui attendit le début de l'après-midi pour appeler d'une cabine du boulevard de Sébastopol, juste en face de la F.N.A.C. Brenner s'excusa de ne pas avoir rappelé plus tôt, mais il avait lu le livre le soir même où il était passé le prendre, et l'avait trouvé bien. Là, il se tut.

« Alors ? dit Léo-Paul.

– Alors, moi je ne prends pas les décisions... Plusieurs conseillers littéraires de la maison l'ont lu à présent, le directeur aussi, et leurs avis confirment le mien... Voilà, Léo-Paul, je vous invite à venir signer un contrat ! »

Pas plus long que ça, pensa Léo-Paul abasourdi. Il regarda passer sur le boulevard une Méhari orange surchargée, des gens marchaient sur le trottoir près de lui et une voix au téléphone venait de lui dire... « Je vous invite à venir signer un contrat ! »

« Mais quand ?

– Tout de suite, si vous voulez...

– A tout de suite ! » dit Léo-Paul.

Il raccrocha. Jour de chance, il récupéra les pièces qu'il avait mises.

C'était donc comme cela que les choses se passaient, une voix qui annonce que tout peut changer ! En sortant de la cabine, il regarda autour de lui, comme le matin, quand il avait quitté la maison des Koringer et qu'il avait cru son visage marqué par sa première nuit avec Marie. Mais ceux qu'il aimait n'étaient pas là... Les amis. Pas d'Eva, pas de Stein, pas de Frédéric, il était seul à contenir une joie qui lui donnait envie de crier. Il partit à pied chez « son éditeur ». Quand il passa devant La Boule d'or, il aperçut Maurice, tablier bleu, mais préféra ne pas aller vers lui et ne parler à personne tant qu'il n'avait pas à montrer le fameux contrat qu'il imaginait déjà rédigé en lettres majuscules et gothiques, comme ses diplômes du brevet et du bac. Je l'encadrerai, se dit-il. Drugstore Saint-Germain, il regarda longuement une vitrine de romans et s'imagina dans quelques mois à cette place, son nom imprimé. C'est l'image de Marie qui vint tout contrarier... Ce secret est à elle et à moi, pensa-t-il... Mais, à la station derrière lui, deux personnes haussèrent la voix pour un taxi qu'elles prétendaient toutes deux occuper... « J'étais là la première, monsieur, je vous ai même vu arriver et j'ai pensé en vous voyant que vous n'étiez pas sympathique »... Le type à cheveux ras la traita de poufiasse parvenue, mais c'est elle qui réussit à s'engouffrer la première dans la voiture. Léo-Paul regardait, mais ce n'était pas fini. Le collier de perles de la femme se coinça alors dans la portière que l'homme avait réussi à ouvrir, et toutes les perles s'échappèrent dans le caniveau. Le chauffeur de taxi en profita pour se débiner, la femme trépigna, et le type, dans une toute dernière élégance, shoota au hasard, là où étaient tombées les perles, et il disparut. Deux minutes de vie parisienne, commenta Léo-Paul pendant qu'il s'éloignait.

Brenner l'attendait derrière ses piles de manuscrits, une pipe éteinte à la bouche. Il sourit quand il l'aperçut et le conduisit aussitôt vers la porte matelassée d'un bureau où un homme au crâne rasé, qui lui fut présenté comme le directeur, l'attendait. On lui dit un nom qu'il ne retint pas tout de suite.

« C'est un très joli livre, lui dit-il, très joli... Vous avez vingt-trois ans, m'a dit Brenner.

— Vingt-deux et demi », rectifia Léo-Paul.

Le directeur fit une moue qui signifiait que c'était encore plus épatant, il prit une gauloise dans un paquet et Léo-Paul le trouva sympathique. Un contrat était posé sur le bureau, double page imprimée, une secrétaire lui demanda son adresse et si Léo-Paul Kovski était bien son vrai nom. Elle vérifia, avec les deux autres, le titre du livre.

« Oui, c'est un joli titre, n'est-ce pas, Brenner ? *Repères pour Marie...* Regreb aussi a trouvé ça très bien ! »

Léo-Paul n'osa pas redemander le nom du directeur, ni arrêter le processus qui amenait au grand jour l'histoire du silence entre Marie et lui. On lui fit lire les quatre pages du contrat où les blancs avaient été remplis de caractères de machine à écrire. C'est au moment de signer qu'il remarqua une ligne qui le surprit bien plus que celles des pourcentages et des livres en option : Cinq mille francs (5 000 francs) à la remise du manuscrit, écrits en toutes lettres et en tous chiffres... Il signa, on lui remit un chèque. Tout allait si vite... cinq mille francs !

« Mais je n'ai pas de compte en banque... »

La secrétaire partit vérifier s'il y avait de l'argent au coffre et revint avec cinquante billets de cent francs, épinglés par dix. Le directeur le pria de recompter, insista, ce que fit Léo-Paul qui s'y reprit à trois fois. Le tout n'avait pas duré une demi-heure... Ils partirent tous les trois au bar d'en face et, quand ils se séparèrent, il avait une invitation à dîner. Le livre sortirait en avril de l'année prochaine. Tout était terminé, ou plutôt, tout commençait.

Quand il passa devant une succursale de la B.N.P., il songea entrer pour ouvrir un compte, mais les banques étaient fermées et il resta avec ses paquets de billets partagés entre ses deux poches de jean. Celles de devant, pour qu'on ne les lui vole pas.

Il fonça directement à l'hôtel de l'Univers où le veilleur l'attendait pour lui expliquer le fonctionnement du standard. Quand il arriva, il n'osa pas annoncer que ce serait là sa seule nuit et se laissa montrer le branchement des fiches, les clignotants rouges et verts, la formule maison. « Allô, hôtel de l'Univers, j'écoute... » A huit heures trente, son travail commença.

Impatient de se retrouver seul devant son comptoir, il attendit qu'une heure respectable de la nuit soit arrivée pour oser sortir son argent et téléphoner au Delhy's. Pendant qu'il renseignait ou tendait une clef de chambre, il caressait de l'autre main son pantalon, appuyait légèrement sur le rembourrage pour entendre le crissement des billets... Un demi-million, mon père mettait presque un an à gagner tout ça !

Dans la soirée, il appela Luis pour lui dire que tout se passait bien et le remercier. Il ne raconta pas ce qui venait de lui arriver, et demanda Eva, mais elle n'était pas rentrée. Contrariété. Il pensa appeler Claire et Langhome, regarda l'heure, minuit passé, c'était tard pour là-bas, ils dormaient sûrement... Demain ! Personne encore ne savait. Quand les clients se firent rares, trois clefs restaient encore accrochées au tableau, il sortit tout son argent, et aligna les cinq liasses devant lui, sous le rebord du bureau. Il ôta les épingles pour faire dix piles de cinq, puis une seule pile... Il les touchait, les manipulait, les contemplait... Difficile d'imaginer ce qu'il pouvait acheter avec tout ça... Des journaux, des cafés-crème, des places de cinéma, des carnets de métro (première classe), des Pléiade, des paquets de cigarettes, des feuilles blanches 21 x 29, des carnets Héraclès, des jeans, des baskets, des voyages Paris-New York (quatre avec Nouvelles Frontières, calcula-t-il de tête), des disques... Il prit un morceau de papier. *Libération* coûtait 1 F 50... 5 000 F divisé par 1 F 50 = 3 333 numéros. Parution annuelle : 52 semaines multiplié par les 6 numéros de chacune d'elles = 312 numéros par an... Cela ferait environ dix ans de *Libé* !... Voulez-vous m'abonner s'il vous plaît jusqu'en décembre 1984, ci-joint 5 000 francs en espèces !

Comme pour l'éditeur un contrat de livre devait être une chose banale, ils n'avaient pas eu l'idée de déboucher du champagne. Demain donc, il inviterait. La liste était courte, Eva, Frédéric et Stein... Il pensa à Schatzberg en prison, rangea ses billets et prit du papier pour lui écrire une longue lettre.

DE sa fenêtre, Marie regardait filer le train de voyageurs, elle le connaissait bien. C'était le Paris-Strasbourg, il venait de s'arrêter en gare de Nancy pendant trois minutes et arriverait à douze heures quinze à l'extrémité est de la France. Elle nota ce passage et constata que le train était à l'heure, quatorze wagons comme d'habitude... Le ciel était encombré de nuages et les trottoirs mouillés d'une averse tombée depuis moins d'une demi-heure. La vie était si lente. La semaine dernière, elle était allée à la gare de Nancy découvrir de quoi avait l'air ce train qu'elle voyait passer au loin. Elle observa les visages de ceux qui en étaient descendus et se dit : « Ils arrivent de Paris. » Elle était remontée dans l'autocar et était revenue ici, à Saint-Nicolas, au bord de la Meurthe.

Dans la rue, juste en bas, la marchande de fleurs avait baissé son rideau de toile pour être certaine que la pluie n'abîmerait pas les pétales de ses roses, ni les couleurs des anémones. Il n'y avait que six arbres dans la rue, alignés du même côté de trottoir, et tous avaient perdu plus des trois quarts de leurs feuilles. Il y en avait un gros tas que les cantonniers avaient rassemblé la veille, mais qu'ils n'étaient pas encore venus chercher. Aujourd'hui, elle écrirait, elle marcherait dans la petite ville, ferait un flipper au café des Sports et boirait un express serré. Le juke-

box jouerait comme d'habitude *Ce n'est rien* de
Julien Clerc et elle murmurerait en même temps que
lui, les paroles, pour elle toute seule. Elle ferait un
autre flipper, puis irait jusqu'au stade à pied, regarder les footballeurs s'entraîner. On était samedi. Elle
connaissait leurs prénoms et la marque de leurs voitures, l'ailier gauche était son préféré, il portait un
nom italien, ses cheveux étaient frisés et il jouait
d'une manière très élégante avec le ballon. A midi,
elle allumerait la télévision, couperait le son et étein-
drait les images à la fin du journal. Elle se rendrait
seulement en fin d'après-midi au jardin d'enfants,
attendrait qu'ils soient tous rentrés dans leurs maisons, puis, enfin seule au milieu de la petite étendue
de sable, elle s'arrêterait, et sans plus rien voir
autour, regarderait le *désert*... Infini, pâle, rempli de
milliards de grains, elle serait au milieu des dunes et
des vagues de vent. L'empreinte de ses pieds resterait, puis elle avancerait, s'arrêterait. Chaque matin,
très tôt, *le désert* portait les traces des balais qui
l'avaient nettoyé et c'était à ce moment-là qu'il était
le plus beau, lignes régulières, parallèles comme des
traînées de nuages ou des sillons de vagues. C'est là,
au milieu de cette étendue, qu'elle attendait la rencontre. Mais aujourd'hui, il avait plu et *le désert*
serait foncé et collerait à ses semelles...

Des portraits de Léo-Paul, Frédéric et Stein étaient étendus au format 18 x 24 sur le lit d'Eva. Visages qui éclataient de rire, sérieux, attentifs, qui attendaient la chute d'une histoire drôle, un sourire déjà sur la bouche, les yeux rivés au conteur... Eva avait apporté ses appareils, le soir où ils avaient fêté le contrat. Ils regardaient tous les deux, assis en tailleur sur le bord du lit, ces instants de vie, par le millième de seconde, arrêtés.

« C'était très réussi, Léo-Paul, très réussi... »

Elle semblait contente d'elle, de lui, de tout. L'avocat, maître Liss, l'avait rassurée. Un témoin important était recherché, qui pouvait innocenter David s'il se vérifiait qu'ils étaient bien ensemble au moment du crime. Une ombre toutefois, la personne qui avait reconnu son frère parmi six hommes persistait dans son témoignage, et l'avocat était en train de demander une deuxième vérification au juge d'instruction, la première lui ayant paru bâclée par les policiers. En effet, Schatzberg, mal rasé ce jour-là, ou plutôt, sa barbe très foncée naturellement et qui poussait très vite, son visage à huit heures du soir à côté de cinq policiers en civil impeccables avait pu influencer le témoin. La veille, elle avait vu David au parloir de la prison et il avait bon moral. Elle avait pu lui apporter une collection de *Paris-Match* des années 65, 66 et 67 trouvée aux puces de

Saint-Ouen. Elle attendait les autres années qu'un de ses amis cinéastes était censé posséder. Schatz avait déjà répondu à Léo-Paul pour le féliciter de son contrat, une lettre de belle amitié, tendre et sans complaisance, lui enjoignant de se mettre aussitôt à écrire un vrai roman, dans lequel il parlerait de sa seule et vraie blessure. Léo-Paul n'avait pas de droit de visite.

« C'est une journée entière qu'il faut pour aller là-bas, dit Eva. Rendez-vous à neuf heures du matin à Denfert. Un bus nous emmène et quand on arrive à Fresnes, tout le monde cavale pour avoir un ticket dans les premiers numéros, pour des visites qui ne commencent qu'à une heure de l'après-midi ! Trois heures à attendre pour un quart d'heure derrière un plexiglas... Et il faut encore attendre, parce que les bus ne repartent sur Paris qu'en fin d'après-midi... Tu verrais, c'est pitoyable, plein de femmes aux visages fermés, durs, atteints... Des Maghrébines, des putes, des mères tristes... »

Léo-Paul passa plusieurs fois chez son éditeur et fit une connaissance plus approfondie avec la maison. Elle lui parut différente de celle qu'il avait connue lorsqu'il était coursier et portait les livres des autres.

La rencontre avec Claude Criolini se fit dans un petit restaurant du XVe arrondissement de la rue de la Convention. Un peu plus de trente ans, blond, raie sur le côté, fossette à la Kirk Douglas, un regard direct, il parlait facilement. Journaliste, médecin, il avait voyagé et était allé là où une guerre civile ou étrangère frappait de plein fouet des civils, prostrés devant la mort qu'ils avaient toujours pensé rencontrer sur un autre chemin, tout au bout de leur vie... « On ne demande pas aux morts ou aux blessés quelle carte de parti ils ont sur eux, on soigne », dit-il d'entrée... Pourtant, aux Jeunesses communistes, puis à l'Union des étudiants communistes, il savait ce qu'était le militantisme, il avait été fasciné lui aussi par les combats exotiques dont Hô Chi Minh et Guevara étaient les héros, et il avait scandé « Un, deux, trois Viêt-nam » dans les rues de Paris et brûlé le drapeau américain, place Saint-Michel... Aujourd'hui, Criolini semblait douter... De lui, de tout, des valeurs pour lesquelles il se serait fait abattre tant il les avait crues irréductibles. C'était un passionné, beau, convaincant.

« J'ai trente-quatre ans, dit-il, et j'ai longtemps eu deux peaux, l'une de militant d'abord, de médecin ensuite. Pendant toute une période, elles ont parfaitement coïncidé... Quoi de plus logique que de se battre pour une société meilleure et dans son attente, en soigner les égratignures... Puis, un jour, je suis allé au Biafra, et c'était comme au Viêt-nam, un génocide. Je découvrais qu'il n'y avait pas qu'un impérialisme à bannière étoilée, je découvrais la manipulation des cadavres et j'ai commencé de dénoncer les bons et les mauvais morts... C'était du réel, des hommes, des êtres humains, qu'il fallait repartir et j'ai pensé que le mot société était un mot froid, vide de visages, vide de vie, et que c'était un mot qu'il ne fallait plus prononcer... Je ne pensais plus « demain – société – meilleure », je pensais « aujourd'hui – un être humain – va mal ». Tout changeait...

Puis, ils abordèrent le sujet pour lequel Léo-Paul était venu et Criolini pensa que Claire pouvait parfaitement partir lors d'une prochaine expédition. « Elle est seule, si j'ai bien compris, disponible, infirmière... On n'en demande pas plus si ce bénévolat ne lui fait pas peur... Ma mère m'a dit l'avoir trouvée " ardente ", c'est le mot qu'elle a employé... Il faut qu'elle m'envoie une lettre avec un bref curriculum vitae et je la rencontre aussitôt qu'elle vient à Paris. »

Il fumait des petits havanes... « Cuba, dit-il, là aussi je suis allé voir... » Puis il s'interrompit et sembla réfléchir. Il sourit. « Moi, j'ai la chance d'avoir eu une deuxième peau, mais j'ai quelques camarades qui commencent à prendre froid. »

Le docteur Criolini ne savait pas encore qu'il serait dans cinq mois, en mars prochain, à Saigon et que, définitivement, il laisserait là quelques bribes d'illusions auxquelles il voulait encore se raccrocher, quand il assisterait à la « libération » de la ville par les vainqueurs du Viêt-nam du Nord. Il reviendrait en Europe débarrassé de sa jeunesse et meurtri par ceux-là mêmes qui l'avaient exaltée... Claire, à ses côtés, qui ferait là ses premiers voyages en avion, viendrait, au contraire, de réaliser son rêve d'adolescente, quand elle mélangeait encore Clélia et Marie Curie.

Il y eut cet instant où Léo-Paul alla prendre une douche, dans la salle d'eau commune à l'étage. Elle ne fermait pas de l'intérieur parce qu'un matin, Huguette Stein avait retrouvé là une fille, veines coupées dans le baquet de faïence et l'eau qui débordait de partout. La règle était d'allumer la lumière, et personne n'entrait. La flotte dégoulinait sur son crâne, il ne pensait à rien et ne vit pas la porte de la petite pièce s'ouvrir, Eva se déshabiller, s'approcher de lui et lui mettre les mains devant ses yeux. Il avait vu *Psychose* et poussa un cri. Elle sourit et cria : « Je peux ? » A ce stade, il ne put dire non.

Alors tout devint naturel, puisque rien ne les séparait plus, ni mots, ni vêtements, ni passé, ils se trouvèrent plongés dans l'instant, leurs yeux leur transmirent un désir qui cessa de se fonder sur leurs imaginations. L'eau éclaboussait leurs deux nudités et ils durent tenir, à tour de rôle, la pomme de la douche qui ne se fixait pas. A tour de rôle, ils avancèrent leurs mains libres de communiquer de la tendresse à l'autre... Puis la pomme de la douche fut lâchée et se balança le long du conduit chromé. Avec le jaillissement de l'eau en fond sonore, ils firent l'amour tranquillement là où ils se trouvaient, pour ne pas avoir à changer de décor, puisque c'était à cet endroit que leur histoire commençait.

Ils restèrent jusqu'à la fin de l'année au Delhy's Hôtel et s'en allèrent, au mois de janvier, vivre dans un petit appartement de la rue Monsieur-le-Prince. Stein les aida à transporter valises et paquets dans sa vieille Mercedes et, en deux voyages, leur déménagement fut terminé.

« C'EST cher le cristal de Venise, ce serait con de le casser ! »

Dans le train, Frédéric garda sur ses genoux le paquet emballage-cadeau tout enrubanné de doré. Léo-Paul avait laissé le sien dans le panier à bagages : la collection complète des *Tintin*, chez Casterman et celle de Marx, en Pléiade.

« Les *Tintin* pour les soirées d'hiver au lit tous les deux, Marx c'est uniquement pour la bibliothèque parce que d'après ce que tu m'as raconté, ils auront sûrement une bibliothèque avec des livres reliés qu'ils ne liront pas. »

Frédéric n'approuva pas, et comme chaque fois que quelque chose le préoccupait, il commença un flot de paroles, regardant droit dans les yeux de Léo-Paul :

« On vit à un kilomètre à peine l'un de l'autre et on ne se parle plus ! Moi, je vais faire un disque, toi, tu as un livre à paraître et on ne se dit pas la difficulté qu'il y a à créer tout cela, à regarder nos vies s'effilocher derrière nous, sans savoir ce qui arrive devant. Je t'ai toujours aimé en sachant que tu m'aimais moins, et je l'ai accepté... Maintenant, à Paris tu agis avec moi comme avec une vieille connaissance encombrante. On dirait que tu te refermes, que tu n'essaies plus de voir, de savoir... Moi, j'ai la musique qui est là comme une carapace transparente autour de moi, qui me protège, et parfois m'aide à mieux comprendre... On a cette chance inouïe d'avoir un langage différent pour parler, sans être obligé d'être dans ce fleuve de paroles qui ne sert qu'à survivre. Je ne me fous pas de Monterville comme toi, parce que je sais, moi, que c'est là-bas qu'il y a eu ce premier grand flux qui nous a fait voir plus grand que ce qui nous entourait, et c'est là-bas qu'on s'aimait tous, avec de vrais regards attentifs, de vraies tendresses et de l'émotion... Des sentiments, Léo-Paul, tout ce qui vibre, rend beau, fragile, plein de vulnérabilité et de force, parce que c'est cela qui nous fait entrer en résonance avec le monde entier... Toi, tu es là, et tu ne dis rien ! »

A la gare de Nantes, Alain les attendait, un Polaroïd à la main, et les photographia à leur descente de train. Il était en survêtement de sport et portait un chapeau. Ses lunettes étaient les mêmes, fines, rondes, cerclées d'argent. Ils s'embrassèrent puis s'écartèrent, Léo-Paul l'observa, heureux de le voir et d'être là. Alain n'avait guère changé. Il souleva son chapeau.

« Si c'est ce que tu te demandes, lui dit-il, un peu quand même. (Il avait anormalement perdu ses cheveux, et on devinait par endroits la peau de son crâne.)

– Tu le garderas pour le mariage... »

Alain changea d'attitude. Il les entraîna vers la sortie et les invita à aller boire un café. Il était onze heures du matin, le mariage n'était prévu qu'à cinq heures. Le temps était frais et le minuscule sapin avec des branches de houx décorait le buffet de la gare. Vers la table où ils se dirigèrent, une fille, tête baissée, attendait, une tasse posée devant elle. Léo-Paul crut qu'il s'agissait d'Anne, la future épouse. Elle releva la tête, montra un grand sourire, ses dents : Cécile était heureuse de la surprise.

Frédéric savait, il n'avait rien dit. Baisers à nouveau. Ils se serrèrent, s'embrassèrent encore plusieurs fois. Cécile avait les larmes aux yeux.

« Tout arrive en même temps, dit Léo-Paul. Je ne sais pas quoi vous dire...

– Ne dis rien », dit Cécile, et ils s'assirent tous autour de la table.

C'est Alain qui parla d'abord, comme il l'avait fait si souvent, quand ils se réunissaient tous les trois à Monterville. Mais cette fois, son visage était grave et, les retrouvailles terminées, il aborda le sujet.

« Voilà. Je vous attendais avec beaucoup d'impatience, mais maintenant j'ai l'impression d'être devant un jury alors que vous ne me demandez rien. C'est moi qui ai à vous dire. (Il attendit un peu, puis plutôt que d'entrer dans les détails, il jeta brusquement :) Je ne veux plus me marier.

(Il se tut, les regarda l'un après l'autre et se fixa sur Léo-Paul.)

– Je ne m'attendais pas... dit-il. C'est tellement fou. »

Il devina que ce n'était pas cela qu'attendait son ami. Qu'il avait besoin d'aide, qu'on refuse, qu'on accepte, il semblait tellement démuni de volonté... Léo-Paul ajouta alors : « Ne te marie pas ! On s'en va ! »

Alain esquissa un sourire. C'était un merci, il voulut expliquer mais Léo-Paul lui demanda de remettre ça à plus tard.

« Tu ne vas pas t'en aller en survêtement, avec ce chapeau !... »

Léo-Paul était troublé par cette émergence brusque du passé. Des phrases, des attitudes revenaient. Et même s'il ne voulait pas se complaire dans ses souvenirs, il ne pouvait échapper au titillement agaçant qui le tirait sans cesse vers l'arrière. Ils s'engouffrèrent tous les quatre dans la voiture d'Alain.

« Tu aurais pu prévoir d'emmener tes affaires, dit Frédéric. On va être là, comme des cons, devant les parents d'Anne, devant elle...

– Je préfère que tout paraisse normal dans la journée, on partira vers trois heures », assura Alain.

Cécile n'avait rien dit jusque-là et semblait désapprouver. Elle le dit et ajouta qu'elle trouvait cela inélégant, honteux mais, qu'après tout, c'était sa vie... Tout de même, il aurait pu se décider avant, et ne pas attendre le dernier moment, l'alliance à la main...

« Quand je vous ai écrit, sincèrement, je faisais tout pour croire à ce mariage... »

Ils arrivèrent devant une maison qui ressemblait à une école, avec un mur d'enceinte, une cour. Le père de la non-mariée les accueillit avec le rituel « Alain m'a beaucoup parlé de vous ». Sourire niais en guise de réponse de Léo-Paul qui imagina cette tête de directeur d'école quand l'impatience, puis la colère, puis la rage allaient dégommer toutes les fausses paroles, tous les faux-semblants, tout ce petit théâtre des simagrées. Il allait hurler, le veston craquerait, les veines du cou se gonfleraient, puis les injures et la haine, comme une vomissure se déverseraient, et des milliers de silences accumulés reviendraient, chargés de souillures, de crasse et de mal...

Léo-Paul se trompait. Tout à l'heure, il ne serait pas là pour voir cet homme qu'il était en train de caricaturer à cause de la banale phrase d'introduction. A la mairie, M. Decharrette, le père d'Anne, allait se prostrer, regarder sa femme, le maire, le portrait du président de la République accroché derrière, ses deux fils, les invités, les autres, le monde entier, il allait savoir ce qu'est la mort et il allait se taire. La mort vivante, quand un pan, puis un autre, puis tous les remparts qui protègent du froid, de la maladie, du voyeurisme, du jugement, de la médisance s'abattent et que tout se retrouve à nu. Un corps, une histoire sur laquelle le froid peut se mettre à mordre, les salauds à cracher, et les autres à sourire. M. Decharrette allait se taire puis retrouver une attitude oubliée, enfouie tout au fond des encriers de classe quand il était élève : pleurer et ne rien dire. Pleurer du vide, du silence, de l'hiver et de la solitude, ce serait cela sa rencontre avec le malheur. Léo-Paul acheva son sourire, recommença immédiatement le même devant Mme Decharrette qui, elle, ne dit rien. Elle s'adressa à Alain : « Anne est dans sa chambre. »

Elle était assise de dos, au milieu de la pièce, la tête sous un casque-séchoir qui faisait un bruit terrifiant. Alain lui secoua l'épaule et elle les aperçut. Elle arrêta le moteur de l'appareil, en appuyant sur un interrupteur qu'elle tenait à la main.

« Bonjour, Léo-Paul, Alain m'a... j'ai l'impression de tout connaître ! »

Elle portait un sweat-shirt marqué *I love Paris* et un jean serré au mollet. La robe de mariée était posée sur un mannequin et une jeune fille était en train de faufiler un ourlet. Léo-Paul lui dit qu'il était ravi de la connaître, mais ne voulut pas trop en rajouter. Elle dit : « Moi aussi, mes témoins sont des amies d'enfance. Elles sont d'ici et on ne s'est jamais quittées. » Ses cheveux courts châtain clair avaient été frisés par une permanente apprêtée et auraient pu être une perruque offerte le matin même par une marraine avisée. Elle glissa sa tête à nouveau sous le casque et Léo-Paul chuchota à Alain : « Je vous ai apporté un cadeau. » Le moteur se remit en marche et Alain éleva la voix pour demander à Léo-Paul ce que c'était.

« Surprise, surprise... tu l'auras si tu te maries !

– Tu parles... »

Et ils traversèrent la chambre. Alain revint en arrière embrasser Anne qui fermait les yeux. Elle les rouvrit et lui sourit.

La fin d'après-midi fut joyeuse. C'était vrai qu'ils avaient peu changé et leur bonne humeur les ramenait à l'adolescence. A trois heures de l'après-midi, comme prévu, ils s'étaient retrouvés dans la voiture d'Alain qui leur avait fait visiter Nantes, le port, les anciennes rues... Ils entrèrent dans des cafés. Toutes les vitrines allumées étaient décorées et des enfants tiraient les bras de leurs parents pour rester un peu plus longtemps devant les lumières. Alain avait enfilé un costume bleu marine mais gardé ses baskets. Ils dînèrent dans un restaurant où des marins venus du bateau *Tipasa* dînaient eux aussi, sans tapage, avec des personnes âgées. Ils parlaient peu, comme s'il s'agissait de familles éloignées venues exprès à une escale voir l'uniforme de leurs petits-enfants. Alain riait beaucoup et essayait, par cet excès de gaieté, d'oublier le drame provoqué à une cinquantaine de kilomètres de là. Il y eut, tard dans la nuit, la confession d'Alain. Solitude, tendresse et une belle-famille accaparante qui avait pris cette histoire d'amour en main alors qu'elle aurait pu n'être qu'une histoire parmi d'autres.

Ils marchèrent dans les rues. Le froid était tombé et le vent soufflait. Alors, ils n'eurent pas chaud, s'agrippèrent par le bras tous les quatre, et ce fut comme un flash-back, où il ne manquait que la neige, pour recréer leur dernière nuit ensemble, quand ils avaient regardé le feu d'artifice à la réception Pech. Pour ne pas occulter l'événement de la journée et à la fois, tenter de le transformer plus rapidement en incident de parcours, Frédéric commença à chanter... *Ce n'est rien, le temps passe, ce n'est rien...*

Tous chantèrent à tue-tête, dans la 204, quand ils allèrent vers cet endroit du port où les bars restent ouverts toute la nuit et où des couples éphémères se resserrent derrière les fumées et des baisers furtifs. Ils chantèrent, rirent, improvisèrent des paroles, reprirent ensemble les refrains...

> *Et c'est comme une tourterelle*
> *Qui s'éloigne à tire-d'aile*
> *Emportant le duvet*
> *Qui était son lit*
> *Un beau matin...*

Et ce n'est qu'une fleur nouvelle
Qui s'en va vers la grêle
Comme un petit radeau frêle
Sur l'Océan...

Qu'est-ce qui avait changé? Chacun se posait la question, mais ne la formulait pas. Il y eut les toasts portés au disque de Frédéric, au contrat de Léo-Paul, sans exagération, puisqu'il y avait en même temps l'échec d'Alain, qu'une seule soirée, même de retrouvailles, ne pouvait faire oublier, et le visage de Cécile dont l'expression, en dehors des éclats de rire, reprenait aussitôt la mélancolie qu'on lui avait toujours connue. Mais si cette tristesse sied bien aux visages adolescents, elle entreprend sur les adultes une bizarre fermeture, comme si les personnes ne se donnaient au monde que par courts moments, pour aussitôt s'isoler en ce monde triste qui ne les quittait plus. C'est elle qui dit :

« Léo-Paul, un jour, tu m'as écrit sur une carte postale représentant un quai de l'île Saint-Louis...
« Aujourd'hui rien ne va, et je pense à toi. »

— Ne dis pas tout haut des choses que je t'ai dites tout bas, répondit sèchement Léo-Paul.

— Tous les deux, c'est une histoire qui dure depuis qu'ils ont quinze ans...

— Une histoire d'amour! ajouta Alain.

— Toi, dit Léo-Paul, occupe-toi de tes futurs mariages et ne nous invite plus! »

La cassure s'était faite brusquement, mais elle avait été là depuis le début de la journée. Ils avaient été heureux de se revoir, mais s'étaient vite rendu compte qu'ils n'avaient plus grand-chose en commun. Chacun avait pris des habitudes d'humour et de référence, et les plaisanteries tombaient à plat, les sous-entendus n'étaient plus compris. En fait, ils s'en voulaient de s'être retrouvés dans cette ville où ils n'avaient rien à faire entre un Noël et un Nouvel

An, et Léo-Paul pensa à Eva. Qu'est-ce qui avait changé ? Tout, il le savait. Ils avaient chacun épousé des morceaux de monde différents, avaient évolué, branchés sur d'autres réseaux d'images et de visages qui avaient anéanti doucement ce qui les reliait autrefois.

« Toi, Kovski, depuis que tu es arrivé à Paris, je t'ai imaginé tout le temps en train d'écrire un roman fabuleux, rempli de magie et de folie, avec des poèmes transparents, et tu n'as fait que terminer une lettre commencée à seize ans que des voyeurs d'histoires vont lire, alors qu'elle était secrète et destinée à Marie toute seule... Je trouve ça... »

Alain ne termina pas sa phrase et se contenta de secouer la tête. Léo-Paul encaissa sans broncher, il savait. Il savait qu'il n'écrivait pas et que *Repères pour Marie* était entièrement relié à son passé, que rien de nouveau n'était apparu avec un regard d'aujourd'hui. Alain avait visé juste et Léo-Paul aurait voulu pouvoir le tuer aussitôt pour cela, le faire taire et qu'il ne continue pas à clamer une seconde de plus que Léo-Paul Kovski n'avait plus le pouvoir de continuer d'inventer des mondes, à chaque étape de sa vie. Il voulut le blesser à son tour :

« Quand je pense que tu chantais *L'Internationale* avec les ouvriers de l'usine, que tu n'avais que le mot révolution à la bouche et des tas d'autres que tout le monde a oubliés, je te vois maintenant avec ton petit costume de marié propret, ta bagnole cabossée, ta petite ville... Il en a manqué des révolutions pour t'élargir la tête et te faire imaginer autre chose que le bout de tes lunettes... »

Frédéric avança le bras pour faire taire Léo-Paul.

« Ne me parle pas comme ça, dit Alain menaçant, et il fixa Léo-Paul. J'ai moins d'ambitions que toi, mais je vis avec ma vie, sans rien voler aux autres, ni leurs mots ni leurs émotions...

– Arrêtez, tous les deux, se mit à crier Cécile,

vous ne voyez pas que vous êtes devenus aussi cons que tous les cons qui sont ici... »

Elle désigna les consommateurs du bistrot, avachis, solitaires, dragueurs, marins égarés en permission de nuit qui étaient là... Personne n'avait entendu les mots exacts de Cécile, mais ils regardèrent vers ce groupe à qui la fin de l'année ne réussissait pas. Cécile se leva et sortit du bar, les laissant là tous les trois.

« T'as raison. Tire-toi, laisse les cons entre eux », se contenta d'ajouter Alain quand la porte fut refermée.

Frédéric se leva à son tour et partit la rejoindre.

« Voilà, c'est la soirée de mariage de Lesueur, ex-gauchiste amer, qui s'est cru tenu d'épouser une jeune fille dont il avait envie pour enfin pouvoir faire l'amour avec elle... »

Il reçut un coup de poing sur le côté. Aussitôt, deux mains agrippèrent ses épaules et le secouèrent avec violence. Léo-Paul réagit et repoussa Lesueur qui ne le lâchait pas, et qui s'était levé en bousculant la table. Les verres furent renversés. Un marin du bar et le type du comptoir accoururent vers eux, juste après que Léo-Paul eut envoyé voler les lunettes cerclées d'argent. On les sépara et, après quelques gesticulations, tout se calma.

« Tirez-vous, tirez-vous, dit le type du comptoir... Payez et tirez-vous tout de suite ! »

Ils marchèrent, éloignés l'un de l'autre de dix pas dans la rue déserte. A l'intérieur de la 204, Frédéric et Cécile se gelaient à les attendre et, quand ils s'approchèrent, elle sortit de la voiture pour se précipiter vers Léo-Paul.

« Mais tu saignes ! »

Il fit le geste de s'essuyer.

« C'est ce soixante-huitard miteux qui m'a sauté dessus... »

Lesueur fut à nouveau là et bouscula Léo-Paul sur le capot...

« Arrêtez, arrêtez ! » cria Cécile, et sa voix résonna dans tout le quartier.

Les grues au repos se détachaient dans la nuit, près des coques des bateaux. Au loin, un klaxon de police-secours traversait la ville. Avec un mouchoir, elle essuya le visage de Léo-Paul, pendant que Frédéric prenait par les épaules Alain qui fixait le pavé humide.

Le jour s'était levé. Eparpillés sur le quai de la gare de Nantes, comme des bouts d'un même corps écartelé, ils s'ignoraient, s'épiaient, et ne se parlaient pas. Un léger brouillard s'accrochait aux fils électriques et les feux rouges et verts éclaboussaient au loin les minuscules gouttes d'eau en suspension. Léo-Paul tapait du pied, sur place, la tête enfouie dans son col relevé de gabardine, Frédéric les mains dans son caban fumait une cigarette. Cécile assise sur un banc regardait devant elle et Alain, accroupi sur ses baskets, croisait les bras sur son costume pour essayer de se réchauffer. Un train arriva doucement et fit un bruit de métal. Ils se regardèrent et s'apprêtèrent à monter dans des wagons différents. Au dernier moment, chacun ayant fait un effort sur son orgueil, ils allèrent l'un vers l'autre et s'étreignirent pour se dire adieu. Trois montèrent dans un wagon laissant là Alain, qui resta un moment sur le quai, pendant que le train s'éloignait.

C'ÉTAIT donc cela, « le temps qui passe », se dit Léo-Paul. Des visages qui se perdent et s'éloignent à des vitesses différentes vers des points qui les attirent, pour y exulter ou y mourir... Le temps, la vitesse, le mouvement, il sentait bien que tout cela se liait et que la mémoire naviguait à vue entre tous ces bras de fleuve qui transportaient le même bouillonnement, mais couraient raviner des contrées différentes. Mémoire des images, mémoire des sons entendus, on accumulait des instants mais on ne leur donnait plus d'énergie pour qu'ils puissent continuer à vivre encore et continuer à circuler dans le monde à côté de nous. Ils devenaient de petits bagages morts, agrippés à nos basques, et il n'était possible de les rendre mobiles qu'en les glissant à l'intérieur de romans, de mythes et d'histoires qui se raconteraient d'une bouche vivante à une oreille vivante, pour que sans cesse ils deviennent la mémoire des autres et voyagent dans l'espace et le temps.

Mais déjà, tout autour de lui, un autre mouvement tirait Léo-Paul vers Eva, vers ce corps et cette âme rencontrés dont il allait se mettre à l'écoute pour qu'elle devienne un jour, plus tard, Eva Schatzberg, l'Allemande, héroïne d'un roman qu'il imaginerait, et où chaque lecteur reconnaîtrait la femme qu'il aurait rencontrée ou dont il aurait rêvé, au milieu des années 70.

Eva préparait un dossier sur ses portraits du monde entier pour son entrée à l'agence photographique Gamma. Léo-Paul corrigeait le manuscrit des *Repères pour Marie* et s'installait tous les jours devant sa Brother Deluxe pour s'habituer à écrire directement à la machine. Le nouvel appartement de la rue Monsieur-le-Prince était clair, élevé et, par une des quatre fenêtres, on pouvait apercevoir un morceau du boulevard Saint-Germain. Eva partait des journées entières photographier les gens dans la rue, dans le métro, à la sortie des églises et des agences de tourisme. Ce n'était pas des photos qu'elle voulait anonymes, elle demandait à chaque photographié, s'il acceptait, son nom, sa date de naissance et son adresse. Léo-Paul s'était acheté le *Larousse* en trois volumes et lisait deux journaux par jour. Tout s'accélérait, tout s'accumulait. Ils devinrent boulimiques d'informations, soulignaient, encadraient et découpaient des articles qu'ils épinglaient, au mur d'abord, puis qu'ils classaient dans des chemises. Ils allèrent souvent au concert, virent beaucoup de films et Léo-Paul se força chaque jour à écrire sur un événement d'actualité. Sur un cahier d'abord, puis il donna à ses articles une forme plus journalistique et s'habitua au format des feuilles dactylographiées avec double interligne. Il s'attarda en premier sur les faits les plus voyants, bavures policières, bar du Thélème, où un avocat algérien avait été tabassé par des policiers teigneux, Perpignan où un caporal avait été sodomisé avec un manche à balai par des camarades de chambrée, Nord-Vietnamiens à Saigon, Sartre au Portugal, prison d'Arenc à Marseille, plus de cent prostituées qui occupaient l'église Saint-Nizier à Lyon, Claudine Beccarie, vedette d'*Exhibition*, 1975, Année de la femme... Il écrivit un long texte pendant qu'il regardait Eva s'habiller, se déshabiller, téléphoner, dormir, rêver, se réveiller, sourire. Premiers articles, tous refusés... Il décida alors d'écrire sur des faits mineurs qui n'apparaissaient pas dans les journaux. Il fréquenta le Palais de Justice pour observer les audiences des flagrants délits : un type condamné à trois mois de prison ferme parce qu'il se masturbait derrière une palissade. Léo-Paul réclama « le droit de se masturber en public ». Il écrivit sur les engelures des bouquinistes du quai Malaquais, sur l'absence de tickets de caisse dans les cafés, sur la présence, désastreuse pour le paysage, des cars de C.R.S. sur les places de Paris, sur la grève de la faim d'une vendeuse d'un Goulet-Turpin dans le XIVe. Pas plus que sur les grands sujets, ses petits articles n'eurent de succès. Il avait pourtant le sentiment de vivre les jeunes années exaltantes d'un futur écrivain célèbre appelé Léo-Paul Kovski, convaincu que ce nom sonnerait un jour pour les autres comme ceux de Dostoïevski, Stendhal ou Malraux...

Eva signa des pétitions, des manifestes, photographia une centaine de prostituées qu'elle ne put étiqueter que de leur prénom d'emprunt, sans domicile... Lauretta (Paris, 75, rue des Lombards), Claudy (rue Germain-Pilon, 1975), Ulla (place Saint-Jean, Lyon). Elle photographia, cachée, avec l'accord de la fille, un policier habitué à venir faire payer son silence par une gentillesse professionnelle. Elle répertoria une centaine de visages de flics en civil qui noyautaient toujours les cortèges, les photographia au volant d'estafettes banalisées qu'elle avait repérées près du Palais de Justice, ainsi que les visages des policiers de la brigade anti-gang et celui du président de la République, au volant de sa CX Citroën, qui se rendait à un dîner chez l'habitant...

Elle photographia le visage de Léo-Paul, gai, triste, ses mains, son sexe, mou, dur, ses oreilles, ses pieds et lui, toujours lui, nu, en entier, le cul posé sur sa machine à écrire. Ils ne se disaient pas qu'ils s'aimaient, n'y songeaient même pas, ils se grisaient de mouvement, de Paris, de la vie qui bouillonnait autour d'eux et en eux, qui déboulait, pleurait et criait, de ce monde sur lequel ils avaient planté leurs antennes et qui envoyait sans cesse plein de messages d'affection et de torture. Ils n'espéraient plus le changer, ils voulaient vivre avec lui, l'aimer quand il était aimable, le haïr quand il était méprisable, se rouler dedans, frémir quand ses pulsions sourdes, venues de l'intérieur des volcans, cognaient les caves des bunkers et les soupentes d'ascenseurs. *Ecouter*, c'était cela qu'ils n'avaient pas encore trouvé. Léo-Paul avait écouté la rumeur de l'océan, puis celle de Paris, il écouta la rumeur d'Eva, celle de ses yeux qui pleurent et de son cœur qui bat, de ses cheveux qui s'électrisent et de ses mains qui grattent et caressent, de sa digestion, de sa défécation, de son sang qui coule. *La Rumeur d'Eva*, un beau titre pour un long roman, pensa-t-il et il frappa deux jours entiers sur sa machine tout ce qu'évoquaient ces mots, d'élans, de grave et d'instantané. Enfant, il avait tendu l'oreille vers Dieu puis, à la pointe Saint-Mathieu, avait passé des nuits au bord de l'océan à décrypter le chaos des histoires. Aujourd'hui, c'était *son* histoire avec Eva, le monde autour d'eux, qu'il allait se mettre à écouter.

Il regarda la cicatrice qu'elle portait juste au-dessus de la hanche et qu'il avait aperçue dès leur première rencontre dans la douche du Delhy's Hôtel. Elle raconta la balle de 6.35 qu'un amant violent lui avait tirée parce qu'elle voulait le quitter. Elle le quitta, et l'incident du revolver lui fit détruire plus vite encore le dernier regret qu'elle aurait pu encore avoir. Mais Léo-Paul ne fut pas certain qu'elle ne mentait pas.

Détail encore, une des deux pointes de sein d'Eva restait sans réflexe, même après effleurement et caresses répétées. Le mamelon s'enflait, semblait sortir de sa gangue douce, mais en restait là. Léo-Paul l'appela *le bel endormi*.

EN soie jaune, des pois de grosseurs différentes bleu nuit, le nœud papillon de Charles D. Langhome lui allait à ravir. Ses cheveux, tirés en arrière, avaient peu blanchi et malgré son pardessus en loden son allure restait svelte. Après avoir remonté le store vénitien électrique, il regarda la ville au travers de l'immense baie vitrée, il faisait nuit. Des millions de lumières scintillaient, en bas, tout en bas et au loin aussi, à des kilomètres. Claire à côté de lui regardait le même spectacle du chatoiement. Le numéro 28 de l'ascenseur avait clignoté quand ils étaient directement arrivés dans l'appartement qu'ils venaient d'aménager. Il dit :

« Ce sera mon nouveau bunker aérien et Paris remplacera l'Atlantique ! »

Ils restèrent un long moment sans parler, sans bouger, à se servir de cette beauté tranquille qu'ils retrouveraient chaque soir. Immense fresque électrique qu'aucun musée du monde ne pourrait jamais s'offrir, elle était là, donnée, remplie de miroitements en vagues douces, et Langhome savait qu'il y avait là des romans immenses qu'il n'aurait plus le temps d'écrire. Il sortit un paquet de sa poche de manteau et le tendit à Claire. Elle dénoua le ruban qui l'entourait. A l'intérieur une boîte de carton qu'elle ouvrit pour en sortir un flacon de parfum.

« J'aimerais que tu le portes tout de suite »,
demanda-t-il d'une voix douce, sans autorité.

Elle dirigea la bouteille vers le haut de son cou et
appuya le capuchon. Un bruit extraordinairement
ténu, face à l'ampleur du décor, se fit entendre... Elle
regarda l'étiquette et lut à la lumière du ciel : Shalimar, Guerlain. Langhome la prit par les épaules,
l'approcha contre lui et pencha la tête vers son
visage. Immobile, il se laissa envahir par ces présences, celles de Claire et du parfum, attendit que les
deux se soient tout à fait mélangées, et dit :

« C'est parfait... »

Quand l'instant rare fut passé, ils allumèrent l'appartement et s'amusèrent à visiter et à découvrir.
Langhome marchait difficilement et, parfois, prenait
appui sur l'épaule de Claire. Elle dit :

« Je crois que nous y serons bien. Très bien. »

Meubles anciens de bois divers, d'autres en verre
et en acier, tout s'harmonisait. Quand ils furent cou-
chés et qu'à nouveau l'obscurité se fit, ils purent voir
le ciel, très clair, dégagé, avec d'innombrables autres
lueurs qui scintillaient et tremblaient.

« Quand tu seras absente, dit-il, je pourrai aussi
bien imaginer que tu te trouves quelque part sur une
de ces étoiles, ce ne sera guère plus extravagant que
d'essayer de te voir en Ouganda ou au Guatemala,
parce que les absences sont toujours infiniment lointaines. Que ce soit cent kilomètres ou cent années-
lumière, le déchirement reste le même. (Il changea
de ton.) Mais j'aurai établi un répertoire des habitudes des femmes aux fenêtres et je les observerai à la
longue-vue... Huit heures huit, la blonde qui se pèse
tous les matins va s'en aller... huit heures onze, c'est
la jolie Eurasienne qui va peigner ses cheveux... Je
n'aurai pas une minute pour penser à toi... »

Lui aussi publiait cette année le roman dont il
avait parlé à Léo-Paul, *Le Visiteur*. Il avait mis un
peu plus de sept années à l'écrire, lentement, au fil
des jours et des marées.

C'est quelques jours plus tard que Claire reçut une première lettre, à sa nouvelle adresse. Elle était signée Criolini qui donnait son accord pour un prochain départ et demandait une rencontre le plus rapidement possible.

« Tu pourras te lancer dans un nouveau roman gigantesque et rester des jours et des nuits à observer cette ville, lui dit Claire.

— C'est vrai que j'écris plus, quand tu n'es pas là... Mais je vis mieux quand tu es près de moi.

— Mais la vie et l'écriture, ce n'est pas la même chose ? »

Léo-Paul vint leur rendre visite, seul d'abord, puis un soir avec Eva. Il fut fasciné par la vue sur Paris qu'offrait ce quartier de la porte d'Italie.

« Nous allons être concurrents, dit Langhome, qui parlait de la sortie de leurs deux romans à quelques mois d'intervalle.

— Je pourrai venir écrire ici, de temps en temps ? » demanda Léo-Paul en aparté à Langhome. (Il lui alluma par la même occasion le cigare qu'il venait de couper.)

Léo-Paul et Eva repartirent dans la nuit en respirant la douceur du printemps. Claire partait avec Criolini pour le Viêt-nam. Des réfugiés, des blessés, des âmes foutues, elle allait enfin se sentir en « mission », avait-elle dit par téléphone au médecin, quand il lui avait annoncé la nouvelle. En passant rue Gay-Lussac, sur leur itinéraire de retour, Eva montra un immeuble au-dessus d'une pompe à essence et raconta qu'elle avait été hébergée dans un de ces appartements vers 1968, pendant que les voitures flambaient et qu'au petit matin, la police ratissait le quartier.

« Tu avais quel âge ?

— Dix-huit. C'est après que je suis partie à Munich où j'ai rencontré Fassbinder.

– Qui est-ce ?

– Un jeune cinéaste allemand, fou et laid, mais animé d'une boulimie de pellicule que je n'ai jamais rencontrée par la suite. J'ai joué dans deux de ses films, un en Allemagne, l'autre en Italie. »

« Elle avait trouvé ça passionnant ! » reprit dans sa tête Léo-Paul qui se souvenait de la musique de la voix d'Eva. Il la regarda de côté quand ils furent derrière l'Odéon, en se demandant si un jour il parviendrait à connaître toute l'histoire d'Eva Schatzberg. Est-ce qu'elle se pose les mêmes questions que moi ? se dit-il. Suis-je un mystère pour elle et, si oui, a-t-elle envie de savoir ?

Certains soirs, il faillit lui remplir un questionnaire, la sommant de répondre pour le lendemain... Cornes-tu les livres que tu lis ? As-tu embrassé les autres garçons de la même façon que moi, as-tu joui avec toutes tes rencontres, as-tu saigné la première fois ? As-tu voulu assassiner ton père et ta mère, te masturbes-tu quand je ne suis pas là, as-tu voulu mourir, pourquoi, pour quelqu'un, seulement pour toi ? As-tu eu le sentiment de naître une deuxième fois ? Te sens-tu différente aujourd'hui de toi, adolescente ?

Finalement, il était heureux de ne pas avoir donné sa liste d'inquisition et préférait prendre Eva dans son présent visible, sans savoir son passé ni ses zones d'ombre d'aujourd'hui... « Son histoire à elle et à moi, c'est quand on est ensemble, uniquement. Séparés, chacun reprend du large. » Dans leur appartement où ils ne voyaient que le bord des toits en zinc des bâtiments, ils restaient peu. « Elles sont égoïstes, les histoires d'amour, disait Eva, il ne faut pas tomber dans ce piège... le monde peut vivre sans nous, mais nous, il faut vivre avec. Ce serait indécent de ne s'occuper que de nous quand tant de choses vont si mal. »

« Moi, je ne trouve pas, dit Léo-Paul en retirant sa chemise. Mais si tu veux, on peut prendre rendez-vous dans trois ans pour se mettre enfin à vivre un grand amour passionné, extravagant comme dans les légendes, nous l'appellerons : *Eva et Léo-Paul ou la passion en 1978.*

– Dans trois ans, le monde ira toujours aussi mal...

– Justement, autant être égoïste tout de suite... »

Leurs discussions n'étaient pas exactement l'image de ce qu'ils vivaient. C'était la première fois, l'un et l'autre, qu'ils restaient des semaines et des mois avec la même personne et ils ne voulaient, à aucun prix, s'enfermer dans une vie étriquée, tournée sur leurs seuls problèmes. Cette présence de l'un pour l'autre était un baume tendre sur lequel ils s'appuyaient pour mieux comprendre, mieux vivre et mieux écouter ce qui n'était pas eux.

Ils firent un soir, au début de la nuit, un voyage sur un bateau-mouche, comme Léo-Paul en avait rêvé quand il débarqua à Paris.

Finalement son éditeur décida de sortir les *Repères pour Marie*, en septembre. Il devrait corriger les épreuves d'imprimerie vers la fin mai et reçut une nouvelle avance. Le Clézio avait vingt-trois ans aussi quand sortit son premier roman, se souvint Léo-Paul, et il se rappela qu'il lui avait écrit après avoir vu son beau visage blond photographié devant la mer à Nice. Pour son anniversaire, Eva rapporta un soir un néon rouge posé sur un socle et qui inscrivait : « DEMAIN JE T'AIME. »

« C'est moi qui ai demandé cette phrase, précisa-t-elle.

– Ce n'est ni « Aujourd'hui je t'aime », ni « Demain je t'aimerai ». C'est...

– Comme nous... Des sentiments et des incertitudes. »

Deux portraits de prostituées pris par Eva, l'une rue du Renard, l'autre rue Frochot, firent partie d'une série de diapos présentées un soir à la salle Pleyel où elle se retrouva en compagnie de photographes qu'elle admirait, Michel Laurent de Gamma, Jean-Loup Sieff, Marc Riboud, René Burri et Cartier-Bresson. Deux de ses préférés n'y étaient pas, Raymond Depardon et Duane Michals, mais elle acheta deux albums qui venaient de paraître sur leur travail. Elle rêvait d'être la femme possédant le plus de portraits au monde. Les développements et tirages étaient chers, elle stocka alors les pellicules 24 × 36 exposées avec, dans la boîte, le script des noms et adresses pour chacune des photos.

On les vit marcher la nuit le long des quais, se tenant par la taille, puis longer des immeubles, avant de disparaître dans la nuit. Ils allèrent, un après-midi, regarder la construction du nouveau musée de Beaubourg et Eva revint le lendemain photographier les visages que cette architecture nouvelle étonnait.

Pendant que Claire était au Viêt-nam avec Criolini, Eva vint faire des portraits de Langhome, chez lui, Paris en auréole derrière sa tête. Il l'invita à rester au-delà des temps de pause nécessaires. Il avait envie de parler.

« Je ne sais pas ce que durera votre histoire avec

425

Léo-Paul, dit-il pendant qu'il allumait un cigare, mais si aujourd'hui il semble être submergé par tout ce qu'il voit et entend, il va se mettre un jour à organiser tout cela et renvoyer aux autres ce dont il sera détenteur... En ce moment, il thésaurise, il accumule toutes sortes de déceptions, de solitudes, de résistances du monde à ses souhaits... C'est cela la vie, Eva, un flux, un reflux, un flux... Malgré toute votre chaleur, votre tendresse pour lui, Léo-Paul est en pleine dégringolade. Malgré la sortie de son livre, il se raccroche à vous, à moi, parce qu'au fond de lui, il est persuadé que plus jamais il ne retrouvera ce qu'il croit avoir perdu : un point du monde d'où regarder le spectacle du mouvement et écrire cela. Mais ces lieux sont partout et c'est la ténacité qui les fait trouver, l'endurance, la résistance au temps et à l'abandon... Vous savez, j'ai passé plusieurs jours avec lui au bord de l'océan quand il avait quinze ans. Chaque soir, il descendait la falaise pour se retrouver face au bruit, au vent, au vacarme... Il restait là des heures, des nuits entières pour ne rentrer qu'au matin. A chacun de ses retours, il écrivait et je lui préparais la veille un feu, de telle sorte qu'il n'ait plus qu'à craquer une allumette pour se réchauffer. Un jour, je me levai et je le trouvai endormi sur la table, la tête posée sur des feuilles de papier, une dizaine, rédigées dans la nuit. Le feu était éteint. Il y eut alors une force irrésistible qui me poussa à lire ce que ce garçon en fugue avait écrit, et ce fut terrifiant... Je veux dire que je fus bouleversé par la cruauté, l'horreur de ce que je tenais entre mes mains et je regardais son visage doux, détendu... J'avais du mal à imaginer que de tels mots puissent être sortis de ce front calme, paisible, et lui qui dormait comme un enfant ! Et j'ai eu peur de Léo-Paul, je vous l'avoue, j'ai ressenti pendant quelques secondes un malaise, un dégoût. Craignant qu'il ne se réveille et me surprenne, je soulevai sa tête pour prendre tous les feuillets et continuer cette lecture dans la cuisine. Par les fenêtres, j'entendais l'océan, je voyais les vagues s'écraser les unes contre les autres et je me demandais ce que cet adolescent avait bien pu voir, ou percevoir dans ce grondement, qui lui fasse écrire des mots aussi noirs... C'est alors qu'il est entré comme un démon, je ne le reconnus pas. Il s'est mis à hurler, puis il a bondi sur moi et j'ai pensé qu'il voulait me tuer de lui avoir volé ce sombre secret. Il a porté ses mains à mon cou pour m'étrangler et j'ai dû me débattre pour qu'il sorte de cette folie. Je l'ai frappé avec ce que j'avais sous la main, une casserole. Quand il reprit ses esprits, il me regarda et me confia que cette nuit-là, il avait vu ce qu'il cherchait depuis longtemps : l'envers de l'océan, *naéco*, disait-il sans cesse, *naéco*... Et c'était l'océan rouge, de sang, de pleurs, la peau du monde retournée qu'il avait approchée, sanguinolente, meurtrie, puante, un monde en décomposition couvert de crasse, de lâcheté et de persécutions... Il avait crié au bord de l'océan, de terreur, me raconta-t-il, puis il s'était glissé vers cette connaissance et avait aimé cette perversion où il s'était reconnu. Il m'a dit : « Au début, « j'ai eu peur, parce que cela me ressemblait mais « j'ai su que nous vivions, nous cachant sans cesse, « cette immonde part de nous, et moi, j'ai voulu « l'aimer. » Il a lui-même brûlé les écrits de cette nuit-là. Le lendemain, il a tenu à me lire d'autres pages et c'était magnifique. Je n'ai pu qu'en retenir un passage concernant Marie, et qui disait ceci : « Je « t'aime et aucune force au monde ne pourrait me « faire dire le contraire, je t'aime et cela signifie que « tu es la pluie et l'orage, le ciel et les grains de « poussière, la foudre sur l'eau de l'océan, je t'aime « parce que c'est une malédiction d'aimer et qu'à « cause de cela j'ai fait connaissance avec mon mal- « heur, avec ma solitude, avec ma mort... Je t'aime « parce que c'est une bénédiction de toucher le « monde avec le bout de ses doigts et de savoir que

« la vie ne tient qu'à cet effleurement, la cicatrice de
« l'horizon entre le ciel et la terre, toujours repous-
« sée et que l'on tente à chaque instant d'écarter... »

Langhome se tut, ralluma son cigare éteint et,
s'apercevant du trouble d'Eva après ce qu'il venait
de raconter, poursuivit :

« L'amour est la chose la plus importante du
monde parce qu'il est sacré, et cette rencontre de
deux êtres totalement dissemblables est le point
d'union où la vie et la mort coexistent sans la présence du mal. Chacun à des degrés divers a en lui
cette force qui le pousse vers l'inconnu, vers l'autre,
vers la différence et certains s'arrêtent, par lassitude,
par conformisme à une rencontre qui les arrange et
s'arrêtent là. Rien n'est plus banal qu'un couple,
dormir avec quelqu'un, manger avec lui. Le reste,
c'est-à-dire : tout – *aimer* – est une aventure cosmique, c'est la rencontre avec le monde entier à travers
un seul regard, c'est être beau devant le miroir de
l'univers, se contempler et voir en même temps,
autour de soi, la galaxie, comme un rêve éclaté...
Alors que la plupart des gens oublient leur premier
amour ou les géants qu'ils furent à ce moment-là,
pour mieux s'adapter à une vie adulte, Léo-Paul, lui,
n'oublie pas, ne veut pas oublier et c'est cela qu'il
est en train de si mal vivre. Passionné par le présent,
il voudrait s'y consacrer totalement et laisser en
route son iceberg d'adolescence... En même temps, il
sait que ce fut une telle période d'extrême acuité,
qu'il a vu et entendu les choses les plus belles et les
plus douloureuses de sa vie, pour cette raison, il veut
se condamner à vivre avec elle. Quelques rares personnages décident de ne jamais se détacher d'eux-
mêmes, non par fidélité imbécile, mais parce qu'ils
savent que leur vie entière, passée, présente et future
est un trésor et que c'est là qu'il puiseront toutes
leurs créations. La grandeur est toujours une affaire
de mémoire... Léo-Paul est de ceux-là, Eva, et le jour
où il aura réussi à transporter toute cette période de

sa vie passée, à côté de lui dans son présent, il écrira à nouveau des choses qui seront vos plus beaux rêves de la nuit... »

Elle répondit seulement :

« Alors, ce jour-là, c'est que Marie sera revenue près de lui, et c'est elle qui fera ces rêves ! »

Elle avait dit cela sans tristesse.

Langhome tint absolument à préparer du thé, et ils regardèrent ensemble le soir tomber sur Paris.

« Tous ces visages à photographier, dit Eva, les yeux fixés sur les points lumineux des fenêtres qui s'éclairaient, s'éteignaient et où vacillaient des images de téléviseurs...

– ... Toutes ces histoires que je ne saurai jamais, les petits crimes, les lâchetés, les silences qui font que cette ville est en vie, qu'elle est triste, qu'elle est gaie, qu'elle n'est jamais neutre. Je l'observe des heures, et quand je vois un rideau se baisser, j'imagine que l'on va faire l'amour, ou que quelqu'un est malade, ou bien qu'un enfant doit se reposer, que le soleil va faner des fleurs, ou que quelqu'un ne supporte pas la lumière. »

Eva s'en alla, Langhome l'embrassa et se remit à son poste. Une ville immense à regarder. Comme lorsque l'Atlantique devant ses yeux bougeait, changeait de couleur et de reflet, Paris était ce même réservoir d'âmes, où l'imagination se perdait, fascinée par la grandeur et l'étendue, par les millions de destins qui s'accomplissaient, grisés par le hasard et le désir, et cette idée qu'ils s'étaient faite un jour, du bien et du mal.

AUJOURD'HUI Marie avait été se promener vers le canal. Les péniches venaient se charger de sel et de pièces de fonderie. Jour d'été clair, sans orage, elle était allée longuement regarder *le désert* dès les premières heures de la journée avant que les enfants ne courent le transformer en bord de mer ou en terre de Peaux-Rouges... Son score au flipper n'avait pas été fameux, l'appareil était nouveau et elle n'avait pas encore bien en main le déséquilibre léger, nécessaire aux boules d'acier pour frapper en répétition les champignons électriques qui marquaient 5 000 d'un coup. Une femme, très vamp galactique, était peinte sur la nouvelle vitre, et des astronautes virevoltaient autour d'elle dans des engins célestes.

Michel, l'ailier bouclé de l'équipe de Saint-Nicolas-de-Port, avait été blessé la veille sur le terrain, et elle avait bien vu les infirmiers l'emmener sur une civière. Cet après-midi, elle irait à l'hôpital lui apporter des œillets et resterait quelques minutes près de lui. Il ne comprendrait pas bien pourquoi elle serait là, mais il la trouverait jolie et un peu gauche dans la manière qu'elle aurait de s'asseoir près de lui. Elle lui parlerait peu, et il saurait maintenant qu'elle s'appelle Marie et habite chez son frère sur la colline, qu'elle aime le football, le flipper et les promenades dans *le désert*. Quand son genou serait guéri, il lui promettrait de lui faire faire le tour

430

de Saint-Nicolas à toute vitesse dans sa voiture et de l'emmener un soir à Nancy.

De sa chambre, elle avait regardé au loin la ligne de chemin de fer et noté un des passages du Paris-Strasbourg, qu'elle ne voulait pas manquer. Même quand elle se trouvait dans la ville, à l'heure dite, elle filait vers un passage à niveau ou vers la gare, pour apercevoir au moins l'un des wagons. Aujourd'hui, elle était habillée de blanc, elle regarda vers le soleil et ses yeux clignèrent. Ses journées se ressemblaient et quand son frère lui avait demandé ce qu'elle voulait pour sa fête, elle avait réclamé un polaroïd pour photographier chaque matin, dans une glace, ce qui changeait dans son visage. Ses journées commencèrent alors par ce rituel. Huit heures, portrait de Marie, chaque jour, chaque lendemain... Elle aurait des centaines de photographies classées à montrer à Léo-Paul pour qu'il sache comment elle s'était chaque jour transformée... En début d'après-midi, quand elle vit que la fleuriste venait d'arriver, elle alla acheter des œillets, puis se rendit à l'hôpital. Elle longea le canal où les péniches se chargeaient avant de repartir vers un port du Rhin ou de la Marne qu'elle ne connaissait pas. Elle s'amusa à les transformer en fleuves plus lointains de façon à se dire : J'habite près du canal qui va de l'Amazone au Congo et chaque jour des bateaux à roues et des paquebots le traversent, remplis d'odeurs de café et de cacao, des nuages blancs de coton flottant au-dessus d'eux...

Repères pour Marie fut dans les vitrines des libraires aux premiers jours de septembre, un portrait de Léo-Paul noir et blanc en couverture, signé Eva Schatzberg. Il fut surpris par la cérémonie que son éditeur appela « service de presse », et qui consistait à envoyer, à des centaines de gens qu'il ne connaissait pas, des salutations écrites sur la page de garde de chaque livre. Il trouva cela fastidieux et humiliant et s'interrompit au bout d'une heure. Il sut par la suite que l'on avait glissé dans chaque exemplaire un petit bristol où était imprimé : *Hommage de l'auteur absent de Paris.*

La critique accueillit diversement le livre. « Au moins, on en parle ! » dit Eva. « Naïvetés », disait un magazine, un autre titrait « Lettres d'amour transies »... « Hésitant entre poésie et narration, le jeune auteur, Léo-Paul Kovski, s'enflamme pour des chimères, nous laissant, nous lecteurs, perplexes devant tant de virtuosité et de maladresse mélangées. » Léo-Paul épingla le seul article franchement enthousiaste, celui d'un journal du soir : « Alleluia, un écrivain est né ! » Il fut bien étonné quand il lut, un peu plus tard, qu'il était appelé « un enfant de Godard et de Coca-Cola », lui qui n'avait vu que *Pierrot le fou* et détestait les boissons gazeuses !

Mais son éditeur était content et paya même quelques encarts publicitaires qui reprenaient diverses louanges, les meilleures, écrites à propos du livre. Une publicité tiers de page devait paraître dans

Actuel de novembre mais Léo-Paul aperçut, affiché en kiosque, un beau visage de jeune fille, une larme roulant sur sa joue et qui annonçait dans une bulle : *Actuel c'est fini...* Il fut triste, lui aussi, et pour le magazine et pour sa publicité envolée...

La station de télévision de Nancy proposa une interview-reportage aux actualités du soir, puisqu'il était un enfant de la région. Une équipe partirait à Monterville sur les décors de Léo-Paul, les galeries thermales, le lycée, le trois-pièces des Kovski qu'avait repris une famille portugaise, le lac des Evêques, le casino...

Quand il arriva par le train à la gare de Nancy, une voiture de la télévision l'attendait. Il ne fut pas surpris qu'il pleuve. Ils filèrent à travers la ville, et par les vitres, que les essuie-glaces balayaient, il essaya de reconnaître les rues et cinémas qu'il avait connus, certains soirs d'hiver avec Françoise, Simon et les autres... Mes amis, pensa-t-il, comment est-il possible de vous retrouver dans toutes ces avenues, au milieu de toutes ces voitures ? Il demanda au chauffeur où se trouvait le Vieux Quartier... « On lui tourne le dos, dit l'homme, c'est vers la place Stanislas, la place de la Carrière et tout ça... » Ils étaient arrivés dans une sorte de grand parc avec parterres, haies, tilleuls aussi. « C'est ici FR3 Nancy, dit encore le chauffeur en empruntant une allée, et là, désignant un grand bâtiment ancien, ce sont les Beaux-Arts ! »

Léo-Paul visionna, dans une petite salle de projection, le film réalisé pour l'émission, à Monterville. Il ne s'attendait pas à ce cadeau et se pencha, dans l'obscurité, vers Jérôme Bley, le présentateur avec qui il allait dialoguer ce soir, pour le remercier. Comme au cinéma, lorsqu'il voyait un film émouvant et que ses yeux se mouillaient, il profita de cette pénombre pour se laisser émouvoir par les silhouettes qu'il reconnaissait. Il aperçut les fenêtres du troisième étage où il avait vécu, rêvé, imaginé

433

tant de réseaux qui reliaient tous les secrets du monde, il ne put retenir le tremblement qui traversa tout son corps... Mes océans, pensa-t-il, mes folies, c'était là, derrière cette fenêtre où je gelais de froid... Et mon père, si différent, qui n'osait plus parler.

« Vous serez en incrustation, c'est-à-dire que le téléspectateur vous verra en premier plan pendant que nous parlerons et que le film défilera derrière... Vous aurez un écran de contrôle que vous regarderez de temps en temps pour pouvoir faire un commentaire sur un des lieux, ou raconter une anecdote... Réfléchissez dès maintenant à ce que vous allez dire, nous serons en direct. »

Ils allèrent jusqu'au self-service d'entreprise. Léo-Paul prit une tranche de cake qu'il trempa dans une tasse de thé au lait.

« Nous aurons presque quatre minutes, dit Bley... C'est à la fois long et très court. Essayez de faire des phrases brèves, que je puisse à chaque fois profiter d'un silence pour vous relancer ou laisser filer quelques secondes les images derrière nous... Votre père est bien mort, il y a six ans... En 1970 ?

— 1971, rectifia Léo-Paul, j'étais déjà à Paris...

— Et qu'est devenue votre mère ? »

Léo-Paul raconta.

L'heure approchait, et il ressentit de fines douleurs sur le dessus de ses mains et une boule sous le thorax, comme le jour de l'agression avec Schatzberg. C'est là qu'il se rendit compte que la distance entre lui et les autres allait être mince, il y aurait sa voix, son visage en gros plan et les images de Monterville. Plus ce flou gigantesque qui existait entre des mots écrits la nuit, et de potentiels lecteurs : paravent fragile, le livre allait être là, collé à chaque grain de sa peau et il le porterait dans sa bouche et dans chacun de ses gestes... Les maladresses ou le charme de Léo-Paul seraient les maladresses et le charme du livre... D'un coup, il prenait en pleine face ces cinq cahiers remplis d'amour, de tâtonnements et d'inquiétude... Comment être sur commande ce qu'il avait été des années auparavant ?

Le studio s'alluma, on lui indiqua un des deux fauteuils.

« Les habitants de Monterville vont regarder, nous avons annoncé l'émission plusieurs fois dans la semaine », dit Jérôme Bley.

Deux caméras s'approchèrent, poussées par des types dont l'un portait un costume-cravate, très militaire en retraite, l'autre cheveux sur la nuque, un pull-over bleu de marin... Léo-Paul leur fit un sourire auquel ils ne répondirent pas. Une maquilleuse vint lui tamponner le visage avec de la poudre, « pour ne pas briller », dit-elle. Il sentit son parfum quand elle se pencha vers lui, et il eut une furieuse envie de la caresser...

« Le décrochage avec Paris est exactement à dix-neuf heures vingt », annonça un Bley maquillé.

Il était un peu plus du quart, et le présentateur passa plusieurs fois la main dans ses cheveux, pour tenter de leur donner le mouvement qu'il leur préférait. Léo-Paul remarqua alors la pendule accrochée sur le mur en face de lui, dont les secondes s'affichaient par un point rouge qui sans cesse avançait, tournait, finissait sa minute, extinction, puis à nouveau un point, deux, trois... Sous la lumière et la chaleur des projecteurs, il se sentit tout ensuqué, sans souvenir, mou... Un jour d'examen.

Les images des écrans de contrôle s'allumèrent. Il vit son profil, ce nez, il ne l'avait jamais cru si important... Il passa la main derrière son oreille et ramena en arrière une mèche de cheveux. Le présentateur lui fit signe, on entendit une musique de générique, qui indiquait que l'émission venait de commencer.

Dans la maison surplombant la Meurthe et la voie de chemin de fer, Marie, qui avait allumé comme chaque jour le téléviseur pour n'en voir que les images, se précipita sur le bouton du son... Elle venait de reconnaître son visage... Léo-Paul. Il est là, pensa-t-elle, à quelques kilomètres... Elle regarda Monterville presque oublié et lui, ses yeux qui regardaient, en même temps, les mêmes images... Sa voix... Remplie de confusion, tremblante, elle hésitait entre la joie et la colère, mais ses yeux ne pouvaient quitter l'écran... Elle reconnut certains de ses mots, des tournures de phrases, sa façon de prononcer les R et de dire « Moi je voudrais » et de laisser un silence avant de continuer la phrase... Sa musique...

« ... Mais aujourd'hui, qu'est devenue cette superbe histoire d'amour ? demanda le présentateur.

— Elle fait partie de moi, bien sûr, mais elle est passée... Vaincue par le temps, mes autres rencontres... Moi je voudrais... vivre sans la nostalgie de mon adolescence, non pas l'oublier, mais ne pas vivre avec... Ma vie est ouverte à tous les possibles, c'est devant moi que je regarde, pas derrière...

— En tout cas, elle vous a permis d'écrire ce premier livre dont je rappelle le titre *Repères pour Marie* par Léo-Paul Kovski, aux édi... »

Marie venait d'éteindre le poste. Elle prit, sur une tablette, le livre de Léo-Paul qu'elle avait bien sûr acheté, le feuilleta, relut des passages soulignés et pleura. Calmement, elle déchira les premières pages, une à une, puis tordit le livre et le brisa à l'endossure, arracha les nervures de fils blancs, continua jusqu'aux dernières pages et ne s'arrêta que lorsqu'il ne fut plus qu'un tas informe de papier devant elle. Elle pleurait, pleurait, ne pouvait plus arrêter ses larmes montées depuis le début de l'émission, d'amour, de rage, de haine, des larmes de son adolescence volée, d'une histoire ébauchée et meurtrie... « Moi je t'attendais, moi je t'attendais », murmurat-elle entre ses sanglots. « Je t'attendais, Léo-Paul Kovski », cria-t-elle enfin.

Les projecteurs s'étaient tous éteints en même temps. Le visage trempé de sueur, Léo-Paul écarta sa chemise et souffla à l'intérieur, sur sa peau. Il souriait. Bley le félicita et affirma que cela s'était très bien passé.

« C'était émouvant et direct en même temps. Vous avez bien fait à la fin de ne pas vous attendrir sur votre passé... Les gens le ressentent toujours comme une faiblesse. »

La maquilleuse leur tendit des Kleenex, et Léo-Paul sentit une nouvelle fois son parfum qu'il avait déjà oublié.

« Je crois qu'il va bien se vendre, votre bouquin, ajouta Bley, pendant qu'il plaquait sur son visage le morceau de papier. Je vous raccompagne jusqu'à l'hôtel où on a réservé votre chambre, si vous voulez, c'est sur ma route... »

Ils entrèrent à la régie, Léo-Paul salua le réalisateur. Une femme entra et leva un doigt qu'elle pointa sur Léo-Paul : « On vous demande au téléphone, c'est par là. » Elle indiqua un appareil décroché sur une table. « Allô », dit-il en prenant l'appareil. Il se détendit aussitôt et sourit. « Je suis tellement content de t'entendre, Françoise... A tout hasard, j'avais même demandé où se trouvait la vieille ville... Et Simon ?... Encore mieux. » Il sortit un stylo et inscrivit au dos de son carnet de chèques. « Café Foix... J'y serai à neuf heures. Moi aussi. » Il raccrocha.

« C'était ma prof de français de Monterville, dit-il en direction de Bley.

– Dommage qu'elle n'ait pas téléphoné pendant l'émission ! » regretta le présentateur.

Ils se quittèrent à l'entrée du Frantel, sur la place de la gare.

Ce n'était pas le Delhy's Hôtel ! Moquette, salle de bain, téléphone, ligne directe, téléviseur... Léo-Paul prit une douche et remit les mêmes vêtements puisqu'il n'en avait pas de rechange. Il retourna vite dans la rue, la pluie avait cessé. Il entra quelques minutes au café Excelsior, profiter du décor 1900 et demanda où se trouvait la place Stanislas, puisque c'est là qu'il avait rendez-vous. Il descendit la rue, la place était au bout. Illuminations et dorures... Des voitures garées au milieu, il fit le tour, repéra le café Foix, s'arrêta devant le Grand Théâtre, affiches, *Rêve de valse*, une opérette... Une fontaine à côté, l'entrée d'un jardin public... Jean Lamour, le nom d'un autre café. Il regretta que le rendez-vous n'ait pas lieu là, « rendez-vous d'amour au Jean Lamour ! murmura-t-il... Les amoureux de Nancy ont de la chance... »

Quand il entra au café Foix, ils attendaient. Simon, Françoise... Simon enfin ! Il n'osa pas l'embrasser comme il en avait envie, le prit par les épaules... Alors, un étrange son comme venu d'ailleurs qu'une gorge, crispé, plus aigu que la normale se fit entendre... « Mon cher/Léo-Paul/je suis si heu/reux/de te voir/dans mes bras... » Simon parlait ! Il parlait, ses phrases étaient cassées, mais il parlait... Françoise, heureuse de la surprise, s'était tue et partageait l'émotion.

« Tu parles, mon Simon ! dit Léo-Paul, c'est ta voix que j'entends... Ta voix ! répéta-t-il en le serrant à nouveau dans ses bras. Quel bonheur d'entendre la voix des gens qu'on aime... (Puis il se tourna vers Françoise et l'embrassa en lui caressant les cheveux.) Ma p'tite prof !... C'est tellement bien de vous revoir, tellement bien... »

Il ne pouvait s'empêcher de commenter l'instant qu'ils étaient en train de vivre... Ils étaient là, calmes et tendres.

« Nous t'avons/vu tout à/l'heure...

— Et moi, je t'entends, Simon... Quel bonheur d'avoir écrit un livre qui serve à vous revoir !

— C'est cela, non, la littérature, des liens entre des gens éloignés... »

Ils burent et décidèrent de dîner au Chapon fin.
« Ça mérite bien ça ! » dit Françoise.

Quand ils furent dehors, Léo-Paul regarda vers la place, magnifique, puis vers ses amis retrouvés et les relia à ce décor qui leur allait bien. Ils entendirent alors des cris scandés, comme une manifestation... Cela se rapprocha et ils crurent reconnaître VIVA LA VIDA/VIVA LA VIDA/VIVA LA VIDA scandé très rapidement, comme au pas de course. Puis les cris arrivèrent sur la place. Trente, quarante jeunes gens s'arrêtèrent pour se regrouper.

« Qu'est-ce que c'est ? demanda Léo-Paul.

— Nous ne/savons pas/des étudiants/sans/doute/ un restaurant/univer/sitaire est juste/derrière... »

Il y avait là des garçons et des filles, certains portaient des capes noires. L'un d'entre eux avait une guitare tenue à son cou par une lanière. Une fille frappait un tambour. Puis, ils se mirent à chanter...

el ejército del Ebro
ba da boum ba da boum bam bam
el ejército del Ebro
ba da boum ba da boum bam bam
Donde está tu aviación
Ay Carmela Ay Carmela
Donde está tu aviación
Ay Carmela Ay Carmela
el ejército del Ebro
ba da boum ba da boum bam bam...

« C'est le chant/républicain/de l'armée/de/l'Ebre/, trouva Simon. Aujour/d'hui/Franco/est mort/... Tu/ne savais/pas ?

— Des étudiants espagnols de la Fac », dit, en les regardant, Françoise.

Des voitures avaient ralenti. Quand les étudiants eurent fini, il y eut des applaudissements, puis ils repartirent au petit pas et scandèrent à nouveau VIVA

LA VIDA/VIVA LA VIDA... Ils disparurent vers les autres
rues de la ville.

Ils dînèrent tous les trois autour d'une table à
l'écart.

« Simon, tu avais écrit sur l'écorce de bouleau...
L'âme blanche de l'hiver s'envole, je m'en souviens
parfaitement, je l'ai toujours...

– Et toi/, dit Simon, de sa petite voix aigrelette et
entrecoupée... *Savoir/...* Est-ce que/tu sais/mainte-
nant ? »

Simon travaillait à présent pour un laboratoire, en
complicité avec un ornithologue, et enregistrait les
cris des oiseaux, leurs chants, dessinait des graphi-
ques...

« Tous les/animaux, quand/ils sont/malheureux/
ou ont un ennui/, ont la/même/courbe de cris/
que l'homme/, descendante, toujours de l'aigu/au
grave/... C'est en imitant/ le chant/des/oiseaux que/
je me/suis mis à/retrouver/mes sons/. Ecoute la mé-
sange/ze-tou/ze-tou/p'tsi-éi/tsou-ei/tching-sie/tching-
si/dida-dida-dida/bap bapl-be/wit/seddl/seddl/. »

Sous les yeux éberlués du garçon qui s'était
approché, Simon ajouta :

« Mais les/chants d'oiseaux/comme les/poèmes/
comptent moins/pour/ce qu'ils/disent/que par/ce
qu'ils/sont. »

A une heure du matin, leur petite voiture s'arrêta
devant le Frantel. Léo-Paul leur avait fait boire de la
zubrowka et avait tenté de leur décrire Eva, sans
éviter de dire qu'elle était la sœur de David Schatzberg.

« Je vous dois à tous deux beaucoup de choses
d'aujourd'hui », conclut Léo-Paul lorsqu'il les
quitta.

Puis, il faillit ajouter : Si vous saviez comme je me
sens perdu... Mais il ne voulut pas troubler le bonheur de cette soirée au cours de laquelle ils avaient
évoqué leur première rencontre à Françoise et à lui,
lorsqu'il lui avait donné à lire *La Vie au-dessus du*

48ᵉ parallèle. Il avait alors quatorze ans... Aujourd'hui, il n'aurait rien à lui présenter venant de sortir de son corps, de son cœur et de sa ferveur, et il n'aurait pas à surveiller son visage en train de découvrir un de ses secrets. Il était Léo-Paul, sans plus, un jeune homme de vingt-trois ans qui cherchait désespérément autour de lui un pouvoir perdu.

Il leur fit de grands signes pendant qu'il les regardait s'éloigner, contourner la place et passer directement à un feu vert... Il se sentait épuisé d'une intense fatigue, tout en émotion, où se mêlait une gamme de sentiments qu'il avait rarement eu à éprouver en une seule journée. Il entra dans son hôtel.

A la réception, Marie, debout, regard vers l'entrée, attendait. Léo-Paul, encore à la soirée qu'il venait de passer, et déjà en pensée dans sa chambre, l'aperçut et tout s'enchevêtra dans son esprit... Désir de fuite, abandon, évanouissement, liquéfaction : disparaître, ne plus avoir de mots à sa disposition. Elle dit d'une voix douce :

« J'ai lu ton livre, Léo-Paul, et rien que le fait que ce titre ait été imprimé, je ne t'ai pas reconnu... Tu ne devais pas faire ça, tu n'avais pas le droit de laisser imprimer ces mots que tu avais écrits pour notre histoire à nous. J'ai eu envie que tu n'existes plus, que cette partie du monde qui était toi et où j'imaginais retourner un jour, soit rayée définitivement pour que j'arrête de penser à un endroit disparu. »

Léo-Paul s'approcha d'elle, tendit les bras... La toucher ! Elle s'écarta. Marie, qu'il avait tant et tant souhaité revoir, prendre, envelopper de ses caresses était là, debout devant lui, et il ne sut plus ce que signifiait cette situation qu'il était en train de vivre. Etait-ce bien lui, Léo-Paul, qui avait vécu tant d'années avec cette image-là envahissant toutes ses pensées ?

Il entraîna aussitôt Marie vers l'extérieur. Marcher, parler, c'était toujours plus facile, et les silences pouvaient mieux se dissimuler derrière les recoins de lumières et les ombres de la nuit. Que lui dire ? Qu'il avait attendu aussi, espéré et que, brusquement, tout s'était refermé comme s'il était devenu pauvre d'elle... Ce n'était ni l'usure du temps, ni l'arrivée d'Eva, un jour Marie n'avait plus été là. Provisoirement peut-être, il ne le savait pas encore, mais elle s'était détachée de sa peau, de ses nuits et il s'était retrouvé sans elle, sans savoir où elle s'était perdue...

Ils marchaient côte à côte, redescendaient vers la place Stanislas, le seul itinéraire qu'il connût et dans lequel il pouvait se laisser glisser. En silence, comme si de cette manière tout devait se régler à l'abri des oreilles et des yeux inquisiteurs, ils passèrent sous une des arches dorées de la place et entrèrent dans un grand parc où ils se voyaient à peine. Une pancarte à l'entrée, la Pépinière. Masses sombres des arbres, cris d'oiseaux, une rumeur de ville au loin, cela aurait pu être une jungle enfermée au cœur d'une cité, ou le parc thermal de Monterville quand ils s'y retrouvaient et qu'elle portait une écharpe brodée à ses initiales, L.-P.K.

« Si on comptait les années où moi je t'ai aimée, où toute ma vie était toi, un regard de toi, un sourire de toi, commença Léo-Paul qui ne sut comment terminer cette phrase qui lui parut imbécile, une fois dite.

— Tu es devenu mesquin, toi, si lumineux, plein d'images grandioses... Je te parle d'amour et de souffrance, et tu me réponds arithmétique, nombre de baisers... Où est notre histoire ? Où sont Marie et Léo-Paul qui s'aimaient, qui s'espéraient ?... Où est la suite de ce commencement ? Qu'est-il advenu des mots écrits dans ce livre où les deux héros chargés de silence et de vacarme devaient se retrouver à la fin pour ne parler que d'éternité ?... »

Marie s'était arrêtée et venait de faire le premier geste. Quand elle prit la main de Léo-Paul, elle dit :

« Embrassons-nous ». Elle s'était approchée. « Embrassons-nous, répétait-elle... J'ai tant pensé à cela, là où j'étais... Ouvrir ma bouche sans avoir de mots à prononcer, seulement pour recevoir ton souffle, sentir tes lèvres m'épouser, inventer du temps ensemble. »

Ils s'embrassèrent. Ils étaient deux ombres serrées au milieu d'autres ombres indéfinies, vagues, sans contours, comme sorties d'un langage oublié, sans début ni fin, oublié.

« Non, Marie, dit soudain Léo-Paul pendant qu'il s'écartait d'elle... Non, ce n'est plus comme ça, notre histoire ! »

Elle murmura, pour lui, pour elle : « J'ai tellement honte d'avoir à quémander ce qui fait partie de ma vie... »

Alors, elle se glissa dans l'obscurité et Léo-Paul n'aperçut plus par instants que le brillant de ses yeux. « Recule, cria-t-elle, recule, Léo-Paul Kovski ! » Et il entendit une détonation le frôler, sur le côté, près de sa joue, à moins que ce ne fût à l'intérieur de sa tête... Ce bruit qui brûlait ! Marie s'enfuyait, il entendit ses pas courir et s'éloigner sur les graviers... Il porta la main vers ses cheveux et sentit du liquide chaud couler entre ses doigts. « Elle a voulu me tuer ! Elle a voulu me tuer ! » répétait-il hébété, incapable de faire un pas pour la rattraper, la gifler, l'embrasser, la tordre... Démuni de tout. « Mon Dieu, mon Dieu ! » dit-il encore. Il se mit à pleurer.

C'est quand il fut dans la salle de bain qu'il put laver ses cheveux collés en mèches sombres et s'apercevoir alors qu'un minuscule morceau d'oreille avait été arraché. Le sang continuait de couler et il n'avait plus sommeil. Il se regarda, un paquet de Kleenex à la main, en train d'éponger ces drôles de larmes, remplies d'un amour qui n'en finissait pas de vivre et de mourir...

C'est en faisant ses va-et-vient entre le lit et le lavabo qu'il vit un paquet blanc posé près du poste de télévision; un billet était glissé dessous : « La jeune fille avait déposé ce paquet pour vous, pendant qu'elle attendait. Je me suis permis de le monter dans votre chambre. Le veilleur. » Léo-Paul déchira le papier d'emballage et trouva une boîte. A l'intérieur, plusieurs centaines de Polaroïd, des portraits de Marie, avec tous le même cadrage, le même décor et une date écrite à la main sur chaque rebord blanc. Première date, 12 octobre 1975, la dernière, 11 octobre 1976. Un an de Marie, trois cent soixante-cinq visages fixes qui le regardaient... Elle avait glissé un mot... « Je voulais que tu saches comment changeait mon visage, jour après jour. » Léo-Paul éparpilla les photographies sur son lit et les regarda toute une partie de la nuit... Le jour commença de se lever, des pas déjà circulaient dans les couloirs, et il nota sur le bloc-notes, posé près du téléphone : « Quelle étrange guerre que ces mots imprimés qui partent vers les autres, telles des légions barbares, et reviennent déformés de plaisirs et de violences, comme s'ils avaient été porteurs du seul souvenir que chacun, justement, voulait oublier ou retrouver. »

Aujourd'hui, il avait retrouvé deux silences qui avaient repris leurs bruits dans le monde : l'un parlait des oiseaux, l'autre envoyait des phrases mortelles. Ressusciter et la revoir ? se demanda-t-il avant de s'endormir.

QUELQUES flashes envoyèrent leurs soleils sur les visages. Léo-Paul avait obtenu un petit prix littéraire sans importance décerné chaque année par cinq écrivains ayant publié leur premier roman avant vingt-cinq ans. Langhome faisait partie de ce jury. Eva, parmi les photographes, vint le rejoindre et quelques crépitements se firent encore. Un repas se tint, après la remise du prix avec le lauréat, les écrivains jurés et quelques invités.

Il y eut beaucoup d'autres dîners au cours de l'année, dans des salons dorés, servis par des domestiques stylés.

« Ça sent la poussière tout ça », disait Eva.

Parfois, il se rendait seul aux invitations, la laissant de son côté à une réunion ou à un concert pour qu'elle puisse augmenter le nombre de photos de la galerie des portraits. Ils se voyaient peu, mais s'écrivaient des billets qu'ils plaçaient sur l'oreiller, dans le Frigidaire, sous le paillasson, à des endroits-surprises, et ils souriaient quand ils les trouvaient. Une chaîne de télévision adressa un courrier à Léo-Paul lui demandant s'il voulait bien collaborer à l'écriture de dramatiques, et un des producteurs des films de Resnais le rencontra dans un bar de l'hôtel George V et lui proposa l'écriture d'un scénario. Léo-Paul ne donna pas de réponse, impressionné par les propositions et angoissé par le temps qui filait, et ce roman à écrire, qu'il n'avait pas commencé. Il avait envie d'accepter, mais ce n'était pas cela qu'il désirait, il en était certain, autre chose, qu'il n'était pas encore parvenu à découvrir. Il savait qu'il n'était pas un inventeur d'histoires, ou en tout cas ne cherchait pas à le devenir : il voulait écrire, mais que cette écriture ne servît à rien d'autre qu'à élucider des mystères, et non à en inventer de nouveaux. Trouver les failles, là où la crête mince des mots et des images s'ouvrait brusquement sur une coulée de lave, sur un secret tu ou ignoré, déferlant alors comme un venin sur les plaies des gens pour qu'elles se ravivent et obligent à hurler, à se démener, pour ne jamais mourir trop d'années avant le jour de leur enterrement... Il marchait la nuit dans les quartiers, franchissait les arrondissements, et écoutait dans les bars, les cafés, les mots qui coulaient de la bouche d'hommes perdus, et il était persuadé qu'à cette écoute infatigable, il découvrirait des instants magiques. Lui aussi, il s'écoutait, essayait d'entrer au fond des souvenirs, de trouver cette immense cassure qu'il entreprenait de combler avec les moyens dont il disposait. Souvenirs sans nostalgie pour aller au-delà d'une image, d'un parfum, ou de la vision fugitive de scènes enfouies... A moins que la cassure ne soit à venir, inconnue encore, et ne fasse basculer le souvenir de monotonie, d'une enfance trop parfaite, un sein blanc à regarder rond comme une planète, où il était resté accroché, sans effort, du lait coulant lentement dans sa gorge comme les mots qui allaient s'y former...

Bien sûr, tout cela était encore vague, il chercherait sans cesse ce secret dans toute cette brume qui auréolait chaque parole, chaque univers d'homme, centre du futur et des oublis, il tarauderait, enfouirait ses instruments dans le vif, il se travestirait en malheur si cela était nécessaire pour la découverte d'un seul atome nu, sorti de ce fatras en mouvement. Il réinventerait sa vie, lui donnerait un sens qu'il n'aurait pas perçu en la vivant. Il utiliserait tout ce qu'il avait vu, appris, souffert, toutes ces petites crêtes apparentes d'un sentiment exacerbé et les transformerait en une vie imaginée de Léo-Paul Kovski, pour que les générations futures continuent à se souvenir de lui, longtemps après qu'il serait reparti dans la terre et dans l'océan. Ses souvenirs, retirés de sa tête où ils auraient pourri, pour les donner à des personnages de romans ou à des poèmes empreints de ses éclairs de sensibilité, pourraient devenir alors la mémoire de la vie du monde, un fragment de l'Histoire des gens, un repère pour qui parlerait désormais de Monterville en 1965, de Paris en 1975 et de ce qui se tramait sous ce chaos informe qui bruissait, crachait et ne laissait que de la mort. La mémoire du monde, la seule vivante, fécondée des diamants et des pierres noires extirpés de la réalité de chacun qui pourtant se désagrège à chaque instant, le retiendrait. Pour l'éternité ? Non... pour un infini à l'échelle des hommes : quelques générations seulement, quelques milliers d'années peut-être où il serait un Léo-Paul Kovski de la fin du XXᵉ siècle...

C'est alors qu'Eva se réveilla et dit : « Tu n'écris pas, Léo-Paul ? » Elle le voyait de leur lit, dans l'enfilade des pièces de l'appartement, debout devant une fenêtre du boulevard. Il fumait là depuis des heures et regardait les toits de Paris.

« Non, rendors-toi... je vais m'y remettre. »

Il vint près d'elle, se pencha et l'embrassa. Puis il s'éloigna et tira doucement la porte. Il avait abandonné l'idée d'écrire directement à la machine, à cause du bruit qui gênait le sommeil d'Eva. Et il aimait le silence et le glissement du stylo sur les feuilles. Il les achetait par rames et les imaginait aussitôt remplies de son écriture noire où s'enfermaient les terribles angoisses qui l'étreignaient parfois, quand il se voyait transformé en arbre, noué de toutes parts, plein de navires échoués qui reposaient sur ses branches.

Il avait bien fallu, au retour de Nancy, expliquer le sparadrap, raconter le coup de feu, le morceau d'oreille... Marie. Ensuite, Eva, discrète, avait laissé Léo-Paul à son trouble. En fait, il avait été bouleversé, non pas de pouvoir mourir, mais que Marie ait pu envisager de le tuer. C'est avec un revolver qu'elle était venue à l'hôtel lui lancer sa rage et son dégoût ! Au lieu que ce geste augmentât les distances entre eux deux, Léo-Paul se sentit plus proche d'elle encore. Au début, il en avait refermé le souvenir, avait simplifié et s'était dit qu'elle était vraiment folle; ces instants avaient peu duré et il savait qu'il n'y avait pas eu de folie dans ce comportement, seulement une entaille et un amour... Mais déjà, il fallait qu'il songe à corriger les épreuves du nouveau livre à paraître, *La Vie au-dessus du 48ᵉ parallèle*.

Au procès de David Schatzberg, qui dura une semaine, la foule nombreuse aux audiences se leva unanime à l'annonce du verdict prononcé par le président du tribunal : réclusion criminelle à perpétuité. Eva, les larmes aux yeux et le corps secoué de colère, cria : « Justice de merde ». Léo-Paul cria à son tour, puis ils s'éloignèrent loin des journalistes et des quelques personnalités venues soutenir Schatzberg de leur présence. Calme retrouvé à l'appartement. Ils burent de la tisane puis se moquèrent d'eux et se servirent de grands verres de zubrowka. « A la Pologne, à Schatzberg... » Ils n'ajoutèrent pas : « Aux juifs ». La presse des jours suivants parla de « glauques séquelles d'antisémitisme » présentes chez le témoin principal qui n'avait cessé d'appeler Schatzberg « étranger flagrant ». On commenta également les propos de l'avocat général qui parla, lui, du « judaïsme exacerbé de l'accusé » et, le dernier jour, du « diasporisme suicidaire et malsain de M. Schatzberg ». Celui-ci, de retour en prison, commença la rédaction d'un livre où il racontait ses années d'enfance puis le voyage en train à Varsovie. Léo-Paul parvint à obtenir un droit de visite mensuel et en profita pour apporter la documentation que Schatz réclamait.

« Salut, Van Gogh, dit David quand ils se virent au parloir et qu'il eut appris l'aventure nancéienne. C'est une drôle d'Amazonie dans laquelle je suis », ajouta-t-il, tandis que son sourire disparaissait.

Christian Ranucci, guillotiné à la prison des Baumettes à Marseille, écrivit Léo-Paul sur son agenda, à la date du 29 juillet 1976.

Il adressa au président de la République sa réprobation la plus totale et, cette fois, n'attendit pas de réponse. Un an après la publication de son premier livre, *La Vie au-dessus du 48ᵉ parallèle* fut chez les libraires alors qu'Eva entrait à l'agence Gamma et obtenait sa première carte professionnelle. Les manifestations où elle allait si souvent photographier des visages se faisaient plus rares, comme si un massacre ou une injustice, quelque part dans le monde, ne soulevait plus d'indignation. Dans le même temps, une des équations de la jeunesse thermale de Léo-Paul se trouva enfin résolue : le litre d'essence coûtait cette fois plus cher que le litre d'eau minérale. La logique reprenait ses droits, et les pays industrialisés prenaient peur.

Léo-Paul murmura : « Eva, j'aime ton air d'ange égaré, ton allure nonchalante, négligée, tes regards songeurs, tes colères et ce désir que tu as de t'éloigner de chaque médiocrité. Nous marchons ensemble dans les mêmes rues, regardons les mêmes images de films, respirons les mêmes moiteurs quand nous faisons l'amour et que ton corps se balance doucement comme les vagues. Nous caressons nos peaux en fermant les yeux, certains qu'il s'agit bien d'elles, de leurs douceurs reconnues et qu'elles sont provisoirement nous... C'est drôle, nous ne faisons pas de projet, nous n'avons jamais parlé d'enfant, de nous à trente ans, de nos visages dans dix ans. Je te regarde vivre et je sais que j'aime ça, que ma vie soit placée exactement à côté de la tienne jour après jour, et que nous avancions, les yeux grands ouverts pour nous surprendre et être étonnés que cela nous arrive... Deux années déjà à essayer de savoir ce que cachent ces sourires, ces gestes vagues, ces réveils brusques la nuit où tu cries parfois un prénom de femme... Nous ne parlons pas d'amour, c'est vrai, mais peut-être parce que cela nous paraîtrait décalé, démodé, illusoire... Pourtant nous vivons bien l'histoire d'un homme et d'une femme qui échangent de la vie et du rêve pour mieux faire face à ce que l'extérieur assène... Nous pleurons parfois ensemble des mêmes images de torture, et nous réjouissons pour une liberté gagnée, nous réagissons ensemble aux épidémies envoyées par le monde en soubresaut... Il y a cette réalité sensuelle qui nous relie sans cesse et il m'arrive, quand tu n'es pas là, d'imaginer ton sexe légèrement proéminent, ses lèvres sorties, et cette douceur huilée de l'intérieur. Quand c'est cette image que j'ai de toi, toute la représentation que j'ai de ton visage, de tes sourires, de ta vie mouvementée est dans cette caresse d'huile que j'imagine comme un cadeau supplémentaire que tu me ferais. »

Il se pencha vers elle, l'embrassa à la racine des cheveux, frôla ses seins à travers les draps puis, revenu dans la pièce d'à côté, tenta d'arracher les mots de son cerveau pour parler de cela, et du reste.

Un jour, ils iraient ensemble à New York, à Tokyo, à Berlin, se frotter aux autres manières de vivre, vérifier si le monde vivait, mourait, ou ressuscitait. Ils iraient montrer leur alliance à des regards étrangers, transporteraient leurs inquiétudes là où l'on imaginait une histoire d'amour autrement, avec moins de gestes, plus de détermination, de violence ou de fantaisie.

C'est Claire qui, de retour du Liban, leur donna des nouvelles terribles de ce coin du monde appelé Tall el-Zaatar, en plein Beyrouth. Elle qui était devenue juive par amour, en pleine guerre mondiale, en épousant un André Kovski, revenait cette fois sans beaucoup d'espoir pour l'avenir, pleine de compassion pour les victimes de l'heure qui, cette fois, étaient palestiniennes. « Le plus terrible c'est d'avoir à trier les blessés. Ceux qui vont mourir dans les minutes, dans l'heure, et qu'on délaisse dans un premier temps pour courir faire une hémostase aux autres, c'est-à-dire pincer une artère pour stopper une hémorragie, ou s'occuper des blessés de la face à qui il faut faire une trachéotomie pour qu'ils ne soient pas asphyxiés... Et puis il y a tout le reste, un regard, un môme, une mère qui hurle et notre tri est foutu. On se lance alors dans une lutte contre le temps, limitée à nos bras, à notre fatigue, à notre résistance... » En écoutant ces récits de Claire, Eva et Léo-Paul en arrivaient à se moquer de ce qui pouvait bien leur arriver à eux, engoncés dans leur confort. Quoi une jalousie ? Quoi une vexation ? Rien de ce qui pouvait les toucher directement, en tout cas, le fil d'équilibre sur lequel ils évoluaient, ne pouvait atteindre l'horreur de ces guerres, le corps transpercé par un obus progressiste ou une bombe impérialiste, tout cela était le même cynisme des Etats qu'ils exécraient, rejetaient, vomissaient. « La vraie vie se passe en dehors des Etats, dit Léo-Paul, elle est ici, eux seuls ne la voient pas, parce qu'ils ne croient qu'aux ensembles, à l'Histoire, sans les histoires... »

Un soir, il eut envie d'écrire à Marie, lui dire qu'elle était là, dans son corps à lui, logée dans ses veines... Encore une lettre qu'elle ne recevrait pas, pensa-t-il, et il ne l'envoya pas.

Le deuxième livre eut plus de succès que le précédent, et ils déménagèrent pour un quatre-pièces à deux cents mètres de là, boulevard Saint-Germain, un dernier étage encore, entouré d'un balcon. La tour Montparnasse, la tour Eiffel, et de la cuisine le sommet des tours de Notre-Dame. « Nous sommes cette fois vraiment à Paris », dit Léo-Paul, pendant qu'Eva plantait dans leur chambre un immense portrait de New York. Il y eut cette pièce où elle colla deux cents visages qu'elle avait pris au cours des dernières années. Alignées sur les murs et le plafond, deux cents paires d'yeux regardaient le monde devant eux. C'est là qu'ils posèrent, sur la cheminée, le néon rouge DEMAIN JE T'AIME qui avait souffert du déménagement et qu'ils avaient rafistolé avec un petit fil de fer. Dans l'entrée, ils accrochèrent les portraits de Mao, par Andy Warhol et Léo-Paul inscrivit au-dessous, à l'encre noire : *Après la mort du passeur, le fleuve continue.*

« C'est lui qui avait écrit ça ? demanda Eva.

– Non, c'est moi, mais il aurait pu l'écrire », affirma-t-il, convaincu.

Dans le salon aux deux cents portraits, la lueur rouge du néon réchauffait tout ce noir et blanc des visages et c'est là qu'ils aimèrent le soir, quand ils se retrouvaient, rester des minutes ou des heures à ne rien dire, à reprendre la même respiration pour évacuer tout ce qui aurait pu les séparer dans une journée. « C'est notre palier de décompression », dirent-ils en utilisant le vocabulaire des plongeurs sous-marins. Parfois sans aller jusqu'à leur lit ils faisaient l'amour là, sur la moquette, devant ces regards qui ne les dérangeaient pas.

EVA absente, il sentit rôder une inquiétude autour de lui et d'eux et devant la machine à écrire qu'il réutilisait quand elle n'était pas là.

Il eut l'impression d'être à un carrefour, sans savoir quelle route choisir. Seul dans l'appartement avec le bruit des voitures du boulevard Saint-Germain, il alla de la cuisine à leur chambre, resta quelques instants dans le salon des portraits, revint, lut quelques lignes, déroula la feuille de la machine et en plaça une autre. Tous les écrivains sont comme ça, se disait-il en allumant cigarette sur cigarette. Ils cherchent, hésitent, cherchent encore et se décident...

Toute cette alchimie curieuse qui faisait qu'un roman était la résonance de millions de sensibilités d'une époque, ou n'était rien qu'un amoncellement de mots entre un début et une fin. Mais entre tout cela, il y avait de la vie à réinventer, des fantasmes à introduire, des failles, des morceaux de mémoire, des brèches où s'engouffraient les désirs meurtris des générations...

Il relut tous les débuts qu'il avait écrits ces dernières années, et ne trouva rien qui vaille la peine d'être continué. Ne pas perdre pied, il savait, c'était la seule chose qu'il eût apprise : il fallait continuer, se conduire comme un chien avec son os, s'acharner, se défendre, recommencer, des jours et des jours, quitte à rester ces mêmes jours comme un imbécile devant les touches d'une machine à écrire.

La sonnerie du téléphone... Eva, depuis Rome... Il écouta sa voix, regarda l'appartement où elle vivait avec lui et ne parvint pas à imaginer le moindre recoin de l'hôtel où elle se trouvait. Tendresses. Mots échangés... « Ici, ils utilisent des P.38 dans les manifs. Je t'embrasse... Moi aussi... Dis-moi encore un mot... J'ai envie de toi... Salut... A dans deux jours. »

Epouser Eva et qu'on n'en parle plus... Faire un enfant et aller dans une maison perdue, loin de tout ça, des ambitions, de ce bruit de massacre ou de confidences, arrêter le temps, la course du temps... Retrouver l'origine des premières visions... « Décalé, Léo-Paul, dit-il tout haut, ceux du retour à la terre sont depuis longtemps dans les villes... En retard, comme toujours ! » Non, non et non... Ce n'était rien de tout cela, ni retour en arrière ni voir/savoir. Il fallait *écouter*, écouter Eva, puisqu'elle était le mystère tout proche, le désir secret, celle qui donnait envie que le temps explose, s'étire, s'arrête, se prolonge ou aille longtemps plus loin, en avant. Une histoire d'Eva où elle serait elle et toutes les autres, une femme et des femmes, celle qui prend et offre, qui tient dans son ventre une matrice prête à donner empreinte humaine à tout ce qui sortirait d'elle. Une femme avec un sexe ouvert sur l'air et les bruits souterrains du monde, qui montent de la terre vers ses jambes et entrent en elle, pleins de vacarme et de grondements sauvages. Une histoire d'Eva à écrire avec des mots pour que l'on sache cette femme éperdue de visages et qui tente de laisser cette mémoire-là : des milliers de regards qui l'auraient aperçue $1/500^e$ de seconde, le temps de lui donner une parcelle de leur détresse ou de leur passion afin qu'elle en devienne colporteuse pour les absents actuels et futurs qui pourraient s'en émouvoir.

Léo-Paul chaussa ses baskets, mit un blouson et fila vers le Faubourg-du-Temple, là où Eva avait fait un reportage la semaine précédente, dans une boîte où jouaient des groupes de rock, le Gibus. Ses cheveux n'étaient pas longs, mais il pensait qu'il aurait bien dû les faire couper encore, avant de venir... Cuir noir, crânes presque rasés, il passa tout juste dans le décor. Au bar, il demanda une vodka glacée. Plusieurs orchestres étaient prévus pour la soirée, certains avaient déjà commencé. Il pensa qu'il avait bien fait de venir ici, même si ce qu'il allait entendre risquait de lui déplaire, plutôt que de rester dans un appartement à rêvasser devant du papier. Les filles avaient les lèvres peintes, très rouges et, parfois, noires. Certaines portaient des bas foncés. Il aimait. Des jeunes types en maillots blancs, blousons sans manches, chaussures pointues, portaient des foulards rouges autour du cou. Quelques-uns, avec des tatouages, déambulaient, habitués de l'endroit. Un groupe fut annoncé et, de la scène, un torrent de watts se mit à déferler. Léo-Paul eut vite fait de siroter sa vodka et en redemanda une autre. Le jeune type à côté de lui commanda un Coca. Il y eut comme ça plusieurs orchestres qui défilèrent, dont un avec une chanteuse très provocante, Cherry Vanilla. Habillée de noir et d'un foulard léopard, elle se cambrait, avançait sa poitrine, pendant qu'elle hurlait des mots ou de simples cris, stridents parfois, dans le micro. Il y en eut un autre, appelé Stinky Toys et, enfin, le dernier de la soirée qui se mit à haranguer le public, avant de commencer, avec une sorte de manifeste... C'est le batteur qui parla... « On en a marre des vieux discours, marre des Peace et des Love, marre de tous ces vieux mots de merde... Nous, on est des mutants de troisième classe, c'est cela, des mutants sans passé et on se fout de ce qui arrivera. Depuis que je suis né, je ne sais pas ce que c'est que rêver... Je ne sais pas rêver!... Et la musique démarra sur cette phrase, pendant que l'orateur repartait vers sa batterie et que le chanteur-guitariste s'emparait du micro pour reprendre : « Je ne sais pas rêver-é-é-é-é. »

Dans les toilettes de l'établissement, Léo-Paul attendait son tour. Un garçon plus jeune que lui, dix-huit, vingt ans, lui demanda du feu. Il avait les cheveux brillants, coiffés avec un cran sur le devant et portait sur l'épaule un superbe léopard bleu, rouge et jaune, tatoué... Histoire de parler, Léo-Paul lui demanda qui lui avait fait ça.

« Bruno, un type à Pigalle, rue Germain-Pilon, c'est le roi... (Puis il dévisagea Léo-Paul :) Vous ne vous appelez pas d'un drôle de nom polonais, vous ?

– Si, dit Léo-Paul, en se demandant où ils avaient pu se rencontrer.

– Je vous ai vu à la télévision... Kovski, c'est ça ? Ma sœur a acheté votre livre, je crois qu'elle aime... Moi, je m'appelle Apache... »

Apache lui donna rendez-vous pour le samedi suivant à la patinoire des Champs-Elysées. « C'est là que je vais normalement avec mes gars. Ce soir, j'étais venu pour Cherry... je bande dans mon froc en la voyant, mais ça va quand même... je sais de toute façon que c'est impossible pour elle... »

En rentrant le soir, Léo-Paul écrivit une dizaine de courts textes, lancés comme ça, à toute vitesse, sur le papier. Des mots violents, comme s'il remplaçait la musique entendue des guitares électriques et des batteries de toute la hargne qu'il y avait eu dans le comportement des musiciens et ce noir des habits, comme pour une messe sombre, qui cachait leur pâleur... Il ne découvrait pas le rock, Frédéric lui avait tant fait écouter des disques de Presley, Cochran et d'autres. Mais si la musique lui était familière, il constatait son irruption dans les gestes, les bouches et les vêtements de gens qui avaient son âge ou étaient à peine plus jeunes. *Le Rock et le Noir*, écrivit-il en grand sur une page seule. Le lendemain, il imagina une autre dizaine de flashes rapides, autour de cette soirée, et inscrivit en sous-titre : *Le Rock et le Noir ou 365 variations en attendant la guerre.*

Eva vint avec lui à la patinoire où Apache avait fixé le rendez-vous. Là, ils furent carrément les plus vieux. La moyenne d'âge était de quinze, seize ans et Apache, qu'ils retrouvèrent tout badgé d'effigies de Presley, leur montra aussitôt ses gars, les amis avec qui il était venu. Une trentaine de filles à queue de cheval, bas résille, socquettes, lèvres peintes... Des garçons portaient des lunettes de soleil noires, des cravates aussi, des casquettes à visière glacée d'officier, des mocassins, des vestes larges comme celles des déportés. Il en présenta quelques-uns : Scalpa, Autogène, Billy, Gégé. « C'est Léo-Paul Kovski, il a écrit un livre, leur dit Apache, et je l'aime bien ! Au fait, lui confia-t-il, ma sœur m'a prêté ton bouquin, mais j'ai lu que deux-trois pages... Ça a l'air pas mal... »

Le soir, vers minuit, un garçon et une fille se tailladèrent les veines au-dessus d'une table, deux croix sur chaque poignet avec une lame de graveur, et ils se collèrent l'un à l'autre, tournèrent leurs bras en une danse lente et incertaine, autour du sang qui coulait. « Ça fait huit fois que je me taillade, dit-elle à Léo-Paul, un peu plus tard, en lui montrant son bras, et huit fois que je n'ose pas enfoncer ce putain de couteau tout au fond de ma vie. »

– T'habites où ? demanda Léo-Paul à Apache.

– La Courneuve... tu connais pas ? C'est un désert avec des mirages et de la merde qui coule partout dans les égouts, sur mes joues, partout... Des jours, on reste collés par terre et on se demande si c'est partout comme ça. »

Eva ne disait rien. Elle regardait, frustrée de ne pas avoir ses appareils, mais attentive à chacun des gestes qu'elle surprenait, troublée, inquiète aussi...

« C'est Berlin qui arrive jusqu'ici, dit-elle à Léo-

Paul, juste avant de partir... C'est ça, Berlin, la même mort qui rôde, je ne pensais pas que ça se répandrait si vite... »

A son retour d'Italie, le terrorisme des Brigades rouges l'avait choquée. « Ce n'est plus de la révolte, dit-elle encore, c'est de la guerre permanente, avec du sang, des armes à feu et un désir de suicide... » Ils dirent salut à Apache qui avait enfilé une paire de gants noirs, au-dessus desquels il avait glissé une chevalière en argent. « Tout commence ce soir », leur dit-il. Il demanda à Léo-Paul d'aller le voir un jour à La Courneuve. « Tu verras, chez moi, c'est mieux qu'un livre, mieux qu'un film. C'est de la vie toute poisseuse, t'auras qu'à regarder et t'écriras pour toujours avec des rats dans ton stylo... »

« C'était cela, Berlin, quand j'ai essayé de t'expliquer, dit Eva quand ils furent allongés sur leur lit, la lumière des étoiles devant eux... La capitale du nouveau monde. J'aurais dû y penser... plutôt la capitale de nulle part... »

Léo-Paul reçut sa convocation pour les trois jours. Il avait réussi à faire traîner son sursis jusqu'à la limite des vingt-cinq ans. Au fort de Vincennes, deux médecins militaires lui trouvèrent du diabète et il n'eut pas à inventer qu'il était homosexuel ou pissait parfois au lit, il fut réformé sur-le-champ. Ils fêtèrent la nouvelle dans un restaurant bruyant de la rue de Buci. Stein les y avait rejoints ainsi que Gérard Liss, l'avocat de Schatz. Le livre de David était prêt, la révision de son procès aussi. La sortie de *Souvenirs orphelins* était prévue en septembre et l'avocat espérait bien qu'il aurait une influence sur l'issue du second procès. Eva s'étonna de n'avoir rien lu.

« Il n'avait qu'un manuscrit, et il me l'a remis pour que je me charge de l'édition. Je vous donnerai des épreuves à lire...

– C'est vrai que je vais le voir moins souvent, confessa Eva, mais je lui ai écrit de partout où je me trouvais, de Marseille, de Rome, de Genève... même de Paris, parfois. »

Stein qui semblait mélancolique, préoccupée ce soir, raconta qu'elle lui envoyait régulièrement des colis de ravitaillement. « Je lui expédierais bien de la vodka ou du rhum, mais comme c'est interdit, j'en parfume les gâteaux ! » S'adressant à Liss : « Vous ne pouvez pas, vous, lui apporter une fiasque d'un petit remontant ? Ça lui ferait du bien. »

Quand ils furent séparés, Léo-Paul et Eva marchèrent sur le boulevard et regardèrent les affiches de la nouvelle salle multiple de l'Odéon.

« J'ai oublié de te dire, j'ai une amie allemande, Hanna, qui arrivera ces jours-ci... elle couchera à la maison, ça ne te dérange pas ?

— Non, pas du tout, dit Léo-Paul, en essayant de dissimuler sa contrariété.

— Ce que tu es égoïste, tout de même ! C'est la première fois que je te le demande et je vois bien que ça t'embête.

— Mais non pas du tout, je viens de te le dire...

— Je te connais, Léo-Paul, tu dis « pas du tout » et tu penses que je t'emmerde avec cette histoire... »

Ils parlèrent de banalités jusqu'à l'appartement. Là, Léo-Paul fit un effort pour écrire quelques textes-poèmes du *Rock et le Noir.*

Lorsqu'elle retira, avec un coton imbibé de lait, le léger maquillage qu'elle portait sur la peau, Hanna, arrivée depuis deux jours, vint s'asseoir, vêtue d'une simple chemise, sur le bord du lit où Eva avait étalé des photos. Elles regardèrent ensemble, commentèrent. Hanna parla de toiles et de peintres qu'elle avait vus dans sa journée. Elle repartirait le lendemain pour Berlin retrouver la galerie Strauss qui l'employait. Elles fumèrent et déposèrent leurs cendres dans un cendrier posé sur le lit, au milieu des photos. Léo-Paul avait trouvé beau le visage d'Hanna. Beau, parce que n'affichant que l'essentiel d'un sentiment ou d'une idée. Elle souriait facilement, puis reprenait aussitôt son attitude d'écoute, de dialogue, en étant exactement là, près de ceux avec qui elle parlait. Rien ne laissait transparaître qu'elle pouvait être ailleurs, rêver d'un autre endroit. Elle est là, c'est simple et rare, se dit-il, quand il vint les rejoindre.

La main d'Eva était posée sur celle d'Hanna. Elle

venait de traduire en allemand une nuance de français qu'Hanna avait eu du mal à comprendre, et elles riaient de cette difficulté. Léo-Paul écarta les photographies, puis s'allongea au milieu du lit, entre elles, à plat ventre. Il posa la tête sur ces deux mains réunies qui, après un moment, se mirent à lui caresser les cheveux et le visage. Les yeux fermés, il s'apprêta à vivre cette brèche du temps qui était en train de s'ouvrir, mystérieuse, noire et constellée d'étoiles, brèche de ciel où ils allaient dériver. Léo-Paul se retourna et leurs trois bouches, sans autre préliminaire, se réunirent. Leur voyage commença. Quand ils se réveillèrent le lendemain, ils surent qu'une parenthèse venait de se refermer, qu'elle avait été remplie d'étrangeté et de vie, leurs vies à eux. Qu'ils n'oublieraient pas et porteraient en secret ce cadeau d'un soir, qu'ils s'étaient eux-mêmes surpris à s'offrir.

Eva et Léo-Paul se trouvaient dans une chambre d'hôtel au bord du lac d'Annecy quand il y eut cet instant de juillet où un président égyptien sortit de la carlingue de son Boeing. Il ressemblait à un être venu d'une autre planète, d'une autre civilisation, dont des millions de Terriens auraient surveillé l'arrivée sur leurs écrans personnels de télévision. Léo-Paul, lui, sortit la photo de Tatiana Kovski comme elle le lui avait demandé. Il la regarda, posée sur ses genoux, pendant que Sadate, en costume bleu, posait le pied sur la terre d'Israël. Eva serra les mains de Léo-Paul, serra encore, et ne put s'empêcher avec lui de frissonner quand le premier ministre israélien tendit les bras pour recevoir et offrir l'accolade à l'homme arrivé du ciel.

DEUX années passèrent. *Le Rock et le Noir,* une fois terminé, fut refusé par l'éditeur. Il y eut échanges de lettres. « Nous avions signé un contrat qui stipulait que vous vous engagiez à publier quatre livres dont je serais l'auteur. Veuillez, s'il vous plaît, reconsidérer votre décision que je trouve totalement injustifiée, ce livre étant une image exacte du monde d'aujourd'hui, sombre et peureux, où la violence des gestes a remplacé la violence des rêves, signe d'un mode nouveau de relation entre les personnes. Veuillez... »

Quelques jours plus tard...

Cher Léo-Paul,
Désolés, nous avons signé un contrat qui précise bien la publication de « récits » ou de « romans ». Or, *Le Rock et le Noir* n'est ni l'un ni l'autre et ressemble à une suite impressionniste des sensations d'une époque, sans forme définie. D'autre part, il ne s'est trouvé personne au comité de lecture pour défendre ton livre que je trouve parfois poétiquement assez beau, et nous ne pouvons envisager sa parution, eu égard au début de succès des deux précédents. Nous pensons tous que c'est

maintenant un roman, un vrai roman qu'il te faut écrire. Nous y croyons. Bon courage...

Eva, parfois, s'enfuyait sans donner d'explications. Elle revenait, douce et aimable, et aurait souhaité que leur histoire reprît sans à-coups, comme si rien ne s'était passé. Léo-Paul essayait de maîtriser son imagination jalouse, et utilisait toutes sortes de stratagèmes divertisseurs de pensées pour ne pas garder en tête l'image des jambes d'Eva s'entrouvrant pour un autre que lui... Engagé comme coscénariste par J.-P. Moreau, le producteur, pour un film danois qui devait se tourner en France, il fut très bien payé pendant cinq semaines. Mais, pour des raisons qu'on ne lui précisa pas, le projet fut annulé.

Pendant qu'Eva prenait de l'importance à l'agence, et qu'on l'envoyait plus régulièrement dans divers pays, en Allemagne surtout, réaliser des portraits de personnalités publiques, ou des reportages sur des phénomènes de société, Léo-Paul sans se lasser écrivait. Tout. Les sons, les couleurs du fleuve, les mises en plis des filles, leurs démarches, les présentateurs de journaux télévisés, sa difficulté d'écrire, de retrouver l'endroit où l'œil du monde un jour s'était ouvert pour lui, pour qu'il regarde chaque recoin d'ombre et puisse trouver une parcelle de vie qui lui ressemblerait, perdue pourtant à des milliers de kilomètres de ces rues qui l'entouraient et qu'il ne voyait plus.

Où avait-il lu que si l'on n'était rien à vingt-neuf ans – pourquoi vingt-neuf? – on ne serait jamais rien. C'était imbécile évidemment, mais il ne pouvait s'empêcher de penser à cela. Il lui restait quatre petites années et il savait qu'il ne fallait pas perdre de temps, et rassembler toutes les énergies disponibles, scruter chaque détail capable de tout faire basculer, profiter de ses débuts de succès, pour les agrandir encore et que cette fois sa place fût reconnue, cernée d'une lumière de projecteur qui indiquerait au monde que c'était lui, Léo-paul Kovski, l'illuminé ciseleur qui savait inoculer aux gens la frayeur de vivre et la rage à tuer la mort, qui savait glisser sous leurs peaux des banquises éblouissantes, vierges d'un seul souvenir médiocre. Il voulait être l'insuffleur de vitalité qui redonnait des rêves à rêver aux planètes.

Quel était ce mal arrivé dans l'air, que les gens respiraient ? Etait-ce parce que le temps et le mouvement s'accéléraient à un point tel qu'en l'espace d'une vie on pouvait vérifier plusieurs fois la relativité de ses convictions d'un moment ? Finies les fidélités à une cause de jeunesse, terminés les engagements à vie, il fallait sans cesse repartir de zéro, comme si rien n'avait été appris ou acquis. Repartir avec un peu plus de meurtrissures et d'indifférence affichée. Etre là et absent, regarder, mais ne pas interpréter, jouir sans extase, apathique... Le seul remède pour ne pas s'enfermer à l'intérieur de causes déjà vues : assister indifférent à leur dénouement, sachant que surgiraient aussitôt les effets inverses de ceux que l'on avait espérés...

« Aimons-nous, Eva, aimons-nous, désespérément, intensément, écrivons-nous, hurlons-nous ces mots-là ! Que tout commence avec le corps de l'autre, réduisons le monde à cette géographie, à cette peau remplie de passé et de destinée, qui sait frissonner et recevoir des caresses... C'est nous, notre vie, le reste n'est qu'un décor, tout ce qui s'agite et qui n'est pas nous, ignorons-le, regardons-le comme un film raté, n'essayons pas d'être les héros de cette superproduction, seulement les héros de Léo-Paul et d'Eva, indifférents à la machinerie qui assassine ! »

Et ils restèrent toute une partie de l'année ensemble, c'est-à-dire le jour et la nuit, repliés et orphelins du monde, beaux, aimants, pleins de gestes et de prévenances qu'ils n'avaient jamais eus pour d'autres personnes ou pour eux-mêmes. C'était bien cette histoire d'Eva et Léo-Paul qu'ils élurent au centre de tout, des plaisirs et des réflexions. C'est à elle qu'il écrivit, pour elle ces télégrammes qu'il traça sur la buée des autobus, pour elle encore ses cheveux qu'il coupa, sa bouche qu'il fit remonter du milieu de ses cuisses à son front, pour lui souffler des messages de soumission et de provocation... Eva, « l'ange égaré » du début, attentive, photographia leurs vies, leurs mouvements et leurs gestes, et ne tourna plus son objectif vers les marées et fièvres des actualités. Eva fut toutes les femmes puisque le désir n'était que pour elle et elle inventa toutes sortes de grottes et cavités où pouvaient s'engouffrer le rêve, les doigts, l'idée, le sexe, la langue, les mots, la nuit, la vie de Léo-Paul... Il savait qu'elle était le ciel vers où les fusées s'enfuyaient, loin des aires d'où elles avaient été lancées et où s'enfonçaient les racines des arbres et les arches des ponts...

« ... Et je voulais te dire que mon histoire est ton histoire, celle que nos parents émigrés ont portée vers ce pays cerné de falaises et de plages, une histoire de convulsions parsemées d'espaces paisibles. Il a fallu chaque fois avancer, mains tendues sans rien connaître de ces détours obscurs, méandres d'Amazone où se terraient la passivité et le conformisme. »

Ils burent des Nescafés, firent des tartines, éteignirent des ampoules, tirèrent des draps, appuyèrent sur des boutons d'ascenseurs, firent la vaisselle, achetèrent du Paic citron, ouvrirent des réfrigérateurs, chassèrent une abeille, entrouvrirent des fenêtres, classèrent, achetèrent des billets de cinéma, firent glisser des cartes magnétiques aux entrées des métros, fumèrent des cigarillos, se regardèrent, se déshabillèrent, s'endormirent sur le côté, oublièrent... Gestes simples des histoires d'amour, il n'y aurait pas de fin, seulement des milliers d'instants à imbriquer les uns après les autres, pour les imaginer chaque fois, puis les oublier...

Questions sans réponses, réponses à des non-questions, il disait : « Est-ce que tu pleures quand tu m'imagines mort, est-ce que tu nous vois dans cinquante ans, est-ce que des paysages de neige t'apparaissent quand tu jouis, est-ce que tu rêves avec des couleurs et des odeurs, est-ce que tu te souviens de y a bon Banania ? »

Elle disait : « L'ongle de mon index droit est usé, j'ai essayé de ne lire un jour que le blanc d'un livre, j'ai effleuré la main de Robert de Niro, j'ai eu mal au cœur au premier étage de la tour Eiffel, je rêve parfois que tu es vulgaire, j'essaie souvent de regarder le soleil, j'ai jeté mon agenda dans le Neckar, je te regarde souvent dormir... »

Dans la rue, on les observait, les jugeait. Ils disaient parfois *nous*, et se voyaient traverser l'espace, carapacés des énergies qu'ils s'étaient offertes.

L'argent ne manqua pas tout de suite. Les droits d'auteur étaient lents à venir, mais venaient. Eva, pendant tout ce temps, avait peu voyagé, mais les photos qu'elle fit à l'intérieur de leur quartier, investigations des habitants d'un immeuble, personnages des rues alentour, furent exposées à la F.N.A.C. sous le titre : *Un photographe, un quartier de Paris. Printemps 1979.*

Eva dit : « Il faut repartir autrement. Nous ne sommes pas faits pour nous suffire, nous avons besoin des autres... »

Puis elle s'en alla quelques jours à Berlin rejoindre Hanna.

Léo-Paul dîna un soir chez Langhome. Claire était sur le bateau *Ile-de-Lumière* avec le docteur Criolini, quelque part au large d'une île de Malaisie. C'étaient deux esseulés qui mangeaient dans une tour du quartier Italie, une ville autour d'eux, dont ils ne savaient qu'une ou deux choses. Langhome vieillissait. Il ne se déplaçait qu'appuyé sur les angles des meubles, ou l'épaule d'un visiteur. Il dit :

« Elles sont absentes parce qu'elles n'ont pas les mêmes pensées que nous. Est-ce que tu sais, Léo-Paul, qu'elles sont différentes ? Elles vivent chaque mois avec du sang qui sort de leur corps, comme pour leur rappeler que la vie est en elles, coule en elles et s'échappe d'elles... On les croit intériorisées parce que leur sexe est caché, mais c'est nous qui passons nos vies à l'intérieur de nous pour tenter d'en sortir une seule image ou une seule idée qui ressemblerait à un être humain. Elles, elles savent à quel point tout cela est vain, et qu'en une seule nuit, avec le premier con venu, elles sont capables de faire mieux que tous les romans du monde, mieux que tous les films... C'est cela qu'elles savent et dont elles ne parlent pas, parce que chaque pouvoir absolu n'a pas à s'exprimer, il est... »

Il but un verre de la bouteille de pouilly que Léo-Paul avait apportée, puis continua :

« ... Alors que nous, quand notre corps saigne, on croit aussitôt que c'est la mort qui vient de nous tomber dessus ! »

Lorsque Eva fut de retour, Léo-Paul l'interrogea. Elle se tut. A la révision de son procès, Schatzberg fut acquitté, et habita chez eux pendant quelques semaines, avant de partir vivre en banlieue ouest, avec une Antillaise qui n'avait cessé de correspondre avec lui pendant sa détention. Claire ne revint pas avec l'équipe de médecins du bateau *Ile-de-lumière*, et Criolini dut rendre une visite à Langhome pour lui annoncer qu'elle était restée dans l'hôpital en bois de Poulo Bidong avec le docteur Pélamourgues. Il devait lui remettre cette lettre :

Charles, quand j'étais adolescente, j'écrivais sur mon journal que je voulais être une grande chercheuse scientifique, ou une héroïne de Stendhal. Je croyais que la vie, c'était la compassion des hommes ou la passion pour un seul. Comme tu le sais, j'ai rencontré Kovski, puis il y a eu Léo-Paul et ma vie d'infirmière. Mais chaque jour, je voulais plus de fraternité, que les cœurs se mettent à battre quand les personnes que je soignais et moi, nous nous rencontrions. Alors que, là où nous vivons, le vrai malheur est si loin, qu'une infirmière n'est jamais qu'une fonctionnaire des soins, remplacée quand elle est absente, oubliée quand elle a démissionné. Ici, j'ai découvert ce que c'était qu'être unique, et faire don de mon temps, de ma vie de femme, pour les autres... Même si le travail des équipes de médecins avec qui j'ai été au Liban, au Viêt-nam et ailleurs, est formidable, j'avais toujours eu l'impression d'ouvrir une parenthèse pour la refermer quand je reprenais ma vie normale à côté de toi, comme si le fait de revenir à Paris pouvait cicatriser toutes les plaies que j'avais vues et que le malheur se soit arrêté. Je crois que le premier des droits de l'homme, c'est le devoir d'aider les autres à vivre, et c'est cela ma vie maintenant, ce devoir-là, pour tous les jours et pour toutes les nuits... Et il n'y a que de cette manière que je saurai que j'ai été belle, et que je n'ai pas vécu avec frivolité. Je pense et je penserai à toi. Claire.

Langhome attendit que le docteur Criolini fût dans l'ascenseur pour revenir, en s'appuyant aux murs, vers son fauteuil et pleurer. Il s'essuya les yeux du revers de sa robe de chambre, et essaya de regarder Paris... Mais c'est une diapositive qui avait remplacé la ville, et il sut qu'il n'arriverait plus à voir autre chose qu'un bout de cellulose avec de la lumière imprimée dessus... Il ne pourrait plus faire cet effort démesuré qui consistait à inventer des émotions et des histoires là où les autres ne voyaient que murs, silhouettes et fatras de vie incompréhensible... De sa poche, il sortit une petite bouteille qu'il porta vers son visage... Il respira Shalimar de Guerlain et sa main se mit à trembler.

Pour tenter le retour dans le monde, Eva et Léo-Paul élurent un pays où montrer leurs visages, un pays du nouveau et de l'éphémère, l'Amérique. Ils n'en attendaient rien, sinon d'y trouver un espace où démesurer leurs rêves à nouveau pour que leur histoire soit comme une autoroute qui traverserait des territoires nouveaux où ils pourraient choisir ceux qui leur ressembleraient. Ils n'étaient certains de rien et une boule les tiraillait à l'intérieur de leurs corps quand ils franchirent la douane. L'avion décolla et ils ne se dirent rien, se prirent seulement la main, ne sachant pas encore s'ils fuyaient vers leur fin ou s'en allaient vers eux, vers un début différent, chargé de tiraillements nouveaux.

Au-dessus de l'océan, Léo-Paul n'imagina rien et ne vit, loin sous ses pieds, qu'une étendue qui aurait pu être un désert bleu.

C'est au Monterey Hôtel qu'ils logèrent, dans le sud de Manhattan, à côté d'un studio d'enregistrement appelé Electric Lady. La canicule les écrasa et ils marchèrent, plein de moiteur accrochée à leurs peaux, évitant les bouches d'air conditionné qui rejetaient des magasins leurs vagues brûlantes. Léo-Paul téléphona à Ann Kramer qui les invita à passer un après-midi chez elle, dans SoHo. Eva photographia Léo-Paul, un découpage de gratte-ciel derrière sa tête, pendant qu'il achetait un cornet de bretzels à un marchand de rue.

Ann avait du retard et avait épinglé un mot sur sa porte pour les prévenir qu'elle n'était pas fermée à clef et qu'ils pouvaient entrer. Une grande baignoire se trouvait dans la pièce principale, juste à côté d'un téléviseur resté allumé. Dans la cuisine, de la vaisselle sale s'entassait et ils trouvèrent une grosse bouteille de jus d'orange dans le réfrigérateur. Ils regardèrent le match de base-ball retransmis à la télé. Pelouse verte, couleurs des maillots, cris des supporters, c'était une image américaine que Léo-Paul avait déjà vue dans des films. Quand on frappa à la porte, ils crurent à l'arrivée d'Ann, mais ce fut un jeune type en sueur, T-shirt collé à la peau, qui entra. Il leur sourit, dit s'appeler Peter et, après avoir désigné le soleil, fit couler de l'eau froide dans la baignoire. Il but à la bouteille un jus glacé et il avait gardé son jean, ses baskets et son T-shirt quand il s'allongea dans la baignoire à moitié pleine, sa bouteille à la main. Il semblait heureux et ferma les yeux. Quand, d'apparence, il fut rafraîchi, il sortit de l'eau, vida la baignoire et, sans se soucier des flaques qu'il laissait derrière lui, leur adressa un grand sourire et disparut.

Ann Kramer fut ravie de l'histoire de Peter et raconta qu'il passait de temps en temps, prendre un livre, regarder une émission ou se baigner. « Il fait des gardes d'enfants dans le quartier, il en a parfois une dizaine autour de lui... » Elle avait maintenant trente-cinq ans et avait gardé le même accent, elle était jolie. C'est quand il l'aperçut qu'aussitôt Léo-Paul se souvint du parfum qu'il avait aimé respirer dans son cou quand il lui disait au revoir à la pointe Saint-Mathieu. Ce n'était plus le même, mais il aima retrouver la douceur de ses joues. Elle demanda des nouvelles de Langhome et leur proposa de parcourir la nuit même, les rues de Chinatown, Little Italy et

SoHo, ce quartier inquiétant aux anciennes manufactures désaffectées, qu'elle habitait.

D'autres jours, ils prirent le métro et photographièrent les graffitis somptueux peints la nuit dans les dépôts ou entre deux stations en plein trafic, par ceux qui, au mépris des amendes, voulaient montrer qu'ils avaient vécu là quelques secondes. Ils visitèrent le musée indien en plein Harlem et comptèrent le nombre de crans de canif qu'avait taillés Géronimo sur le manche de sa carabine. Ils s'amusèrent dans les ascenseurs et changèrent de l'argent à la Wells & Fargo Bank.

Ils furent très déçus de ne pouvoir regarder les diplodocus comme le laissait espérer le programme de visite du musée d'Histoire naturelle. Au dernier étage, ils avaient cru comprendre que les dinosaures, les mammouths et les ptérodactyles seraient reconstitués grandeur nature, avec la peau, les yeux, comme l'étaient, aux étages inférieurs, la grande baleine bleue, les tigres de mer et les bisons d'Amérique. Mais ils ne virent que des squelettes et encore, pas entiers, des parties osseuses et des crânes reconstitués en atelier avec mâchoires originales et boîtes crâniennes en plastique. Ils furent contrariés, comme des voyageurs de province à qui l'on a promis les Folies-Bergère et que l'on emmène à Pigalle voir un strip-tease de travestis.

Comme il faisait très chaud, ils allèrent regarder *Richard III* qu'une troupe anglaise donnait en plein air, dans Central Park. Ce soir-là, Eva dit à Léo-Paul que, quelque part, il devait bien y avoir un squelette entier de diplodocus, un seul peut-être, et qu'il fallait encore chercher pour le trouver, mais qu'il existait sûrement sur la planète. Léo-Paul buvait un café dans un gobelet et songea à leur histoire, à Eva et à lui, à ce qu'il en resterait : des mots, des os, quelques images sans doute et des sons sur des supports magnétiques, mais il savait bien que ces supports-là étaient bien plus fragiles encore que les tibias et les péronés et il se demanda s'il était vraiment nécessaire, en plus, de se faire incinérer. Il envisagea, dès leur retour à Paris, de s'informer si, dans le monde, il y avait un lieu qui gardait l'Histoire d'aujourd'hui, une sorte d'arche gigantesque qui consignait les faits et les conversations, les traces des rêves et des cauchemars.

Avant leur départ, elle photographia d'innombrables visages portoricains, haïtiens, des visages blancs d'Américains, d'Américaines métissées et de prostituées de Broadway qui voulurent la tabasser et lui arracher sa pellicule.

Durant ce séjour où ils ne quittèrent pas New York, ils s'oublièrent un peu et donnèrent toute leur attention à ce qui n'était pas eux, pour seulement se retrouver le soir, enveloppés des sirènes qui filaient tout autour.

De retour à Paris, l'intermède américain fut un prétexte à se souvenir et à raconter leur dernière nuit au Monterey Hôtel où Eva avait voulu faire l'amour attachée aux montants de fer de leur lit. Léo-Paul l'avait serrée si fort que des traces lui étaient restées aux poignets et aux chevilles. Mais le clou final avait été l'irruption des patrons dans leur chambre, quand le lit s'était disloqué avec fracas au milieu de la nuit...

MARIE venait de terminer. Elle n'inscrivit pas *fin*, parce qu'elle n'aimait pas ce mot-là. Depuis la nuit où elle avait retrouvé Léo-Paul, chaque jour, elle avait écrit et n'était plus allée regarder passer les trains qui venaient de Paris. Parce que c'était là que l'idée lui en était venue, chaque matin elle alla marcher dans *le désert*. Ecrire, prendre les mots qui arrivaient des dunes, du silence et du vent qu'elle entendait. Raconter cette longue histoire d'une femme seule, sans révolte, qui avait un jour tiré sur l'homme qu'elle avait attendu. Quand la balle fut partie, elle n'avait pas pensé vengeance, colère, ni jalousie... Elle avait appuyé sur la détente parce que c'était sa manière de dire : « Voilà, j'ai longtemps été soudée à toi, aujourd'hui ma vie change. Ce n'est pas de la haine, ni un amour excessif, ce n'est rien d'explicable... Une désertion... Je ne veux pas le tuer, je ne veux pas le garder pour moi. Je veux être seule, c'est tout. »

C'était son histoire qu'elle racontait dans ce livre, l'histoire d'un silence d'abord, puis celle d'une indifférence. Elle regardait, parlait à des gens, avait fait l'amour des nuits et des nuits avec l'ailier de football, puis il était parti et il n'y avait pas eu d'émotion, comme si le monde était gelé. Le livre commençait ainsi :

Dans le désert, les pleurs et les élans sont inutiles puisque chaque distance est immense. Comme ils ne servent à rien, ils ne se font pas. La vie avance lentement comme une absence de tout, sans rechercher rien, le cœur n'est plus le centre du corps et il y a comme une fascination pour l'air, le soleil et tout ce qui frappe directement la peau. Le monde est peut-être là, de l'autre côté d'une oasis, mais peut-être qu'il n'y est pas, et cela ne change rien. Il est un mirage de plus, une farce de la lumière qu'il suffit de contourner pour que l'illusion ait disparu.

Maria habitait au bord du canal et son histoire recommença le jour où elle arriva dans cet endroit. Elle avait peu de souvenirs de sa vie passée, seulement la trace dans son corps d'un amour fulgurant, disparu aussitôt commencé. Elle passait souvent la main sur son sexe, à l'endroit où le visage de cet amour est resté, y enfonçant ses doigts, pour ensuite les lécher et goûter leur saveur de pleurs oubliés. Elle parlait peu, sinon à son frère qui passait parfois la voir, lui laissait de l'argent et repartait vers les voyages de son travail. Elle fut engagée comme serveuse au café où elle venait souvent jouer au flipper et profita des moments où elle se trouvait seule, sans client, pour perfectionner ses scores. Elle aimait ce jeu inutile où le seul gain consistait à avoir le droit de jouer à nouveau. Et parce qu'il était un jeu sans enjeu, elle y excella, et ce fut durant cette période le seul investissement de sa vie. Elle disait :

« Je ne veux pas savoir comment ils s'arrangent avec leur mort, moi j'ai l'impression d'être avec elle à chaque seconde comme un sexe qui s'ouvre ou se refuse, n'écoutant que son seul désir obscur.

C'est cela qu'elle appela *Les Réponses du désert*.

Eva rentra soucieuse, fatiguée. Pendant les quelques mois qui avaient suivi le retour de New York, elle avait à nouveau voyagé en France, en Allemagne, mais avait repris ses reportages avec un entrain différent. Elle semblait vivre avec une idée cachée en elle, qui ne serait ni un secret, ni une image enfouie, refoulée... Comme si cette idée, peu à peu, était sortie de son cerveau, pour occuper son corps et imprégner ses gestes et ses regards :

« Il ne se passe rien de nouveau... On est ensemble et il n'y a rien devant nous, comme si on longeait tous les jours un précipice et qu'on attende d'y tomber. Tu n'écris pas, Léo-Paul, je le sais, je te vois... Tu fumes sans arrêt devant tes feuilles de papier, et c'est un début, et encore un début que tu écris... On s'éloigne, on se perd et je n'arrive plus à savoir par où tout a commencé.

— Tu proposes quoi ? répondit-il un peu sec. (Il alluma une cigarette.)

— Rien, rien, rien, dit-elle. Je te dis, c'est tout... C'est cela que je ressens profondément, comme un vide devant... Partout... A l'intérieur aussi. »

Ils mangèrent dans la cuisine, puis se recroquevillèrent dans leur lit, enfouis sous la couette enroulée autour d'eux, pour que le froid ne les pénètre pas.

Le lendemain, il reçut une lettre cernée de bleu et de rouge, portant le tampon Kuala Lumpur. Claire écrivait, Claire sa petite sainte, comme il aimait l'appeler désormais.

Eva et Léo-Paul se marièrent un 21 mars, parce que celui-là était le premier jour de printemps de la décennie 1980. Langhome se déplaça, accompagné d'une jeune fille qu'il avait engagée comme gouvernante-infirmière. Stein fut en retard, David Schatzberg et son amie antillaise arrivèrent dans une vieille DS peinte en blanc avec des étoiles bleues. Ils reçurent un télégramme de Berlin, signé Hanna, un autre de Londres, où Frédéric enregistrait un disque. De Nancy arriva un curieux bouquet d'iris et de violettes, un mot de Simon qui rappelait les équivalences, et Eva apprit qu'elle était Violette, *une fleur qui fait battre le cœur.*

La décision du mariage avait été prise à toute vitesse au début du mois et Léo-Paul s'était moqué d'Eva. Puis, l'effet de surprise passé, les formalités suivirent. Au dernier moment, il hésita cependant, Eva Schatzberg allait s'appeler Eva Kovski. La troisième femme qu'il connaîtrait à porter ce nom ne serait donc pas Marie, Marie Kovski, comme il l'avait prononcé des centaines de fois, la bouche contre l'oreiller, dans sa chambre de Monterville. Eva Kovski, c'est beau, pensa-t-il, on dirait un nom d'espionne.

Petite cérémonie, tout se passa vite. Ils voulurent dîner ensuite dans un restaurant près de Notre-Dame, mais comme ils n'avaient pas réservé, ils ne purent entrer. Ils allèrent aux Halles, mangèrent dans une brasserie et allèrent danser dans une cave de la rue des Lombards. C'est au milieu de la musique qu'Eva annonça qu'elle voulait un enfant.

« Quoi ? s'exclama Léo-Paul.

– Un enfant... Un enfant », hurla-t-elle, pour que sa voix passe au-dessus de celle de David Bowie qui chantait *Heroes.*

Il n'eut rien à dire et ne répondit rien. Le visage d'Eva était parfois impressionné d'ombres rouge et bleu qui tournaient et il se demanda ce qui avait changé dans cette tête, derrière ce visage qu'il aimait embrasser.

Tard dans la nuit, quand ils furent rentrés, Léo-Paul était assis sur le rebord de la baignoire où Eva prenait son bain. Elle sortit la tête de l'eau et dit : « Je vais avoir trente ans cette année et je veux un enfant parce qu'il est déjà là dans tous mes instants et, si tu es d'accord, j'arrête la pilule dès le mois prochain. » Il fut d'accord.

Comment cela va-t-il se terminer ? pensa Léo-Paul pendant qu'Eva dormait près de lui. Il regarda les objets de la chambre, les livres sur les rayonnages, les masques de plâtre, leurs photos, les bilboquets et semblait les voir, posés dans leur désordre habituel, pour la première vraie fois, tout avait été si vite...

Ils rencontrèrent J.-P. Moreau à une exposition Tamara de Lempicka. Le producteur s'était entiché de Léo-Paul depuis la parution des *Repères pour Marie* et n'avait cessé d'essayer de le convaincre d'écrire un scénario. Le film danois auquel Léo-Paul avait collaboré avait été interrompu, et Moreau, après cet échec, s'était fait oublier. Il vint vers eux aussitôt qu'il les aperçut, baisa la main d'Eva, qui apprécia, et réitéra sa demande... « Tu peux écrire ce que tu veux, Léo-Paul, si ça me plaît, je cours la terre entière chercher les milliards pour faire exister le rêve que tu auras fait pour moi. » Moreau se parfumait, et quand il s'éloigna, sa présence resta quelques secondes encore auprès d'eux. Ils regardèrent longuement un homme et une femme peints en gris, enlacés, une ville fantomatique en béton, derrière eux. Puis le portrait de la Criolini, belle, jeune, superbe. « J'ai plein de gris acier, de rouge et de bleu dans la tête », dit Eva quand ils sortirent de la galerie.

Un film. Léo-Paul avait du mal à passer des mots aux images. Les premières qui arrivèrent furent celles de sa vie, de son enfance. Scènes brèves où Alain, Frédéric et lui marchaient la nuit le long de la ligne de chemin de fer et essayaient de reconnaître les étoiles du ciel, Andromède, Cassiopée, Bételgeuse, Orion, Pégase, et Alain qui rêvait d'aller dans l'hémisphère austral pour contempler, une seule fois, la Croix du Sud... « Ce qu'il y avait avant et après les événements... » Il entendit bien le son de la voix de son père, ce jour-là, après qu'il eut vu sa photo dans les journaux, vaincu, entre deux gendarmes... Avant et après... Ce serait cela qu'il faudrait raconter, le vol de la locomotive, la nuit, le dépôt, les cheminots qui étaient montés par petits groupes aux gares et aux barrières... Les chansons que les ouvriers avaient chantées, et le train qui filait dans la campagne... C'était l'automne, il avait neuf ans. Il voulut rattraper le temps... Il alla au cinéma, avec cette fois un regard de technicien. Découpes de scénarios, visages d'acteurs, rythmes des séquences, obscur, clair, mouvement, sentiments, lenteurs, rapidités. Il tenta de mettre des visages de comédiens sur ceux de son père, sa mère, le Sauvage, Simon... Mais il n'y arrivait pas, ils étaient trop réels dans ses souvenirs, trop remplis de leurs sons, de leurs particularités, de leurs détails... Et chaque acteur était une partie et pas le reste, Moreau l'aiderait à choisir... Pour Marie, il fallait absolument une inconnue, chercher dans les rues, sur les trottoirs du métro aux heures de grande affluence, chercher dans les magazines, aux sorties de lycées, l'idéal de ce visage simple et beau, plein de douceur tranquille avec un mystère dissimulé et que l'on ne sache jamais si elle allait éclater en sanglots, se mettre à hurler ou montrer ses dents dans un superbe sourire.

Souvent, il se découragea, puis un jour, trouva un titre, *Une vie comme ça*, et il se remit à regarder défiler tout ce qui l'avait impressionné, séduit, révulsé... « Un film sur le silence et le langage, nota-t-il, comme s'il rédigeait un mémo pour le producteur, où l'on découvre comment l'appropriation des mots devient la mesure exacte du poids de chacun dans le monde... » « C'est un superbe titre ! dit Moreau au téléphone, remplissez-le maintenant de violence, d'amour, de haine, et surtout, d'émotion, l'émotion à chaque image doit faire oublier au spectateur qu'il ne revivra jamais sa vie. Si vous le déconnectez pendant quatre-vingt-dix minutes de cette tragédie, c'est gagné ! »

Il se revit dans le jardin, pendant la retraite sur la colline de Sion, quand il s'était senti rempli du monde, et que Dieu n'avait pas permis que cela se reproduise... Il s'arrêta. Comment rendre cela au cinéma, un jeune garçon au milieu d'un jardin au petit matin, qui soudain voit arriver dans sa tête, les rues de Varsovie, les montagnes de l'Alaska, des chevaux couverts de sueur, une cave où des réfugiés se taisent... Cette fois, il abandonna, oublia tout, et se dit que sa vie n'avait rien eu d'extraordinaire qui puisse faire un film. Il n'avait jamais rencontré Charlie Chaplin dans son enfance, ni été reçu par un pape dans un boudoir mystérieux du Vatican. Jamais un ministre ne l'avait tenu sur ses genoux quand il était petit et il n'avait pu surprendre de conversation dont le sort de la France eût dépendu...

Comme prévu, Eva cessa d'acheter ses petites plaquettes mensuelles de pilules, mais, pendant les deux mois suivants, le cycle des règles continua de venir normalement.

« On ne s'aime pas assez, dit-elle sans complètement plaisanter.

– La biologie se fout des sentiments, répondit Léo-Paul. Va plutôt voir un gynécologue ! »

Elle dit qu'il venait de parler comme un technocrate, et partit se coucher.

Sur l'écran, la tête d'un singe macaque, recouverte de mercurochrome, était pitoyable. L'animal, les yeux baissés, semblait à la fois pleurer et être douloureusement atteint. Erich Klasen, le photographe, qui montrait son reportage, ajouta pour Eva et deux autres personnes installées dans la petite salle de vision de l'agence Gamma, que les gouttes blanches qui ressemblaient à des larmes étaient en réalité du pus et que les derniers macaques sauvages étaient recouverts de vermine. C'était difficile à supporter, tant ce visage était à la fois humain et animal de malheurs mélangés, et exhibait une détresse derrière deux barreaux, nue, mortelle.

« J'ai pris cette photo en Thaïlande, dit Klasen, mais dans tous les pays de l'Afrique, de l'Asie et de l'Amérique du Sud, c'est la même chose. Il paraît que depuis le XVIIᵉ siècle, c'est une espèce qui diminue chaque année... »

La photo suivante était une tête de rhinocéros dont la corne disparue laissait place à une plaie sanguinolente, où le sang déjà sec avait pris une couleur rouge foncé.

« Ce sont les Chinois et les Japonais, poursuivit Klasen, qui sont les principaux clients de ce trafic, et responsables de cette extermination. Au Kenya, il y avait plus de dix mille rhinocéros en 1968, cette année, il en reste moins de mille ! »

A ce moment, un grésillement se fit entendre à l'interphone accroché à l'entrée de la salle. Une des filles décrocha, pressa sur un bouton et on annonça que Léo-Paul était à l'entrée. « Qu'il monte », dit Eva. Klasen continua :

« ... Les Orientaux sont persuadés depuis des siècles des effets aphrodisiaques de la corne de rhinocéros, ce qui fait qu'on la retrouve à Hong Kong au prix de l'héroïne. On a pourtant établi que cette corne n'est faite que de poils agglomérés, et qu'il serait tout aussi « efficace » de se ronger les ongles. »

Léo-Paul entra discrètement et se glissa vers Eva, tous lui firent un signe de la tête. Eva demanda à Klasen qu'il repasse la photo du singe macaque pour Léo-Paul. À nouveau, ils regardèrent ce visage, sans commentaire cette fois. Eva et Léo-Paul se serrèrent la main très fort. Puis elle demanda au photographe si l'on avait fait quelque chose pour empêcher tout ça.

« Oui, pour les rhinocéros par exemple, il y a des patrouilles armées qui gardent les derniers spécimens. Mais, il y a une loi du marché et comme la demande reste très forte, tout ce trafic d'animaux prospère. »

Il y eut encore des photos de perroquets au bec entouré de sparadrap pour voyager en silence, un petit puma mort d'asphyxie dans une cage trop exiguë, du sang et de la bave encore collés aux naseaux... Cinquante têtes de crocodiles coupées, posées par terre sur des feuilles mortes. Cette fois, Klasen annonça le chiffre effarant de cinq cent mille peaux de crocodiles, serpents, lézards, traitées par les seuls industriels français... Puis, un magnifique guépard semblait vouloir déchiqueter le photographe, « je l'ai pris au 180 mm, dit Klasen. Ce guépard, avec le tigre, le léopard et le jaguar, est une des vingt-huit espèces de félins menacées de prochaine disparition ».

« C'est consternant, dit la fille qui avait décroché l'interphone... Consternant et pitoyable ! »

Il avait terminé. Il empila les quatre carrousels et les prit sous son bras. « Moi, je filme, c'est une action, ensuite il faut que ces photos soient diffusées, montrées, c'est l'autre action. C'est à ces conditions qu'il peut y avoir des chances que ce massacre s'arrête. » Puis il s'en alla, accompagné des deux filles de l'agence. Eva et Léo-Paul restèrent seuls dans la minisalle.

« Tu ne m'as pas téléphoné, dit-il aussitôt.

— Toi, tu ne m'as pas embrassée... »

Il la prit dans ses bras.

« Alors ?

— Le gynéco m'a donné un traitement... Dans six mois, il m'a assuré qu'il n'y aurait plus de problème... Tu ne changeras pas d'avis, n'est-ce pas ?

Il ne dit rien et l'embrassa à nouveau.

Le cri du singe fut si effrayant que Léo-Paul se réveilla. Il était tout en sueur, il venait de rêver. Eva n'était pas rentrée. C'était sa première complète absence depuis leur mariage. En maillot, il se leva et alla jusqu'à la cuisine où il prit une bouteille dans le réfrigérateur. Pieds nus sur le carrelage, tout en buvant des gorgées de lait, il regarda le morceau de Notre-Dame illuminée qui se découpait dans la nuit. Sur les tommettes, des bestioles minuscules filaient en tous sens, transparentes... Il retourna son talon, il en avait écrasé quelques-unes. Il s'essuya avec un morceau de papier qu'il déchira d'un rouleau. Vaisselle sale dans l'évier, des tasses avec des restes de café, il vida une théière dans la cuvette des WC, puis fit couler de l'eau chaude. Il versa du produit et commença de laver, d'abord les verres, comme sa mère le lui avait appris. Il était en train de terminer quand il entendit s'ouvrir la porte d'entrée. Eva rentrait. Elle fut au seuil de la cuisine à le regarder faire la vaisselle, à trois heures du matin, revêtu de son seul T-shirt. Elle éclata de rire, mais il tourna à peine la tête.

« Tu arrives tard, dit-il.

– Très tard...

– Tu as fait quoi ?

– Marcher, marcher, marcher... dans les rues... dans ma tête... dans le ciel...

– Et tu as trouvé quoi ? Ou qui ?

– Qu'on n'est plus les mêmes, Léo-Paul. Qu'on ne se parle plus. Qu'on fait l'amour trop vite, qu'on ne se caresse plus longuement. Que je m'appelle Kovski et que nous n'arrivons même pas à faire un enfant. C'est désespérant, laid et, maintenant, je me sens fatiguée... »

Léo-Paul commença d'essuyer les verres. Elle continua :

« Je me sens pleine de mochetés, j'en peux plus de ne pas savoir ce que je vais faire de ma vie, et toi, tu essuies tranquillement des verres.

– Tu n'avais qu'à le faire...

– J'attendais ça exactement... Eva, vaisselle, lit, travail, vaisselle, mais ce n'est pas ça, ma vie.

– La mienne non plus. »

Elle s'appuya au chambranle de la porte, laissa glisser son sac à terre et décrocha la ceinture de son imperméable. Elle dit :

« Je ne me vois plus dans l'avenir, Léo-Paul, ni avec toi ni sans toi, je me vois seulement tout de suite, moche, inutile... »

Elle se mit à pleurer et Léo-Paul vint lui prendre les épaules.

C'est au début de l'hiver qu'Eva partit habiter chez son frère, dans une petite maison qu'il avait louée à Bois-d'Arcy, à une trentaine de kilomètres de Paris. Léo-Paul se retrouva seul dans le grand appartement, sans savoir où Eva se trouvait. Il téléphona à l'agence de photos, il lui fut répondu qu'elle n'était pas passée depuis un mois. Hanna lui jura au téléphone qu'elle n'était pas venue la rejoindre à Berlin. Il ne connaissait pas le nouveau numéro de Schatz et s'en alla rôder certains soirs vers les Halles, dans l'espoir d'apercevoir, à un coin de rue, la silhouette d'Eva avançant dans la nuit et d'écouter son cœur se mettre à battre. Pour la première fois de sa vie, il passa seul la nuit du Nouvel An. A minuit, il entendit les klaxons se répondre et, au loin, les cornes de brume des péniches de la Seine. Par la fenêtre du salon, il vit l'immense fleuve des phares avancer lentement, des gens descendre et s'embrasser, pendant que des jeunes secouaient des 2 CV... Des punks s'étaient mis des bâtons scintillants sur le crâne que d'autres allumaient avec leurs briquets.

« Léo-Paul Kovski, Léo-Paul Kovski, murmura-t-il plusieurs fois, c'est mon nom ! Mon nom ! »

Eva donna signe de vie, un coup de fil, et apparut le soir même, souriante comme chaque fois qu'elle revenait.

« J'ai envie de faire l'amour, Léo-Paul, faisons cet enfant... Je voulais attendre que le traitement soit terminé, et être certaine... »

Quelques semaines plus tard, ses règles ne vinrent pas. Le premier test qu'elle acheta en pharmacie fut positif, le gynécologue le confirma. Elle était enceinte.

Ils dansèrent, burent du champagne et eurent le sentiment que tout devenait à nouveau possible.

« Je vis, s'écria-t-elle. C'est bon de se sentir en vie, avec de l'avenir dans le ventre, partout, dans la tête, dans le cœur... Protégeons-nous des coups, Léo-Paul, protégeons-le du mal. C'est cela, la lumière au fond de la nuit, des cellules qui se multiplient pour inventer une nouvelle pensée... »

Léo-Paul la regardait étrangement, heureux lui aussi. Mais il s'exclut volontairement de l'excessive euphorie d'Eva.

Ils allèrent ensemble à la Bastille, quand le nouveau président fut élu. C'est là, mais il ne sut pourquoi, qu'il se souvint de ce qu'avait dit la Criolini, et murmura, au milieu des chants, des danses et de l'euphorie... « Si c'est une fille, je voudrais qu'elle s'appelle Maïa. Maïa Kovski, ce sera superbe... Si c'est un garçon, ce sera ton choix à toi. » Et là, un couple les embrassa et les entraîna dans une ronde qui filait vers la statue. La correspondance que Léo-Paul avait entretenue avec des présidents de la Vᵉ République se poursuivit, et cette fois, il n'attendit pas. Dès le lundi, au lendemain de l'élection, il envoya ce télégramme à François Mitterrand : « Saurez-vous écouter l'océan tumultueux qui est autour de vous ? Léo-Paul Kovski. »

Plusieurs nuits, il dormit, la main posée sur le ventre d'Eva.

Moreau, qui espérait bien voir arriver un jour un de ses scénarios sur son bureau, lui trouva un travail d'assistant sur un film de la rentrée. La vie avançait par à-coups, au gré des humeurs d'Eva. Léo-Paul ne savait pas encore quand tout cela cesserait, si c'est elle qui partirait définitivement, ou si, ne supportant plus ces va-et-vient, il aurait, lui, l'énergie suffisante pour la quitter, sans avoir quelqu'un à retrouver. L'enfant qu'elle portait était à elle, il le savait déjà, elle était venue lui voler un geste, un instant, pour un jour s'enfuir avec ce paquet de vie qui détiendrait pourtant tout son passé à lui, toute son histoire... Depuis plusieurs années, il avait appris à vivre avec la patience et l'attente. Il tournait autour des mots, des idées, comme un attrapeur de papillons maladroit. Il s'était embarqué sur des routes si différentes, les avait empruntées, puis avait rebroussé chemin pour en tenter une autre... Il s'était laissé ballotter au gré des attirances, ne sachant trop qui il était, au milieu des incertitudes qui avaient envahi la planète. Un jour ouvert, un jour fermé, il avait fonctionné à la manière des tournesols, et quand il avait cru voir une nuit arriver, il s'était rabougri à l'intérieur de ses sueurs, comme si cette obscurité était l'ogre terrifiant qui venait chercher sur terre de quoi inventer de nouvelles méditations. Dix années passées à Paris, à se frotter aux blocages, aux inerties, comme s'il avait fallu tout ce temps pour apprendre à reconnaître le mécanisme d'un mouvement qui ne serait plus le sien propre, quand il rêvait le monde à Monterville. Il avait fallu tester sa force, sa résistance, apprendre où se trouvaient les refus... Apprendre à recevoir des vagues de creux, celles qui attirent vers le bas, apprendre à ne pas lutter contre leur mouvement, seulement résister pour que la tête ne soit pas empoisonnée et puisse reprendre le mouvement suivant, celui qui emporte et permet d'être plus grand que soi.

« C'est à nous que tu pensais ?

– Non, à moi, mais tu étais mêlée à tout... »

L'année passée, Léo-Paul lui avait offert une chaîne en argent pour ses trente ans. Il alla au Forum des Halles chercher un pendentif, quelque chose à poser sur sa peau et qu'elle garderait, quoi qu'il arrive. Un petit diamant était cher et il se demanda quoi revendre pour pouvoir l'acheter. Il pensa le voler, mais se décida à demander à Moreau une avance sur son salaire de deuxième assistant. « Si tu m'écrivais un scénario, je te donnerais plus », et il signa un chèque de cinq mille francs.

Léo-Paul offrit le diamant enchâssé dans un petit coffret de verre...

Les seins d'Eva grossissaient, sa taille s'enflait, elle couvait son secret, paisiblement, tout en mettant une ardeur insensée à photographier et partir en reportage. Dans les fichiers de l'agence, il y avait d'elle plus de trois mille portraits, qu'elle comptait bien exposer un jour, dans une salle-spirale, qu'elle aurait voulue sans fin, sur le modèle du musée Guggenheim, qu'ils avaient visité à New York. Elle rapporta un soir la photo d'un type gras portant une casquette :

« Lui, il est américain, c'est un chauffeur de taxi de Chicago. Il ne milite dans aucun parti, il a seulement sa carte du syndicat, une femme et une petite fille. On vient de recevoir son portrait à l'agence, parce qu'il a écrit une lettre à Reagan pour son anniversaire, qui dit à peu près ceci : « J'ai vu tous « vos films, mais je n'ai pas voté pour vous. J'habite « dans l'Illinois, dans la magnifique banlieue de « Chicago et, comme j'ai appris que le Budget que « vous préparez consiste à prendre aux pauvres « pour donner aux riches, je vous envoie, sans plus « attendre, l'intégralité de mes économies, soit mille « dollars. C'est à verser, directement et sans inter- « médiaire, à la famille Rockefeller, symbole de « réussite dans notre grand pays, et qu'ils sachent « qu'ils peuvent toujours me trouver, moi, Michael « Grossman, chauffeur de taxi, pour que l'Améri- « que continue à être un pays prospère et beau. »

Quand elle annonça qu'elle repartait une semaine pour Berlin à la demande de l'agence, il ne dit rien. Si elle ne revenait pas à la date prévue, il s'en irait, lui, cette fois, pour clore toutes ces incertitudes. Pendant son absence, il les imagina, Hanna et elle, qui s'enlaçaient, s'embrassaient, se caressaient, comme lorsqu'ils avaient été tous les trois à Paris. Cette vision ne provoqua pas de jalousie. Leurs deux corps de femmes autour de lui avaient été beaux, tendus et ce souvenir gommait le fantasme curieux qu'il avait longtemps eu pour un tel amour, jusqu'au moment de le vivre le temps d'une nuit. Cette fois, elle revint à la date fixée, et le prévint même de son arrivée à Roissy. Les photos qu'elle rapportait étaient très fortes. Elle était allée à l'Est aussi... Jeunes socialistes à lunettes noires et crânes rasés, sous l'immense statue de pierre de Lénine, le métro désert à la station Jannowitzbrücke, deux jeunes punks qui en rasaient un troisième dans la rue, les bras recouverts de tatouages, enfants turcs du quartier Kreutzberg, des vitrines murées, un tout jeune garçon, blouson de cuir trop grand à la terrasse d'un café, des rats sur son épaule... Quelques-unes parurent dans le magazine *Rock* du mois suivant.

« Un jour, quand j'étais petit, j'avais refusé d'embrasser un ami de mes parents en prétextant vigoureusement : « Je ne veux pas *attraper le vieux* », raconta Langhome à Léo-Paul. Cette fois, je l'ai vraiment attrapée, cette maladie pourrie », ajouta-t-il.

Il n'écrirait plus de romans, parce qu'il ne se sentait plus la force d'entreprendre un travail de construction et de longue haleine. Il prenait des notes, se souvenait, cherchait dans son passé, comme dans un trésor trouvé, toutes sortes d'instants oubliés.

« J'ai retrouvé cette photo de quand j'étais en pension à Rennes... Regarde le pull-over, il me va parfaitement... Eh bien, le proviseur m'avait collé dans le dos une dizaine de pinces à linge pour le tirer, tellement il était grand. Il fallait faire impression... »

Il présenta à Léo-Paul toutes sortes de chemises toilées, des cahiers...

« Tout ce qui est inédit est pour toi, je te le donne, tu en feras ce que tu veux... C'est un peu de ma mémoire que je t'offre... Il y a cinquante années de guerres et d'amours, un demi-siècle de vie... Quelle épopée ! ajouta-t-il... Moi, j'avais neuf ans à la guerre de 14, ma vie commençait par des tués... Les bolcheviks avaient pris le pouvoir à Petrograd, il y avait eu un armistice, et on dansait dans les rues, partout. Le Parti communiste naquit, puis les surréalistes arrivèrent, j'avais quinze ans que déjà l'Histoire nous avait traversés de ses espoirs et de ses destructions. Pour vous, elle a épousé le rythme de votre vie, c'est votre chance et votre malchance, et vous êtes, à vingt-cinq, trente ans, deux fois nostalgiques, et de votre propre adolescence et de celle d'une histoire du monde adolescente en même temps que vous... Et chacun se retrouve atomisé dans son coin, hébété, comme si quatre milliards de cloisons s'étaient élevées, des Murs de Berlin à l'échelle de chaque individu... Aujourd'hui, on ne croit plus à rien, demain, de nouvelles valeurs débarqueront et on les idolâtrera comme s'il n'y avait pas eu de passé... C'est ainsi... Je sais que tu n'as pas beaucoup écrit depuis que tu es ici, mais je sais aussi que tu es tenace, et le temps que parfois tu crois avoir perdu, tu le tiens, il est ta souffrance et ta vie, et c'est là-dedans que tu puiseras.

« Moi je ne lis presque plus... J'écoute. Mes yeux sont fatigués, mais je me suis si peu servi de mes oreilles, qu'elles sont toutes neuves. Les gens qui nous dirigent sont comme ceux de ma génération, ils lisent et écrivent des discours et placent les mots au-dessus de tout... Ils n'écoutent pas ce qui vient des sons, de la musique. Va voir leurs discothèques, tu trouveras Vivaldi, Haendel, Mozart, Bach, puis du jazz, pour faire moderne, alors que ce n'est que le modernisme de leurs trente ans. Depuis que j'habite ici, je regarde Paris, un casque sur les oreilles, et j'écoute toutes ces musiques qui se font aujourd'hui. Parfois, cela ne ressemble à rien, mais justement, on a été trop encombrés de signification et c'est ce mode de pensée qui disparaît. »

Il se versa un verre de pouilly, en offrit à Léo-Paul.

« Tout le décalage est là... Toute la classe politique croit à un monde dialectique de concepts et d'idées, alors que nous entrons dans un monde de sensations. Tu es d'accord, n'est-ce pas ? Ecoute les sons, Léo-Paul, écris des romans, parce que, eux aussi continueront d'inventer des sensations et des sentiments... On parle de ces Japonais qui sont partout, qui réussissent partout... Je suis sûr qu'ils sont à l'écoute... de tout, des désirs, du monde sonore... Il faudrait étudier leurs oreilles. Je suis sûr que la clef est là... C'est peut-être ridicule après tout, se reprit-il. Eux, ils inventent tout ce qui touche à nos plaisirs et pendant ce temps, ici, on s'escrime à vouloir prouver de la grandeur, à fabriquer des machines que les gens ne posséderont jamais chez eux pour les aider à mieux vivre...

« N'espère qu'en toi, Léo-Paul, ne te tourne pas vers une idéologie, ni vers un homme... En toi seulement... Je ne sais plus qui a écrit... « Et si d'un « gouvernement à un autre gouvernement, nous « n'avons pas transformé notre façon de tendre la « main, c'est qu'un autre gouvernement ne peut rien « pour nous et que ce n'était pas aussi important « que cela qu'il ait changé... » C'est exactement ce que je pense, la politique n'est porteuse que de mots, pas de musiques et elle ne peut pas changer ces choses-là. »

La préparation du film pour lequel Léo-Paul fut engagé commença au mois d'août... On lui donna un bureau rue Marbeuf et il fut chargé par Dreillaut, le réalisateur, de sélectionner les rôles secondaires. Convocations, essais d'une ou plusieurs scènes, on lui avait installé dans une pièce à côté, une caméra vidéo et un magnétoscope pour enregistrer les visages des garçons et des filles convoqués. Le soir même, ils visionnaient à trois, Dreillaut, Moreau et lui. Pascale, la petite comédienne rencontrée rue Blondel, se présenta. Il l'avait reconnue sur les photos envoyées par les agents, et elle fut surprise de le voir là... « J'ai ton téléphone maintenant », dit-il, et il sourit. Elle voulut montrer qu'elle décidait de ses aventures :

« Moi, j'ai un répondeur, et si j'ai envie de te voir, je t'appellerai... ou je ne t'appellerai pas. »

Elle fit un bout d'essai avec un partenaire moins doué qu'elle. Elle avait *un regard*, et une photogénie intéressante. Elle s'en alla et il s'apprêtait à visionner sur le moniteur la bande qu'il venait de rembobiner, quand Eva montra la tête.

« Je te dérange ?

— C'est pour un essai, mademoiselle ?... Entrez, asseyez-vous là. »

Il désigna un tabouret, elle se prêta au jeu, il enclencha le magnétoscope et fixa la petite caméra sur elle.

« Non, arrête, dit-elle... Arrête, je veux te parler sérieusement.

– Parle sérieusement, justement... »

Le ventre d'Eva était bien rond... Elle semblait préoccupée.

« La phrase à dire... justement, c'est... Monsieur, je vous aime, je n'osais pas vous le dire... Mais voilà, c'est fait... Répète ! »

De mauvaise grâce, elle répéta la phrase, puis dans le bureau à côté, le téléphone sonna.

« Excuse-moi, je reviens et on parle... sérieusement. »

Il partit s'enfermer dans le bureau à côté. Moreau voulait absolument le voir dans une heure, pour repérer un décor de café 1950 dans le XIe arrondissement. Il voulait aussi la liste des comédiennes qui avaient ou devaient faire leur essai aujourd'hui... Il lui fallait encore les adresses et numéros de téléphone des premiers décors retenus. Léo-Paul s'énervait... Eva à côté qui attendait. Il tenta plusieurs fois d'abréger, mais Moreau n'en finissait pas. Il croyait en ce film et voulait faire partager son enthousiasme. Quand Léo-Paul raccrocha, il fit une mimique de soulagement pour lui seul, et resta appuyé une seconde sur l'appareil.

Eva ne se trouvait plus sur le tabouret. Merde ! s'exclama-t-il, devant les voyants rouges de la caméra et du magnétoscope qui n'avaient pas cessé de tourner... Il pensa qu'elle était allée aux toilettes et, pendant qu'il l'attendait, rembobina la cassette. Puis, il appuya sur le bouton de lecture et vit le visage d'Eva en gros plan, au moment où elle disait... « Non, arrête... Arrête, je veux te parler... sérieusement. » Sa voix à lui. « Parle sérieusement, justement. » Elle était encore plus belle à l'image, les ombres sur son visage renforçaient bien ses pommettes, tous ses angles. Puis, il y avait eu la sonnerie et il était passé devant la caméra... Là, le visage d'Eva était resté, elle avait tourné un court instant la tête quand il avait fermé la porte du bureau. Puis elle avait regardé à nouveau vers la caméra... fixement...

longuement, et parlé à nouveau : « Voilà, Léo-Paul...
Je voulais que tu m'écoutes, mais tu es toujours ailleurs. Cette fois, ce ne sera pas une incertitude de
plus, il ne faudra pas m'attendre... je... je pars
aujourd'hui rejoindre Hanna à Berlin... C'est peut-
être aussi bien que je te le dise comme ça... En te
regardant, j'aurais encore changé d'avis... Là, je
pense à toi, je sais que tu es là, à côté, au téléphone
et j'ai ton beau visage dans ma tête... Je n'essaierai
pas de me souvenir de tout ce que nous avons été, je
sais que les détails qui ont fait mal s'évanouiront et
il restera plein d'années où nous nous sommes sentis
bien ensemble dans ce drôle de monde... Il y a cet
enfant que nous avons fait, que j'emmène avec moi
dans ma vie... Je sais que tu ne le voulais pas vraiment et que c'était mon désir à moi que tu as suivi
pour me faire plaisir... C'est ce souvenir-là que j'emporte et... (là, Eva se mit à pleurer)... Et... Je ne voulais pas que tu me voies pleurer... Mais la fin d'une
histoire est toujours triste. Je ne m'efforcerai pas de
t'oublier pour mieux vivre sans toi. Tu seras là, avec les
dernières années de mes vingt ans... Et maintenant,
je t'embrasse doucement, tendrement. » Eva essuya ses
yeux, releva la tête pour rejeter ses cheveux en arrière,
puis elle se leva et l'image resta fixée sur des classeurs empilés, près d'un rideau blanc qui voletait.

Léo-Paul appuya sur la touche Stop, l'écran s'éteignit et il resta sans bouger. Il savait qu'il ne verrait
pas Moreau dans une heure, qu'il ne ferait plus ce
film... qu'il fallait arrêter le monde et se reprendre. Il
n'alla même pas à la fenêtre tenter d'apercevoir cette
silhouette de femme qui s'enfuyait. Elle était déjà
dans un taxi qui allait se dégager de Paris pour la
conduire vers un aéroport où un avion grandes
lignes, parmi d'autres, attendait.

III

LE MONDE

LA photographie venait de tomber. Avec l'ongle, il retira une petite pointe à tête verte et un autre visage se détacha du mur. Dans le salon aux portraits, les murs reprenaient leur blancheur, et les photos s'empilaient sur la moquette. Cartons, paquets, Léo-Paul avait commencé de ranger et mis en tas dans l'entrée et le salon tout ce qu'il comptait donner ou jeter. La concierge portugaise de l'immeuble essaya quelques vêtements laissés par Eva, et en emporta pour une de ses filles. Léo-Paul fut consterné par le nombre d'objets qu'ils avaient conservés, billets de cinéma, cartons de bière, programmes TV, *Pariscope*, journaux, articles découpés, statuettes, cartons d'invitation, cartes postales. Il détourna une photo d'Elisabeth Avedon photographiée par son mari, parce qu'il trouva qu'elle ressemblait à Marie.

Dans l'appartement déserté, aux pièces vides, agrandies, Léo-Paul se mit à marcher comme lorsqu'il se trouvait dans le réduit du XVIᵉ arrondissement. Il allait de la cuisine au salon, traversait leur chambre, la salle aux portraits détachés... Gestes simplifiés des absences, il mangeait à toute vitesse sur un tabouret de la cuisine, repartait allumer le téléviseur, feuilletait quelques livres, une dizaine qu'il n'avait pas encore serrés dans les cartons d'eau minérale. Accoudé au balcon, il laissait tomber sa cendre, que parfois une rafale de vent emportait.

Il ne savait pas encore où il voulait vivre... Paris... Ailleurs peut-être, mais il voulait vider le plus possible l'appartement et le rendre dans le même état que lui, en instance de départ. Le téléphone sonnait rarement et, le plus souvent, il ne décrochait même pas. Il reçut des nouvelles de Claire, et une longue lettre de Simon. Un moment, il songea à aller le voir, mais il oublia cette idée, il aurait trop eu l'impression de s'enfuir dans une partie de son histoire passée. Il feuilleta ses manuscrits, les cahiers originaux de *La Vie au-dessus du 48ᵉ parallèle* et des *Repères pour Marie*, déchira ses nombreux débuts, relut *Le Rock et le Noir* et trouva que son éditeur avait eu raison de le refuser, trop maniéré, faussement spontané, et déjà d'une actualité lointaine. Dans la cheminée du salon, il brûla tout cet amoncellement de papier alourdi de son encre et de ses mots, et regarda les flammes emporter ce qu'il avait volé au monde...

Il y eut un télégramme glissé dans l'entrée, un collant URGENT collé sur la porte. *Maïa Kovski est née le 28 octobre 1981 à Berlin. Il était trois heures du matin. Pense à nous. Baisers. EVA.*

C'était donc une fille. Comme s'il était navigant d'un astronef, il commença de rédiger un long message, pour la planète inconnue qui venait d'apparaître dans le ciel.

Je ne te lègue rien... Quelques morceaux de carnets, notes de musique, un monde en mouvement, chaotique, chercheur, troublé de tensions, inventeur de futur, un monde où les hommes rencontrent la mort avant d'avoir pu la situer... C'est une illusion de croire que le monde change, il est un bouillon de culture soumis aux tempêtes, aux bulles de fermentation, il meurt et naît à chaque instant, et on ne peut rien contre ces morts perpétuelles et leurs contraires... La mort n'est jamais prévisible et tombe des arbres et des yeux des filles aussi facilement qu'un cil usagé. Elle s'engouffre silencieuse à l'intérieur des êtres, même quand elle est une balle de revolver qui transperce, furieuse, un corps et lui vole d'un seul coup ses souvenirs et ses rêves d'avenir... Rien ne se transmet et ta vie à toi comporte tous les débuts... Tu regarderas, écouteras, aspireras de toutes tes forces ces courants venus de partout pour te traverser et t'attirer vers des millions d'endroits, maison, ville, corps, rues, fleuves, musiciens, feux d'artifice, couloirs du pouvoir, et ce seront tes choix qui fabriqueront ton monde avec tes carapaces que personne ne pourra atteindre au risque de tuer ton silence enfermé à l'intérieur... Tu seras une citadelle qui marchera et jouera au milieu d'autres citadelles qui te ressembleront, et chaque trou dans le ciel te donnera envie, à un moment de ta vie, de savoir ce qui se trame derrière cette idée de Dieu qui erre de siècle en siècle auprès des Terriens pour leur donner de l'espace à rêver... L'espace... Et envoyer son cerveau flirter avec le bord des mondes, là où le vide n'a plus de raison d'être.

Bagnoles, vidéoscopes, tubes cathodiques, images couleur, transistors, silicium, satellites, radio, jets, fusées intercontinentales, tant de jouets auxquels rêver pour s'enfuir des chambres noires et ne plus être rivés à des moquettes désespérantes... Maïa, fille des dernières années, juste avant le changement de siècle, fin de mille années où des générations successives ont fabriqué des guerres, des avions et des accélérateurs de particules, mais aussi de la porcelaine et du nylon, la roue, les lentilles de contact et la contraception, génies des éprouvettes ou guerriers harnachés, chacun a ouvert les yeux et découvert ces autres enfers qui manquaient à ces jours, à ces nuits, à ces sueurs de cauchemars, à cette plaine sans fin où les vents et les cigognes se frôlaient sans jamais inventer un seul mot... Maïa Kovski, c'est un monde pour toi que je laisse derrière moi, un monde où tu rencontreras des orgies, des violences et des visages cramoisis qui en voudront seulement à quelques centimètres carrés de ta peau... Ce n'est pas un testament que je t'envoie, c'est une série de portes entrouvertes dont je n'aperçois que les ombres portées sur les couloirs qui délimitent le monde que j'ai vu et celui que tu vas connaître. Maïa, il te faudra voyager, peu importe comment, peu importe le mode de transport, mais voyage sans cesse avec tes imaginations ou l'avion le plus rapide du moment, ne reste pas là, enfermée sur un bout de planète qui finirait par te ressembler à force de le fouler sans cesse et de t'y rencontrer, voyage non pour prendre avec tes yeux ou tes oreilles ou tout ton corps, voyage simplement pour le bonheur de partir, être en mouvement, aller vers quelque chose ou quelqu'un, voyage avec toute ton animalité, sachant que la seule chose que tu possèdes est ta vie... Mon enfance aura été une incroyable machine à rêves, à imaginer des décors sans fin, qui s'enfonçaient les uns dans les autres, emboîtés, en trompe l'œil, où je m'éloignais de cette cuisine, à la fois salon, entrée, salle à manger, centre de mon monde avec une cuisinière *Scholtès* à feu continu... Rien ne m'était interdit, ni la démesure ni un mot d'amour, et je coupais les cheveux de mon père, juché sur un petit banc de bois... Mais dans tout cela, la neige entortillait mes fuites de la nuit et je projetais la découverte d'une poétique à désarçonner les plus sourds, les plus revêches pour qu'enfin ils écoutent, un seul mot, allant droit dans leurs tripes et capable de leur filer une chiasse de Prussien... Miroirs, tains, vitrines embuées, j'ai regardé au-delà des séparations translucides pour extirper un vrai morceau de compassion, de vrai frisson enfoui encore sous les cartons des déménageurs... Je ne me regardais jamais dans ces glaces, je savais que c'était le monde qui se voyait en moi et voulait m'assassiner pour cela, d'être différent et si fidèle, d'être ce tamanoir noir perdu au milieu des rues et des goudrons... Fleurs maudites, encens fadasses, les odeurs et décors de ma vie cachaient des océans où voguaient les paquebots dérivés des anciennes caravelles, vers ce paysage breton où les passeurs de la mort emportaient les cadavres dans l'au-delà.

Va raconter ton histoire, va la dire, et si l'envie t'en prend, écris-la, sans tomber dans le piège des complaisances et des narcissismes... Ce n'est pas ta *vraie* vie qu'il faut raconter, celle-là, elle est pour toi et mourra doucement derrière chacune de tes traces... Dis-leur ta vie, imaginée, plus horrible, plus belle, plus terrifiante, plus langoureuse, transmets les sucs de tes années, de tes nuits, imagine des parcelles d'or où toi seule sauras qu'elles n'auront été que des petites émotions de rien d'un après-midi de ta vie, quand tu attendais à une station d'autobus un amour absent... Fais croire à un enfer cette lassitude où tu ne faisais que guetter l'arrivée d'un facteur... Ce sera de cette manière que ta vie ne sera pas solitaire et enfermée dans ta mémoire. Nos souvenirs n'existent pas pour eux-mêmes, ils ne servent qu'à en inventer d'autres pour que la mémoire du monde soit vivante... Raconte, parle, invente, ne crois pas au silence, ou à la vie pour la vie... L'histoire du monde est dans chaque tumulte d'une tête qui le crie, en fait part, informe... Ce sont en puissance quatre milliards d'océans qui devraient hurler, tempêter, se briser, pleurer, se déverser, déferler, écumer, caresser, déborder, s'alanguir, pour que chacune de nos vies ne s'évapore pas sous les ardeurs du temps et du soleil, dans les fosses sombres des marais. Ta mémoire ne peut qu'aller vers les autres ou venir d'eux, elle est mouvement, brassage, les vagues et les orages, ce sont des gorges qui chantent, les mains qui écrivent, les jambes qui marchent, les ailes qui volent, les harpes qui vibrent, les violons qui pleurent, ce sont les histoires racontées et qui ne s'oublient pas, parce qu'elles contiennent parfois une seconde, une seule, où celui qui l'écoute croira que ce monde entendu est aussi à lui, et que rien ne peut l'en déposséder.

Aujourd'hui, tout va vite, les choses s'accélèrent non parce que les inventeurs sont plus doués ou plus perspicaces, mais parce qu'il y a plus de mémoire qu'avant, et qu'elle n'est pas réservée à quelques-uns, elle est pour le plus grand nombre... C'est cela le seul progrès des peuples qui font circuler leurs images, leurs rêves, leurs secrets pour que chacun en prenne connaissance et l'amplifie en une immense mémoire de la vie, tumultueuse, immense, débordante...

La fin du monde sera ce déluge qui ne viendra pas des eaux, comme je l'ai redouté si longtemps, elle viendra de ce que les milliards d'humains en vie à un moment donné prendront connaissance au même instant de toutes les autres mémoires existantes et ce sera le seul bonheur de l'histoire du monde, un déluge de savoir, une extase de connaissance qui prendront fin aussitôt, submergés par ce ravissement qui ne pourra plus être dépassé. C'est ainsi que se termineront nos vies et les espoirs que nous y aurons mis, pour qu'elles nous dépassent.

Léo-Paul Kovski.

Paris fut gris, engourdi d'un hiver précoce. Pluie, vent. Léo-Paul mangeait à toute allure dans des restaurants à hamburgers, allait au cinéma aux séances d'après-midi, restait des heures dans des cafés, un cahier noir devant lui, où il n'écrivait rien. Il entra plusieurs fois à La Boule d'or de la place Saint-Michel, mais Maurice n'y était plus. La rue de l'Hirondelle était encombrée de merdes de chiens et un restaurant espagnol venait de s'ouvrir, à côté du Delhy's Hôtel. Il ne voulait pas avoir à raconter à Stein, qu'il n'avait pas revue depuis le mariage, la séparation, Maïa...

Il aima Paris comme jamais auparavant. Son indifférence, sa beauté de vieille diva, son arrogance à s'étaler au monde, toujours là... Il partait à nouveau dans ses rues, examinait les pans de murs, allait la contempler depuis le tapis roulant du musée Beaubourg, écoutait le vent dans les petites rues du Marais, entrait dans les cours intérieures. Il passa au cimetière du Montparnasse sur la tombe de Sartre et la fin des *Mots*, qu'il avait soulignée, lui apparut comme si une machine à écrire la frappait à l'instant même... « ... que reste-t-il ? Tout un homme, fait de tous les hommes et qui les vaut tous et que vaut n'importe qui ».

Gare de l'Est, où il était arrivé un jour d'octobre 70, le buffet était en grands travaux. Il passa une journée à regarder ces visages de l'Est, voyageurs marqués du froid et de la neige... Warszawa-Berlin-Paris... C'est boulevard de Strasbourg, en sortant de la gare, qu'il s'arrêta devant une vitrine de librairie. Au milieu des livres de la rentrée, un seul fut aussitôt important : *Les Réponses du désert*, Marie Koringer. Il entra et l'acheta, le feuilleta dès qu'il sortit... Sur la page de garde, une dédicace... *À L.-P.K., l'Océan.*

Tard dans la nuit, il eut terminé et venait de prendre connaissance d'un silence, d'une absence. Il n'y avait rien à comprendre, seulement à voir, écouter, regarder cette personne devant lui, qui avait pris la parole pour lui écrire ce long message...

Maria disait : Je ne savais pas ce que voulait dire *aimer* quelqu'un et j'imaginais un visage à qui dire ces terribles paroles. Et je n'y arrivais pas... Je lui murmurais, je t'ai attendu, je te regarde, je suis avec toi quand tu ne le sais pas... C'était cela que je prononçais et ce n'étaient pas les mots qu'il attendait. L'indifférence qui m'avait submergée avait donc aussi emporté cela. Pourtant, je vivais, je riais, je faisais l'amour, je jouais au flipper... J'étais comme les autres, mais il y avait en moi cet endroit, sans fleurs ni forêt, où je ne pouvais trouver un sentiment pour celui qui ne quittait pas mes nuits...

Le lendemain matin, Léo-Paul alla porter une lettre à l'éditeur, rue Racine. Une lettre urgente à faire suivre à Marie Koringer... Personne ne voulut lui donner l'adresse, il sut seulement qu'elle habitait un hôtel à Paris. Dans la lettre, il avait noté son téléphone, son adresse. Il attendit des jours, mettait la sonnerie occupé quand il s'absentait, surveillait le courrier de neuf heures, celui d'onze heures. Marie ne donna pas signe de vie... A l'aide des annuaires, il se mit à appeler, par ordre alphabétique, tous les hôtels de Paris, mais il n'en vit pas la fin et se remit à espérer un appel... « Et si elle avait téléphoné pendant que j'essayais de la joindre »... Alors, il raccrochait et attendait.

Elle ne m'aime plus et m'a retiré de ses émotions, se dit Léo-Paul. La Maria du livre était évidemment Marie, et ce personnage sans révolte, sans cri, ne lançait aucun défi. Maria/Marie, jeune femme distante, apathique comme si le monde et les gens étaient un décor sur lequel promener ses seuls regards, s'attendait à tout et n'espérait rien. Il découvrait une Marie sensuelle, tournée sur son corps, ses jouissances, ses plaisirs. Elle décrivait ses nuits avec un footballeur, un garçon de café, un représentant en fourrures et c'étaient ses seuls moments de violence crue, où un cri perçait au milieu d'un désert d'émotion.

Elle disait : Je regarde mes ongles grandir, je me vois dans les miroirs sans me regarder. J'ai envie d'être seule, sans imaginer ce qu'est la réelle solitude, mais c'est un fait, je fais l'amour parfois comme s'il n'existait que cette seule communication possible avec une autre personne, sourde, violente où surgissent des vagues mortes oubliées, puis la vie pesante, opaque, reprend un cours que j'ai moi-même uniformisé, comme si j'étais déjà un morceau de désert, désirant un désert plus grand, infini où me perdre, ne me révoltant même pas de ne plus me supporter...

Il relut ces pages, les phrases soulignées, les chapitres écrits par ce petit visage entrevu à Nancy. Parfois, il passait le doigt sur son oreille, sentait la cicatrice, la frôlait, et pensait que c'était la trace d'elle dans son corps...

Elle disait : quand j'entendis la balle partir de mon doigt, je pensai que j'étais déjà morte...

Puis, Léo-Paul cessa d'attendre. Marie était bien perdue dans un désert où les nouvelles des gens ne lui parvenaient plus. Et c'était peut-être cela aussi le monde d'aujourd'hui, se dit-il, se sentir extérieur à lui, en dehors, ne pas avoir à en partager le sens et les conflits... Se mettre hors jeu, c'est-à-dire jouer à ne plus jouer, sans attente de règles nouvelles, sans aspiration ni désespoir. Une indifférence tranquille, un instant de flottement qui se prolongerait.

Puis, il y eut ce dimanche de décembre, le 13, où

la radio annonça l'état de guerre proclamé dans la nuit en Pologne par un général à verres fumés qui venait de se distinguer. Léo-Paul s'habilla rapidement, prit le métro déserté, il était huit heures du matin, et descendit à la station Pigalle à peine vingt minutes plus tard. Rue Germain-Pilon, il trouva vite l'enseigne de Bruno, tatoueur, dont lui avait parlé Apache. C'était évidemment fermé. Il sonna, frappa le rideau de fer tiré, appela. Finalement, un type en maillot de corps se montra à la fenêtre du premier étage. Il ne voulait pas descendre, parla, du dimanche, de l'heure et Bruno qui n'était pas là. « Je m'appelle Léo-Paul Kovski, l'état de guerre vient d'être proclamé cette nuit en Pologne, mes parents sont là-bas, descendez s'il vous plaît ! » Le type referma la fenêtre, puis revêtu d'un pantalon trop large et d'une veste en tricot enfilée sur son maillot, il remonta d'un mètre le rideau que Léo-Paul franchit en se pliant en deux... « Je m'appelle Susič, je suis yougoslave, dit le type. Allez-y, je déteste les Russes et les communistes. » Léo-Paul se déshabilla et demanda qu'il lui tatoue, sur le torse et le dos, l'article premier de la Déclaration des droits de l'homme et du citoyen. Le type fit une drôle de tête. « C'est long ? » Léo-Paul inscrivit la phrase sur une feuille de papier. Le tatoueur prépara ses instruments et répartit sur la peau les mots qu'il avait à inscrire. « Ça fait mal, vous savez, et ça ne s'enlèvera jamais plus... » Léo-Paul proposa qu'il dispose la première partie en deux lignes en haut du torse... « *Les hommes naissent et demeurent libres et égaux en droits* », la suite serait dans le dos. « Et je tiens beaucoup à ce qu'il y ait la date, *26 août 1789*, dit Léo-Paul, mettez-la devant, sous les deux lignes du début. » L'autre s'exécuta, proposa deux couleurs alternées, rouge et bleu, que Léo-Paul accepta. Une heure après, c'était fait, et sa peau le tirait, comme le ferait une brûlure sourde. Il lut à l'envers dans la glace la suite qu'il portait dans son dos. « *Les dis-*

tinctions sociales ne peuvent être fondées que sur lutilité publique. » « Vous avez fait une faute, dit-il, l'utilité, c'est en deux mots, avec une apostrophe, et non lutilité. – Je vais juste rajouter un petit trait », proposa l'homme, mais Léo-Paul refusa, et ajouta qu'il était pressé. Le Yougoslave s'excusa et, parce que c'était la première fois qu'il tatouait ce genre de phrase, il ne voulut pas être payé. Ils burent un café express sur la place Pigalle que les cars de touristes avaient désertée.

Devant l'ambassade de Pologne, près des Invalides, il n'y avait qu'une équipe de la télévision française... Trois types qui parlaient entre eux, cigarettes aux lèvres, enveloppés dans leurs blousons d'hiver. Il faisait un froid mouillé d'une neige qui n'allait pas tarder. Plus loin, au coin de la rue Talleyrand et de la rue de Grenelle, un fourgon marqué Police stationnait et attendait, lui aussi.

Léo-Paul retourna sur ses pas et entra dans l'aérogare d'Air France, toute proche. Dans les toilettes, il se déshabilla et quand il fut entièrement nu, il enroula ses vêtements à l'intérieur de son pardessus. Il remit ses baskets, puis sortit. Devant une des glaces des toilettes, il se haussa légèrement et lut les inscriptions qu'il portait. Il se retourna encore et sourit. Il se savait dérisoire et pensa à Stanislas Kovski et Tatiana, à André Kovski et à Claire, à Marie, à Eva et à Maïa qui découvrait les sons et les lieux du monde. Il se regarda et pensa à lui qui n'était rien qu'un homme tatoué, marqué du sceau d'un rêve ancien de révolution...

Dans la rue, il se mit à courir, traversa la rue de Constantine et quand il fut dans la rue Talleyrand, ralentit le pas pour marcher jusqu'à l'ambassade de Pologne. Des voitures avaient ralenti. L'équipe de télévision l'aperçut tout de suite et accourut vers lui. Il avançait au-devant d'elle, tourné vers celui qui portait la caméra à son épaule. Quand ils furent l'un en face de l'autre, Léo-Paul s'arrêta, le laissa filmer le haut de sa poitrine, puis se tourna pour lui montrer la suite, ces marques bleu et rouge qu'il portait aussi dans son dos. Les policiers, à leur tour, furent là et le ceinturèrent sans violence. Ils lui demandèrent aussitôt de remettre ses vêtements, Léo-Paul les regarda sans répondre ni faire un geste. Un gradé dit alors : « Qu'on l'embarque au commissariat. » Et pendant qu'on l'emmenait, l'équipe de la télévision continua de filmer. L'un d'eux avança une perche de micro vers lui et demanda : « Pourquoi vous faites ça ? » Léo-Paul ne dit rien et attendit d'être devant la porte du fourgon pour répondre : « Pour rien ! Pour rien », cria-t-il une deuxième fois. Les portes claquèrent, deux policiers restèrent près de lui et la sirène se mit à hurler. Trois cents mètres, à peine, plus loin, il fut débarqué au commissariat principal du VIIe arrondissement.

Une femme et un homme noir étaient assis sur le banc de la pièce grillagée où il fut poussé. Lentement, Léo-Paul se rhabilla et s'assit près d'eux pour attendre. Il entendait une machine à écrire, des sonneries de téléphone et parfois des policiers passaient près d'eux sans un regard. La femme lui demanda s'il y avait longtemps qu'il faisait ça. « Quoi, ça ? » dit Léo-Paul. Elle hésita. « Eh bien... vous exhiber ? » Il lui sourit et avoua que c'était la première fois. « Ah bon ! » fit-elle, puis elle repartit dans ses pensées. Vers une heure de l'après-midi, un policier vint tirer Léo-Paul de là, et le conduisit dans le bureau du commissaire qui venait d'arriver. Un miniposte télé était allumé, posé sur deux annuaires. L'homme, une trentaine d'années, élégant, le visage lisse, lui demanda, assis sur un coin de son bureau, pourquoi, un dimanche matin, en plein mois de décembre, il se promenait nu, rue de Talleyrand.

« Pas rue de Talleyrand, rectifia Léo-Paul, devant l'ambassade de Pologne.

– Pourquoi pas celle de Bolivie ou celle d'U.R.S.S. ? »

Léo-Paul parla de l'état de guerre, de Stanislas qui photographiait les gens dans les rues de Varsovie, à côté de son âne peint en zèbre, 1915, l'exil, puis le retour en 1942, la Déclaration des droits de l'homme aussi, les femmes qu'il aimait, parties loin de lui, Tatiana, Claire, Marie, Eva, Maïa, enfuies, cachées, perdues, disparues...

« C'est Bruno qui vous a tatoué ça ?

– Non, enfin le Yougoslave qui travaille avec lui... Vous les connaissez ? »

Le commissaire ne répondit pas et se tourna vers le téléviseur. Après des images d'archives sur la Pologne, Walesa, le pape, les premières déclarations en direct de responsables politiques et syndicaux, le journal télévisé se termina sur... « Cet étrange manifestant, première réaction de la rue, qui s'était montré, ce matin, entièrement nu devant l'ambassade de Pologne, portant sur lui, tatoué l'article 1 de la Déclaration des droits de l'homme et du citoyen... Il a été emmené par les policiers au commissariat du VIIe. »

Le commissaire relut la déposition qu'un fonctionnaire venait de taper, la tendit à Léo-Paul qui la signa. Il était deux heures de l'après-midi quand l'homme lui dit qu'il pouvait sortir. « Ne revenez pas tous les jours, s'il vous plaît, on a d'autres choses à faire, d'autant que là-bas, ça risque de durer un petit moment. »

Rue de Grenelle, Léo-Paul fila vers le boulevard Saint-Germain. C'est seulement à ce moment-là qu'il eut froid. Puis, on courut sur le trottoir. Il entendit un bruissement d'étoffe juste derrière son épaule, des mains lui barrèrent les yeux et il sut, il reconnut, sa peau, son odeur : le geste de Marie...

Il se retourna, la serra fort, ferma les yeux, les rouvrit et la fit tourner dans ses bras.

« Je te croyais perdue, dit Léo-Paul, si loin de moi...

– Tu vois, la télévision ne me sert pas qu'à venir te tuer... »

Ils s'embrassèrent.

« Je te reconnais, Léo-Paul, je te reconnais enfin...

– Il en aura fallu des mots, des milliers de mots pour arriver à cet instant...

– ... des silences et des mots encore...

– ... imprimés...

– ... pour apprendre...

– ... à écouter... »

Elle dit encore :

« Et je voudrais traverser des océans avec toi, Léo-Paul Kovski, que nos deux mémoires prennent le temps d'en inventer une troisième, différente, que retiendront ceux du futur, parce qu'elle sera faite de nos fantasmes, de nos rêves et de ce que nous aurons exprimé, sans forcément l'avoir vécu... Et ce sera cela, la véritable histoire de Marie et de Léo-Paul... »

Ils s'écartèrent l'un de l'autre pour se regarder mieux, se prirent la main et, marchant au milieu de la rue, se glissèrent vers les ombres de la ville.

TABLE

I. Des rêves plus grands que le monde . .   9

II. Les chemins du monde 303

III. Le monde 495

DU MÊME AUTEUR

LES JOURS EN COULEURS, Grasset, 1971.
L'HOMME ARC-EN-CIEL, Grasset, 1971.
TRANSIT-EXPRESS, Grasset, 1975.
L'AMOUR DANS L'ÂME, Grasset, 1978.

IMPRIMÉ EN FRANCE PAR BRODARD ET TAUPIN
Usine de La Flèche (Sarthe).
LIBRAIRIE GÉNÉRALE FRANÇAISE - 6, rue Pierre-Sarrazin - 75006 Paris.

ISBN : 2 - 253 - 03520 - 3 ✥ 30/5972/2